Into Vastness
A Journal of Six Continents

到达过的远方

世界六大洲和
中国各地旅行记

周育建 —— 著

上海文艺出版社
Shanghai Literature & Art Publishing House

序 | 这是一本六大洲旅行记

这本书的书稿完成于 2022 年初，而我的旅行完成于 2020 年之前。现在回想起来，2020 年前的那几年，正好赶上一个好的时机，世界处于一个较为安稳的年代。在那一段时光里去往世界六大洲和中国各地的独立旅行或许是一份难得的经历，值得将这份经历写出来。当然，我只是许多世界旅行者中的一员，从没有以自己去过多远的地方而自大。

回望一段段旅程，如今我觉得重要的不在于去过多少地方，见过多少人，经历过多少事，而在于旅行时获得的成长：亲身感知了世界的辽阔、自身的渺小，内心因此变得更为谦逊，更懂得对自然的敬畏和对生命的尊重；以及在走过各地之后，不会再以自己固有的维度去评判世界万事万物，而是秉持"和而不同"，了解和认知各种不同的文化，从而从中产生欣赏和学习的机会。

这本书是我的旅行经历的记叙，在书的后记中有一些关于旅程的小结，而序言主要和旅行的缘起有关。在说旅行之前，先说说我的另一个爱好——业余无线电（在本书的库克群岛、纳米比亚、土耳其等章节中有较详细的描述），因为这也是我迈开脚步去旅行的重要原因之一。

业余无线电这个活动，有那么点儿独特，大多数人或许从没有听说过，但其实在全世界有上千万的爱好者（在中国，截至 2022 年初，考取各级执照的爱好者有 17 万人）。简单地说，业余无线电就是玩电台。我在自己家里就有一部业余电台，有最高技术级别的执照，通过业余电台发射和接收经由大气电离层传播的无线电信号，使用英语语音和莫尔斯电码（也就是电报），和全世界各个国家有着同样爱好的人通信。我个人的感受，它的最大的乐趣，在于因为无线电传播的不确定性而带来的通联到更远更多地方时的兴奋感，如同在大自然中钓鱼或观鸟（关于观鸟，我写过《鸟兽虫识别和观察笔记》一书）。

玩电台是我从高中时代就开始的爱好，也曾是我付出业余时间最多的一个爱好。为了达成和世界上每一个国家通联的目标，我经常起早摸黑，在电台前守候。历经多年的坚持后，最初的梦想得以实现：我不仅通联到了世界上的每一个国家，还通联到了世界七大洲 800 多个海岛上的业余电台，成为这些项目中国的第一个获奖者和最高分保持者，并曾在业余无线电顶级比赛中获得过一个单项的世界第一。

通过无线电，我第一次触摸了世界，并且因此记熟了世界上每一个国家的国名和主要城市，以及它们的地理方位。在电波中相遇后，各国爱好者还会相互邮寄一张卡片，卡片上记录着通信的时间和频率等，用来证明两个电台之间成功的联络。而卡片的正面，通常印有世界各国的风景和人文，就好似一张张漂亮的明信片。我曾经在北京出刊的《现代通信》杂志上用 3 年的时间，以写连载文章的形式，通过这些卡片来介绍世界各国。

旅行也是我较早开始的一个爱好，同业余无线电一样，始于高中时代。就像刚开始只在业余电台上联络到邻近的电台一样，我最初的旅行目的地只在家乡上海周边的江浙两省。上了大学后，我开始去往国内更远的远方，学生时代去过的最远的地方是陕西的西安。

大学毕业后，我入职的第一家公司是外企，每年有十多天年假，再加上国定假日，我能有挺长的假期去旅行。国内的旅行，我最远去到了中国的最西边，北疆和南疆各去了一次，每次十多天。在美丽的新疆，我深深地迷醉于北疆五彩斑斓的秋色，沉浸于喀纳斯的山水之美；我也在春日中感受了南疆的浓郁的民族风情，在塔什库尔干（喀什）看到了至今仍觉最美的雪山——慕士塔格峰，并曾在这座雪山山脚下的湖边露营。

利用工作时的休假时间，陆陆续续的旅行让我去到了不少地方。其间，我还将旅行和业余无线电这两个爱好合二为一：我背上电台，完成了一个环中国大陆海岸线业余无线电海岛远征计划，去到了中国沿海11个省份的16个海岛，在岛上发射和接收无线电波，和国内以及世界各地的众多爱好者完成了通信联络——这样的远征至今中国仅一人完成。

而同时，在家里的业余电台上，中国全部34个省份，世界上的所有的国家我都通到了，曾经的远大目标已经达成。光看业余电台卡片上的风景和人文，我觉得还不过瘾，我想是时候把旅行这个爱好进行得更深入一些了。

我决定把步子迈得更大一些，亲眼去看看这个我已经通过业余无线电获得初步认知、并对之充满好奇和向往的世界。中国国内的34个省级行政区（包括港澳台），我还差西藏和吉林两个没去到，大美西藏可不能不去啊，我要把剩下的两个省区补上。而国外，由于工作的关系，出差去过最多次的是菲律宾和印尼，各去了不下十次，也去过欧洲和美国出差，但自己旅行去过的，只有夏威夷和日本等不多的几个地方，还有非常广阔的世界等着我去探索。

我干脆辞职，给自己一个"间隔年"，在下一份工作之前，给自己放假一年，用来旅行！后来，一次间隔年不够，我在就职第三份工作之前，又给了自己第二个"间隔年"，再次出发去旅行。

那么，两个"间隔年"的时间，去哪儿旅行呢？业余电台上我通遍了每一个国家，但旅行绝无可能做到这一点。在制订"宏大"而有实现可能的世界旅行计划时，我决定从每个大洲中挑选自然景色和人文历史有代表性的国家前往。

当旅行计划完成时，世界七大洲，我去了六个，少的那个是南极洲。其实去南极洲说难不难，南美洲的阿根廷是我所有去过的国家中最喜欢的一个，而从阿根廷的最南端乌斯怀亚，坐船渡过海峡就是南极半岛。

但我想，即使去了，也只是到了南极洲边缘的一个角落而已，我更愿意做深度的旅行，在六个大洲的旅行中，我尽可能地做到了这一点。

我的世界旅行并不是一次连续的环球旅行，而是分大洲进行的，每一趟旅行去一个大洲。一个大洲的旅行结束后，回到上海休整一段时间，并制订前往下一个大洲的详细的旅行计划。在两个间隔年里，我完成了六大洲旅行，并且行走了一些自己制订的中国国内的线路，达成了去到中国每一个省的目标。

南美洲

第一章　巴西之行　　　　　　　　　　　　　　　　　/ 3

启程 / 初到里约 / 里约的海滩 / 青旅文化 / 来到一所艺校 / 城市中的热带雨林 / 拉帕的街头欢乐派对 / 在巴西看足球 / 从里约到圣保罗 / 南美洲最大的城市 / 圣保罗的人们 / 大坎普 / 进入潘塔纳尔 / 水豚和凯门鳄 / 南半球星空 / 湿地中最多的是鸟类 / 湿地的蚊子 / 钓食人鱼 / 鹿和猛禽 / 丛林徒步 / 在潘塔纳尔骑马 / 不舍离开 / 伊瓜苏大瀑布 / 洁净的水为所有人

第二章　阿根廷之行　　　　　　　　　　　　　　　　/ 26

从巴西到阿根廷 / 伊瓜苏瀑布阿根廷一侧 / 浣熊和蝴蝶 / 耶稣会遗迹 / 横穿阿根廷 / 萨尔塔—蒂尔卡拉 / 安第斯山区小镇 / 土路 / 艰难的徒步 / 山崖上的村庄 / 骑马出村 / 坐班车 / 盐湖 / 卡法亚特 / 40 号公路 / "独立摇篮"图库曼 / 阿根廷第二大城市 / 来到布宜诺斯艾利斯 / 雷科莱塔区 / 大街上的外汇黄牛和探戈舞者 / 甜食店 / 五月广场 / 坐公交车 / 博卡 / 在布市骑行 / 在布市乘火车 / 洁净的空气和城市积水 / 不愉快的经历 / 布宜诺斯艾利斯—巴塔哥尼亚 / 马德林港 / 横贯巴塔哥尼亚 / 吃饭的

问题 / 山冈上的足球小子 / 波尔森 / 阿根廷烤肉 / 马黛茶 / 划皮划艇的技巧 / 青旅烤肉大会 / 最美的红叶 / 大锅饭 / 通宵派对 / 手工艺品集市 / 各得所爱 / 巴里洛切 / 小镇安戈斯图拉 / 飞钓 / 乘船游湖 / 小镇 Puerto Manzano / 搭车 / 拥抱 / 最美的观景点之一 / Ciao，Adios，再见 / 巴里洛切—布宜诺斯艾利斯

第三章　秘鲁之行　　　　　　　　　　　　　　　　/ 63

机场顺风车 / 终于吃到中餐了 / 古印加遗迹 / 爱旅行的加拿大小伙 / 泛美公路 / 鸟岛之行 / 帕拉卡斯半岛国家自然保护区 / 纸币上的沙漠绿洲 / 太过于刺激的沙丘车和滑沙 / 谜一般的地画 / 火山边的城市 / 秘鲁菜 / 海拔 4920 米 / 羊驼 / 高原上的小城 / 安第斯神鹰 / 住在峡谷里的人们 / 高原反应 / 的的喀喀湖 / 漂浮岛上的乌罗族人 / 湖心岛和盖丘亚人 / 高原之路 / 沿着火车铁轨徒步去马丘比丘 / 美丽的马丘比丘日出 / 最伟大的人类建筑 / 圣谷 / 圆形梯田和桃花盐井 / 印加帝国首都 / 翻越中部高原 / 秘鲁国家博物馆 / 点错菜 / 利马城 / 机票超售 / 再住一天 / 难忘南美之旅

非洲

第四章　坦桑尼亚之行　　　　　　　　　　　　　　/ 95

夏日里出发 / 在非洲避暑 / 好多钞票 / 初到非洲的食宿 / 桑给巴尔 / 美丽的农圭海滩 / 出海 / 开斋 / 香料之旅 / 罪恶的奴隶贸易 / 斯瓦西里语 / 石头城 / 赞比亚签证 / 不那么安全的东非大城市 / 被讹诈 / 买车票 / 坦桑尼亚的乡村

第五章　肯尼亚之行　　　　　　　　　　　　／109

陆路入境肯尼亚 / 抵达内罗毕 / 前往马赛马拉 / 马赛人的土地 / 初入马赛马拉 / 找寻的乐趣 / 陷车 / 角马大迁徙 / 鳄鱼和河马 / 野餐 / 温馨的场面 / 马赛人 / 马赛马拉的日出 / 鬣狗、狮子和花豹 / 人与野生动物 / 首都内罗毕

第六章　赞比亚之行　　　　　　　　　　　　／121

在飞机上俯瞰 / 卢萨卡初印象 / 逛街看电影 / 动物保护 / 维多利亚大瀑布 / 从利文斯顿市到边境

第七章　纳米比亚之行　　　　　　　　　　　／128

入境纳米比亚 / 卡普里维走廊 / 私人运营的班车 / 好心的赫雷罗族妇女 / 旅行的困境 / 出现转机 / 埃托沙国家公园 / 中国人建设者 / 君子不立危墙之下 / 荒凉的纳米比亚 / 护照被抢的旅行者 / 横向穿越了非洲大陆 / 海边沙漠上的城市 / 纸盒厂和鱼肉厂 / 火烈鸟 / 游学团的孩子们 / 前往首都 / 参观报社 / 阿非利卡语 / 在地球的另一端操作业余电台 / 首都温得和克 / "五脏俱全"的旅行车 / 营地聊天 / 不下雨的镇子 / 南回归线 / 沙漠里的动物 / 苏丝斯黎 45 号红沙丘 / 沙漠徒步 / 顽强的沙漠植物 / 沙漠露营地的生活 / 星空 / 日夜温差 / 猎豹农场 / 被窃

第八章　南非之行　　　　　　　　　　　　　／159

经陆路前往南非 / 桌山 / 开普敦植物园 / 观鲸 / 山谷中的美丽小城 / 酿酒 / 在南非乘火车 / 和黑人兄弟聊南非 / 前往好

望角 / 南非企鹅 / 骑行在国家公园 / 好望角 / 又一个骗局 / 四段航程连飞

北美洲

第九章　美国、墨西哥、牙买加和开曼群岛之行　　/ 173

租车旅行 / 加州 1 号公路之旅 / 来到阿拉斯加 / 熊出没 / 苏厄德 / 基奈峡湾 / 冰川上行走 / 费尔班克斯 / 进入北极圈 / 北极麝牛 / 15 人的小镇 / 开到北冰洋边 / 迪纳利国家公园 / 飞越北美第一高峰 / 英语不通的国度 / 友好而奔放的墨西哥人 / 便利的公共交通 / 玛雅人和玛雅文明 / 墨西哥坎昆和美国迈阿密 / 加勒比海邮轮旅行（牙买加和开曼群岛）/ 美国 66 号公路之行

大洋洲

第十章　澳大利亚之行　　　　　　　　　　　　/ 201

圣诞夜出行 / 夏天里的圣诞节 / 宜居城市 / 丹德农山 / 桉树 / 保护水资源 / 大洋路 / 墨尔本皇家植物园 / 阿德莱德港和格雷尔海滩 / 新年晚会 / 阿德莱德植物园 / 心怀谢意 / 洛夫蒂山、汉多夫小镇、巴罗莎山谷

第十一章　新西兰之行　　　　　　　　　　　　/ 210

奥克兰 / 地热泉 / 毛利人的村庄 / 温泉的形成 / 火山和牧场 / 风城惠灵顿 / 新西兰议会 / 库克海峡渡轮 / 提前预订 / 尼尔森（新西兰中心）/ 徒步阿贝尔·塔斯曼国家公园 / 路上和澳洲人

聊天 / 西海岸公路 / 福克斯冰川 / 萤火虫森林 / "镜湖"马瑟森湖 / 打工签证的旅行者 / 西海岸公路第二段 / 骑车旅行的小伙 / 爬熨斗山 / 徒步库克山 / 最美蒂卡波湖 / 箭镇的早期华人社区 / 皇后镇的历史 / 遍地是羊 / 又一个风城 / 开拓和移民史 / 各种老古董 / 小蓝企鹅 / 新西兰海狗 / 不同的选择 / 波利尼西亚人

第十二章　库克群岛之行　　　　　　　　　　/ 236

《中国"火腿"远征南太平洋岛国通信记》

欧洲

第十三章　英国之行　　　　　　　　　　/ 245

剑桥 / 牛津 / 莎士比亚的故乡 / 约克城 / 约克郡乡村 / 爱丁堡老城 / 苏格兰国家博物馆 / 爱丁堡皇家植物园 / 斯特林 / 巴斯 / 巨石阵 / 大英博物馆 / 自然历史博物馆 / 圣保罗大教堂 / 白金汉宫 / 西敏寺（威斯敏斯特大教堂）/ 伦敦眼 / 肯辛顿宫 / 从温莎城堡看英国历史 / 伊顿公学 / 伦敦塔桥 / 巡洋舰贝尔法斯特号 / 在伦敦操作业余电台 / 伦敦塔 / 泰晤士河游船和格林威治 / 英国感受

第十四章　土耳其之行　　　　　　　　　　/ 271

还在欧洲 / 好心的土耳其人 / 圣索菲亚大教堂 / 蓝色清真寺和托普卡帕宫 / 伊斯坦布尔老城 / 在伊斯坦布尔操作业余电台 / 石柱森林 / 地下城 / 热气球 / 海港城市 / 古罗马遗迹 / 土耳其美食 / 和英美人聊天 / 摩托车没油了 / 利西亚人之路 / 棉花堡 / 古

罗马大剧院 / 最喜欢的小城 / 在土耳其人家做客

亚洲

第十五章　中国东北之行 / 289

长白山 / 延吉市 / 吉林市 / 哈尔滨市 / 呼伦贝尔市 / 兴安盟阿尔山市

第十六章　朝鲜之行 / 299

听到的 / 看到的

第十七章　俄罗斯之行 / 303

从满洲里出境 / 西伯利亚大铁路 / 语言不是问题 / 从伊尔库茨克到奥尔洪岛 / 湖中的岛屿 / 贝加尔湖畔小镇 / 圣彼得堡 / 看芭蕾和歌剧 / 小镇上的集市和广场舞 / 逛动物园和看马戏 / 莫斯科

第十八章　中国西藏之行 / 318

成都 / 最高的机场 / 川藏南线 / 骑行者 / 静美然乌村 / 徒步者 / 扎墨公路 / 嘎隆拉雪山 / 进入墨脱县境 / 来到80K / 不折返 / 门巴族村落 / 路通了 / 抵达墨脱县城 / 决定离开 / 一天只开了20公里 / 珞巴族 / 进墨脱的自驾车 / 雅鲁藏布大峡谷 / 墨脱徒步者 / 印象最深刻的公路 / 鲁朗扎西岗村 / 加拉白垒峰 / 南迦巴瓦峰 / 两江交汇 / 茶馆 / 林芝镇 / "老外"骑行者 / 朗县 / 朗县—

加查 / 加查—泽当 / 山南泽当 / 桑耶寺—阿扎乡 / 4000 米处登山 / 扎央宗溶洞 / 雅鲁藏布江渡船 / 来到拉萨 / 八廓街 / 哲蚌寺 / 纳木错 / 羊卓雍错（羊湖）/ 江孜 / 日喀则—樟木

第十九章　尼泊尔之行　　　　　　　　　　　　/ 350

加德满都初印象 / 拥挤的交通 / 宁静的小城 / 喜马拉雅观景台 / 昌古纳拉扬神庙 / 帕坦 / 纽瓦丽人的小村落 / 志愿者老师和孩子们 / 纽瓦丽人的文化 / 二到巴克塔普尔 / 乘车 / 山中小镇的夜晚 / 再次观山 / 来到博卡拉 / 高空滑翔 / 载歌载舞 / 离开博卡拉 / 丹森 / 平原地带 / 塔鲁人收获稻谷 / 奇旺国家公园 / 坐车顶吗 / 公路交会点 / 廓尔喀 / 宰牲节 / 喜马拉雅日出 / 荡秋千 / 乡村小学教师 / 小赌怡情 / 打羽毛球和点蒂卡 / 小城帕诺提 / 三到巴克塔普尔 / 再游加德满都 / 漂流营地 / 4 级白浪漂流

第二十章　中国西南三省之行　　　　　　　　/ 377

加德满都—昆明 / 昆明—兴义 / 兴义城 / 马岭河峡谷 / 万峰林和八卦田 / 德峨乡赶集 / 语言不通 / 老房子 / 卷粉 / "世外桃源"坝美 / 侬氏土司衙门旧址 / 八宝镇 / 养蜂人 / 苗族歌舞 / 富宁县 / 那坡县城 / 干栏式老房子 / 黑衣壮 / 新房子 / 乡村教师的生活 / 旧州 / 鹅泉 / 靖西—巴马 / 长寿之乡 / 鸳鸯泉 / 东兰县城 / 壮族铜鼓舞 / 传统织布 / 船行红水河 / 瑶鼓 / 白裤瑶 / 去荔波的路 / 茂兰自然保护区 / 布依族村寨 / 三都水族县 / 都江古镇 / 八蒙水寨 / 这么高的寨子 / 摆贝苗寨 / 树皮顶 / "在路上" / 车江侗寨 / 侗族大歌 / 岜沙苗寨 / 肇兴侗寨 / 借住侗家 / 田园生活 / 在西南独行的老外 / 程阳风雨桥 / 红瑶 / 龙脊梯田 / 美国旅行者 / 骑行在阳朔 / 漓江上坐竹筏 / 海洋乡银杏 / 凯旋

第二十一章　中国西双版纳、老挝、泰国北部之行　/ 414

布朗族山寨、章朗 / 哈尼族山寨、南糯山 / 琅南塔 / 琅勃拉邦 / 湄公河上两日之旅 / 清孔 / 拜县 / 清迈

第二十二章　中国浙皖赣闽之行　/ 429

浙江武义 / 从兰溪县到衢州市 / 黄山脚下 / 江山市 / 庆元县 / 霞浦县

第二十三章　中国陕晋川渝黔之行　/ 440

榆林市 / 米脂 / 佳县 / 碛口 / 从碛口到延安 / 从壶口瀑布到西安 / 从佛坪到汉中 / 昭化和阆中 / 重庆 / 赤水 / 泸州

第二十四章　中国广东海南之行　/ 454

潮州市和揭阳市 / 梅州市 / 龙川县 / 河源市 / 惠州市 / 深圳市 / 文昌市 / 琼中县 / 五指山市 / 三亚市

第二十五章　中国杭州和苏州之行　/ 472

杭州七日 / 苏州七日

后记　|　旅行回顾　/ 483

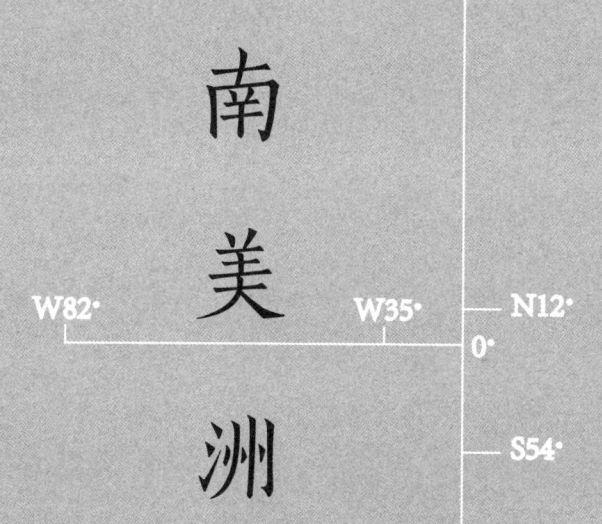

南美洲

第一章 巴西之行

启程

3月初春，星期一的早晨，上海下着细雨。9点多的时候，上海的地铁依旧拥挤，车厢里还有许多在上班路上的人。我混迹其间，觉得自己究竟不同。繁忙的大都市又开始了新的一周，而我背着一个背包，目的地既不是陆家嘴，也不是张江高科，而是远在两个十二个半小时航程之外的里约，去看看远在地球的另一端、一个我从没有到达过的大陆——南美洲。

从上海到里约，第一程飞巴黎。我到浦东机场的时候快要结束办理登机了，这班法航的经济舱超售，于是我被告知我的第一航程由经济舱免费升成了公务舱。这下好了，第一段十二个半小时的航班可以躺平睡觉了，比起第二段巴黎飞里约的十二个半小时得一直坐着要舒服多了。

波音777大飞机，公务舱的躺椅很宽敞。机内的标志和广播首先都是法语，小电视屏幕也是法语的菜单。法语虽没有英语那么普及，也因为法国曾经的殖民而在世界不少地方通行。我听不懂法语，但这次去南美之前，预先自学了点儿西班牙语。拉丁美洲是西班牙语的世界。

初到里约

一出里约机场，明显地感受到热浪。要知道昨天在巴黎戴高乐机场，3月中旬的巴黎还下起了鹅毛大雪，不少人纷纷掏出手机到候机厅的窗边拍照，而里约今天的气温是32摄氏度。

我乘上机场巴士前往市区，我学的西班牙语第一次派上了用场。司机对我说车票的票价是Doce，我知道这是西班牙语里的12，巴西人说的是葡萄牙语，但12的发音完全一样。

巴士开出机场，透过车窗，里约给我的第一眼印象和东南亚的城市有点儿相似，很像我去过很多次的马尼拉和雅加达。里约既有豪华的别墅，也有用红砖砌成的简陋房子，而后者的数量显然更多。里约的交通也一样拥堵，星期二早上的10点，出了机场没多久就堵车，一直堵到市内。

我在大西洋大道下车，我住的青旅就在科帕卡巴纳海滩边上。下车后，一眼望去，碧海蓝天，这里又像是美国迈阿密的南沙滩了。

从机场过来的一路，看到很多绿树，下车之后，更感空气清新。只是海滩上感觉湿热。前两个月，里约的气温都在40摄氏度之上，关于里约酷热的报道见诸于各个媒体。虽然最热的季节已经过去，但此时仍有30摄氏度以上的气温，并且湿度很高。我从7摄氏度的上海来到32摄氏度的里约，到了青旅后做的第一件事情就是冲一把凉，然后把长袖长裤全部换成短袖短裤。

在里约的第一餐，我挑了一个坐满当地人的街头饭馆。饭馆里有两台电视，一台播放着足球赛况，一台播放着新闻，满耳朵叽里呱啦的葡萄牙语。点餐的时候，葡萄牙语的菜单也一样让我挠头。我再次运用我的惯用手法，指着边上食客正吃着的食物，用手势示意点一份和他们吃的一样的套餐。套餐里有烤鸡肉和巴西豆，主食则是米饭和薯条。饭馆的室内没有空位，我和另两个当地人一起坐在室外的小方桌上。这条街道浓荫遮日，让我想起小时候家门口的思南路来，每到夏日，长满树叶的梧桐只透过几缕阳光。

我自学的那点儿西班牙语单词在餐厅里又派上了用场，服务员问我要不要 Bevida，这个词我在西班牙语里学过，是饮料的意思。不过，尽管葡萄牙语和西班牙语有相似处，但大部分并不相同，和我住同一家青旅从西班牙来的旅行者告诉我，他们也一样听不懂里约人说的葡萄牙语。

葡萄牙和西班牙在欧洲的伊比利亚半岛上互为邻国。五百多年前开始的欧洲人向海外的扩张，其实是由葡萄牙最先开启的。国土不大的葡萄牙面向大西洋，并且拥有更强的航海技能。而葡萄牙隔壁的西班牙受其刺激，后来居上，资助了哥伦布，于1492年"幸运地最先"发现了美洲大陆，并随后在美洲遥遥领先于葡萄牙，几乎使得整个南美变为了西班牙的殖民地。只有巴西，根据1494年西班牙和葡萄牙签订的条约，属于葡萄牙。巴西独立后，仍使用葡萄牙语，但与葡萄牙本土的口音有不少差异。

里约的海滩

里约和上海的时差是十一个小时，刚好日夜颠倒。第一天到里约，下午3点多的时候，我就开始犯困了，但没睡觉，而是到海滩上走走，到了晚上11点才睡，半夜3点多醒来一次，再接着睡。我以前去欧洲美国，一般要三五天才调整得好时差。此次南美之行，我在第一站里约特地预留了一星期，先调整一下时差。

我以为我能很快把时差调整过来，但事实上，生物钟还是异常的强大，到了里约后的第三天的中午，也就是北京时间半夜的时候，我还是照样犯困。我不再硬抗，而是干脆午睡，午睡醒来后，再去海滩走走。

里约的海滩永远不缺人，每年11月到2月是里约的夏天，据说海滩上最多同时有200万人！现在是刚过了盛夏的3月，人也并不少，既有外国游客，也有当地人。沙滩是里约人的心头爱，几十年前就有一首歌，歌词唱出了里约人的心声："我甘受贫穷也不离开科帕卡巴纳。"科帕卡巴纳就相当于上海的外滩。里约人生活中的很多时间都在沙滩上度过，一起喝茶喝酒、享用小吃，聊天、谈论各种八卦新闻，或者就是晒太阳睡觉，这是里约人从小时候就养成的生活习惯，也许他们真的一辈子都不愿意离开里约的海滩。

沙滩上多的是租太阳伞和躺椅的地方，同时提供冰啤酒、烤大虾和烤肉，还有小贩举着伞穿梭往来，伞上挂着五颜六色的比基尼。这些比基尼看起来布料用得很少，据说只有普通比基尼的一半。里约的沙滩上，不仅丰乳肥臀的美女，连帅哥穿的泳裤也是又短又窄。

里约人酷爱运动，大西洋大道上有人跑步，有人骑自行车，还有人玩轮轴滑板。沙滩上有足球场，还有数不清的排球杆子。

除了足球和排球，我还第一次见到了沙滩足排球。沙滩足排球使用和沙滩排球一样的场地，但不用手打球，而是用除了手之外的任何身体部位把球打过网——主要是用脚和头。里约人很擅长玩这种足排球，经常来回许多回合，看得我眼花缭乱，不禁惊叹于他们身体的协调性和灵活性。

青旅文化

日落后回到青旅。这间青旅住得满满的，大多数是欧美人，亚洲人很少，我只见到一个印度人和一个日本人，一个中国人也没见到。负责前台接待的瑞士小伙多米尼克告诉我很少有中国人来青旅，本来中国游客来巴西的就不多，来的也大多去住宾馆了。

其实住青旅是一种旅行文化。在青旅你会遇见来自世界各地的旅行者，大家一起聊天，相互分享旅行经验。青旅里的背包客中，很多就像武侠小说里的游侠，孤身一人，仗剑天涯。有些人一开始就有明确的旅行计划，有些人则没有，走到哪儿算哪儿，随遇而安。有不少背包客来到里约，喜欢上了就不走了。青旅的前台员工多米尼克就是其中之一，这个瑞士小伙来里约已经有四年了，他说还想一直待下去。

来到一所艺校

多米尼克给我推荐 Parque Lage，Parque 在葡萄牙语里是公园的意思。这的确是一个好去处，公园里满眼绿色的热带植物，还有一座有年头的石头大房子。

石头大房子里是一座艺术学校，里约人在里面学习绘画和乐器。我走进去时，教室里老师正铺开画纸讲述着绘画的技巧，一群人围着倾听。学生们的油画作品挂在走廊里，大多色彩浓烈，一如南美的风格。屋外的院子里有几组在练习乐器的学生，吹奏着大号、圆号和风笛，乐声悠扬。

一群高三的巴西中学生结队来到艺校，我在门口遇到他们，他们要求我和他们一起合影。说要把和中国朋友的合影放到 Facebook 上去。这些学生中的绝大多数都只会说葡萄牙语，只有一个男生会点儿英语，不时地给其他同学做翻译。巴西的基础教育，从小学到中学，一点儿英语不教。作为国际大都市里约的市民，不仅不会英语，连西班牙语都不会。

学生们对于中国很好奇，问了很多问题，中国的气候怎么样，中国人喜欢什么样的运动，还问到在网上看到中国人吃狗肉是真的吗？里约人特别喜欢狗，狗狗们被里约人宠坏了，经常闹性子，在街上不听主人吆喝。爱狗的里约人听说狗肉被人吃，不免义愤填膺，在他们眼里狗是人类的朋友，怎么能吃朋友的肉呢？

说到运动，这些学生都是足球迷，各自有喜欢的球队，说着说着还会争起来。他们告诉我这星期的周日晚有他们国家联赛的冠军球队的比赛，推荐我去看。我说我正想去现场感受一下巴西足球呢。

城市中的热带雨林

艺校后面的山坡上有一片热带雨林。里约整个城市在 2012 年入选了世界遗产，类别是自然景观，成了世界上第一个世界自然遗产城市。里约城的三面为大西洋环抱，不仅拥有海岸线上蜿蜒绵长的沙滩和连绵起伏的群山，还有一件珍宝，那就是热带雨林。

还仅仅在五百年以前，从南美洲东北部一直到巴西南部的广阔的大西洋海岸线，密密麻麻地分布着葱葱郁郁的热带雨林。欧洲人来到这里之后，在海岸线上建立起城市，热带雨林随之被割裂，面积缩小。如今巴西总人口 2 亿，排名世界第六，2 亿人的 70% 都生活在大西洋沿岸的这个区域里。两百多年前，人们开始保护和重建雨林，里约市内的蒂如卡国家公园就是重建雨林的杰作，里约著名的耶稣像所在的科科多瓦山和山脚下的这个 Parque Lage 正是这个国家公园的一小部分。

走进山坡上的雨林，令人感到惬意。沙滩上的炽热被雨林里的阴凉所替代，空气中有着树木和泥土散发出的清新气息。雨林中最多的是树，其次是藤蔓。藤蔓依树而生，或缠绕在一棵树上，或长在两棵树之间，以至于挡住人的去路。蝴蝶翻飞，鸟儿鸣叫，我还发现了一群猴子，它们从不远处传来窸窸窣窣的声音。我循声而去，只见猴子们有的在树藤上倒挂着玩耍，有的在啃食树皮。美洲新大陆的猴，两个鼻孔距离较远，而且鼻子扁平，与亚非欧旧大陆猴子的狭鼻相比，鼻形不同。根据外貌特征，这是一群大头僧帽猴。

在一座大城市的市区，有野生的猴子自由自在地生活于林间，这正是里约的魅力之一。动画片《里约大冒险》曾经红遍全球。

拉帕的街头欢乐派对

在科帕卡巴纳海滩边的青旅住了四晚之后，在星期六的早上，我按计划换到了位于拉帕区的另一家青旅。

拉帕区的标志性建筑是白色的拉帕拱桥，拱桥最初是一个引水渠，后来被改造成了有轨电车桥。白色拱桥附近的房屋，建筑风格欧式，建于殖民时代里约城区扩张的时期。由于年代久远，很多房屋的外墙都已经斑驳了，不少被重新油漆过，涂上了海蓝、鹅黄和花粉等各种明亮的色彩，有着浓郁的南美风情。

拉帕还有一个著名的彩色台阶，台阶上装饰着许许多多彩色陶瓷和琉璃。中午去的时候，正好有摄影队在台阶上忙碌，两个美女模特来自哥伦比亚。哥伦比亚盛产美女，姿色迷人。

住的青旅就在拱桥附近，这一家青旅比起前一家来，风格迥然不同。前一家安静，而这一家极其喧闹，就像是一个大酒吧。大堂里一整夜都播放着劲爆的音乐，混杂着住客们肆无忌惮的谈笑声。而且，这家青旅总是满房，人们来这里图的就是喧闹。

走出青旅，拉帕街头更是一个狂欢的地方，尤其正赶上周末的晚上，整条街道挤满了人。午夜12点，街头狂欢派对刚开场，节奏激昂的桑巴鼓点响起，人们在街头跳起桑巴舞。女人们摇动上身扭动臀部，男人们飞快地移动和旋转双脚，一个个激情似火，尽情释放着荷尔蒙。桑巴是里约的灵魂，而拉帕街头是最适合跳桑巴的地方。

拉帕还有很多街边餐厅和酒吧，人们一边喝着啤酒和鸡尾酒，一边永无休止地聊天。第二天早上的时候，街道上堆满啤酒空瓶。

人们不仅在露天跳桑巴，还排着长队进室内酒吧跳，因为酒吧里的音效更劲爆。这样的周末狂欢派对一直要持续到第二天早上5点，里约人就这样享受着他们的夜生活，似乎有无穷的精力。

在巴西看足球

桑巴和足球是里约的两大看点，搬到拉帕不仅是为了体验晚上的街头派对，也是为了去看球赛。拉帕离足球场近，去足球场现场看球，才

南　美　洲　　9

能真正感受巴西足球的狂热气氛。

那群巴西中学生给我推荐的足球赛在星期日晚上举行，我从青旅走到里约中央（Central）车站，乘上前往体育场的火车。一上车，就见到许多穿着红绿白条子衫的球迷，他们正是上一年巴西全国联赛冠军弗鲁米嫩塞队（Fluminense）的球迷。

坐在我边上的一位球迷能讲一些英语，这让我很高兴。和巴西人交流，太有语言困境了，绝大多数时间，他们说一长串葡萄牙语过来，我完全不能理解。这位球迷虽然说着有巴西特色的英语，但我们之间至少能相互沟通。他听说我来自中国，就很兴奋地和我说起孔卡，在中国广州恒大踢过球的孔卡就出身于弗鲁米嫩塞队，为弗鲁米嫩塞队拿下巴西联赛冠军立下过汗马功劳。

我和球迷们一起下车，到体育场门口买票。门票不贵，10、20、30雷亚尔三档，以巴西的高物价来看，球票的价格很平民化。我跟着这些球迷一起买了一张20雷亚尔的票，座位在中线附近的中层看台。

里约最著名的体育场叫马拉卡纳（Maracana），历史悠久，规模宏大。在1948年建造之初，马拉卡纳是当时世界上最大的足球赛场，1950年在巴西举办的世界杯，开幕式和决赛都在这个赛场举行。只可惜那届世界杯，巴西队在决赛中被乌拉圭2∶1逆转，痛失冠军。2014年，巴西第二次举办世界杯，冠军争夺战还是在马拉卡纳足球场，德国队击败巴西邻国阿根廷捧冠。

里约有四支比较有名的球队，弗鲁米嫩塞是其中之一，还有一支强队是弗拉门戈（Flamengo）队。据说弗拉门戈拥有巴西最多的球迷，而且大多数球迷都来自里约的贫民窟，颇有草根基础。

足球是贫民窟里孩子们最好的娱乐。巴西贫富分化极为严重，海滩边高档社区里的人们过着富足的生活，而贫民窟里的人们却过着十分贫困的生活。绝大多数的贫民窟，街道狭窄，却总有孩子们能踢球的地方。只要那么一小块空地，用两块砖或是两个书包摆起球门就能踢。贫民窟的孩子们买不起踢球的鞋子，就光着脚踢球，如果足球也买不起，那就踢布球。

踢足球不仅是孩子们的娱乐，更是改变命运的机会。那些有足球天赋的孩子若是被球探挑中，会被送去大城市俱乐部试训，试训后一旦被留下，就意味着他们有机会摆脱最底层生活，将来能去巴西职业球队踢球赚钱，甚至成为大牌球星后去到欧洲的豪门俱乐部赚更多的钱。巴西的大多数大牌球星，如贝利、罗纳尔多、罗纳尔迪尼奥、内马尔等都是从贫民窟里赤脚踢出来的。

在巴西，足球还是一项重要的产业，球队的数目多如牛毛，数都数不清，一个州的联赛的规模要比中国的全国职业联赛的规模都来得大。巴西不仅大量输出球员，使得巴西球员遍布世界各国的职业联赛，而且巴西的俱乐部也接纳来自包括中国在内的足球第三世界国家的球队前来受训，获得不菲的收入。

这场比赛开场前，球场外就已经有很多弗鲁米嫩塞队的球迷，穿着球队的队服，喝着啤酒，在街上站着聊天。进场后，更是陷入了弗鲁米嫩塞队球迷的海洋。球赛还没有开场，气氛就开始活跃起来，桑巴鼓点响起，助威的大旗入场，球迷们站起来一起呐喊。从比赛开赛一直到结束，六只鼓组成的鼓队就在离开我三五米远的地方不停地敲打着，迎风舒展的大旗时时被挥舞着。我数了一下光我这边的看台就有七面大旗，挥舞大旗，那是需要相当的臂力的，有几面竟然还是女球迷在挥。

球迷们与其说是在观看一场球赛，更不如说是来释放激情的。很多球迷站在座位上看完全场，随着桑巴鼓点声不停扭动着肢体。他们挥动双臂，或是在头顶摇摆，或是在胸前晃动，口中呼喊着"噢达利达利乌"的号子。

球迷中最多的当然是年轻人，可也有很多老球迷，他们一辈子都支持自己热爱的球队。还有小球迷，有些看起来10岁不到，小球迷从小就被培养成为球队的粉丝。另外，女球迷的比例也不小，是球场上的别样风景。

从里约到圣保罗

在里约待了一星期后,启程前往圣保罗。

葡萄牙语里长途汽车站叫作 Rodoviario,这个单词里的字母多是多了点儿,可还是得记住。在 Rodoviario 后面再加上 Novo Rio,就是里约新长途车站的全名了。

来到巴西的长途汽车站,我得要在许许多多的售票窗口中寻觅一番。巴西的各家长途汽车公司只卖自家的票,而且并非每一家都有你想要去的地方的班车,这和中国国内不同。从里约到圣保罗的班车倒是有很多家运营,我选了当地人买票最多的那家。

巴西的国土很大,在地图上看起来紧挨着的里约和圣保罗,其实隔着 430 公里,大巴要开六个小时。按我的行程计划,圣保罗的下一站是大坎普,离开圣保罗还有 1000 公里。这块区域还仅仅是巴西南部的一小部分,巴西和中国一样都是国土辽阔的国家,以 850 万平方公里排名世界第五。

南美洲最大的城市

圣保罗和里约是巴西最大的两个城市,里约有 1000 万人,圣保罗更多,算上城郊有 2000 万人。圣保罗不仅是南美洲,也是南半球最大的城市。

圣保罗最繁华的大街叫保利斯塔(Paulista)大街,街上略显老旧的大厦里开着许多品牌店和高档餐厅,而且它还是整个南美最大的金融街,世界各国的银行和商业金融机构都有分支机构在这里。其中几座大厦的顶层能起降直升机,走在大街上就听到直升机的轰鸣声。

圣保罗的建城史并不长,这座城市因咖啡贸易而兴盛,曾是位于巴西内陆的咖啡产地和出运咖啡港口之间的交通枢纽。以咖啡发家的老板们在咖啡贸易衰落之后，迅速把积累的财富转向工业投资，圣保罗由此经历了飞速的工业化和城市化。城市规模从3万多人口发展到2000万人口，一城的经济总量可以跻身按国家统计的世界前50强，成为人类历史上最快速发展的大城市的典型之一，而这一切，也才一百年的历史。

由此，圣保罗和里约截然不同，这两个城市的市民之间也互不待见。写字楼里西装笔挺的圣保罗人觉得里约人太过懒散，不努力工作，而海滩上穿着泳装的里约人则觉得圣保罗人只知道工作和赚钱，少了点儿人情味。

从城市绿化上来看，尽管圣保罗是一个由许许多多楼房组成的钢筋水泥森林，没有里约的天然海滩和热带雨林，但它同样也是一个绿意盎然的城市。整个城市一共有90多座公园！保利斯塔大街的中段就有一个公园，公园里大树参天，郁郁葱葱。

离公园不远是著名的圣保罗艺术博物馆，红色建筑的拱廊架在半空中。圣保罗不仅是巴西的经济中心，也是巴西的文化中心。有钱的圣保罗人热衷于艺术，圣保罗艺术双年展有六十多年历史，是世界三大展览之一。平日里的圣保罗艺术博物馆也经常有各种类型的展览。

圣保罗的人们

圣保罗有一个日本城，日本城不仅有日本人，也有其他亚洲人。最近这几年，来自中国和韩国的移民也都在增加。在街角，我找到了一家中国饭馆，老板来自广东江门，两个端菜的年轻人会说普通话。这是我到巴西后第一次说中文，并且用筷子吃饭！老板看到有国人来，也特别照顾，我连着几天中午都去这家吃饭。

在圣保罗，不仅有日本城，还有意大利城。从19世纪后期开始，有大量意大利移民来到这里定居。另外，来自中东叙利亚和黎巴嫩的后裔也有相当数量。巴西几乎完全是一个移民社会，人种有白色、黑色、黑白混血、黄色、棕色，走在大街上，根本分不清哪一个是巴西本国人，哪一个是外国游客。

巴西的美女帅哥不仅仅只在里约的海滩上有，圣保罗的街头也到处都是。巴西的美女基本都是丰乳肥臀，圣保罗街上的美女尤其喜欢穿牛仔裤甚至紧身裤，非把身材勒显出来不可。

在圣保罗街头，有不少街头艺人演奏各种乐器。还见到两个巴西男人表演葡萄牙语说唱，看上去有点儿像东北的二人转，引来围观路人的一阵阵笑声。圣保罗的地铁倒是不像墨西哥地铁，车上没有卖唱的，也不见小贩。只有一次，晚上八九点了，一个小伙上了地铁就给每个乘客发一长块糖，我还以为是糖果广告呢，可过了一会儿他又回来了，有人给了他 1 雷亚尔，把糖收下了，但大多数人的糖又被他收回去了。在这个超大城市，人们通过各种方式谋生。

在我住的圣保罗的青旅里，有一个英语说得很好的巴西小伙子萨姆尔，他也很喜欢旅行。萨姆尔在这家青旅打工一个月，赚了钱后就继续旅行，践行着一边打工一边旅行的生活方式。

大坎普

圣保罗之后的下一个目的地是圣保罗以西 1000 公里的大坎普。大坎普虽说是南马托格罗索州的省会城市，但看起来和中国大一点儿的县城差不多，或者说有点儿像某个美国西部小镇，城里一栋高楼也没有。

中午在大坎普城里吃饭的时候，又陷入语言困境，没法点菜。在无法沟通的情况下，餐厅的人找来隔壁店里的一个日本人过来当翻译，原来他们以为我是日本人呢。我的日语在这种场合居然发挥了作用，和日本老人沟通后，顺利地完成了点菜。帮助我的日本老人还和我聊了一会儿，他满口用的是日语中最高级别的尊敬语，弄得我都不好意思，赶忙也对老人用了一堆尊敬语。

这位老人出生在日本，但是移民来到巴西已经有五十多年了，说的日语还是年轻时在家乡时说的最老套的日语，以至于五十年前年轻的时候用尊敬语，年长了还是用尊敬语。他早先住在圣保罗，后来觉得圣保罗治安不那么好，就搬到了大坎普。算起来老人搬来大坎普也有三十多年了，经营着一家小店，安静度日。他的两个孩子都在巴西出生，拿的是巴西护照，已经完全不会说日语了。

晚饭的时候，我再去中午那家餐馆，却已经关了，原来他们只做午饭生意。我走进另一家餐馆，虽然一样没有菜单，但这家老板聪明，指给我看饭锅里的米饭、锅子里的豆子汤，还有生的卷心菜色拉，最后再从冰箱里拿出来生的牛肉和生鸡蛋。这一看我就明白了，这是他要提供的套餐里的所有东西。价格么，他把两只手全摊开，在我眼前晃了晃，我就知道是10雷亚尔了。巴西人在用手表示大于5的数字时会把两只手都用上，比如表示7，一个手用五个手指，还有一个手用两个手指。这样倒也很容易理解。

在大坎普休整一天，开着窗户，躺在床上。窗外是蓝天和阳光，轻风徐徐吹进屋子。城里特别安静，只有鸟儿的叫声。

大坎普是进入世界上最大湿地潘塔纳尔的门户城市。明天就要进入潘塔纳尔了，不知道能看到多少野生动物，也不知道我的防蚊膏管不管用，那里可是蚊子主宰的世界。蚊子可喜欢我了，在里约和圣保罗，我都被巴西蚊子狠狠地咬到了，至今肿着两个大包。

进入潘塔纳尔

从大坎普到潘塔纳尔，汽车沿着巴西262号公路向西行驶。路边有公里数的路标，这一段路程300多公里，用时四个小时。

下午3点的时候，到达了潘塔纳尔湿地的边缘，在这里要换乘四轮驱动的皮卡车。进湿地只有一条土路，在洪水泛滥的雨季，这条土路是大海中的长堤，甚至可能被完全淹没。我怀着兴奋的心情，坐到了皮卡车的敞篷后车厢，开始了湿地中的Safari。

水豚和凯门鳄

车行在这条土路上,一幅幅野生动物世界的画卷开始展现在眼前。我看到的第一种哺乳动物是水豚,十几头水豚组成的方阵正要渡过一个水塘,而在岸边有数十条鳄鱼列阵。双方在对视一阵后,一个领头的水豚率先登上了岸,后面的方队紧跟而上。鳄鱼群也没有要发起攻击的样子。看起来,体型较大的水豚并不惧怕鳄鱼。

在潘塔纳尔,鳄鱼是体型中等的凯门鳄,凯门鳄遍布在南美大陆的湿地沼泽。在一个有数百条凯门鳄聚集的水塘边,向导让我们下车,并把我们带到鳄鱼不远处。凯门鳄纷纷爬开或是游入池塘中,有一条个头较大的鳄鱼喘着粗气,一脸愤怒,对于"两脚兽"(人类)入侵它的领地表示强烈不满。

我从没有在大自然中看到过这么多野生鳄鱼,真好像进入鳄鱼世界了。想知道潘塔纳尔有多少条凯门鳄吗?答案太吓人了,超过1000万条!这是一个多么巨大的种群!

看到水豚之后,沿路上看到的第二种哺乳动物是猴子,美洲新大陆的猴子和亚非欧旧大陆的猴子长着不一样的面孔。它们待在高高的树顶上,很快又消失了。接下来又看到两只狐狸和一群野猪,在潘塔纳尔似乎并不难见到兽类。

南半球星空

日落时分,车行的方向是正西,太阳就在我们的正前方。今天是一个难得的好天气,湿地里出现了瑰美的日落,红彤彤的火烧云铺在天边。

不一会儿,太阳沉到地平线下,但仍有余光。皮卡车在湿地的土路上已经行驶了60多公里,来到了巴拉圭河畔。我们的住地就在河的对岸,下皮卡车换乘快艇过河的时候,天空中出现了我从没有看到过的壮丽晚霞。

天色完全暗下来之后,河边有星星点点的萤火虫闪烁。头顶繁星满天,能看到银河迢迢。我第一次看到了著名的南十字星座,星座中的四颗亮星相距不远,其中相距较远的两颗星的连线指出了正南方向。

南十字座是在北半球看不见的星座,当然在这里也看不到北斗七星。最亮的星星还是行星木星,挂在北方的低空中。离木星不远处的北部天空,我看到了再熟悉不过的猎户星座。这个大星座是在北半球和南半球都能看到的大星座之一,这一天它不是直立站着,而是横在天空中,头部向东。

晚餐后,向导安排我们再次坐上快艇。快艇开在一片漆黑的巴拉圭河上,这让我想起了在菲律宾巴拉望岛坐小木船看萤火虫的情景来,只不过在巴拉圭河上看的是鳄鱼的眼睛。我们用手电筒四处照射,看到河岸边无数凯门鳄发出红光的眼睛,这是一副可怕的场景。向导并不把船接近有鳄鱼的岸边,无论如何,不管白天我们曾如何接近它们,这些鳄鱼是危险的动物,尤其是在夜色之中。

湿地中最多的是鸟类

早饭后坐小船出去,小船上除了巴西向导,其余五个人中,两个英国人,两个葡萄牙人,还有我一个中国人。

在潘塔纳尔,最多的是鸟类。湿地和热带雨林养活了无数的鱼和昆虫,这里是鸟的乐园。昨天坐皮卡车时,头顶和车前总有各种鸟儿飞过。坐在快艇上时,能看到河岸两边的鸟。

裸颈鹳是南美特有的鸟种,它的英文名字叫 Jabiru-stork,而巴西向导告诉我在葡萄牙语里它叫 Tuyuyu。Tu 的意思是它很大,而 yuyu 是说它走起路来慢吞吞。裸颈鹳尽管走得慢,飞起来却并不慢,而且翼展很大。

在船上用照相机镜头捕捉鸟的影像可不是一件容易的事儿,首先船上太晃，不容易拿稳相机；其次要捕捉时机，有时候刚把镜头对准鸟，它却飞走了。越有挑战性的事情越让人有兴趣，我在快艇上还是成功地拍下了不少鸟类的照片。

这一天午饭后有一段空闲时间，我在营地附近一个人信步走走，继续观鸟。在陆地上可比在船上拍鸟来得平稳的多。

在一棵开满红花的树冠中，我看到了一只金红嘴蜂鸟。蜂鸟真是太小了，它快速抖动翅膀，凌空停顿，用它细长的喙吸食花粉。

另一棵大树上，调皮的黄翅斑鹦哥发出清脆的叫声，我循声而去，在茂密的树叶中找到了一对。它们栖息在高高的树枝上，旁若无人地亲着嘴儿。这里的世界是它们的。

湿地的蚊子

在河边看鸟，总有蚊子不断侵扰我。待在潘塔纳尔，一定要涂驱蚊的防蚊剂。防蚊剂很有讲究，驱蚊的效力来自避蚊胺（Deet），一般防蚊剂的避蚊胺含量不到10%，而且不仅含量太低，液体挥发起来太快。我这次来南美之前，在国内特地邮购了避蚊胺含量为34%、且为固体的防蚊膏，时效可以持续十二小时。

只是，即便涂了如此强力的固体防蚊膏，潘塔纳尔的顽劣的蚊子仍然扰人。白天走在路上，一群蚊子总在耳边嗡嗡叫，挥之不去。到了晚上的时候，在营地里睡觉，必须严严实实地挂好蚊帐。

钓食人鱼

中午的时候，我走在河边，看见当地人在钓鱼。钓鱼的方式很简单，有的连鱼竿都不用，直接把绑着鱼钩的鱼线扔进河里，就能钓到不少鱼。我在一边看了一会儿，发现鱼钩上的鱼饵竟然是鱼肉，用刀把刚钓上来的鱼切成小块，挂上鱼钩就成了新的鱼饵。

下午的活动正是钓鱼，我们的鱼竿也高级不到哪里去，只是一根竹竿绑上鱼线。小船载着我们来到湿地的深处，这里鱼更多。我们用的鱼饵一样也是鱼肉，钓的正是传说中的食人鱼！食人鱼蚕食同类，非常凶残。把一块鱼肉穿上鱼钩，扔到水里，鱼线很快会动，食人鱼咬钩的速度可能比任何一种鱼都要来得快。

我得承认我不是一个钓鱼好手，大多数的时候，我的鱼钩上的鱼肉都被食人鱼成功地咬走了，我拉上来的却只是空鱼钩。好不容易钓上来一条，却只比鱼钩大了没多少。看来这些食人鱼从小就是嗜腥如命，这么小的鱼也要来咬比它个头还大的鱼肉。可怜它很快又被穿上鱼钩做了鱼饵，被大鱼吃掉了。

钓食人鱼就像是做投资，新钓上来的鱼由向导切分成小块鱼肉做鱼饵，如果这些鱼饵穿上我的鱼钩，被河里的鱼吃走却没有钓上鱼来，那明显就是投资失败，还不如留着鱼不切成鱼饵。

在失败中，我总结经验：第一是要把鱼肉在钩子上串紧，第二是动作要快，鱼线一动得马上把上钩的鱼拖出水面。后来我连续获得成功，一条条个头不小的鱼被我钓了上来，总算是收回以往的投资成本，还有小赚。

我仔细看了看自己鱼钩上钓得的鱼，鱼鳞嫩黄，身体呈椭圆形，牙齿异常尖利，一幅凶残样。巴拉圭河里没有人敢游泳，人身上的肉也是食人鱼的美餐。一条食人鱼或许还不那么可怕，可要是有那么一群的话，就想想它们为什么叫食人鱼了吧。

我们五个人钓上了一桶鱼，沉甸甸的，拎回了营地。食人鱼是当地人的家常菜，这些龇着尖牙利齿的鱼被油煎了，成了我们晚饭时饭桌上的餐食。

黄昏的时候，风云突变，刚才还是蓝天白云，才一会儿工夫就布满了乌云。云层越压越低，半个多小时后，"哗"地一下子，一场大雨倾盆而下。在我的记忆中，还从没有经历过如此气势惊人的豪雨！

鹿和猛禽

在潘塔纳尔的第三个早上，天空阴沉，前一晚下过大雨后，气温略降。我们坐船到河对岸，坐上皮卡，开始了又一次猎游。

发现的第一个大动物是一头南美沼鹿，它长着很神气的鹿角，在水草茂盛的地方低头吃草。沼鹿察觉车子接近，抬起头来注视了车上的人们一小会儿，转身躲进灌木丛中不见了。

接下来看到了两种鹰，有一种体型稍小，浑身长着棕色的羽毛，胸腹部有紧凑的黑色横纹，名叫草原鸡鹞。还有一种白头，有着黑色的半领圈，名叫黑领鹰。它们单个站立在树冠的顶部，俯视着田野间的一举一动，伺机捕食猎物。

黑美洲鹫总是一群一群的，它们专吃腐食，在路上看到一群围着一头凯门鳄的腐尸啄食。在大湿地里，猛禽甚至比其他鸟类更容易见到，这和城市里是截然相反的。

丛林徒步

车子开出营地40公里后，在路边停下，向导带领我们五人小队徒步进入热带雨林的深处。雨林中的树有着巨大的树冠，遮天蔽日，林中显得阴暗，又极安静，只有我们行路时鞋子踩到地上枯树枝而发出的声音。潮湿的地面上生长着各种菌菇，黄色的、白色的，个头都很大。

在林中，我看到了啄木鸟。小身材的它用坚硬的嘴巴敲击着树干，发出"嘟嘟"的啄木的声音。

一群长鼻浣熊在高高的枝干上走来走去。长鼻浣熊长着三角形的脸，拖着环纹长尾巴。它们俯视我，每一个都憨态可掬。其中还有几只小家伙，可能才几个月大，或趴或蹲，在树枝上懒懒的，一动不动，样子可逗人了。

紫蓝金刚鹦鹉在树上低着头好奇地看着我，一点儿都不怕人的样子。紫蓝金刚鹦鹉是世界上最大型的一种鹦鹉，体长将近1米。

我们的向导随身带着一把锋利的刀，在树枝较多的地方砍断一些枝条，我们才能通过。出了雨林后，经过一处荆棘丛生的灌木地带，锋利的刀子再次发挥作用，我实地经历了什么叫作披荆斩棘。潘塔纳尔的植物生长迅速，往往今天刚砍过，没过几天又有新的长出来，把路给挡上。

在树林的边缘发现了一个野猪群，远远看去野猪的个头比家猪还小不少。猪群中有黑色的也有棕色的，棕色的是小猪。这群野猪听到人的动静很快躲进了林子，它们有秩序地形成一字队快速离开。我数了一下，足足有30头之多！

在潘塔纳尔骑马

下午的活动是骑马，骑上马穿过草原，再次钻入雨林。五人小队中，两个英国人参加的是两晚三天的日程，丛林徒步完了后，中午就离开了潘塔纳尔。另外两个葡萄牙人不会骑马，于是就我和向导骑上两匹马出发了。

我骑上的是一匹高头大马，一开始并不驯服，总想回马厩待着。我摸摸它的脖子，还替它赶了几次蚊子，它和我友好起来。马头上除了缰绳，还系着一根很长的绳子，也就是马鞭。这匹马很有灵性，我只要稍微一晃动马鞭，它就快跑，再只轻轻一抽，它立刻四蹄翻腾，飞奔了起来。

出平原入雨林，雨林中的小道非常狭窄，马儿只能慢行。有些地方树枝低矮，骑在马上，我要低着头，才能避开。骑在马上，我又发现了一只长鼻浣熊，那家伙正在树下呆坐着。看到马儿过来，起先并不惊慌，直到更接近的时候，才不情愿地拖着长尾巴走开。

再出雨林时，迎面见到前方的两棵大树上一群紫蓝金刚鹦鹉，让我十分惊喜。紫蓝金刚鹦鹉的野外种群很小，只分布在巴西和玻利维亚。

这一次光线良好，比在阴暗的雨林里徒步时见到的更真切。我索性下了马，用相机拍了个够。它们做着我的模特，一点儿不羞涩。

骑在马上的最后一段路程，我快马加鞭骑回马场。两个葡萄牙人见了说你骑得真快。我在马上喘息，骑快马虽然爽，人也很累。马儿也跑出一身大汗，向导把它牵回马厩给它冲了个凉。我再仔细端详端详它，真是一匹好马。

我在马厩边的吊床上躺了会儿，仰望头顶的棕榈树，发现了几只叽叽喳喳的和尚鹦哥，它们正在树上忙着用小树枝做鸟巢。和尚鹦哥群居生活，每对鸟都把巢建在另一对鸟的巢边，在树上形成一个大型的巢。

在马厩附近的田野里，我还见到了漫步的南美鸵鸟和身体一半绿色一半白色的蜥蜴。在大自然中每发现一种野生动物就有一份新的惊喜。

回营地，还是得坐船渡河，又是日落时分，河岸边的天空再一次出现了瑰丽的晚霞，深红、深紫和深蓝的光线幻美至极，比第一天见到的更美。

这天晚上，营地里来了更多的人，四个法国人、两个德国人、两个瑞士人、一个西班牙人，基本都是欧洲人。另外还有一个来自智利的三口之家，总算没让欧洲人在营地里一统天下。

不舍离开

第四天早上还是乘车猎游，然后重复第三天早上的丛林徒步。在这条66公里长的土路上，我已经来来回回了好多次，但一点儿也不厌倦，每次猎游和徒步总能看到新的鸟兽。

这天的雨林徒步是一个20人的大队伍，却在行进过程中，出了点儿小状况。先是在林中遭遇一条凯门鳄挡道，不过它很快自己爬开了。接着是智利三口之家的8岁小男孩突然发出尖叫声，并在林中飞奔了起来，原来他被一只马蜂蜇了一下。不知道他有没有涂防蚊膏，还是马蜂专挑个子小的小孩子欺负。大家都被这突然的情形吓到了，小男孩疼了好一阵子，午饭后才慢慢平静了下来。

潘塔纳尔大湿地里还有蛇，不过蛇的天敌太多了，尤其有大量猛禽在空中盯着它们，所以蛇在白天不敢活动，徒步时不用担心。第二天坐船游河的时候，向导还曾经带我们登上一个河中小岛去寻找巨蟒。我们在岛上的草丛中走了一圈。向导东踩踩西踩踩，可惜没能发现巨蟒的踪迹。巨蟒虽大，却并不危险。

第四天的徒步结束后，我依依不舍地离开潘塔纳尔，坐车回到大坎普。在大坎普车站，我按计划买了前往伊瓜苏的车票，坐上了又一趟夜行巴士。

伊瓜苏大瀑布

我在夜行车上总能睡得很好，车子就像摇篮似的。早上6点左右，在开车十个小时后，我来到了Cascavel市。这里不是这趟车的终点站，但我得在这儿下车并转车。还好我醒了有一会儿了，不至于坐过站，长途车要是坐过站可就麻烦大了。下车后，我不知道该怎么换乘，拿着票，嘴上说着Foz问了好几个人。在巴西，伊瓜苏的全称是福斯伊瓜苏，巴西人更喜欢简称为福斯（Foz）。

正巧有另一辆长途车的驾驶员经过我身边，他停下来仔细看了我手中的车票，示意我先到候车室后面的售票处去签一下票。我这才发现我昨晚买的到福斯的车票其实被分成了两张，后面一段从Cascavel到Foz的车票颜色不同，是另一家长途汽车公司的票。我找到那家公司的柜台，把票递过去，电脑屏幕显示到福斯伊瓜苏的车每一小时有一班，票务员让我选7点45分那一班，我一看前面还有一班6点45分的车，就说要早一班。票务员指了指车站里的钟，示意现在已经7点了。我马上意识到，虽然同在巴西境内，这里和大坎普有一小时的时差。于是拿了7点45分的票，然后去洗手间先洗漱一下。

抵达福斯伊瓜苏，休整一天，第二天前往伊瓜苏国家公园。从城里去国家公园有公交车，国家公园内也有巴士。

我在大瀑布步行路线的起点处下车，然后步行。步行路线的起点正是观看伊瓜苏瀑布全景最佳的地方。虽然来之前，我已经看过不少大瀑布的图片，有心理上的预期，可是等我真的来到大瀑布的面前，还是被伊瓜苏瀑布那无比磅礴的气势深深地震撼到了。

观看伊瓜苏大瀑布，从巴西和阿根廷两侧都可以观看，巴西这一侧的特点是可以看到全景。我沿着步行路线前行，一路惊叹着伊瓜苏瀑布的宽广，来到了最著名的"魔鬼之喉"面前。"魔鬼之喉"是整个瀑布群中水流最大最急的一处，在巴西这一侧，既可仰视还可俯视。我先沿着水泥栈桥来到"魔鬼之喉"的下方，只那么一小会儿，就被无数小水珠洒得浑身湿透。我停步屏息，抬头仰视，真不相信这个星球上竟有如此壮观的瀑布和彩虹。

然后乘坐水泥栈桥边的观光电梯贴着"魔鬼之喉"上升，来到上方的平台俯视，只见伊瓜苏河汹涌的河水从远处奔腾而来，来到马蹄形的断崖前，从80米高之处，以无可比拟的雄浑气势飞流直下。其水声巨大，激起无数水珠，如烟似雾，犹如幻境。

美国前总统罗斯福的夫人曾来到伊瓜苏大瀑布，感叹地说北美的尼亚加拉大瀑布和伊瓜苏大瀑布比，简直小得太可怜了。如果这样说的话，中国的黄果树瀑布就更没得比了。我看过中国很多瀑布，中国的瀑布可以用秀美来形容，但若论规模和气势，看过伊瓜苏大瀑布后就可谓叹为观止了。后来我还去非洲看了维多利亚大瀑布，感觉也完全无法和伊瓜苏大瀑布相比，伊瓜苏大瀑布在我眼中是最壮观的。

洁净的水为所有人

在福斯伊瓜苏，我还乘公交车去了趟伊泰普大坝。伊泰普大坝于1992年竣工，在当时是人类所建成的最大的水利工程，据说耗用的混凝土可以铺一条从伊瓜苏到美国纽约的高速公路。

在伊泰普大坝的游客中心，有一群当地人正在画画。他们得知我来自中国，就邀请我在画布上用蓝色的油彩写"水"的汉字，我欣然照做。在画布的另一侧，有 Agua limpa para todos 的字样。这四个词和西班牙语里的词义一样，是四个我都懂的简单词，意思是"洁净的水为所有人"。对于人类来说，保护和合理利用水资源，无疑非常重要。

第二章　阿根廷之行

从巴西到阿根廷

　　阿根廷和巴西以伊瓜苏河为界，一座大桥横跨河上。位于桥头的巴西的边境办公室毫不起眼，不仔细找还找不见。我走进去递上护照，边境人员在电脑里登记了护照号码，盖上日期章就算出境巴西了。

　　有公交车连接两国边境，我等了一会儿不见车来，干脆搭了一辆私家车，车主是一个很友善的巴拉圭人。

　　五分钟车程后，我就来到了大桥另一侧的阿根廷。入境阿根廷的人很多，每一个人都要检查证件，不过大部分人只要出示身份证或是享受免签待遇的护照即可。阿根廷边境人员看我是中国护照，就开始一页一页地翻，找我的签证，翻到很后面也没找见，然后对我说没有签证不可进入。我示意她继续往后翻，我这第三本护照前面已经全部贴满了，阿根廷签证贴在倒数第二页。她找到后，笑容满面地在我的护照上盖了入境章。

　　阿根廷这一侧的城市叫伊瓜苏港市。我一早到达，问了几家青旅，竟然全都客满，没地方住！伊瓜苏港市因为是旅游城市，青旅还不少，我一家一家地问。最后总算找到一家可以住下。后来才晓得这几天正是复活节假期的连休，因此住宿空前紧张。

阿根廷人吃饭时间比较晚，我在正常饭点去吃饭，餐厅里根本没什么人。没别的食客，我就没法使用"依样画葫芦"的绝招，而我自学的西班牙语不足以看懂餐厅里的纯西语菜单，只能估摸着点上两个。

从巴西进入阿根廷，从葡萄牙语的语境进入了西班牙语的语境。语言困境的情况并没有因此改善多少，葡萄牙语我是完全不懂，西班牙语只学了一丁点儿。初到阿根廷，无论是吃饭坐车还是住宿，但凡和阿根廷人交谈，对方一长串西班牙语过来，我能听懂的太少太少。我到的第一站伊瓜苏港市还是阿根廷的乡下，此地的地方方言连来自阿根廷首都布宜诺斯艾利斯的人们都不能完全听懂，我还能怎样？阿根廷人和巴西人一样，都不会英语，身为旅行者，英语再怎样流利也是白搭。

伊瓜苏瀑布阿根廷一侧

伊瓜苏瀑布由巴西和阿根廷两个国家分享，在阿根廷这边无法看到在巴西那边能看到的全景，却能更接近瀑布。

进入阿根廷这一侧的国家公园，先乘坐绿色小火车到达中央车站，从这里开始步行。步行有上下两条路线。位于上方的步行路线是一段铁制的悬空步道，在步道上看到一个又一个组成大瀑布群的小瀑布，一直到达与Bossetti瀑布顶端相平行的位置。另一条步行路线则是在树林中辟出的一条路，接近Bossetti瀑布的中部。无论哪条路线，来到瀑布跟前，都会被淋湿，这次我吸取了在巴西一侧的教训，特地带上了雨披。

在阿根廷一侧看伊瓜苏大瀑布，最激动人心的时刻同样也是接近"魔鬼之喉"。从中央车站继续坐绿色小火车向前，到达另一段铁制悬空步道，然后再步行1公里后抵达。不同于巴西仰视和俯视的角度，这里几乎是和"魔鬼之喉"面对面的平行角度。"近看瀑布挂前川"，在近得不能再近的眼前，伊瓜苏河的"大水"就这样猛然落下，看得人惊心动魄。大概这世上没有比这更震撼人心的瀑布景象了。

伊瓜苏瀑布之美要亲眼见证，光看照片或是听别人描述都无法感受其震撼，而且必得两边都看。先看巴西一侧再看阿根廷一侧是比较好的顺序，由远及近，让大瀑布完全征服内心。

浣熊和蝴蝶

在阿根廷的伊瓜苏国家公园里看到很多野生的长鼻浣熊，它们不仅不怕人而且扰人。在游客较多的餐厅处，餐厅人员为了驱散浣熊，敲着棍子发出声响，还用水壶对着它们喷水，可没过一会儿，一群浣熊又回来了。它们高高地翘着长长的尾巴，集体出动，样子简直就是一个浣熊军团。

我在徒步时竟然还被一只浣熊打劫了一把。那时我正想给路边的浣熊拍一张照，冷不防边上的另一只冲着我挂在手腕上的塑料袋就扑了上来，竟然还一把撕破了！这只浣熊尽管得手，却很失望，我的这个袋子里并没有食物，而只有一件雨披。

不怕人的除了浣熊，还有不少蝴蝶。美丽的蝴蝶飞来停落在人的手上，它们尤其喜欢女性的手，留恋良久而不肯离去。蝴蝶把女游客身上的香水味当成了花香，我猜想。

耶稣会遗迹

伊瓜苏港市之后的下一站是小城圣伊格纳西奥迷你，四小时车程。因为需要在这趟长途班车的中途下车，我估算了下车时间，以防坐过站。

到了小城后找青旅，前两家又是全满。第一家青旅里惊讶地见到几十个人在开泳池派对，他们包租了。第三家青旅的女接待员不会说英语，对着我说了一大通西班牙语，我是没怎么听懂。反正好歹让我出示护照，登记住下了。幸好早到了一会儿，后来又陆续有人前来投宿，听闻住满，都不禁一脸沮丧。看来这天这个小城里的住处难觅。

关于住宿是否要提前预订，得看自己行程的灵活性。我在外面旅行久了，除了像迈阿密那样特别热门的旅游城市，我一般都不做提前预订，因为这样更有机动性。这两天阿根廷的青旅之所以住得这么满，主要是因为赶上了阿根廷的国定假日。阿根廷为了纪念1982年的马岛战争，在每年4月2日设立了马尔维纳斯日，这次又和复活节假期碰在了一起，形成了六天长假，相当于中国的国庆黄金周，国民们都出来旅游了。

小城里的耶稣会社区遗迹是世界文化遗产，在里面走上一圈，感觉有点儿像在墨西哥看过的玛雅文明遗存，一样有住宅、广场和宗教场所；一样都是被遗弃后的废墟，如今只剩下断壁残垣。所不同的是，耶稣会社区遗迹建立的时间较晚，宗教信仰也不同。

四百多年前，欧洲的传教士来到位于现在阿根廷、巴西和巴拉圭三国交界的区域。这个区域是原住民瓜拉尼人居住的地方，传教士们向原住民的传教取得成功，并定居了下来，建立了社区。在社区的共同生活中，男人负责种地、做木工和铁匠活；女人负责烧饭、纺纱织布、照顾小孩，传教士和原住民和谐相处，耶稣会社区也随之不断扩张，城镇的数量发展到了30多个，总人口超过10万。西班牙殖民者感到自己的统治受到了耶稣会的威胁，于是在18世纪中期要求耶稣会撤离，城镇由此被废弃。作为一种特有的文明样板，30多个城镇遗迹中的七个被评为了世界文化遗产。

岁月沧桑，后来的居民围绕着当年的遗址，建起了新的住房，如今小城里有15000多居民，过着安宁的生活。这一天正好是复活节前的星期五，到了晚上，城中居民举行了宗教游行。阿根廷是一个天主教徒占总人口90%以上的国度。

横穿阿根廷

接下来是一段漫长的路程。我继续向西进发，目的地是阿根廷西北地区的萨尔塔市，行程1200公里。我又坐上一趟夜行巴士，这趟车平稳而舒适，座位是宽敞的皮椅，可以基本躺平。开车的司机有两个，轮换着开，另外还有一名随车服务人员，负责供应一顿晚餐和一顿早餐。餐食虽然都一样，但饮料可选，服务员在小本子上记下每个乘客的选择后，和餐盒一起送过来。这样的长途车和飞机上的商务舱没什么两样了。

从东面的伊瓜苏港市到西面的萨尔塔市，我坐车横穿了阿根廷。

萨尔塔—蒂尔卡拉

位于安第斯山区的萨尔塔市始建于16世纪，长途车站的附近有一座名叫圣贝纳迪诺的修道院，建于建城后不久，已有近五百年历史了。修道院有着米黄色的长长的外墙和豆角树制作的木门，看起来历史悠久，但是禁止游客入内，是一处修女修行的所在。

再走几个街区，远远看见拥有高耸入云的双塔顶的圣佛朗西斯科教堂，走近看，这是一座外观极为华丽的红色教堂。再往前就来到了萨尔塔市的中心广场——七月九日广场。广场上既有殖民时代留存下来的镇议会（Cabildo），也有阿根廷独立战争英雄格梅斯将军的雕像。在阿根廷，很多城市里都有七月九日广场或七月九日大街，7月9日是阿根廷的独立纪念日。

刚到萨尔塔汽车站时，就从背包客口中得知市内住宿紧张。我在萨尔塔市区没有久留，换了点儿钱充实钱包，然后就继续坐车向北，前往安第斯山区里的小镇蒂尔卡拉。从萨尔塔到蒂尔卡拉还有三个半小时的车程。这几天坐了很多车，不过我还挺喜欢的。阿根廷的长途车很舒适，开得不快，可以慢慢地欣赏窗外的风景。

从萨尔塔到蒂尔卡拉的路上，两边是大山的风景，安第斯山的山体是红色的，山坡上时常出现巨大的仙人掌。山区里的居民并不富裕，住房多是一两层的平房，白铁皮做的屋顶用石块压着。

复活节长假里连山区小镇的住宿也十分紧张，蒂尔卡拉的人口才6000人，可是却一下子涌进了2万名游客。到了蒂尔卡拉后，我找到一家家庭旅馆住下。

蒂尔卡拉镇的海拔有2500米，到了晚上气温较低，睡觉的时候要盖上毯子，白天走在镇上也得穿起外套。庭院里风吹过，吹落秋叶，南半球的秋天到来了。

安第斯山区小镇

阿根廷总人口4000万，90％以上是白人，是一百多年前从欧洲来的移民的后裔，剩下的10％人口是原住民，其中就包括这里安第斯山区的居民。安第斯山区的原住民从外表看，更像亚洲人，个子不高，皮肤被强烈的日照晒黑。他们属于蒙古人种，在远古时期从亚洲大陆经过如今白令海峡所在的陆桥，来到美洲大陆后一路南下，并一直在当地繁衍至今。

我在镇上的中心小广场闲逛，吃当地人做的烤烙饼，还有香肠薯条（salchi-papas）。市场上摆放着当地人制作的陶碗和各种款式的衣服，陶碗上有类似象形文字的图案，衣服的颜色则大多十分鲜艳。闲逛时遇见一群阿根廷中学生，要求和我合影。他们对于中国非常好奇，其中有两个学生能说英语，问了不少关于中国的问题，还让我教了他们几个中文的问候语。

蒂尔卡拉镇外有一个名叫普卡拉（Pucara）的地方，普卡拉在南美先民盖丘亚语中是堡垒的意思。这个曾经的堡垒由数量众多的大石头堆砌而成，如今早已失去了原有的防御功能，但仍是一个视野开阔的地方，可以俯视四面八方。大石头所围起的区域里面，生长着许多巨大的仙人掌。这一带的安第斯山区，山体贫瘠，土质沙化，仙人掌却能在沙砾上顽强生长，并长得高高大大的，成为此地的名片。

土路

我继续深入山区。在蒂尔卡拉的北方还有一个叫伊鲁莎（Iruya）的小镇，路程虽然只有 115 公里，可是汽车却需要开四个小时。

班车开出蒂尔卡拉不远，经过一处名叫乌玛瓦卡山谷的地方，这是一处世界自然遗产。早上 8 点多，柔和的阳光照射在山体上，山体呈现出奇异的色彩，红色、黄色和褐色的岩石，波纹状地横向排列着，犹如大自然在山谷中泼墨画出的壮丽画卷。

车行 40 公里之后到达乌玛瓦卡镇，在镇上转乘另一辆长途车，出了这个镇子之后就再没有水泥公路了，一路全是土路。这条路让我想起在西藏地区坐长途车从朗县到泽当的那段来，那条西藏的天路至今令我记忆深刻，一样是高山上弯弯曲曲的土路，一样的尘土飞扬。从朗县到加查县，仅 75 公里，却开了四个小时，而从乌玛瓦卡（Humahuaca）到伊露沙（Iruya）的 75 公里也用了三个小时。土路旁的路标显示最高海拔超过 4000 米，安第斯山脉的这个海拔也超过了树木所能生长的极限，一路上不见一棵树，只有草甸子。

艰难的徒步

长途车翻过高山之后，来到山谷中的小城伊露沙。从伊露沙出发，我徒步前往 8 公里之外的圣伊思多（San Isidro）村。

开始这段徒步之前，我完全没有思想准备，大山里的风景太美了，然而徒步的路却太艰难了。徒步最开始的一段还有土路，不久之后土路消失，山谷里只剩大石块和小石块。前进的唯一的指引是一条小河，只要沿着小河走就是正确的方向。但是这条小河同时也带来麻烦，我大概不下十多次渡过这条小河，因为很多地方走着走着，河就和山体相交堵住了去路，必须渡过河到对面才能继续前行。小河虽然不宽，差不多 5

米左右，水也不深，最多没到大腿，但是水流湍急。在有些河段，我来回找了好几次，也很难找到一个合适的渡河点。走着走着，我不禁吟诵起李白的《行路难》来了，"行路难，行路难，多歧路，今安在"？

不过，在这个根本没有路的山谷里，并不是我一个人在行走。我既有见到和我一样的旅行者，也有圣伊思多村的村民。找不到合适渡河点的时候，我就停下来，等村民经过的时候，看看他是从哪个位置，怎样过河的。一般河面较宽的地方水流较缓，虽然要蹚几步水，却更容易过河。最开始的几次渡河，我还脱掉鞋子，把鞋子拿在手上赤足过河，但是到后面渡河的难度成倍增加，我干脆鞋子也不脱了，穿着鞋子直接踩到河里。

原先估摸着8公里大概两个小时走完，可我足足花了四个小时！下午1点半出发，5点半才到达山中的小村。直到爬上村子所在的小山坡的最后几百米路，才又出现了像样的石阶路。

其实我这个人没有什么冒险精神，原本只是想，这条徒步线路既然有很多人走过，那就没什么大不了的，却没有想到会是如此的困难。与世隔绝的圣伊思多小村让我想起了曾到过的西藏墨脱。

圣伊思多小村的海拔为2900米，是大山中的居民点，就只有通过那个满是石头的山谷和外界相通。我曾在路上无数次问自己，为什么在这样的地方还有人居住？路上看到好几个十多岁的孩子独自往外走，他们是结束了六天复活节长假返城上学的中学生。这些孩子对于这条路再熟悉不过了，从小到大不知道走了多少遍。他们熟知哪里渡河最安全，哪里是舒服的踩脚点，两小时走完这段路对于他们来说应该不是难事。

进了村子，我见到了更小的小孩子，他们在村里上小学。这些孩子在这里出生，在这里长大。在村口，一个老婆婆佝偻着腰，捡拾树枝背回家作柴火用。她穿着红色的民族服装，带着宽边帽，岁月在脸上刻下深深的皱纹。老婆婆一辈子生活在这个大山中的小村，年纪大了，恐怕已经无法像年轻人那样在崎岖的石块上自己走出去，或许她根本不想再走出去，她早已安于这里宁静平和的生活。

山崖上的村庄

这几年，这个山崖上的村庄的名声传了出去，总有不少游客造访这里。总人口才280人的小村能接待的游客有限，好在今天已是六天长假的最后一天，找住宿不难。我在一个家庭旅馆住下，这是一间白铁皮屋顶的小土房。

太阳落山后，山里就很凉了。晚饭是杂烩汤，汤里有牛肉和一种叫Quinoa的印加食物，还有几片面包和两个阿根廷饺子。饺子的馅里有土豆、牛肉和蛋丝。艰苦的山地徒步之后，在山村里能吃到这些可口的食物，对于旅行者来说是最大的犒赏。

村里有一家小店，店里的货物都是用骡马从伊露沙通过山谷驮进来的。我买了一双叫作Alpargatas的鞋，这种鞋有点像中国的布鞋，用它换下了渡河时湿透了的旅行鞋。小村里的物价并不贵，住家庭旅馆25比索，晚饭25比索，一双鞋30比索。阿根廷西北部的几个省是阿根廷物价最低的地区。

第二天早上下了一会儿小雨，走出屋子，感觉空气格外清新。村子里的人们淳朴而友好，路上遇到的每个村民都和我主动地打招呼。我信步走到村里的小学，今天长假结束，学校重新开始上课。这所小学里只有一间教室和一位老师，村里大大小小的孩子们都在同一个教室里上课。这让我联想起中国偏远山村里的希望小学。

山坡上栽种着玉米，还有果树，现在正是秋天成熟的季节，树上结满果实。各种鸟儿在枝头跳来跳去，鸣叫着。山路两边盛开着黄色的雏菊。一阵风吹过，树叶飘落。当秋天过去，冬天来临的时候，山崖上的村子一定会非常寒冷吧。

村子里两年前才刚通了电，但还没有手机信号和因特网。有些人家，有电也不用，门口没有电线杆子拉电线进屋。千百年来，他们已经习惯了没有电的生活。屋前的引水沟里哗哗地流着水，灌溉着田地，农妇在田里除草。他们过着真正的世外桃源般的宁静生活。

骑马出村

从村子回伊露莎，我没有再次徒步，而是和另两个旅行者一起骑马出村。村里不少户人家养着马，雇用马匹的费用倒也不贵，每匹马100比索，我们一行三匹马，还有一个马童另骑一匹马在前面带路。

骑在高头大马上再走一遍这条路，不禁更感叹行路的艰难！尽管马儿熟知此路，它们也要看准石块上的踩点，一步步踩稳了前行。马腿虽长，反反复复地过河对于马来说也是一件很不情愿的事情，有时候它们会停步不前，直到马童吆喝一下，才肯抬腿入水。

路上看到一个独行的背包客往村里走，他正在渡河难度最大的地方踌躇，不知该在哪儿找踩脚点。他身上背的包看起来很沉重，真有点儿为他担心。我的大背包寄存在了伊露莎，走进来时是轻装徒步。

感谢马儿，它驮着我跋涉，走出了满是石块的山谷，再走一段长长的上坡路，把我带回了伊露沙。骑马出村不仅省力，还借着骑在马上时更高的视野，一路上我看足了山谷中的美景。

坐班车

离开伊露莎第二次翻越4000米海拔的高山时，我感觉到了寒冷。班车清晨6点发车，一上车我就继续睡，睡梦中感觉车在上坡，并且经常转向，鼻子中也闻到了土路的尘土味。海拔越来越高，冷风穿过裤脚管，双脚变得冰冷。高原上早晚温差很大，来的时候是中午大太阳，并不感到冷。出去的时候天还没亮，虽然身上穿上了毛衣，腿上却是单着，而我的旅行鞋因为还没干透，脚上穿的是阿根廷布鞋。一个月前在里约海滩，短袖短裤还觉得热，现在来到安第斯山区，简直从夏天穿越到了冬天。

南 美 洲

这趟车全部满员，从起点开始就有不少人站着。昨天下午我在镇上买票时座位票只剩最后两张了。漆黑之中，车子经常停车，当地人在沿途上上下下，即便是高原上沿路也有不少小村落。

8点多的时候，太阳好不容易爬到了高高的山头之上，给人们带来了热量。我也睡醒了，盘起腿来坐在座位上，这样暖和一些。我仔细打量车上的人们，这里的原住民总让我感觉亲切，他们长着一头乌黑的头发和漆黑而明亮的眼睛，没有高高的鼻子，我总觉得他们就是和我一样的亚洲人。他们习惯于艰苦的高原生活，神情淡然平和，眼神中透着坚忍。

在阿根廷旅行，我就像在中国旅行时一样，不断地在城镇之间转车。这一天我坐了五趟班车。阿根廷的各个城镇之间都有班车连接，如果两个地方之间直达车的班次少，还可以分两趟坐，在中间的城镇转车。

盐湖

玻利维亚有一个全世界知名的乌尤尼盐湖，被称为天空之镜。阿根廷的萨利纳盐湖距离乌尤尼盐湖不远，也是高原盐湖，但规模稍小一些。

我在普尔玛玛尔卡看了另一处彩色山谷后，在镇上遇到两位来自布宜诺斯艾利斯的游客，三个人拼了一辆出租车前往萨利纳盐湖。车沿着阿根廷的52号公路行驶70公里，一路海拔不断升高，整个路段的海拔最高点为4170米，这里有一个标志，司机停下车来让我们拍照留念。对于我这个去过西藏的中国背包客来说，这个海拔高度不算什么，但对于世界上大多数的游客来说，安第斯山脉的4000米以上的海拔可能算是人生高点。就在这个标志的附近，有三头高原野生动物出现。司机说它们叫维库尼亚（Vicuna，中文称为小羊驼），是生活在安第斯山区的四种羊驼中的一种，只有野生状态的。小羊驼比人类成功驯化的大羊驼（Lama）更帅气，长着一张萌脸，小羊驼没有大羊驼身上那么多毛，但小羊驼的毛更细更保暖。

翻过4170米的山口后开始下坡，萨利纳盐湖在车的前方由远渐近，眼前白花花的一片,一眼望不到尽头。52号公路从盐湖中间穿过,下车后就可以从公路走到盐湖之上。盐湖里的盐都是固体,似乎称之为盐田更为适合。走上去没多久,就后悔没戴太阳眼镜。这个情形和在阿拉斯加的冰川上行走时相仿,如同镜子般的雪白的盐花强烈反射着太阳光,十分炫目。

站在盐湖之上,四周大片大片的白色,犹如身处幻境。盐湖上的游客众多,兴奋不已的人们摆出各种拍照姿势,有的仰躺,有的趴着,更有的在海拔4000米的高度奔跑跳跃。还有几处开挖出的长方形浅池,池中的盐水透着晶莹梦幻的浅蓝色,有美女干脆脱了鞋,把脚伸入盐井,摆姿势拍照。

卡法亚特

从萨尔塔开始的在阿根廷西北部的旅行,在最北到达伊露沙之后,我开始折返往南。行进路线是从萨尔塔市到卡法亚特再到图库曼。卡法亚特位于海拔1600米的山谷中,由萨尔塔北来,经过一段红岩山谷。有人形容这一段就像是火星上的地貌,各种红色岩石奇形怪状,是亿万年来天工刀削斧砍的杰作。从卡法亚特向南往图库曼,则是大山下广阔的葡萄庄园,绿色的葡萄藤架以苍茫的大山为背景绵延不断。卡法亚特日照充足,气候干燥,是阿根廷重要的葡萄酒产地之一。

进入阿根廷这些天,在语言沟通方面,乘车买票问题不大了,时间和价格这些基本的西班牙语单词我都知道,住宿也总有办法沟通,就只有吃饭点餐还是个不大不小的问题。

我的作息习惯已经快接近阿根廷人了。阿根廷人下午两三点吃午饭,晚上八九点才吃晚饭,去早了餐厅,可能没得吃。

在卡法亚特,我走到街上,看到一家餐厅外面的黑板上写着:Pastas para llevar $20。这个我能看懂,para llevar是外带的意思,也就是外带的意大利面,20比索。我给服务员说要一份,服务员大概是想和我说明些什么,对着我说了一大通,我还是听不懂,就只管点头。反正不管是什么形状的面团团,不管加什么酱,能吃饱肚子就行。等上十多分钟,我拿到了我的 Pasta,把纸包着的塑料饭盒打开一看,原来是小面团拌了点儿肉酱,味道还不错。再跑去水果店里买了些水果,晚饭就这样对付了。

40 号公路

从卡法亚特到图库曼的 230 公里,班车开了五个小时,这也是一段山路,平均时速不到 50 公里。车窗外的景色多变,起先是辽阔的葡萄庄园,连续 10 多公里,看到的除了葡萄庄园还是葡萄庄园。仔细看,藤架上的葡萄藤叶的颜色并不一样,应该是不同品种的葡萄。10 多公里后,班车开始爬坡,眼前出现的是树木不生的贫瘠高原,翻过山后,却又看到牛马成群,绿草如茵,此处有一个小镇,叫 Tafi,坐落在山中湖泊的岸边,是一个风光秀美的度假胜地。

这一路走的是阿根廷的 40 号公路。阿根廷的 40 号公路贯穿阿根廷南北,著名的切·格瓦拉当年就是骑着摩托车沿着此路一路壮游,并由此改变了人生观,走上了革命的道路。

"独立摇篮"图库曼

快到图库曼时,窗外的景色变成了甘蔗园。阿根廷人嗜糖如命,他们往任何饮料里加糖,苦咖啡绝对喝不了,连橙汁里都会加上一勺糖。阿根廷人还爱吃冰淇淋,城市里到处是冰淇淋店,每个冰淇淋都甜得不能再甜。图库曼省是阿根廷最小的省份,却是阿根廷最大的产糖基地,这里漫山遍野的甘蔗园出产阿根廷全国 80% 以上的食糖,糖业公司的老板是阿根廷的大亨。

图库曼市虽说是省会,但城市很小,我去图库曼市中心广场逛了逛。图库曼有着阿根廷的"独立摇篮"之称，1816年7月9日（7月9日是阿根廷国庆节），阿根廷宣布独立的地点，就在图库曼的镇议会大厦，所以这个广场又被称为独立广场。镇议会大厦如今仍完好地保留在广场上。

阿根廷第二大城市

图库曼市只是路过，我继续南下，当天就坐了一趟夜行巴士前往科尔多瓦。科尔多瓦是阿根廷的第二大城市，位于阿根廷的中部地区。

这天是星期天，早上到科尔多瓦时，就发现整个城市空荡荡的，一直到傍晚，街上也没有什么人，绝大多数的商店餐厅也全部都关着。南美洲的城市，星期天的时候就是这个样子，连阿根廷的第二大城市也不例外。

科尔多瓦的市中心广场叫圣马丁广场。圣马丁是阿根廷人，他率领军队从西班牙殖民者手里解放了阿根廷、智利和秘鲁，与西蒙·玻利瓦尔一起被誉为南美洲的解放者。阿根廷很多城市中都有以他名字命名的广场和大街，就像中国各大城市中的中山路一样。

圣马丁广场方圆一公里范围内的科尔多瓦大教堂、耶稣会大教堂、科尔多瓦大学都是世界文化遗产，这已经是我一路上看到的阿根廷的第四处世界遗产了。科尔多瓦大学是阿根廷最古老的大学，于1622年由耶稣会建立，阿根廷历史上有五位总统从科尔多瓦大学毕业。

由于餐厅都关着，我在一家超市买食材自己回青旅做饭吃。这家超市的蔬菜水果得自助称重，我学当地人的样子，先看好购买的蔬果的西班牙语名称，把蔬果放上秤，按一下电子秤上对应的蔬果名称的按钮，就会有价格标签自动打出来，然后去收银处扫标签付钱。

吃晚饭时，青旅的电视里正转播着足球比赛，解说员的解说充满激情，从他嘴里发出的每一个西班牙语单词都抑扬顿挫，极富感染力！阿根廷和巴西一样，是一个为足球而痴狂的国家。

科尔多瓦其实是一座很有活力的城市，到了星期一，城市一下子复苏过来了，车辆和行人来来往往，川流不息。街上见到的大多是白人，身材高挑，和安第斯山区大不一样。

早上我在市区西南角的公园里走走，公园的边上是科尔多瓦大学的一个新校区，很多学生抱着书本走入。继承了科尔多瓦大学四百多年来的优秀传统，科尔多瓦拥有为数众多的大学，来自阿根廷全国各地的学子聚集于此，给这座城市带来青春的朝气。

信步走到一个不知名的艺术馆，里面正展出一个名为 Mujeres del mundo 的摄影展。Mujer 在西班牙语里是女人的意思，Mundo 是世界的意思。在艺术馆四周的墙上，挂着一圈数十张世界各地女性的照片，我从中找到了两张中国女性的照片，其中一张拍摄的是关爱地看着孩子做功课的上海妈妈。这是一个很特别的展出。

来到布宜诺斯艾利斯

我在阿根廷的东北地区和西北地区转悠了半个月后，终于来到了首都。从科尔多瓦乘车抵达布宜诺斯艾利斯，一出长途车站，就见到林立的高楼大厦，久违的大城市的感觉又回来了。

从长途车站到青旅，坐公交车经过七月九日大道。布市的这条大街相当于北京的长安街，号称世界上最宽的大街，过个马路得快速步行，不然红绿灯变灯之前还过不去。布市的地标之一，为纪念建城400周年而建的72米高的方尖碑就位于这条大街上，而我在布市住的青旅就位于附近的一栋公寓大楼里。

雷科莱塔区

前一阵子尽在小城镇上待着了，去哪儿都走走就到。布宜诺斯艾利斯可是一个大都市，在布市，我用了多种出行方式：乘坐公交车、地铁、火车，骑自行车，步行，用一星期的时间几乎把这个城市逛了个遍。

最先去的是雷科莱塔区，这里是布市地皮最贵的区域之一。一百多年前，布市的富裕阶层由城市的南部北迁至此，富商们请来欧洲的设计师做规划，几乎把巴黎的格局整个儿都照搬了过来，因此雷科莱塔得名"小巴黎"。雷科莱塔既有巴洛克式的老房子也有摩登的高楼，还有众多的绿地。晴朗的秋日，漫步其间，布市给我的第一印象很美好。

大街上的外汇黄牛和探戈舞者

布市有一条著名的步行街，叫佛罗里达大街，有点儿像上海的南京东路，1公里长的街道上全是店铺。

走在佛罗里达大街上，可以听到此起彼伏的"Cambio"的吆喝声，Cambio在西班牙语里是换钱的意思，吆喝的都是外汇黄牛。他们服饰各异，神态万千，有的声音洪亮，有的有气无力。Cambio这个词听多了之后，成了我最熟悉的西班牙语单词之一。

在阿根廷花钱，最实惠的方式就是带着美元现金找这些黄牛换成阿根廷比索，阿根廷比索的官方汇率和从黄牛处实际能换到的汇率相差不是几个点，而是惊人的60%！这和阿根廷的经济不振、本币孱弱有关。

在佛罗里达大街上，我第一次看到了阿根廷探戈。一对舞者就在街上表演。男舞者身着笔挺的西装，女舞者穿着开叉很高的裙子，他们俩眼睛始终对视，完全沉醉在舞蹈之中。探戈舞步点美妙，劈腿精彩，男女舞伴的大腿时不时地上下左右交叉环绕，充满诱惑。

甜食店

甜食店在布市的街角遍地开花，到处都是。甜食店一般在门口放上一个冰柜，冰柜里有各种冰淇淋，店里则放着各种糖果、巧克力、饼干和糕点。糖果有硬糖软糖，巧克力有各式口味，饼干有各种夹心，糕点则裹着一层又一层糖衣。总之每一样都是甜的，而且非常非常的甜！

面包房里的面包也超级甜，表面还涂满甜果酱。至于冰淇淋，除了甜食店门外的小冰柜里有，还有专卖冰淇淋的连锁店，那里只卖甜死你的冰淇淋，各种花色。

所有的这些甜食，无论哪一种都能让你甜得牙疼，可是阿根廷人对甜食的嗜好程度超乎任何一个国家的人的想象力。他们嘴馋时，就跑去街角买甜食，哪怕只买几颗硬糖，以至于这么多的甜食店个个生意兴隆。

五月广场

佛罗里达大街离开五月广场不远，五月广场是阿根廷的政治中心，但广场不大，和天安门广场根本没得一比。五月广场上有一个"五月金字塔"尖碑，碑顶上树立着一尊手持矛和盾的自由女神雕像，碑体上刻着1810年5月25日，那一天是布市宣布脱离西班牙统治的日子。

阿根廷总统府就位于五月广场上，总统府别名玫瑰宫，外墙为粉红玫瑰色。阿根廷曾于19世纪发生内战，内战双方各以红、白二色作为标志色，总统府的颜色以这两种颜色相混，象征着和解和统一。这让我联想到英国历史上的兰开斯特家族（红）和约克家族（白）之间的玫瑰战争，最后亨利·都铎统一了两个家族，将红白两色合并到了一个族徽中，并开创了都铎王朝。

坐公交车

从五月广场乘上29路公交车，前往博卡区。上车之后，我拿出布市交通卡SUBE准备刷卡，司机问我Cuantos（多少钱）？我一愣。他看我反应不过来，就接着问Adonde vas（去哪里）？我回答说La Boca，他就在驾驶座边的机器上按了一个按钮，这时刷卡器上跳出1.60比索的字样来，我才能刷卡。原来布市的公交车有多级票价，刷卡时要么告诉司机刷多少钱，要么告诉司机去哪里。

明白这一点后，后来坐公交车，我都会告诉司机去哪里。其实多级制票价之间的差额并不大，几乎可以忽略不计，还不如搞个方便的单一票价制呢。不过，布市的公交车很便宜，车费是巴西里约公交车的三分之一，而且去哪儿都方便。

博卡

博卡区中"博卡"的意思是河口，在其他城市也有叫博卡的河口地区，但哪一个都没有布市的博卡区那么有名，因为这里拥有大名鼎鼎的足球俱乐部——博卡青年队。

博卡青年队的主球场就在离车站不远的地方，这天没有比赛，可以进入球场参观。这座球场，占地面积很小，被爱称为"巧克力盒子"，但体积却很大，有着很多层看台，就像一个高层公寓，足足可以容纳6万名之多的观众。这么多观众在"巧克力盒子"里一起呐喊时，那声浪可是惊人的。

博卡青年队的缩写是CABJ，B代表博卡，J代表青年，队员穿蓝黄色相间、瑞典风格的队服。一百多年前俱乐部成立，决定队服的颜色时，一致同意以第一艘开到河口的船只的旗帜颜色为参照，而那艘船刚好是瑞典船。博卡青年队在布市拥有无数粉丝，在布市的街上经常能看到穿着CABJ蓝黄球服的人。

在博卡的街区走走，依然老旧的街道和楼房承载着布市的历史，保留着对昔日城市的浓重记忆。走在著名的Caminito砾石小道上，发黄的梧桐树落叶铺在已经废弃的铁轨和小车站上，有点儿萧瑟，有点儿落寞。

在布市骑行

在帕尔默区，我看见一个租借公共自行车的点，不少人在那里租车还车。我走上前用英语询问，可租车点里的三个服务人员都不会英语，讲了一大串西班牙语过来。我连蒙带猜，搞明白这个点不办理新用户登记，得向前走四个街区，到另一个更大的租车点。

我按他们说的，走到帕尔默地铁站对面的租借点，那里有一个小伙子英语说得不是太好，但我们能沟通。我按照他的要求，去对面复印店把护照照片页和盖有阿根廷入境章的签证页复印了，签个字交给他，他在电脑里帮我登记好之后我就能租车了，而且租车是免费的。

帕莱默区很适合骑车，有专门的自行车道。我骑车进入二月三日公园，人们在公园内骑车，慢跑，玩滑板，玩滚轴溜冰。布市是世界上绿化最好的大城市之一，而二月三日公园则是布市公园中最大的一个，有"首都之肺"的美称。

布市的公共自行车租借系统，在全市有 26 个租还车点，租车后一小时内还车，或是去任意一个租车点续借一次就行。骑自行车很方便，我租借的次数多了之后，也把还车和续借的两个西班牙语单词学会了，还车叫 Devolver，续借叫 Renovar。

我骑着车从青旅附近的方尖碑到议会广场，再从议会广场骑到港区。这几个点之间如果是步行就有点儿远，刚好是自行车骑行的距离。

阿根廷的议会广场着实让我感觉惊艳，议会大楼几乎就是美国华盛顿国会大厦的翻版。最引人注目的是它高高的塔尖，塔尖的部分就有 80 米之高，相当于 20 层楼。布市的港区也很漂亮，港区停靠着不少游艇和帆船。蓝天下，港区的机械和摩登的楼房相映衬，是好看的城市一景。

在布市乘火车

从市区前往郊外小镇蒂格雷（Tigre），我乘坐了布市的火车。在火车站，我学着别人的样子在售票窗口用 SUBE 卡（布市公交卡）买票，车票很便宜，才 1.8 比索。买票后在月台上等车，一辆从蒂格雷开过来的火车进站，只见车上的乘客如潮水般地下车。这天是星期六，好多人进城，而和我一样出城的人也不少。

布市的火车看上去老旧，开起来也是轰隆隆的，车厢左右摇晃，嘎吱作响。火车里坐满了乘客，可小贩们不管车厢有多么拥挤，仍然卖力地穿行售卖，有的卖巧克力，有的卖甜饼干，卖来卖去还是阿根廷人爱吃的甜食。

小城蒂格雷位于巴拉纳河的三角洲地区，此处河道纵横，是乘船游览的好地方。不少游客自己划船，手一推，双桨齐动，船儿前行。日落的时候，河面上出现火烧云，映红了半边天空。我在小镇上流连，直到天上的星星开始闪亮的时候才动身回布市。

晚上回市区时，火车车厢空了很多。一个两三岁的小女孩坐在我对面，跟着她的爸爸在学西班牙语里最基本的元音和辅音。西班牙语其实是一门很讲究的语言，语法严谨，最突出的一点是，随便什么东西，比如桌子、椅子、沙发和床都分阴性和阳性，不仅名词而且形容词也有阴阳性，形容词和名词的阴阳性要一致；名词有单复数，形容词也有单复数；而动词要根据人称的不同进行词尾变化。语言是奇妙的东西，牙牙学语的儿童学起来很快，人长大了之后再学别的语言可比不过小孩子。

车厢里还有一位艺人在弹奏电吉他。在这个大都市，有很多卖艺者，他们唱歌弹琴，表演探戈，我还看到过街头表演者在斑马线上为等红灯的小汽车司机表演呼啦圈。这是布市的一种文化。

洁净的空气和城市积水

我在布市的一星期，除了第三天下了点儿雨，基本都是大晴天，天空湛蓝。进入阿根廷以来，一路上经过的每一个城市，天空都清澈无比。阿根廷几乎很少有工厂，尽管布市里汽车不少，但没有雾霾的问题。

但布市不完美，一旦遭遇暴雨，城市会发生内涝。我在阿根廷北部地区的那几天，布市连下暴雨，很多布市居民正外出旅行度假，却担心家里会否被淹。电视中播出的画面显示布市的城市道路严重积水，汽车在积水中挤撞在一起，有的甚至车头翘起，压在了另一辆车上。来到布市后，我看到不少路面正在进行改善排水的施工，工人们在道路的地面下方安装一个个垂直向下的大口径 PVC 管道，一旦再有暴雨，新装的管道将使排水更通畅。

不愉快的经历

布宜诺斯艾利斯给我留下许多美好的印象，但我也遭逢了一次不愉快的经历。那天我正在河边走，突然有人在我背后和我说话。我回头一看，是一对看上去面目友善的夫妻，女的手上拿着一个卡片相机，还有一小瓶矿泉水。我还没搞明白是怎么回事，那男的递给我一张餐巾纸，然后两人用矿泉水瓶子里的水把餐巾纸搞湿了后，用纸巾擦洗我衣裤的背面。我这才注意到我的衣裤上，不知什么液体粘了上去，而且很多。他们帮我擦了好几下，还不停地说 Todos（到处都是），同时指指自己身上，意思是他们的身上也有。我心想哪儿来的液体啊，他们为什么又这么好心而且有耐心，那就让他们帮忙试着擦擦看吧。

这时候，他们离我很近。我开始有点儿警觉起来，留意了一下自己的裤带拉链都是拉好的，可过了没一会儿，放皮夹子的那个口袋的拉链开了，我刚想把它拉上去，那一对中年男女突然什么也不说就走开了，并且很快消失在我的视线中。

我这才感觉不对劲，这可能是个"局"，连忙摸了一下几个口袋，还好几个口袋里的钱包、护照和手机都在。我这时得以脱下外套看了一下，但还是搞不清粘在衣服上的到底是什么，至少不是鸽子粪便。从液体的流动印迹来看，很像是有人从后面故意泼上去的。再回想一下那几分钟的细节，我可以十分确定这就是一个做好的局，他们两人手上的餐巾纸和水瓶都是事先准备好的，还特地拿着一个卡片相机，装作游客的样子，骗取信任。但是一旦我发现拉链被拉开，他们二话不说立刻走人。

粘在衣服裤子上的液体散发着一股怪怪的气味，而且像嚼过的口香糖一样难以去除。回到青旅后，我花了很多时间，总算把衣服上的洗掉了，而裤子上的太多太脏，无法清洗，只能丢弃。好在钱包和护照都还在，如果真被偷走了，后果不堪设想。

布宜诺斯艾利斯—巴塔哥尼亚

我离开阿根廷的首都往南进发，沿着阿根廷东部的大西洋海岸线前往马德林港。这一趟长途车的时间很长，中午12点从布市发车，第二天早上8点到。我已经很习惯于在南美坐长途车，座椅可以躺平，看看风景睡睡觉。这趟车的餐食服务很不错，到晚上8点一共提供了三次食物，其中有一次是甜点，不过真的是很甜，吃得我都快牙疼了。

从布市往南，一路都是广阔无垠的大平原，绿油油的牧草一直延伸到天际。阿根廷是牛的乐园，广袤的土地上牧草丰饶，牛儿悠闲，怪不得阿根廷出产这么多好吃的牛肉。

大平原上的日落非常壮观，太阳的最后一小点红色消失在远方的地平线下之后，仍然在地平线之下继续反射着奇异的光芒。在阿根廷，我已经许多次在长途车上看到美丽的晚霞和朝霞。晚霞过后，月亮登场，只是细细的一弯勾，却极明亮。这一天，农历初三，日语里的"三日月"，就是新月的意思。猎户座就在月亮的边上，这一次它的头是朝下的，因为澄澈的天空，他腰带下的佩剑三星也清晰可见。

车行驶1500公里后到达马德林港，这里不是这趟车的终点站，它将开往更南方的城市里瓦达维亚海军准将城，距离马德林港还有七个小时的车程。阿根廷的长途班车可以带你到任何想去的地方，无论多远。

马德林港

马德林港就在大西洋边，一边是荒芜的巴塔哥尼亚，另一边是蓝色

南 美 洲

的大西洋海岸线。这里的海滩波澜不兴，出奇的平静，和里约海滩的波涛汹涌形成强烈的反差，怪不得鲸鱼和虎鲸都喜欢来这里。

马德林港是阿根廷的又一处世界遗产的所在地，类别是自然遗产。城市东北面的瓦尔德斯半岛是野生动物的家园，既有南方露脊鲸、虎鲸、麦哲伦企鹅、海狮和象海豹等海洋动物，也有美洲虎、原驼、美洲鸵鸟、豚鼠等陆生动物。达尔文在写就《进化论》之前，就曾来过瓦尔德斯半岛考察。

在马德林港的南面180公里，还有一处托姆波角（Punta Tombo），在麦哲伦企鹅的繁殖期会有几十万只企鹅聚集，是除南极洲之外地球上企鹅最多的所在。

在来之前我就知道此时并不是马德林港观看动物的最佳季节。现在是4月，看鲸鱼的季节是6月到12月，企鹅在9月到来年3月底在这里繁育后代，12月和1月（南半球的夏天）则是海狮和象海豹的幼崽最多的时候，虎鲸会在沙滩上演出捕杀好戏。

在车站的游客中心，我打听了一下，托姆波角（Punta Tombo）的企鹅差不多都已经离去，所剩不多。好在这里大多数的野生动物，我以前都曾在别处看过。

我在马德林港只逗留了半天的时间，促成我很快离开的是一趟班车。我的下一个计划是横贯巴塔哥尼亚，前往巴塔哥尼亚另一侧的小城埃斯克尔（Esquel）。原先在网上查，只有晚上出发清晨到达的班车，其实我很不愿意在什么景色也看不到的夜里走这一段路，没想到在车站问到了一班中午出发晚上到达的班车，而且白天的班车每星期只有星期一这一趟。那还有什么可犹豫的，我正想在白天乘车横贯巴塔哥尼亚，于是当即买下了中午的车票。

在乘车离开前的几个小时里，我在马德林港城里走了走，去了当地的海洋博物馆。博物馆里陈列着一副鲸鱼的骨架、还有狐狸、企鹅、鹰和一条巨大的章鱼标本。馆内特别对虎鲸做了非常详细的图文介绍。虎鲸大脑发达，能在群体中传递信息，在海中合作捕猎，是海洋中没有任何天敌的动物。我在阿拉斯加的基奈峡湾里看到过野生的虎鲸，它们看起来就像是海中的潜水艇，露着背脊，一副随时准备发动攻击的样子。

横贯巴塔哥尼亚

从马德林港前往埃斯克尔，沿着阿根廷25号公路，由东向西，我开始了第二次横穿阿根廷，上一次在北方，这一次是横穿南方的巴塔哥尼亚。

一开始的景色非常单调，全是低矮的灌木丛，慢慢地景致开始漂亮起来。道路的一侧是大山，山体上的岩石呈现出各种形状，另一侧是平原，小河从平原上流过，4月的秋日里，河边的杨树叶已经变黄，在阳光的照射下透出金黄的颜色。在车上远远地看到两次小羊驼，每一群就是三五头，鹰在空中盘旋，寻找着地面上的猎物。

从马德林港到埃斯克尔有710公里，道路两侧荒无人烟，极少有人类定居点。巴塔哥尼亚是世界上人口密度最低的地方之一。这趟班车一共只有七个乘客，中途的一个小镇下了三个，剩下的四个坐到了埃斯克尔。同样是高原上的班车，这里和北部安第斯山区坐满乘客并经常停车上下客的情况完全不同。位于南方的巴塔哥尼亚地区真的就是一片荒野。

吃饭的问题

在阿根廷吃饭始终是个问题，吃饭没有太多的选择，大城市的餐馆里一般也只有意大利面、汉堡包、三明治、薯条之类的东西。到了小城市，餐馆更少。在埃斯克尔我又上了超市，还是买了点儿生菜、番茄、牛肉和香蕉，再买了点儿意大利面条，回去自己煮着吃。我的吃饭时间已经彻底和阿根廷人接轨，晚上8点才去超市，这时候却正是人最多的时候，居民们都在采买回去做晚饭的食物。收银台前排起了长长的队伍，

南 美 洲 49

不过像我这样买少于十个商品的顾客能够走另外的一个快速结算通道，节省不少时间。

回到青旅，老外们已经在做饭了。其中一个法国人把土豆削了皮，切块后放在锅子里煮熟，再捣成土豆泥，另外和洋葱、青椒和牛肉丝一起在煎锅上加热。还有一个来自瑞士的旅行者，切了番茄、洋葱和蒜放在煎锅上加很少的油在油煎，主食则是水煮的通心粉。老外们的食物其实就这么简单。

山冈上的足球小子

第二天，我在埃斯克尔城信步而行，走到了一个山冈上。山冈上是一个居民社区，看上去住在这里的人们并不富裕。

两个小孩子在空地上踢球，一个专练射门，一个专练守门。那个练射门的小男孩身上穿着10号梅西的球服，长得虎虎有生气。阿根廷和巴西一样，是一个足球王国。梅西是阿根廷最棒的球星，是小孩子们的偶像、努力的目标。或许阿根廷未来的新星就出在山冈上踢球的这些孩子们中间。

站在山冈上，我能够俯视整个埃斯克尔城，被山谷环抱的小城在太阳的照耀下闪闪发光。我沿着山上的路往南走，一路上视野开阔，近处是一片嫩黄的草甸，远处是墨绿的松树、金黄的杨树和火红的枫树，这些多彩的草木把山谷染成了彩色的。

波尔森

离开埃斯克尔，往北前往另一个巴塔哥尼亚小城波尔森（El Bolson），坐班车是两个半小时的车程。这一段也是著名的阿根廷40号公路，和北面我在图库曼省走的是同一条公路，只是南北相距很远。刚开始的一段路，窗外还尽是低矮的灌木，越往北乔木越多，到了波尔森就进入了湖区,湖区是阿根廷最漂亮的地方之一。

到波尔森的第二天,我去附近的湖上划皮划艇。这一天划艇的除了我,还有两个阿根廷女孩,两个女孩一条艇,我和教练佩德罗一条艇。

佩德罗是波尔森本地小伙子,今年23岁,从15岁起就开始跟着他父亲练习皮划艇。他简单地示范了划皮划艇的基本动作后,就让我们上船实践。我在尼泊尔漂流时,曾亲眼见过单人皮划艇在激流中翻船,而这里湖面平静,在静水上划艇一点儿也不用担心翻船。在皮划艇上,我还在胸前挂着照相机,湖面上的景色太漂亮了,让我有点儿目瞪口呆,我经常前行一段,就停下桨来,按动相机快门。

佩德罗说夏天是游客最多的时候,我却觉得秋天来才更好。秋天的气候不冷不热,景色因着色叶的多彩而更美:湖岸近处的树是绿色的,而远处山上的树叶是红色的;湖水深处是一抹碧蓝,而眼皮底下近岸的湖水却晶莹剔透,能看清湖底的每一块石头。

阿根廷烤肉

中午的时候,我们把皮划艇划到岸边,上岸进行了一段森林中的徒步。我们一直走到林子深处的一处瀑布,瀑布不大但水势很急。这是一个幽静的所在,一片寂静中只有瀑布"哗哗"的水声,离瀑布远了就什么声响都没有了。

我们在湖边野炊。林中的地上有很多枯枝,出林子的时候,佩德罗捡拾了一些当柴火。捡枯枝有讲究,要捡干的,最好别捡接触地面的树枝,因为地面潮湿,而是捡拾搭在别的树枝上的枯枝。树枝细小的就可以,太粗的点起来费时。我们的篝火是用打火机点起来的,若真是鲁宾逊的话,那得钻木取火,或者用火石(Flint)。好在现代的打火机很方便,"干柴烈火",细树枝一点就着,发出"噼噼啪啪"的声响。我们每人再往火苗上添上一把树枝,"众人拾柴火焰高",火焰很快蹿高了。

佩德罗把他带着的折叠式平板烤锅放在火上,往烤锅里浇一点儿食用油，然后把一块块牛排放上了烤锅，并洒上点儿盐，烤肉的香味很快散发开来，令人垂涎三尺，食欲大开。

烤肉在阿根廷是"名菜"，一路上，每个城镇都能看到放满大块肉排和肉肠的烤肉架。阿根廷的广阔草原上散养着许多牛，牛肉的肉品上乘。一般烤牛肉选用大块新鲜牛肉，一片可以重达半斤。阿根廷人喜欢把大块的牛肉烤七八分熟，外焦里嫩，用刀割的时候还能见血，他们认为这样的烤肉最好吃。

佩德罗还带着面包和西红柿，西红柿是他自家院子里种的，特别新鲜。牛排、西红柿和面包，做成三明治就是美味的午餐了，我一口气吃了三块！

吃得太多了，午饭后，并不急着出发。我们在湖边的石子滩上躺下。秋日的阳光暖暖的，风吹在身上很是宜人。我竟然在石滩上睡着了，美美地打了一个小盹。

马黛茶

下午继续往前划，由于挡风的山体发生了位置的变化，这一段不再是波澜不兴，而是顺风前进，艇速加快，颇有劈波斩浪的气势。

大概又划了一小时后，佩德罗让两艘皮艇再次在一处湖边靠岸休息，这次不烤牛排，而是点起火来烧开水壶里的水，大家一起喝马黛茶。阿根廷人特别喜欢喝马黛茶，马黛茶叶被装满在一个葫芦形的圆形容器里，泡上开水，拿一根略粗的棕色吸管啜吸。同一个茶壶就在朋友之间传来传去，使用同一根吸管，你一口我一口，显得亲密无比。按中国人的看法，用同一个壶同一根吸管，多少有点儿不讲卫生，可阿根廷人毫不在意。

马黛茶的味道有点儿清苦，我说不上很喜欢。但据说喝马黛茶有助于消化，对于爱吃牛肉的阿根廷人来说，能帮助消除烤肉的油腻。

佩德罗还随身带着他妈妈自制的果酱，把果酱涂在面包上分给大家。做果酱的果子的名字我没记住，反正是特别好吃的果酱。面对碧绿的湖水和美丽的大山风景，我们悠然地喝着茶，吃着果酱面包，在湖边又度过了两个小时的悠闲时光。还有比这更好的湖上旅行吗？

划皮划艇的技巧

下午5点的时候，佩德罗让我把一直挂在胸前的照相机收起来放入他的防水袋，还给了我一件防水衣换上。我们开始回程。这一段，顶风逆水，浪花拍打着船头，我们的艇上下起伏，不时有大量湖水溅上船来。除了防水衣之外，我们的腰间还围着和船舱紧密贴合的防水套，这样在船舱中的裤子和鞋子才不会被水溅湿。

逆水行舟，不进则退，在一上一下的颠簸中，我们奋力划桨。船行驶的方向是正西，太阳就在正前方，我坐在艇的前面，刺眼的阳光和持续的水花使我视野模糊。我干脆不管不顾，就只不停地划桨。为了不让后面两个女生的皮艇在波浪中漂走，回去的时候，佩德罗用绳子把两艘皮划艇连在了一起。出力最多的当然是佩德罗，他拼命划桨，我听到身后的他发出粗重的呼吸声。

终于冲破逆风的这一段湖面，回到静水中划起来就轻松多了，佩德罗把牵着后边那艘艇的绳子松开，两艘艇又各自自由划行。

在一天的划行之后，我总结经验，掌握了划皮划艇的基本技巧。刚开始的时候，我就像撑船似的将桨垂直插下去后再往后划，并且因为左右手臂力量不均衡，经常会在左边划桨时撞击到船体。其实这样的划法费力不讨好，最有效的划法是水平地划桨，让手臂和桨尽量地和水面平行。每一次划桨前，最好停顿一下，做一个划桨的准备动作。所谓欲速则不达，不停交替地划其实反而没有中间多加一个短暂的停顿来得好。

回程的最后一段，我干脆让佩德罗休息。这时太阳已经落下了山头，我们早上出发的湖边，有一盏灯点亮了。朝着灯的方向，我发起了冲刺。我掌握好节奏，听着自己的喘息声，不断给自己加油，十分钟后回到出发点的岸边，回头一看，后面那艘女生艇只看到很小的一点，被我足足甩出去好几百米远。其实，我哪里就该得意了？那两个阿根廷女生划了一整天，早已是强弩之末，而我大多数时间靠着佩德罗出力，根本就是"胜之不武"。再说本来也就没有比赛，只是自我挑战一下而已。

结束皮划艇之行，从湖边回镇子时天色已经全暗，佩德罗开着大车灯在山中行车。在路上遭遇了三只大野兔，它们竖着长长的耳朵，一个个长得肥肥的，佩德罗说它们很常见。

青旅烤肉大会

回到青旅，正赶上背包客们发起的烤肉大会，20多人一起集体晚餐，用烤架烤牛肉、羊腿、鸡腿、大虾、土豆和茄子，再配上烤肉的最佳搭档红葡萄酒，这一餐吃得十分满足。一天划船划累了，烤肉配红酒，正好补充一下营养。

最美的红叶

皮划艇、烤肉、红酒之后，这晚睡得特别香。第二天早上体力充沛，从波尔森的青旅出发，前往 El Bosque Tallado 登山徒步。

这一趟登山徒步，留下了我在整个阿根廷旅程中最美的记忆。秋天的巴塔哥尼亚，山是色彩斑斓的，红色的是枫树，黄色的是榉树，漫山遍野地生长着。在阳光的照射下，红黄的暖色调是那么通透温润，我得承认我从来没有看过如此美丽的红叶。

大约登山两个小时后，来到一处山中小屋。坐在小屋外的木长椅上，向远方眺望。天空极为透彻，这里没有在尼泊尔看喜马拉雅山时的那层薄薄的雾气，安第斯山脉的每一座山峰都清晰可见。眼前的美景让我留恋，直到太阳从山头落下，我才依依不舍地下山离开。

在这次南美旅行的时间安排上，我特意选择在4月的中下旬来巴塔哥尼亚，就是来看秋天的景色。巴塔哥尼亚的秋天，美不胜收，看到的远远超出了我的期待！

大锅饭

晚上回到青旅,就有人告诉我今晚又有大锅饭,已经有十多个人了,问我是不是也一起,我说好啊,那当然是再好不过了。在波尔森的青旅,每天晚饭都能享受人民公社的福利,昨晚是烤肉大会,今晚简单一些,意大利面和配菜。背包客中有人负责采购,有人负责烹饪,虽然开饭要等到晚上10点,但有什么比能吃到现成的更好呢?

这顿大锅饭算下来,喝酒的每人27比索,没有喝酒的每人只用付9比索,太经济实惠了。吃完晚饭,并不散场,而是继续聊天,一直到午夜12点多大家依然兴致盎然。阿根廷人除了喜欢吃甜食,还特别喜欢聊天,聊起来没完没了,有永远聊不完的话题。

通宵派对

这天是星期五,是全阿根廷各个城镇的派对时间。我对于派对其实不感冒,去年在美国迈阿密那个派对城市折腾过,并不那么喜欢。我在阿根廷二十多天了,一次也没有去过酒吧。聊着聊着,一大帮人怂恿我一定要在阿根廷体验一下周末派对。我很为难,说我困了先去睡觉,你们去的时候试着叫叫看我吧,结果到半夜1点半的时候,他们还真的进来把我叫醒了。

凌晨2点,酒吧里人并不多,但是你能相信吗?凌晨4点之后,这里挤满了人!阿根廷的派对和其他地方的派对没有什么两样,喝酒聊天跳舞蹦迪,就只是开场时间特别晚,凌晨3点人们才开始入场,早上6点多散场。

我们青旅的这一群夜行动物在中间还换场子,从蹦迪的迪斯科酒吧换到对面有现场乐队的音乐酒吧听歌,后来又回到迪斯科酒吧。凌晨4点多的时候派对渐入高潮,音乐越来越强劲,人们情绪激昂,疯狂地扭

南 美 洲

动着躯体。5点半的时候，我最先回到青旅，这时候的宿舍里竟然空无一人。

手工艺品集市

虽然睡得晚，可是强大的生物钟还是让我很早醒来。9点不到的时候，我已经走在了波尔森的中心广场上。星期六正是每周一次的波尔森手工艺品集市的日子，这个集市远近闻名，商品全是手工制作。我到的时候，摊主们刚开始支架子设摊，不多久就摆满了各种玩意儿，有木制的、皮制的、布制的，还有石头和陶瓷，每一件都以各种创意精工细作出独特的形象。这些手工艺者每一个都是艺术家。

各得所爱

离开波尔森，前往巴里洛切，和四个阿根廷小伙、一个德国姑娘一起同行。到了晚上，这些昨晚刚玩了一个通宵的派对动物们又要去酒吧，口称周六也是周末，而周日是上帝让人们休息的，白天可以睡一整天。他们热情邀请我再次同去，可我今天真的累了，吃完晚饭就早早上床睡觉了。

早上7点的时候，这群小伙疯了一宿后回到寝室。这时我差不多睡醒了，而他们开始进入梦乡，他们得到了他们想要的夜晚，而我可以出门去享受我喜欢的明媚的秋日。青菜萝卜，白天黑夜，各得所爱。

巴里洛切

巴里洛切是一个依山傍水的湖滨城市，坐落在纳韦尔瓦皮湖畔，城市的西面是安第斯山脉。这也是一个较大的城市了，在巴里洛切乘公交车和在布市一样，需要使用城市公交卡，没有上车投币的选项。有些公交车站的站牌很小，牌上只有一个 E，稍不注意就走过，而且站牌上竟然一概没有公交线路的号码，只能依靠地图上的标示。

我坐上一辆 50 路公交车，来到 Lago Gutierrez 湖，这里是纳韦尔瓦皮国家公园的一部分，是一个幽静的所在。走在湖边，只见对岸金黄的杨树倒映在湖面上，再沿湖走上 2 公里来到一处繁茂的森林，林中古树参天，整个主色调是墨绿色的。林子的深处有一处瀑布，从瀑布再向上走 1 公里比较陡峭的山路，站在山头居高望远，俯瞰湖景。

巴里洛切城是有色彩的，空中飘着落叶，红的绿的，叶子铺满一地。巴里洛切位于南纬 41 度，现在正是深秋，白天的时候气温 19 摄氏度，到清晨会降到 2 摄氏度，温差很大。青旅的屋子里装有暖气片，城市的供暖系统已经启动。再过一个月此地将是一片白雪的世界，冬天的巴里洛切是滑雪胜地。

小镇安戈斯图拉

我越来越喜欢离开大城市，去更小一点儿的城镇。我从巴里洛切坐车 80 公里，前往小镇安戈斯图拉。班车沿着湖滨行驶，车窗外满眼湖光山色，近处是高大的绿树，远处是白雪皑皑的雪山，这是一段美丽的观景路。

安戈斯图拉位于阿根廷和智利之间的边境，翻过山就是智利。到的那天下午，我先往西北方向，也就是往智利边境的方向走了 4 公里，来到 Correntoso 湖。一到湖边，我就被湖面上巨大而美丽的山体倒影惊呆了。这个湖的湖面平静极了，不起一丝涟漪，把山、树、房屋、小船分毫毕现地倒映在了湖上。湖面简直就是一面天然的镜子。

飞钓

Correntoso 湖的另一头是纳韦尔瓦皮湖，两湖之间有一条很短的水道相通。我从小路走到纳韦尔瓦皮湖边，在湖边闲坐良久。到太阳快要下山的时候，只见有两人前来钓鱼。这两人径直蹚水走入湖中，半个身子浸没在湖水中，手上不断甩动渔竿，提拉渔线。原来这就是传说中的"飞钓"（Fly fishing），我是第一次看到。

飞钓在国内很少见，在欧美却很流行。飞钓用的是假饵，通过钓鱼者的抛掷动作让有攻击性的肉食性鱼以为是小鱼在游动而咬假鱼饵上钩，因此对于钓鱼的动作要求很高。在钓的时候，钓鱼者凝神贯注于他的动作，自由地挥舞钓竿和钓线，他们不在意有多少渔获，即使钓到鱼也都会放生。飞钓的乐趣在于融入美丽而纯净的大自然，享受鱼上钩时那一瞬间的快乐。

乘船游湖

第二天早上，我去湖边坐船游览纳韦尔瓦皮湖。湖边的码头距离小城 3 公里，3 公里不算远，慢慢走过去就行。在山区里行走，呼吸着清新的空气，陶醉于美丽的风景。

走在这段路上，时不时听到一种鸟的"啾啾"的叫声，抬头看就能在树枝上发现它们的身影。这是一种隼形目隼科鸟类，属于猛禽，但体型较小，中文名叫作叫隼，英文名 Chimango Caracara，青旅的老板说镇上人都叫它卡拉卡拉。叫隼喜爱鸣叫，很符合它的中文名所描述的特征。

游船码头所在的地方是 Los Arroyanes 国家公园的入口处。Arroyanes 是一种珍稀的树木，在阿根廷就只剩下这一小块地方还有种群。

游船开到湖中央，特意停船了一段时间，没有了螺旋桨的搅动，看到很深很深处的湖水依然清澈。纳韦尔瓦皮湖的湖水是雪山的冰雪融化之水，水质极佳。

小镇 Puerto Manzano

距离安戈斯图拉 7 公里处还有一个小镇 Puerto Manzano，是纳韦尔瓦皮湖畔的另一处港湾。这个小镇，在湖边的树林中建有很多造型各异的度假木屋。我走在林中，只见木屋大多有漂亮的落地长窗，屋前有草坪，有些还带有室外SPA，热气从露天泳池冒出。林中的空气极为清新，是一个绝佳的养生所在。

湖边有一棵高大的银杏树，一半的树叶飘落了，铺满地面，脚踩在落叶上发出"沙沙"的响声。山区的早上经常云雾笼罩，到正午的时候才见太阳。云雾散开后的天空显现出天蓝色，原来幽暗的湖水也因为阳光的照射而变得碧绿，阳光下金黄灿灿的银杏树显得更美。

一群鸟儿，大约20多只，从湖对岸飞来，叽叽喳喳，在一棵结满果实的树上跳来跳去啄食，饱餐一顿后，它们又一起掠过湖面飞走。我用长焦相机拍下照片来辨认，原来是一群南鹦哥，它们是鹦鹉的一种，体型中等，比在巴西潘塔纳尔看到的和尚鹦哥体型大，又比紫蓝金刚鹦鹉小得多。

搭车

本想在大路上乘经过的班车回巴里洛切，结果因为记错了班车时间，晚到了镇口十分钟，而下一班车要一个半小时之后。我决定试试看搭车，这是我在阿根廷从没试过的。阿根廷的班车四通八达，一般情况下都不需要搭车。

我竖起大拇指等了半个多小时，可是大路上经过的车一辆也没有减速停下。我正无奈之时，有一辆车从小镇慢慢驶出，在路口停下来准备进入主路，我走近车旁，车上已经坐了三个乘客，但他们同意把我带上。坐在后排的两个女士能说英语，我和她们聊了起来，原来她俩同在一个名叫"无国界医生"的NGO组织里工作，一位来自摩洛哥，名叫阿玛尔，她的下一个工作点将是中非共和国（我不禁在心里竖起大拇指），在去中非之前利用假期来阿根廷旅行。她的同事则是阿根廷人，在布宜诺斯艾利斯工作，她告诉我阿根廷人普遍没有搭车和接受搭车的习惯，这并非是不友好的表现。我表示我当然理解，我并不感到奇怪或不满。

拥抱

回到巴里洛切后还是住回原来那家青旅,那几个阿根廷小伙,以及在巴里洛切开始一直和他们一起行动的德国姑娘凯特琳都还住着呢。在我不在的几天里,他们一起去了附近的山上徒步并在 Refugio(山中小屋)住了一晚,接下来的周六他们还要去另外一个山里的山中小屋,我说你们真的很喜欢 Refugio,这个西班牙语单词我再也不会忘了。

隔了几日之后,再次和他们相见,更为亲近。阿根廷人之间见面,会很自然地拥抱,无论是同性之间还是异性之间。尽管身为东方人的我比较含蓄,当他们热情伸开双臂时,我也很自然地和他们五人一一拥抱,还比几天前分别时抱得更紧了。这种朋友间亲密的感觉让人觉得十分真切而自然。

最美的观景点之一

在巴里洛切还有一个我要去的地方,那里位于城外 15 公里的纳韦尔瓦皮湖边,被称为"世界上最美的七个观景点之一"。我和阿根廷小伙马丁一起坐公交车前往。

日落前后的三十分钟,我和马丁看到了"最美的景色":西面山头附近的云彩先变黄再变红,色彩绚丽至极,这些彩云又倒映在像镜子一般的湖面上,让我们不禁发出惊呼,没有比这更美的夕阳了!马丁其实是一个摄影师,带着相机和三角架旅行,这次拍摄之后计划出一本巴塔哥尼亚风景的图片摄影书。

黄昏的时候,正是动物最活跃的时候,在树林边缘居然出现了一只狐狸。我拿着相机走近一些去拍。我不怕狐狸,狐狸是小型的食肉动物,对人类构不成威胁。在阿拉斯加的迪纳利国家公园里,我遇见过一头北极红狐,它见到我就溜走了。这回见到的是一头南美灰狐,这只灰狐却一点儿也不怕我，看上去还想从我这儿要点儿食物。狐狸一副可爱的样子，只是在打哈欠的时候，露出了尖牙利齿。

日落之后，山头上寒意渐起，在巴塔哥尼亚的十来天，我明显地感受到了气温的下降。冬天很快要来了，我也要离开这里了。

Ciao，Adios，再见

晚上，我们这一伙人一起去超市买鸡肉、意大利细条面，还有蘸汁，回青旅后烧了好吃的鸡肉面，六个人一起分享。这又是一顿幸福的大锅饭。10点半吃完晚饭后，他们几个12点半出发，又去了酒吧，我虽然想和他们在一起多待会儿，可是去酒吧实在不是我的菜，于是再次推辞不去。对于老外们的精神头我是很佩服的，他们可以白天进行很多户外活动，晚上长时间泡吧，却仅需几小时睡眠，并且可以连续这样好几天！而我完全不可以。

第二天一早，昨晚去了酒吧的我的朋友们照样在早餐时间出现。我吃完早餐就得去赶飞机了，和他们再次拥抱告别。Martin 马丁，Nico 尼可，Rodrigo 罗得里哥，Joe 乔，Katrin 凯特琳，Ciao，Adios，再见！

巴里洛切—布宜诺斯艾利斯

飞机飞离巴里洛切的时候，透过舷窗欣赏不远处的雪山，这是安第斯山脉中的一座山峰。雪山在视野中消失之后，飞机一路沿着东北方向，飞过荒瘠的巴塔哥尼亚。很长的一段时间里，飞机的下方都是不毛之地，地表上只有弯弯曲曲的河曲，见不到任何城镇。

两个小时之后，飞机飞临布宜诺斯艾利斯上空，从空中看这是一座有着那么多绿地的城市。布宜诺斯艾利斯这个长长的地名在西班牙语里的意思是"好空气"，有那么多绿树，当然会有好空气。

阿根廷签证的停留期是30天，我在第三十天离开，前往南美第三大国秘鲁。从巴里洛切到布宜诺斯艾利斯再到利马的是同一天的飞机,中间有几个小时的中转时间,但国内航班和国际航班是两个机场,两个机场之间相隔35公里,有点儿类似上海的虹桥机场和浦东机场。我的这两段航程都是用国内航空公司(东航)的里程兑换的阿根廷航空公司的免票,阿根廷航空还提供了免费的巴士车票,拿着车票坐上两个机场之间的穿梭巴士就行。

我的阿根廷之行,两次东西向横穿,行程8000公里。阿根廷给我留下了深刻印象,尤其是北部安第斯山区的萨尔塔省和胡胡伊省,南部巴塔哥尼亚的丘布特、里奥内格罗和内乌肯省,这些省的自然景观。后来很多人问我,六大洲旅行中最喜欢哪一个国家,我的回答是阿根廷。

第三章 秘鲁之行

机场顺风车

经历四个多小时的飞行后,我从阿根廷首都布宜诺斯艾利斯来到了又一座灯火通明的大城市——秘鲁的首都利马。两个国家的首都之间有两个小时的时差,到的时候是利马时间晚上9点半。利马机场离开市区很远,我在机场的停车场里搭了一辆利马本地人的顺风车,车上坐着祖孙三代,加上我刚好坐满。路上经过加油站加油的时候,我付了20索尔的油费(大约50元人民币),车子把我安全地送到了位于米纳弗罗雷斯区(Minaflores)的青旅。

终于吃到中餐了

在青旅安顿好之后,第一件事就是在附近找一家中餐馆饱餐一顿。在阿根廷一个月没吃上过中餐,上次吃中餐还是在巴西的圣保罗。利马有很多中餐馆,还有中文的菜单,进去就像是到了家一样。

在秘鲁,中餐馆叫Chifa,实际上就是吃饭的谐音。秘鲁的中餐是清朝时来到秘鲁的华工所带来的。早在同治十三年(1874年)的时候,中秘两国就签约建交了，秘鲁是中国最早的邦交国之一。之所以和秘鲁建交，正是因为在秘鲁有许多华工，人数足有10万之众，大多来自广东。"华工到彼，被卖开山种蔗及糖寮、鸟粪岛"，华工在秘鲁从事种甘蔗、挖鸟粪等辛苦的体力工作，同时也带来了中国的蔬菜和广东的烹调技艺。后来，秘鲁的中餐迎合当地人的口味做出了改变，成了秘鲁口味的粤菜，并广受欢迎。

古印加遗迹

来到秘鲁，不仅从安第斯山脉的东侧来到了西侧，更是从南美大陆的大西洋海岸线来到了太平洋海岸线。海边的滨海大道离开我住的青旅只隔了几个街区，海岸线蜿蜒曲折，海湾一个接着一个。没见到有人游泳，却有不少人在冲浪，这片海域浪头很高，因此更适合冲浪而不是游泳。

我所住的米纳弗罗雷斯区（Minaflores）差不多是利马最繁华的区域，我走在街上，一转头却瞥见了一处古迹。古迹附近有块牌子，标明这处以土坯和砖石建起的金字塔遗址叫作 Huaca Pucllana，建于5世纪，比兴起于10世纪、于15世纪达到顶峰的印加王国的历史还要久远。秘鲁是美洲大陆上一个历史悠久的古国，印加王国曾在此创造出辉煌的文化。我将在此行中探访著名的古城库斯科、阿雷基帕和马丘比丘。

爱旅行的加拿大小伙

利马没有统一的长途汽车站，而是每一个公司有自己的车站。青旅里有一个加拿大的小伙子要去伊卡，我们俩方向一致，而且要乘坐的是同一家长途车公司 Bus Peru（秘鲁巴士）的车，于是我们两个人拼了一辆出租车前去车站。

在车上和小伙子聊了好一会儿，小伙子叫卡梅隆（Cameron），刚满21岁，却是一个已经干了好几年的石油工人。

加拿大中部广阔的平原上有不少石油油田，卡梅隆就在其中一个

在海滩上度日（巴西里约）

足球是国球（巴西里约）

瑰丽的晚霞（巴西巴拉圭河）

探险小分队（巴西潘塔纳尔大湿地）

世界上最壮丽的瀑布（巴西伊瓜苏）

小村落和外界连接的路（阿根廷西北山区）

大自然的雕刻杰作（阿根廷西北山区）

玫瑰宫（总统府）（阿根廷布宜诺斯艾利斯）

皮划艇和烤肉（阿根廷巴塔哥尼亚）

在秋色中登山（阿根廷巴塔哥尼亚）

满目金黄（阿根廷巴塔哥尼亚）

我和我的阿根廷朋友们（阿根廷巴里洛切）

湖中飞钓（阿根廷巴里洛切）

回眸鸟岛（秘鲁皮斯科）

滑沙（秘鲁瓦卡奇纳）

叹为观止的人类杰作（秘鲁马丘比丘）

盐井（秘鲁库斯科）

街头国际象棋（秘鲁利马）

油田工作。冬天最冷的时候，那里的气温会降到零下40摄氏度，而且油田的野外工作非常辛苦，每天工作时间长达十二个小时。与此相应地，工资报酬也很高，日工资500加元（约3000元人民币）。一般工人连做十二天后休息七天，而卡梅隆不仅年轻，且不怕苦不怕累，一干就是连续四十天，中间不休息。每次赚到2万加元（12万元人民币）后，就离开油田去旅行，钱要快花完了再回油田工作。卡梅隆喜欢旅行，不惜做最艰苦的工作高效地赚钱，以获得旅行所需要的资金。

卡梅隆的这一趟旅行从哥伦比亚开始，然后是厄瓜多尔，昨晚刚坐了三十六个小时的长途车从厄瓜多尔的南部城市瓜亚基尔来到利马。他在秘鲁打算待十六天。秘鲁之后，他会飞往委内瑞拉，再前往美国佛罗里达，从那里飞回加拿大。回到加拿大时，正好是北方短暂的夏天。卡梅隆最喜欢在夏日里去加拿大的山中徒步和露营。

泛美公路

从利马到皮斯科有260公里，班车沿太平洋边的泛美公路要开三个半小时。我们乘坐的Bus Peru的长途车很舒适，车上有餐食供应，随车服务员分发给每一个乘客一个小汉堡包、一小包甜食和几颗糖，还端来了可乐和咖啡。这些都包含在了车费里面，食物虽简单，却让人满足。

泛美公路的一侧是山，另一侧是海。靠山的一侧，山上寸草不生，而靠海的一侧，很多路段是海边沙漠。太阳西落，海面上空没有一丝云彩，最后一小点红色落到海平线之下。

夕阳的余光中，我和卡梅隆告别。我去皮斯科，而他在下一站伊卡下车，去湖边搭帐篷露营。

班车停在泛美公路上，我知道下车地点离开皮斯科城里还有7公里。我一下车就有揽客的人招呼我，但我没有搭话，而是径直走进车站，问车站工作人员有没有去皮斯科的公共交通。一个女售票员告诉我有，出车站右转走500米，是满四个人就流水发车的小车，车子很多，而且车费只要1.5索尔。旅行在外，来到一个陌生的地方，乘坐公共交通总是要比一个人乘坐不知道是不是正规的出租车来得更安全放心。

在皮斯科城里安排好住处后，我去广场订了明天坐船去鸟岛的行程。跟团的价格普遍是70索尔，老板给了个优惠，只需付50索尔。一切安排妥当后，就满心期待着明天去看"鸟类世界"了。

鸟岛之行

第二天一早，从皮斯科的广场出发，乘车前往17公里之外的帕拉卡斯（Paracas），从那里坐上高速游艇。鸟岛（Islas Ballestas）位于距离海岸20海里的海中。

这个海岛其实叫作"弹弓岛"，是大海中孤零零的几块巨大的岩石，平坦而寸草不生。鸟岛是它的俗名，因为岛上聚集着成千上万数不清的鸟。此处是南方的低温洋流和北方的高温洋流的冷暖交汇之所，洋流的交汇带来了丰富的养分，养活了众多浮游生物和鱼类，由此也养活了鸟类和海洋哺乳动物。在鸟岛生活的鸟类的种类众多，数量最多的要数鲣鸟和鸬鹚。鲣鸟是产鸟粪多的鸟儿，而鸟粪可以用作肥料，所以鸟粪曾是秘鲁出口创汇的重要来源。

在秘鲁的鸟岛我第一次看到了企鹅。秘鲁的企鹅是体型中等的洪堡企鹅，体长大概45厘米，粉红的脸，黑背白肚皮。企鹅是游泳健将，却是不会飞的鸟，我看到三只洪堡企鹅在陡峭的岩崖上奋力上跳，走起路来一摇一摆，看起来步履蹒跚却姿态可爱。

鱼多的地方少不了海狮，鸟岛上的海狮也是一个小社会，既看到海狮妈妈用前鳍搂着小海狮的温馨场面，也看到了海狮相互怒吼打架的场面。海面上则有海豚出没，七八头的一小群，海豚大脑发达，捕鱼时相互传递信息，通过集体合作围捕。

回程的时候，高速游艇沿着海岸行驶，只见海岸上全是沙漠，看不到任何植被。沙漠上有一幅巨大的地画，地画像是一个巨大的三脚烛台，又像一支三叉戟。有人猜测这是古代祭祀的遗存，有人则认为是外星人的宇宙飞船用来登陆时的航空标记。这个图案究竟是什么时候由谁创造的，又是用来干什么的，至今仍然是一个千古之谜。

帕拉卡斯半岛国家自然保护区

鸟岛旅程还包括去帕拉卡斯半岛的国家自然保护区。保护区入口处有一个博物馆，介绍这一带的海洋和海洋动物。馆内有西班牙语和英语对照的文字和图片说明，还有十几个小的液晶屏不断播放着海底各种生物的视频，让游客们能更有兴致地去了解神秘的海洋世界。

不过，现在不是帕拉卡斯半岛地区观赏火烈鸟和鲸鱼的季节，倒是观看到了人类的活动。半岛的海湾里有人玩帆板，红色的帆板呼啦啦地乘风前行。秘鲁的太平洋海岸不仅是动物的乐园，也是人类进行各种水上活动的好地方。

纸币上的沙漠绿洲

皮斯科的下一站就是加拿大小伙子卡梅隆去的伊卡，从泛美公路上乘坐班车，一个小时后抵达。然后在伊卡城里找了一辆机动三轮车，前往5公里之外的小镇瓦卡奇纳（Huacachina）。在秘鲁，机动三轮车也是重要的公共交通工具。

瓦卡奇纳的常住人口只有200人，却是一个众多背包客聚集的地方，背包客的人数甚至超过当地居民。

小镇的晚上有点儿嘈杂，我住的青旅的隔壁有一个迪斯科酒吧，这天正好是星期六，秘鲁的派对开始时间比阿根廷要早，午夜12点音乐响起，一直持续到早上三四点。震耳欲聋的音乐让人根本没法睡觉，和我原先预想的宁静小镇大相径庭。看来在南美，从巴西到阿根廷再到秘鲁，哪里都少不了派对动物，喜欢派对的夜猫子多的是。

第二天早上，在小镇上看到了夜晚到达时没能看到的沙漠中的绿洲：高高的黄色沙丘围绕着一个小湖，湖边是高大的棕榈和几座纯红色或纯黄色的房屋，秘鲁50索尔的纸币背面的图案正是此处，这是一个美丽的景象。

太过于刺激的沙丘车和滑沙

在瓦卡奇纳，好玩的是滑沙。我从没有滑过沙，但猜想一定非常刺激，因为小镇上一辆辆沙丘车开出开进，每辆都满载着游客，人人脸上都是满足的神情。

我和其他六位乘客一起坐上沙丘车，只听得车猛然启动，发出巨大的轰鸣声，沙丘车怒吼着开始往坡上爬，不一会儿就来到了第一个侧弯，而且是向我坐的这边倾斜。眼看就要翻车的样子，车子又平正了过来。我心思一动，心想坐这车可不怎么安全，没想到，比这更刺激的马上又来了，面前一个悬崖，沙丘车竟然直接冲了下去。离心力的作用使我的心荡了起来，这可比游乐场里的海盗船要刺激好几十倍呢。接着又是上坡，比刚才的坡更陡更大，沙丘车司机也照冲不误，这个陡坡的坡度足有七八十度，而且高度很高。一车人尖叫声四起，只有司机最沉着。后面还有一个最陡最高的陡坡，司机竟然特意绕回去连冲两遍，沙丘车玩得这么刺激，真离谱！

终于到达一个平坦的沙坡，司机把车停了下来。一车人下车环视四周，兀自惊魂未定。眼前是一片沙漠，再远一些就是浩瀚的太平洋，伊卡城也在视野之内。而沙丘高低起伏，有着动人的曲线。

司机让我们重新上车，把车开到一个陡坡的边缘，眼看着车就要翻下去了，忽然戛然而止横向停住。司机从车后取下滑沙板，发给每人一块，并给了一小块白蜡，让我们把白蜡涂在板的背后，增加润滑。

滑板放在陡坡边，人趴上滑板，面对陡坡，准备下滑。坡这么陡这么高，看着心里直发怵。勇者先行，而我决定先看看情况。其实滑沙倒真不需要什么技巧，也比较安全，沙子是软的，需要的只是那么一点儿勇气。只见男生女生一个个滑下去了，于是我也滑了下去。

滑完第一个高的沙丘后，拿着滑沙板走上第二个沙丘，这时司机已不跟着了，让我们自己滑。我们一连滑了三个沙丘，司机则把车开到第三个沙丘的底部，然后载上我们，开到另一个点再滑三个坡。第二个点的三个沙丘更高，目视应该有70度斜坡、20多米高度。滑沙往下滑的时候一点儿不费力，就是拿着滑沙板爬下一个沙丘有点累。为了享受往下滑的刺激得付出点儿体力。

我们车上一共七个人，有两个来自秘鲁本国，看上去年长，滑了第一次三个坡就不再滑了，剩下的人滑了两次三个坡也过足瘾了。只有一个意大利小伙子最来劲，又多滑了两次。滑沙一般都是趴在滑沙板上，我趴在板上五次，坐在板上一次。这个意大利小伙子则出新招，他把双脚绑在滑沙板上，就像冲浪一样站在板上往下滑。这样难免翻跟头，但在沙丘上就算翻个跟头，也没啥事，小伙子把身上的沙子拍掉继续滑。

坐沙丘车回程的时候，司机拉足了速度继续猛冲，一个个陡坡又引发一次次尖叫。回去时顶风，细小的沙子打在脸上，我连眼睛都睁不开，而司机带着太阳眼镜，把方向盘把得稳稳的，镇定自若。回去后才知道，他竟然是镇上技术最好的沙丘车司机，开车的速度最快，所做的动作难度也最大，真的就是开车老司机，带着我们一起飞！

在就要回到小镇之前的最后一个沙坡上，司机特意把车停了下来，原来这里是俯瞰绿洲和小镇的绝佳所在。从高处看，绿洲相对于广袤的沙漠来说，实在太小了。

谜一般的地画

从伊卡坐长途班车继续往南160公里，前往纳斯卡，纳斯卡的荒原上有着举世闻名的纳斯卡地画。

我在离纳斯卡市20公里的地方中途下车,这里有一个眺望塔,西班牙语叫Mirador。登上眺望塔,可以看到泛美公路边近处的三个地画,其中两个比较清晰。左手边的一个,竖着看是手,横过来看像青蛙,右手边的那个,线更淡一些,一开始没有看明白是什么,仔细看才看出来是一棵树。另外还有一只蜥蜴,距离眺望塔更远一些,而且这只蜥蜴被公路切断。从眺望塔下来后,在与地画视线平行的角度就什么图案也看不出来了。

据考证,纳斯卡地线的存在至少有一千五百年以上的历史,而人们发现地线只是几十年前的事。在修建泛美公路的时候,人们甚至没有意识到公路从地线图案中穿过,以至于蜥蜴和鲸鱼两幅地画被公路切断。

我看到的三个公路边的地画只是整个纳斯卡地画中极小的一部分,纳斯卡地区的数千平方公里的区域都有地画。这些地画分三种,第一种仅仅是笔直的带有箭头的线条,短的几十米,长的有数公里之长;第二种则组成了几何图形,如三角形和梯形;第三种是动植物的图形,著名的有卷尾猴、蜂鸟、蜘蛛、鱼、蜥蜴、老鹰、仙人掌等,图案的长度和宽度从几十米到上百米。所有这些线条其实是一条条十几厘米到几十厘米深的浅沟,这些浅沟已经存在了不知多少年,从未被填没或消失,这一定与纳斯卡地区炎热干燥的气候有关,此地终年无雨,即使有极小的降水量,水分也很快就被蒸发掉了。

要真正看清纳斯卡地面上的这些巨型图案,必须要乘上小飞机俯瞰。纳斯卡地画给人们留下不少疑团,为什么要制作如此巨大,而且非要在空中才能看到全貌的地画,这些地画又究竟是给谁看的呢?

在所有试图解开谜团的猜测中,有一种说法是外星人刻画了这些纳斯卡地线。这种说法举出了很多例证,比如图案中的蜂鸟、猴子并不是这个区域的生物,又比如蜘蛛图案画出了只有在显微镜下才能看到的蜘蛛的生殖器,还有最主要的一条是众多图案中就有一个外星人的形象!

火山边的城市

从纳斯卡到阿雷基帕,我再一次乘坐夜行长途车。在南美旅行,我坐了很多次夜车,在秘鲁还是第一次。这趟秘鲁的夜行车也很舒适,和巴西、阿根廷的车一样,车厢是双层的,座椅可以躺平,车上提供毯子,还提供餐食和印加可乐。淡黄色的印加可乐是秘鲁的"国饮",它的原料是一种生长于安第斯山区的草本植物,而生产配方被严格保密。印加可乐自从1935年问世以来,一直广受秘鲁国民爱戴,喝它而不喝可口可乐已经成了秘鲁人民的爱国情结。

早上8点抵达阿雷基帕,前两天的海拔差不多是0米,而此处海拔2350米,这往后海拔还会升高,的的喀喀湖的海拔接近4000米。虽然去年刚去过西藏地区,前一个月在阿根廷北部也到达过4000米以上,但每一次都有一个适应的过程会比较好。

阿雷基帕是建在两座火山边的城市,一座火山名叫米斯蒂(Misti),5800米高,另一座叫恰恰尼(Chachani),高度超过6000米,两座都是活火山。1600年时的一次火山喷发曾经将阿雷基帕城彻底毁灭,后来重建。城里的建筑大多就近取材,使用火山熔岩作材料,因为熔岩是白色的,阿雷基帕也被称为白城。有火山的地方也容易发生地震,所以城内一概不建高房子。

阿雷基帕人口有100万,是秘鲁的第二大城市。城里车子不少,却只有中心广场有红绿灯。在不少路口,警察吹着哨子用手势指挥交通,交警还大多是女警察。

阿雷基帕老城也是世界文化遗产之一,主要的看点是武器广场上的大教堂和附近的圣卡塔莉娜修道院。阿雷基帕大教堂建筑宏大,正面有三个门洞,足足70根石柱。著名的圣卡塔莉娜修道院位于大教堂背面的不远处,可以买门票进入参观。我走进修道院,感觉这里就像是一个小城市,有房屋、街道和广场,至今还保留着四百年前古老的风格。

秘鲁菜

在吃够了秘鲁式中餐（Chifa）后，我决定试试秘鲁菜。在阿雷基帕的利马街，我走入一家秘鲁餐馆，走进去也不管什么菜单，看别人吃什么好吃的，我就指指来同样的。秘鲁菜一般先上一碗汤，汤里面有土豆、玉米棒、蔬菜、南瓜，还有一大块肉，秘鲁菜的主食也是大米，白米饭配上炸鸡肉和蔬菜就很好吃了。晚上在另一家秘鲁餐馆看到蛋饼，厨师就站在餐馆门口做，我看着嘴馋也要了一个。用鸡蛋摊成一个很大的蛋饼，配上扁豆角和不怎么辣的红辣椒，再在蛋饼之上盖上白米饭，配上有那么一点儿辛辣的秘鲁蘸酱，特别好吃。总之在秘鲁吃饭感觉很幸福，比起在阿根廷和巴西来要幸福得多了。

海拔4920米

从阿雷基帕去科尔卡峡谷，我报了一个散客拼团，去科尔卡峡谷坐旅行团的车比坐班车方便。

这又是一次高山之旅，旅行车从海拔2300米开始爬坡，最高处到达海拔4920米，中间在海拔3650米的小镇奇瓦伊（Chivay）住了一晚。我在4920米的地方有点喘不过气来，即便在3650米的镇上，我也不敢快走。

羊驼

车子行驶在高原上，一路上看到了很多羊驼，也就是在中国国内很有名的"草泥马"。生活在安第斯高山上的美洲羊驼一共有四种，这一趟看到了三种。最先看到的是维库尼亚（Vicuna），中文名小羊驼。小羊驼不能为人所驯化，处于野生状态，胆小而害羞，总是躲得离人远远的。接着看到利亚马（Llama，中文名大羊驼）和阿尔帕卡（Alpaca，中文名羊驼），这两种都能被人类蓄养。印加文明中没有产生过带轮子的车辆，而大羊驼（利亚马）则是安第斯山区常用的运输工具。

利亚马（大羊驼）在干旱的环境也能生存，分布最广；而阿尔帕卡（羊驼）喜欢喝水，一天必须喝很多水。在阿雷基帕城里，贴的最多的是阿尔帕卡的形象，因为阿尔帕卡的毛比利亚马来得柔软，所以被用来制作各种织物。在路上的每一个停车点，都有原住民出售羊驼毛制成的毛衣和帽子。我买了一件毛衣穿在身上，正好抵御高原的寒冷，后来又买了一顶羊驼绒线的帽子，戴着特别暖和，睡觉都不想脱下来了。

高原上的小城

小城奇瓦伊是这一带的首府城市，却特别迷你。我在街上找了一家当地人的餐馆，又和昨天一样吃了好吃的汤和米饭。到了晚上，来一盘面、一份炒饭以及一份薯条配鸡肉，吃完还不满足，又去镇上广场边的集市，先来一杯马黛茶，然后再一串烤肉，最后还来了一杯热巧克力。马黛茶是现煮的，当地人把带有花朵和枝叶的树枝直接放在容器里煮成茶水，入口甘爽。烤肉串上除了羊肉，顶尖上还有一个圆土豆，羊肉和土豆两样都烤得很香。热巧克力是点着火一直温着的，用的杯子是白色的搪瓷杯，一杯喝下去身子暖暖的。

入夜后山区就很凉了，印第安原住民穿着厚厚的麻织衣服，披着四四方方的大披肩。夜晚的集市上都是当地人，不见游客。旅行团里的老外和我一样也都住在小镇上，可是一个都没从房间里出来。这个小城，除了因为3650米的高海拔而冷了点儿，民风特别纯朴，夜晚可没有什么不安全的。

安第斯神鹰

第二天一早，从奇瓦伊出发，去看科尔卡峡谷里的安第斯神鹰。车子

南 美 洲

开到神鹰出没最多的地方Cruz del condor，一到那儿就看到了。早上9点到10点是比较容易看到安第斯神鹰的时间段，此时太阳辐射的热量使得地面的温度快速升高，神鹰利用由此产生的上升气流顺利升空。安第斯神鹰是空中之王，双翼展开足有3米之宽。我拉开照相机的长焦，在镜头里跟踪它们。神鹰伸展着翅膀，毫不费力地飞在空中，翅膀都不用拍打。

安第斯神鹰所在的科尔卡峡谷曾经被认为是世界上最深的峡谷，它有3400多米深。但事实上，它比不上中国的雅鲁藏布江大峡谷。两个大峡谷有很多相似之处，它们都是湍急的高原河流在海拔4000米以上的高原上切割出来的，海拔高，峡谷深，雨季时间长且容易发生山体滑坡。去看神鹰的路上，我们的车穿过一条山体中的隧道，隧道绵长而幽暗，让我想起前往雅鲁藏布大峡谷中的墨脱县城时所经过的嘎隆拉隧道。

住在峡谷里的人们

生活在安第斯高原上的人和青藏高原上的居民也相像，他们同样脸庞黝黑，两腮有着高原红，一样的黑头发和黑眼睛。科尔卡峡谷里的妇女，身上穿着色彩艳丽的长裙和漂亮的绣花上衣，戴着白色有花边的硬礼帽，引人注目。

一路上在好几个印加村庄做了停留，其中一个村庄正好在举行节日活动，十几人组成的乐队吹响铜号，敲着铜鼓，人们在教堂前的广场上穿着节日的盛装，跳着当地的舞蹈。

和中国的山地一样，印加也有梯田，并且极为广阔。科尔卡山谷中，一块块梯田青黄相间，连绵不断。这么广阔的梯田无疑需要辛勤的劳作才能打理好，当地人民不仅勤劳，而且有着高超的种植技术。科尔卡在当地的语言中就是粮仓的意思。

下午天气变阴，缺少阳光的景色大打折扣，火山群也隐没在云雾之中看不到了。12月到来年3月是当地的雨季，现在是4月底，正是科尔卡峡谷的最佳旅游季节，虽然阴天，但好在不下雨。

从科尔卡峡谷回到阿雷基帕，只见街道上空荡荡的，大多数的铺面都关着门，连平时非常热闹的武器广场也冷冷清清。原来今天是五一劳动节，秘鲁和中国一样，"五一"也是法定假日。放假的时候，秘鲁人喜欢在家里休息。

高原反应

我离开阿雷基帕，前往更南方的普诺，目的地是著名的高原湖泊的的喀喀湖。的的喀喀湖由20多条河流汇入而成，湖岸线长达1000多公里，平均深度100米，是安第斯山脉的高原明珠。

班车行驶在路上的时候，车窗外就出现了大大小小的湖泊，散落在已经枯黄的高原草甸上。天空中云压得很低，却有阳光从云层中透出，我按动相机，拍下天光云影下美丽的画面。

普诺的海拔差不多有3900米，前两天在奇瓦依3650米的海拔处，我就出现了高原反应。我的高原反应表现为入睡困难，睡眠质量差，从阿雷基帕来到普诺后更加严重。对于我这样长住在低海拔地区的人来说，每一次到达高海拔地区，高原反应都是一个挑战，需要一个适应的过程。去年我在西藏地区二十二天，从昌都机场下来，第一晚在然乌镇3900米的海拔高度上就睡不好，不过慢慢适应后，两个多星期后到了同样是3900米海拔高度的江孜县城，睡觉就没什么问题了。这一次在秘鲁的安第斯高原，由于适应时间较短，我的高原反应比较严重。

的的喀喀湖

在普诺也报了一个散客拼团。早上照例还是旅行社的车在一家家旅馆接人，接齐后，送到码头上船出发。来到湖边，的的喀喀湖的湖水，让我有点儿小失望，湖水是墨绿色的，不是西藏的纳木错和羊卓雍错那样的奇幻蓝，美感上完全不是一个层次。但从高原湖泊的面积上来说，的的喀喀湖非常之大，从普诺的码头到漂浮岛开了一个半小时，再从漂浮岛到另一个塔基雷岛（Taquilla）又开了一个半小时。就算这样，这段湖上航行还没有到的的喀喀湖的中线位置，而中线的另一侧属于玻利维亚。

漂浮岛上的乌罗族人

的的喀喀湖是一个观察独特民风的好地方。湖上的漂浮岛是人工岛，是人们建造了用来居住的。很难理解为什么会有人愿意在以芦苇为地面的小小的人工岛上一直生活着，但这却是几百年来的现实存在。岛上的居民乌罗族人（Uros）是古印加人的一支后裔，最早为了躲避和周围部落的冲突而选择在湖上漂浮生活。他们本是渔民，靠撑着同样是芦苇编织起来的草船在的的喀喀湖上打鱼猎鸟为生，如今大量游客到来，靠接待游客就能有很好的收入了。

的的喀喀湖上有几十个这样的漂浮岛，面积都不大。我们登上的这个漂浮岛是乌罗族部落的族长居住的，但也小，走一圈也要不了五分钟。我数了一下，这个小小的漂浮岛上有11栋芦苇屋，30多个乌罗族成年人和十多个小孩居住在岛上。每当载满游客的游船到来，漂浮岛上的所有居民都会列队欢迎客人的到来。

乌罗族人的服装色彩鲜艳，妇女们都穿着艳丽的长裙，有天蓝色、淡绿色、粉红色和嫩黄色等，上衣的颜色和长裙一样鲜艳，但上下搭配必定用不同的颜色。男人的服装则基本上都是白衣黑裤。乌罗族男女都带帽子，妇女戴的是硬礼帽，而男子则戴红色的软帽子。有的妇女还扎两根麻花辫子，辫子的发梢挂着各种颜色的穗子。

在岛上，我们坐在由芦苇制成的圆筒形长椅上，听族长给我们解说如何用芦苇搭建漂浮岛。芦苇就地取材于的的喀喀湖中，不仅被做成了漂浮岛、草屋、草船、家具，还做成了衣服和帽子。芦苇也可以食用，我们每人分到一根芦苇，作为Desayuno（早餐），放在嘴里咀嚼了一下，味道还挺清香的。

的的喀喀湖里生活有各种鱼,族长把捕获的鱼盛在陶盆里,给我们介绍各种鱼的名称和习性。乌罗族是捕鱼的专家,族长还举起一把猎枪示意他们在以前还以猎鸟为生。

听完介绍后,不少游客坐上用芦苇建造的托托拉船(Totora),在漂浮岛附近的湖面上游湖。托托拉船因为其形状,又被叫作马驹船或是月亮船。这种船虽说是芦苇做的,但很坚固,组成船体的芦苇的中间是空心的,浮力很强,而且一束束芦苇被紧紧地捆扎在一起,因此不必担心漏水沉船,但每半年需要修补一次。乌罗族人乘坐托托拉船已经在湖上航行了千百年。

游客的到来给漂浮岛上的乌罗族人带来了不错的经济收入,不过,乌罗族人的生活依旧简朴。芦苇屋里的摆设非常简陋,煮饭烧菜的器具还是原始的陶器。岛上养着鸭子,还有鸬鹚。鸬鹚帮着乌罗人一起捕鱼,鱼是乌罗人最主要的食物,捕获后放入陶器里煮着吃。

湖心岛和盖丘亚人

离开漂浮岛,来到一个真正的岛屿,塔基雷岛,这是一个有着7平方公里面积的湖中大岛。岛上的居民是盖丘亚人,和乌罗族人不是一个民族。经过一道岸边的石头拱门,就进入了塔基雷岛上的村落,但仍需要继续爬坡,由于较严重的高反,我干脆不跟着团一起爬坡,而是留在码头上,看当地居民来来往往。

盖丘亚人的服饰也很有特点,男子穿深色的裤子、浅色的上衣,外套一件黑色的坎肩,并在腰间绑有一根绣着粉红色花纹的粗腰带。妇女穿各种颜色鲜艳的裙子,腿上着厚厚的长袜。无论男女,服饰上都有装饰性的穗子,这些由五颜六色的细线组成的穗子挂在帽子上或者是腰带上,非常好看。

码头上正有一个妇女在不远处站着编织,塔基雷岛上,不仅女子,男子也擅长编织，编织出的织物上的花纹繁复而美丽。数百年来，他们住在这个高原湖泊中的湖心岛，远离大陆，在岛上开垦农田，修建房屋，自己织衣，什么都自给自足，保持着传统的生活方式。

这两个多月的南美之旅，每次参加散客旅行团，我总是团中唯一的一个东方面孔。等团中所有游客返回后，他们问我，你没去爬山进村啊？还夸我做了一个明智的决定。我苦笑，我可是因为高反根本爬不了陡峭的山坡。这些西方游客下来都是气喘吁吁的，他们爬到山顶上参观了村落，并买了一些手工编织品。但听起来，我在 Taquile 岛上虽没进村，却好像并没有错失太多。

高原之路

结束湖上游览，晚饭后去街上买好第二天从普诺到库斯科的旅游巴士的车票。这一趟不是普通的长途客运车，而是旅游巴士。从普诺到库斯科是 380 公里路程，坐班车的话要六到七个小时，但中间不停，而"印加快速"（Inca Express）经营的旅游巴士，在途中停留五处景点，还提供一顿午餐自助餐，这样岂不更好？

在普诺的第二晚睡得很不错，高原就是需要时间来适应的。早上 7 点，在晨光中离开海拔 3900 米的普诺，目的地是海拔 3300 米的库斯科。

旅游巴士上有服务员提供饮料，除了印加可乐，还可以选择古柯茶。古柯叶含有少量可卡因成分，对于克服高反有一定作用。前几天在从阿雷基帕到科尔卡峡谷的车上，导游就发过古柯叶，让我们咀嚼后吞咽。古柯茶是当地人经常饮用的茶，或许也是他们能适应高海拔的秘诀之一吧。

从普诺出发后的最初 100 多公里，路两侧的地形非常平坦，广阔的农田上牛羊成群，还有可爱的羊驼混迹其间，穿着鲜艳服饰的当地原住民在土地上劳作，但这一带的安第斯高原，到了七八月份的冬天，气温会降到零下 20 摄氏度左右。

车开了 120 公里之后到达一处叫作 Pucara 的地方，这里有比印加王国历史更早的文明遗存，最早可以追溯到公元前 400 年。在一个坐落在低矮房子里的小型博物馆，我们看到了那个时代的陶器、麻布和有着各种岩画的石头。博物馆边上有一个教堂，教堂的四壁和屋顶都由石块建成，建筑内部没有任何装饰，显得天然而质朴。

过了 Pucara 之后再往前开一个多小时，来到普诺地区和库斯科地区的分界点，此处叫作 Abra La Raya，是一个 4335 米高的高点。这里有令人敬畏的白色冰川，有高原草甸和高原湖泊，远处还有火车的铁轨，这条连接普诺和库斯科的高原铁路线基本上和公路平行，但铁轨却只有一根，这意味着火车只能单向行驶，一个方向隔天才有一班火车。火车票价格不菲，是旅游大巴票价的三倍多。

路上还经过一处印加遗迹，叫作 Raqchi。一根根高耸的柱子和一排断壁残垣曾是印加国王的宫殿，另外还有 100 多间普通房子的遗存。遗址的周围有一道内城墙和一道外城墙，外城墙大约有 7 公里长。印加文明的遗迹和去年在墨西哥看到的那些玛雅遗迹有得一比，看过了不少古代文明的遗存，让人感叹那些再辉煌的建筑也可能因为王国的衰亡而被遗弃，文明的兴衰总有周期，而历史的车轮永不停止。

Raqchi 遗址边有几方麦田，正是麦子成熟的季节，阳光照耀下，金灿灿的，还带着一点玫瑰红的色彩。我绕到麦田的背后，以印加遗迹为背景，猛按了一通相机快门。

随着车前行，海拔不断下降。进入库斯科山谷后，出现了大片大片的田地和用来灌溉农田的沟渠，这里是一片丰产的土地。田地边的房屋有着好看的外墙，看起来库斯科山谷里的人比居住于海拔更高的普诺的人要富裕不少。

沿着火车铁轨徒步去马丘比丘

马丘比丘是整个秘鲁旅程中最激动人心的地方。从库斯科城前往马丘比丘，我选择的方式是先坐车到汽车所能开到的、离马丘比丘最近的地方 Hidroelectrica，然后沿火车铁轨步行。这一段路，海拔只有 2000 米，而且地势平坦，不用爬坡。我的高原反应在经历了在普诺的最糟糕的一天后，到了库斯科已经基本适应了。这一天是阴天，这样的天气徒步最舒服。但我的状态还不是很好，走了一半就觉得很累了。路上的徒步者基本上全是西方人，看不到东方人的面孔。还好有两个第一次出国旅行的巴西小伙子和我一起落在后面，他们俩没有经验，把一个大包背在了身上，一路上两个人轮流背也费力。其实根本不用带包，像我一样把大包寄放在库斯科的青旅，只在一个小包里装上牙刷、牙膏、水壶和一些食物就可以了。

徒步时看到的风景有点像热带丛林，一边是湍急的溪流，一边是郁郁葱葱的森林。刚开始的路段我还有心情看风景，可是因为状态不好，后面就只管低头走路。

这一路上，算是把火车铁轨看了个够。轨道不是笔直的，而是忽而向左，忽而向右，但一根根之间无缝对接。在密林中建造一条铁路可不是一件容易的事，铁轨只有一根，只能单行，但在途中有几处距离不长的双轨用来蓄车，从而实现双向行驶。

徒步队伍的前方有人停了下来，往半空中看着什么，他们是在树上发现了小鸟还是猴子？原来都不是，他们在高高的山顶上看到了马丘比丘的一座房子。我看不真切，只觉得马丘比丘的所在实在高不可攀，它离我是那么的远。此处离开印加王国的王城库斯科，开车都要七个小时，海拔高、密林深，我路都快走不动了，而在更高处竟然还有人类建起的城，真难以想象当年印加人是怎么在山顶建成马丘比丘的。

远处传来火车的汽笛声，我和两个巴西小伙子一起竖起大拇指，就是想要搭车的那个手势。火车从弯道驶来，车前三盏明亮的车灯同时亮起，照得有点刺眼。火车司机看到了路边的行路者，拉起了悠长的汽笛，提醒注意。火车从眼前划过，最后一节车厢全空着，走累的我，恨不得扒火车跳上去。

其实这一段路并不长，只是我状态不好。傍晚6点左右的时候，天色暗了下来，在河边的树上看到了萤火虫，一闪一闪地在树梢飞舞。我和两个巴西小伙子打开手机上的手电筒，走过两个火车隧道，终于看到了前方城镇的灯光。12公里的沿着铁轨的路，我们用了三个多小时。

晚饭的时候，下了几滴雨。上网查了一下第二天的天气预报，显示继续阴天并可能有阵雨，降水概率40%。这让我有点儿失望。

美丽的马丘比丘日出

马丘比丘开门的时间是早上6点，而从镇上到马丘比丘最早的一班公交车早上5点半发出。6点的时候，巴士车站上已经排起了长队，凡是住在镇上的人都会赶早进马丘比丘。

6点半，我进入了马丘比丘。此时天色刚亮，天空中依然云层密布，不过有那么一小块地方显露出了蓝天。第一眼见到马丘比丘无疑是激动人心的。之前看过不少明信片和照片，但在实地亲眼看的感受是不一样的，而且一定要静静地多看会儿，才能体会它的大美。马丘比丘是南美洲足以为之骄傲的地标，代表着这块大陆壮美的自然景观和神秘的古代文明的完美融合。

我本来对好天气是不指望了，只要不下雨就好，没想到太阳居然露出脸来，7点快到的时候，天越来越亮，我感觉有戏，一两分钟后竟然看到了马丘比丘的日出。就那么几分钟的时间，光影流动，整个马丘比丘都洒满了金色的阳光。四五只燕子快乐地翻飞着，在空中灵巧地划出优美的弧线，欢庆日光的降临。很快，乌云一扫而空，整个天空呈现出天蓝色来。蓝天下被阳光照成金色的马丘比丘显得更加绚丽夺目，光彩照人。

马丘比丘屹立在高山之巅，是如此的美轮美奂，它无疑是人类最精美的建筑之一。它是一副不朽的画作，一部永恒的乐章，马丘比丘的建造者一定是热爱建筑的人，以至于能创造出如此辉煌的建筑奇迹。

在旅行中，通常我喜欢独自行走，自己去发现美。在马丘比丘也一样，导游们早已带着其他人进入了下面的城池，而我还久久伫立在入口处的茅草屋边凝视着马丘比丘，并在这里等到了日出。

日出后，我仍然不往下走，而是反向往高处走，来到高处的平台，也就是印加古道到达马丘比丘的终点的位置。这时候，印加古道徒步者中的先头部队抵达马丘比丘，一个个抢着拍照，并毫不客气地说 Hiking Group First（徒步团队优先）。他们用了四天时间艰难跋涉来到这里，似乎确实应该拥有优先权。他们一起拍合影时，高喊着 We made it（我们做到了！），我能够体会他们成功的喜悦，绚丽的日出正是他们得到的最好的回报。

这一天，由于阳光的出现，由于看到马丘比丘的兴奋，我的状态非常好。我沿着印加古道反向走了一段，走到了 Intipunku（英语叫 Sun Gate），也就是太阳门。之所以被称为太阳门，是因为此处是沿着印加古道一路走来的印加人第一眼能够远眺到马丘比丘的地方。路上迎面遇到了更多陆陆续续从对面走来，即将抵达马丘比丘的徒步队伍，人们的脸上交织着疲惫和喜悦的神情。

返回的路上，也有一些人从马丘比丘往太阳门走来，每个人都气喘吁吁。人的状态真的是很奇妙的，今天我在海拔2700米有坡度的坡道上走了不少路，竟然一点儿没有感到累，而昨天铁轨旁的平路却把我累得不行。

从太阳门返回到人们拍照的地方，在这里再往上看，有一个差不多处于整个马丘比丘最高位置的茅草屋建筑，这就是人们昨天在火车铁轨边看到的那栋。走上去，可以清晰地看到一侧的悬崖绝壁，山谷中U形拐弯的乌鲁班巴河从山顶看显得是那么的渺小。

从茅草屋往右转还有路，在路的尽头，有两个日本人在山头架着三脚架拍照，并不时交谈着。三脚架上架着的单反相机每隔一小段时间就会自动拍摄，发出快门的咔咔声。我很好奇，和他们聊了几句。原来他们是专业摄影师，在四个小时中让照相机自动拍摄180张照片，用这180张照片获得一分钟长的动画，展现光影变化下的马丘比丘。由于马丘比丘地处降雨带，气候湿润，湍急的河水和繁茂的雨林带来沛的水汽，所以经常被云雾所遮盖。他们来这里已经三天了，前两天天气都是阴天，昨天傍晚还下了小雨，今天才迎来了拍摄的绝佳天气。

我在此次南美旅行的行程设计上，充分考虑了天气因素。行程的安排是3月中旬到巴西，那时已经过了巴西海滩上最酷热的时候；4月中旬转到阿根廷南方最冷的巴塔哥尼亚时，差不多是秋叶最红的最美秋季；5月份进入秘鲁，则是秘鲁4月底刚结束雨季进入旱季的时候。果然，进入秘鲁后，一路上基本都是好天气，而在马丘比丘，天气出人意料的变化，让我惊喜不已。

最伟大的人类建筑

在高处俯瞰了马丘比丘之后，我沿着小路下行进入了马丘比丘的城池，一路看了三窗神庙、大广场、王宫、太阳神庙、陶器作坊、酒坊等。其中最著名的是三窗神庙和被称为"拴日石"的古观测台，在每年的6月21日，也就是北半球的夏至、南半球的冬至这一天，太阳直射的光线会精确无误地笔直地照进三窗神庙，而在这一天，"拴日石"毫无阴影。

在城池中游览的时候已经是上午10点多了，马丘比丘涌入了大量的游客。然而，这不妨碍从近处好好观察一下马丘比丘。整个马丘比丘，每一部分都经过了精心的设计，紧凑而不显局促。城池里的一座座房屋都由一块块石头方方正正地垒起，有些建筑从上到下全用一样规格的石头，有的则是底部用大石块，上部用稍小一些的石块。这么多石块，摸上去每一块都是那么的圆润光滑，而且石块之间严密砌合，没有任何黏合剂，却连一片刀片都插不进去。在高山之巅建起的马丘比丘，从石块的采集和运送，到打磨和砌合，每一个步骤都极为不易，不禁让人感叹这几乎非人力所能为，印加人又是如何做到的？

马丘比丘本身就是一个神秘的存在，它具备一座城市所需要的一切，却位于给养困难的高山之巅。它究竟是作何而用？是印加王的行宫，还是太阳神圣女居住的寺院？西班牙人征服印加帝国之后，这座天空之城便被遗忘，直到1911年才被重新发现，被称为"失落之城"。数百年的光阴中，马丘比丘失落于安第斯山脉的群山之中，也失落于人类历史的记忆长河。

圣谷

回到库斯科之后，我连着报了两个去圣谷的散客团。在库斯科旅行，散客拼团是前往周边景点最好的方式。圣谷有好几个旅游点，各个点之间没有公交车连接，所以坐旅行社的车依然是最方便的，而且价格便宜。

散客拼团的旅行车上也有导游，导游说西班牙语和英语，他们喜欢了解游客们来自哪个国家。两天里两趟不同的车，车上共有来自不同国家的60个乘客，我连续两次都成了乘客中唯一的亚洲代表，来秘鲁旅游最多的还是欧美游客。

第一天先来到圣谷的起点皮萨克（Pisac），皮萨克是一个城堡，居高临下，易守难攻，坚固的城墙里有贵族居住的房屋和用来祭祀的神庙。此处海拔2700米，从城堡往下看，山坡上满是壮观的梯田。整个圣谷是一个河谷地带，绵延50公里，面积超过1000平方公里，12世纪时印加人开始定居于此，建造梯田，并大规模修建水渠作为灌溉系统，将其变为了印加人重要的农业基地。在圣谷里种植最多的是土豆和玉米，秘鲁是土豆的种植大国，光土豆就有几百种之多。

在群山巍峨的安第斯山地区，能有这么一块丰饶的土地，印加人认为是太阳神的恩赐，因此敬称为圣谷。

皮萨克也是石头城堡，但如果把马丘比丘比作绘画中的一幅极品，那么皮萨克就只是一般的画作了。光从城堡的石头用料上来看，皮萨克的石料大小参差不齐，不似马丘比丘那么整齐划一。

皮萨克之后，去看了欧雁台（Ollantaytampo）的太阳神庙，这是比印加时代更古老的遗存。在太阳神庙对面的山头，有一块天然岩石，这块岩石看起来就像是人脸部的侧影，惟妙惟肖，令人叫绝。

Chincero是一个印加人后裔盖丘亚人的村落，村里的村民为我们演示了毛纺品编织的过程。印加人从很早以前开始就能制作精美的纺织品，他们将羊驼毛剪下后先用清水清洗，然后使用各种天然植物进行染色。在中国，山区少数民族用来染色的植物大多是蓝靛，而在秘鲁，各种树叶、玉米和仙人掌都被用作天然染料，染出来的毛线呈现出许多鲜艳的颜色。染色之后是纺线和编织。听了详尽的介绍和演示后，游客们对羊驼毛织品更加喜爱，纷纷买下毛衣、手套和围巾等。

圆形梯田和桃花盐井

第二天参加的另一个散客团，先游览了一个叫 Moray 的梯田。这个梯田是很特别的一个，被开垦成一圈又一圈的圆形，从高处往下看就像一个大圆井，又有点儿像古罗马的圆形竞技场。奇妙的是，梯田下面的岩石有超强的透水性，每年 9 月到次年 4 月是库斯科地区漫长的雨季，这个圆形梯田却从来不积水。听导游介绍，这个梯田是印加人的种子培育基地，梯田的每一圈圆形有着不同的温度和湿度，印加人在此摸索培育玉米和土豆不同品种的种子，以适合不同海拔和气候的地区。

接着去看 Maras 桃花盐池。从土路的高处往下望，超过 5000 个白色盐池在山坡上连成一片，蔚为壮观。盐池晒盐的方法很简单，人们将山顶的含盐分的泉水引到盐田中方形的池子里，经日晒风吹，使盐分蒸发而获得天然盐。用这种办法制得的盐有个好听的名字，叫作桃花盐，即白色的盐略带粉红。

走到盐田边，可以清楚地看到盐在盐井里的解析过程。我询问了导游，此地的泉水为何富含盐分，他说没人知道答案。千百年来，这里的盐田就一直丰产，为生活在圣谷中的印加人提供了重要的盐。如今的桃花盐根据盐的成分和粗细，又分成医用盐和食用盐等不同等级，医用盐比食用盐含有更多的矿物质，被用来治病。不过，桃花盐如果食用过多的话，可能使喉咙干哑，而当地人通过食用一种果物来化解。

印加帝国首都

回到库斯科城，日落前在城里走走。库斯科城是印加帝国的首都，印加帝国的君主在这里统治着拥有数百万人口、由四通八达的道路所连接的庞大帝国。库斯科这座城市本身就是一个世界文化遗产，不过当年的印加王宫如今已经看不到了。16世纪时，西班牙殖民者在王宫的基石上建立起了库斯科大教堂，并在三百多年的殖民时期中，在城里陆续建造了数量众多的天主教堂和修道院，仅市中心的武器广场就有四座。

我从武器广场走到了圣佛朗西斯科广场和圣巴拉斯广场，见到了十二角石墙。所谓"十二角"，是指长方形石块的每一个面上的四个角都被削成内凹，一个角变成了三个角，一个面上就有了十二个角，这样处理后很容易与周围的每一块石头贴合。我在马丘比丘看到的石块之间的完美砌合，也是使用的这种精湛的古印加建筑技术。

翻越中部高原

从库斯科返回利马，还是坐车，这又是一段漫长的旅程。

这段旅程，要翻越秘鲁的中部高原。第一段从库斯科到阿班凯，路边的景致极为漂亮，蓝天白云下，不时出现不同谷物的田地和不同树种的林子，谷物和树木呈现出各种美丽的色彩。过了阿班凯之后，田地和树林消失，只剩下高原草甸，在这一带的草甸上见到了一路上看到过的最多的羊驼群。再往前，出现了冰原，天色将暗，发黄的草甸上铺着冰雪，在暮色霭气中显得苍茫。

晚上10点多的时候，车子竟然坏了，抛锚在了路边，我和一些乘客一起下车询问情况。司机说一时半会儿修不好，我索性抬头观察起星空来。入夜后的高原很冷，却是星光璀璨。南半球的星空有太多我所不认识的星座。银河迢迢，挂在南方天空的半空中，南十字星座出现在银河的中间。突然发现靠近地平线的低空，竟然挂着北斗七星，只是勺口朝下，顺着北斗星，找不见北极星。秘鲁处于南半球的低纬度，过了离着不远的赤道，就是北半球了。

车子没能很快修好，这时从后面有同方向的班车开过来，司机说愿意换车的乘客可以换车。我决定换车，背上背包上了后面的车。后面的车不那么舒适，却可以尽快回到利马。

秘鲁国家博物馆

在秘鲁的南部旅行了一大圈后，我回到了秘鲁首都利马。班车清晨6点到站，这次我选择住在位于市中心、利马美术馆对面的一家青旅。这家青旅坐落在一栋大房子里，风格和我在布宜诺斯艾利斯市中心住的那一家有点儿像。回到利马，就回到了零海拔。我在青旅舒舒服服洗了个热水澡，然后美美地睡了一觉。

中午的时候，决定去秘鲁国家博物馆看看。利马城里有很多公交车线路，跟车的售票员非常卖力，使劲吆喝着招揽乘客。他们报的利马的那些地名我一概不懂，只能我去问他们，Museo de la Nacion（国家博物馆）？前三辆方向都不对，第四辆是了。我喜欢坐公交，坐公交更能融入当地人的生活。

利马市区的车辆很多，堵车严重，甚至于有些虽有红绿灯的路口，车子却堵在了路口中心，只能依靠交通警察人工指挥来疏通。

秘鲁国家博物馆的一楼展示的是秘鲁各个时期（前印加时期、印加时期、殖民时期）的各类文物，但文物的数量不是很多。在其他楼层有一些专题展出，我在二楼看到上百张拍摄于一百年前的黑白老照片，地点全是阿雷基帕，其中有一张是我再熟悉不过的以雪山为背景的阿雷基帕大教堂的照片。三楼展览的主题叫"行走在秘鲁高原"，以照片展现在高原上探古，以及所发现的文物。六楼则讲述了一段曾经持续二十年之久的秘鲁国内冲突的历史，警示国民要团结友爱。

点错菜

出了博物馆,在附近的餐厅吃秘鲁餐时,发生了点儿小状况。点菜时我以为边上的人吃的是牛排,就顺手一指也要牛排,上来后第一口咬下去就知道自己搞错了,煎牛排吃成了煎猪肝。算了,天意如此,也就不换了。吃完后,走到门口黑板上的当日菜单前去确认,人家写着的几个选项中有一个就是 Higado(肝)。其实我知道西班牙语里牛排怎么说,叫 Bisket,前两天刚吃过。因为随手一指就吃成了猪肝。

后一天,经过一所利马城内的大学,看到底楼有给大学生准备的各种快餐。我正好饿了,看着炸鸡很诱人,就走了进去。不过,这个餐厅要先在收银台买票。我问了一下正在吃炸鸡的大学生,Que es?(这是什么?)其实是明知故问,我只不过要知道它的西班牙语发音,这样在买票的时候可以用来告诉收银员。那学生告诉我叫 Pollo Broaster,我就跑到收银处买了 Pollo Broaster 的票。凭票取到了一大份炸鸡腿配薯条和生菜,浇上各种调味汁,吃了一次大学的学生餐。

就快要离开南美了,可是我的西班牙语进步不大,不过是多积累了一些词汇而已。而且搞明白就算同一个西班牙语单词,在南美各国会有不同的发音,比如鸡 Pollo,在阿根廷 ll 发 Sh 的音,而在秘鲁就是发 Y 的音。任何一门外语要想学到一定程度都需要花很多的时间和气力,我的西语水平比起自己的英语和日语差多了,就浅尝即止吧。

利马城

在利马老城的步行街闲走,看见很多人在下国际象棋,光看不过瘾,我也上去杀了两盘。两个小时的鏖战,我取得了两连胜的战绩,自己很开心,也令当地秘鲁人刮目相看。

在街上下棋的人们,既有成年人也有不少儿童,每一个参与者都被要求登记名字和电子邮件地址。原来这是一个国际象棋俱乐部兼学校，正在利马最热闹的步行街上做推广。我下完两盘后，去武器广场转转。回来时，发现二十多张棋桌竟然全部坐满了对局者，想再下一盘还要等位，看来国际象棋在秘鲁很受欢迎。

前往武器广场的路上，先经过利马的圣马丁广场。阿根廷人圣马丁，不仅是阿根廷的解放者，也是智利和秘鲁的解放者。1820年，圣马丁乘坐军舰从智利出发，率领军队在秘鲁的帕拉卡斯半岛登陆，随后攻占利马，宣布秘鲁独立。

利马的武器广场不仅是利马的中心，也是全秘鲁的中心。广场的东面是大教堂，北面是总统府。秘鲁总统府最早是西班牙殖民军首领皮萨罗所建。说起皮萨罗，利马人的感情比较复杂。公元1532年，皮萨罗率领着仅仅不到200人的侵略军入侵印加帝国，在和印加皇帝会面时将轻信的皇帝活捉并囚禁了起来，随后皮萨罗又以这数百人的军队多次打败了印加帝国人数上万、但只有弓箭和长矛的军队，使数百万人口的印加帝国轰然崩塌。皮萨罗洗劫了印加的王城库斯科，在秘鲁建立起了殖民统治，并于第二年在沿海建城，将殖民中心从印加的首都库斯科移到了利马。秘鲁总统府前曾竖立有一座皮萨罗骑在马上的雕像，后来移到了利马老城的城墙遗址边上。在搬动时还发生了巨大的争议，有些人认为这个殖民者的雕像早该消失在人们的视线中，而有些人则认为皮萨罗作为利马的建城者，理应有他的一席之地。

机票超售

终于要结束南美之行了，可是原计划离开利马的这一天，当我来到利马机场，掏出我的航空公司金卡在优先通道办理登机时，却被告知我今天上不了飞机，原因是这一趟荷兰航空的航班机票超售，连头等舱也满员。因此，我不得不在利马滞留一晚，改乘第二天的飞机。这个航班因机票超售而上不了飞机的竟有五人之多，荷航安排了食宿，把我们送回了利马市中心，并安排入住了利马喜来登酒店。说起来我还是喜来登的会员，但那是以前出差时穿着西装入住的，作为背包客住进喜来登却是第一次。

再住一天

多住一晚，睡五星级酒店，吃上几顿航空公司买单的酒店自助餐，可真没什么不好的。五星级酒店里的住客，10点吃早饭，下午3点吃午饭，一顿饭吃一个多小时，就像生活在不一样的世界。

我再去步行街，想着再下几盘国际象棋，可是这天那里没有棋桌和下棋的人，原来推广活动只有昨天一天。中午12点，再到武器广场的时候，总统府正在举行卫兵的出操仪式，只见总统府卫队的士兵分成两队，迈着矫健的方步操练，而一旁的军乐队演奏着雄壮的乐曲。仪式前后进行了二十分钟，结束后，卫队的军官还友好地和我这个来自太平洋另一头的中国人拍照合影。

难忘南美之旅

第二天，从利马飞荷兰首都阿姆斯特丹，再从阿姆斯特丹飞上海。航空公司把我的第一程航班从经济舱升到了公务舱，我又可以躺平睡觉了。在阿姆斯特丹的转机时间是两小时，离开利马二十五个小时后，我回到了上海。

此次南美之行，我去了南美大陆上最大的三个国家：巴西、阿根廷、秘鲁（旅行顺序也正好是面积大小的顺序），从南美大陆东岸的大西洋边一直旅行到西岸的太平洋边，从0海拔的海滩到近5000米海拔的安第斯高原，从热带的里约到寒带的巴塔哥尼亚，从绿色的现代大都市布宜诺斯艾利斯到山顶上的古代城市马丘比丘。

南美是一个神奇的大陆：巴西的海滩、大瀑布、野生动物的王国；

阿根廷的彩色山谷、森林城市、火红秋景；秘鲁的金色麦田、海边沙漠、高原湖泊、印加遗存，这些都无一不让我印象深刻。我还参加了各种令人愉悦的户外活动：徒步、爬山、骑马、骑行、钓鱼、丛林探险、皮划艇、滑沙，每一项都给我留下了美好的记忆。

N

N37°
W17°　0°　E51°

非洲

S35°

S

第四章　坦桑尼亚之行

夏日里出发

下午2点，出发，这一趟旅行的目的地是非洲。上海地铁车厢里的小屏幕显示气象局在上午10点把高温预警升到了最高的红色级别，今天是39摄氏度的高温天，这样的天气已经持续了好几天。

我的背包里装的衣物和五个月前去南美时完全一样。昨晚在网上查了我要去的非洲几个城市的天气情况，第一站坦桑尼亚的达累斯萨拉姆的最高温度31摄氏度，这个位于赤道附近的东非城市意外地凉快，而最后两站纳米比亚首都温得和克和南非的开普敦的最低温度才3摄氏度，现在是8月初，非洲的南部还是冬天，等我一个多月后到达那里，差不多正是冬去春来的季节。所以我出门的时候，身上穿着短袖，外套、长裤和羊毛衫还得塞在背包里。

背着我的大背包，无论是在公交车上还是在地铁上，我都显得有那么一点儿异类。人们总会瞥上我一眼，但他们一定猜想不到我是前往非洲。我自己并不觉得非洲有多远，至少比上一回的南美近多了。行前给朋友说起我要去纳米比亚、南非等非洲国家，他惊讶地说，你要去这么遥远的国度啊，我这才意识到在大多数人眼里，非洲还是很远。

我的非洲的旅行计划是东非进，南非出，去五个国家，其中坦桑尼亚和肯尼亚是给予中国落地签的，赞比亚和纳米比亚的两个签证在路上办，所以我此行去非洲之前，只在上海申请了一个南非签证。

在非洲避暑

第一段从上海飞香港，然后在香港转机，乘坐埃塞俄比亚航空的航班。从香港飞埃塞俄比亚，同机的乘客中，黑人、白人和黄种人都有，黑人还是更多一些。机上的杂志有对埃塞俄比亚的介绍：面积144万平方公里，人口大约7800万，语言却有83种之多！该国的经济主要是农业，出口的经济作物包括咖啡、油籽、鲜花和蔬菜等。机上的餐食也颇显农业之国的特色，盒饭里装的是米饭、鸡毛菜和鸡肉，还有埃塞产的苏打饼干。

飞机飞抵埃塞俄比亚首都亚的斯亚贝巴，这是一个高原上的首都，气温只有20摄氏度不到。我在亚的斯亚贝巴只停留半天时间，当天转机飞坦桑尼亚的达累斯萨拉姆。

达累斯萨拉姆离赤道不远，位于南纬8度，到达的时候气温30摄氏度，虽然走在大太阳下还是会出汗，但到了晚上就很凉快，睡觉时不用空调，盖一条薄毯子就好。据从肯尼亚过来的背包客说，我行程中要去的肯尼亚首都内罗毕，尽管离赤道更近，但更凉快。赤道附近的非洲国家的8月气温颠覆了我的常识。离开夏日炎炎的上海，来到非洲，真的像是避暑来了。

好多钞票

达累斯萨拉姆曾是坦桑尼亚的首都，现在仍是这个国家最大的城市。达累斯萨拉姆的市中心叫Posta，Posta是邮局的意思，我在达市住的青旅就在邮局边上。邮局所在的这条街很热闹，商店没几家，却有很多摆地摊的，出售鞋子、皮带、太阳眼镜等。附近没有便利店，小贩把装满饮料瓶的塑料筐顶在头上走来走去，我想买瓶水，用英语问多少钱，对方听不懂，我找了一张大点儿面额的钞票递过去，结果找回来一大堆零钱。小贩们都很勤勉，此起彼伏的叫卖声到了晚上很晚也不停歇，早上一大早就又响了起来。

坦桑尼亚的货币是先令，面值很大，我的 1 张 100 美元的钞票换来了 32 万先令，邮局里外汇兑换处的职员给了我 64 张 5000 先令的纸币。这 64 张钞票根本塞不进钱包，还得分成几处放。我好奇而仔细地看了看坦桑尼亚的钞票，钞票的图案都是野生动物，5000 先令是犀牛，2000 先令是狮子，可见在坦桑尼亚，犀牛比狮子数量少而更珍稀。

初到非洲的食宿

我住的这家青旅 YWCA，住宿费里包含了早餐，早餐有面包、黄油、西瓜和鸡蛋，厨房给每个人都配好一份。中午也提供午餐，当然午餐得另外付钱，晚餐却没有。吃晚餐得去边上另一家青旅 YMCA，品种有米饭、卷心菜、豆子、鸡肉，虽然食物简单，倒也没什么吃不惯的。

晚上在青旅睡觉的时候，得挂上蚊帐。在非洲旅行，要特别小心蚊子，同寝室的一个日本旅行者还把自己带着的蚊香点上了。

这个日本小伙子，出来旅行已经有一年了。从日本飞到印度，从印度开始一路陆路旅行，去了尼泊尔、巴基斯坦、伊朗、亚美尼亚、格鲁吉亚、土耳其，然后进入非洲，从埃及出发，去了苏丹、索马里兰、埃塞俄比亚、肯尼亚、乌干达、卢旺达，从卢旺达来到了坦桑尼亚。小伙子在日本的时候，晚上去"居酒屋"做服务员，上夜班通宵工作，赚够了钱就出来旅行。钱花完了，就回日本继续打工，为下一次旅行存钱。

桑给巴尔

到达市的第二天正赶上穆斯林的开斋节假期，街上空空荡荡的，人

非洲　97

也没几个。早上去附近的赞比亚大使馆，也因为坦桑尼亚的国定假日而关闭着。我原本打算一来就去办理赞比亚的签证，如此只得调整计划，先去桑给巴尔岛。

去往桑给巴尔岛的渡轮码头就在离开邮局不远的地方，走上不到十分钟就到。一到海边的马路，就有人招呼买票，有个小伙子一路跟着我。他的英语很不错，先说东非人和亚洲人血脉相连是一家，然后就开始给我介绍各种船票。我没怎么搭话，直接走到最里面的飞马轮渡公司的售票处买票。

等我买好票后，那个一路跟着我的小伙子走到售票窗口前和卖票员不知说点儿什么，估计是去要小费。码头门口很多人都以此为生。到了桑给巴尔岛的码头后，一样有很多这样的"掮客"，除了带你去买船票的，还有领路去旅馆和介绍出租车包车的。

乘坐印度洋上的渡轮，花了三个半小时后抵达桑给巴尔岛。桑给巴尔岛的地位比较特殊，进岛时也有入境手续，要填入境表，并检查护照盖入境章。桑给巴尔岛曾经是一个独立的国家，后来和对岸大陆上的坦葛尼喀（"坦"）结成邦联，坦桑尼亚联合共和国中的"桑"就是指桑给巴尔。其实我早就知道桑给巴尔岛，因为业余电台的字母解释法，正是用桑给巴尔的英文名 Zanzibar 来代表字母 Z。

美丽的农圭海滩

桑岛的码头在岛的西面，这里也是桑给巴尔的首府"石头城"所在地。当晚我没有在石头城住宿，而是直接坐上一辆公交车前往岛北端的农圭（Nungwi），农圭是桑给巴尔岛最美的海滩。

桑岛面积很大，从石头城到农圭有 60 公里，这还只是桑岛长度的一半。公交车上一整车全是黑人，只我一个旅行者。车费 2000 先令，合人民币 8 元，对于 60 公里的路程来说很便宜。我在日落时分到达农圭，入住一家庭院里的旅店，名字很好记，叫 Mogologolo。

第二天早上醒得很早，天光刚亮的时候，我已经走在了沙滩上。农圭的海景果然美得惊艳！近处的海水是翡翠绿，远处的是宝石蓝，沙滩上的细沙就像面粉一般洁白细软。我到过很多美丽的海滩，要说海水和沙滩，农圭的海滩是最美的一个。

一早已经有人在沙滩上跑步，还有人不畏清晨海水的凉，下水游泳。沙滩上有个黑人兄弟推荐我去浮潜。我看了看天气，说好像今天天气不怎么样吧。

最近桑给巴尔岛的天气以阴天为多，在达市的青旅遇见的几个日本人就是因为受够了桑给巴尔岛的阴天而回到了达市。今天一早的时候天空上也布满了云，但是那位黑人兄弟像是能看云识天气，告诉我说去浮潜的地方在岛的东面，那里是晴天，而下午1点以后农圭的海滩也会是晴天。

出海

结果这一趟与其说是去浮潜，还不如说是去航海。船是一艘木船，船尾装有可拆卸的发动机，早上装上去，晚上为了防窃而卸下来。两个黑人兄弟往船上提两桶油，路上用一根油管给发动机加油。

船泊在海边，上船的地方水齐腰深。我穿着泳裤，把T恤撩上去，蹚着水走到船边上船。

去浮潜的地方位于桑岛东北岸的一个小岛，叫Mnemba岛，从农圭出发要绕过桑给巴尔的北角，再往南航行。桑岛的北角矗立着一座灯塔，从农圭到灯塔的海岸全是白沙滩，绵延数公里。

最开始的航行风平浪静，但绕过灯塔之后往南，就开始逆风而行。木船迎浪而上，时而船头翘起，时而又从浪峰上颠下，非常刺激，是游乐园里海盗船的真实版。遇到大浪，木船左右摇晃，发出"咯吱"的响声。过了一段浪区，木船重又平稳起来。

忽然，海面上出现了一大群海豚，背脊露出海面，数一数，足有近

20只。但是木船两次接近海豚，海豚都很快游走了。

快到小岛的时候，有人晕船吐了。船上十七八个游客，以欧美人为主，其中有一对夫妇带着一个小男孩，长着中国人的面孔，但说着我听不懂的语言。我试着用普通话询问，原来他们的家乡是湖南益阳。夫妻俩在达市工作了五六年，孩子来坦桑尼亚过暑假，就趁着开斋节假期一起来桑给巴尔岛玩。晕船的是孩子的父亲，吐得难受。

桑给巴尔岛的天气不炎热，以至于中午的海水都有点儿凉。我下水浮潜没多久就回到了船上，连体格更好的老外都很快上船，并围上了自己带着的大毛巾。浮潜时所看到的海里的鱼并不多，也没有见到美丽的珊瑚，这一次的浮潜体验远没有在菲律宾巴拉望岛和夏威夷瓦胡岛海边那两次来得好。

午饭在 Mnemba 小岛对面的桑岛东海岸的沙滩上吃，一船的游客从船上下来，蹚水上岸。我边走边看海水的颜色，水较深的海底是珊瑚岩，海水碧蓝，近岸的海底是白沙滩，海水淡绿。随船的厨师在海滩边生火做饭，给我们准备了米饭，鱼和蔬菜番茄杂烩汤。吃完后，小憩片刻就登船返航。

其实我们乘坐的这艘木船上有三角帆，来的时候没有升起。回程顺风的时候，两个水手把帆升了起来，海面上还有几艘和我们一起返程的三角帆船都扯着帆在航行，是海面上的一道风景。三角帆船古已有之，非常适合乘风航行，省去了划桨手的劳力，曾是海上重要的交通工具。

下午3点回到农圭，这里的天气果然如浮潜店老板预测的那样，天空放晴了，很多游客躺在沙滩上悠闲地晒着日光浴。

开斋

从农圭回石头城，正是伊斯兰回历中斋月结束的日子。一路上经过好几个村庄，人们穿着节日的盛装庆祝开斋节。石头城的海边花园里人更多，到了晚上，几乎挤满了人。

穆斯林在斋月中，每天从日出到日落之间禁食，只在日出前和日落后进餐一次，吃一些枣子、橄榄、面包和汤。在斋月里，大多数餐厅都关门，一直到斋月结束后才开。开斋节意味着恢复一日三餐。这天晚上，石头城的海边摆出了很多小食摊，各种食物中有一种叫桑给巴尔比萨，是用面粉裹着蔬菜和牛肉末，敲上一个鸡蛋后摊烤出来的。这种比萨作为当地的特色食物之一，不管是当地人还是游客都很多人买，味道还真是不错。只是摊主用他的手又拿钱又摊饼，实在不那么卫生。我在桑给巴尔岛的时候，拉了两次肚子，可能是下海浮潜时受凉了，也可能就是因为食物的关系。

香料之旅

桑给巴尔岛盛产香料，回到石头城的第二天，我报团参加了一次香料之旅，去到了一个农场，看了香草、茴香、胡椒（白胡椒、黑胡椒、绿胡椒），还有肉豆蔻等十多种被用作香料的植物。多种香料中，丁香是桑给巴尔用来出口最多的，在岛上种植的丁香树有400多万棵。

农场里还有不少被用来做天然染色剂的植物，比如用来做黄咖喱的姜黄，用来提取红色的"口红树"。一个农场里的小伙子在做演示时，将口红树的果实往嘴上一抹就涂上了口红，往额头上一点又成了"蒂卡"。

农场里最多见的是香蕉。在桑给巴尔岛上，香蕉树到处可见，品种有20多种。这天早上，下了两场阵雨，第一次时正好走到一间茅草屋边，可以在屋子里避雨。第二次就没建筑物可避雨了，于是我们纷纷躲到了香蕉树下，香蕉树宽大的叶子成了天然的雨伞。雨淅淅沥沥地下，听着雨打芭蕉的声音倒也是别有一番意境。不一会儿，雨又停了，岛上的雨来得快，去得也快。

雨停之后，农场里的工人们用蕉叶给每一个游客做了一个蕉叶手镯，另外还做了一条蕉叶男士领带和一条蕉叶女士项链。蕉叶在他们的手中，由一把小刀快速地割动，很快就成了一件手工艺术品。

还有一个农场里的青年爬上了一棵二三十米高的椰子树给我们采了

非洲

四个大椰子下来,他边爬树边唱歌,唱起了《狮子王》中的歌曲《哈库那玛塔塔》(Hakuna Matata,意为"没问题")。兴之所至,甚至在树的高处摆出各种姿势来,让人不禁击掌叫好。

我们在农场里还看到了咖啡和巧克力树,向导把巧克力树的果实切开,我第一次看到了巧克力最原本的面目。

所有这些香料植物都是大自然的馈赠,有些成了餐桌上的佐料,有些则有药用作用。这不禁让我想起神农尝百草和李时珍的《本草纲目》来,没有先人的辨认和知识的积累,我们又如何能受益享用这些呢?我们这些游客也学了一些辨认香料的方法。最容易辨识的是那些叶子有明显气味的植物,比如咖喱的叶子就气味很重,又比如柠檬草,柠檬草叶子的香味很好闻。据说种柠檬草的地方,因为它散发的气味,附近就一定没有蚊子。还有肉桂树(Cinnamon),用刀子割下一片肉桂树的树皮来,闻一闻,也是独特的香味。

午饭在一个茅草屋里吃。茅草屋里的地上铺了很多席子,三四十个人坐于其上,团里还是欧洲人居多,来自亚洲的除了我以外,还有一对在达累斯萨拉姆大学教书的韩国中年夫妇。午饭吃米饭、飞饼、黄咖喱拌的蔬菜。茅草屋里现卖各种香料,有一种用几种香料混起来的叫玛莎拉粉(Masala)的,可以用作肉菜的佐料,买的人不少。

罪恶的奴隶贸易

下午去了岛东部的一个海滩,那里有几个"奴隶洞",洞中的墙壁上钉着一排排锈蚀的铁环,诉说着当年惨无人道的奴隶贸易的历史。桑给巴尔在阿拉伯语里的意思是"黑人海岸",公元1世纪到19世纪末,桑给巴尔因为它特殊的地理位置,成了黑奴被运往阿拉伯半岛和南亚地区的主要转运中心。奴隶贸易在桑吉巴尔持续了非常长的时间,阿拉伯人早于欧洲人就在东非开始贩卖奴隶,并且在西非的奴隶贸易被欧洲人自己禁止之后,仍然在东非持续了较长时间。一直到19世纪末,一共有超过

200万名黑人奴隶在这里被转运和贩卖。

这是一段极其罪恶的历史，从非洲各地运来的奴隶在被装上船之前，都被拘禁在海滩边的山洞里。奴隶洞里挤满奴隶，阿拉伯商人挨个儿检查他们的身体情况，平均每四到五个黑奴中只有一人会被选上，剩下的就可能会死于洞中。

斯瓦西里语

回程的路上，我向导游学了几句斯瓦西里语。斯瓦西里语就诞生于桑给巴尔岛，它最早是当地的班图人使用的语言，后来随着阿拉伯人移居到桑给巴尔岛，又吸收了很多阿拉伯语词汇。斯瓦西里语通过贸易从桑给巴尔岛传播到了非洲东海岸的其他地区，成了东非地区最通行的语言，如今不仅在坦桑尼亚通用，肯尼亚、乌干达、莫桑比克、卢旺达、布隆迪、马拉维、赞比亚等国家也使用斯瓦西里语。

斯瓦西里语是拼音语言，看到单词就能读出来。首先学的是采椰子的青年爬在高高的椰子树上时唱的 Hakuna Matata，意思是 No Problem（没问题），是电影《狮子王》里最常出现的词儿。《狮子王》里的辛巴（Simba）、拉飞奇（Rafiki）也都来自斯瓦西里语，分别是狮子和朋友的意思。我还学了 Jambo 你好，Mambo 你好吗，回答则是 Poa 好。Karibu 是欢迎，Asante 是谢谢，这些都是这几天听到的最多的单词了。

石头城

葡萄牙人曾于1503年攻占桑给巴尔岛，占有桑岛一百五十多年，其后强盛时期的阿曼人打败了葡萄牙人，并大量移民至此，并于1832年把阿曼的首都从阿拉伯半岛上的马斯喀特城迁到了石头城（后来又分裂），把桑给巴尔变成了一个具有浓郁伊斯兰风情的阿拉伯国家。如今的石头城内有不少清真寺，街上很多阿拉伯人的面孔。

石头城里的街道（或者称为巷子更合适）十分狭窄，纵横交错，好似山路十八弯，像我这样第一次来这里的人在城里行走，再有方向感也免不了迷路。

石头城是世界文化遗产，石头城墙、塔形堡垒和原苏丹王宫仍保留完好，城内的不少建筑则有着上百年的历史。老房子的外墙抹着白色的石灰，建材是珊瑚礁石（桑吉巴尔岛本身就是一个珊瑚岛），这使得地处热带的房屋拥有良好的透气性能。不少房屋的门上饰有精雕细琢的雕刻，窗户也很有特色。

1890年，英国取得了桑给巴尔的保护权，使之成为英国的保护国，并随之带来了很多印度移民，至今仍有不少印度移民的后裔生活于此，石头城里不少房屋其实是阿拉伯和印度相混的风格。

赞比亚签证

从桑给巴尔回达累斯萨拉姆，我坐的是快艇，因为来时坐的慢船"飞马号"回程是晚上，且要在船上过夜。从桑给巴尔往达累斯萨拉姆是向南，逆风行驶，这回乘坐的快艇比去浮潜时坐的木船更像是海盗船。船开得太快了，风浪又大，船体大幅度地上下颠簸。这一路上，大人小孩晕吐了的不少，小孩哭闹得厉害，连从来不晕船晕车的我都感觉不那么舒服。

回到达市的第二天是星期一，开斋节公共假期刚刚结束。我一早就去赞比亚大使馆办签证，可是大使馆的签证官不在达市，听说是去了对面的岛国科摩罗处理领事事务。赞比亚在坦桑尼亚的大使馆的辖区不仅包括坦桑尼亚，还包括科摩罗、塞舌尔、乌干达等国。

我和大使馆的接待人员说明我急于要取得签证，还遇到下楼来正要外出的副大使。副大使是个中年黑人女性，叫伊丽莎白（Elizabeth），她说她来想想办法，派了一个司机去签证官在达市的住处找签证官办公室的钥匙。我在大使馆等着听信，过了一个多小时，司机回来了，可是他没能找到办公室钥匙。我这次的旅行计划并没有留很多的可供调整的时间，从肯尼亚飞赞比亚，从南非回国的机票都已经确定了日期。副大使告诉我说签证官周三能来上班，要我得再多等两天。

到了周三早上，我一早又去了赞比亚大使馆。听门口的保安说签证官昨晚回来了，我略微放了心。我是背着背包去大使馆的，最好的打算是给签证官说个情，立等签证，然后马上直奔车站。可是签证官姗姗来迟，11点才来办公，原本答应下午1点给签证，结果一直等到下午4点半才拿到，不过好歹是拿到了签证。

不那么安全的东非大城市

在达市的这几天，我在达市转了一大圈。特别是市中心邮局附近的那些街道几乎都被我走了个遍，很多街上的摊贩差不多都认识我这个中国面孔了。

非洲并不是一个很安全的地方，东非的大城市，坦桑尼亚的达累斯萨拉姆和肯尼亚的内罗毕从安全角度来说，名声都不那么好，经常有偷盗和抢劫的事情发生。

我在青旅里听到了不少关于旅行者在这两个城市遭遇盗抢的事情。同寝室里就有一个韩国学生，晚上8点半在达市的长途车站Ubungo下车，上了一辆和当地人拼车的黑出租车，结果就被车上的人抢劫了。他试图从出租车的窗口逃走，没能成功，大腿上还被揍了几下，到现在还乌青着。抢劫的人把他的背包抢走了。

他到警察局报了案，虽然提供了记下的车号，但也没能找回背包。他的背包里有他的护照，因为没了护照，他在达市被迫停留了十多天，直到韩国大使馆给他补发了新的护照。

这样的事情不止一件，据说发生在亚洲人身上比较多。听过这些之后，我也不由得多加了点儿小心，至少在携带相机的方式这一点上，我不再把相机挂在胸前，而是把相机斜挎着，用胳膊挡在身后。但就算这样，还是被青旅的保安提醒了好几次，说这样还是不安全。

被讹诈

尽管加了小心，结果还是发生了状况。那是一天傍晚的时候，我在海边码头附近走走，看到有一处景色不错，就走到沙滩上去拍日落。

没想到我才拍了几张，就有一个当地黑人走近，说要和我谈话，意思是我不能到这里拍照。他还特意将他胸前的胸牌递到我眼前，让我读他的职务。那块胸牌上写着一个什么海运公司的高级安全官员。我和他解释说我不知道这里不能拍照，因为这里是公共渡轮码头边的海滩，没有任何禁止入内和禁止拍照的标志，而且不少当地人就在这块海滩上闲坐着。为避免麻烦，我干脆把那几张照片当着他的面全删了。

就这样，他仍然不依不饶，说要带我去办公室和警察局，还问我是哪国人，住达市哪儿？我心里琢磨这个人不成是故意要讹诈我吧？后来越听越像，那我说好吧就去警察局吧。他见我如此镇定，反倒一愣。后来我干脆不再理会他的纠缠，自己离开。他并没有追上来，看来我的确是碰上讹诈的了。

买车票

在终于拿到赞比亚签证后，我立刻去长途汽车站买第二天前往肯尼亚首都内罗毕的车票。达市的长途汽车站离开市区很远，而且去往那里的路，堵车严重，我是乘摩托车去的，因为摩托车可以从被堵在路上的汽车旁穿行。

在达累斯萨拉姆，城市公交的主力主要有三种，公交车叫"达拉达拉"，载客的二轮摩托车叫"布达布达"，机动三轮车叫"扎帕提"

106

（Zapati）。对于外国旅客来说，达市的出租车不那么安全，按照在出租车上被抢劫的韩国小伙子的说法，摩托车和三轮车至少是开放的，真要遇到问题，还有机会跑，出租车却可能形成一个封闭的空间。

在坦桑尼亚买长途车票也有讲究，首先要挑名声好的长途汽车公司，其次要找正规的售票窗口。我来到达市的长途汽车站（Ubungo），刚下摩托就有很多人缠上来要带我去买车票，但他们带我去的一间间其实都是代理。我一开始也搞不清状况，问了几家之后，还是觉得要找到长途车公司自家的售票处。在一间代理的屋子里，一个女性站出来对着跟着我的几个掮客厉声呵斥，然后对我说你要找的 Dar Express 公司在 45 号，只见那几个掮客作绝倒状，就此不再跟着我。我自行找到了 45 号，却被告知这家第二天去内罗毕的车票已经卖完了。最后我找了另一家叫 Spider 的长途汽车公司，他们那儿也有去内罗毕的班车，并买到了车票。

坦桑尼亚的乡村

我从达累斯萨拉姆乘坐班车前往内罗毕，在车上透过车窗，看看坦葛尼喀的内陆地区。车行的公路两边见到一些耕地，种着玉米、小麦，还有剑麻，但更多的土地则杂草丛生，显然未经耕种。沿路看到的房子几乎全是土屋，有的以铁皮为屋顶，有的以茅草做屋顶。

班车经停了几个小村镇，每次都会引起一阵骚动。当地村民举着装有橘子、龙虾片、花生的篮筐，蜂拥而至班车的车窗前，以一种祈盼的眼神冀望坐在班车上的乘客们能够垂青他们的商品。有一位脸上满是皱纹的黑人老婆婆，车上的一个乘客买了她两根香蕉，她得到了 200 先令硬币（1 元人民币），脸上露出满是欣喜的神情。那个表情深刻地印在我的脑海里。

在坦桑尼亚的农村，人们的收入很低。听上次在达市机场让我搭车进城的中国公司的员工讲，在达市工作的工人，一天的工资也才相当于 20 元人民币。

一路上经过的城市只有两个，莫希和阿鲁沙。我一直企盼着到达莫希，因为到达莫希就意味着完成了将近三分之二的路程。我原本以为下午2点能到莫西，结果一路上遭遇堵车和修路，下午5点才到达莫希。企盼到达莫希又因为它是乞力马扎罗山脚下的小城，乞力马扎罗山是非洲的最高峰，海拔5895米。但乞力马扎罗却又不是那么容易见到的，大多数时间隐没在云雾之中，我在达市遇到的旅行者就没人说看到过，有人在莫希等了好几天，最后还是失望而归。我企盼在经过莫希时有个好天气，但也一样没能见到乞力马扎罗，车经过时，天空的低处都是云。

第五章 肯尼亚之行

陆路入境肯尼亚

我每一个大洲的旅行，都把第一个目的地放在比较休闲的地方，并且多待上几天调整一下时差。北美之行的第一站在加州待了七天，南美之行的第一站在里约待了七天，这一次非洲之行，在达累斯萨拉姆和桑给巴尔岛上，我一共待了十天。每一次大洲旅行的第一站都在海边，而且是横贯大陆旅行的起点。

非洲之行，坦桑尼亚的下一个国家是肯尼亚。我乘坐的班车一早6点从达累斯萨拉姆出发，在晚上7点半的时候，终于到达坦桑尼亚和肯尼亚之间的边界口岸Namanga。先到坦桑尼亚的出境办公室盖出境章，再到肯尼亚那一边办入境。肯尼亚同样也是落地签，签证费和坦桑尼亚一样为50美元。我给了签证官一张50美元钞票，他却说再给20美元（要小费）。我表示惊异，并不予理会，他也就不再说什么，把我的护照递给了边上另一个官员，给我贴上了签证。

抵达内罗毕

一个小时后班车通过了边境口岸，过了边境我就在车上睡着了，等醒的时候，一个大城市在我眼前出现。到达内罗毕时已是午夜 12 点。

这一段班车的旅途漫长而艰苦，我不禁想念起数个月前在南美洲时坐的大巴来。南美的大巴可以几乎躺平睡觉，车子有空调，还带厕所。而这第一次坐的非洲的大巴，和南美的比，简直天壤之别。这辆大巴被称为是豪华车，座位却只能后仰一个很小的角度。车内不仅没有空调，车窗还关不紧，一路尘土飞扬。总算一路上车子没有发生故障，听说很多非洲长途车在路上修个两三次很正常。

内罗毕是出了名的不安全，更何况抵达时已是午夜时分。好在大巴的终点是内罗毕的市中心，而不是像达市那样长途汽车站在很远的郊区。车上一个好心的当地人带着我从下车的地方找到了我要住的青旅 New Kenya Lodge，走路只用了不到五分钟。

到达的时间太晚，已经无法再去找旅行社了。听青旅的人说，他们这儿就有第二天去马赛马拉的团，明早 8 点半离开。我马上报名参加了这个团。

前往马赛马拉

去马赛马拉的车是经过改装的小巴，车顶可以打开。还未上车，我就注意到了车子的尾部竖着一根很高的天线，然后上车又看到了一部短波电台，型号是建伍的 TR80C，几乎和我们的业余电台的装备一样。短波电台是用来在稀树草原上传递信息的，但凡有任何动物事件被目击，比如狮子围猎斑马、猎豹偷袭羚羊，司机们都会通过无线电传送信息，很快就会有一大群车辆赶到事发地点。

车子开出内罗毕不久，就在一处观景平台停下。观景平台的下方是东非大裂谷的一段。东非大裂谷起于红海边的埃及,一直延伸到非洲西南部的莫桑比克,全长 6400 公里,相当于地球周长的六分之一。这条裂缝很长很宽,从空中才能俯瞰到它的壮观。站在观景台上看到的大裂谷就像是一个宽广的平原。

马赛人的土地

从内罗毕到马赛马拉车程 300 多公里,要开五个半小时,中间在小镇纳罗克停车吃午饭。一直到纳罗克小镇,都是路况良好的柏油马路,道路两边是大片大片金黄色的麦田,绿树参差其间。而从纳罗克再往前开,柏油路消失,变成了土路,一路尘土飞扬。在快到国家公园的地方,看到很多牲畜,牛、羊、驴,数量非常之多。羊儿们横穿道路时不管不顾,只有车让羊的份儿。这些牛羊都是马赛人的。

马赛人不种植农作物,主要以放牧为生。马赛人也不狩猎,因此野生动物能在这片土地上生存。在以前,马赛人唯一猎杀的动物是狮子,并以杀死一头狮子作为男子的成年礼,因为狮子袭击他们的牛羊。如今,马赛人连狮子也不再猎杀,反而保护起它们。越来越多的马赛人以旅游业为生,他们知道有狮子才能吸引游客。

初入马赛马拉

车子到达的是马赛马拉国家公园的主大门 Ololaimutia,过夜的营地就在这里。游客们都住墨绿色的帆布大帐篷,每个帐篷里面一般有两张木床,内有隔间,有热水淋浴和抽水马桶。每晚吃的都是自助餐,食物挺不错。我为此次马赛马拉之行付的团费是 300 美元,而和我同住的一个阿曼人和我一样也是三天的行程,同样的食宿条件,却付了 480 美元。

在营地稍作安顿后,下午 4 点半,我们第一次进入马赛马拉国家公园。

车子刚开出没多久，就见到了许多食草动物，有斑马、瞪羚、角马（牛羚），这些都是最容易看到的动物。接着看到了非洲五大动物之一的野牛，而且是一大群。野牛虽然是食草动物，却是一种对人类来说非常危险的动物，野牛发起怒冲过来绝对不是好玩的。五大动物中还有大象、狮子、花豹和犀牛，见到它们需要运气，所以每次被发现，都会引起许多辆猎游车的聚集。这天的落日时分，一头母狮在草原上张望着寻找晚餐，自从它被发现后，在它的不远处就聚集了近30辆车。

在马赛马拉，除了活的动物，还能见到不少被猎杀而倒毙在草原上的食草动物，有些被吃掉了一大半，散发出腐臭的气味，这些多半都是狮子干的。被猎杀的动物中，最多的是斑马和角马，没有见到瞪羚，瞪羚奔跑起来速度极快，狮子也没那么容易能搞定它们。

第一天下午在国家公园里的时间不长，大象和长颈鹿只远远看了个身影。到6点半的时候，天就黑了，车子开回营地。刚回营地后不久，一场大雨瓢泼而下，现在虽然是肯尼亚比较干燥的季节，但每天傍晚的时候还是常常会下一场阵雨。

找寻的乐趣

第二天一早再次进入马赛马拉，第一个看到的是花豹。这家伙躲在草原上的一棵树上，身子被树叶所遮挡。最先有车辆发现它后，用无线电一通报，别的车都赶过来了，没想到花豹却待在树上不出来了。十多辆车上的人们对着眼前的草原扫视了一遍又一遍，也没能看到它。直到耐心等了三十分钟后，它终于从树上跳了下来。花豹一出来，立刻引起了骚动。司机们为了让游客们近距离地看到它，都把车子开近一些。不过看来所有的司机都对它心存畏惧，每辆车都接近后即快速撤离。

我们这一代是看着《动物世界》长大的，赵忠祥解说时特别的语调和草原上到处都是动物的场面，在脑海中留下了深刻的印象。马赛马拉正是《动物世界》里很多场景的拍摄地，但来到这里后，感觉马赛马拉并不如我们想象的那样到处都是动物，需要自己去寻找才能发现。Safari，也就是猎游的乐趣正在于寻找，在于发现时的那一瞬间的惊喜。来到广阔的非洲草原上发现和观看一个不常见的动物，就像在业余电台上搜寻一个稀有国家的电台信号一样，自己去发现才是最令人兴奋的。

在看了花豹之后，我们的车开始自己找寻。我们车上四个人，两个来自法国，一个来自韩国，还有我。司机是内罗毕人哈鲁尼（Haruni），他当然是车上最关键的角色，他来过马赛马拉许多次，最喜欢的就是自己找寻动物，并且经验丰富。除了哈鲁尼，我们四个乘客也都睁大了眼睛，随着车子的前进而四处搜寻。我站立在车的前排，手拉着被升起的车顶的挡杆，我觉得自己就是一个猎手，随时准备发现猎物，又觉得自己是个酋长，在检阅草原上的动物大军。

陷车

马赛马拉太广阔了，有时候在草原上开半个小时也不见一个动物的踪迹。这天早上，我们的收获并不大，只看到了为数不多的角马、斑马、瞪羚等。

中午的时候，开到了著名的马拉河边。马拉河离开马赛马拉国家公园的入口很远，车子开了整整一上午。昨晚下过一场雨，草原上有些地方很泥泞，路上我们帮助了遭遇陷车的一辆车。那辆车在上一个坡道时，底盘搁在了泥土的凸起处，前后轮都使不上力。哈鲁尼用钢索拉着前车，倒车把它拖了下来。在马拉河边，在一处看上去已干，实际却很泥泞的地方，我们的车也陷住了。哈鲁尼数次猛踩油门，却也前进不得后退不能，找来树枝垫在轮胎下也没起效，后来在路过的另两辆车的司机的帮助下，一起在车头推车才倒车出了泥坑。

马赛马拉的猎游车司机们都习惯于相互帮助，帮助别人是美德，而自己也常常需要得到别人的帮助。

角马大迁徙

现在正是马赛马拉动物大迁徙的季节,大迁徙的主角是角马(牛羚)。马拉河再往南5公里就是肯尼亚和坦桑尼亚的边界,边界的那一头是同样出名的塞伦盖蒂。其实马赛马拉和赛伦盖蒂是同一块草原,只是在两国叫法不同。角马为了寻找鲜美的草地,每年7月至8月,都会组成迁徙大军从进入旱季的塞伦盖蒂出发向北迁徙,渡过马拉河,来到草色更鲜美的马赛马拉。等到了10月,雨季移到塞伦盖蒂时,角马还会从北向南迁徙。

看过《动物世界》里马拉河边成千上万头角马奔腾着过河的壮观场景,自然期盼亲眼一见,然而即便在迁徙季,这种场面也并不是每天都发生,这一天,我们就没能在马拉河边看到成群的角马,而只是见到了角马在河边践踏出来的沟壑。

鳄鱼和河马

大迁徙中渡过马拉河的时刻对于每一头角马来说,都是一个生死考验,因为在马拉河中隐藏着危险的鳄鱼,而狮子也在河边守候。马拉河河岸很高,岸壁陡峭,角马跃下和跳上时都需要纵身一跳。每次渡河总有角马被躲在河岸边的鳄鱼张开大嘴捕获,成为鳄鱼的果腹之餐。鳄鱼还会把吃不完的作为战利品储藏起来,备作食物的库存。我在马拉河边看到了这些鳄鱼,因为没有角马的到来,它们都在慵懒地睡觉,节省着能量。

马拉河很长,角马渡河的地点也并不固定。每隔一段距离,河岸上就会出现一个角马踩踏过的渡河点。要看到角马大迁徙,不仅取决于时机,还取决于位置。

马拉河里除了鳄鱼,还有很多河马,这些皮糙肉厚的大家伙居然没泡在河水里,而是在河岸上喘着粗气,发出"呲呲"的声响。河马看似温顺,其实这些家伙并不友好,如果一头河马朝着你冲过来那就非常危险。在非洲,大型食草动物中的河马、野牛以及草原公象都有可能对人类发起危险的进攻行为。

野餐

中午的午餐是在草地上野餐。马赛马拉是一个稀树草原,草原上视野开阔,很适合观看野生动物,但树就比较稀少了。哈鲁尼找到一棵,在树下的草地上铺开毯子,拿出早上装在车上的三明治、鸡腿、果汁和香蕉。我们吃完后,躺在毯子上休息,头顶是明亮的蓝天和白云,一大群雨燕轻盈地掠过草原。我把耳朵贴着地面,倾听着天籁之声,真的睡着了。不怕,狮子还离得远呢。

温馨的场面

早上虽然找见的动物不多,到了下午,这一天却成了收获最大的一天,连常来的哈鲁尼也这么说。先是远远地看到一棵树下有四头大象,哈鲁尼飞车赶过去,我们看到了温馨的一幕:这是一家子大象,它们在树下乘凉。长着长长象牙的公象有节奏地蒲扇着大耳朵,在它的两边各有两头小象,也一起扇着耳朵,左边那头特别小而可爱。并排的还有一头象用屁股对着我们,估计是小象们的妈妈了。我拉足照相机的长焦,拍下了一张非常满意的照片。

草原上还有不少温馨的亲情场面。一只刚出生的小汤姆森瞪羚,乳臭未干,胎毛未褪,站在妈妈的身旁,走路还不稳。妈妈不时用舌头舔舐它,一副舐犊情深的样子。

一头小长颈鹿,独自在宽阔的草原上凝视着远方,它的妈妈在不远的地方看护着它。

非 洲

一只母猎豹带着两只小猎豹在一个低矮的灌木丛下休息，猎豹也是大自然中比较难得一见的野生动物。猎豹和花豹是两个不同的物种，猎豹比花豹瘦弱而体型小，但跑起来可比花豹快，猎豹是非洲跑得最快的动物。

发现猎豹之后，哈鲁尼用望远镜一望，兴奋地说有一大群大象正在举行婚礼。开车赶过去看，只见这群大象有近30头，其中两头公象正在打架，体格稍大的那头发出"吼吼"的声音，向前冲去，用象牙和另一头格斗，象鼻也卷在一起。过了一会儿，体格稍小的那头公象转头后撤。哈鲁尼说获胜的公象有机会娶老婆了。

马赛马拉草原的上空还有很多猛禽。我两次在树顶上看到了茶色雕，其中一次看到的还是一对，茶色雕的体型很大，而且和大多数猛禽一样，雌鹰的体型比雄鹰更大。草原上最多的是秃鹫，好几次看到一群秃鹫在围食角马的尸体，不讲规矩的秃鹫常常为了争强食物而打架。在进餐的秃鹫群边上还总会有一只秃鹳，秃鹳站在一边就像秃鹫群的哨兵，其实它是想等秃鹫吃完后搞点残羹剩饭。

这一天看到这么多动物，车上的两个法国朋友特别开心。他们在来马赛马拉之前，还去了坦桑尼亚北部的恩戈罗恩戈罗火山口和塔拉哥尔国家公园，并没有见到这么多种类和数量的动物。

马赛人

我们的司机哈鲁尼见好就收，下午4点就把车开回了营地，自己下班休息去了。有一辆坐着全部是肯尼亚本国游客的车回到营地也早，车上的肯尼亚人邀请我一起去马赛人村子（Ololaimutia）转转。

我们来到村里一个酒吧坐下，当地马赛人在酒吧里边喝啤酒边看足球，看的还是欧洲足球联赛的直播，一有入球就兴奋地大叫！

虽然看足球很时尚，但村里的马赛人不论男女还都穿着传统的衣服。他们的衣服颜色鲜艳，以大红色居多，男性的手上还拿着一根木棍。马赛人世代居住在这片草原上，依靠手上的木棍、长矛和盾牌，以灵长目人科人属的身份称霸草原。他们所穿的大红色衣服在草原上是那么醒目，连狮子看到马赛人都会主动躲开。除了传统服饰，马赛人还有一个显著的特征就是他们的大耳环，我看到年纪稍长的马赛人的耳朵都被拉得很长，甚至有的两耳垂肩，我猜想他们戴着的大耳环一定非常沉。

马赛人对于肯尼亚本国游客来说也很特别，纷纷抢着和马赛人合影。我在酒吧里和肯尼亚朋友们聊天，他们告诉我在肯尼亚一共有43个民族。据他们自己讲，肯尼亚虽然比较富裕，但各民族之间说不上特别和谐。反而是他们的邻国坦桑尼亚尽管贫穷，但各民族之间更友善。

到傍晚的时候，一场阵雨又如期而至，雨后的天空出现了一道美丽的彩虹。

马赛马拉的日出

在马赛马拉的第三天，早上6点刚过，我们就出发去看日出。这回我们和哈鲁尼说好了时间，一定要早一点进国家公园。哈鲁尼也有点不好意思，昨天很早就把我们带回来了。他把车开进国家公园后，停在了一个很开阔的地方，说这里是看日出最好的地方。东边的天空渐渐变红，低空没有一丝云，先是出现了一个小红点，很快一轮红日磅礴而出，马赛马拉用壮丽的日出宣告了新的一天的到来。

初晨的阳光洒在马赛马拉，光线柔和。清晨的时段，动物都很活跃，我们又开始找寻动物，希望能获得不错的收获。哈鲁尼车上的电台里也开始热闹起来，猎游车的司机们已经开始交谈，互通信息了。

鬣狗、狮子和花豹

哈鲁尼远远地看到一头非洲鬣狗在奔跑，边上有一辆车子跟在它后面行驶。再开了一会儿，有了惊人的发现，只见两辆猎游车停着，在车的不远处的草丛里有狮子，而且是一头母狮带着两头小狮子！我赶忙用长焦按下几张照片。小狮子无忧无虑，只顾玩耍，你追我赶地打闹。在我拍下的一张照片里，小狮子在画面的左下角趴坐着，母狮隐藏在草丛中，而母狮想要猎捕的大羚羊就在画面的右上角。此时，大羚羊看到了玩闹的小狮子，意识到了危险，赶忙向前行进离开那里。母狮看到猎物走远，从草丛中现身，尾随大羚羊而去，两头小狮子在妈妈后面跟着。这两个小家伙不知道它们已经搞砸了妈妈的猎杀计划，妈妈还得另找机会准备早餐。

在看到小狮子后，我们撞见了一头大花豹。这回不是哈鲁尼发现的，而是由在车右侧的我们几个乘客发现的：一头花豹正抬腿慢走着。我眼明手快赶紧按下两张，等按第三张时，这头花豹已经钻入路边低矮的灌木中，不见踪影，前后一共就三十秒的时间。哈鲁尼很兴奋，立刻通过车上电台把消息传了出去，不到五分钟时间，就有十几辆车从四面八方赶过来。可这时这头花豹反倒躲在灌木里不出来了。哈鲁尼为了证明他没有误报，还让我把拍下的照片秀给别的司机看。我也仔细察看了照片，这头花豹的头颈上有血迹，估计是刚捕捉到猎物并心满意足地饱餐了一顿，血迹来自它啃咬的猎物。这家伙吃饱后，说不定要在灌木里睡上好一会儿呢。

有其他车上的游客用中文问我看到了什么，可能他们和司机沟通有困难，我回答说是花豹。其实在马赛马拉的中国游客不少，在其他的猎游车上看到不少中国面孔，这些中国游客都是一群一群的，大多都是在国内报的团。而我，正在一个人穿越非洲大陆。

人与野生动物

中午11点，我们离开马赛马拉国家公园。回程的路上，在路边看到一群绿猴，大大小小的，成年的大猴子就端坐在路边，对于路上开过的车辆毫不在意。更令人惊讶的是，开出国家公园老远，竟然又看到一个由七八头大象组成的象群。其实马赛马拉国家公园是人为圈起来的一块野生动物保护地，在国家公园之外能看到象群也并非奇怪的事情，这里原本就是它们和马赛人共同生活的土地。

人类的数量不断增长，1987年时50亿人，1999年时60亿人，2011年时突破70亿，并仍在增长中（预计2025年至2030年突破80亿），加上经济活动的不断扩大，人类的发展和动物的生存不可避免地会产生矛盾。以马赛马拉的野生动物为例，有足够大的草原才有足够多的食草动物，也才能养活靠捕猎食草动物为生的食肉动物。这种矛盾在既适合人类又适合野生动物生存的土地上，显得更为明显。我听过一个数字，是说在过去的五十年中，非洲大陆的狮子的数量从50多万头减少到了3万多头，这个减量是非常惊人的。我们的地球是包括人类在内的所有生物赖以生活的共同空间，人类如何在经济生产活动中把握平衡，从而与地球上的生命和谐共生，需要人类的智慧和行动。

首都内罗毕

回到内罗毕，在市内走走看看。内罗毕的纬度是南纬1度，离开赤道只有140公里，但由于地处海拔1600米的高原，所以气候温和，冬无严寒，夏无酷暑。作为肯尼亚的首都，内罗毕是一个大城市，从住的青旅走出不远，就见到希尔顿酒店的圆形高楼，让人仰视。由于宜人的气候，在英国殖民时代吸引了许多欧洲移民前来肯尼亚。肯尼亚于1963年摆脱英国统治，成为一个独立的国家，当时在内罗毕举行了盛大的庆祝仪式。

不过，内罗毕给我的感觉还是有点儿杂乱，许多长途车公司的车就停在市中心的街道边，人来人往，十分嘈杂，不少地方的路上还散落着垃圾，相比之下，还是达累斯萨拉姆显得整洁一些。

晚上走到街上找地方吃晚饭，结果进了五六家餐厅，居然都只有薯条和烤鸡，而且每一家餐厅都坐得满满的，说明薯条是内罗毕人的主食。我不喜欢吃薯条和烤鸡，找了一家宾馆里的餐厅，吃到了我爱吃的米饭和蔬菜。

第六章 赞比亚之行

在飞机上俯瞰

从肯尼亚首都内罗毕到赞比亚首都卢萨卡的机票,我是用航空里程兑换的。国内航空公司的里程用来换其他大洲的跨国机票是最合适的,上次从阿根廷飞秘鲁,这次从肯尼亚飞赞比亚,如果自己买机票的话,单程都要500多美元。在南美和非洲的一些国家,对外国人和对当地人的机票售价是不一样的,外国人购买机票的价格要比当地人买的价格贵很多。

肯尼亚航空的飞机很新,外观内饰都很新,乘坐体验不错。凭着金卡会员的身份,我要了一个前排靠窗的位置,航行中,我久久俯视着飞机飞过的非洲大陆。

肯尼亚航空的这趟从内罗毕飞往卢萨卡的航班,绕了个圈子,先飞往津巴布韦首都哈拉雷。从内罗毕到哈拉雷,飞机由北向南飞了两个半小时,这一片的地貌是广阔的平原,也会时不时地看到大地隆起的皱褶,主色调是荒瘠的黄色,干涸的河曲显出白色,偶尔有点缀其间的湖泊才见到一些蓝色。大地保持着原始的姿态,基本见不到耕地,而城镇更少,一直到了哈拉雷,才在飞机的下方出现了一个大城市。从空中看,津巴布韦首都哈拉雷的房屋十分密集，又有相当大的绿化面积，看起来竟有点像欧美的城市。

从哈拉雷再次起飞，五十分钟后到达赞比亚首都卢萨卡。卢萨卡的房屋没有哈拉雷那么多，郊区的房子也大多是白铁皮屋顶，在阳光下闪闪发光。我在空中看到一个又一个绿色的大圆，这些是在土地上划出来的耕田，数量很多，是我一路上见到的最多的耕田了。

卢萨卡初印象

卢萨卡机场离开市区有20公里之远，而且居然没有机场巴士，只有出租车。我走到出发大厅试试运气，正好看见几个亚洲人面孔，听他们说的是日语，就在边上听了一会儿。原来其中两个要乘飞机离开赞比亚回日本，另一个是到机场送别的，过一会儿还要返回卢萨卡市区。我走上前询问能不能让我搭车到市区有公交车的地方，对方很爽快地答应了。在车上和她聊了几句，这位日本人是一位20多岁的女性，来到赞比亚一年多了，在卢萨卡做营养和医疗方面的工作，是一位志愿者。

卢萨卡是一个干净整洁的城市，比起嘈杂混乱的内罗毕，卢萨卡给我的第一印象要好很多。这两天的天气也好，天高气爽，不冷不热，叶子是秋天的那种黄色，到处落叶缤纷。现在又是非洲紫薇的花季，卢萨卡的街道上种着很多，满树的花儿绽开，看得人赏心悦目。

在青旅安顿好后，我出去转转，得去再多换点儿钱。赞比亚的货币叫克查，在机场换，1美元换5.37克查，到了市区能换到5.48克查。

离青旅不远的地方，有一个大型购物中心，叫Levy，走进去有很多商店。进去逛一圈，感觉赞比亚的物价可不低，比如KFC里的汉堡套餐要35克查起。进市区坐的公交车小巴，车票5克查，这比起邻国坦桑尼亚的400先令（2元人民币）要贵了一倍多。

逛街看电影

第二天早上去纳米比亚驻赞比亚的大使馆申请签证。纳米比亚的签证在赞比亚申请最容易，填表交照片就好。大使馆每周只有周二和周四接受签证申请，周二申请周四拿是最节省时间的。我以此做计划，订的是星期一从内罗毕飞卢萨卡的航班，这样到了的第二天就能去申请纳米比亚签证。

等签证的两天，我在城里走走看看。卢萨卡有一个挺有名的城市市场（Lusaca City Market），我走进这个大市场，感觉有点儿像以前去过的新疆喀什的大巴扎。大市场里面有很多摊位，各种商品应有尽有，包括活禽鲜鱼在内的各种生熟食品、家电产品、服装鞋子，都在同一个市场里卖。在城市市场的外面也有很多地摊，同一类型的商品都被归在一个区域，譬如有一条街上的地摊专卖各种五金制品，从铁丝、钢管、工具到大一点儿的机械，各种生产资料还挺齐全。

比起城市市场，Levy Mall 要现代化多了。Mall 里面有一个 PNP 大超市，规模很大，商品也是应有尽有，和欧美的沃尔玛、家乐福、乐购等有得一比。在卢萨卡吃饭不愁，Levy Mall 里有 KFC、比萨店，还有亚洲餐厅，PNP 里也有米饭、蔬菜、肉类、色拉，以及这一路上哪儿都有的薯条和香肠，把这些打包回青旅吃也很方便。

Levy Mall 的二楼还有一家电影院，周一到周四的电影票价很便宜，看一场只要 20 克查，到了周末就要 35 克查。星期三下午，我也去看了一场。在选片时，觉得几个美国片不怎么样，就选了一部名叫《孟买往事》（Once upon a time in Mumbay）的印度电影。印度电影画面华丽，还少不了印度歌舞，在巨大宽银幕和强烈的音乐效果下，也不失为一种很好的视听享受。

卢萨卡有不少印度裔赞比亚人。赞比亚在独立前曾被英国殖民，和其他的前英国殖民地一样，殖民时期印度人在这里当"二管家"。赞比亚独立后，他们就成了印度裔赞比亚人，所以赞比亚的电影院里排片印度电影就不奇怪了。

虽然卢萨卡有 Levy Mall，但总的来说赞比亚还是一个不富裕的国家。和达累斯萨拉姆和内罗毕一样，大多数的非洲大城市都会有安全问题，我走在卢萨卡的大街上，又遇到了状况。那是一天中午，我从跨越铁道的大桥上走下来的时候，突然一个高高瘦瘦的黑人青年拦住我怒气冲冲地对着我说话。我搞不清他在对我说什么。这时，在我右侧又有一个男青年挤蹭过来，我突然发现我上衣的右面口袋的拉链被拉开了。我发觉情况不对，立刻加快脚步，摆脱了他们。我的上衣右边口袋里装着一个卡片相机，好在还没有被摸走。看来，在非洲的城市里，非常有必要始终保持一定的警惕性。

动物保护

星期四下午拿到纳米比亚签证后，我离开卢萨卡，乘坐长途班车前往位于赞比亚西南部的利文斯顿市，那里是维多利亚大瀑布的所在地。经过又一段漫长的旅途，班车抵达利文斯顿时已是凌晨时分，本有些担心这么晚背着背包在街上走不安全，还好午夜的利文斯顿的主街上还亮着明亮的路灯，青旅离开车站也不远，走路十分钟就安全到达。

第二天早上出去走走，离开青旅不远处就是一个小广场，广场上挂着 UNWTO 年会的横幅。UNWTO 是联合国世界旅游组织的缩写，这一年年会的地点选在了赞比亚的利文斯顿。穿着民族服装的赞比亚人正在广场上排练非洲歌舞，他们的歌声嘹亮欢快，舞步纯熟自然。来自部落的人们热爱歌唱，还天生就是跳舞的料。

在另一边的草坪上有不少小孩子，有的正趴在地上用颜料在纸上画着各种动物的形象，有的戴着自己做的动物面具，有的手上举着保护动物的标语牌。我仔细看了那些保护动物的标语牌，从牌子上了解到了不少赞比亚的野生动物和自然环境的现况：比如"从 1980 年起，大象减少了 90%""在赞比亚只剩下少于 1000 头狮子""赞比亚每年失去 80 万公顷森林""赞比亚有世界上最多的河马""赞比亚有世界上第二大的斑马和角马种群"等等。

　　一位老师让这些孩子围一个圈，带着孩子一起大声地自问自答："我们要拯救五大动物，五大动物是什么？""是大象、狮子、野牛、豹子和犀牛。""那我们什么时候拯救它们？""就是现在！"老师和孩子们还一起玩捉迷藏的游戏，老师扮演一头被蒙起眼睛的狮子，四个小孩子扮演羚羊。这些活动通过绘画、标语、口号和游戏，让居住在这块土地上的孩子们从小就有保护动物的意识，因为正是他们将决定非洲自然环境和野生动物的未来。

　　从孩子举着的纸牌上，还了解到了赞比亚有 19 个国家公园，比较有名的是位于赞比亚东部和马拉维交界处的南卢安达国家公园，不过这些国家公园离首都都非常远。在赞比亚，除了国家公园，最著名的景点就是和津巴布韦共享的维多利亚大瀑布。

维多利亚大瀑布

　　维多利亚大瀑布离开利文斯顿市区 10 公里左右，每天早上 10 点，青旅都有免费的巴士将背包客们送过去，回来时则自己坐公共汽车。

　　在游览维多利亚大瀑布之前，先要了解一下大瀑布的形成。赞比亚的国名来自赞比西河，这条大河是非洲第四大河，全长 2600 多公里。赞比西河的上游河段在赞比亚西部高原山区流淌，流到维多利亚大瀑布之前的这一段，河水非常平缓，河面宽度达到了 1700 米，然而在利文斯顿附近突然出现了一道比河面还宽、高度达到 108 米的悬崖，于是大河跌落，变成了门面宽、流量大的大瀑布。跌入山谷后的大河继续往东流，形成赞比西河的中游，而赞比西河的入海口则位于远在莫桑比克的印度洋海岸。

　　据说，在雨季的时候，维多利亚大瀑布的水流量极大，极大的水量和冲击力形成的水雾和轰鸣声在数十公里之外也能看到和听到。不过，我来维多利亚大瀑布的时候并非雨季，走近了，巨大的水雾和轰鸣声虽然一样不小，但我所看到的维多利亚大瀑布与之前在南美看到的伊瓜苏大瀑布相比，实有小巫见大巫之感。在我看来，维多利亚大瀑布远不如伊瓜苏大瀑布那么壮观。

维多利亚大瀑布所在的峡谷上有一座铁桥，铁桥的对岸就是津巴布韦。铁桥由英国殖民当局于1903年到1905年之间建造完工，已经有一百多年的历史。当年，欧洲人为了便于将矿产品（比如金和铜）和农作物从非洲运出，在非洲建造了不少公路、桥梁和一些铁路，打通了交通。

赞比亚在英国殖民时期被称为北罗德西亚，而对岸的津巴布韦则称为南罗德西亚，这座大桥建成后，不仅连接起了这两块前英国殖民地，而且还是英国人建造的从埃及开罗到南非开普敦的非洲大道的一部分。赞比亚和津巴布韦分别在1964年和1980年独立，成立了共和国，铁桥则成了两国之间的界桥。

在大瀑布国家公园里，我看到了利文斯顿的雕像，维多利亚大瀑布所在的城市就以他命名。利文斯顿是一个苏格兰人，出生于1813年，长大后本打算去中国传教，后来因为中英鸦片战争爆发，他将传教的目的地改为了非洲。

在那个年代，欧洲人在非洲的脚步还仅止步于非洲的沿海地区，利文斯顿却深入到了未知的非洲内陆地区，成了一位著名的探险家。在利文斯顿持续二十年的地理考察中，最为人所知的成就就是使维多利亚大瀑布为世人所知。他在1855年11月6日第一次看到大瀑布，并在日志中这样记述："这条河好像是从地球上消失了。只经过80英尺的距离，就消失在对面的岩缝中，这是我在非洲见过的最壮丽的景色""除了一团白色云雾之外，什么也看不见，那白练就像是成千上万的小流星，全朝一个方向飞驰，每颗流星后都留下一道飞沫"。维多利亚大瀑布是利文斯顿以英国女王维多利亚的名字命名的，而当地人则把大瀑布称为"莫西奥图尼亚",意思是雷声轰鸣的水雾。

从利文斯顿市到边境

从利文斯顿继续往西行进,前往位于赞比亚和纳米比亚边界上的小镇卡蒂马穆利洛（Katima Mullio）。班车到达边界时已经是晚上 7 点多,而这个赞比亚和纳米比亚之间唯一的口岸并不像前面通过的坦桑尼亚和肯尼亚之间的口岸那样二十四小时开放,它在下午 6 点就关闭了。

我在距离边界最近的赞比亚小镇赛谢凯（Shesheke）找了一个旅馆住下。因为本打算当天过境,在利文斯顿的超市里我就已经把赞比亚货币差不多全花完了,于是不得不找班车上的赞比亚乘客帮忙再换一点儿克查,用来支付旅馆费和晚餐的钱。

在赞比亚吃饭,我已经习惯于在大超市里买做好的米饭、蔬菜色拉和肉食,在卢萨卡和利文斯顿都是这样。可到了小镇上,就只能找小餐馆,餐馆里的主食没有米饭,只有一种叫 Nshima 的类似于大馒头的食物,是用面粉做成的,配菜也极为简单,只能凑合一顿。

赛谢凯小镇紧挨着赞比西河,旅馆的房间里有不少蚊子。一进房间我就展开了灭蚊行动,消灭了五六只后发现竟然还有。我不敢大意,河边的蚊子容易传播疟疾,睡觉时我不仅挂起了蚊帐,还在身上涂了驱蚊液。

第七章 纳米比亚之行

入境纳米比亚

早上坐一辆赛谢凯镇上的出租车，去往过境口岸。先来到赞比亚这边办出境，然后车开过宽广的赞比西河上的大桥，但没想到在纳米比亚这一边，入境手续却足足花了一个多小时。纳米比亚的入境处只有一个窗口一位官员，然而过关的人很多，我还算到得早的，后面排起的队更长。纳米比亚地广人稀，公务员的数量大概也比较少。

地广人稀还造成了纳米比亚连长途班车也没有，这和中国的情况截然相反，中国人口多，几乎去哪儿都有班车。即便拿赞比亚做比较，从卢萨卡到利文斯顿，再从利文斯顿到纳米比亚边境，一路上都有班车，而且班车沿途停靠了很多小镇，经常上下客。到了纳米比亚这边，从边境一路向西到伦度（Rundu），在500公里长的卡普里维走廊（Caprivi Strip）上，只有两个小镇，人口稀少。

出关后我先和其他入境的旅客一起坐了一个拼车的出租车到卡蒂马穆利洛镇的镇上，打听了一下，得知没有前往我要去的楚梅布市的车，但有一辆可以到伦杜的车，可是这辆面包车已经全满。这辆车的司机从两天前就开始招揽客人，小本子上记着预约了要乘坐此趟车的所有乘客的姓名和电话。我决定在边上等等看，正巧有人爽约，我立刻替补了上去。

面包车坐了 15 个人，后面还拖了一节用来装载所有乘客行李的行李车。在等待了足足一个半小时后，所有乘客终于上齐，并且将行李在车后的拖车上用网兜扎妥后，车子离开卡蒂马穆利洛，沿着卡普里维走廊开始向西行驶。

卡普里维走廊

卡普里维走廊是一个狭长地带，东西有 500 公里之长，而南北的宽度只有二三十公里。它就像从纳米比亚的东北部伸出去的一个手臂，一把拉住了赞比亚。包夹着这个狭长走廊的两个国家，北面是安哥拉，南面是博茨瓦纳，这两国都是取得签证有一定难度的国家。多亏这条走廊属于纳米比亚，才使得我的旅行从赞比亚通过陆路进入纳米比亚成为可能。这条漫长的陆路通道很少有人通过，中国人更少，几年以后，我自己都惊讶于我当年的行程设计。

细究一下历史，这条连接纳米比亚和赞比亚的细长走廊，是有它形成的原因的。在第一次世界大战前，纳米比亚（时称西南非洲）和坦桑尼亚中的坦葛尼喀都是德国的殖民地，1890 年时任德国总理的卡普里维为了以赞比西河为航道而打通纳米比亚和坦葛尼喀之间（非洲东西两岸）的运输通道，把德国在桑给巴尔岛的权益让给英国，而从英国手里交换来了这条走廊，这条人为在地图上划界划出来的走廊也因此以卡普里维而命名，并作为纳米比亚的领土保留至今。

车行在卡普里维走廊上，一路上几乎不见耕地，而是一整片一整片的原生态树林，地面上草色枯黄，而树叶的颜色却有着红黄绿三种颜色。路边点缀着一些非洲最原始的茅草屋，原住民洛齐人在此生活，以原始的农牧猎渔为生。茅草屋很简陋，木棍敷上泥土便是屋子的围墙，屋顶则全用茅草。房屋的形状有四方形和圆形的，有大有小，房子的外面再插上一圈篱笆。从篱笆的分割来看，部落里也有贫富之差，贫穷的只有一间屋子，而富有一些的则有一个大的四方形屋子加上三个小的圆形屋子，或者两个四方形加上两个圆形。

在抵达伦杜前，曾在两处关卡停车，全车乘客下车查验身份。在第一个关卡处看到两个在等待搭车的欧美人，我原以为他们也是旅行者，聊上几句才知道他们是在纳米比亚乡村学校里教书的志愿者。这一路上在非洲大陆遇见了很多义务工作的志愿者，有些两三个月，有些两三年，最长的待了六七年了，令人起敬。

私人运营的班车

我坐的这趟车在经过伦杜后还要继续西行，而我要从这里折向南方。日落时分，我在伦杜下车，车停的地方是一个加油站，很快有人过来问我去哪里。

纳米比亚的各个城镇都没有长途车站，加油站就是旅客的中转中心。我在伦杜的加油站里等待了二十分钟后坐上了一辆前往楚梅布的车，这是一部崭新的七人座面包车，也是由私人运营，一样也全部坐满乘客。

纳米比亚的公路修得很平整，全部是柏油马路，比起坦桑尼亚的土路来要好很多。地广人稀的国家还有一个好处，就是道路上车也不多，一路通畅，绝不会像坦桑尼亚那样堵车。从伦杜到楚梅布还有300公里的路，开了240公里后先到达赫鲁特方丹（Grootfontein），在这里下了四个乘客。此处离开楚梅布还有60公里的路，司机却不想继续往前开了，又是打电话又是拦车，想把车上还有的三个乘客转手出去。结果没转成。等了半个小时后，又上了三个前往楚梅布的乘客，于是得以继续前行。在纳米比亚，这种面包车虽不是正式的长途班车，却起着长途班车的作用，只不过没有固定发车时间，而且趟次随机，有足够的乘客才发车。

好心的赫雷罗族妇女

从赫鲁特方丹上来了两个黑人中年妇女,她们是赫雷罗族人(Herero)。赫雷罗族的服饰很有特点,连衣裙的裙子由骨架支撑,和欧洲中世纪时妇女穿的那种很像。头上戴宽帽子,宽帽子和连衣裙都是同一种蓝白相间的颜色。

这两个赫雷罗族中年妇女可是好心人,到了楚梅布后,她们热心地帮助我在城里的街上找住处。她们每人背着一个很重的包,结果在城里带我走了快一个小时,才找到一家能住下的旅馆。她们帮助我是为了保护我,她们告诉我晚上一个人在楚梅布城里走很不安全。非洲的治安的确不安全,却也有好心人。这一路上,我得到了不少好心人的帮助,在肯尼亚的内罗毕,在赞比亚的赛谢凯,在纳米比亚的楚梅布,每一次我在很晚的时间到达一个城镇,都得到了帮助。

旅行的困境

到达楚梅布的这天是星期六,第二天是星期日。早上起来,走在城里,发现商店和银行全都关着,街上连人都没一个。这让我想起了在阿根廷时的旅行,一到星期日,城市就像是空城一座,没想到在纳米比亚又遇到了同样的情况。

这让我有点儿发虚,首先是换钱的问题。前一天在边境小镇,因为赶时间坐车,没来得及去银行换钱,只在一家商店里换得100美元的纳元,而美元在纳米比亚的接受度远没有前面那几个非洲国家来得高,基本上任何消费都得付纳元。更麻烦的是接下来的星期一还是纳米比亚的国定假日"英雄日",银行继续关门,而且街上连ATM也没有,我将可能遭遇没钱可花的窘境。

进入纳米比亚后,感觉物价又上了一个台阶。以最常买的瓶装水来衡量物价，一瓶 1.5 升的水是 13 纳元，相当于 8 元人民币，比赞比亚的瓶装水贵，比肯尼亚和坦桑尼亚的更贵。

最头疼的是去埃托沙国家公园的交通问题。我原本的计划是，到了楚梅布后，在当地报团去埃托沙国家公园。但埃托沙的情况和肯尼亚马赛马拉的情况正好相反。进马赛马拉的基本上都是旅行社的车，而进埃托沙的大多都是游客自己的车。我问过那两个好心的赫雷罗族中年妇女，也问了宾馆里的小伙子，都没能得到旅行社方面的信息。在赞比亚的纳米比亚大使馆，我取了纳米比亚的旅游小册子，上面印有可去埃托沙国家公园的旅行社的信息，可到了实地却没有找到。我还问了几家宾馆和旅店，也都没有组团前往的。这是我独立旅行去了那么多地方以来，第一次遇到这种情况。看来纳米比亚是一个不适合一个人自助旅行的国度，至少给我的最初感觉就是这样。

出现转机

我冷静下来，考虑了一下，决定试试看搭车。我退了房，背起背包，前往加油站看看有没有机会。其实搭车的办法在昨天从伦杜到楚梅布这一段就曾尝试过，我所遵循的底线原则是搭同样是旅行者的车，来纳米比亚旅行的以欧洲的白人为多，搭他们的车会相对安全。昨天在伦杜我就问过两辆白人的车，可惜因为方向不同而没能搭车成功。其中有一辆是走我的反方向，也就是从楚梅布的埃托沙国家公园前往维多利亚大瀑布。

这一天在楚梅布的加油站，我也是遵循同样的原则尝试询问。我见到一个旅行车开过来加油，我向车上张望了一下，车上有老人有小孩，是一个白人家庭在出游。开车的白人很友好，告诉我他们是去鲸湾，可是鲸湾在 500 多公里之外的南方，是我的下一个目的地，我现在还不去。

转机很快出现了。我在楚梅布竟然看到了中国人同胞！他们俩正坐在离开加油站不远的一辆皮卡车里。我一见就很惊喜，和他们愉快地聊了起来。据他们说在楚梅布仅有四个中国人，其中老孙在纳米比亚已经待了四年多，而小高一个多月前刚大学毕业，就从中国来到非洲工作，和老孙一起做一个工程项目。我和他们说明了我的非洲之行，然后说起埃托沙国家公园。他们俩都没有听过埃托沙国家公园，听了我的介绍，表示愿意和我一同前往。这下可太好了！最难的交通问题解决了！

埃托沙国家公园

我们开车100公里，从楚梅布来到了埃托沙国家公园的东入口纳穆托尼（Namutoni）。埃托沙国家公园面积极大，比起马赛马拉的1500多平方公里，埃托沙的面积有其十多倍，是22000平方公里，从东面的入口到西面的入口足有120公里之遥，而这还只是埃托沙国家公园的三分之一。

埃托沙国家公园里有着100多种哺乳动物和300多种鸟类，不仅种类多，有些物种的种群数量也很大。我们看到的第一群跳羚，数量就有四五百头，队伍浩浩荡荡，一起跳跃的场面十分壮观。跳羚是羚羊中最善于奔跑跳跃的，狮子一般都逮不到它们，只有比跳羚跑得更快的猎豹、花豹、非洲野狗才有机会追上跳羚。

埃托沙的意思是"白色的干河"，此地是一片干旱的区域，但有一些水潭。动物们依赖于水而生存，因此水潭边是动物们经常要造访的地方，也是观察动物最好的所在。

国家公园的地图上明确标出了每一处水潭，水潭大多分布在公园东西走向的主路的两侧，各自离开主路5到10多公里不等。另外，公园里的土路还以动物命名，意味着这条路上哪种动物更多。

第一个水潭边见到了四五百头跳羚，而在第二个水潭边，我们发现了一群斑马和一头长颈鹿。斑马和长颈鹿在喝水前都十分小心。我们车刚到的时候，那头长颈鹿就在水潭边一动不动，小高还以为是假的呢。它伸长着脖颈，仔细观察着四周，足足十多分钟后，终于前腿弯曲，低头开始喝水，我第一次看到高个子的长颈鹿是怎么喝水的。斑马群也一样，在离开水潭边较远的地方磨蹭了半天后才走近水潭喝水，并且还留有一头斑马放哨。对于这些食草动物来说，水潭既是必须要来的地方又是非常危险的地方，因为在它们低头喝水的当口，狮子和花豹等杀手可能伺机扑上来。

不过好运气就只持续了两个水潭，在土路上再往前足足开了二十分钟，却什么动物也没有看到。和在马赛马拉一样，在非洲看野生动物，乐趣在于自己寻找后发现的那一刻。正在有点儿失望之际，突然在路边发现了两头狮子，而且离开车窗边只有两三米的距离。它们刚刚饱餐了一顿，被猎杀的大羚羊还有一大半残尸在它们的身前。这两头都是雄性，对着我们的车子示威性地晃晃脑袋，欲吼还休。

我们从东入口进入后开了60多公里后折返。在埃托沙，看到最多的是长颈鹿，埃托沙的长颈鹿比起马赛马拉的长颈鹿，身上的花纹偏深，花纹形状也不同，是不同的亚种。埃托沙的大象也属于生活在沙漠地带的大象，看到一头孤独的公象正在赶往水潭。折返的路上，我们还看到了大量的野牛、跳羚和斑马。

原本以为在黄昏的时候，水潭边或许能看到更多的动物，结果在回程的两个水潭边都扑了个空。我猜想我们进来时正是一天中气温最高的时候，也正是动物们最口渴、最需要补水的时候，所以运气更好。不过，在短短的时间里，埃托沙之行能看到这么多动物，已是很知足了。以前有来过埃托沙的中国旅行者，因为是雨季时来的，公园里的3个营地都住了，待了五天也没能看到太多动物。在埃托沙，现在的旱季比起雨季来要更容易看到动物，水潭边会有一群群干渴的动物前来造访。

落日时分，一轮红日从沙漠的边缘落下，苍茫的埃托沙将迎来黑夜。国家公园外疣猪趁着黄昏时分，一家四口出来吃草，公猪长着弯弯的獠牙，见到车子驶近，一溜烟全逃远了。

中国人建设者

回到楚梅布，老孙和小高建议我住到他们的工地上。工地上的木屋是老孙他们自己刚建起来的，还没有足够的床，但这没有关系，在地上放一张防潮垫，再铺上铺盖，挂起蚊帐即可，这一晚，我睡得很香。

在工地，晚上吃了可口的西红柿鸡蛋面，早上吃了白米粥，这在非洲可是非同一般的享受。

老孙和小高在楚梅布的工作是建设一所当地小学的新校舍，预计工期七个月。中国的建设人员吃苦耐劳，在非洲，有很多中国公司参与基础建设，建设楼房、道路和工厂。

工地收不到手机信号，所以老孙和总部联系安排材料发运等事宜，都要开车到市里打电话和发邮件，这也正是我和他们相遇的机缘。第二天一早，我和他们一起回到市内，向他们致谢后告别。真的非常感谢他们，如果没有他们的帮助，我的埃托沙之行多半没法实现。

君子不立危墙之下

在离开楚梅布之前，我在城里又走了走，这时候我的心态可好了。楚梅布其实很漂亮，小城里到处都是绿树，有飞来飞去的鸟儿和好看的教堂建筑。天气也好，天总是那么湛蓝。从抵达卢萨卡开始，一路过来就没在天上看到过一丝云彩，总是大晴天。现在正是干旱的季节。

在街心公园和博物馆的附近，有两个小青年总盯着我看，我很快远离他们。路上没什么行人的地方还是要小心，这世界上哪儿都有好人和坏人。

中午我坐上车前往大西洋边的海滨城市斯瓦科普蒙德，这一段路500多公里，六小时的车程。在坐车的时候，发生了一些危险的状况。我在楚梅布的加油站上了一辆类似于皮卡的车，付车费的时候没有细看，以为和伦杜到楚梅布是同一类型的车。这辆车的后半部是一个独立的封闭空间，可以躺着，但同乘的有一个不良黑人青年，看我的眼神明显透着恶意。

"君子不立危墙之下"，我决定换车。我在离开楚梅布最近的小镇，即 70 公里之外的 Otavi 下车，付的车费我宁可不要了，也要换辆车乘坐。

我在 Otavi 的加油站等了一会儿，很快又有一辆前往斯瓦科普蒙德方向的车过来，这是一辆七人座的面包车。司机虽然高大而有点凶相，但和他一起的另一个黑人男青年看着就很友善，车上还有一个年纪大一点儿的戴着眼镜的老男人和一个青年女性。上了这辆面包车后我的心情愉快多了，很快我就睡着了，虽然还是一车都是当地黑人，但感觉要比前一辆车好得多。我觉得个人的感受很重要。在公共交通匮乏的纳米比亚，拼车是一个普遍现象，大多数情况下拼车是安全的，但也要留点儿心眼。

荒凉的纳米比亚

纳米比亚太荒凉了，从楚梅布到斯瓦科普蒙德的一路上，两边没有任何耕田，没有任何工厂，只有长着野草和荆棘的荒原。路上仅有几个小城镇，车子"嗖"的一下就穿城而过。我心里说，This is Namibia！（这就是纳米比亚！）

车子快接近斯瓦科普蒙德的时候，路两边出现了沙漠和沙漠上的输油管道，这让我回想起阿拉斯加的那条通往北冰洋的路，一样也架设着输油管道，只是地貌完全不同。斯瓦科普蒙德建在沙漠之上，城市的一侧是蓝色的大海，另一侧是白色的沙漠。

护照被抢的旅行者

在斯瓦科普蒙德又遇到了中国人，还是一个背包客，但被迫滞留于城里的青旅。他叫小张，他和我说起了他的遭遇：在离市区稍微偏远一些的海滩上，大白天的，他遭遇了抢劫，被抢的包里装着钱和护照。没了护照就意味着寸步难行，然而纳米比亚的中国大使馆没有护照的制证条件，需要南非的中国大使馆制证完成后转寄到纳米比亚中国大使馆。

小张为新护照等了一个月，可虽然拿到了护照，原来护照上的南非签证却没了，他正在咨询能不能重新办理南非签证。小张的遭遇让我想起在达累斯萨拉姆遭抢的韩国小伙儿，一样为了等新护照而哪儿也去不了。在非洲，多一点安全意识绝对必要。

小张这趟旅行走的是亚非长线，从东南亚的泰国、柬埔寨等国家出发，经西亚转非洲，在路上已经走了十个月，一路走一路办理签证。这么走令我佩服，因为光等待签证就需要强大的忍耐力。小张并没有计划去其他四个大洲，相比之下，我的六大洲旅行有点儿不同。我每次旅行一个大洲，休整一段时间再出发，而且不以去过更多的国家为目标。

横向穿越了非洲大陆

到了斯瓦科普蒙德，我又完成了一个大洲的横向穿越，从非洲的东岸来到了非洲的西岸。这已经是我横向穿越的第三个大陆了，第一次是北美，第二次是南美，这次是非洲。

几星期前，我在桑给巴尔岛时还穿着短袖，到了斯瓦科普蒙德，晚上很冷，我洗了一个热水澡后就把毛衣穿上了，晚上盖一条被子还是觉得有点儿凉。这里和北面的楚梅布相比气温低很多。小张为了省钱，住的是帐篷，在帐篷里穿着厚衣服再盖上被子。据他说，他在这里待了7月一整个月，经常是雾天和阴天，很少见太阳，而且气温很低，南半球的7月相当于我们北半球的1月，是最冷的月份。听当地人说，到了12月，也就是夏季的时候这里就会变得很热，从东面的沙漠吹来热风，偶尔还会形成沙尘暴，连车子都不能开。

海边沙漠上的城市

我住的青旅就在距离海边隔着两条马路的地方，在屋子里能听到海涛声。海边有一座建于1905年的栈桥，走在栈桥上，只见一波又一波的海浪击打着岸边，汹涌澎湃，激起无数浪花。这里绝对是冲浪的好地方，但只适合顶尖高手。

斯瓦科普蒙德也有沙滩，虽远不如非洲大陆东岸、桑给巴尔的沙滩那么细腻，但绝对绵长。这一带其实根本就是沙漠，离开大海不远处就有高高的沙丘，沙漠一直延伸到远方，看不到尽头。

因为有大海和沙漠，斯瓦科普蒙德是一个可以进行各种户外活动的好地方，比如在沙漠上开沙滩车、滑沙、骑骆驼，在大海上冲浪、钓鱼、乘热气球、跳伞和乘小飞机观光航行等。这让我想起了在秘鲁伊卡附近的海边沙漠上坐沙滩车和滑沙的经历，动人心魄的刺激至今印象深刻，也让我想起在菲律宾巴拉望岛冲浪和浮潜的经历是那么的美好。不过，现在这个季节，纳米比亚的海边海风劲吹，去参加活动会有些冷。

斯瓦科普蒙德城里经常能看到脑后编着一缕缕褐红色小辫子的辛巴族（Himba）妇女。辛巴人可是纳米比亚的明星，他们居住在纳米比亚北部偏远的沙漠地区，茅草屋前全裸着上身的辛巴族妇女的照片出现在明信片上和画框中。不过辛巴族的家园太偏远，一般游客很难到达。如今在城市里也能见到她们，我不仅在海边的草坪上，还在城里的快餐连锁店里见到过。

城里有那么一些餐厅，还有 KFC，不过我已经很习惯在大超市里买现成的食物吃，有米饭、面条、各种炒菜和色拉等。纳米比亚的食物并不便宜，米饭和蔬菜都挺贵，这个和纳米比亚适种的耕田太少有关。纳米比亚气候干燥，国土的大部分是沙漠，适合种植的只有北部和南部的一些土地，中部地区几乎全都缺水。这也是为什么纳米比亚地广人稀，而又物价高昂的原因了吧。

纸盒厂和鱼肉厂

我在青旅里遇到一位纳米比亚的小学老师，他和另外两个老师带着 20 个小学生利用寒假时间，正在纳米比亚游学。我向老师提出如果车上还有空座的话，能不能和他们一起，老师爽快地答应了。第二天他们去斯瓦科普蒙德以南30公里的鲸湾市（也叫沃尔维斯湾，Walvis Bay），这正是我要去的地方，于是我成了他们冬令营的一员。

在鲸湾市，老师们安排学生上午参观了一家纸盒厂，下午参观了一家鱼制品厂。我很高兴和学生们一起游学，我也作为学生，第一次了解了纸盒制作和鱼类加工的生产工艺。

在纸盒厂，我们参观了整个流程。在办公室里，销售部负责接单，把订单输入系统；设计员根据客户对纸盒大小、厚度、盒面文字和图案的要求进行设计；计划员负责排产和进度。接着我们来到生产车间，看到废纸和原纸被作为原料，先是被加工成薄纸，然后不断加厚，并通过机器在纸的内部形成瓦楞；大的瓦楞纸盒由机器自动裁剪翻折，小的瓦楞纸盒由人工折叠；盒面文字和图案的印刷，则是先做好印模，然后上印刷机印刷。这家工厂每天生产4万只用来装鱼肉的大纸盒，产量很大。

纸盒厂的大客户是鱼肉加工厂，下午就去了一家鱼肉加工厂参观。鲸湾一带的大海里盛产鱼类。捕鱼船将新鲜的鱼送入加工厂，先在生产流水线上将鱼去头去尾，取出内脏和鱼子，然后将鱼肉在零下20摄氏度的冰柜中冰冻数个小时，再重新回到流水线上去除鱼骨，并对半切成两半。往外销售的鱼肉有带鱼皮和去除鱼皮的，并按鱼身上不同的部位进行分类，加工成标准分量后裹上保鲜膜，最后装入纸盒就成了鱼片产品。

这家鱼肉加工厂每天有两班工人工作，每一班400个工人，一天工作九小时。无论是在原料车间还是在流水线上，我们都看到了太多的鱼。这家厂的鱼肉产品主要出口到西班牙和南非。鲸湾市有好多家这样的鱼肉加工厂，不禁令人感叹大海里有那么多的鱼，而人类的胃口又是如此的巨大！

纸盒厂和鱼肉厂都有严格的质检系统，纸盒厂检验瓦楞纸的厚度、尺寸和盒面印刷的质量，鱼肉厂则检验鱼片上是否有鱼骨残留，无鱼皮的鱼肉产品是否已将鱼皮去除干净。在入厂前，两家工厂的安全人员都对我们进行了安全培训，在纸箱厂我们穿上醒目的绿色反光服，戴上了

非洲

防噪声的耳塞。在鱼肉厂我们换上白大褂，穿上雨靴，进入车间前认真仔细地洗手。无论是质检程序还是生产安全，都给我们留下了深刻印象。

工厂里的工人们很辛劳，纸盒厂的机器在运作时发出巨大的噪声，工人都戴着耳塞或干脆戴一副遮耳大耳机，原料线的碎纸工人则因为纸屑的粉尘而始终戴着口罩。鱼肉加工厂里太冷，工人们都穿着厚衣服，最寒冷的地方是成品仓库，里面寒气逼人，我都不敢进去，而工人们开着铲车进进出出。平时我们看起来很简单的商品，比如包装用的纸箱，比如冰鲜鱼肉，都是经过劳动者的辛勤工作才得来的。

在参观时，我也受到了工厂里工人们的欢迎，而且两次都被当作了"外籍"老师。其实我也是小学生，在参观中学习到了很多新知识。

火烈鸟

中午在海边吃午餐，之前在城里买了各种食物。这里的海湾，海水浅而平静，和北面距离不远却波涛汹涌的斯瓦科普蒙德市像是两个世界。我在鲸湾第一次看到了火烈鸟群。火烈鸟（大红鹳）长着粉红的羽毛，有些贴着海面展翅飞翔，有些单足站立睡觉，还有些两脚不停地转着圈，把海边沙土下的食物挖出来，然后用倒弯的嘴吃食。

鲸湾的这片海湾其实是一个咸水泻湖（Lagoon），火烈鸟喜欢待在风平浪静的泻湖。斯瓦科普蒙德的海边风浪太大，是看不到火烈鸟的。

游学团的孩子们

晚上和老师亨泽尔（Henzel）聊天。他告诉我这群学生都来自首都温都和克市南面80公里的小镇雷霍博特（Rehoboth）上的一所学校，学校里有从学前班到七年级一共100个学生，这次出来游学的是20多个五年级到七年级的大孩子。

亨泽尔热心于组织这样的游学，从参观工厂到领略大自然，学生们能增长很多知识，并了解社会，更重要的是能使他们坚定学习的信念。亨泽尔告诉我，在纳米比亚，特别是在乡村，很多家庭会以各种理由让孩子中途辍学，往往没有完成初级学校的学习就不上学了。但是组织这样的游学也很难，每两年才有一次，主要是因为费用的问题，十天的游学收 1000 纳元（约 600 元人民币），家长嫌贵，于是改为只收 500 纳元（300 元人民币），剩下的经费由热心教育的赞助商来赞助。

在以前，纳米比亚的孩子上小学是要交学费的，从 2013 年起，纳米比亚开始实行义务教育，这个政策使得辍学的情况有所减少。这让我想到了老孙和小高在楚梅布兴建的农村小学，那也是纳米比亚政府推进教育的举措之一。

一天下来，我和这群学生混熟了。他们前两天也去了埃托沙国家公园，一个个和我争着比谁看到的动物多，他们还把自己的名字写在本子上让我写成中文，还教我怎么做 Hi Five。在纳米比亚，Hi Five 不是击掌，而是如握手似的，先四个指头一个个相触，最后是大拇指，这还需要点儿技巧呢。

游学团里每个孩子的英语都很好，我和他们沟通起来完全没有问题。纳米比亚于 1990 年独立，独立之后的官方语言是英语。我在纳米比亚旅行，并没有语言上的困境。纳米比亚人说英语有个特点，喜欢在每个句子后面加上一个"乃"（nai），听上去更觉亲切。事实上，一路上过来，肯尼亚、赞比亚和坦桑尼亚的大城市里的人们都能说很好的英语。在非洲旅行，比起在南美旅行，和当地人在语言交流上要容易得多。

纳米比亚有 11 个部族，这群小孩子是科伊科伊人（Khoikhoi），母语是科伊科伊语，英语是第二语言。科伊科伊人是最早生活在纳米比亚的两个部族之一，另外一个部族是桑族。

前往首都

从斯瓦科普蒙德前往纳米比亚首都温得和克，我还是搭乘小学游学团的车。早上出发的时候，亨泽尔让学生们站成一圈，一起唱歌，然后总结了这次游学，并要求孩子们回去后写写自己的感受和收获。出发前，我和这些学生们一起合影留念。

从斯瓦科普蒙德到温都和克大约400公里，四小时行程。开出斯瓦科普蒙德后很长的一段路，两边还是沙漠。这一区域不可能有耕田，倒是有几座矿山。大约一小时后，在路左侧，我看到了著名的斯皮兹克普山（Spitzkoppe），这座山有1728米高，有着尖尖的峰顶，突兀地耸立在荒原上。因为有着差不多的尖顶，有人把这座山称为欧洲马特峰的姐妹峰。一直到半程之后，路两边的土地才出现草地和绿树，海拔也从海平面开始上升。纳米比亚的首都温得和克位于中央高原，海拔1000多米，目前的气候也是凉爽而干燥。

参观报社

游学团的最后一站是首都温得和克的一家新闻报社，在我遇到这些学生之前，他们已经在另一个城市参观了这家报社的印刷厂。学生们给我描述了报纸刚从印刷机里印出来时，油墨未干的情形。现在来到报社总部，了解一下登载在报上的文稿是如何被撰写和编辑出来的。

一个女编辑接待了游学团，把我们带到了二楼的一间编辑会议室。从二楼会议室的玻璃窗往下看，一楼编辑室里的办公桌呈圆形摆放，内外围了三圈，圆圈的中心高高地挂着几个巨大的液晶屏，滚动播出着世界各地的重要新闻。

编辑部分成社会、体育、艺术、教育等部门，游学团参观印刷厂时的照片已经被登载在了前两天该报的教育版上，孩子们看到自己的照片很兴奋。

在问答环节中，有孩子问报纸的头版一般登什么新闻，编辑回答说当然是最大的新闻。她半开玩笑地举例说，在纳米比亚，除了突发事件，最大的新闻就是在国内哪儿下了雨。对于干旱的纳米比亚来说，下雨的确是大事。这样的回答,对于孩子们来说很好理解。

编辑则问学生们,十天的游学下来,对什么印象最深刻?学生们的回答是埃托沙国家公园里的那些动物,尤其是狮子。另外鳄鱼养殖场和蛇养殖场里的鳄鱼和蛇也给他们留下了深刻印象。到底这是孩子的天性,比起参观过的工厂来,还是更喜欢动物。

编辑鼓励学生们多写作,问学生中有没有想成为记者的?结果没有人举手。编辑略有点儿失望,但还是鼓励学生们多多观察生活,写一些他们学校里和镇上的故事,甚至可以试着给她投稿。

阿非利卡语

这份日报名为Republikein,使用的语言是阿非利卡语。南部非洲最早的欧洲移民主要来自荷兰,在此定居后被称为布尔人。布尔在荷兰语中就是农民的意思,布尔人在南部非洲过着半农半牧的生活。后来由于荷兰的衰落和英国的崛起,最早由荷兰人开拓的好望角据点被英国人接管,布尔人也随之北迁,后又在持续三年的布尔战争中失利,南部非洲的内陆地区也被英国占领,南部非洲变成了英联邦中的一个自治领,一直到1961年成立独立的南非共和国。

阿非利卡语正是荷兰语的变种,是南部非洲的第一种通用语言。荷兰语虽然和英语不一样,但有的地方又有点儿相像,比如英语里的欢迎Welcome,在阿非利卡语里是Welkom;英语里的"What is your name(你的名字是什么)",在阿非利卡语里是"Wat is jor naam"。

作为白色人种荷兰人后裔的布尔人,曾通过战争打败当地原住民而掠夺土地,所以包括纳米比亚人在内的南部非洲人对阿非利卡语有种说不清的感情。在纳米比亚,阿非利卡语不是官方语言,却是宪法承认的一种"国家语言",在人们的交流中仍然被大量使用。这份阿非利卡语报纸的发行量有2万份,在纳米比亚算是一份大报了。

临走的时候,亨泽尔给编辑介绍在路上遇到的我。编辑听说我从非洲东海岸穿越到西海岸，对于我的"冒险"很感兴趣，给了我名片，希望了解我的故事。

离开报社后我要去纳米比亚的邮电部，亨泽尔让司机把我送到了邮电部的门口。我和老师学生们告别，诚挚地感谢他们接纳我参加游学团，给我提供了很多方便，也让我学习到了很多。

在地球的另一端操作业余电台

作为一个业余无线电爱好者，我在纳米比亚还操作了当地的业余电台，这段经历的详细记述发表在了《现代通信》杂志上的《V5/BA4DW 纳米比亚远征通讯记》中：

我知道做一件事情要专注、深入，才能做好。在过去的十多年中，我投入了很多的时间和精力去完成在业余电台上通遍世界每一个国家的梦想，并最终实现，成为在中国第一个做到这一点的爱好者。同时，我完成了我的环中国大陆海岸线的海岛远征计划，去到了沿海每一个省的海岛组（IOTA）做了远征通讯。这之后，我迈出了旅行的脚步，先是周游了中国，去到了每一个省的 300 多个市县，然后开始了六大洲旅行。

在环球旅行中我同样是专注于旅行，起先我并没有把业余无线电掺杂进旅行，既没有在国外和当地的业余电台爱好者见面，也没有想法在国外操作一把。这一次的非洲五国之行出发前，倒是有朋友提醒了我可以考虑在非洲操作一下业余电台，因为比起北美和南美来，非洲国家的业余电台的稀有度更高。不过，那个时候我已经定好了非洲的旅行行程，看了一下自己的行程，我仅在赞比亚的首都卢萨卡和纳米比亚的首都温得和克留有一些机动时间，其余全满。比较了一下，在纳米比亚的机动时间更多一些，而且，纳米比亚比起赞比亚来更容易申请到电台执照，我决定只尝试纳米比亚。

我查了近期比较活跃的纳米比亚的业余电台，在临出发的前一天给

上船出海（坦桑尼亚桑吉巴尔岛）

印度洋中浮潜（坦桑尼亚桑吉巴尔岛）

海滩上闲坐的当地居民（坦桑尼亚桑吉巴尔岛）

殖民时期遗留的石头城（坦桑尼亚桑吉巴尔岛）

三角帆船和海边的妇女（坦桑尼亚桑吉巴尔岛）

稀树草原上的猎游车（肯尼亚马赛马拉）

我和我的非洲朋友们（肯尼亚马赛马拉）

从肯尼亚到赞比亚的航班（肯尼亚内罗毕）

制作环保标语的赞比亚孩子们（赞比亚利文斯顿）

兜售的村民（赞比亚利文斯顿）

海边快乐的孩子们（纳米比亚斯瓦科普蒙德）

沙漠中的露营营地（纳米比亚苏丝斯离）

登上红沙丘（纳米比亚苏丝斯离）

在干涸的沙漠中徒步（纳米比亚苏丝斯离）

岸边海钓（南非赫曼努斯）

观鲸船出海（南非赫曼努斯）

我和观鲸船水手（南非赫曼努斯）

野生企鹅的乐园（南非西蒙镇）

V51YJ 安德鲁（Andrew）发去了邮件，询问操作的可能性，然后就出发了。因为在路上飞行的时间和刚到坦桑尼亚的那几天没能上网，我没能及时收到安德鲁的邮件。实际上安德鲁很快就给我回复了邮件表示欢迎，并愿意在申请执照上提供帮助，我直到收到邮件的六天后才回复过去。安德鲁要求我把我的中国护照和中国业余无线电操作证书的扫描件发给他。虽然我身边带着这两样东西的原件，却只有护照的扫描件，后来直到我在斯瓦科普蒙德市的青年协会找到扫描仪，才把我的 BA4DW 的中国操作证书扫描后发了过去。

我从海边的斯瓦科普蒙德市来到内陆的温得和克市，按照安德鲁在电话里给我说的，一到温得和克，我就直接去了纳米比亚的无线电通信管理大楼（该机构的简称为 CRAN，隶属于纳米比亚邮电部），在那里我申请到了纳米比亚的业余无线电执照。一般办理执照需要三星期时间，作为特例，我在当天就拿到了，呼号为 V5/BA4DW。这要感谢安德鲁的帮助，没有他预先和 CRAN 联系是不会这么顺利的。拿到执照是8月29日星期四，我和安德鲁约定了周六的时候到他那里操作。

安德鲁的家在温得和克的市郊，位于一个很小的山丘上，很远就能看到他的天线。还没到他的家门口，他的狗儿们就叫唤起来了。非洲很多地方的狗都会忠实地履行它们的职责，一看到生人就叫唤。我不用按门铃，狗儿的叫声就让安德鲁知道我来了，远远地迎了出来。安德鲁可是一个爱狗家，养着三条大狗，三条小狗，一共六条。我看到那些大狗还是有点儿发怵，我请安德鲁把它们一一抱开后再把门打开。

电台操作室是在院子里的一个小屋里，估摸着有10平方米，大小刚刚好，里面放置了三部电台，全是八重洲的，分别是 FT897、FT2000 和 FT5000DX，安德鲁现在基本只用最新最好的 FT5000DX。我用惯了自己的建伍 TS50，对于别的机器并不熟悉，就请安德鲁都帮我调整好了，开始准备操作。

8月31日下午，我用 V5/BA4DW 的呼号开始操作。借助于安德鲁的非常好的天线系统，通信取得了很好的效果。我一上来就把天线对准中国，在来之前就挑选了和中国之间传播效果最好的时间来操作，也就是纳米比亚当地时间的下午2点，北京时间晚上9点。很快在21022上听到了一个中国电台在呼叫CQ，呼号是BG3UQA。后来查了一下，这是山西太原的一个业余电台，我收听他的信号非常好，可是花了五分钟，我足足报了二十多次V5/BA4DW的呼号，他才终于抄收下来我这边的呼号。和他联络完成后，我把频率上移三个千赫，在21025开始呼叫CQ，马上有几个日本电台回答过来。接着"嗅觉最灵敏"的无锡的BA4TB马上找到了我，成了我电台记录里的第六个电台，他总有超强的寻找远距离DX电台的能力。

很快，场面就热闹起来，亚洲的电台和欧洲的电台一拥而上，将我包围了起来。我收这些电台的信号都非常强，用摩尔斯电码操作了一个多小时，我想既然信号这么好，那不如转到通话方式。通话方式的联络速度比摩尔斯电码来得更快，转到21295千赫，使用通话方式后，最高速率达到了一分钟联络七个电台。这个时间，传播已经西移了，亚洲的信号变弱，而欧洲的信号十分强劲。位于非洲西南角的纳米比亚和欧洲之间虽然距离挺远，但电波只需往正北越过赤道，不用通过极地区域，就相当于中国和澳大利亚之间通联时的距离和方位，传播比较容易。欧洲是业余电台最集中的地方，上百个欧洲电台一拥而上，信号夹杂在一起，形成了十分火爆的场面。对于我来说，过去十多年的海岛远征经验使我处理这种场面游刃有余，我用快速的通联使一个又一个欧洲电台和我完成了联络。欧洲国家里面，在中国通起来稍微有点远的国家，如葡萄牙和爱尔兰等，在纳米比亚通联起来非常容易，通到的数量不少。而最多的是意大利，意大利的电台又响又多，一个接一个，怎么也通不完。比起南欧国家来，更远的北欧国家的电台就少很多了。

在通联欧洲电台的同时，也有其他几个洲的电台挤了进来，最令我意外的是通到了好几个非洲本洲的电台，其中有位于北非的埃及的SU9AF、阿尔及利亚的7X5QB、加纳利群岛的EA8TL，位于印度洋里的留尼旺岛的FR4PV和纳米比亚的邻国津巴布韦的Z21MA。电波还越过大西洋，南大西洋另一侧的巴西的几个电台过来的信号也非常强劲。相比之下，北美洲的信号就要弱一些，通联到的美国电台的数量并不那么多，因为和北美的通联要等传播再往西移动一些，也就是更晚一点的时间才会有良好的传播出现。安德鲁说，在纳米比亚这个位置，通亚洲、欧洲和美洲都不困难，最困难的是大洋洲里的那些岛国。在安德鲁的电台室里放着三台电脑，连接着三块液晶屏，其中一块显示的是地球大圆地图，从纳米比亚出发的电波，正北是欧洲，东亚在东北方向的60度方位，北美则在西北方向的270度方位，然而电波要到达浩瀚的太平洋里的那些岛国需要通过南极极地区域，非常困难。这就像加勒比海里的那些岛国成为中国最难通到的区域是因为电波要通过北极极地区域一样，无线电波在通过极地区域时会有很大的损耗。

第一天的通信持续到下午5点多天快黑的时候，我通联了621个电台。第二天是周日，我再次得到安德鲁的同意，下午又去操作了一次，并把重点放在了亚洲。

8月的时候，在纳米比亚还是冬天，纳米比亚采用冬令制时间，每年9月1日的时候结束冬令时。第二天正好是9月1日，纳米比亚开始进入正常时间，时钟要往后拨一个小时，纳米比亚时间和北京时间的时差从七个小时变为了六个小时。这就意味着，我同样是2点左右开始操作，但实际上比前一天的操作开始时间提前了一个小时，也就是说和东亚的通联时间多了一个小时。在第二天的两小时的操作时间里，在我通联到的346个电台中有17个中国电台，而第一天只有三个中国电台，感觉中国的业余电台比起铺天盖地的日韩业余电台来还是太少。两天中通到两次广州的BD7IS，第一次是北京时间的深夜12点多，那时我正在被欧洲围攻，我把天线往东北转60度，使得我们之间的通联更容易，而第二天我把天线始终对着中国，在传播还没有西移的时候听他要来得更响。另外就是BA4TB，他总在频率上活跃着，保持着对DX的高度而又持久的热情。相比而言，日韩的业余无线电爱好者的数量和热情是令人赞叹的，并且他们的信号普遍比中国业余电台的信号来得强劲。什么时候在短波

非洲

上追逐远距离 DX 通信的中国电台能像日韩电台一样多才好呢。

这一次在纳米比亚以亚洲为重点的操作，不仅通到了大量的东亚电台，也通到了很多西亚电台，西亚离开南部非洲距离更近，以色列、巴林、阿联酋、沙特、塞浦路斯、格鲁吉亚都有呼叫过来，其中以色列和巴林的电台最多。另外南亚的印度，东南亚的越南、菲律宾和印度尼西亚等也有呼叫过来。非洲本洲，在第二天还通到两个南非电台、一个毛里求斯和一个留尼旺电台。最令人惊喜的是，第二天刚开始的时候，大洋洲的 V73AY 从马绍尔群岛呼叫了过来，使我通到了第六大洲，在二十四小时的时间段里，从非洲的纳米比亚完成了一次通联六大洲的 WAC。大洋洲的确是位于非洲西南部的纳米比亚的一个通信难点，V73AY 的信号很轻很微弱，还好被我敏锐地抓抄下了他的呼号。

在两天里约六个多小时的通信时间里，我用 V5/BA4DW 的呼号通联到了 967 个电台。此次在纳米比亚的业余电台操作全仗 V51YJ 安德鲁的帮助，没有他的帮助，在这里操作业余电台就不可能实现。

安德鲁今年 53 岁，出生在南非，早在 16 岁，也就是 1977 年的时候就在南非的德班市取得了业余电台执照，呼号 ZS5YJ，后来他在 1983 年移居纳米比亚的温得和克，在那时纳米比亚还是南非占领下的西南非洲，他的呼号变为 ZS3YJ。1990 年，纳米比亚独立，安德鲁的呼号变为 V51YJ，不过那时候随着电脑和网络的兴起，安德鲁有相当长的一段时间放弃了业余无线电这个爱好，一直到 2007 年才重拾旧爱，重新活跃于无线电波之上。目前他有一副 StepIR 天线、一副垂直天线，都可用于从 40 米波段到 6 米波段的八个波段，6 米波段还有一副方框天线。安德鲁今年又刚订购了用于月球反射通讯的 2 米波段天线，还打算在 StepIR 天线上加振子，使原来只有一个振子的 30 米波段和 40 米波段变为多个振子。在 80 米波段上，安德鲁有一副全尺寸倒 V Dipole，接下来他想更多地在低波段上花一些时间。

安德鲁更喜欢摩尔斯电码 CW，他觉得摩尔斯电码的节奏感就像是音乐。纳米比亚现在一共有 150 个业余无线电爱好者，但真正活跃在短波上的屈指可数，而安德鲁差不多是唯一在纳米比亚使用摩尔斯电码进行DX通讯的爱好者。

纳米比亚远在地球的另一端，我于9月12日结束此次非洲五国之行，从南非开普敦回国，连飞四趟航班，总飞行时间用了将近二十个小时。中国人在非洲操作业余电台大概是首次，尤其呼号中还带着中国呼号（V5/BA4DW），DX WORLD 网站也专门发消息报道。这是我自2009年用DU9/BA4DW的呼号在菲律宾，2007年用LX/ON9CDW在卢森堡，用ON9CDW在比利时以来的又一次在中国以外的地方操作。其中V5/BA4DW和DU9/BA4DW都是带着自己的中国呼号，坚持用中国呼号是我希望能够做到的一点。

中国的操作证书在国外很多国家同样是受到尊重的，在国外申请的话，可以取得与中国级别相对应的同样的操作级别。期待着更多中国的业余无线电爱好者能够在国外发出信号，这将在世界范围里提振中国爱好者的影响。

借此文再次对V51YJ安德鲁表示感谢，因为他的帮助，使得V5/BA4DW在纳米比亚的操作取得了成功。

首都温得和克

安德鲁的工作是搞地质的，在矿业公司里负责技术，周一到周五要上班，所以我在他那里的业余电台操作仅限于周六和周日。我安排了周二去"红沙漠"苏丝斯黎的行程，周一就在青旅看看书，打上几局台球，中午在附近的树上看鸟。

纳米比亚的所有城市都有一个特点，就是天刚一黑，街上就没人了，即便是首都温得和克也是这样。星期天时，街上的人更少，商店银行全都关门，还好大型超市还开着门。一到星期一，人就又立刻多了起来，超市里结账的人排起长队，银行的ATM取款机前也总是排着队。

人们还为了薯条而排起长长的队伍。在一间超市里，超市里的工作人员忙着将一个个去了皮的马铃薯塞入机器里切条，然后取出油炸，另一头则排着等待薯条出锅的顾客长队。当地人喜欢的食物除了薯条，还有就是炸鸡块和汉堡包，这种类型的快餐店很多，也经常排队。对于我来说，偶尔吃吃炸薯条和炸鸡虽也不错，但还是更喜欢吃大超市里做好的米饭和蔬菜。

我在日落之前去议会公园里走走，纳米比亚的议会楼不高，但占地面积挺大。我在公园里遇到几位中国大使馆的工作人员，他们说明天早上有一个中国政府代表团来访，因此在做准备工作。他们看到我很亲切，告诉我说来纳米比亚的中国游客还是很少，毕竟纳米比亚和中国相距遥远。

纳米比亚的国家博物馆也在议会附近，是很新很现代的一幢楼，金黄色的墙体表面有太阳的图案，在阳光的照耀下闪闪发光。博物馆对面是哥特式建筑的路德福音教堂，这座教堂的所有基石都是从欧洲运来的，建成用了三年时间，于1907年竣工，至今已有超过一百年的历史。

"五脏俱全"的旅行车

纳米比亚有一个必去之处，那就是"红沙漠"苏丝斯黎。由于纳米比亚缺乏公共交通，除了租车自驾，最好的办法就是跟团。去苏丝斯黎的团一星期只有两个，而且团费昂贵。我为三天的行程付了3620纳元，相当于370美元，比去马赛马拉的价格贵。

前往苏丝斯黎的车也比前往马赛马拉的车来得更特别，由一辆"悍马"越野车改装，车里几乎"五脏俱全"。第一天的中午，车子在路边有树的地方停下，司机兼导游乔治和他的助手保利一起动手，从车里取出了十多把钢折椅和一张折叠桌，并在桌上铺上好看的印花桌布，放上各种瓶瓶罐罐，有盐、糖、胡椒粉、番茄酱、果酱、甜辣酱、奶酪、黄油等，还有速溶咖啡和袋泡茶。接着又从车里取出一个燃气罐和一个支架，放上锅子开始烧水。车里面有冰箱，冰箱里有用来制作三明治的火腿肉、生菜、青椒、洋葱和番茄，另外还有小苹果。我们在路边野餐。

旅行车开到露营地,从车肚子里又取出了帐篷、睡垫和睡袋。帐篷是双人折叠大帐篷,自己动手搭,顶部用两根可收缩的钢管,呈十字形撑起一个弧形,把帐篷从下往上挂起就行。

露营地没有住房,但是建有公共卫浴的房子,有热水可以洗澡,还有电源插座可以用来充电。旅行车加上露营地,基本的生活需求都能得到满足。

营地聊天

在营地的晚餐比中午的野餐吃得更好,乔治和助手保利为我们煮了米饭,烧了鸡肉杂烩和蘑菇蔬菜。吃完饭后,我们就在篝火边聊天。

这个散客拼团一共13人,七个德国人、四个威尔士人、一个瑞典人和我一个中国人。因为团里以德国人为多,而德国人里既有来自东德又有来自西德的,话题就围绕德国展开。两德统一三十多年了,但两德人民从生活水平到生活习惯仍有很大的差异。在柏林,同一座城市的东部和西部,同工不同酬,柏林西部的工资要明显高于柏林东部,并且同一个城市的东西两边的德语口音也很不相同。

四个威尔士人则用他们带着浓重威尔士口音的英语谈论了苏格兰和英格兰的差异,苏格兰和英格兰是两个不同的民族,相互不怎么对付,而同样作为英国一部分的威尔士人对于英国的认同感比起苏格兰人要强很多。

这世界,有那么多不一样的民族,哪怕同一个民族也有文化上的差异,理解没有一片叶子是相同的,懂得尊重和包容是最重要的。

不下雨的镇子

从温得和克到苏丝斯黎大概是五六个小时的车程,去程和回程走了不一样的路。去的时候先经过一个山谷，然后一路都是荒原，荒原上的灌木从高大的变为低矮的，数量从密集变为稀疏，直到抵达沙漠地带。

纳米比亚大多数的地方都不适合人类居住和开垦。小学生游学团的亨泽尔老师曾告诉我，他的朋友在纳米比亚中部地区承租了一个农场，主要用来放牧牛羊，为了解决水的问题，花了7万纳元租借了机械来打井，但因为干旱，地下水位下降，要打很深很深的井才能打到水。

这一路上五六个小时的车程，只经过了一个叫索利特尔（Solitaire）的小镇，这个小镇的人口目前是92人，据说是从五年前的两个人慢慢发展到现在这个规模的，镇上的人们主要靠游客的到来而赚钱。镇里的一块黑板上记录了每一年的降水数据，今年到目前为止只有17毫米，从2月到8月的七个月里就没有下过一滴雨。

南回归线

过了索利特尔小镇后，司机在一个"Tropic of Carpicorn"（南回归线，南纬23度26分）的标识牌边停车，我们纷纷下车，走到牌子前拍照留念。然后车子继续前行，我们穿越了南回归线。

沙漠里的动物

就快要接近苏丝斯黎的时候，车子在路上突然停下并调头，司机开玩笑地说发现了狮子，其实不是狮子，而是三只大耳狐。这种狐狸超级可爱，小小的脸，却长着大大的耳朵。大耳狐们回头注视了我们几秒钟后就很快跑开，消失在了灌木丛之中。司机告诉我们其实大耳狐可比狮子更不容易看到。

接下来看到的是角马，先是孤单的一头，然后再往前开，又发现了一群角马。角马和斑马在哪儿都是好朋友，我们很快又看到了斑马。最令人兴奋的是一头剑羚从车前跳跃着穿过道路,然后惊魂未定的它在继续跑进灌木丛之前,停下来回头看了我们一小会儿,我赶忙给它拍下照片。剑羚很帅气,长而笔直的角,直冲云天。剑羚非常适应沙漠生活,可以三四天不喝水。

晚上在苏丝斯黎的露营地,还看到了黑背胡狼。我们在露营地的篝火晚餐刚结束,就出现了它们的身影。那时候我正在营地边仰头观星,只见两只黑背胡狼鬼鬼祟祟地在低矮的石墙外蹬起前肢张望,看到没人了就跳进露营地找东西吃,它们身形敏捷,但又保持着警惕。

苏丝斯黎45号红沙丘

这一带的沙漠叫作纳米布沙漠。纳米布沙漠沿着纳米比亚的海岸线从北到南绵延足有2000公里之长,宽度则有100多公里,纳米布的意思是"广阔而干涸的荒地",的确是广阔、干涸而荒芜,纳米比亚的国名就来自它(曾经的名字是西南非洲)。这片沙漠是世界上最古老的沙漠之一,有三千万到四千万年的历史。沙漠里有不少沙丘,人们给它们编了号。鲸湾附近有一个7号沙丘,在苏丝斯黎是45号沙丘,45号沙丘是一个红色的沙丘,因此此处得名"红沙漠"。

从露营地到45号沙丘有65公里路程,我们一早出发,7点不到的时候,就来到了沙丘跟前。此时天色刚刚发红,太阳还没有升起。想要赶在日出之前爬上沙丘的愿望激励着我们一脚一脚努力着往沙丘上爬。沙丘有300多米高,因为沙子的阻力,爬沙丘可是件辛苦的事儿,我边走边喘着气,上去的时候不觉得,下来时才发现坡度很陡。当我们接近山丘顶端的时候,太阳从远处的地平线上露出脸来。在朝阳的照耀下,红色沙丘的颜色柔和而艳美。沙丘底部是一个三角形状,边缘有一条很清晰的切线,就算起风扬尘,这条切线也始终保持清晰。

站在这千万年的红沙丘之上,在太阳初升的早晨,俯视着这一片荒原沙漠,顿生荒凉肃然之感。时光流淌了千万年,风刮起,沙丘依旧在。

沙漠徒步

从 45 号沙丘再往前开 10 公里，到达一处停车场，两轮驱动车到这里就无法再往前开了。在这里要么换乘四驱车，要么徒步。我们进去时徒步 5 公里，返程时乘四驱车从另一条路出来。徒步路段要翻过一个 100 多米高的沙丘，爬上去时坡度不大，而另一面的坡度竟然有七八十度。不过正因为是沙丘，再大的坡度，你只要一脚一脚踩下去，也不至于从沙丘的高处滚落下去，这就是沙子阻力的作用，它让你上坡的时候恨不得是平时普通的路，下陡坡的时候却又感谢它。等翻过这座沙丘，回头一望，不禁感叹它的高耸。

沙漠徒步的这一路上，两边有曲线不一的沙丘。有一座沙丘被称为 Big Daddy（大爸爸），雄伟壮观，而它对面的一座则被称为 Big Mammy（大妈妈），曲线柔美，呈现出女性乳房的形状。

顽强的沙漠植物

路上经过一处干涸龟裂的土地，此处生长着一种植物，看上去已经枯死，实际上并不是。它们在干旱无雨的季节里收缩着枝叶，尽可能地节省着能量，一旦天空有一道闪电带来雨水，它们就会立刻焕发，在短暂的时间里尽一切可能产生种子，繁衍后代。乔治用我们手里的瓶装水给其中一株浇上一些，不出几分钟，只见它原已枯萎的花又神奇地打开了，和边上没有浇到水的一株形成了鲜明的对比。

走了 5 公里后，我们在黄色沙丘环抱的一座山谷里，看到了一大片已经真正枯死的树，这些树的树干呈现出漆黑的颜色，和它根部所在的白色干涸的土地形成视觉上强烈的反差。来到这里，会让人生出世界尽头之感。

这些树木枯死的原因并非因为干旱，反而是一场洪水所导致。水在沙漠里是那么的稀缺,这里的植物习惯于生存在干旱的环境,突然来一场洪水,对于它们来说是一场巨大的灾难。我在温得和克的植物园参观时,看过一片区域是专门用来展现沙漠植物的,上面搭着雨篷,边上有文字特别说明雨篷是用来维护沙漠植物生存环境的,水对于沙漠中的植物来说是企盼的,但过量的雨水也会给沙漠植物带来麻烦。

傍晚的时候,我们去了另一处峡谷。这处峡谷其实是一个河道,但今年纳米比亚特别干旱,峡谷里只有河床上的鹅卵石,却不见一点儿水。

沙漠露营地的生活

第二天的早饭是从 45 号沙丘下来后吃的,在我们爬沙丘的时候,乔治和保利为我们准备了丰盛的早餐。最好吃的是刚炖好的鸡蛋,无论是沾上番茄酱还是酱油,都很美味。中午和晚上则都在营地吃,晚饭是烧烤大会,烤羊肉串和烤香肠的香味四处飘散,怪不得黑背胡狼会被吸引来营地。烧烤配上蔬菜色拉和煮土豆,就成了一顿野外的大餐。

下午两三点是沙漠里最热的时候,走在路上明显感到一阵阵热浪扑面而来。我一开始还在营地附近转转,拍了大树上的编织鸟的巨大鸟巢,以及远处的剑羚和跳羚,后来也老老实实地回到了帐篷边的大树下和几个威尔士人一起坐着。

在树荫下坐着的时候,我们观赏到了一场小型龙卷风。风将沙尘吹起,形成一个漩涡,漩涡大概比一层楼房高一点,横向移动,持续了两三分钟后消失。旷野和沙漠地带是容易产生龙卷风的地方,但纳米比亚几乎很少有大型龙卷风的报道。

营地里还有游泳池,几个德国年轻人可绝不会放弃在沙漠里游泳的机会,一下午要么在泳池的水里游着,要么在泳池边晒日光浴。现在是 8 月,冬季里的苏丝斯黎是一年中气温较低的时候,到了 1 月夏季的时候,下午的气温会达到 45 摄氏度,要是那时候来,恐怕无论是在树荫下,还是在泳池边都会感觉酷热难耐。

傍晚时坐上车去一个峡谷，大家一起坐在峡谷的顶部静静地看着火红的太阳落下地平线。昨天在营地边也看了日落，在天空中没有一丝云彩的这个沙漠地带，日出和日落是每天都能确保看到的。

晚上还是继续在篝火边聊天，这次把话题转到了纳米比亚，我们的司机兼导游乔治成了大伙儿采访的对象。乔治是一个混血儿，父系来自德国，而母系则是纳米比亚的赫雷罗族人（Herero），就是我在楚梅布遇到的两个好心的中年妇女的那一族。在交谈中，我们得知纳米比亚的失业率竟然高达51%，真有点儿不相信自己的耳朵。

星空

苏丝斯黎的夜晚格外美丽，夜空里有比在首都温得和克能看到的更多更亮的星星，银河横贯在头顶。这一天是农历七月二十九日，离开中国的中秋节还有十五天。天空中不见月亮，当太阳落下后，天空中出现的第一颗明亮的星星是一颗行星，经过辨认，那并不是天空中最明亮的木星，而是土星。

南半球的夜空最容易找见的还是南十字星座，这回我学到了更精确地确认南方的方法。在南十字星座的上方还有两颗更明亮的星星，叫作南方a星和b星。在南方a星和b星之间的中点取一条垂直线，和南十字星座中那两颗相距较远的星星的连线的延长线相交，垂直向下就是正南方。

还比较容易找见的是天蝎座。在位于头顶的银河边有两颗相距很近的亮星，这两颗亮星构成了天蝎座的尾巴，然后就能找见天蝎硕大的身体。天蝎座可是一个巨大的星座。

日夜温差

沙漠里，白天和晚上的温差极大，下午热浪逼人，晚上却气温很低。在帐篷里睡觉，睡袋虽然很厚，第一晚还是觉得冷，特别是清晨的时候。

第二晚，我在钻入睡袋前又多穿了一件毛衣，才觉得好些。到了后半夜，起了大风，风刮起沙子吹打在帐篷上，发出像是下大雨的声音。早上起来后，我走出帐篷，风仍然在劲吹，沙尘扬起。最令人惊讶的是，天边竟然出现了一些云彩。早上吃着早餐，太阳从云彩后方升起。乔治说在苏丝斯黎看到云彩也是幸事。

一上午的风都很大，我们庆幸还好没有在这样的天气去爬45号沙丘和走沙漠里的5公里。早餐后我们把帐篷全都收起，离开露营地。

猎豹农场

第三天上午的日程是参观一个猎豹农场，在抵达农场后，我们换乘农场的越野车去寻找猎豹。这个农场方圆500公顷，生活着六头处于半野生状态的猎豹，大多数时间猎豹自己猎食，一旦饿着了，会由农场投喂食物。

六头猎豹的脖颈下都带着一个发射无线电信号的项圈，我们的向导通过手持天线寻找它们，这可是业余无线电项目之一的"搜狐（ARDF）"在大自然里的真实运用。看起来女向导的搜狐技术不算太高明，我们足足花了半个小时，十多次停车，反复用天线确认信号的强弱，才最终找到了猎豹所在的方位。

在灌木下，有两头3岁大的猎豹在一起。3岁大的猎豹早已成年，不过我们的女向导下车走到它们的近处，一点儿也不担心她自己的安全。这两头猎豹也熟悉她的气味和声音，并信任我们这些坐在车上的人类不会对它们产生威胁，两头猎豹就静静地待在原地，并不躲避。

猎豹比起花豹来，虽然名字上只差一个字，但实际的差别不小。花豹是猫科动物里体型较大的"大猫"，属于和狮子一个级别，而猎豹只能算"中猫"。猎豹腿更长，体型瘦小，毛皮上的斑点小，并且是实心圆（花豹是空心斑），而最容易的辨认方法是看猎豹从眼睛到嘴角的那一道黑色条纹，像是一道"泪纹"。

猎豹是全球濒危动物，在野外的种群数量仍在逐步降低。类似于猎

非 洲　　157

豹农场所采取的保护措施无疑是积极而有益的。

被窃

　　从猎豹农场回温得和克的路上，悍马车的一个轮胎扎破了，全车人下车等待车子修复。好在车里的修车工具也一应俱全，乔治和保利花了半小时把车后的备胎给换上了。

　　回到温得和克，第二天上午去了纳米比亚国家植物园。植物园很小，大概是我去过的最小的一个植物园。植物园的隔壁是温得和克高中，黑人学生和白人学生在这里共校，只见一个黑人男生和一个白人女生愉快地交谈着走出校门，这是一个和谐的场面，曾经的种族隔离早已成为历史。

　　下午去购物中心里的户外装专卖店时，又出了状况。因为手上的纳元现金已经所剩不多，而这儿能刷信用卡付钱，于是我买了一件长袖T恤后在刷卡签字时，有一个男青年在我右手边站了一会儿，就只那么一会儿工夫，他把我上衣右边口袋的拉链拉开，将里面的卡片相机偷走了！等我发现时，我已经在下面的大超市里了，再返回二楼，那人早已不见。这时正好有一个保安过来，店员告诉他我的相机被窃。保安让我登记一下，我按他的要求留下了名字和邮件地址。不过，我知道绝无指望找回来了，这个在赞比亚就差点儿被窃的小卡片相机，在就要离开纳米比亚的时候还是让扒手得逞了。虽然这个卡片机只是个备用机，也值不了多少钱，可是也拍了一些照，而且储存卡里还有没复制出来的照片。

第八章 南非之行

经陆路前往南非

从温得和克到南非的开普敦,坐的是非常舒适的大巴车,差不多是我在非洲坐的最舒服的班车了,在南美旅行时坐大巴的良好感觉又回来了。这一段旅程虽然长达二十多个小时,但一点儿都不觉得累。班车下午5点半发车,一个小时后看到在纳米比亚时的最后一次绚丽日落。天黑之后,车子轻摇着,我就睡着了。凌晨4点的时候,来到纳米比亚和南非的边界。两国的边界是天然界河橘子河,各自的海关就在河两边,睡眼蒙眬中,先下车在纳米比亚这边盖了出境章,然后在南非那边盖入境章。

清晨5点办完两边的手续,上车后继续睡。到8点多醒来时,阳光已经洒遍大地。车窗外南非的景色和纳米比亚迥然不同,这里绿意盎然,鲜花遍地,粉紫色和嫩黄色的花盛开着,一大片一大片的。路边种着连绵的橘子树,树上结满金黄的果实。南非的这一侧,河流纵横,还能望见湖泊,水面上有各种水鸟;在离开边界五个小时后,在路边竟然看到一座中等规模的水坝,河水奔涌而出。这在干旱的纳米比亚简直不可想象。

早上10点的时候，车子在一座加油站停下，下车梳洗一番。回到车上后，车继续往南开，大巴在青山绿水的山谷中前行，穿过一个又一个小镇。如此好的自然环境，自然有很多人愿意居住在这里。我不禁感叹，从纳米比亚的温得和克到南非的开普敦，同一条公路的两头，景致却是如此的不同。纳米比亚的那一头是沙漠荒原、渺无人烟，南非的这一头却是满眼绿色、城镇众多。

桌山

车开了二十二个小时之后，眼前出现一座顶部平坦而又宽广的山。我知道我的目的地开普敦到了，这座山就是著名的桌山。9月至10月是开普敦的春天，我在最美的春天来到了这座世界名城。

开普敦是出了名的阴晴不定，经常会有风雨天气出现。到开普敦的这一天正好是一个大晴天，但听说第二天就要下雨，我把行李在青旅放下后就走回车站方向去看桌山。

晴空之下，桌山清晰在目，一览无余。桌山山脚下，开普敦火车站的对面有一座城堡，名叫好望城堡，建于殖民时代的1666年，曾是荷兰东印度公司的所在地。城堡外留存有大炮，我以飘扬着南非国旗的好望城堡为前景，拍下了一张漂亮的桌山的图片。

开普敦植物园

第二天一早起来，果然天空中阴云密布，只一个晚上就变天了。远处的桌山盖上了传说中的"桌布"，云雾把大半个桌山遮住了。桌山高1087米，由于开普敦附近的海风夹裹着大量水汽，所以桌山自半山腰起就很容易被盖上"桌布"。

在开普敦的第二天，我在雨中游览了开普敦植物园（科斯藤博什植物园）。开普敦刚进入初春，白天的温度在15摄氏度左右，这和初到非洲时达累斯萨拉姆的 30 多摄氏度大相迥异。在植物园里的时候，天空中时不时飘来一片乌云，然后就下一阵雨，雨是那种淅淅沥沥的小雨，像极了中国江南的春雨绵绵。小雨中，植物园里的空气芬芳扑鼻，树叶上、花朵上、草坪上都挂着小雨滴，雨中游开普敦植物园别有一番意境。

开普敦植物园是世界顶级植物园之一，园内有 5000 多种植物，其中一半以上为开普半岛特有。开普敦植物园不仅环境优美、植物丰富，更能学到很多知识，园中有很多介绍牌，介绍了各种有用的植物、濒危的植物以及植物保护的重要性。这些文字深入浅出，很容易使人理解。

世界各地的植物园都是鸟类的乐园，我在这里看到了很多种类的鸟儿，当然都是以前没见过的"个人观鸟新种"。这一整天的时间，我都待在了开普敦植物园里，一直到要闭园了才依依不舍地离开。

观鲸

第三天从开普敦前往小镇赫曼努斯，这一天，天气转晴，出了太阳。我乘坐的班车沿着公路翻过一个山坡后，车窗外飘起了太阳雨，只下了一小会儿即停，随即天空中出现了美丽的彩虹。南非被称为"彩虹之国"，很容易见到彩虹，果然不虚此名。

来赫曼努斯是为了观鲸，每年 5 月到 10 月的时候，南方露脊鲸都会从南极洲游来这里交配和育崽。南美旅行时，我曾到过大西洋另一侧的阿根廷马德林港，那里也是南方露脊鲸的繁殖地，但去的时候不是季节，这回来南非，时间刚好。

观鲸船出发的赫曼努斯新港离开镇中心有点儿远，和镇子之间有海边步行道连接，我一路走过去，只见绵延的海岸线上一个接着一个的山崖，海边植物茂盛、鲜花盛开，是一段很美的风景路。赫曼努斯被称为"世界上最佳的陆地赏鲸胜地"，在步行道上也有机会看到露脊鲸，不过距离稍远一些，而坐上观鲸船更有机会看到。

在赫曼努斯新港，一天有三班船出发观鲸。我乘坐中午 12 点的那班，

非 洲

这个时候是一天中最暖和的时候。在海边时感觉不到太大的风，可是一出港就不一样了，船在波浪间上下颠簸，和在桑给巴尔岛出海时的那次一样，就像坐上了游乐场里的海盗船。迎着劲风，怀着亲眼见到鲸鱼的期盼，我和不少老外一样，坐在了甲板的前部。

可是船航行了半个多小时，也没见到鲸鱼的踪影。驾船的是一位有着十五年观鲸经验的老船长，正在我们失望之际，他通过广播告诉我们在船左舷发现了幼鲸，不过我和其他乘客一起，使劲地在茫茫大海上搜寻了两遍，也还是没有看到。

船继续行驶，船长又广播说在船的右前方发现了鲸鱼的踪迹。这回总算看到了，一头鲸鱼喷出 V 字形的水柱，远远还能看到它露出背来。我们的船接近后，它却埋在水下不再出现，直到我们等了好一会儿决定驶离的时候，它又露出了尾巴，但也只是那么一瞬而已。我试图用手上的相机拍摄鲸鱼，但在船上拍鲸鱼很有难度，首先鲸鱼出没不定，其次在摇晃的观鲸船上很难拿稳相机从容对焦。

船长终于没让我们失望，他驾着船又找到了一个由三头鲸鱼组成的鲸鱼群。这群鲸鱼让我们看爽了，它们在海面上尽情嬉戏，时而露出头来，时而露出脊背或是尾巴来，而且这群鲸鱼一点儿也不怕人，就当我们不存在似的，离我们最近的一次距离只有 10 米远。我不仅亲眼近距离目睹，还拍得了不少照片，这让我十分开心。

回想我第一次看到鲸鱼是在阿拉斯加的基奈峡湾，那次看到的是座头鲸（驼背鲸）。南方露脊鲸是我第一次看到——在阿根廷没有实现，在南非补上了。其实，南方露脊鲸还被称为非洲五大动物之外的第六大，它们体长达 15 米、重量达 40 吨，比陆地上的那些都要来得更大。地球上最大的现存动物是蓝鲸，也是生活在海中。

山谷中的美丽小城

下一站我要去斯泰伦博什，可是从赫曼努斯到斯泰伦博什没有公共交通。我想尝试一把搭车，赫曼努斯青旅的老板很热心，为我在一张 A4 的白纸上用蓝色水笔醒目地写上了斯泰伦博什。我站在路边，一手拿着这张纸，一手做出搭车的手势，但等了很久也没人为我停下车来。

在我就要放弃的时候，一辆面包车在我面前停了下来，这辆车的司机正好要返回斯泰伦博什。他要了我 80 兰特（约 50 元人民币），把我带回了 105 公里之外的斯泰伦博什，并把我送到了我要去的青旅，这真是一个双赢的结果，我觉得我的南非之行运气还不错。

小城斯泰伦博什建于 1679 年，已经有三百多年的历史，和开普敦一样，最早由荷兰人建立。坐落于群山环抱的河谷之中的这座小城宁静安详，多的是有年头的洋房和树木，湍湍流动的小溪穿城而过。在早晨和煦阳光的照射下，小城散发着别致的美，让我很是喜欢。

斯泰伦博什附近的山谷是盛产葡萄酒的所在，这里有肥沃的土地和温暖的地中海式的气候。荷兰人来到这里后，将欧洲品种最好的葡萄引种到了这里，如今这里的葡萄园已是漫山遍野，一望无际。

在斯泰伦博什的游客信息中心，我打听到有专门去酒庄的穿梭巴士，能去到山谷中的六个酒庄。穿梭巴士是一个再好不过的交通工具，它能让我有更多的时间自己行走。其实，我在旅行中报过的散客拼团，更多的也是利用旅行团所提供的交通，到了目的地后，我更喜欢自己行走。

酿酒

酒庄之旅参观的第一家酒厂叫 Bergkelder，这是我第一次进入一家葡萄酿酒工厂参观。酿造房里堆放着很多木桶，据说有 2 万多个。南非自己不生产这些由栎木制成的木桶，需要从法国和美国进口，一个木桶要六七千元人民币，价值不菲。葡萄就被储藏在栎木木桶内酿造，而一个木桶最多只能使用四次。

在酿造房里，木桶不见阳光，温度控制在恒温 16 到 18 摄氏度。在这样的温度条件下，白葡萄酒的酿造期为3到9个月，红葡萄酒的酿造期为12到28个月。葡萄酒在完成木桶里的酿造后，下一步进入萃取过程。每次萃取只取葡萄酒汁上部最清的部分，下面略浑的就不要，如此重复三四次，萃取的过程需要12到14天。

萃取完成后，葡萄酒就在流水线上装瓶。南非的葡萄酒是世界级的，产量也很大，一条流水线一天可以装8000到10000瓶酒，而光在斯泰伦博什附近就有上百家酿酒厂。在当地买葡萄酒，价格很便宜，很多只要30兰特到100多兰特（相当于18到60元人民币）一瓶。当然也有价格昂贵，比如在酒厂的地窖里还珍藏着1899年酿造的红葡萄酒，一瓶就价值数万兰特。

在第一家酒厂，我和其他七个来自欧洲的游客一起，依次品尝了五种葡萄酒，前两种白葡萄酒叫作霞多丽和长相思，后两种红葡萄酒叫作品乐塔基和色拉子，最后一种是金黄色的果酒。各种酒的颜色、香气、口感都不同，适合的食物也不尽相同，有的适合配生鱼，有的适合配烤鸡或牛排。

说起来简单，其实酿酒是一个辛苦活。在第二家酒庄Beyerskloof，我和几个在葡萄藤前劳作的工人聊上了。他们告诉我，种植葡萄需要修剪老藤，才能让新藤生长后结出果子，而修剪藤枝的活只能由人工完成，工人剪藤时弯着腰，劳作久了就会腰酸背疼，如不小心还会被葡萄藤戳伤眼睛。

采收葡萄也是体力活，葡萄一年收获一次，在这个地区最暖和的2月到4月（夏季）里进行。收割葡萄也得靠人工完成。收下葡萄后，将葡萄压碎放入酿酒桶。压碎葡萄后产生的果汁就是酿造葡萄酒的原料，并且不能掺水。

在酒庄工作的工人们每周工作五天，早上4点多就要起床，从离得很远的家坐火车来上班，下午天黑才回家，然而工资却不高，月工资只有1500兰特，相当于900多元人民币。尽管如此，工人们很为他们的酒厂自豪，告诉我他们酿造的酒去年一举收获了五项金奖。

第三家酒庄叫Simonsig，这里不仅生产红葡萄酒和白葡萄酒，还生产香槟酒。我们熟知的香槟酒其实就是带汽的白葡萄酒。在Simonsig，白葡萄酒和香槟酒的酿造改用了不锈钢桶，而红葡萄酒的酿造依然使用传统的栎木木桶。

其实我并不热衷于品酒，而更醉心于大自然。后面的三个酒庄都坐落于风景秀丽的山谷中，我干脆不进酒庄，而是自己在酒庄周围走走。山谷中有好看的植物树木，大大小小美丽的鸟儿，以及参差其间的人类居住的小屋。这里安静而美好，与大自然融为一体，我觉得是个适合隐居的好地方。

在南非乘火车

结束了六个酒庄的参观行程后，穿梭巴士把我送到斯泰伦博什的火车站。斯泰伦博什和开普敦之间有确保的公共交通，那就是火车。

南非的火车比起中国的火车要慢多了，相对于南非的高物价，火车票倒是不贵。从斯泰伦博什到开普敦有48公里，我买的一等座票价18兰特，相当于10元人民币，二等座更便宜。因为城市间没有巴士，火车就是主要的交通工具，尤其是黑人劳动者普遍乘坐。不过很多人都说南非的火车并不那么安全，尤其是尽量不要坐晚上的火车。

和黑人兄弟聊南非

我在开普敦住的这家青旅，黑人多过白人，白人旅行者都住到长街的另一头去了，因为那里有更多的酒吧。我选择这一家，是觉得这家的位置更好一些，离大超市和车站都近，另外如果住那一头，从酒吧醉酒夜归的白人会影响到休息。

晚饭后，我就和黑人兄弟们聊天。几天下来，我喜欢上了赫曼努斯和斯泰伦博什那样美丽的南非小镇，不过美丽的小镇并不能掩饰南非的另一面，在开普敦街头时不时会遇到街头乞讨者，伸手要钱买食物。从青旅的黑人朋友的口中得知，南非的失业率超过40%，尤其对于黑人来说，找工作不是一件容易的事。南非的经济发展指数不高，缺少充分的就业机会，而同样一个就业机会，学历不高的白人比学历高的黑人却更有优势，因为很多公司和工厂的老板都是白人，优先录用白人。在南非大多数地方，黑人和白人之间的对立仍然在一定程度上存在。

南非这个国家的物价很高，原因在于贸易逆差大。南非出口很少，只有一些农产品出口，而其他大量的物品都需要进口。一般劳动者的工资普遍很低，前面说的酒厂工人月薪1500兰特，城市里超市和商店里店员的月薪2500兰特，司机3500到4500兰特。高物价低收入，很难想象一般劳动者的收入如何满足衣食住行的需要，更不要说失业者。我的黑人朋友告诉我说，在这样的社会现状下，南非的犯罪率很高，劫车、非法侵入住宅、谋杀等犯罪经常发生。而在南非，犯罪所面临的最高刑期是无期徒刑，而无期徒刑在实际操作上是25年徒刑。罪犯入狱后，有免费三餐，尽管餐食较差，但比起在街头乞讨、衣食无着来得好过，所以甚至有人不惜以通过犯罪入狱而获得食宿。南非的监狱大多人满为患。

在南非的城市中，开普敦的治安情况差不多是最好的一个。南非一共九个省，开普敦是西开普省的首府，省政府在街上安排了大量安保人员站岗巡逻。我一到开普敦就看到街上有很多穿着绿马甲的安保人员，白天晚上总在那里。这些安保人员不是警察却担负着类似于警察的职责，这一举措使得开普敦的城市治安大为好转。

和我聊天的这位黑人兄弟对中国怀有友好的感情，他了解中国，知道毛泽东，知道北京，知道人民币。他还评价中国历史悠久，人民勤劳智慧，并感谢中国给予非洲的诸多援助。

除了聊天，在青旅里有一张台球桌，我没少和黑人兄弟们打台球。看起来在台球一项上黑人兄弟们并不擅长，他们打起台球来比较心急，出杆和击球不太稳定。

前往好望角

来到开普敦，必去好望角。前往好望角没有公共交通，我在青旅报了一个散客拼团。团里十个成员，其余九个全部来自欧美，而且这次又是德国人最多。

车子沿着开普敦的海岸线行驶，中间经过十二门徒峰。正面看起来很平整的桌山从背面看并不是一直线，而是群峰林立，就像是伫立着的十二门徒。

这一段海岸公路风景秀丽，每年3月初秋的时候都会在这个路段举行环开普敦自行车赛。此项赛事从一开始只有150人参加，到后来发展到35000人的规模，参赛的既有专业选手，也有众多业余选手。就像马拉松赛，不是每一个参加者都一定要完赛，只要是自行车爱好者，谁都能在这条景色优美的海岸线上享受骑行的乐趣。

第一次下车是在豪特湾（Hout Bay），我们在此停留了一个小时。前两天我曾在从植物园回青旅的路上经过这里，但那天是阴雨天，今天天气晴好，看到的海水是碧绿的。从豪特湾可以坐船出海去不远处的海豹岛（俗名，因有海豹生活），但即使是在豪特湾的岸边也能看见海豹。几头海豹在岸边的海水中不紧不慢地游着，时而露出长着胡须的脑袋，一副逍遥自在的样子，这里没人会伤害它们，而且有充足的食物。岸边的渔船上装着一个个方型的用来捕鱼的大笼子，证明这里渔产丰富。喜欢海钓的还可以从豪特湾登船出海钓鱼。

车子开出豪特湾后，经过一段从悬崖边开凿出来的道路，这一段路的上方安装着拦石网，以防止山石的滑落。过了拦石网路段，只见下方一处绵长的沙滩，沙滩上白浪滚滚。这里是著名的冲浪之地，在2009年，在此处的海滩上创造了大约180多人站在同一个浪峰上的吉尼斯世界纪录。

南非企鹅

西蒙镇的海边有一处风平浪静的海湾，是南非企鹅（斑嘴环企鹅）的栖息地。南非企鹅比我想象中的还要小，萌萌的，十分惹人喜爱。以前在秘鲁的鸟岛看过南美的洪堡企鹅，个头可要比南非企鹅大不少。

碧海蓝天，白云朵朵，黑白相间的企鹅小精灵们在海滩上摇摇摆摆地走路，还有一些在海中游泳戏水。企鹅从海滩下水时，一个个排着队，肚子贴着沙滩滑行后入水，样子滑稽可爱。

南非企鹅在海中寻找食物，它们能够在海水中敏捷地穿梭，轻松地潜入水下，不一会儿，又浮出水面，在再次下潜之前深吸一口气。南非企鹅爱吃非洲南部海域中的沙丁鱼、凤尾鱼等小鱼，也吃乌贼。有时候，它们就在海中休息，头部露出海平面，漂浮在海面上。

南非企鹅并没有固定的繁殖季节，随时可以生育。海岸边岩石间的绿草丛中有一对企鹅爱侣旁若无人地亲嘴，即将繁育下一代；而海滩的另一边，半大的幼鸟还披着褐色羽毛，企盼着早日换上成鸟才拥有的帅气的黑白色礼服。

我在上海动物园也见过南非企鹅，但亲身来到南非，在大自然里见到企鹅的各种生活场景，欣赏蓝天白云下大群野生企鹅的长幅画卷，绝对更被打动。西蒙镇的南非企鹅种群大约有3000多只，这要归功于当地居民的保护，三十多年前还只有一对南非企鹅来这里的海滩筑巢，如今已经家族兴旺。

骑行在国家公园

过了西蒙镇之后，车子就开入了开普半岛国家公园的入口。我们的中巴车后拖着一辆满载着自行车的拖车，司机把车停下，为我们卸下自行车。我们每人骑上一辆，戴上自行车帽，开始了一段在国家公园中的山路骑行。

从公园大门到游客中心大概5公里多一点的路，这一路段既有上坡也有下坡，但坡度不陡。正午是最暖和的时候，骑车时小风吹着，很是惬意。

9月中旬的早春时节，开普半岛国家公园里树影婆娑、花团锦簇。近处的山坡上铺满植物，远处是碧蓝的大海。边骑边看风景的骑行，感觉5公里的路程太短，还没过足瘾就骑到了。

趁我们骑车的时候，司机已经把车开入游客中心，为我们准备了午餐。午餐是三明治、薯条、水果和饮料。坐在游客中心院子里的凉棚下享用午餐，身处大自然之中，令人心情舒畅。

好望角

开普半岛的最南端有两个点，一个叫开普角，一个叫好望角，两者相距不远。我们先到的是开普角，这里有一座一百五十年历史的灯塔，位于200多米高的小山头上，是一个登高望远的好地方。我们沿着石阶路走上去，来到灯塔下，只见海上的浪头不小。这一带最早被称为风暴角，因为经常出现大风暴的恶劣天气而造成了很多沉船事故。

后来风暴角改名为好望角，有着好望角标记的牌子在另一处海边，车子可以直接开到牌子跟前。虽然好望角所在的位置并不是真正地理意义上的非洲大陆的最南端，在它东面的厄加勒斯角才是，但旅行者们来到好望角的牌子前拍照留念后，就可以宣称到达了非洲的最南端，以及大西洋和印度洋两洋交汇的地方。

开普半岛国家公园里也有很多野生动物生活着，在海边我看到了大羚羊、豚狒狒和非洲鸵鸟，当然遍地都生长着植物的海边也吸引了其他不少种鸟类，而岩石上还有好几种蜥蜴在晒着日光浴。

开普敦海岸线、企鹅、骑行、好望角，我陶醉于山海之间，在非洲之行即将收尾之时，又享受了一段非常愉快的旅程。

又一个骗局

从开普敦回国，必定经过南非最大的城市约翰内斯堡。这一趟非洲旅行，一路上在坦桑尼亚、赞比亚、纳米比亚都遭遇了小状况。没想到要离开时，在约堡机场也遭遇了一个小骗局。我随身带着几盒在南非买的巧克力曲奇，装在超市塑料袋里提在手上。在要进安检之前，有一个穿着绿马甲背心的妇女指着我的袋子叫我扔到边上的垃圾桶里。我愣了一下，问她为什么？她示意食物不能带。我心里打了个问号，乘坐了那么多次飞机，从来没有在哪一个机场遇到这样的情况呀，难道南非的机场特殊？我决定先不理会她，继续跟着排队的队伍往前走。经过禁止带上飞机物品的标识牌，我仔细看了一下，发现食物并不在禁止的范围内。

结果证明这又是一个局，在我排队等过安检时，那个穿绿马甲的妇女消失了，而来了另一个妇女在翻检垃圾桶。经过安检时，我装着食物的塑料袋过了 X 光机后，并没有被安检人员质疑。看来我手上袋子里的东西是被人看上了，这样的骗局应该不是第一次在约堡机场上演。

四段航程连飞

这次从开普敦回上海，一口气连飞了四个航段，中间转机三次。这在我自己也是创纪录的，以前最多也只有过连着两次转机、飞三个航段的经历，比如安克雷奇（阿拉斯加）—洛杉矶—休斯敦—墨西哥城，上海—香港—亚的斯亚贝巴—达累斯萨拉姆。这回是开普敦—约翰内斯堡—亚的斯亚贝巴—香港—上海，五个城市四个航段。前三个航段全部准点，只有最后一班香港到上海的航班又一次延误，而且延误了四个小时。我在午夜时分回到上海，结束了这次非洲穿越之行。

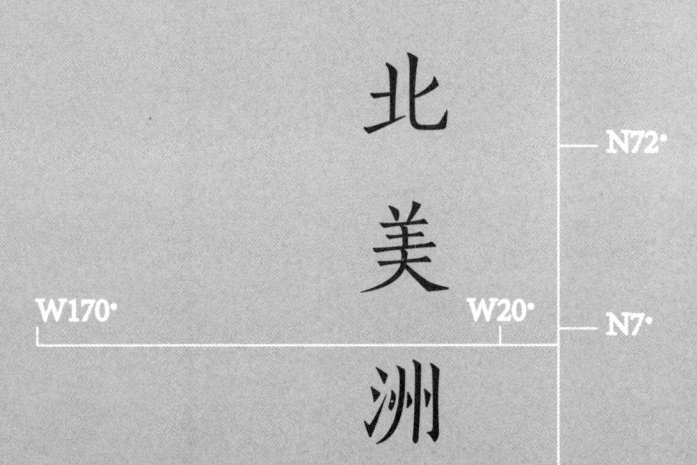

北美洲

N

N72°

W170°　　　W20°　　N7°

S

第九章 美国、墨西哥、牙买加和开曼群岛之行

租车旅行

从上海起飞的东航航班停落在洛杉矶机场，我在机场取了预先在网上租好的车，开启了这趟北美之行。

以前因为出差，曾来过两次美国，还有自己到夏威夷去度假过一次，虽然这是第四次来到美国，但真正地在北美大陆旅行，这是第一次，并且还是第一次在美国租车自驾。

在美国开车，先要习惯这里的开车礼仪，了解和习惯老美们是怎么开车的，尤其是在洛杉矶这样的大城市里。很快我就发现，绝大多数的老美开起车来极为礼貌和守规矩：首先是会礼让所有行人，无论路口有没有红绿灯，无论是右转、左转还是直行，只要有行人过马路，都会停车让行人先过。其次是礼让别的车辆，转弯的车一定会让直行的车优先通过，堵车时也不会加塞和随意变道。每一辆车都会遵循交通标志的规定，比如"右道必须右转"（RIGHT LANE MUST TURN RIGHT），"任何时间禁止停车"（NO PARKING ANYTIME），特别是在路口有停车（STOP

标志的地方，一定会把车完全停下来（FULL STOP），观察路口情况后再重新起步。这些都是值得我学习和遵循的。

加州1号公路之旅

圣莫妮卡海滩是我喜欢的，三年前第一次到美国时，最早看到的海滩就是它，这里海水碧蓝、沙滩绵长。这次再来，正逢周末，海滩上的人群熙熙攘攘。木栈桥边的游乐园里，旋转木马和海盗船都坐得满满的，更多的人则在海滩上躺着晒太阳，人们享受着海滩上的阳光和轻柔的海风。

第二天一早，我从圣莫妮卡出发，开始了我的加州1号公路之旅。清晨6点的时候，圣莫妮卡的街道上已经有人在慢跑，4英里外的冲浪者海滩（Surfrider Beach）上则有人在冲浪。早上的海水还很凉，但冲浪者们并不怕冷，迎着清晨的海风，驾驭着潮汐，做浪尖上的弄潮儿。

加州的5月还是春天，气候宜人，不用开汽车空调，打开车窗，让海风吹在身上感觉刚好。车窗外是海天一色的蓝，看着令人心旷神怡。加州阳光充沛，很适合种植草莓、柳橙、樱桃等水果，此时正是草莓的成熟季。我在广阔的草莓田边停下车，只见田地里结满了秀色可餐的草莓，一个个都个头很大。路边有现卖的，我买了一些带在车上，车里也飘散起草莓的清香。

中午的时候到达第一个小镇圣芭芭拉，"面朝大海，春暖花开"，说的就是这里吧。城里到处鲜花盛开，海边的山坡上满眼各式洋房，外墙上爬满了绿色的爬山虎。

海滩边，年轻人玩着滑板，骑着场地小轮车，在沙滩上打着板球。城里的街道上，穿着得体的美女帅哥在商店橱窗边走过，十分养眼。1号公路上经过的第一个小镇的美就超出我的想象，这里居住环境舒适，而镇上的人们十分悠闲。

第二站抵达圣路易斯奥比斯波，我住的青年旅舍的木屋位于树林边。

由于还没有倒过时差来,早上4点多就醒了,鸟儿却已在林中歌唱,歌声婉转动听。

比起圣莫妮卡的熙熙攘攘来,圣路易斯奥比斯波是一个安静的小镇。我起来后散步,只见镇子上多的是独栋小洋房。风铃挂在屋前,风吹过,发出悦耳的声音。庭院里草色青青、鲜花绽放,有的连屋檐上也满是盛开的花儿。不禁又对居住在1号公路沿线镇上的人们心生羡慕。

和圣芭芭拉一样,圣路易斯奥比斯波也有一座有历史的修道院,建于1772年美国建国前,是由一个哲学家所建。加州曾是西班牙人的殖民地,所以洛杉矶和以圣字开头的很多地名都是西班牙名。有一群美国小学生前来游学,修道院的钟声响起,仿佛在讲述着这个海边小镇三百多年来的历史。

中午继续开车前行,经过1号公路最美的大苏尔路段,路的一侧是浩瀚的太平洋,而另一侧是陡峭高耸的山体。公路蜿蜒起伏,弯道一个接一个,却设计得很巧妙,左弯的道,路基右侧稍高,右弯的道,左侧稍高,这样就能利用离心力,不必频踩刹车,有点像开赛车呢。

在要离开大苏尔的时候,迎来了日落。天气晴朗,火红的太阳在低空中迅速地落入海平面。最后一小点红日完全消失,晚霞在天边透出玫瑰红来。海边的灯塔亮起,月亮挂上半空,天空中最明亮的木星就在明月之畔,星月相伴。

第三站蒙特雷市。早上在青年旅舍里自己做早餐,将湿面粉倒入一个不粘锅,摊出一个大大的Pancake(烙饼),配上一杯咖啡,就是美国人最简易的早餐了。

在蒙特雷,我刚把车开到海滨路上,眼睛就被惊艳到了。盛开的紫红色的鲜花,几乎铺满整个海边。再从海滨路开上"17英里行车路",这一段路通往卡梅尔小镇,沿路建有许多富人的别墅,而卡梅尔镇上住的全是艺术家,人们在面朝大海的咖啡屋里喝着咖啡,悠闲地聊着天。

晚上住在整个加州最有特点的一个 HI 国际青年旅舍，这个青年旅舍建在海边的灯塔边，木屋用海豹、海豚、鲸鱼和鹈鹕命名，提倡热爱大自然和保护生态环境的理念。绿色环保组织因此还给予了这家青旅特别认证。

傍晚的时候，光线柔美，灯塔在夕阳中显得格外好看。我站在灯塔下看日落，海潮中有海豹在游动，空中有鹈鹕飞过，住在和野生动物如此贴近的地方，是一种美妙的体验。

从佩斯卡德罗灯塔再往北开 50 英里就来到了旧金山，路上经过秀丽的半月湾海滩。这一段 1 号公路紧贴着海边，开车在路上，浩瀚的太平洋始终在视野里。

旧金山就又是大城市了，中心城区挤满了车和人。我看过联合广场、渔人码头和金门大桥后，前往 THE HAIGHT 街区走走，那里是"垮掉的一代"曾经活动的地方，街道的墙壁上满是彩色涂鸦，至今仍有嬉皮士出没。

从旧金山折返后的第一站住在了圣克鲁兹。加州 1 号公路之旅，我住的全部是 HI 国际青年旅舍。在圣克鲁兹的 HI 的墙上有这么一段话："通过提供青年旅舍的住宿，帮助所有的人，特别是年轻人，得到对于这个世界以及对于这个世界上人民的更深的理解。"说得真不错，后半句不正是旅行的意义之一吗？

一楼客厅的桌上还摆放着一本名为《One World One People》的画册，摄影师拍摄了世界各地的人们，书的排版顺序是孩童、青年、成年、老年，记录和诠释着人类一生中的活动。

加利福尼亚大学的一个分校坐落在圣克鲁兹小镇北面的山上，我开车去到那里，下车走走看看。校园里葱葱郁郁，树木很有些年头了，大学生们捧着书本走过，去教室里上课。这里远离尘嚣，自然环境优美，无疑是一个能安心求学的好所在。

从圣克鲁兹往南又经过大苏尔，大苏尔这样的地方是要开两遍的，方向不同，时间不同，看到的风景也不同。来的时候，经过著名的Bixby大桥时天色已暗，回去时才见其真容。这是一座建成于1932年的水泥桥，一个巨大的单拱横跨于两个山坳之间，桥下的海面惊涛骇浪。

过Bixby大桥，一路上依然美景不断，路的两侧鲜花锦簇，不远处的山坡上牛群悠闲地在吃草。还有一块海中小小的礁石上居然挤着近50只海狮，因为在圣克鲁兹的渔人码头已经熟悉了它们"欧欧"的叫声，听到这个叫声就知道下面一定有海狮。我停车观望，只见礁石远在山崖之下，海狮们分享着礁石上狭小的空间。

黄昏时，回到莫罗湾，夕阳映照下的沙滩被染成美轮美奂的金色。晚上还是住圣路易斯奥比斯波HI青旅的维多利亚式木屋，上一次来这里的时候，就喜欢上了。第二天清晨，还在床上的时候，又听到树林里鸟儿的歌唱。早上我把车开出城，去城外不远的埃德娜山谷的葡萄园。山谷里的葡萄酒庄园，绿色的葡萄藤漫山遍野，一望无际。加利福尼亚的阳光、土壤和气候十分适于葡萄的生长，此地出产的红酒品质优良。

这一趟加州1号公路之旅用了一星期，我以此作为北美之行的开端，既欣赏了太平洋海岸线的美景，也让自己先调整一下时差。

来到阿拉斯加

从加利福尼亚的洛杉矶飞阿拉斯加的安克雷奇，航程五个小时，从南往北飞行2400英里，折算到公里数是3840公里，这个距离比从上海飞乌鲁木齐还要远上500多公里。

安克雷奇所处的纬度是北纬61度，比一些北欧国家的首都，比如挪威的奥斯陆和芬兰的赫尔辛基的纬度还要高一些。抵达时是当地时间午夜12点，天色居然还亮着，我从没有想象过天亮着的大半夜。安克雷奇虽然处于北极圈之外，但在5月底时只有两个小时左右的"黑夜"。根据手机上的软件提示，继续往北进入北极圈后，黑夜的时间会越来越短，而在此次极地之行的目的地——北冰洋边的小镇普拉德霍湾，目前只有五分钟的黑夜，再过几天到达那里的时候就是完全的极昼了。

熊出没

在阿拉斯加的极地之行，自驾的行程将超过2500英里（4000公里），主线是从安克雷奇一路向北，开进北极圈，一直开到北冰洋边上。在向北进发之前，第一天，我先往西南方向开140英里，去往位于苏厄德市的基奈半岛，那里有由峡湾、群山和冰川组成的美景，还有许多野生动物。

开出安克雷奇城没多久，就见雪山连绵。公路伸向远方，公路和雪山之间有不少湖泊，在平静的湖面上，初夏的绿意和雪山上的积雪相映衬，一起构成了美丽的倒影。

不多久，就看到了真正的"熊出没"。一只黑熊从高速路旁的湖边大摇大摆地走上来，翻过防护栏，竟然旁若无人地穿过高速公路。它被早早地发现，路上的车辆全部停下，目视着它钻入另一侧的山林。阿拉斯加真的是野生动物的领地呢，公路边，隔不远就会有"熊"和"驼鹿"的标志，提醒驾车者行车注意。

苏厄德

目的地小城苏厄德的名字是用来纪念将阿拉斯加从俄国手里买下来的那位美国国务卿。在1867年，美国以720万美元的价格购买了这片领土，在当时的美国国内曾被猛批为"愚蠢的行为"，但之后的一百多年里，阿拉斯加陆续发现了黄金和"黑金"（石油），使美国人赚得盆满钵满。阿拉斯加的土地面积比美国本土最大的得克萨斯州还要大两倍，而当时的买价，每英亩仅为2美分不到，这只能证明那位曾经是地产经纪人的国务卿实在是太有远见了。

基奈峡湾

如今，被称为"The Last Frontier"（最后一片净土）的阿拉斯加州在利用自然资源的同时，也越来越注重对生态环境和野生动物的保护，建立了很多国家公园和自然保护地，基奈湾国家公园就是其中的一个。

基奈湾国家公园的大部分地域都在海上，同时也包括了峡湾两侧的群山和冰川。我从苏厄德市出发，在海上坐游轮进行了六个小时的观光，这对于我来说是一次从未有过的美妙经历。我在峡湾的海面上第一次看到了高高跃出海面的座头鲸、身形敏捷的白腰鼠海豚、可爱至极的海獭，还让我第一次无限接近了海上的蓝色冰川。冰川的冰崩落在海面上后又漂浮在海面上，成为浮冰，捞起一块很小的浮冰来，捧着它，舔上一口，我品尝了冰川的滋味！

冰川上行走

第三天开始向北进发，中间往东北方向拐了一下，去了 Matanuska 冰川。我在整个阿拉斯加之行中一共看了五个冰川，而只有在 Matanuska，穿着冰爪走上了冰川。冰爪在英语里叫 Crampon，鞋底有钉齿，因此有更好的抓地力。我穿上冰爪后试着走了几步，没有什么不习惯，于是绑紧它，开始行走。在冰川上，我来回走了两个小时，近距离地感受了冰川的恢宏壮丽。

冰川上的冰透着奇异的蓝色，犹如琉璃，到达能被允许走到的冰川的最高处后，只见一汪清水，在周围冰山的围绕中，蓝得更是近乎妖艳。附近一块高高的冰壁前，有人挂着绳索，准备攀爬，他们不满足于在冰川上行走，更要攀上冰壁！

费尔班克斯

离开 Matanuska 冰川后，一路开车，来到了阿拉斯加的中部城市费尔班克斯，没想到这居然是一个绿意融融的城市，有绿草，有鲜花。一到这里，第一个感觉是热。费尔班克斯的纬度是北纬 64 度，比北纬 61 度的安克雷奇高了 3 度，已经非常接近北极圈，可是气温却比南边的安克雷奇要高得多！原来费尔班克斯属于大陆性气候，海风吹不到，反而比海边的安克雷奇更热。

这座城市作为仅次于安克雷奇的阿拉斯加的第二大城市，生活上十分便利。美国其他地方的大超市里有的商品，在这里也应有尽有，我在沃尔玛里看到了加州的草莓、美国中部的玉米，和很多热带水果！为了后面三天的北极之旅，我采买了不少食品和水，还特地买了补胎胶水、扳手和千斤顶等，以备汽车在北极圈里出状况时的不时之需。

进入北极圈

离开费尔班克斯向北进发，在路边经过一片森林，明显看出有被火烧过的痕迹。路边有一块牌子介绍说在 2003 年 6 月 14 日，这里曾经因为雷击而造成了一场森林大火，大火烧焦了 11 万英亩（47000 公顷）的土地，一直烧到 7 月才被雨浇灭。不过，人们认为野火也并不一定就是坏事，一场火能使能量和物质得到转换，并完成一次新陈代谢。火将储藏在树里的氮素和其他营养物质释放出来回归土壤，使得草和其他草本植物重新开始生长，然后是灌木和乔木，在原本只有云杉的区域，桦木和白杨等喜阳的树木也获得空间、得以生长。

不过，野火会给阿拉斯加的石油管道带来危险。为此人们将石油管道架空，并经常将管道附近的灌木清除。管道使用较厚的钢管，管内装有隔火玻璃用以防火。

阿拉斯加的石油管道全长800英里（1280公里），横贯阿拉斯加南北。它一头位于我正前往的北部的普拉德霍湾，另一头位于南部的瓦尔德兹（阿拉斯加湾）。人们在阿拉斯加的北冰洋沿岸发现石油之后，为确保常年能将石油运出，一条能将石油输送到南方不冻港的石油管道被建设了起来。也正是得益于这条石油管道的建设，才有了通往北冰洋岸的公路Dalton Highway。阿拉斯加的北冰洋沿岸，除了通公路的普拉德霍湾之外，其他的爱斯基摩人小镇，时至今日，仍然只有船只或小飞机才能到达。

过了被烧过的森林后，接着抵达北纬66度33分线，这里竖着一块标识牌，标志着北极圈的纬度线。车开过这里就意味着开进了北极圈，在北极圈里，夏天是极昼，冬天是极夜。

北极麝牛

在通往北冰洋的公路上，我发现了一头北极麝牛，它就在石油管道边不远的灌木丛边。第一次看到这么大型的极地动物，我很兴奋，走下车去，试图走近点儿给它拍照。没想到我正按快门呢，它却突然发怒向我冲了过来。我吓了一大跳，还好最后只是虚惊一场，它很快停了下来。当天晚上入住北极圈里的森林小屋，和老板娘聊到这事儿，她告诉我北极麝牛只是想赶跑我，把我赶跑了它就会停下来，它们经常会这么做。这让我想起以前看《我的野生动物朋友》那本书，小蒂皮告诉我们，"一般来说，常常是动物怕人，所以它们才发出叫声，或者做出很凶的样子，吓你一下，好让它们得到安宁"。

15人的小镇

当晚入住的森林小屋（Lodge）位于北极圈内的小镇Wiseman，刚好在Dalton Highway中点的位置，纬度为北纬67度41分。小镇非常偏僻，没有手机信号，只有微波电话，通过微波电话才能够连接因特网。这个建于1900年的小镇，最多的时候有250个居民，镇子的兴起是因为附近原来有金矿，但金子挖得差不多后，人们陆续离开，最后只剩下很少的几户人家，现如今只有15个居民。

森林小屋的老板娘Haidi在小镇出生，她的两个儿子也出生在这里。Haidi的母亲今年78岁，年轻时从密歇根州搬来。尽管此地冬天寒冷，但因为喜欢这里纯净的生活，就一直留了下来，全家一直生活于此。Haidi的丈夫来自威斯康辛州，也已经在这里生活了二十三年。

和Haidi聊天，她向我描述北极圈内的生活。北极圈里，9月底之后，太阳就不再升起，但一天里仍有三四个小时的光线，那是太阳接近地平线时带来的光亮。另外，满月的时候，月光反射在雪地上也会让地面明亮一些。

小镇上没有电力，主要依靠柴油、风力和夏天的太阳能。冬天里最大的麻烦还是积雪，积雪如果不及时清除，会把房屋的门堵上，甚至压塌屋顶。大雪还阻碍了交通，给食品和生活用品的补给带来不便。

Haidi家的经济来源主要依靠夏天出租森林小屋所带来的收入，他的大儿子则做职业向导。小镇附近有一个小型机场，从费尔班克斯有载着游客前来的小型飞机停落，他的大儿子就带领游客去附近的自然保护区。另一个儿子还是上中学的年纪，在家帮忙。我在路边还遇到小镇上另一家人家的一个11岁的男孩，和他聊了几句。我问他上学吗？他回答说Yes, home school（是的，家庭学校）。在这么偏远的小镇，父母就是最好的老师了。

开到北冰洋边

早上醒来，小木屋外淅淅沥沥地下着小雨。我把窗子打开，森林中的空气格外清新，扑面而来的是草地和树叶的好闻的味道。

要出发的时候，遇到住在隔壁的两个老美，他们是摩托骑士，从美国东南部的佐治亚州出发，用了十一天时间，行程5700英里，骑着哈雷摩托去到了北冰洋边,现在正在南下折返途中。我向他们询问:"前面的路段气温低吗,你们骑着摩托车不冷吗?"他们告诉我说在北冰洋附近气温确实较低,但他们的衣服里加了能发热的保暖装置,并嘱咐我北冰洋岸边还有冰雾,要注意安全。

从 Wiseman 向北开出去不久,路边看到一块牌子,说明这个位置是树木生长的极限点。从此再往北,树木消失,取而代之的是一大片一大片的苔原。在地球上,纬度和海拔对树木的生长和分布起着决定性的作用,高纬度和高海拔都不适合树的生长。

没有树的广阔苔原,倒是观赏大自然中野生动物的好地方。人在车里,眼前广阔的苔原上视野开阔,而且动物们不会被惊扰。一路上,看到了北极麝牛和北美驯鹿,到了靠近北冰洋的湿地,又看到了正在繁殖中的白额雁和长尾鸭。

最后一段接近北冰洋洋岸的公路上果然出现了冰雾,车外的气温降到了零下 5 摄氏度,但仍然比想象中的气温高多了。这一路上都不冷,尽管我一直带着羽绒服,却只在这里穿了穿,其他的路段都用不上。

北冰洋边的普拉德霍湾是一个石油基地,我中午在基地的食堂里和工人们一起用餐。这里的餐食非常好,算是对在严酷自然环境下工作的工人们的补偿吧。我在食堂里和一个老美聊天,他说他来自美国本土,从 1993 年开始就在此地 BP(英国石油)的分发中心里工作,并且整年都在这里,因为来了已经快二十年了,早已经习惯这里的生活。普拉德霍湾地处北纬 70 度 20 分,现在这个季节,太阳已经不会落到海平面之下,而到了冬天,就是极夜,但也和极昼时一样工作。

胜利抵达北冰洋边后,我开始折返,南行的路上我看到了三次瑰丽的彩虹。大而明亮的彩虹挂在北极苔原之上,赤橙黄绿青蓝紫,每一环都是那么的澈亮,似乎在为这一趟极地之行喝彩。

迪纳利国家公园

回程的时候，从费尔班克斯出来开阿拉斯加3号公路，中间经过迪纳利国家公园，这个面积巨大的国家公园是野生动物的王国。

在迪纳利国家公园，有明确的游览须知，首先是要求人们尊重野生动物。野生动物才是这片广阔土地的主人，它们在这里生存不易，每天要为食物、水和栖息地而奋斗；人在这里只是客人，应怀有对大自然和野生动物的崇敬之心。其次，国家公园要求人们不要喂食野生动物，也不要在露营地或休息处把食物随意丢弃或是遗忘，这样做有利于保持脆弱的生态平衡。作为一个大自然和动物的爱好者，我很能理解这样的游览须知。

进入迪纳利，最先看到的是山坡上的一头白大角羊的雄羊，它有着厚而弯曲的大角，后来在河滩边又发现了母羊带着小羊的白大角羊群体，小羊羔才出生不久，紧跟着羊妈妈，还不时地要吃奶。

在山谷中的荒野上，我发现了两种可爱的小动物。一种是北极地松鼠，一块岩石边有一个小洞，一个小家伙探头探脑，还走出来站了起来，露出一副可爱的样子。另一种是赤狐，我发现它时，它似乎正在寻找食物，赤狐其实正是北极地松鼠的天敌。我定睛看着这头赤狐，它一回头发现我，连忙一溜烟跑开，躲入不远处的草丛中。狐狸体型太小了，不对人类构成威胁，反而会主动躲避人。

在迪纳利，我一直在找熊的踪影，但熊就是躲得远远的，偶见两头黑熊也被灌木挡着，看不到全部。在快离开公园的时候，见到一头北美驼鹿，是一头雌鹿，没有雄鹿那么巨大的角，它在树丛中啃食树上的叶子，对人类直接无视。

从迪纳利往安克雷奇开，此地已在北极圈之外，午夜2点的时候，开车在路上，我居然看到了日落！我停下车来，只见太阳落到地平线下，天边的颜色瑰红。湖里倒影映出雪山和火烧云，玫瑰红色铺洒在水面上，午夜的日出是那么的美！月亮也在天上，又圆又大，挂在雪山边。

两个小时后太阳又将再一次从东北方升起。

飞越北美第一高峰

结束北冰洋之行，回到安克雷奇市后，略作休整，又去了迪纳利山（麦金利山）脚下的小镇塔尔基特纳。迪纳利山的南峰高20320英尺，也就是6193米，是北美最高峰。迪纳利在印第安语里的意思是伟大、高耸，阿拉斯加人很为这座山峰自豪，并认为它比珠穆朗玛峰还高——如果不是从海平面开始算，而是从山体的底部开始算，那还真是迪纳利山更高。

我在塔尔基特纳，坐上一架八人座的螺旋桨小飞机。飞机飞上2万英尺，飞越了北美最高峰迪纳利山的顶峰。我坐在副驾驶座上，有着更好的视野。机长在飞机爬升到5000米以上的高度后，让所有的乘机人员都戴上了氧气面罩，然后自己也戴上了。此时机外的温度是零下25摄氏度，不仅寒冷，海拔高的地方氧气也非常稀薄。从地面起飞时是阴天，还下着小雨，迪纳利山完全被笼罩在云雾之中，机长却说这是一个好天气。令我惊讶的是，飞机穿过云层后，高空竟然是晴空万里，迪纳利山的顶峰和冰川就在眼前清晰可见！

这一趟极地旅行，以乘坐小飞机飞越北美第一高峰而画上了完满的句号。接下来，我将从安克雷奇出发，用一天的时间，飞往北美之行的下一站墨西哥城，途中在洛杉矶转机。

英语不通的国度

墨西哥是一个西班牙语的国度，还没有进入墨西哥，在飞机上我就被入境表格上的西班牙语给搞晕了。表格上只有西班牙语，而没有英语，大学时，作为第三外语，曾学过一些西班牙语的皮毛，但连蒙带猜也只能填写七成，剩下的只能请空姐用英语解释明白后再填写。

在墨西哥城，警察、保安、路人，也一概只会西班牙语，十个人里面大概九个半不会说英语,每次用英语问过去,也不知道对方听懂我问的没,虽然每个人都和蔼可亲,可回答我的都是一串我没能听懂的西班牙语。

地铁里也全是西班牙语标志,换乘就是连蒙带猜,主要看图示和箭头。连在墨西哥用当地的电脑,WINDOWS系统是西班牙语的,键盘也是西班牙语的,都要让我琢磨一下。

墨西哥城是一座人口超过2000万人的巨大城市,地铁、街道、广场上,到处都能看到很多人,其中除了本地人口,还有很多人是从墨西哥别的地方来首都谋生的。广场上有很多摆地摊的,地铁里有许多流动小贩,他们都用抑扬顿挫的西班牙语使劲吆喝。西班牙语就是不停地卷舌头,地铁里的小贩一走过来,就是一大串,说得又快又溜,特别好听。这哪里是叫卖啊,简直是演讲!我听得多了,不禁对大学时学过却已忘却的西班牙语重燃旧爱。

友好而奔放的墨西哥人

墨西哥城里不仅百姓多,警察也多。到的第一天,已是晚上,10点多经过市中心的宪法广场,好多辆警车闪着炫目的警灯来回穿梭,各个街角都有警察。心里想白天可能不会有那么多警察吧,结果白天更多。街上、地铁站里,几乎到处能看到警察。后来从墨西哥再次进入美国,和在美国旅行的加拿大人聊起墨西哥,他们都因为担心墨西哥的治安状况而不敢去。在我看来,倒觉得墨西哥的治安并没那么差,首都有那么多的警察反而让人安心,后来到了墨西哥的尤卡坦半岛,更没有感觉到有什么安全问题。

现今的墨西哥,只有少数纯种的印第安人和白人,大多数都是西班牙人来到墨西哥以后白人和印第安人通婚的后裔。墨西哥人给我的感觉纯朴善良,事实上也正是如此,他们很友好。墨西哥人还很奔放,在墨西哥城的地铁站台上、车厢里、大街上,到处能看到恋人们旁若无人地热吻。有一对恋人,在地铁车厢里走着走着,就走到车厢的一边热吻起来,满车厢的人对此见怪不怪。

那天,我去特奥蒂华坎的日月金字塔游览,正走着,忽然被一群墨西哥美女包围,年纪都不大,看上去还是高中生的模样。原来她们是要和我一起合影,然后把和我这个老外的合影照片放到 Facebook 上去。

便利的公共交通

我从美国来到墨西哥,将两个国家的公共交通一比较,墨西哥可方便多了。美国虽然也有公共交通,但并不发达,主要还是靠私家车出行,一个家庭有好几辆车。墨西哥的公共交通却和中国一样方便,墨西哥城里,小巴、中巴、公共汽车多的是,而且车门永远不关,乘客随上随下;地铁四通八达,还有郊区轻轨;各个城市之间也都有长途汽车连接,车辆整洁舒适;而且,这些公共汽车、地铁、长途汽车的票价都不贵。

我在墨西哥城坐地铁,然后换乘地面轨交,去到一个名叫 Xochimilco 的小城,这是一座河道纵横的水乡小镇。从首都墨西哥城来到这里,就像从上海去到了一个附近的江南小镇。这座小镇里也有各种各样的交通工具,小巴公交车看起来就像一块面包,小而袖珍,看上去虽然老旧,但车身上一概油漆着各色好看而鲜艳的图案,一如在同一条街上穿梭行驶的很多老式甲壳虫车。城里还有不少营运的人力三轮车,载客的座位,有的在三轮车的后面,有的却在前面,让人觉得特别。

水乡自然少不了船,河道上的船一直以来就是交通工具,我看到当地人推着婴儿车上到木船去往别处。小城出了名后,游客多了,当地人就划着刷了鲜艳油彩的木船,载上观光客游河;还有的小船上摆放着零食、饮料和鲜花,是河道上流动的小商店;拉琴唱歌的艺人在船上表演,给河上的游人助兴。

我第一次坐长途汽车离开墨西哥城时,还有点儿找不到方向。从墨西哥城市中心的宪法广场去汽车北站,先换乘三趟地铁。在 La Raza 车站换乘时，经过一条长长的换乘通道，这可能是我走过的最长的一条地铁换乘通道，对面走过来的墨西哥人川流不息，一张张不一样的面孔在我看来，是流动的风景。

到了墨西哥城汽车北站后，却找不见售票窗口。我拿着写有 Teotihuacan（特奥蒂华坎）字样的纸问车站里的人，对方对我说了一串西班牙语，看我依然一副茫然的样子，他手一指，然后说了一个单词 Ocho。我知道西班牙语里的 Ocho 是 8，然后顺着他手指的方向走过去，来到 8 号入口边的一个小柜台。我还是拿着纸片问，原来就是在这里买票，买到的车票上打印的目的地却是 ZONA ARQUEOLOGICA，但想来应该就是 Teotihuacan 了。

上车后我睡着了，迷糊中感觉停车时有人下车，还说了句 Mucha Gracias（非常感谢）。往窗外一看，有很多仙人掌，不会就是这里吧？这时候车已开，我赶忙从车厢后走到前面问司机。司机说就是这里了，停车放我下去，还好，没乘过头。

有了第一次坐车经验，以后我就非常习惯在墨西哥坐长途车了。墨西哥的长途汽车四通八达，很多地方并不用提前买车票，到了车站，随买随上，甚至有时候在路边等车更省时间。

玛雅人和玛雅文明

我乘坐飞机从墨西哥城来到了尤卡坦半岛的首府城市梅利达市，这里是玛雅文明的中心地带。玛雅人、印加人和阿兹特克人同为美洲的三大原住民族，而玛雅人在尤卡坦半岛创造了非凡的玛雅文化，我在梅利达附近一共看了四个玛雅遗迹。

距离梅利达市不远的乌斯马尔（Uxmal）曾经是尤卡坦半岛西部地区最强盛的玛雅城邦，据考证最多时有 25000 人居住，如今仍保留着被遗弃时的模样。我一进入城邦遗址，就见到一座典雅而美丽的金字塔，古代玛雅人的石头建筑工艺可谓登峰造极，每一块石头都被切割得整整齐齐。

金字塔后面是一个巨大的石头方城，曾是城邦的政府机构，而执政者的宫殿则被单独建在另外一个巨大的平台上。宫殿的墙壁上雕有精美的浮雕，其中一个浮雕据说和大西洋城亚特兰提斯有关，传说玛雅人是大西洋城覆灭时逃出来避难的人类族群。宫殿的前面有两个美洲豹的石雕，玛雅人认为美洲豹是最强大的动物，因此将它们作为崇拜的图腾。

在乌斯马尔遗址的外面，我见到了生活在现今社会中的玛雅人。他们的脸长得太像我们亚洲人了，事实上，他们是和我们一样的蒙古人种，远古时期从亚洲通过大陆桥而来，玛雅人甚至被认为是中国古代商朝人的后裔呢！如今的拉丁美洲，尽管在种族上由于大量的欧洲移民而欧化，并且文化上受到欧洲文化的影响很深，但包括玛雅人、印加人等印第安人在内的原住民仍然生活在这块大陆上，尤其在中美洲和秘鲁等地的总人口中，印第安人占了很高的比例。

在梅利达市区有一个叫作 La Chaya 的玛雅餐厅，位于 62 号大街上，餐厅里面有玛雅妇女在现场做玉米饼。从乌斯马尔回来，我排了个小队进 La Chaya 用餐。菜单上只有西班牙语，而大多数单词我看不懂，于是指着别的桌上已经上的菜，点了差不多相同的。玛雅菜其实很简单，玉米饼包裹着鸡肉丝、洋葱、西红柿、生菜等，别说，还真好吃！我还要了一杯绿色的饮料，喝起来清凉润喉。

最著名的奇琴伊察差不多是玛雅遗迹里规模最大、保存最完好的一个，曾被评为世界新七大奇迹之一，其中"库库尔坎金字塔"是遗址中的标志性建筑，曾是玛雅人举行宗教仪式的中心。另外，奇琴伊察除了神庙、宫殿、球场之外，还有一个"大市场"和一座古观象台。

"大市场"原本有木头和灰泥做的屋顶，但早已不见，只剩下一排排大石柱。仔细看这些石柱，每一根石柱都由一段段圆石堆砌而起，尽管每一段长短不一，但是中间的拼接天衣无缝，拼接后的每一根都有一样的高度。

古观象台底座为椭圆形，上部已经残破，古玛雅人通过天象台里的螺旋石头阶梯到达它的顶端，在那里对天象进行了长期的观测，并取得了天文和历法上的斐然成就。玛雅人通过计算获得了极为精确的地球年、金星年和太阳年的长度，并创造了玛雅历法。玛雅历法比现在世界上通用的历法有着更长的周期，正是这个历法指明了2012年是一个重要的年度，并曾引发了"世界末日"之说。

玛雅文明和我们熟知的世界古代四大文明有一个最大的不同，即玛雅文明不是大河文明，而是在热带雨林中创造出的文明。玛雅人生活的尤卡坦半岛的地下有着丰富的水源，传说每一个玛雅城邦之间都有地下通道相连，有探险家对这些水下通道进行了探索，并且绘制了地图。

看到的第三个玛雅遗迹正是在热带丛林里，名叫科巴（Coba）。从奇琴伊察到科巴，长途车一直开在丛林中的公路上，中间路过好多个小镇。每个小镇上的民居和那些玛雅遗迹里的相仿，用石头围起一个院子，院子里是人们居住的房子，有些房子至今还是茅草屋；小镇的中心则有一个小广场，是集市和聚会的所在。

行走在科巴，热带丛林的气候非常湿热，不过还好一路都有树荫，不像在奇琴伊察那么暴晒。走在丛林中，雨林里清新而好闻的气息扑面而来，一路还有鸟语和蝶舞相伴。在科巴的热带丛林里，我还见到了毒蛇，是别的游客在林中的草丛里发现的，蛇身细细长长，长着红色、黄色、黑色和白色的环，如此色彩鲜艳的蛇一定是毒蛇！它很快消失在了草丛中。

科巴是我去过的四个玛雅遗迹中唯一能够爬上金字塔的，42米高的Nohoch Mul金字塔大概有60度到70度的斜度，拉着缆绳爬上去时，明显感受到它的陡斜。我站在金字塔的顶端远眺，只见四周是一望无际的热带丛林，除了绿树还是绿树。真是不可思议，玛雅人曾在这一片美洲豹、毒蛇和蜥蜴出没的热带丛林中生活，并创造了辉煌的古代文明。

从乌斯马尔到奇琴伊察，再到科巴是一路往东，而科巴离开加勒比海海岸只有40公里的路程，再往前就来到了海边小镇图鲁姆（Tulum）。图鲁姆是海边的玛雅城邦，一个建在加勒比海边山崖上的日出之城、金星之城，是玛雅人在海边进行交易的地方。古代玛雅文明在公元1000年前后曾在尤卡坦半岛达到过一次巅峰，而几百年之后，正是在图鲁姆，玛雅人和驾船而来的欧洲人打了第一次照面，从此玛雅人的生活和地球上其他地方人类的生活都发生了改变。

玛雅人和其他美洲原住民一样，正直而朴实，对于欧洲人来到美洲大陆给予了欢迎和礼遇。玛雅人不仅热情好客，而且慷慨大方、说话算数，但正是这些高尚的品德，却使得他们在与欧洲人的交往中屡屡吃亏。欧洲人的到来，使得古代美洲文明受到了毁灭性的打击，美洲的土地在几百年的时间里几乎全部沦为了欧洲人的殖民地。

而另一方面，包括玛雅人在内的美洲原住民给世界各地的人类作出了巨大的贡献。美洲人最早种植的玉米、马铃薯、番薯、辣椒等农作物，以及橡胶和烟草等经济作物，被引种到了世界上许多其他地方。比如，马铃薯被种植在欧洲北部等原来不适合种植麦类的地区后，获得了巨大成功，改善了那里人们的温饱状况；而适应性强、产量高的玉米，则在全世界范围一跃成为和小麦、稻米同等重要的世界三大农作物之一；橡胶则给现代工业带来了一个重要的原料，轮胎、胶管、胶带、电缆等很多工业产品，哪一个都离不开橡胶。

墨西哥坎昆和美国迈阿密

在图鲁姆，我住在一家花园式的旅店，睡在花园里的一个大木屋里。清晨的时候，鸟儿就在窗前的树枝上唱歌，离我睡着的枕头恐怕连一米都不到。这里的野生鸟类一点儿也不怕人。

在图鲁姆见到的加勒比海的海水是我看到过的最美的蓝，也没有哪里能比这里的白沙滩上的沙粒更洁白细软了。

在同一条加勒比海岸线上，100公里之外的坎昆则又是一个大城市了。坎昆和我曾逗留过的梅利达一样，城里有古巴风格的酒吧。酒吧里的派对在晚上 11 点半开始，一支由一位女歌手和六位男演奏师组成的乐队演奏起欢快的音乐，墨西哥人踏着乐曲的节拍跳起美妙的拉丁舞来，他们个个是舞蹈的天才，舞姿潇洒优美，奔放不拘的男女身体无限接近。当 Garera 的舞曲响起的时候，派对的气氛被推向高潮。

从墨西哥的坎昆乘飞机飞过加勒比海，来到迈阿密，我再次入境美国。虽比不上墨西哥那侧，同样在加勒比海海边的迈阿密也有漂亮的南沙滩。不仅是沙滩和大海吸引着游客，迈阿密还是一个派对城市。午夜 12 点，派对巴士开过来，白天蜗居在青年旅舍里的大批"夜行动物"鱼贯上车。经过改装的巴士车厢里就立有钢管，并播放乐声强劲的迪斯科音乐，派对在车上就早早开始了，人们围着钢管摇动着身体。进入酒吧后，只见旋转舞台上有身材火爆的女郎在劲舞，烟雾和彩色的纸屑弥散在空气中，台下的人们跟随着 DJ 播放的乐曲，扭动着腰胯。迈阿密的夜色越深，气氛越嗨。

在迈阿密，我用一天的时间去了小城基韦斯特（Key West），海明威曾在这座安静的小城里写出《老人与海》，基韦斯特还是美国本土大陆上的最南端。另一天，我去了佛罗里达的大沼泽国家公园，看到了野生的美国短吻鳄。世界上一共两种短吻鳄，另一种是中国的扬子鳄。

加勒比海邮轮旅行（牙买加和开曼群岛）

在迈阿密市停留五天之后，我开始了一趟五晚六天的邮轮旅行，去到了加勒比海中的牙买加和开曼群岛。

从迈阿密到牙买加，邮轮要沿着古巴的北部海岸往东航行后绕到古巴的南面。加勒比海的蓝，蓝得深邃，船上的信息显示航行处的海水深度 2000 米。

第一天的一整天时间都在海上航行，但陆地上有的生活和娱乐设施，

圣莫妮卡海滩（美国加州）

美国建国前的修道院（美国加州）

"海象滩"（美国加州）

海边灯塔下的青年旅社（美国加州）

太平洋海岸线（美国加州）

旧金山街区一瞥（美国加州）

加州一号公路（美国加州）

基奈峡湾（美国阿拉斯加）

行走在冰川之上（美国阿拉斯加）

通往北冰洋岸边的公路和输油管（美国阿拉斯加）

进入北极圈（美国阿拉斯加）

迪纳利国家公园（美国阿拉斯加）

玛雅城邦（墨西哥乌斯马尔）

玛雅金字塔（墨西哥奇琴伊察）

玛雅人的古观象台（墨西哥奇琴伊察）

乘坐平底船寻找短吻鳄（美国佛罗里达）

大峡谷（美国亚利桑那州）

行驶在大西部（美国新墨西哥州）

在邮轮上也应有尽有，所以在邮轮上，绝不会让人觉得无聊。

首先是吃，自助餐厅里供应来自世界各地的美食，二十四小时敞开供应。邮轮的乘客主要还是美国人，一个一个都是"大胃王"，食量惊人。吃够了，躺在甲板的睡椅上，晒太阳、吹海风，也可以回客舱里睡个午觉。睡醒之后，去泳池里游泳。

晚餐在富丽堂皇的正餐厅，一道道西餐慢慢地上，人们边吃边聊，一顿饭要吃两个小时。每天的晚餐后，都有节目丰富的晚会。第一天晚上是欢迎晚会，给每一个观众带来了快乐，台上的主持人幽默风趣，台下的乘客们积极参与。美国人很有参与性和表现欲，互动节目时好多人争着上舞台。当想要上台的人太多的时候，就由观众决定谁能参加，就像选总统，需要拉票。观众上台时更不会害羞和怯场。在晚会中的很多时候，台上的主持人会和台下的观众对话，而台下除了以语言回应，还不时地鼓掌、尖叫、吹口哨，以各种方式参与评判。整场晚会，掌声和欢呼声不断。

第二天晚上是歌舞秀，绚丽的镭射灯光，配合着现场乐队演绎的音乐，男女舞者穿着华丽的表演服，展现了一场拉斯维加斯风格的歌舞表演，让观众看得赏心悦目。

美国式的脱口秀（Comedy）也吸引了很多观众，每晚两场，场场爆满。座位不够，很多人就站着听。脱口秀其实就是单口相声，表演者常常能高频次地引得全场观众爆笑不断，不时触及成人话题的好像更受欢迎，可谓百无禁忌。

也可以选择去甲板上看每晚播放的露天电影，去唱卡拉 OK 或蹦迪，或者去船上的酒吧看美国人喜爱的 NBA 篮球、棒球等体育节目的直播。那几天正逢 NBA 的总决赛，吸引了乘客中的大量球迷，不时发出欢呼雷动的声音。

邮轮经过四十多个小时的航行，在加勒比海的第三大岛牙买加岛的奥乔里奥斯（Ocho Rios，在西班牙语中意为"八条河"）市靠岸。牙买加国民的主体是黑人，因为其在殖民时代，从非洲大量贩入黑奴从事种植园的工作。牙买加诞生了很多跑得飞快的男女田径运动员，其中最有名的要数世界百米短跑冠军"飞人"博尔特。

奥乔里奥斯市是一个美丽的海滨城市，街道整洁，空气清新。邮轮在牙买加只停靠半天的时间，我去了离城不远的著名的邓恩河瀑布。这个瀑布不高但很长，并形成一段段的好多层，游客们组成一个个小分队，手拉手地在热带雨林里攀爬。瀑布流过的石床湿滑，容易摔倒，需要一步一步慢慢走，队员相互之间会鼓劲，整个过程有点儿小惊险，但又乐在其中。人们还可以在瀑布水形成的水池里戏水，在浓密的树荫下享受阴凉。最后下到海边，观看瀑布水流下山崖，直接泻入加勒比海。牙买加的海域，海水清澈，沙滩细白。

从瀑布出来后，在奥乔里奥斯的城市街头走走，第一个感受是太晒、阳光炽热。第二个感受是牙买加人太热情了，总有人不断地和我搭讪，不是让我购买纪念品，就是给我推荐旅游项目。牙买加的经济不发达，奥乔里奥斯主要依赖出口香蕉和来自旅游业的收入，而邮轮游客的到来，则是以靠旅游业为生的人们维持生计的重要时刻。

邮轮在离开牙买加后继续往西，来到了开曼群岛。开曼群岛和牙买加一样，车辆左行，居民说英语。但牙买加是个独立国家，人口约300万，而开曼群岛是英国的海外领地，总人口只有5万人。

开曼群岛是海龟的家园，在开曼群岛的海龟农场，我看到不少绿海龟。成年海龟的体型很大，背上有厚厚的龟甲，而小海龟很可爱，你甚至可以把它拿起来。小海龟扑打着它的前肢，就像一个个小鸟。这时候，你给它按摩一下颈部，它会感觉舒服而很快安静下来。和它玩耍一会儿后，再把它放回海水中，欣赏它划动着游开的样子。

海龟农场的对面是海豚馆，海豚和人类亲近，它愿意翻过身来让你抓着它，然后驮着你向前游，一边游还一边发出好听的叫声；它能乖乖地让你抚摸，甚至亲你一口，或是高高地越出水面，让你惊赞；它喜欢吃鱼，但并不贪心，吃到奖励的鱼儿后，驯养员一个手势就能让它自觉游走。

从开曼群岛的首府乔治敦到海龟农场和海豚馆所在的西湾，是一段沿着海边的较长的路程。这一段海滩上的沙子洁白细柔，难得的是足有7英里长，是为著名的"七英里海滩"。

美国 66 号公路之行

结束加勒比海邮轮之行后，我从迈阿密飞到芝加哥，从美国的东南角飞到了美国中部。从美国中部的芝加哥出发，我一路开车向西，沿着美国 66 号公路，穿越了美国中西部的八个州，最后抵达洛杉矶，全部行程 4000 公里（2400 英里）。加上在阿拉斯加和加州的旅程，这一次在美国的自驾超过了 9000 公里。

美国的 66 号公路，于上世纪 20 年代始建。最初，人们为了运送食物和原料，用马车拉着砂石将路铺起，建造了这条穿越美国大半的公路。而 1931 年后，美国中部地区连续发生干旱，又赶上经济大萧条，人们纷纷经由这条公路，离开家园，去往西海岸的加利福尼亚寻找新的谋生机会。到了二战期间，66 号公路又成了运送战略物资的重要通道。这条公路留给美国人美好记忆则是在二战后，彼时美国经济空前繁荣，汽车工业兴盛，人们纷纷开着汽车，在 66 号公路上做公路旅行。

再后来，66 号公路被新建的四车道高速公路所替代，渐渐没落，但依旧被怀旧的人们念及。人们重新建起 66 号公路路标，致力于保护尚存的 66 号公路老路，在美国以及世界各地都有 66 号公路的粉丝。

我的这段 66 号公路的自驾行，沿途经过不少乡村小镇，给我留下的主要印象是美国中西部地广人稀。比如新墨西哥州土地广阔，而一个州的人口仅 200 万人，连上海的十分之一都不到；公路两旁的大片土地完全保持着大自然的原貌，沿途城镇的密度也很低。

美国中部的很多地方说不上特别发达，就算是在奥克拉荷马州首府奥克拉荷马城逗留时，也并没有感觉到繁华，差不多只是中国一个中等规模的地级市。在密苏里州首府圣路易斯市，我登上该市的地标建筑大拱门，从顶部俯瞰，一侧是北美洲最长、水量最大的密西西比河，另一侧虽也有高楼建筑，但并不比中国沿海的一些城市发达。

大拱门的下面有一个博物馆，讲述19世纪初时，美国总统杰佛逊从法国手上买下了一倍于当时美国国土面积的"路易斯安娜"，并进行西部大开发的历史。展示中有不少白人探险家和印第安人酋长的雕塑和画像，以及大西部土地、河流和动植物的照片。在新墨西哥州，我去了离阿尔伯克基市（Albuquerque）60英里远的Acoma Sky City，那里现在是印第安人Isleta族的保护地，在高7000英尺（约2100米）的山上有一个被称为"天空之城"的印第安人的"城市"。当北美野牛还在大平原上到处奔跑的时候，印第安人就在这里捕猎生活。当年美国中西部的开发史，也是原住民印第安人的抗争史。

亚利桑那州是整个66号公路旅行中，我认为最精彩的一段，这里有至美的自然风光。车子开过和新墨西哥州之间的州界后，再开45英里，就是石化林（Petrifield Forest）国家公园。造物神奇，经过两亿年的造化，国家公园里的大树变成了石头，因为还夹杂着多种矿物质，使原木石显出各种色彩。它们散落在大草原上，远古的气息扑面而来。傍晚时下了一场阵雨，雨止后一道清晰透亮的双彩虹出现在天空，巨大的彩虹横跨在这个国家公园的丹霞地貌上，这一刻的美深深地打动了我。

开回洛杉矶的途中，我还偏离了66号公路，顺便去了大峡谷、羚羊谷和赌城拉斯维加斯。大峡谷声名显赫，是一定要来看一下的。虽然看过照片，心里有所预计，第一眼看到的时候，仍然被大峡谷的深度和广度所震撼到。佩吉市附近的羚羊谷是一处被洪水冲刷出来的小得多的峡谷，换乘当地的敞篷车，在沙地中一路颠簸，下车后进入一处山洞。在旅行中，有很多地方一定要停下手中的相机，用眼睛好好欣赏眼前的大自然美景，而在羚羊谷，则是要多拍照，不同时间的光线给了山洞不一样的色彩、曲线和波纹，在相机里形成美轮美奂的光影组合。

沙漠中的赌城拉斯维加斯实在太热，6月时，下午的气温是109华氏度，相当于43摄氏度！我在拉斯维加斯只待了一天，只观赌而并不下场，晚上还看了一场歌舞秀，第二天便离开。拉斯维加斯是以沙漠环境为主的内华达州的摇钱树，在美国其他州不合法的事，在拉斯维加斯却可以合法进行。

最后一段66号公路，我在加州的Needlers小镇住了一晚。没想到，这个小镇入夜后，晚上10点钟的气温竟然还有105华氏度，相当于40摄氏度，而白天时最高气温46摄氏度！这可还是6月，七八月会更热吗？简直令人无法想象。结束66号公路之行，回到这趟北美之旅的起点——洛杉矶的圣莫妮卡，再次让舒爽的海风吹到时，觉得比起前一晚来，真是无比的幸福。

大洋洲

W130° — E110°
N30°
0°
S47°

第十章 澳大利亚之行

圣诞夜出行

下午4点，我乘上地铁，车厢里已经有许多乘客。上海越来越有吸引力，地铁里的乘客也越来越多。轻轨列车从市中心上方开过，透过车窗，看到一些老建筑，城里新建筑越来越多，但老房子仍能让人记住这个城市曾走过的路。

今天是圣诞夜，地铁车厢里的屏幕上打出"今晚你要嗨皮到多晚"，并显示气温为3到9摄氏度。上周末，上海的气温曾跌破过冰点，两三天后可能再一次降到0摄氏度以下。北半球今年的冬季似乎有些冷，美国中西部的最低温度已经下降到零下40摄氏度，而加拿大的多伦多持续下着暴风雪。

南半球现在正是夏天，今天墨尔本的天气预报是15到29摄氏度。出门前，我脱下了厚衣服，轻装出行。这一次旅行，是我第三次去往南半球，前两次是南美洲和非洲，这一次则是大洋洲的澳大利亚、新西兰和库克群岛。

夏天里的圣诞节

到达澳大利亚的第一天，墨尔本艳阳高照，气温 30 摄氏度。正是圣诞假期，墨尔本市郊的圣基尔达海滩上，人们正享受着阳光。有些大学生还带着锅子和小冰箱，在沙滩上吃烧烤、喝啤酒、弹吉他，把圣诞派对开到了海滩上。

离开沙滩不远处的草坪草色青绿，散发着好闻的青草香。墨尔本是一个绿色的城市，空气极为清新，天空出奇的蓝。澳大利亚本没有什么工厂，墨尔本街上也没有见到太多的汽车，而作为公共交通主力的有轨电车也不排放尾气，海风吹拂的天空怎能不蓝？

墨尔本现在是夏令时期间，白天很长，下午 5 点多的时候，太阳还老高，一直到晚上 9 点才日落。圣基尔达海滩正对着西面，海上日落瑰丽动人。

宜居城市

打开墨尔本的地图，只见到处都标注着绿色区域。墨尔本曾连续十多年被评为世界最宜居的城市，仅从绿化这一点来说，墨尔本整个城市就像个大花园。

我在菲兹罗伊花园里散步，不时有跑步者从我身边经过。墨尔本人出名地爱运动，跑步、游泳、橄榄球、板球等都是受喜爱的项目。体育上有着深厚群众基础的墨尔本每年都举办各项国际大赛，比如久负盛名的网球澳网公开赛、F1 赛车和赛马会。墨尔本还是一个举办过奥运会的城市，奥林匹克体育场就坐落在市中心亚拉河畔不远的地方。

亚拉河在墨尔本市中心穿城而过，傍晚时走在河边，柔和的阳光照在墨尔本 CBD 高楼所组成的天际线上，画面格外美丽。

墨尔本是一个适合步行漫游的城市，走累了，也可以搭乘有轨电车，坐在车上好好看看这座城市。墨尔本被称为电车之都，在城内有许多条有轨电车线路。电车的轨道位于马路的中央,一根电车辫子搭在空中的电线上,叮叮当当地行驶在城市中,既是很环保的交通工具,也是一道靓丽的城市风景。

作为宜居城市,除了美丽的城市风貌、绿色的公园、环保的交通工具,还少不了优质的教育资源。澳大利亚是排在英美之后的世界第三大留学目的国,墨尔本大学则是澳大利亚的名校。我去校园里走走,只见校园内有着诸多教学楼,每一栋楼都是一个细分的科系,培养各种专业人才。

丹德农山

在墨尔本的第四天,我先乘火车再换大巴,前往市郊的丹德农山国家公园。大巴开上丹德农山后,车子在山林中穿行,车窗两边划过一棵棵树,比墨尔本市内的长得都要高得多。

在海拔633米高的丹德农山山顶远眺墨尔本的CBD,然后走进后山的树林里徒步。树林中大树参天,氧分十足。树林里有不少小屋,有些澳大利亚人不住城市,干脆定居在了林中,生活在一个超级大氧吧里。到了周末,城里的墨尔本人也会开车来到丹德农山呼吸新鲜空气。

桉树

林中的树都是桉树,桉树有一个显著的特点就是会掉树皮,所以特别好认。其实也不用认,澳洲的桉树多得令人难以置信,几乎满眼皆是,当之无愧的是澳大利亚国树。桉树很霸道,但凡桉树成林的地方,其他植物一般无法生存,因为桉树发达的根系把附近土壤里的营养和水分都吸收光了。

桉树像澳洲人一样,高大而修长,绿叶郁郁葱葱,掉了树皮的粉白色的躯干让人看着也赏心悦目。桉树可以用来提炼桉树油和造纸,但澳洲人并不加以利用,而是让桉树自然生长,既美化了环境,也提供了充足的氧气。

桉树林还是树袋熊的家园，慵懒的考拉一天有十六个小时在桉树上睡觉，睡醒了就吃桉树叶，然后再睡。考拉没有任何防御力，但澳洲人从不会伤害考拉。

保护水资源

墨尔本不仅有着大面积的绿化、清新的空气，还有洁净的水。丹德农山的山腰处就有一处水质优良的水库。不过，墨尔本和澳大利亚的大多数城市一样，存在缺水的问题，三四年前的一次干旱，整个城市的水库存水量一度降到只剩20%，因此墨尔本非常重视节水，在很多用水设施上安装节水装置，并以法律规范市民节约用水，其中有一条是，夏天里一星期最多洗车一次。同时呼吁人们尽可能地不污染水，使水能够被循环使用。在小学课程中，设有专门的节水教育，让孩子们从小就懂得保护水资源的重要性。

大洋路

从墨尔本出发去大洋路，一路上穿过宽阔的澳洲牧场，并沿海岸线行驶。经过海边的桉树林时，我看到了树上的考拉。考拉总爱睡觉，因为它爱吃的桉树叶里有一种令它昏昏欲睡的成分。

大洋路最精华的所在是十二门徒大岩石，数了数只有八块，听说将来可能更少。大洋路所在的海岸，海风极大，这一天是33摄氏度的天气，可海风刮在身上还是有点儿凉。几百万年来，风蚀和海蚀的自然力量，造就了今日所见到的壮丽景观，然而这些矗立于近海中孤立而陡峭的岩石，终有一日也都会消失。

在"吉普森的八十六级台阶"，游客可以下到海滩。我站在海滩上往回看，只见背后的峭壁九十度笔直而下，像是刀切出来的，再一次让人感叹大自然的伟大力量。

墨尔本皇家植物园

大洋路一日游后，回到墨尔本的第二天上午，我来到了墨尔本皇家植物园。我去过的植物园中，美国芝加哥植物园、南非开普敦植物园和这次的墨尔本植物园都给我留下了非常深刻的印象。墨尔本皇家植物园种植了来自世界各地的数万种植物，还有专门的中国花园。鲜花在夏日里盛开，而园子里的每一处山坡、池塘、草坪、小树林都经过了精心的景观设计，走在植物园中，让我感觉心情愉悦。

我自己逛了一圈之后，意犹未尽。回到大门口，又参加了一次园方带领的导览。墨尔本植物园本身是免费的，一个半小时的导览也不收费。

阿德莱德港和格雷尔海滩

离开维多利亚州的墨尔本，来到隔壁州的阿德莱德，发现阿德莱德和墨尔本之间竟然有三十分钟时差，看来澳大利亚人对于时间可真是够精确的。

阿德莱德是南澳大利亚州的首府，南澳州地域的80%是沙漠地区，就只有阿德莱德所在的南部沿海地区树木茂盛，大部分人口聚居于此。

我买了一张阿德莱德的公共交通一日通票，开始市郊观光。先从阿德莱德火车站坐每半小时一班的火车去了阿德莱德港，二十分钟后到达。阿德莱德港有一座漂亮的灯塔，港口边停靠着漂亮的帆船，还有一座门前挂着海盗旗的南澳州航海博物馆。

格雷尔（Glenel）是一处美丽的白沙海滩，我从阿德莱德港坐巴士回到市区后，在火车站外乘上有轨电车抵达。格雷尔海滩绵长、水清沙细，沙滩上的人们闲坐着聊天，一群年轻人爬上栈桥边的铁柱子玩跳水，更远一点的海面上，好几艘单人皮划艇在大海中劈波斩浪。格雷尔又是一个很热闹的街区，通向海滩的街道上有许多时髦的商店。我在格雷尔流连忘返。

新年晚会

这一天正是12月31日，我回到市内后，步行到埃尔德公园，阿德莱德市的新年晚会将在这里举行。

埃尔德公园位于市中心的托伦斯河河边，托伦斯河上有很多黑天鹅游弋。澳大利亚是黑天鹅的家园，河上的黑天鹅都是野生的，它们的脖子细长而秀丽，神态高贵。不少游客给黑天鹅喂食，绝没有人会伤害它们。

从河对岸不时传来欢声雷动的喝彩助威声，那边是奥瓦尔体育场，正在举行新年板球比赛。这个体育场曾是悉尼奥运会足球比赛的一个分赛场，但在澳大利亚，板球远比足球来得更受欢迎。

新年晚会开始，人们在露天花园的绿色草坪上围坐，乐队纷纷登场。上台表演的是南澳最出色的几支乐队，若是在平时，这些乐队的演出门票要几百澳元一张，而一年一度的新年晚会是免费的，由市政府、银行和企业出钱。

晚会除了演出，还有新年焰火。阿德莱德夏日里的日落时间和墨尔本差不多，也是晚上9点，日落后燃放第一轮焰火，午夜12点新年到来时再燃放第二轮。绚丽的焰火照亮夜空，各种色彩和造型，看得人眼花缭乱，掌声和欢呼声不断。

澳大利亚是一个移民国家，公园草坪上，白人、黑人、黄种人，各种面孔都有，人们一起在倒数声中欢呼着新年的到来。

阿德莱德植物园

在阿德莱德的第二天，我在城内步行游览。沿着阿德莱德的北街前行，一路上经过议会大楼、阿德莱德大学、南澳州州立大学，来到了阿德莱德植物园。

比起前两天的墨尔本植物园,阿德莱德植物园的面积要小一些,但很有特色。园中有亚马孙水生植物馆(南美)、地中海植物馆(欧亚非),还有一个巨大的温室,种植着热带雨林里的各种植物。

热带温室馆内有两块玻璃板,用醒目的文字警示着人们一个严峻的事实:地球上的热带雨林正在迅速消失,雨林里的物种以每天灭绝一到两种的速度减少,这是过去六千五百万年来最快的速度,而且在今后三十年的时间里,灭绝的物种数量更会增加到每天十种。

热带雨林的消失主要是因为人类农业的扩张以及伐木业带来的影响,而热带雨林面积的减少则引发气温上升、气候变化和环境污染等重大问题。如今在澳大利亚,只有东北部的昆士兰州还保留有一片热带雨林,那片雨林得到了严格的保护。科学家们希望全体人类都能认识到这个问题,并参与到环境保护中来。

和墨尔本植物园一样,阿德莱德植物园也是鸟类的乐园,各种鸟儿在这里生活。我看到了嘴长而下弯的澳洲白鹮,红、黄、绿彩色羽毛相间的澳东玫瑰鹦鹉,还有长着特大号明黄色"眼圈"的黑额矿吸蜜鸟,这些野生鸟类时不时在我面前出现,好像在向我宣示它们才是这里真正的主人。

心怀谢意

和墨尔本有免费的有轨电车环城线一样,阿德莱德也有免费的环城线。我走出植物园,走到路对面,刚好一辆环城公交车99C路开过来,我乘车绕城小半圈,在车上看看这个城市。

巴士上的乘客不少,人们下车的时候,都会和司机打个招呼,表示感谢。今天是新年元旦,司机仍然在为城市服务。其实像我这样的旅行者,行走在路上,一直心怀谢意,因为每到一处,旅行者都享受着当地的服务者提供的公共交通、餐饮、旅店、超市等各项便利。

洛夫蒂山、汉多夫小镇、巴罗莎山谷

在阿德莱德，我还坐公交车去了洛夫蒂山（Mt. Lofty），从洛夫蒂山700米高的观景平台远眺阿德莱德城和海岸线，而克莱兰野生动物园就在和观景平台相距一个车站的地方，进去抱一抱考拉熊，还看到澳洲的特有动物袋鼠和鸸鹋。

再从洛夫蒂山转车到小镇汉多夫，这个小镇的名字来自一个德国船长，一百多年前建造的普鲁士（德国）风格的建筑至今在小镇上得到完好保存。小镇上的餐馆以德式猪脚和德式香肠而闻名，餐厅内外坐满了食客，盘中的食物量大得惊人，用饕餮大餐来形容再适当不过了。

到阿德莱德的第五天去了巴罗莎山谷，我和一位在YHA青旅遇见的马来西亚小伙子搭伴前往，他也是善于利用公共交通的自助旅行者。我们一起乘火车到高勒镇（Gawler）后换乘公交车到塔南达镇（Tanunda）。

巴罗莎山谷很大，是一个长30公里、宽8公里的地域，塔南达镇是山谷里的中心小镇。到达塔南达后，我们原本打算租自行车骑，结果天气实在太热，我们打消了这个念头。在公路边，我们遇到了两个好心的澳洲人马克和哈罗德，搭上了他们的顺风车。

车行路上，只见路边鲜花盛开，色彩缤纷；山谷中，葡萄园连绵不绝，一望无际。巴罗莎山谷有着非常适宜葡萄生长的条件——冬季温暖多雨，夏季炎热干燥（怪不得那么热），并且土地肥沃，因此成了澳大利亚最大的葡萄酒产地。德国移民来到此地后，在这里种植葡萄并酿制葡萄酒，已有一百多年的历史。

我们先去了Lyndoch镇附近的薰衣草庄园，现在正是薰衣草花季，淡紫的花儿散发出怡人的花香，令人心旷神怡。然后去了山谷中的好几个小镇，这些小镇和汉多夫一样，都是德国后裔的社区，但比起出了名的汉多夫，巴罗莎山谷中的小镇宁静而美好，让我十分喜欢。在人口只有350人的小镇Springton，马克和哈罗德还带我们一起去拜访了他们的朋友。他们的朋友所住的屋子是一间百年老屋，几年前用28.8万澳元买下（不贵），在屋檐下的长椅上，面对着繁华锦簇的花园，和主人一起聊天，仿佛忘却了时光的流逝。

第十一章　新西兰之行

奥克兰

我从澳大利亚的阿德莱德乘飞机前往新西兰的奥克兰,飞到奥克兰上空的时候,已近午夜,舷窗外出现了一个灯火通明的城市。新西兰人口约500万,奥克兰是这个国家的第一大城市,四分之一的人口居住在这里,虽已夜深,街灯却把城市照得璀璨。

第二天在奥克兰漫步,先去了伊甸山。奥克兰其实是一个建立在火山锥上的城市,一共48个死火山,伊甸山是其中的一个,走到山顶,尚能看到一个巨大的火山口圆坑,坑里长满青草。而其他大多数的火山已经为建筑物所覆盖,不再看得出火山的模样。

从伊甸山的山顶可以360度俯瞰奥克兰市的城市全景,这天正好是一个大晴天,视野极好,近处城市的房屋、远处港湾上的大桥、对面的岛屿,都清晰可见。这是一个美丽的城市。

好天气给人带来愉悦的心情,从伊甸山下山,沿着海岸线,经过三个海滩,从 St. Heliers 海滩走到 Laddies Beach。映衬着碧海蓝天,海滩边鲜花盛开,在 Laddies Beach,我竟然看到不少人在裸晒,原来这竟是一个天体日光浴海滩!

小镇德文波特（Devon Port）是从对岸看奥克兰城市天际线的好地方。晚上9点，我坐轮渡抵达那里，沿着堤岸走走，不多久迎来了壮丽的日落，对岸的天际线上方出现了金色的火烧云，火烧云层层叠叠，在十分钟的时间里，光线不断变化着。我不停按动着相机的快门，拍下了一幅幅奥克兰天际线的美丽画面。9点多之后，天完全黑了下来，组成天际线的奥克兰著名地标天空塔和诸多高楼建筑纷纷亮起了灯，又是别样好看的夜景。

在奥克兰度过愉快而充实的一天。

地热泉

从奥克兰开始往南旅行，第一站罗托鲁阿。罗托鲁阿城位于罗托鲁阿湖边，下车就感受到迎面而来的湖风，空气中有着一股淡淡的硫黄的气息。在青旅放下行李，走到对面的库伊劳（Kuiral）地热公园，空气中硫黄的气味更重了。刚进公园，就见一个凉棚下面的地热泉水池中很多人在泡脚，既有身体壮硕的当地毛利人，也有欧美游客。我不禁也脱了鞋袜，伸脚进入到池中泡了起来。水池里水的温度刚刚好，泡着很是舒服，多半对人体还有些儿好处。

泡完脚起身往前走，发现地热公园里有很多个水潭，水潭中的水翻腾着，不断冒着泡并发出"咝咝"的响声，硫黄的气味四处飘散。这些都是地热泉，最大的一处位于公园的东北角，气雾缭绕，宛如人间仙境。

毛利人的村庄

出地热公园，沿着湖滨路走不久就能看到罗托鲁阿湖。湖边有一个小村，那是毛利人居住的村子奥西纳姆杜（Ohinemutsu），村里的地下也有地热泉，从地面的石砖缝间"咝咝"地冒出热气来。当初毛利人来到罗托鲁阿，不仅不担心嘶嘶作响的地热，反而利用地热作为资源，用来做饭取暖，并在温泉里洗澡。

奥西纳姆杜村的村口有一座基督教教堂，这座教堂修建于1901年。教堂内有毛利人独特的雕刻，耶稣像也披着毛利人的斗篷。教堂可以入内参观，而教堂对面的毛利人的会堂却在门口立着严禁游客入内的牌子。这天，会堂里面正坐满村子里的毛利人，他们在开会议事。就算是没在开会的时候，这栋建筑也是禁止非毛利人入内的。

从外面看毛利人的会堂，柱子上、拱门上都有人物木雕，木雕的眼睛用鲍鱼壳装饰。这种被称为泰科泰科（Tekoteko）的木雕是毛利人祖先的雕像，整个会堂都是毛利人祖先的象征。毛利人非常重视从祖先那里继承的部落身份，部落议事和宗教仪式都在会堂里举行。

在这个毛利人的村子里遇到一位老人，他是一位白人，正在湖边义务除草。我在和他的交谈中，得知他今年70岁，出生在新西兰，在新西兰的各地都居住过，如今定居在罗托鲁阿城里。湖边有一条独木舟，在舟体的边缘有一排小孔，老人指给我看才看出来。他告诉我这条独木舟系由一整根木头建造，而这一整根木头取自一棵树龄超过一百年的大树。他还给我介绍说此地的毛利人是波利尼西亚人的一支，早在七百多年前就漂洋过海来到罗托鲁阿定居。如今在整个罗托鲁阿地区，毛利人仍占总人口的40%。这位白人老人的言语之中，始终透着对原住民毛利人的尊重。

温泉的形成

环罗托鲁阿湖步行道的木栈道两边也有不少地热泉，每一处地热泉边都有科普牌子，我看了个大概，大致是说罗托鲁阿其实是建城在火山岩浆之上，很久很久以前，火山岩浆喷发引起地表塌陷后，形成一个大坑，填满水后形成了火山湖罗托鲁阿湖。

即使是今天，罗托鲁阿每天仍发生着人感觉不到的震度为2度的地震，地表仍在下沉，只不过下沉的幅度可以完全忽略。罗托鲁阿的地表下方有炽热的岩浆，将从地面渗下的冷水加热，形成上升水汽，热的水蒸气在地表上冒泡，因此发出"咝咝"声。同时，酸性的气体将岩石变成了黏土，黏土被一起喷到了地表，由此形成了热泥池。

地热泉的形成也是同一个道理，只不过有温泉的地方水比较多，并且热水和冷水相混，形成循环，所以流出的是水，而不是"嗞嗞"作响的水蒸气。在地下被加热过的温泉水在上升时，将热水溶解的地下矿物质一起带到了地面。

不同地点的地热泉所含的矿物质成分不同，对人体有不同的疗效。罗托鲁阿有一个波利尼西亚浴室，被称为全世界十大最好的SPA之一，吸引了不少游客。而我入住的青旅也有免费的温泉浴池，池水也带着硫黄味。

火山和牧场

罗托鲁阿之后的下一站是新西兰的首都惠灵顿。班车沿公路向南行驶，公路的右侧，一个宽阔如大海的湖一直在视线中，这个大湖是陶波湖。陶波湖要比罗托鲁阿湖大得多，是世界上最大的火山湖。再往前，公路穿过汤加里罗火山国家公园。这个国家公园里有三座活火山，其中一座叫鲁阿配胡的火山，最近的一次喷发是1996年。

班车开过火山国家公园，路两边出现了大片的牧场。牧场无边无际，绿油油的牧草之上是成群的牛羊。牛羊是分开放牧的，因为牛和羊的吃草习惯不同：羊吃起草来连根拔，而牛只吃草的一半，牧场主经常调换牛羊放养的圈栏，以此让草更好地生长。新西兰不缺阳光和雨水，牧草长得很丰盛，而新西兰的奶粉、羊毛、牛肉都非常出名。

风城惠灵顿

新西兰的天气多变，经常会有雨水降临。在奥克兰和罗托鲁阿的时候都没有下雨，快到惠灵顿的时候，雨开始飘起。住进惠灵顿的青旅，风势和雨势加强，"呼呼"的风声和"噼啪"的雨声几乎吵得人无法入睡。

惠灵顿是一个"风城"，它位于南岛和北岛之间库克海峡的风口上，经常狂风劲吹。

第二天早上，风势和雨势依然强劲。我的计划是下午乘渡轮从北岛到南岛，我走到底楼询问前台，这样的天气库克海峡上的渡轮还能开吗？得到的答复是肯定的。

10点我退了房，寄放行李的时候，遇见一个在这家青旅打工的中国女孩。我和她交谈了几句，了解到她是凭雅思成绩获得在新西兰的打工签证，这种打工签证面向年龄30岁以下的年轻人，允许的停留期是一年（澳大利亚也有相类似的政策）。她刚到新西兰二十多天，一直在这间惠灵顿的青旅里打工换宿，做前台、客房保洁等工作，不用付房费，但是没有工资。接下来打算去餐馆打工，给别人辅导中文，这样可以多赚点儿钱。在国外打工生活并不容易，但对于她是难得的人生体验。

据这个中国女孩说，惠灵顿的天气总这样，整天刮风下雨，少有晴天和阳光。我问她青旅有没有伞可借，答复是没有。惠灵顿人不打伞，因为像这么大的风根本就打不了伞。好在惠灵顿城里的建筑大多是骑楼，骑楼遮风避雨，在底下走还真不用伞。

走到一个餐馆前，我看到两块黑板，一块上用白色粉笔写着"Rain, Rain and Wind, Please go away（雨，雨和风，请走开）"，另一块上写着"Come Back Summer Please（夏天请回来）"，看来连惠灵顿当地人都实在是太厌倦这风雨天了。

新西兰议会

我在惠灵顿参观了新西兰议会。新西兰议会大楼在每整点和半点都有免费的导讲，可以跟随导讲入内参观，这是我第一次进入到一个国家的议会。

参观活动从议会大楼的地下室开始，在地下室看到的大楼的地基部分，使用了400多根独特的、装有金属结构的、具有防震效果的混凝土柱子。新西兰火山和地震活动较多，这些柱子可以承受左右30度的摇晃。

接着来到一楼，女权运动领袖凯特·谢泼德的雕像被竖立在入口处，新西兰于1893年就赋予了妇女选举权，是世界上第一个。一楼有一间会议室，是专门用来讨论新西兰原住民毛利人事务和权益的，我们进去坐下，讲解员着重说明"新西兰尊重原住民，着力保护原住民权益"，并在进入议会厅之前，讲解了"三读立法"的程序。

接着进入议会大楼的核心部分——议会厅。新西兰议会共有121位议员，开会时，做报告的总理和副总理、部长们坐在一侧，代表着执政党一方，既做报告也回答议员提出的问题，而在野党议员则坐在另一边，中间隔着宽宽的桌子。解说员开玩笑说这个桌子有两边打不到的宽度。议长坐在整个议会厅里最尊贵的椅子上，椅子上有白色的毛皮铺着。议会厅除了在平日里开放给游客参观，在议会开会时，也允许民众在议会厅的二楼旁听，民众和总理、议员之间并没有距离。

在参观的最后，我们来到一楼的一间礼堂，那里有1953年英国女王伊丽莎白二世和她的丈夫菲利普亲王来到新西兰，为这栋议会大楼举行落成典礼时留下的照片。时间流逝了将近七十年，那时照片上的女王还很年轻，而这栋大楼也经历了岁月的沧桑。

走出议会大楼回青旅时，我惊讶地发现惠灵顿的天气居然放晴了，惠灵顿人在黑板上许愿的夏天回来了。转晴之后的女王码头附近的海面，波澜不惊，碧海蓝天。海边的惠灵顿是一座美丽的小城。城市虽然不大，它可是新西兰的首都，而且是地球上位置最南的首都。

库克海峡渡轮

我从惠灵顿乘坐从北岛前往南岛的渡轮。渡轮穿过库克海峡时，风和日丽。经过一个多小时的航行后，渡轮进入细长的马尔堡峡湾（Marborough Sounds），峡湾两岸，绿色的山峦绵延，有不少海湾、沙滩和一些小岛，风景秀丽。我在行程安排上，这一段从北岛到南岛的交通特意选择了坐渡轮驶过库克海峡，把公共交通的渡轮当作观光船来乘坐。回程从南岛回北岛的时候，就不再乘坐渡轮，而是从克赖斯特彻奇（基督城）乘飞机飞回奥克兰。

三个小时的渡船航行后，我来到了南岛北端的小城皮克顿。皮克顿实在太小了，横竖就那么几条街，绕城走一圈也就二十分钟。

提前预订

皮克顿不仅小，能住的地方也不多，我住的海滩边的青旅是预先订好的。此次大洋洲旅行，和去南美洲和非洲时的旅行不同，去南美洲和非洲，我出发前没有做任何预订，住处都是到了后现找，巴士车票也是现买，这样行程更自由。但来澳大利亚和新西兰之前，我做了全部的预订。

这里面有两个原因，一个是新西兰的巴士只能在网上付款订票，无法现买，既没有车站售票窗口，司机也不接受乘客用现金买票。并且，巴士车票越提早买越便宜，比如 Naked Bus，如果买到的是这一趟车的第一张票，那只用付 1 新元。第二个原因是，新西兰和澳大利亚的仲夏季节正是旅游旺季，住宿比较紧张，提前预订，不仅确保了住处，而且价格便宜，有时甚至能便宜出一半。

在皮克顿，有一些背包客因为没有事先预订，而遭遇了小镇上住宿全满的困境。第二天早上，我在所住的青旅公共区域的沙发上看到了不少坐着过夜的旅行者。

尼尔森（新西兰中心）

开始在南岛的旅行，第一段从皮克顿坐班车到尼尔森，一路上青山翠谷，途中经过布莱尼姆。布莱尼姆是新西兰主要的葡萄酒产地之一，有规模很大的葡萄酒庄园。

尼尔森比皮克顿要大一些，但也是一个小城，穿城而过的 Maitai 河，在我看来就是条小溪，溪水经过一个个浅滩，发出"哗哗"的流水声，流向不远处的入海口。河边的草坪、树木、房屋，还有那些夏日里盛开的花儿，在西斜的阳光的照射下，构成一幅美丽的图画。

走过河上的一座小桥，过桥后爬上尼尔森市内一座 200 多米高的小山，登顶后不禁有点儿气喘吁吁。

山顶上有一个新西兰中心的标志——尼尔森位于南岛的北端，正好处于新西兰中心的位置。我一直在山顶坐到日落，向下俯瞰，一边是大海，一边是山谷，山海之间的小城尼尔森的全景尽在眼前。

徒步阿贝尔·塔斯曼国家公园

第二天早上，我从尼尔森先乘车到海边，然后在海边换乘游艇，进入阿贝尔·塔斯曼国家公园。

阿贝尔·塔斯曼是荷兰人，于 1642 年来到如今以他名字命名的国家公园所在的海岸线，不过因为在海上与毛利人发生冲突，他并没有登陆新西兰。即便如此，他也是第一个发现新西兰的西方人，新西兰和澳大利亚之间的塔斯曼海也是以他的名字命名的。

游艇先向南开，开到"劈开的苹果"的近处。这是一块巨大的岩石，左右斜分，形状像极了一个从中间被切成两半的苹果，真是大自然的鬼斧神工。

接着游艇转而向北，航行一段距离后抵达安克雷奇海湾。下船上岸时，需要脱了鞋子和袜子，脚踩在海水里涉水走上沙滩，这和在非洲坦桑尼亚坐船出海去看海豚的那次一样，这样的天然的小海湾没有码头。

安克雷奇海湾是阿贝尔·塔斯曼国家公园里的主要营地之一，新西兰环境保护局在这里建有上下铺宿舍的小屋，也可以自带帐篷在这里露营。营地里有洗漱设施和厕所，但没有电，也没有燃气，烧饭需要自带天然气罐或者在壁炉中用捡拾的树枝生火。

我没有露营的计划，而是从安克雷奇海湾出发，顺着步行道由北往南向回走（乘船进、步行出）。浓密的原始森林里，步行道修整得很平整，每隔一段就有用木板修建的排水沟，中间还会走过一座又一座的小木桥，桥下有小溪流过。蕨类植物肆意生长，偶尔会挡掉本来就只容两人通过的小路。

一路上时不时遇到迎面走来的老外，其中不少还背着他们的大背包。欧美旅行者喜欢徒步的很多，尤其喜欢在景色优美的大自然中徒步。在这条路上的徒步者男女各半，但背着大背包的女生的脸上明显显出疲惫之色。这让我想起自己在北疆喀纳斯的那段40公里的徒步来，那时我也背着我的大背包。北疆阿尔泰山区的山路是有坡度、有海拔的，所以强度更大的徒步我也算走过了。我从来不是一个"强驴"，在旅行中只做一些以观赏风景为目的的徒步和登山，我把它们称为风景徒步和风景登山。这里步行道上的路基本是平路，海边的森林里氧气充足，而且我只背了一个装有一些食物和果汁的小包，轻装行走，是一段很轻松的风景徒步。

路上和澳洲人聊天

中午的时候，我下到一个海湾 Stilwell Bay，此处沙滩细白，海水碧绿而清澈，不时有各种水鸟飞来觅食。在这里，我遇到一位也在徒步的白人老人，他主动和我打招呼，问我是哪里人，然后告诉我他是澳大利亚的墨尔本人，并且在1975年的时候到过中国。

我吃了一惊，1975年时"文革"还没结束，中国还没有对外开放，他是怎么来到中国的？老人的名字叫安德鲁·伯恩斯，身材高大，曾经是澳大利亚国家男子排球队的队员。上世纪70年代，继中美乒乓外交之后，中国陆续邀请了一些西方国家的运动队来华访问，澳大利亚国家男子排球队就是其中的一支。听安德鲁说，那时候中国还没有国家排球队，澳大利亚国家队就在北京和上海等地和省市队进行了友谊比赛。

一路上，安德鲁和我聊了很多。安德鲁说他了解"文革"那个时代中国的知识分子所受到的磨难，也高度评价新中国成立以后所实现的伟大的团结统一。他了解中国历史，说一位英国人曾在一本书中写到中国如果不是在明朝郑和下西洋之后实行了闭关锁国，世界的历史可能早已经重写。安德鲁赞扬中国人智慧勤劳，并认为中国会继续强大，期待着中国会成为一个负责任的世界大国。他还做了中国和新西兰、澳大利亚等国在环境上的比较，从空气和水的质量到垃圾的处理，认为中国在发展的同时，要注重对于环境和生态的保护。我告诉他中国已经越来越重视环境和生态，并正在实际行动着。

西海岸公路

今天从尼尔森出发，从南岛的北端沿着公路往南去位于南岛中部的福克斯冰川。这一段路程是我在新西兰全部15趟巴士行程中最长的一段，需要将近十个小时。南岛的西海岸公路，时常会因为暴风雨而关闭，好在这一天天气良好。

我的六大洲旅行，除了在北美的行程因为美国的城市间缺乏公共交通而自己租车开，在其他几个大洲的旅行，几乎全部利用当地公共交通，主要就是乘巴士。坐在巴士里比坐在小汽车里通常座位更高、视野更宽阔，最重要的是不用自己开车，而是可以看风景，累了可以在巴士里睡上一觉。

这一路上，Naked Bus班车在薄饼岩和小镇霍基蒂卡两处停车，并留出时间让乘客游览。新西兰的薄饼岩和先前在澳大利亚看的大洋路同属于海蚀景观。薄饼岩所在的海面，海风劲吹、波涛汹涌，因为千万年来海风和海水的侵蚀，海边的岩石形成了类似千层饼的景观。

小镇霍基蒂卡有一个绿玉石加工厂。南岛西海岸的河床上盛产绿玉石，在绿玉石加工厂里，绿玉被切割并塑形，游客可以选择自己喜欢的图案，请技师现场加工一个漂亮的绿玉玉佩。

福克斯冰川

在北美阿拉斯加旅行时，我看过了六条冰川。游览冰川有多种方式，可以坐游轮在海上观看冰川，可以徒步或在脚上穿上冰爪走上冰川，可以乘坐小飞机俯瞰冰川。在阿拉斯加，这几种游览方式我都体验过了，不知道这次来到新西兰的冰川，会不会有不一样的体验。

抵达福克斯冰川之前，先要走路经过一个很大的山谷。山谷两侧有峭壁，好几条瀑布沿着峭壁流下，很有点儿"魔戒在净土"的感觉。

忽然听到雷鸣般的轰鸣声，原来是对面的山上有大量的岩石滚落，从很高的地方一直落到地面。这样的滚石在短暂的时间段里连续发生了三次。因为距离很远，所以并没有危险，有四个老外干脆就站在他们自己的车旁欣赏一次次滚石。因为南岛西海岸多雨，降雨使土壤松动，所以很容易发生山石滚落。

走近冰川，只见冰川上凿有一段冰梯。冰梯晶莹剔透，散发出奇异的蓝色的光。冰梯边的冰川绝壁上，三个法国人，一男两女，脚上穿着冰爪，手上拿着冰镐，正在绝壁上攀爬。男子第一个先爬，他手上带着缆绳，一边爬一边在冰壁上挂绳子，两个女子紧跟其后也攀爬了上去，其间不停地用法语相互鼓劲，他们用一种更富有挑战性的方式接近冰川。而我，这样的攀爬欣赏一下就好，我小心翼翼地走上了冰梯，这也是一种难得的体验。

福克斯冰川是一个移动速度很快的冰川，要比别的冰川快上好几倍。因为这个特点，福克斯冰川的地形变化很快，会发生冰裂、冰洞位置移动以及冰雪融化导致的岩石和冰块的掉落。所以在这儿，最好的方式是乘坐直升机在空中游览并在安全处着陆，但我在福克斯冰川并未深入，来到它的跟前就已经很满足了。

萤火虫森林

福克斯小镇不仅有冰川,还有萤火虫森林和美丽的湖泊。看完冰川后,晚上 10 点左右,我再次出门,这时候天差不多完全黑了,是去看萤火虫的时候了。小镇上有一个加油站,萤火虫森林就在这个加油站的斜对面,从主街左拐到一条森林中的小路上就对了。

进入森林没多久,就看到了树上的萤火虫。这种萤火虫在英语里叫 glow worm,直译是发光的蠕虫(不会飞),它们发出幽幽的蓝色的光,这和我以前在菲律宾巴拉望和秘鲁马丘比丘附近看到的发出红色和黄色光、会四处飞的萤火虫不一样,那一种在英文里叫 Firefly。我仔细观察了福克斯小镇的萤火虫,发现每一只萤火虫都长着细细的白色须毛,它们太小了,我用手轻轻接近其中的一个,哦,它会爬,慢慢地躲开了。

再往前走,森林里更黑了,我看到了更多的萤火虫。萤火虫较多的树,看起来就像是一棵闪亮的圣诞树。

"镜湖"马瑟森湖

第二天早上起了个大早,去 6 公里外的马瑟森湖。我尝试了一把搭车,等了半个小时后顺利地搭上了一辆。

来到湖边停车场,日出前的光线像探照灯一样,从云后面打出一束光柱照在雪山周围。我沿着湖边木栈道走到第一个观景台,此时太阳刚露出山头,云层逐渐散开,显露出蓝天来。马瑟森湖又被称为镜湖,湖面平静如镜,第三个观景台正是观看雪山倒影最美的地方。刚到时,微风在湖面吹起涟漪,过了一会儿,湖面复又平静,出现了完美的镜面效果。晴空下,美丽的雪山完美无缺地倒影在湖面上。

马瑟森湖湖边的徒步小径位于一片原始森林中,森林中多的是芮木和卡希卡提亚树。芮木又被称为红松,以前是做房屋横梁的好材料,而卡希卡提亚树又被叫作白松。森林在新西兰受到严格的保护，无论哪种树都不会被轻易砍伐。我走着走着，一抬头，看到一只新西兰鸠端坐在树上，它太大太肥了！我还从来没有看过比它更肥的鸽鸠。新西兰鸠能吞食乔木的大果子，果实未消化的部分在粪便中排出，就此帮助这几种乔木传播了种子。

打工签证的旅行者

在福克斯小镇的青旅里，我遇到一个23岁的德国小伙子，他和惠灵顿青旅里的中国女生一样，拿的也是一年期的打工签证，一边打工一边旅行。他从德国经迪拜飞到奥克兰，很快就把钱用完了，于是留在奥克兰打工，赚够一定钱后，先在北岛旅行，等转到南岛时又把钱花得差不多了，于是在尼尔森又打工了三个月，再开始在南岛的两星期旅行。

因为前两天下雨，他为了等晴天上冰川而在福克斯小镇上多待了几天，他抱怨福克斯小镇的物价比起尼尔森来贵太多了，镇上只有一家便利店和为数不多的几家餐馆，餐馆里的食物最便宜的也要二三十新元。边打工边旅行的他，对于金钱的价值有深刻的感受。

我还遇到了两个中国湖南长沙的年轻人，小伙子今年25岁，拿的同样是一年的打工签证，女孩子今年大学刚毕业，申请了旅游签证过来玩一个月。

两人中的男生来到新西兰后，干过各种各样的活，工资最高的是在建筑工地上，他既拆过房也盖过房。据他说，新西兰虽然有很多打工的机会，但是一年下来很难存下钱来，他基本上收支相抵。德国小伙子对福克斯小镇的高物价"愤愤不平"，而这两个中国年轻人旅行来到福克斯小镇，为了省钱，在青旅做换床单和打扫卫生的工作，用劳动换取免费的住宿。

对于他们来说，在新西兰待一年，并不为了赚钱，而是为了收获一份难得的人生经历。

西海岸公路第二段

　　下午我乘车从福克斯冰川前往瓦纳卡。在离开福克斯冰川一小时后，班车在西海岸的一处海滩停车。

　　这处海滩是一条河流的入海口，河面很窄，使得河流入海在这里表现得极为真切。不远处，一排整齐的树木屹立在海边的山崖上，经受着西海岸强劲海风的考验。它们坦然无惧，坚韧不拔。海风吹动着海浪，海浪千年不变地冲刷着海滩。在这个海滩上很容易捡到一块块椭圆形的鹅卵石，鹅卵石光滑圆润，被到此的游客用来作为留念的道具。海滩上整齐地排着很多题写有名字和日期的鹅卵石，并且几乎每一块上都有"I Love NZ（我爱新西兰）"的字样。

　　新西兰怎能不让人热爱？我们身处的这个世界，有些角落挤满了人，有些地域污染严重，而在南太平洋上的新西兰遗世独立，如此荒僻而遥远，却有着森林、峡谷、雪山、冰川、湖泊、大海、峡湾，处处美景。

　　离开海滩，车子开入南阿尔卑斯山中的公路，公路穿过山谷，有些路段紧贴山体，山上有瀑布流下。这条公路建造不易，是新西兰最年轻的公路。

　　出了山谷后，来到一个大湖的湖边。南岛的大湖和北岛的大湖不同，北岛大多是火山湖，而南岛以冰川湖为主。先经过的大湖叫作哈维亚湖，再往前就到了瓦纳卡湖，小镇瓦纳卡就坐落在瓦纳卡湖边。

骑车旅行的小伙

　　尽管现在是新西兰的夏季，瓦纳卡湖不远处的雪山上还覆盖着白雪。湖水碧蓝，和大海的颜色一样，暖日晴空下，湖边有人纷纷跳入瓦纳卡湖中游泳，却又一个个都大叫："This is really really cold（湖水真的真的很冷）！"大太阳也没能把冰川湖的湖水照得暖和一些，我可绝不敢贸然

大洋洲

下水。

我在瓦纳卡湖边闲坐时，遇见一个骑车旅行的小伙子，我们聊起了天。小伙子来自加拿大的魁北克省，母语是法语，英语也不错。他热爱骑自行车，坐飞机来新西兰时，把自己的自行车拆散后托运了过来，到了奥克兰后再组装起来。他在北岛骑行了两个月，但在南岛，他计划只骑行三个星期。他说虽然现在是夏天，南岛的气候也让他觉得寒冷，尤其在风大的日子骑在海岸线公路上时。

在来新西兰之前，这个加拿大小伙子骑着他自己的单车，骑行了欧洲的英国、西班牙和葡萄牙；而新西兰之后，他还计划骑行澳大利亚、日本和中国！

他把时间和精力花在了自己真正热爱的事情上。如今这个世界上的快乐是一件很奢侈的事，但如果遵从内心的声音走自己的路，即使是一件非常辛苦的事，也能获得快乐。而一个人真正的富有，也许不是可以买多少贵重的东西，而是他肯花多少心思，去为自己内心的所好买单。

爬熨斗山

在瓦纳卡镇的第二天，我去 Mt.Iron 徒步。我原本以为 Mt.Iron 的中文应该叫铁山，实际上这里的 Iron 是指熨斗，因为山体的形状就像熨斗。这座山的形成是冰川的杰作。

熨斗山的海拔为 545 米，山路有一定的坡度，接近山顶时特别陡。爬到山腰时，瓦纳卡湖的全景逐渐呈现在眼前，而另一侧是哈威亚湖，中间只隔了一道山峦。

到达山顶，顶部平坦而宽阔，四周毫无遮挡，是一个 360 度环视四周的好地方。目力所及之处，可以看到湖泊、河流、雪山、山谷，以及色彩丰富的牧场、麦田和松树林。

山顶上有四块讲解牌，分别描绘了八万年前、两千年前、五百年前和一百年前，在冰川运动的各个阶段，熨斗山附近所呈现出来的不同

城市夜色（澳大利亚墨尔本）

山中徒步（澳大利亚墨尔本）

壮美的风蚀景观（澳大利亚大洋路）

草地新年庆祝会（澳大利亚阿德莱德）

地热泉中泡脚的毛利人（新西兰罗托鲁阿）

旅舍中弹奏自娱（新西兰皮克顿）

在峡湾海岸线上徒步（新西兰皮克顿）

皮划艇入水前操练（新西兰塔斯曼国家公园）

魔戒之境（新西兰福克斯冰川）

徒步胡克山谷（新西兰库克山）

冰川形成的冰湖（新西兰库克山）

湖畔牧羊人教堂（新西兰蒂卡波湖）

街头艺人与观众（新西兰皇后镇）

在库克群岛邮电部领取执照（库克群岛拉罗汤加）

透明舱底观光船（库克群岛拉罗汤加）

晶莹的海水（库克群岛拉罗汤加）

海边少年（库克群岛拉罗汤加）

周末集市上的舞蹈表演（库克群岛拉罗汤加）

地貌。

徒步库克山

从瓦纳卡镇到库克山的途中，经过普卡基湖。普卡基湖的湖色是那种绿松石的颜色，司机问车上的乘客有没有看过这样湖色的，我举起了手。他吃了一惊，想必他以前的大多数乘客都没有举过手。他问我是在哪里看到的，我告诉他是在中国西藏。普卡基湖的湖色和西藏的羊卓雍措（羊湖）有异曲同工之妙。

库克山就在普卡基湖的后面，这天晴空少云，库克山毫无保留地展现着它的身姿，普卡基湖的湖面上出现了库克山的倒影。司机说这是一年里只有三十天会出现的美景，因为这一带雨雾多。

根据天气预报，今天虽然是好天，但明天就会下大雨。库克山出了名的经常有坏天气，所以趁着好天气得赶紧去徒步。

库克山一共有四条主要的徒步路线，其中胡克山谷是四条中最经典的一条线路，来回四个小时。我在青旅吃完自己做的午饭后，略作休息，下午3点半出发，这样在9点日落前能回到青旅。

自从来到新西兰，我已经徒步过好几段了。路走多了，也会疲累，只是真的很值得，就以库克山胡克山谷的徒步来说，景色绝美，不走又如何看得到这样的美景呢？

胡克山谷的徒步以到达胡克冰川为目标，中间会经过三座吊桥。美丽的风景出现在第二座吊桥之后，一过桥就峰回路转，3754米高的库克山赫然出现在了眼前，它是那么的近，全部山体尽现眼前。它的每一处棱角、每一处积雪，似乎都能看得清清楚楚。青山翠谷之中，冰川融化之水奔流而下，这是多么美丽的一幅画面！等过了第三座吊桥，库克山就更近了，再走没多远就来到了胡克冰川的冰湖之前，冰崩落下的大块大块的冰块漂浮在湖面之上，还没有融化。真的要感谢这好天气，好天气下看到的壮丽的美景是对旅行者最大的恩赐。

在库克山的第二天，真的下起雨来。早上睡在床上，就听到雨点猛烈地敲击着木屋的屋顶。风雨持续了整整一天，大雨滂沱，狂风劲吹。透过青旅的落地长窗，昨日清晰可见的雪山在厚厚的雨云中，一点儿都看不到了。

最美蒂卡波湖

启程离开库克山小村的时候，雨还是下得很大。坐上班车，原路出山，昨天在普卡基湖边看到的美景已经不再，让人相信那样的美景真的很难看到。

奇妙的是，在一个多小时后抵达蒂卡波湖的时候，雨竟然停了。云层虽然还是很厚，但太阳开始从云的缝隙中露脸，蒂卡波湖显露出再美不过的景色来。蒂卡波湖的湖水色彩是有层次的，近处是如同普卡基湖那样的绿松石的颜色，然后逐次变深，远处是如大海那样的碧蓝。湖边生长有许多芦苇，在风中齐齐地飘动着；野花怒放，有紫色的、蓝色的、橙色的、粉色的。随着低空的云渐渐散开，雪山也显露了出来，又多了白色的色彩。著名的"好牧羊人"教堂就在湖边，石头建筑衬着天空的云彩，蒂卡波湖的风景就像是一幅美丽的油画。我的手指不停地按动着照相机的快门，好像总也拍不够似的。

晚上 8 点黄昏的时候，天空完全放晴，一丝云朵皆无。云朵的缺失反倒让景致有点失色。9 点日落的时候，湖水的色彩变成了一抹深蓝，层次感消失了，我庆幸自己刚才饱览到了美景。我再次感恩好天气眷顾了我。以至于我后来离开新西兰很久，仍觉库克山和蒂卡波湖最美，如此珍视这份美好记忆，我确定和好天气有关。

午夜 12 点的时候，天空中繁星满天。蒂卡波湖畔很适合观星，这里到了晚上，不仅一片漆黑，而且大气透明度很高，构成了良好的观星条件。在南半球，我曾在阿根廷和纳米比亚的荒野都看到过完美的星空，可惜在蒂卡波湖畔的这一晚正好是满月，明亮的月亮挂在湖的半空，把不少星星的风头给抢了。观星除了要远离城市光源，最好月亮也正好是一弯勾时的峨眉月或者干脆是朔月（即月亮全黑时），这样就更完美了。

箭镇的早期华人社区

来到皇后镇市，我先去了箭镇。箭镇很出名，但我觉得从风景上来说，除非在秋天叶子变黄的时候来，不然箭镇看起来并不出彩。来到这里，意外地了解到了一段与中国人有关的历史。

大约一百六十多年前，在箭镇附近发现了黄金，由此吸引了来自世界各地的掘金者，其中有一些来自中国广东。箭镇位于新西兰南岛的南部，冬天的时候，气候异常寒冷，与广东的炎热气候迥然不同。但中国人坚韧不拔，在这块土地上顽强地生活了下来。他们在箭镇以石块垒墙，铁皮或茅草搭顶，建起一座座小屋，形成了一个华人社区，彼时这个华人社区的人口一度占到了箭镇总人口的40%。实际上，当华人来到这里的时候，容易挖的金子差不多都已经被挖完了，大多数的欧洲淘金者选择离开，而相当多的华人选择继续留在这里开田耕作，他们种植蔬菜和瓜果，不仅做到了自给自足，还提供给其他居民。

然而，这些早期来到新西兰的华人曾经受到过白人社区严重的歧视，新西兰还曾通过两部针对华人移民的排华法案。一部于1881年规定了华人入境时每人征收10英镑的人头税，后来又于1896年和1907年分两次，将华人入境时交纳的人头税增加到100英镑和200英镑。另一部法案则规定不对华人发放养老金。直到1944年，排华的法案才被废除。

2002年2月，新西兰政府为历史上曾对早期华人定居者及其后代实行法律歧视而向华人社区正式道歉。新西兰总理海伦·克拉克在她的讲话中肯定了"早期华裔新西兰人的独特身份、历史和勇气"，并对几代新西兰华人对于新西兰经济和社会发展所做出的贡献予以了充分的肯定。在华人曾经生活过的箭镇，建立起了遗迹保护区，新西兰政府用七块文字图片说明牌讲述了那一段历史。解说板的最后写到："谨以这些文字颂扬新西兰的华人先驱和他们对新西兰多元文化社区做出的贡献。"

皇后镇的历史

回到皇后镇后，在皇后镇的街上，我又看到四块记述皇后镇历史的铭牌。我饶有兴趣地仔细看完了全部英文叙述。

公元800年，波利尼西亚人中的一支——毛利人跨海来到了新西兰，那时候毛利人就已经发现了南岛。公元1500年至1800年之间，毛利人开始定居在南岛的沿海地带，并在每年六七月份冬季的时候，来到皇后镇附近的瓦卡蒂普湖地区捕猎，捕猎的对象是恐鸟（Moa）和新西兰秧鸡（Weka）。恐鸟只会走不会飞，而且体型巨大、目标明显，人类到来之后，恐鸟被大量捕杀，直至灭绝；体型较小的新西兰秧鸡至今仍有幸存，但也属于濒危物种。

当年，毛利人只在狩猎季时在皇后镇一带搭起过帐篷，并没有长期定居下来，直到1861年，欧洲人里斯带着3000头羊来到这里定居，形成了最初只有20人规模的城镇（所以皇后镇的建城史约为一百六十年）。没多久后，里斯手下的一个职员在箭镇附近发现了黄金，引来了淘金潮。大批人的到来和财富的积累，使得皇后镇飞速发展，许多房屋被建造了起来。在淘金潮退去之后，人们发现了皇后镇作为旅游城市的价值。皇后镇周边的景色，可以和欧洲任何地方媲美，于是人们在镇上建起了很多宾馆，并完善了交通。

最初的时候，皇后镇是不通公路的，要来皇后镇，只能坐船由水路进入。后来，和南边国王镇之间的公路，以及和东面的但尼丁市、北面的库克山和克赖斯特彻奇之间的公路都相继建成，人们可以从各个方向乘汽车进入皇后镇。再后来，皇后镇有了机场。

越来越多的来自世界各地的游客纷至沓来，皇后镇当地人利用此地得天独厚的自然资源发展了蹦极、漂流、水上降落伞、高速快艇等户外活动，使皇后镇成为一个既能观赏自然风光，又能参加各种户外活动的旅游度假胜地。

遍地是羊

进入南岛后,我先走的是西面的沿海公路,在皇后镇逗留数天后,转而向南岛东海岸进发,先去但尼丁市。从皇后镇出发,班车大约开了两个小时后,离开了峡谷山地,进入平原地带,车窗外出现许许多多绵羊,几乎遍地都是。我很好奇,新西兰一共有多少只羊儿?就光这条路路边的羊,数都数不清啊。有人开玩笑说,新西兰的 population(人口)是 6500 万,我愣了一下,不才 500 万人吗?原来还有 6000 万是羊呢。

又一个风城

来到但尼丁市,深切地感受到这里天气的晴雨不定,时不时地下一阵子雨,过一会儿又是晴空万里,一天里变化三四次。

但尼丁和惠灵顿一样,也是一个风城,由于它的纬度比惠灵顿更偏南,虽然正处夏季,但只要一刮起风来,就会感到一阵寒意。这天是 1 月 17 日(相当于北半球的 7 月 17 日),但尼丁的最高气温 12 摄氏度,最低气温 6 摄氏度,这样的夏天也太不火热了!

开拓和移民史

但尼丁市有一个但尼丁移民博物馆,我在里面参观了很久,我觉得这是我至今所见过的最好的博物馆之一。博物馆里讲述的不止是一部但尼丁的历史,更像是一部人类社会近一百多年来的经济发展史。

博物馆的展示从毛利人最早驾船来到新西兰开始讲起,但着重点还是在欧洲人来到之后的移民史。那是一百七十多年前,富于冒险和开拓精神的苏格兰人远涉重洋,航行 1 万多英里后,来到新西兰南岛的东南海岸，在一片荒芜之地的海岸边建设起一个新家园，这个地方就是但尼丁。苏格兰的首府城市名叫爱丁堡，而但尼丁在苏格兰人使用的盖尔语中的意思是"南方的爱丁堡"。

最初到达的移民是1848年3月23日到达的95人，和1848年4月15日到达的247人。在这片荒芜的土地上，人们使用以每一英码为一节的链条，以及指南针和圆规等工具来测量并分配土地。他们在海边建起第一座栈桥，让后来的移民和货物上岸时不需要再涉水而过。

最初被建造起来的房屋的墙和门都是用木条和藤条制作的，屋内只有简单的木床和木制家具，稍微高档一点的东西就只有从苏格兰运来的一些瓷器和酒杯。所有的衣物都由妇女们自己编织，展品中除了有各式服装，还包括了两台用了六七十年的老式缝纫机。

除此之外，展示的物品中还有人们用来开荒种田的农业器具，制造这些农业器具的制铁机械，以及造纸的机器和用来印报的印刷机（但尼丁出版了新西兰最早的日报）。

但尼丁的发展也和随后兴起的箭镇（皇后镇）地区的淘金潮有关。淘金者在箭镇挖到黄金后，由保安持枪护运，运到但尼丁后再通过海运往外运输。在展品中，我看到了采金的许可证，用来装一盎司黄金的小袋子，用来称重的秤和运送黄金的带锁铁盒。1871年的时候，箭镇曾有4200名华人矿工，他们中的不少人最早就是从但尼丁登陆，后来又有不少人定居到了但尼丁。博物馆收藏了早期华人移民使用的器具、穿着的衣服和挂在屋前的汉字匾额等。

和皇后镇一样，淘金潮带来的众多淘金者和黄金贸易在很大程度上促进了但尼丁的城市发展，但尼丁一跃成了当时新西兰最富有的城市。

各种老古董

但尼丁虽然远在世界一隅，却从没有落伍于世界时尚。但尼丁在

1865年和1889年曾两次举办世界博览会,当时世界上最时尚的新鲜玩意儿都在但尼丁展出过。

在博物馆展区的后半部分,陈列着大量的老式家用电器,比如早期款式的洗衣机、电视机、烤炉等。除了电器,还有交通工具,有各式老爷汽车、老式摩托车,甚至还展出了一辆老式电车,但尼丁是新西兰最早开通电车的城市。

办公室里使用的各种老式打印机和复印机等也被收藏在博物馆。最引人注目的则是一台老式计算机,体积十分巨大。在电脑发明前,但尼丁市的水电账单都是由人用对孔的纸质卡片来处理的。1963年时,但尼丁政府包租了一架飞机,把一台总重5吨的电脑运来,这是但尼丁市的第一台电脑。这台电脑如今就陈列在博物馆里,它在当年拥有傲人的计算速度。展品中,也包括了后来越来越小型化的计算机、触摸式的iPad和智能手机。信息储存设备的展品则从最初的光盘、3.5英寸软盘到后来的移动硬盘和U盘,乃至以图文说明的云储存。人类的科技水平在近几十年中取得了长足的进步。

作为业余无线电爱好者,我在但尼丁移民博物馆里还找到了几台老式电台和发报机。1924年,新西兰的业余无线电爱好者创造了历史,新西兰的一部电台呼号为Z4AG的业余电台发出的无线电信号被远在地球另一头的英国电台收到,不久以后,新西兰另一个业余电台Z4AA和英国之间又首次实现了双向联络。

仔细参观完但尼丁移民博物馆,不禁感叹人类开拓、移民和发展过程的艰辛和伟大。

小蓝企鹅

离开但尼丁,往北前往南岛东海岸线上的小镇奥马鲁。这个小镇的特色莫过于当地的小蓝企鹅。在新西兰生活的三种企鹅中,小蓝企鹅和黄眼企鹅在奥马鲁都有栖息地,而小蓝企鹅比黄眼企鹅更容易看到。

晚上 8 点半，太阳还没落山时，我就出门去探访小蓝企鹅的踪影了。我以前在南非看过南非企鹅（斑嘴环企鹅），在秘鲁看过秘鲁企鹅（洪堡企鹅），那两种企鹅，大白天的时候也随便让你看个够。但小蓝企鹅日落前看不到，它们白天一整天都在大海里寻找食物（主要是鱼），日落后才悄悄上岸。

9 点多的时候日落，可小蓝企鹅们还没有回来。一直到晚上 10 点天更黑之后，小蓝企鹅们才终于上岸。它们小小的身体在水中游的时候，一点儿也不显眼，一摇一摆游上岸时我才发现。全世界企鹅家族总共 18 种，小蓝企鹅是体型最小的，因此英语就叫它们 Little Penguin（小企鹅）。

它们上了岸后，不急不忙，先抖落水滴，梳理梳理羽毛，在岸边待上一会儿后，才往"家"（巢）走。它们的巢安在马路的另一侧，但这条路会有汽车开过，所以它们要小心翼翼地穿过马路。现在正是春夏季的繁殖季节，在很长一段海岸边都会有小蓝企鹅上岸，当地居民开车通过这一路段时都会打开汽车大灯，仔细观察后才慢慢开过去。

从海边走回镇子的时候，我发现在镇中心古旧楼房的下部竟然也有小蓝企鹅安家。它们探头探脑，在路灯下，我看清了它们身上的蓝色羽毛，果然与其他种企鹅不同。

新西兰海狗

我从奥马鲁前往南岛最大的城市克赖斯特彻奇（基督城），在那里住了一晚后，第二天一早去了凯库拉。凯库拉也是一个海边的小镇，特色是鲸鱼、海狗和海豚。

在凯库拉海域生活的鲸鱼是抹香鲸。我在南非时看过南方露脊鲸，南方露脊鲸的一个家庭带着出生没多久的小鲸鱼一起游弋在海域中，而凯库拉的抹香鲸是独居生活的雄性，单个出现，登上观鲸船出海后一般都能确保看见。

观看新西兰海狗的最好观赏点则是在凯库拉城北的 Ohau Point。不过这个点距离镇子有二十分钟车程,而且没有班车停靠。搭便车是最好的方式,我在凯库拉的停车场里搭上了一辆北行的车,车主是一位来自奥克兰的老师,新西兰人,回来的时候搭上了一对英国威尔士夫妇开的车,两辆车都是来南岛观光的旅行者驾驶的。

在 Ohau Point,大量的新西兰海狗聚集在公路下方不远处的海边岩石上。现在正是夏天的繁殖季节,我看到了 50 多头出生才没多久的小海狗,有些才几天大。它们用前鳍趴在地上,一上一下跳跃着前行。它们实在太小了,还不敢到波涛汹涌的大海里游泳,只在岩石上的小水塘里戏水。一眼看去,这里简直就是个小海狗的幼儿园,不少小海狗正趴在海狗妈妈的身上吃奶。海狗和海狮,都是海洋哺乳动物,在大众的眼里,并没有什么不同。但在动物分类学上,海狗比海狮体型小,身上的毛皮不一样。

和人类一样,小海狗的性格也各不相同,有的安静,有的活泼;有的喜欢在岩石上宅着不动,有的喜欢一刻不停地走来走去,在岩石上到处旅行。

不同的选择

新西兰南岛的每一座小城都让我喜欢。我在小城凯库拉住的青旅,名叫 Dolphine(海豚),青旅的房子建在一个能望到海湾的小山坡上,附带一个露天热水池,可以一边泡热水浴一边吹海风。青旅的院子里种有柠檬树,树上结了不少柠檬,散发着淡淡的清香,令人神清气爽。

在这家青旅,我又遇到了两位拿着一年期打工签证、在新西兰居留的中国年轻人,其中一位在凯库拉的观鲸船上做解说。

在新西兰打工,有各种工种,如在餐馆和酒吧做服务生,在超市做收银员,在旅店做前台和清扫工作,在建筑工地做工人,而在游船上做解说工作是比较轻松的。听他们俩介绍,所有的打工工作中,在夏季里最好找而且报酬较高的工作是去果园里摘果子,但很辛苦。现在正是各种果子的成熟期，有蓝莓、樱桃、苹果等。劳动者按照采到的果子的数量来结算报酬，其中又以蓝莓的采摘难度最大，获得的报酬最高。因为长在低矮的蓝莓树上的果子，需要一直弯着腰采摘，而且蓝莓树多刺，很容易扎到手。采摘难度越高的蓝莓往往也是能卖得出高价的好品种，所以相应的工资也越高。

我遇到的打工旅行者中，有些在一年中做了十多份不同的工作，边打工边旅行，去了新西兰很多城市，拥有许多不同的体验，增长了见识，开阔了眼界。还有些打工旅行者，喜欢上一个地方后就不动窝了，比如我在蒂卡波湖畔住的那家青旅，就有一个小伙子在那里持续打工了快一整年了，他说他就是喜欢蒂卡波湖，他选择自己真正想要的东西，觉得快乐，觉得不负他自己（寻找快乐）的初心。

傍晚快日落的时候，我和在青旅里遇到的朋友们一起，来到山丘上的瞭望点观看日落。这一天的日落美极了，半岛一边的海是金灿灿的，而另一边是梦幻般的淡绿色。我们上山时带着葡萄酒杯和当地产的白葡萄酒，在绚丽的日落中一起举杯。

波利尼西亚人

结束南岛的旅行，我从南岛的克赖斯特彻奇（基督城）飞回北岛的奥克兰，在奥克兰离境新西兰，下一站是库克群岛。

坐在奥克兰机场的候机厅候机，在我眼前走过一群身材壮硕，长着黑头发的男女，妇女的头上戴着花儿，有着异常宽大的臀部。我留意了一下，他们乘坐的航班号是VA95，是从新西兰奥克兰前往萨摩亚首都阿皮亚的航班，原来他们是萨摩亚人，属于波利尼西亚人中的另一支。

在碧波万顷的太平洋上，新西兰、夏威夷和复活节岛，三个点连接成了一个几乎等边的三角形，这个等边三角形里的区域就是波利尼西亚。这提醒我，和同样也是波利尼西亚人中的一支——新西兰毛利人一样，他们才是大洋洲的原住民。我要前往的库克群岛也位于这个三角形中的波利尼西亚，我不禁憧憬起来，库克群岛上会有怎样的人民，又是怎样的一种景色？

第十二章　库克群岛之行

大洋洲之旅的第三个国家是库克群岛,我从新西兰的奥克兰飞到了库克群岛的拉罗汤加。中国人来库克群岛免签证,可以停留30天。我在这个南太平洋上的美丽岛国待了八天,留下了非常美好的记忆。

关于库克群岛之行,我用三种文字写了文章发表在杂志上,英语的文章发表在了美国的《QST》杂志,日语的文章发表在了日本的《CQ》杂志,而中文的则发表在了《现代通信》杂志上。说起来先写的还是英文版,然后是日本版,最后才是中文版。

《中国"火腿"远征南太平洋岛国通信记》

库克群岛简介

库克群岛是一个位于南太平洋上,介于法属波利尼西亚与斐济之间,由15个岛屿组成的岛群。其起名源于远征探索南太平洋,发现了许多岛屿的詹姆斯·库克船长,他于1773年探险时抵达这个群岛。库克群岛的原住民为毛利人，1888年沦为英国保护地，1901年成为新西兰属地，1964年联合国监督全民公决通过宪法，1965年8月4日宪法生效。中国与库克群岛于1997年7月25日建交。库克群岛虽然国土面积狭小，但是其周围所构成的经济海域范围，却多达200万平方公里，因此渔业资源对于该群岛的经济非常重要。库克群岛的整体经济以旅游业、种植业、渔业以及离岸金融为主，黑珍珠养殖也颇负盛名。

出发去大洋洲

当我在中国国内、自己的业余电台上通到世界上的所有国家后，我开始想我为什么不去亲眼看看这个世界呢？当我完成了中国大陆海岸线上所有海岛组（IOTA）的远征后，我开始想为什么不尝试一下国外，去国外做远征通信呢？

在我把足迹踏到中国每一个省份后，我开始迈出世界旅行的脚步，决定先完成一个旅行上的WAC，也就是一个世界六大洲的环球旅行。在去大洋洲之前，我已经去了其他五大洲，大洋洲中的澳大利亚和新西兰是我此次旅行的主目的地，我想在这两国之外，再选择一个岛国，这个岛国就是库克群岛。选择库克群岛是因为这之前，我在DX WORLD网站上看到一条关于安迪（E51AND）计划前往库克群岛中的普卡普卡环礁（Pukapuka Atoll）的消息。我写了一封邮件给安迪，他很快给我回信表示欢迎，并同意我在库克群岛使用他的业余电台。

安迪成为一个业余无线电爱好者（"火腿"）已经有四十多年了，我从他的纸质电台日记上看到他的第一个业余电台联络（QSO）完成于1971年。电台日记的纸已经有点儿发黄，但纸上用铅笔写下的QSO的时间、频率、对方的电台呼号等还是非常清晰。那时候，安迪是位于北极圈内加拿大育空地区仅有的两个活跃的"火腿"中的一个。这本日记中有很多日本的业余电台，其中不少呼号至今仍然在空中很活跃。安迪的夫人凯特也是一个"火腿"，呼号 E51CK，CK 正是库克群岛的缩写。

安迪和凯特都是美国国籍，却在库克群岛的主岛拉罗汤加结婚，婚后很多年都经常从美国前往拉罗汤加度假，最后干脆决定移居这里。他们卖掉了原先在美国俄勒冈州包括房子、汽车、家具在内的所有东西，但业余电台的装备一样都没有卖，而是装在一个集装箱里运到了库克群岛。在拉罗汤加他们俩所使用的电台、铁塔和天线与在美国时候用的一模一样。

"休闲式操作"与"远征式操作"

还在上海时，我在 qrz.com 试着输入了 E51CDW 的呼号。库克群岛发给访问者的业余电台的呼号后缀是三个字母，所以我选择了 CDW，DW 和我 BA4DW 的中国呼号的后缀一样，而 C 则代表中国 CHINA。我没有给任何 DX NEWS 发送信息，希望保持低调。可是我在 qrz.com 上输入呼号后没多久，就收到了好几封世界各国 DX NEWS 编辑发来的邮件，询问我的行程。

原本我想我只会在拉罗汤加做几个小时的很休闲的操作，而把大多数的时间悠闲地在沙滩上度过，结果事实上却成了一个长达八天的业余无线电通信活动，"度假式操作"变成了"远征式操作"。

安迪和凯特生活在拉罗汤加岛的西部，位置比较靠内陆，而不是在海边，但这并不是我没在沙滩上待着的主要原因，主要的原因是安迪的电台设备太好了，以至于我根本停不下来。在 20 米波段上，安迪有一根 5 波段全尺寸的八木天线，架在 23 米高的铁塔上，并有 1KW 的功放，信号可以很容易地被世界各地抄收。作为一个稀有国家的电台并且有着强劲的信号，我只要一出现在空中，就会有很多电台呼叫过来，并且堆叠的信号从不会停下来。

在过去的十二年中，我已经去过中国大陆海岸线上所有的 IOTA 海岛组做远征通信，所以我是一个有经验的远征家，对于堆叠信号的处理驾轻就熟，不管同时呼叫我的电台有多么的多，我都能一一应对。我到达拉罗汤加的第二天，安迪就陪我去库克群岛的电信部申请到了当地的执照，要取得库克群岛的电台执照不难，只要出示我的中国 BA4DW 的操作证书就可以。从第二天开始，一直到我离开库克群岛的当天，我发现我始终在高速地处理堆叠信号，最后一天的早上，我仍然在用电报方式以每分钟四到五个的速度通联欧洲，下午则用话务方式以每分钟五到六个的速度通联北美。

DX 世界的中心

拉罗汤加是进行业余无线电远距离（DX）通信的"宝地"。首先，这里的噪声非常低！我看到安迪的电台信号强度表上的指针在没有信号进来时一动都不动，不禁大吃一惊，这个和上海根本没得比。在上海，几乎任何时候都有噪声，而且很大。

拉罗汤加岛上没有工业也很少有电器，仅有的噪声源来自下雨时的天电干扰，所以基本上就是零噪声。其次，库克群岛位置适中，在我看来它就是 DX 世界的中心。库克群岛和美洲之间的距离，比起上海和美洲的距离来一下子近了很多。在库克群岛，我通到了除圭亚那、法属圭亚那、苏里南之外的所有的南美国家，加勒比海和中美洲国家中的大多数，美国则几乎通到了每一个州（WAS）。我曾设想对于库克群岛来说，欧洲是一个难点，但事实上每天早上的 20 米波段，都有 Long Path（长路径）向欧洲方向良好开通。在库克群岛上，我也主动呼叫了 DX 电台，结果在三个小时内，我通到了七大洲，在三天内，我完成了通联 100 个国家的 DXCC，到操作结束的时候，我通联到的 6000 多个电台包含了 132 个国家。

在我操作期间，我也通联了 60 多个中国电台。在今天的中国，业余无线电正变得越来越普及，在短波上有越来越多的"B 字头"电台出现。我特意在 14.270MHz，也就是中国电台聚集的频点上出现，不仅仅通联了中国电台，还同时通联了来自世界各地的电台。我的高速的操作是一个

大洋洲

示范,希望有越来越多的中国电台了解远距离(DX)通联,并加入到和世界各地的 DX 通联活动中来。

美丽的库克群岛

　　我第一次看到库克群岛的国旗是在新西兰的首都惠灵顿,那时我正在新西兰议会大厦附近漫步,突然就看到了库克群岛大使馆里的国旗。库克群岛的国旗看起来和澳大利亚、新西兰两国的国旗有点儿相像,不同的只是国旗的右半部分。库克群岛国旗的右半部分是一个由 15 颗星星组成的圆环,这 15 颗星星代表着组成群岛的 15 个岛屿。

　　由 15 个岛屿组成的库克群岛可以分为南北两部分,南部八岛多山,北部七岛为珊瑚岛。拉罗汤加是南部八岛中的一个,是该国的主岛,岛上居住着全国 13700 人中的 10000 人,其余的外岛每一个岛只有数百个居民。各个外岛距离主岛都很远,很难到达。安迪计划前往的普卡普卡环礁,每三到四个月才有一艘船从拉罗汤加前往那里,要经历四到五天的海上航行才能到达,并且回来的船什么时候有也没有保证。安迪和凯特在前几年去过库克群岛中的另一个岛帕默斯顿环礁,在回程的时候由于船出现故障,他们被困在了岛上,安迪等待了五个星期,才等到一艘回拉罗汤加的船。在帕默斯顿环礁时,安迪在业余电台上收到了疯狂的呼叫,如果他出现在普卡普卡环礁,场面一定会更火爆。

　　我很难想象包括普卡普卡环礁、帕默斯顿环礁在内的那些外岛有多么美丽,因为就算是这个国家的主岛——拉罗汤加的美丽的泻湖、接近透明的海水、白色的珊瑚海滩就已经令我瞠目结舌。我想我会很愿意和安迪一起去普卡普卡环礁,不仅享受业余无线电的乐趣,更享受外岛的绝世之美。

　　在拉罗汤加的日子里,虽然大多数的时间,我都在业余电台前,但也骑着安迪的摩托车出去转了几次。在周六,岛上有一周一次的集市,集市上有当地人制作的手工艺品、食物和衣物。在市场的中心舞台,当地的年轻人表演呼啦舞，那激动人心的乐器击打声和美丽的呼啦舞令我难忘。周日，当地人穿着盛装，齐聚在教堂。虽然，岛上的人们都会讲英语，但教堂里用的是当地的库克毛利语，人们的歌唱声悠扬平和。

岛上是热带气候。一个美国业余无线电爱好者在频率上告诉我，在美国的明尼苏达州，1月28日的气温是零下24摄氏度到零下38摄氏度，而我在库克群岛的1月21日到28日期间，气温在30摄氏度到32摄氏度，这让在北半球经历严寒的人们非常羡慕。岛上晴天的时候，太阳很晒，即使涂了SPF50的防晒霜也会很容易被晒伤。岛上的湿度也比较高，时不时会来那么一场季风雨。安迪和凯特的家，有一个非常美丽的花园，园中盛开着栀子花，每下一阵雨，空气中就会充溢栀子花的花香。

我在岛上还看到了最美的星空。我自认为在我的环球旅行中，已经看过太多美丽的星空，但我错了，在完全没有光污染的拉罗汤加，星空里有数百万颗星星，绝对打动你的内心深处。

感谢与感动

库克群岛位于国际日期变更线的右边，从新西兰的奥克兰飞来时，日期往回调了一天。在我回去的时候，把"赚到"的这一天又还了回去。当地时间1月28日凌晨，我出发回国，在用了二十七个小时后，我回到了上海。

在文章的最后，我要对安迪和凯特夫妇表示诚挚的谢意，感谢他们的好客和友情。他们两人都是受过良好教育的博士，也是我遇到的最好的朋友。安迪和凯特在机场用当地特有的波利尼西亚的花环（库克群岛属于波利尼西亚的一部分）迎接我，还将家的钥匙和摩托车的钥匙交给我，完全地信任我，让我感到就像在自己家里一样。安迪说"如果你信任别人，这个世界会更美好"，我被他的话语感动着。

欧洲

N

N71°

N36°

W10°　0°　　　　E66°

S

第十三章　英国之行

剑桥

我的英国之行的第一站就是剑桥。从上海飞抵伦敦后，从希思罗机场坐大巴，再从伦敦坐火车，我来到了剑桥。

剑桥大学有 31 个学院，其中建筑最宏伟的学院是国王学院。学院的名字来自创建它的英王亨利六世（这位国王对教育上的贡献比政治来得大，还建立了著名的伊顿公学），从始建到建成，前后花了一百多年，一直到亨利八世时才完成。在参观国王学院时，天空中忽然下了大概五分钟的雨，然后马上雨过天晴，一道彩虹出现在了国王学院的上空。彩虹极其明亮，赤橙黄绿青蓝紫每一环都那么的清晰，我举起相机，拍下了美丽彩虹下的国王学院大礼堂和秀美的康河。

说到康河，不禁让人想起徐志摩写的《再别康桥》来，"悄悄地我走了，正如我悄悄地来，我挥一挥衣袖，不带走一片云彩"。诗中的康桥，就是剑桥，是剑桥的不同译法，徐志摩曾作为插班生就读于国王学院。剑桥环境优美，小桥流水，到处都是古老的建筑、养眼的草坪和美丽的花园，本就是一个充满诗意的地方。

康河上，剑桥大学的高个子帅哥们用长长的竿子撑篙划船，游人坐在小木船上，听他们讲述剑桥的历史。横跨康河的桥上，不时有大学生骑着自行车经过，古老的学府洋溢着青春的活力。

国王学院的边上是三一学院，三一学院的成立比国王学院晚了一百多年，由亨利八世创立。它是如今剑桥大学里规模最大、最有财力的学院。牛顿于1661年到1665年在这里就读，也就是在这里被苹果树上落下的苹果砸中脑袋，砸出了万有引力定律。除了牛顿，进化论的作者达尔文、大艺术家拜伦等也是三一学院的学生。

我走过康河上的卡莱尔（Clare）学院桥，这座桥连接着卡莱尔学院在康河两头的校舍。校舍中有一个中规中矩、四四方方的方庭，古老的教学楼围绕在方庭的四周。我在学院中的河畔花园里看到一尊孔子的塑像，孔子作为中国伟大的思想家和教育家，在剑桥也有被尊崇的一席之地，这让我感到十分欣慰。

穿过卡莱尔学院，我来到剑桥大学图书馆。剑桥大学图书馆建于1424年，有着近六百年的历史，馆内存有600多万本图书，走进去就像是进入了一个书的海洋。书架上的很多书看起来非常有年头了。阳光播撒进来，照在窗边的书桌上，有剑桥大学的学子在书桌前阅读。即便在今天的互联网时代，书仍然是极为重要的学习工具。人类的知识经过数百上千年的积累，被一代又一代的学子消化吸收，并融入新的思想和以创新、论文等各种形式形成的新的知识架构。

在剑桥，我还去了王后学院里的数学桥，我国著名的数学家华罗庚曾就读于剑桥大学，并在剑桥期间发表了许多篇重要的数学论文。作为世界最好的大学之一，英国剑桥大学人才辈出，至今一共从这里走出了89位诺贝尔奖获得者，还有15位英国首相和25位其他国家的元首。

牛津

我从剑桥回到伦敦，再从伦敦出发去探访牛津。牛津大学比剑桥大学的历史更悠久，最早可以追溯到 12 世纪，距今将近一千年（剑桥大学则由一部分离开牛津大学的师生所创办，大约有八百年的历史）。

最早的时候，教会在牛津建起了不少修道院和教堂，随后又有了可供年轻人食宿学习的教会学堂。在中世纪的时候，学术研究曾是教会的专利，在大学里学习的也都是教会的修士，因此今天牛津大学学生的学袍，仍然保留着中世纪修士所穿的长袍样式。也正因为牛津大学最早的时候是在教会学堂的基础上发展壮大的，现今牛津大学的大多数学院，仍然是修道院似的建筑，每一个学院的建筑差不多都是四四方方的，中间有个方庭，并且每个学院都有自己的小教堂。

英国人居于岛国，崇尚身处大自然中的田园般的生活。牛津大学的每一座学院都很美，四方形的学院建筑中绿意盎然，绿色的草坪，绿色的树木，还有漂亮的小花园。学院里的气氛庄严、神圣、隐秘、宁静，中世纪时，修士和学子们归隐于此地，不被世俗事务所打扰，静心地追求精深的学问。直至今天也是这样，宁静而美丽的校园很适合潜心于学术研究。

我入住在牛津的 YHA 青旅，青旅的走廊上挂着很多从牛津大学毕业的名人照片。相较于剑桥大学的众多科学家，牛津名人照中更多的是文学家，最著名的有王尔德和萧伯纳等，还有政治家，不仅有英国的，还有别国的，美国总统克林顿、印度的甘地夫人等也毕业于牛津。

牛津大学的文科看起来比理科更强，这是因为在相当长的时间里，牛津大学更注重人文学科。牛津大学的学生要学习古典名著，因此古希腊的希腊语和古罗马的拉丁语也是必修专业。英国希望以古代欧洲强国的方式治理曾经"日不落"的大英帝国，故此有偏人文而轻科学的倾向，长久地沉迷于古老的传统，并固守传统中最优良的东西。但到第一次世界大战时，英国意识到本国的科技大大落后于德国，随之迅速做出了改变。在一战期间，剑桥大学率先废除了古希腊语的考试科目，并把大学的科学研究和国家的经济运转紧密地结合起来，同时，大学的科研得到了政府的直接投资。而今天的牛津大学，在继续保持人文领域的优势地位的同时，科学上也不落人后，已经和从一开始就领先的美国哈佛大学、麻省理工等不相上下。

走在牛津城中，在城南的弗利桥（Folly Bridge），我看到一块说明牌，了解到牛津位于泰晤士河和查韦尔河的交汇处，以前它的四周为湿地所环抱，而弗利桥的附近正是古代时牛群涉水而过的一个渡口，这是牛津得名的由来。

如今牛群不再从此涉水而过，牛津也变成了一座大学城，大学和城市融为一体。剑桥最有名的是国王学院，而牛津最著名的是基督学院。基督学院就在弗勒桥的不远处，它是牛津大学39个学院里最古老的学院之一，也是全英国最贵族化的学院之一，从这个学院走出了十多位英国首相。

基督学院的精英化教育首先体现在了学生人数上，整个学院总共400多名学生，每年本科生的招生人数只有100人左右。有资格被录取的学生不仅要求天赋高、学习能力强，更要求有好的品行，要温和、谦逊、彬彬有礼，每一个学生只有通过了严格的面试才有机会入学。

基督学院实行的是学生和老师之间一对一、面对面的导师制辅导课，而不是几百人一起听讲的大课。每一个导师又是各个专业领域中最顶尖的。这种精英化教育的方式，理念在于通过因材施教来培养一个个高尚的人，再通过这些高尚的人，教育更多的人。基督学院的学生，秉持"独立之思想，自由之精神"，是一个个才华横溢、与众不同的个体。这些学习不同专业的个体又在同一个小学院里共同生活，在食堂里一起用餐，在校园中一起参加各种文娱社交活动和体育竞赛，通过个体与个体之间的紧密联系构建集体主义。

在牛津，不仅仅是基督学院，其他的学院，尤其是那些历史悠久的学院，都保持着这种小规模的精英化的教育体系，可以想见每培养一个本科毕业生的成本是多么的高昂，因此其实质还是"贵族教育"。

出基督学院后，穿过一条小巷，我来到高街（High Street）上的圣玛丽教堂，这座从13世纪到15世纪经过不断加建的古老教堂一直是牛津大学的校用教堂，差不多是城市的中心。

从圣玛丽教堂再往前走，是一个圆形拱顶的建筑，这里是牛津大学的科学学院。牛津大学的博德莱安图书馆也在这条线上，它是最古老的图书馆之一，和大英图书馆、剑桥大学图书馆同为英国的三个版权图书馆之一，每一本在英国出版的图书都有义务留一本给版权图书馆收藏。但博德莱安图书馆却并不照单全收，而是有挑选地收录。

在牛津城的宽街（Broad Street）上有一座科学历史博物馆，我饶有兴味地参观了很久。博物馆不大，却有着极为丰富的展品，展现了人类对于科学探索的历史。展品涉及许多学科，重点体现用于科学研究的仪器的不断进步和升级。展览还有一些小的专题，如显微镜制造、照相录像技术、钟表制造技术等。作为业余无线电爱好者，我特别感兴趣的是无线电方面的收藏，这里收藏了马可尼用的电键、收发信机的线圈和晶体等。博物馆里最著名的恐怕是爱因斯坦于1931年来到牛津讲课时在黑板上用粉笔写下的方程式，这块黑板连同方程式一起被保留在了博物馆。

莎士比亚的故乡

从牛津坐火车来到埃文河畔的斯特拉福德，这里是莎士比亚的家乡。斯特拉福德只是一个英格兰的乡间小镇，莎士比亚的父亲是一个做手套的手艺人，举世闻名的大文豪出身于草根阶层。

莎士比亚12岁辍学，先是在田里务农，22岁的时候，离开家乡去到伦敦，进入了一家剧团。在剧团里，他从打杂干起，后来成为演员和导演，最后成为他一生中最有成就的编剧。他编写的戏剧，四百多年来经久不息地在舞台上上演，常演不衰。和很多有成就的画家和文学家一样，他的作品在刚问世的时候，并不被看好，也曾受到过许多评论家的攻击，甚至连作品是否为莎士比亚本人所作都受到过质疑。

莎士比亚和他的伟大作品之间的确存在着悖论。在莎士比亚写的

30多部经典戏剧中,有数万个精准华丽的英语单词被使用。英语是一门词汇众多的语言,而莎士比亚只在乡村小学念过书。莎士比亚在作品中,大量描写宫廷和上层社会的生活,可谓淋漓尽致、入木三分,可是他本人出身于草根,他的生活与宫廷和贵族毫无交集。悖论归悖论,莎士比亚的伟大作品受到世人普遍地赞美和景仰,经过岁月的洗涤,反而历久弥新。在小镇的埃文河畔,有一座老房子和新房子混建的标志性建筑——莎士比亚皇家戏院,莎翁所写的经典戏剧每天都在皇家戏院的舞台上演出,吸引着许许多多的观众。

小镇斯特拉福德的景色也十分优美,我在埃文河畔逗留良久。这一天,天空中有大块大块的白云,云朵倒影在清澈的河水中,河边是一棵棵柳树,我举起相机,拍下的不是照片,而是一幅绝美的水墨画。

约克城

从莎翁的故乡乘坐火车继续北上,来到约克。走出火车站就看到约克著名的老城墙,在约克城墙边的一块介绍牌上写着"Two miles in two thousand years",意思是"两英里走过两千年"。实际上今天看到的城墙的历史不到两千年,它建于公元7世纪,距今一千四百年,并经过了不断的修缮。但如果追溯到最早罗马人建立约克城时的公元71年,那的确是有两千年的历史了。

电影《国王的演讲》中的主角英国国王乔治六世曾说过,约克的历史就是一部英格兰的历史。约克经历了英国历史上的多次战争。公元5世纪,西罗马帝国撤出不列颠后,约克为盎格鲁-撒克逊人所占;9世纪,北欧海盗攻占了约克城;10世纪西萨克斯人又赶走了北欧海盗;11世纪诺曼底公爵威廉一世征服英格兰,放火焚烧了约克全城;14世纪时,约克重新繁荣,宗教日益兴旺;约克城最后一次差点儿毁于战火则是在保皇党和议会党对战的英国内战时期。

约克在英国历史上是如此的重要,以至于英国人来到北美后,曾经把加拿大的多伦多也叫作约克，而美国的纽约其实是中文的音译，如果直译就是新约克。

约克大教堂是约克城的地标建筑，它是英格兰最华丽的大教堂之一。我进入约克大教堂的时候已经过了下午4点半，教堂的付费参观已经结束，但是在5点15分有一场晚诵，欢迎任何人进入大教堂参加。晚诵是英国教会特有的仪式，每天都会进行。诵唱用的是拉丁文（所以说拉丁文虽然在日常会话中无人使用，但仍然是"活着的"语言）。诵唱的男声部由年长的唱诗班成员演唱，女声部则由年轻的男孩子们唱出，两声部的合乐由一位年长者面容虔诚地做着指挥，没有音乐伴奏。在大教堂中，30多人组成的唱诗班唱出的歌声犹如天籁之音，悠扬肃穆，久久地回荡在大教堂的穹顶。

约克大教堂有着非常悠久的历史，它始建于公元627年，最早是木制建筑。如今的石头建筑是公元1220年到1470年间建成的，是整个欧洲现存的最大的中世纪教堂。它宏大的建筑内部最著名的是东面的彩色马赛克窗户，这一面的窗户由彩色马赛克组成了100多个图景，足足有一个网球场的面积。这些彩色玻璃的切割和拼接以及绘色技术都显示出了中世纪那个时代的最高超的艺术水平。

晚上的时候，约克老城的街道上亮起了昏黄的街灯，店铺都早早关门了。夜晚在寂静的老城的街道上行走，时光仿佛又穿越回了中世纪。约克老城，几百年来一直传说着吸血鬼的故事。有当地旅行社还专门组织夜间的鬼怪精灵徒步游，吸引了不少喜欢恐怖气氛的游客参加。

约克郡乡村

约克郡曾入选《孤独星球》(Lonely Planet)推荐的最值得前往的旅行目的地，我曾去过的南澳大利亚首府阿德莱得市也在这个榜单上。不过，我在制订旅行计划前往阿德莱得和约克郡之前，并不知晓。

欧洲　251

约克郡的旅游特色除了约克城的悠久历史和中世纪气氛，还有郡内美丽的自然风光。在约克郡的西北部有一个叫作 Dale 的地区，在东北部有一个叫作 Moors 的地区，分别是丘陵山区和森林绿地。我前去的汉姆斯累（Helmsley）就在郡内东北部的 Moors 地区，是一个风景如诗如画的乡村小镇。

在约克的第二天，天气晴好，正是去乡村游览的好时光。早上从 YHA 青旅走到约克老城里去坐巴士，经过欧斯河的河边，看到河面上有不少划艇，有八人桨的、四人桨的，也有双人桨的。八人桨的赛艇上有一位舵手，不仅掌握着方向，还喊着号子指挥划桨队员整齐划一地做动作。划艇的速度极快，在河道上如离弦之箭，在我面前一晃而过。这项运动在约克一定很流行，早上 8 点多的时候，在短短的时间段里我就看到了十多条划艇从水面上划过，艇上有男有女，有老有少，看起来属于不同的划艇俱乐部。英国河道纵横，很适合水上运动的开展，因此划艇很有群众基础。这可能是为什么在奥运会上，欧洲国家屡屡在水上项目获得好成绩的原因之一吧。

坐上巴士，一个多小时后来到汉姆斯累小镇。小镇的周边有大片的牧场，牛马羊散养其间。好几次看到骑马者，既有小孩子组成的骑马队，也有一些看起来是职业骑手，他们在马上的动作非常老到。英国人有骑马的传统，在奥运会的马术项目上拥有优势，英国王室的安妮公主曾参加过 2008 年北京奥运会的马术比赛。

中午在汉姆斯累镇上吃了英国最传统的食物，鱼和薯条。店门口贴着宣传纸，表明这家店的鱼和薯条曾经获得过好几个奖项。鱼和薯条其实就是在鱼肉外面裹上面包粉油炸了和薯条配在一起。鱼肉的种类可选，我选的鱼是鳕鱼，的确很好吃。鳕鱼是英国人最爱吃的食物之一，为了在北大西洋上捕捞足够多的鳕鱼以满足本国人的大量需求，在历史上英国曾不惜为此与北欧国家多次兵戎相见。

晚上回到在约克的青旅，做晚饭的时候遇到一位爱尔兰老人。老人是一位自由职业者，在伦敦给人做语言老师，教授拉丁文、德语和法语。

这次是趁着周末来到约克郡度假三天。他白天参加了一个由当地导游带领的约克老城步行游览团，带队的导游深谙英国历史，出版过一本关于爱丁堡历史的书，正准备再出一本关于约克城历史的书。对于英国的旅游目的地，这位导游特别推荐爱丁堡和约克，而爱丁堡正是我要去的下一个地方。

爱丁堡老城

爱丁堡是苏格兰的首府城市。爱丁堡火车站位于老城，一出火车站就见到许多老建筑。在这些建筑的屋顶上，除了能看到英国的米字旗，还能看到苏格兰的蓝底白色十字旗。在苏格兰，能明显感受到和英格兰的不同，最明显的两点，一是这里的人们说的英语有着浓厚的苏格兰口音，二是这里使用的苏格兰英镑，钞票的图案明显不同。

苏格兰和英格兰同在不列颠岛上，苏格兰在北，英格兰在南，苏格兰人和英格兰人是两个不同的民族。历史上，英格兰和苏格兰之间发生过多次战争，直到三百年前的1707年，英格兰和苏格兰这两个王国合并，组成联合王国。当今英国的全称是大不列颠和北爱尔兰联合王国，联合王国除了英格兰和苏格兰，还包括威尔士和北爱尔兰。

我住的青旅就在爱丁城堡的脚下，早上走到青旅的门外，仰视爱丁城堡，能真切地感受到它的居高临下。爱丁城堡初建于公元6世纪，14世纪被英格兰攻占并焚毁，后又重建，如今看到的城堡于16到18世纪间经过了多次整修。城堡高居在山崖的顶端，三面是高大的围墙，剩下的一面有一圈半月形的炮台，架有多尊大炮，易守难攻。

青旅所在的大街叫"皇家一英里"，是爱丁堡老城最有名的街道（实际由四条各有街名的街道组成），一头连着爱丁城堡，一头连着荷里路德宫，长度刚好是1英里。爱丁堡的荷里路德宫和伦敦的白金汉宫、温莎城堡一样，也是英国女王的王宫之一。荷里路德宫初建于12世纪，建成后一直是苏格兰王室的王宫。17世纪初，苏格兰玛丽女王的儿子詹姆士成为英格兰和苏格兰的共主后，移居伦敦，荷里路德宫一度空置，后来到了维多利亚女王时代，确立了英国国王每年来爱丁堡荷里路德宫办公一次的传统。

在荷里路德宫的对面，有一座很现代的建筑，是苏格兰议会大楼。我在新西兰首都惠灵顿时参观了新西兰议会，这次在爱丁堡也参观了苏格兰议会，两次都有议会工作人员带领并解说。

苏格兰议会的历史最早可以追溯到1235年，一直存在到1707年英格兰和苏格兰合并时才撤销。两百九十年后的1997年，苏格兰人民投票决定重建苏格兰议会，负责苏格兰的地方立法工作。同一年，不列颠岛上的威尔士也成立了议会。苏格兰议会大楼于1999年动工修建，历时五年才建成，花费超过4亿英镑，是原来预算的十多倍。这栋现代化建筑无论是外观还是内部，都显得新颖精巧，带领我们参观的议会工作人员充满自豪，详细介绍了建造过程和建筑本身的很多细节。

在参观中，我们进入了有128个议席的议员辩论大厅，并了解了立法程序。一个法律要获得通过，需将提案经由各个领域的专门委员会开会讨论，由专门委员会提出初步意见和文本，然后经过全体议员的审查后，进行表决。每星期的星期二到星期四是议会的辩论和表决日，普通市民和游客亦可前往旁听，同时还有电视转播。

苏格兰国家博物馆

在新西兰的但尼丁参观移民博物馆时，我认为我看到了世界上最好的博物馆之一，到了爱丁堡后，我看到了更好的苏格兰国家博物馆。事实上，但尼丁正是苏格兰人在新西兰建立的城市，两个博物馆的风格十分相像。

苏格兰国家博物馆展示了苏格兰人在各个领域中取得的巨大成就。苏格兰人的数量不多，仅500万人，他们生活在不列颠岛的北方，是自然条件较为艰苦的地方，但苏格兰人智慧而勤奋，他们潜心研究、孜孜以求，完成了很多人类历史上重要的发明创造，比如电话、电视、充气轮胎、胰岛素、青霉素、麻醉剂等等都是苏格兰人发明或发现的。

瓦特的雕像和一个巨大的蒸汽机模型矗立在博物馆里，苏格兰人瓦特改良了蒸汽机，而这一改良正是工业时代的开端，人类的生活由此发生了巨变。比起以往五千年，近两百年来，在科学技术方面，人类取得了突飞猛进的进步，而苏格兰人在这其中做出了重大的贡献。

与但尼丁的移民博物馆一样，在苏格兰国家博物馆里，有一个展馆专门用来展现人类社会生活的变革，包罗了家具、电器、交通、通信等各个方面的展品，这些展品有些有上百年的历史，有些才有几十年甚或几年，让人倍感技术飞跃的迅速。

在苏格兰国家博物馆参观，仿佛又进行了一次世界旅行。博物馆以大洲为单元在各个展厅里布展了来自美洲、亚洲、非洲和大洋洲的诸多展品，通过物品、图片、文字和视频给参观者生动地展示了人们不同的生活方式和文化。每一个大洲的展出被别具匠心地布置在三个上下相通的楼面，从高的楼面往下俯视，下面楼层的展览来自同一大洲，是立体式的布展。

博物馆的一楼有一个特别的展馆，重点展现居住在极地和高原上的人类是如何适应大自然的。穿过这个馆，还有北极熊、犀牛、长颈鹿、大象和大熊猫的动物标本出现在眼前，而在高空中则悬挂着许多种鱼类以及生活在水中的鲸鱼和河马的标本，并有许多文字说明来介绍动物生活的方方面面——从出生到成长，从动物的身体构造到摄食习惯，还重点阐明了人类的活动对于动物生存环境的影响。这些展示和说明让喜欢动物和大自然的我看得十分过瘾。

在苏格兰国家博物馆里，还有关于宇宙、星球、岩石，以及地球活动的科普展览。每一个展厅里的展品都非常丰富，信息量巨大，但文字的介绍深入浅出，所用的语句一律短小精辟，易于理解，并且还有很多处小荧幕，播放着短视频。馆内提供可携带的椅子，参观者走累了，在荧屏前可以打开椅子坐下来，观看的同时还可以休息。所有这些都让我对苏格兰国家博物馆的印象极好。

爱丁堡大学就在苏格兰国家博物馆附近，出博物馆就是。爱丁堡大学也没有校园围墙，各个学院分布在城市街道的周边，和老城融为一体。爱丁堡大学是世界知名的学府，人才辈出。

爱丁堡皇家植物园

爱丁堡皇家植物园面积不大，却收集了据说是全世界最多样的植物物种，园中甚至有一个中国坡，种植着来自中国云南玉龙雪山垂直植物带上的各种植物。园中的说明牌上介绍说爱丁堡植物园不仅仅收集世界各地的物种，还在必要的时候把物种返还到原生地。比如因为农田和城市的扩张发生环境变化，一些植物在原生地灭绝或濒临灭绝，这时候在植物园里保有的植物就成了这种植物再生的种子。这让我想到了麋鹿，麋鹿在中国灭绝后从英国引种回来又在中国重新繁衍。也让我想到了在北极圈内斯瓦尔巴德群岛上的"末日粮仓"——挪威政府在2007年建成了一个位于永冻土山坡上的种子储藏室，储藏室的温度恒温在零下18摄氏度，里面储藏了150万个种子样本，以备地球遭遇重大灾难时，人类能有机会依靠这些种子继续生存下去。

在植物园中还有一处小花园，叫作"女王的母亲的纪念园"，是为纪念伊丽莎白二世的母亲而建。女王的母亲也叫伊丽莎白，被称为伊丽莎白王太后，出生于1900年，在2002年102岁时逝世。讲述英王乔治六世故事的电影《国王的演讲》中有很多伊丽莎白王太后年轻时候的镜头。小花园前竖立的纪念碑上称王太后是一位伟大的苏格兰女性，原来王太后是苏格兰人，她在1923年嫁给英王乔治五世的二儿子阿尔伯特王子。而乔治五世的大儿子正是那位"爱美人不爱江山"并从国王位置上退位的爱德华八世，阿尔伯特王子在爱德华八世退位后继位成为新的英国国王，就是乔治六世。乔治六世夫妇生下两个女儿，大女儿就是后来的伊丽莎白二世，因此英国女王身上有着苏格兰血统。

斯特林

在苏格兰我也操作了一次业余电台。我从爱丁堡坐火车来到了斯特林（Stirling）市。罗伯特 GM3YTS 是业余电台上的老朋友了，他听说我要来，就开着车从他居住的城市顿伯莱恩（Dunblane）来到斯特灵火车站接我。罗伯特看到我从火车站走出来，挥动着他手中拿着的 QSL 卡片，那是好多年前我和他通过无线电波在空中相识后，我从上海邮寄给他的。业余无线电爱好者之间不需要事先见过面，也不需要知道对方长什么样子，总能很快找到。在车上，罗伯特感慨地说，上世纪 80 年代，中国刚刚改革开放时，只有北京 BY1PK 一个业余电台，他花了两年时间才联络到一次，而如今在频率上很容易听到中国业余电台，以前是苏格兰电台追逐中国电台，现在已经倒过来了，罗伯特经常被中国电台呼叫。中国业余电台数目的增长速度令他惊讶（据统计，截至 2022 年初，中国有执照的业余电台爱好者为 17 万人）。

斯特灵是一个 4 万人的苏格兰城镇，它是著名电影《勇敢的心》中描述的苏格兰英雄威廉·华莱士的故乡。罗伯特还特地带我去看了斯特林城堡，威廉·华莱士就曾在这座著名的苏格兰城堡中战斗过。

在斯特灵市的业余电台俱乐部（电台呼号 GM6NX），我用特别呼号 GA6NX 操作了一把。GA 是一个很少用的呼号字头，作为特别纪念电台使用。我在苏格兰联络到了不少欧洲和北美的电台，但因为时间关系，并没有像在纳米比亚和库克群岛时那样通到中国的业余电台。

巴斯

从爱丁堡到伦敦的夜行火车出奇的舒服，小小的卧铺车厢整洁干净，里面有洗脸盆、毛巾和香皂。火车晚上 11 点 40 分开车，早上 7 点到达伦敦。火车速度不快，好似摇篮，一路上睡得很香，到站前，列车员还送来了茶和三明治作为早餐。从爱丁堡坐夜火车到伦敦是一个不错的选择，我的车票是提前了两个多月在网上购买的，票价只要39英镑。火车抵达伦敦的尤斯顿车站，我乘坐地铁前往帕丁顿车站转车，从帕丁顿乘火车前往巴斯。

巴斯是世界文化遗产之一，城市的名字在英语里就是浴室的意思，源于公元前44年罗马时期修筑的古代浴室。巴斯还有一座著名的修道院，建于四百年前。从巴斯修道院往北走五个街区，会见到一栋建于18世纪的半圆形的大楼，这栋大楼形成了一个漂亮的弧形，当年曾是王室来巴斯度假时居住的地方。

巴斯是一座美丽的城市，晨光里，小桥流水，树木茂盛。巴斯城内有奥斯丁的纪念馆，文学名作《傲慢与偏见》的作者简·奥斯丁就因为爱上了这座城而曾定居于此。

巨石阵

英国著名的巨石阵大概距离巴斯40公里，位于一片平原之上。巨石阵有内外两圈，外圈由一块块垂直矗立着的长方形巨石组成，在每两块立石的顶端之间横搭着同样大小的长方形巨石。外圈的里面，还有五组石块结构，这五组形成了一个小的内圈。这样一个巨石阵矗立在一望无际的索尔兹伯里平原之上，令人惊叹，并且使人产生了诸多问题，即When，什么时候建成的？Who，谁建的？Why，为何而建？How，怎么样建起来的？

这些问题没有标准答案。在游览时，我戴了一个导讲耳机，所听到的解说也只是对于这些问题答案的推测。大多数专家认为巨石阵是在公元前2600年至2400年之间所建，它可能是一个祭祀场所，也可能是一个治疗中心，或者是一个古老的天文台。至于由谁，又是如何修建起来的，至今没有答案，而且谜团多多。搭建起巨石阵的、被认为有神奇疗效的巨石出产于南威尔士的浦里斯莱山，这座山距离此地足有250多公里之遥，而每一块巨石都有几十吨重，那么这些巨石又是如何被开凿后运输到这里的呢？又是用什么工具搭建起的巨石阵呢？

大英博物馆

　　回到伦敦，第一个去的地方是大英博物馆，这天是星期五，晚上8点半闭馆，比起别的日子下午5点半关门，可以多看三个小时。

　　大英博物馆馆内的展品是人类文明的浓缩，古埃及、古希腊、古罗马、古代中国的文物在这里都有，不仅仅是这些悠久与博大的文明，世界各地的文明都在这里被包罗。一进门的左侧是古埃及馆，两尊阿蒙诺菲斯三世的坐像高达3米，精美绝伦；古希腊馆里有著名的雅典卫城帕特农神庙里的雕塑；当然还要去中国馆里看看那里有什么，在中国馆里，我看到了青铜器、玉器、金银器、唐三彩、景泰蓝和瓷器，几乎各个时代的、各个大类的中国古代艺术品在这里都有。

　　大英博物馆虽说是免费开放，但并不是所有的展品都免费。博物馆有会员制，付费会员能看到更多的宝贝。即便如此，免费的宝贝就已经数量众多，仔细看的话，几天都看不下来。

　　这么多宝贝的收藏来自各个国家，有些是博物馆购得，更多的却是大英帝国强盛时期从其他国家强取豪夺而来的。不止大英博物馆，其他西方国家的博物馆也有这个问题，比如土耳其特洛伊遗址里挖掘出来的宝贝如今却在柏林博物馆里，当年奥斯曼帝国为此还打过国际官司，结果也没能从德国人手里要回来。

自然历史博物馆

　　自然历史博物馆给我留下最深刻印象的莫过于恐龙。在一楼的入口处就有一架巨大恐龙的化石，然后走进恐龙馆，更有各种种类、大大小小的恐龙化石。

自然历史博物馆由恐龙专家理查德·欧文于1881年创办，已有一百四十多年的历史。欧文是最早一批研究恐龙的学者之一，他依据对恐龙化石的仔细分析，第一个成功复制了恐龙模型，英文里的恐龙Dinosaur这个词也是由他创造的。欧文还第一个提出了博物馆应免费面向公众开放，正是因为他的倡议，英国的大多数公共博物馆都对游客免费开放。

圣保罗大教堂

我在伦敦近一周的时间里，有三天使用了伦敦卡（London Pass），用来参观伦敦各处的收费景点。圣保罗大教堂是每天开放时间最早的一处，早上8点半就开门了，我差不多在开门时进入。

圣保罗大教堂拥有仅次于梵蒂冈圣彼得大教堂的世界第二大圆穹顶，无论从外面看还是从里面看，这个穹顶都非常壮观。在大教堂内，更可以登271级台阶，从穹顶的顶部俯瞰伦敦的景色，泰晤士河就在眼皮底下。圣保罗大教堂是英国圣公会的主区教堂，在此举行各种重大仪式，戴安娜王妃的婚礼在这里举行，打败拿破仑的惠灵顿公爵安葬在这里。进入圣保罗大教堂后，会发一副讲解耳机，有包括中文在内的各种语言可供选择。戴着这副耳机一边听讲解，一边按照解说的顺序参观，了解每一个细节，不知不觉中，会在大教堂中逗留很久。

白金汉宫

白金汉宫并不是每天都对游客开放，大多数时候和今天一样，游客们只能在宫外欣赏王宫建筑。这座王宫说起来历史并不长，它始建于两百多年前，维多利亚女王最早搬来入住，当今英国女王伊丽莎白二世，基本上周一到周五居住在这里。

早上11点半的时候，有卫兵换岗仪式在白金汉宫门口进行，王宫前挤满了游客。我到了没多久就听到了奏乐声，从远处走来换岗的卫兵。卫兵身着两种不同的服饰，走在前面的卫兵队，身穿大红色军服，头戴金灿灿的金属帽，手上拿着圆号，边走边演奏着乐曲。后面的卫兵则身穿灰色军服，头戴高高的黑色毡毛帽子，手上扛着枪。这些卫兵个个都是大高个，英姿飒爽。换岗的士兵进入王宫后，在王宫院落里进行交接仪式，然后换下来的卫兵队伍会走出来，沿着 The Mall 大街一路行进，走回营地。

我跟随出宫的卫兵队伍，沿着 The Mall 大街走到骑兵卫队街。穿过一个拱门，只见穿着大红色军服的两个骑兵正骑在马上站岗，很多游客纷纷站到马儿的边上和骑兵合影。白金汉宫附近站岗的卫兵，无论是步兵还是骑兵，都一动不动，游客上前合影，也不会拒绝，还是巍然站立。比起步兵来，骑兵更威风，在很多西方国家，仍然有骑着高头大马的骑警在城市里巡逻，因为骑兵拥有居高临下的高度，天然地起到威慑的作用，同时又是城市里一道鲜活的人文风景。

从骑兵卫队街右转，很快就到了唐宁街，这里是首相府所在地。唐宁街是再短不过的一条街。街道口的铁闸门关着，有警察站在门口，游客走不到唐宁街 10 号的首相府跟前。

再往前走几步，著名的大本钟就出现在了眼前。大本钟高耸而壮观，大钟的四周有奢华的镀金装饰。大本钟属于英国国会大厦的一部分，英国国会大厦的维多利亚塔楼上同样也有镀金装饰，显得气派非凡。英国的上下院议会就在国会大厦中开会，在开会的时候，游客也可以进入议会旁听。

西敏寺（威斯敏斯特大教堂）

大本钟的对面就是著名的西敏寺了。这里最早是一座修道院建筑，于 1065 年由爱德华三世初次改建，后来经历代国王多次整修和扩建，是英国王室的专用教堂。

西敏寺又叫威斯敏斯特大教堂，诸多皇家仪式都在这里进行，如伊丽莎白女王的婚礼和加冕礼、戴安娜王妃的葬礼、威廉王子的婚礼都在这里举行。教堂里安葬着英国历史上很多位国王，而丘吉尔、牛顿和达尔文等一些英国历史上著名的政治家、科学家、诗人和文学家也安葬于此。

伦敦眼

从西敏寺出来，走到不远处的泰晤士河畔，对岸就是伦敦的又一个地标建筑——伦敦眼。这一天是伦敦难得的好天气，蓝天白云下，高达135米的摩天轮直入云天，格外地好看。

伦敦眼于1999年底建成并迎接游客，所以又被称为千禧之轮。它是伦敦实实在在的摇钱树，这个一圈一圈转着的摩天轮下永远排着等待坐上去观光的游客队伍。

肯辛顿宫

从西敏寺坐上地铁 Circle Line，在 Hign Street Kensington 站下车，前往离我在伦敦住处不远的肯辛顿宫。伦敦每一个景点都规定有最后入场时间，我在4点前进入肯辛顿宫，在里面转了一个多小时，时间上刚好够。

肯辛顿宫是英国王室成员的住所之一，近代以戴安娜王妃曾在这里居住而出名。再往前推，维多利亚女王的孩童时代也在肯辛顿宫度过，宫门前有维多利亚女王的塑像，宫内可以看到维多利亚女王当年的卧室。另外，女王伊丽莎白二世、玛格丽特公主（女王的妹妹）和戴安娜王妃穿过的衣物也在宫内被展示，其中一套礼服是1963年伊丽莎白二世去新西兰参加新西兰议会大厦落成典礼时穿的，我曾在新西兰首都惠灵顿看到过照片，来到伦敦则看到了实物。同时展出的还有一套华丽的国王的加冕服。

从温莎城堡看英国历史

温莎城堡在伦敦郊外，我从伦敦的帕丁顿车站坐火车，中间在Slough换车后再坐一站，差不多早上10点前到达。用伦敦卡换票进入后，正好赶上10点开始的导览，一位城堡的工作人员带领游客们参观并做讲解。

温莎城堡有一千多年历史。公元1060年诺曼底人"征服者"威廉占领英格兰后，看中了这里居高临下的位置，于1070年建立起大型的木头城堡。一百多年后，木头城堡被改建成了石头城堡，外城墙由很厚的石墙筑起，墙上有用来射箭的箭眼，在城墙和中部的圆塔之间还挖有护城河。温莎城堡最初的功能是用来防御，因此圆塔内挖有很深的水井，即使遭敌人的连续围困，仍能保证城堡内有足够的水。后来城堡的功能从防御演变为了居住，女王伊丽莎白二世就把温莎城堡作为自己真正的家，周末一般都住这儿，比起伦敦市内的白金汉宫，女王更喜欢温莎城堡。这一天是星期天，城堡上飘扬着皇家的旗帜，表明女王正在城堡内（山顶上最大的那栋宫殿）。

城堡的室内参观部分位于上区，最先看到的是玛丽王后（乔治五世的王后、伊丽莎白二世的祖母）的玩偶屋，玩偶屋里有许多缩小的家具和摆设，每一件都很精致。接下来的一间房间是画廊，展出着很多幅完成于18世纪的画作，每一张画都是温莎城堡的素描，用铅笔、钢笔和水彩笔画出，笔法细腻，既有城堡的全景，又有各个细部。

进入国宾厅，第一间房间展示的是金戈铁马，有铁马，有枪剑，还有不少依靠武功掠夺来的宝贝，比如埃塞俄比亚国王的黄金王冠、贝宁国王的铜制面具。厅中有维多利亚女王的坐像，大英帝国最辉煌的时代就是维多利亚时代，那时的英国，殖民地广布世界各地，曾是一个"日不落"帝国。

接下来的一间是在城堡里看到的最宽敞的房间，被称为滑铁卢厅。房间中央放着一张巨大的圆桌和一圈座椅，这里曾是欧洲联军打败拿破仑后，欧洲各国君主们开会的地方。四周的墙壁上挂满了当时欧洲君主的巨幅肖像油画，而且难得的是这些油画出自同一个画师之手。

然后是国王的套间和王后的套间，每一间房间的墙壁上都挂着精美的油画，抬头看，高高的天花板上也绘有油画，其中一间房间的床上还挂着当年用过的绿色床幔。

在到达圣乔治厅之前，会经过一个放有珍宝的走道。在温莎城堡收藏有大量的宝贝，游客们在珍宝走廊看到的只是其中很小的一部分，但已是十分精美。

圣乔治厅和滑铁卢厅一样，面积很大，大厅里可以摆放很多排长桌。厅里的荧屏上播放着2001年英国女王摆国宴宴请约旦国王时的录像，当时来参加国宴的人数众多，坐满了整个大厅。

再往前是侍从室，陈列着许多枪剑，这间房间里挂着英国历史上四位将领的画像，分别是纳尔逊上将、惠灵顿公爵、丘吉尔首相和曾在历史上大败过法军的丘吉尔首相的一位先祖。

伊顿公学

泰晤士河不仅流经伦敦市中心，也流经温莎小镇，走出温莎城堡后，我漫步到河边，在河畔一下子看到了四五十只疣鼻天鹅，我从没有看到过这么多的疣鼻天鹅聚集在一起，而且就在城镇的中心！河上有一座小桥，桥的对岸是另一个小镇伊顿，走过桥的时候，一对疣鼻天鹅从我眼前飞过，飞过我头顶时，它们张开巨大的翅膀，飞行的姿态极为优美。那一瞬，我看呆了。

温莎和伊顿是两个优美的小镇，温莎不仅是城堡和小镇的名字，还是英国国王的姓氏。第一次世界大战时期，英国与德国激战，牺牲了大量英国士兵，引发了英国国民对德国的强烈仇恨情绪，而从1714年起的英国王室实际上有着德国血统，原为德国汉诺威选帝候的乔治一世作为英王室的远亲继承了英国王位，并一直传位至今。在一战期间，英国国王乔治五世于1917年宣布将王室的姓氏改为温莎，以此表明与德国划清界限。

比起温莎来，伊顿小镇更宁静，伊顿小镇最出名的当然是伊顿公学。伊顿公学与一河之隔的温莎城堡里的英国王室渊源很深，女王伊丽莎白二世年轻时的历史老师曾是伊顿公学的校长（女王熟知历史），而女王的长孙、英国王位的第三代继承者威廉王子（女王长子查尔斯王子之子）也是伊顿公学的毕业生。

与前面看到的剑桥和牛津不同，伊顿公学不是一所大学，而是一所完全制中学。之所以被称作公学，是因为当年英王亨利六世建立起这座学校时的初衷是为了让贫穷的孩子也能获得受教育的机会，因此有了一个"公"字。只是英国本来就是一个等级社会，伊顿公学差不多一直以来就是英国学费最贵的中学，是一所不折不扣的贵族学校。与高昂的学费相对应，学校实行的是精英教育，这里培养出了不少历史上的重要人物，其中就有著名的惠灵顿公爵。惠灵顿在滑铁卢战役中打败了拿破仑，他打仗时精于计算，一丝不苟，作风严谨。惠灵顿在伊顿公学上学时，用脚步极其认真地、一步步丈量了学校里的操场，在取得对法军的胜利后，他曾说："滑铁卢战场的胜利只不过是伊顿公学操场上的胜利。"

伦敦塔桥

坐地铁 Circle Line 线到 Tower Hill 站，先走到横跨泰晤士河的伦敦塔桥上看看，凭着伦敦卡可以换票乘坐电梯到塔桥的顶部参观。

伦敦塔桥的顶部有一条步行道，可以从此处透过玻璃，居高临下俯瞰泰晤士河两岸。步行道同时是一个展览，展示着世界各地的桥的照片，其中竟然找到了上海豫园里的九曲桥！在步行桥的两端的房间里，播放着两段短片，一段以桥的设计师和维多利亚女王之间的对话生动地讲述了塔桥的设计方案，而另一个则以快进的白描方式重现了桥的建设过程。

伦敦塔桥的建设用了六年，而从维多利亚时代建成至今，桥龄已经超过了一百年。此桥不仅外形美观，而且很实用，它的桥面是可以打开的。在桥的顶部参观后，我乘电梯下行，进入到桥下的引擎室，1100吨重的桥面正是在这里利用蒸汽机的动能抬起的。打开桥面只需六十到九十秒，待万吨轮从泰晤士河面上通过后，桥面再次合拢后则又可在桥面上通车。

巡洋舰贝尔法斯特号

从伦敦塔一侧过了塔桥，就是巡洋舰贝尔法斯特号停靠的地方，使用伦敦卡也能换票上军舰参观。我饶有兴趣地参观了这艘曾经是英国海军旗舰的军舰。它参加过二战，参与过诺曼底登陆战役，也曾参加过朝鲜战争。在二战末期，它曾经在北大西洋上被一艘德国潜艇发现并锁定，那是它最危险的时刻，幸好德国潜艇的舰长因为战争即将结束而没有下令攻击。在和平时代，贝尔法斯特号在地球的水域上游弋了几十年，曾到访过不少港口。上世纪70年代贝尔法斯特号退役，退役后被保留了下来，停靠在泰晤士河畔，作为战争纪念馆。

军舰上基本保持了原貌，向游客生动展现了水兵们的船上生活。寝室、餐厅、休息室，还有缝纫室、面包房、牙医室和医院，陆地上有的生活设施在军舰上也一应俱全。武器方面，在军舰上不仅能看到甲板上的炮台，还能看到甲板下的鱼雷和炮弹。我虽不是军迷，却也看得饶有兴味。

在伦敦操作业余电台

从巡洋舰的甲板下部来到甲板上，我意外地听到了熟悉的摩尔斯电码的声音。甲板下面各间房间里的水兵都是塑像，而这间房间里的发报员竟然是真人！原来这间房间是军舰的电台室，而正在操作电台的是一位伦敦当地的业余无线电爱好者，他名叫阿伦（Alan），呼号G4GQL。我们很快热烈地交谈起来，原来这个电台室就是英国皇家海军业余无线电俱乐部的所在地，电台呼号 GB2RN（GB 是 Great Britain 大不列颠的缩写，而 RN 是 Royal Navy 皇家海军的缩写）。我被邀请在留言簿上签名，并在这里操作了一把电台。一位芬兰的爱好者和我通话时，特地告诉我说他上一次通到 GB2RN 还是二十多年前呢！我成了第一个到访并操作 GB2RN 的中国业余无线电爱好者。

我来到伦敦后，连着几天都是晴好的天气，阿伦说我来对了时候，前一阵子足足有两三个月的时间，伦敦的天气一直很差，连续的降水引发了泰晤士河水的暴涨，连贝尔法斯特号的甲板上也满是水，阿伦好久都没能上军舰了。

晴空下，阿伦带我走到舰桥上，兴致勃勃地给我介绍起军舰附近的泰晤士河畔建筑，如伦敦市政大厅、欧洲第一高楼 Shed、对岸的伦敦纪念碑等。其中，伦敦纪念碑是为纪念伦敦大火而建，通过 300 多级螺旋阶梯可以走到顶部俯瞰伦敦。阿伦快 70 岁了，他说他年轻的时候经常去爬伦敦纪念碑，现在年纪大了，不会再去爬，但他从 10 多岁起就对无线电产生的热情永不会消退。

伦敦塔

从贝尔法斯特巡洋舰下来，再次走过伦敦塔桥，来到对岸的伦敦塔。伦敦塔是伦敦最著名的景点之一，同时也是一处世界文化遗产。它曾经是王宫、城堡、造币厂，还是关押重要犯人的监狱。进入伦敦塔后，又正好赶上一次导览，上次在温莎城堡时的解说员是一位中年女性，这次是一位年长的男性，同样身穿着红黑色的皇家制服，声若洪钟，讲解绘声绘色。

和温莎城堡一样，伦敦塔也是诺曼底人征服英国之后，于 11 世纪建造的，最初也是一个军事堡垒，在 12 世纪到 17 世纪，这里曾是英国王室的居所。

伦敦塔最醒目的建筑是位于中央的白塔，于 1078 年兴建，用了二十年时间建成。如今这座高大的四方形的石头城堡成了古代兵器陈列馆，展出历代国王用过的剑，以及骑着铁马、穿着盔甲的国王铜人像，其中以亨利八世最为醒目。

和伦敦塔故事最多的国王正是亨利八世和他的儿女们。亨利八世先后有六个王后，而其中的两个王后被他在塔内的断头台处决。亨利八世为了和与他结婚了三十年的第一任皇后，来自西班牙阿拉贡的凯瑟琳离婚，不惜与罗马天主教会决裂。正因为这一事件，1534年英国议会通过了《国王至上法》等一系列法律，确立了英国教会的独立性，英国圣公会（英国新教）由此诞生。

亨利八世生育有一子二女，都先后当了英国国王。最先接位的是他的儿子爱德华，爱德华六世信奉新教，但15岁就去世了，去世前为了维护新教，将王位传给同样信奉新教的一个远房表姐珍妮。但是珍妮只当了九天的女王，就被亨利八世的长女玛丽所取代。玛丽一世不仅在伦敦塔里处决了不愿意改变宗教信仰的珍妮，而且曾将她同父异母的妹妹伊丽莎白也关押在了伦敦塔的钟塔内。玛丽一世信奉天主教，在她在位的五年中，残酷镇压新教，被称为"血腥玛丽"，然而她并无子嗣，只能接受她的妹妹伊丽莎白为继承人。伊丽莎白一世则信奉新教，继位后再次强化了新教作为英国国教的地位。伊丽莎白一世开创了英国的"黄金时代"之一，不过，她更多的时间居住在温莎城堡。

除了亨利八世的王后们、珍妮女王、伊丽莎白一世，伦敦塔内还曾关押过许多犯人，他们从泰晤士河边的水门被押送进来，其中不少是同样因为在宫廷斗争中落败的王室成员。水门位于泰晤士河边的圣汤姆斯塔，门上有"TRAITOR GATE"（叛徒门）的字样。

伦敦塔里最吸引人的地方无疑是马丁塔里的珍宝馆，里面展示着14世纪以来历代国王的宝剑、剑鞘、权杖和王冠，这些代表王权的物件上无不镶满了宝石。现今英国国王的王冠是维多利亚女王在加冕时所戴的那个，王冠上不仅宝石数目多，而且聚集了最珍贵的宝石，冠顶是斯图亚特蓝宝石（又称圣爱德华蓝宝石），王冠中央是著名的黑王子红宝石，王冠下部正中间是来自南非的钻石"非洲之星二号"。即将在2022年迎来登基70周年大典的伊丽莎白二世，于1953年6月2日在西敏寺（威斯敏斯特大教堂）加冕时也是戴的这顶王冠，馆内的荧屏上滚动播放着她加冕时的录像片。伊丽莎白二世是英国历史上在位时间最长的君主，超越了维多利亚女王在位六十四年的纪录。

泰晤士河游船和格林威治

出了伦敦塔就是游船码头，用伦敦卡可以换泰晤士河游船公司City Cruise的一日通票，换好票后，我坐上前往格林威治的游船，一路游览两岸风景。

伦敦塔码头位于伦敦泰晤士河段的中部，过了伦敦塔桥后，没有特别出名的建筑，多的是由原来港区仓库改建的酒店和咖啡馆。游船经过河边的一个半岛，此处建有很多高楼，高楼里聚集着大公司的总部，是伦敦最现代的地区之一。

游船的终点是小镇格林威治，从码头走上十五分钟后，到达位于小山上的格林威治天文台。0度经度线，也就是本初子午线就经过这里。在天文台里有一个0度经度线的标志，游客纷纷在标志前拍照留念，意味着双脚同时横跨东西两半球。

1884年，在确定本初子午线的同时，也确定了格林威治时间作为世界标准时。我作为业余无线电爱好者，更要来到这里，平时在电台日记上记录的联络时间用的就是格林威治时间（英语缩写GMT）。在上海习惯于把北京时间减掉八小时转换成GMT，而中午我在贝尔法斯特号巡洋舰上记录电台通讯的时间时，直接用的是当地时间，因为伦敦时间和GMT时间相同。

坐游船从格林威治回程，过伦敦塔后，到西敏寺（威斯敏斯特大教堂）的一段是泰晤士河两岸建筑的精华部分，一路上经过莎士比亚环形剧院、泰特现代艺术馆、圣保罗大教堂、伦敦电视中心、国家大剧院、伊丽莎白女王大厅、皇家音乐厅等，各栋建筑风格不一。到达西敏寺后，我并不下船，船停靠二十分钟后，就调头开回伦敦塔，这是下午5点35分的最后一班游船。泰晤士河两岸的建筑亮起了灯，夜景又是另一番韵味。

英国感受

  英国之行，去了剑桥和牛津，大文豪莎翁的故乡，约克和爱丁堡两座北方老城以及附近的乡村，谜一般的巨石阵，并在伦敦逗留了一周（伦敦博物馆多，可看的地方多）。英国总体来说环境优美，绿化率很高，很容易见到鸟类、松鼠和野兔等野生动物，一点儿不怕人。很多英国人的确让人感觉绅士，礼貌用语常挂嘴边，爱读书（图书馆人多），爱排队，爱喝下午茶，爱喝酒（醉汉多），爱猫狗；年轻人很养眼，帅哥美女多，穿着随意，一般就是短袖短裤（短裙）和运动装（似乎从来不怕冷），爱健身，爱在草坪上晒太阳（晴天的日子难得），爱去酒吧，还特别喜欢开Party。在英国，可选择的餐食真的不多，餐馆很贵，我的英国之行七成依赖麦当劳和KFC！伦敦和伦敦以外的城市好似两个世界，我真的很喜欢英国的那些小镇，是真的小。英国的生活节奏慢，尤其在那些小城镇，人少，安逸，城市面貌看起来还是几十年上百年前的样子。建筑很美，教堂很多，唱诗班的歌声抚慰人心。英国的体育很强，足球令人疯狂。英国人爱音乐，总能看到街头艺人。

  因为旅行，粗略学习了一遍英国历史。人类总是好斗，战争贯穿整个英国历史。英国曾经十分强大，如今虽不如以前，但仍然是世界强国之一。

  英国的工业尽管萎缩但仍有不少大型企业，农业虽然不是大国，但农业科技发达，农产品自给自足，还能大量出口。英国是世界上数一数二的金融强国，伦敦是世界三大金融中心之一。特别值得一提的是英国的科技水平很高，位于世界前列。英国有着为数不少的世界知名大学，教育产业发达，吸引众多国家的留学生前来求学。

第十四章 土耳其之行

还在欧洲

以前去过欧洲大陆西边的法国、德国、比利时、荷兰、卢森堡。这一次，结束英国旅行后，我直接乘飞机飞越欧洲大陆，我从欧洲的差不多最西面来到了欧洲的最东面。在地理分界上，土耳其横跨欧亚两大陆，虽然只有3%的国土在欧洲，剩下的97%的国土都在亚洲，但有着当年奥斯曼帝国的辉煌，一直以来土耳其都将自己的身份定位为欧洲国家，并得到认同。在体育赛事上，亚运会上看不到土耳其参赛，土耳其国家足球队参加的也是欧洲杯和世界杯的欧洲区预选赛。

晚上7点的时候，飞机飞临伊斯坦布尔上空，从空中往下看，这又是一个巨大无比的城市，和伦敦有得一比。伊斯坦布尔横跨欧亚两洲，穿城而过的博斯普鲁斯海峡是两大洲的分界线。飞机飞过海峡后降落，机场在土耳其的亚洲部分。我从机场坐车，经过横跨博斯普鲁斯海峡上的大桥，又回到了欧洲。

好心的土耳其人

刚到土耳其，就得到了当地人的热心帮助。我原本打算坐机场大巴到市中心。走出机场后，只见一辆机场大巴刚开走，我不想久等，一瞥间，看到有一辆城市公交车，上面写着 4 Levent。我知道 4 Levent 是一个地铁站，再看这辆车前有 Express 的标志，是快车，于是我决定乘这辆。上车前，在售票亭买交通卡，机场的公交售票亭里只有次数券的交通卡出售，储值卡要到市内才有卖。我买了一张三次的次数卡，价格只有机场大巴票价的三分之一不到，但这趟车属于长距离城市公交，上车后发现三次全刷光了。

到了 4 Levent，这里虽然是地铁站，但经过这个站的地铁不到我要去的苏丹艾哈迈得。我正踌躇之际，地铁站里的一个好心的路人主动给我带路，带我去对面的车站坐公交车。公交车只能刷交通卡，不收现金，而我手中的卡的可用次数为 0。那位好心的路人用他的交通卡帮我刷了车费，却转身下了车，不愿意收我的钱，这让我心生感激。

到了目的地苏丹艾哈迈得后，在找青旅时，我又得到了帮助。虽然我预订的青旅就在附近，但这里的街道上并没有路名。我看到路边停着一辆警车，就上前问路。警车里有两个警官，看了我给他们看的路名后，竟然招手示意我上车，用警车把我送到了青旅门口！好心的土耳其警官，成就了我第一次也是唯一一次搭警车去青旅的经历。

圣索菲亚大教堂

我住在老城里的苏丹艾哈迈得广场，这里附近是伊斯坦布尔景点最集中的地方，走上五分钟就能到圣索菲亚大教堂、蓝色清真寺和托普卡帕宫。

按照历史顺序，苏丹艾哈迈得的三个景点应该先去圣索菲亚大教堂。

英国国家美术馆（英国伦敦）

白金汉宫卫兵换岗（英国伦敦）

晴空下的伦敦眼（英国伦敦）

温莎城堡一角（英国伦敦）

划艇（英国约克市）

骑马（英国约克郡）

小镇（英国约克郡）

爱丁城堡（英国爱丁堡）

我和苏格兰朋友们（英国斯特林）

圣索菲亚大教堂（土耳其伊斯坦布尔）

海边的女孩们（土耳其安塔利亚）

海港（土耳其费特希耶）

古罗马大剧院（土耳其以弗所）

我和土耳其朋友们（土耳其伊兹密尔）

冬宫（俄罗斯圣彼得堡）

涅瓦大街上的街舞（俄罗斯圣彼得堡）

郊外秋色（俄罗斯莫斯科）

集市上的人们（俄罗斯苏兹达尔）

在此之前要先简单梳理一下伊斯坦布尔的历史。伊斯坦布尔的古名叫拜占庭，据史载，拜占庭建于公元前660年，曾经先后被古希腊、古波斯、马其顿所占领。公元前146年归于古罗马，并成为古罗马的东都。到了公元324年，罗马皇帝君士坦丁大帝将拜占庭定为整个罗马帝国的新首都，并调集能工巧匠，运来优质石材和木材，历时五年，建成了一个伟大的都城，并延续千年。

在君士坦丁大帝统治时期，颁布了《米兰敕令》，基督教在罗马帝国获得了合法地位，拜占庭也成了基督教的中心，圣索菲亚大教堂就是在这期间的公元326年由君士坦丁大帝下令修建的。到了公元392年，基督教成为罗马帝国的国教，三年后，罗马帝国分裂为东西两部，基督教会也随之分裂成东西两派。公元1054年，罗马教廷的使节与君士坦丁堡牧首在圣索菲亚大教堂商谈和解，结果没有谈拢，东西教会彻底决裂，拜占庭成了东正教的中心。

1453年，奥斯曼苏丹"征服者"穆罕默德二世攻陷拜占庭，东罗马帝国灭亡。穆罕默德二世将城市名字从拜占庭改名为伊斯坦布尔，并使之成为新的奥斯曼帝国的首都，一直到土耳其共和国成立，才将首都迁至内陆的安卡拉，但伊斯坦布尔仍然是土耳其最大最发达的城市。

公元326年圣索菲亚大教堂初建时是一座木质结构的基督教教堂，后经几次重建，到公元537年，圣索菲亚大教堂基本形成了今天看到的格局，石砌的立方体上有一个巨大的大圆顶，建筑的内壁上装饰有马赛克壁画。就是在圣索菲亚大教堂，东罗马帝国的皇帝从三个候选人中选择一个任命为东正教的大主教，并进行大主教就职仪式。

1453年进入奥斯曼帝国时代后，大教堂得以保留，但分三次加建了四根清真寺宣礼塔，并在大拱顶上用青铜建造了巨型的新月。圣索菲亚大教堂从一座基督教教堂被改建成了一座伊斯兰教的清真寺。

圣索菲亚大教堂有两个最大的看点，一个是宏伟巨大的穹顶，被称为世界建筑史上最美的穹顶之一。另一个是精美的马赛克镶嵌画，这些位于大门顶上、门廊和墙壁上的镶嵌画用马赛克塑造了耶稣、圣母和东罗马帝国皇帝的形象，代表着最完美的拜占庭艺术风格。被改建为清真寺后，这些马赛克镶嵌画并没有被毁坏，而只是被掩盖，一直保留到了今天，仍能为世人所欣赏。

蓝色清真寺和托普卡帕宫

　　蓝色清真寺位于圣索菲亚大教堂的对面，于17世纪奥斯曼帝国的艾哈迈德一世在位时开始修建，历时七年建成。蓝色清真寺是伊斯坦布尔诸多清真寺里最大的一个，它拥有圣索菲亚大教堂那样的巨大圆形穹顶，还有独一无二的六根高耸入云的宣礼塔（其他的清真寺最多有四根宣礼塔）。清真寺内的四壁贴着上万块土耳其最好的伊兹尼克瓷砖，瓷砖的颜色以蓝绿色为主，这也是蓝色清真寺名字的由来。

　　另一处景点托普卡帕宫紧邻圣索菲亚大教堂和蓝色清真寺，它曾是奥斯曼帝国的皇宫，在四百多年中，曾有20多位苏丹居住在此。

　　从建筑上来说，托普卡帕宫里面的各个宫殿看起来都有点儿低矮，和北京故宫里宏大的宫殿没得比。托普卡帕宫里更有看头的是诸多宝物，这些宝物和十多天前在英国伦敦看到的相比，一点儿也不逊色。宝物中有历代苏丹的御座、王冠、宝剑、盔甲，每一件都镶嵌着各种名贵宝石，光彩夺目；还有苏丹穿过的服饰，其中有不少是用中国丝绸制成的。中国的丝绸在到达欧洲之前，首先要经过占据着东西方之间咽喉的奥斯曼帝国，丝绸之路的贸易不仅带来了丝绸，也带来了中国瓷器。在托普卡帕宫里有一个专门的中国瓷器馆，里面收藏着中国历史上各个朝代所制造的瓷器，种类非常齐全，尤其引人注目的是国内也不常见的元青花。

　　展品中的古代兵器也给我留下了深刻印象。奥斯曼帝国的武功曾经盛极一时，来自中亚的突厥人西迁到亚洲西部后，先是建立了一个统一的塞尔柱突厥王国，一百多年后被成吉思汗的蒙古大军打败，分裂成了十个突厥族小公国。14世纪初，这十个小公国中，有一个以奥斯曼为头领的部落崛起，这个部落灭亡了有着千年历史的东罗马帝国（拜占庭帝国），并继续扩张领土，成了一个横跨亚非欧三洲的大帝国。奥斯曼帝国最盛时期的领土包括了中东地区、北非地区和东南欧的巴尔干半岛的全部，几乎把地中海、红海和黑海都变成了奥斯曼帝国的内海。如今的土耳其人，和巴尔干半岛各民族的血缘更近，但文化意义上的祖先仍是突厥人中的一支。

托普卡帕宫中有一处需另行购票进入，那就是后宫"哈雷姆"（Harem）。苏丹的后宫和皇宫里的其他房间一样，看上去并不奢华，大部分房间都是小小的，看上去甚至有些简陋。后宫里的房间非常多，据说后宫里最多的时候住了600多名妇女，其中只有十分之一是有头衔的嫔妃。这些女子很小的时候就被苏丹从各地收罗过来，养在后宫之中，接受奥斯曼帝国的文化教育和文艺训练，这中间只有少数"精英"才能成为嫔妃，"宫斗"十分严重。后宫同时也是太后的住处，和中国古代一样，奥斯曼帝国的太后也在相当长时间内把握着政局，使得后宫成为奥斯曼帝国实际上的权力中心。

后宫也是奥斯曼统治者大摆排场、享受美食的地方，每餐的菜肴有上百样之多。由于男性不得入内，御膳房的厨师做好菜后只送到后宫门口，由宫女一道道送进去，而用膳的餐具皆为金银制品，非常讲究。

伊斯坦布尔老城

苏莱曼清真寺也值得一看，这座清真寺由奥斯曼历史上著名的苏莱曼大帝下令于16世纪建造，设计师是奥斯曼历史上著名的建筑大师希南。希南在伊斯坦布尔设计建造了50多座清真寺，而苏莱曼清真寺是他最杰出的作品之一。希南的弟子阿加则继承了他的风格，设计建造了蓝色清真寺。

伊斯坦布尔有两个著名的大市场，香料巴扎和大巴扎。香料巴扎里主要卖胡椒、咖喱、姜黄等各种调味品，还有各种干果和草药茶。而大巴扎里除了香料，还有木雕、地毯、皮革等各种工艺品，规模更大。两个巴扎里总是人头挤挤,人群中不仅有外国游客,也有从土耳其其他地方来的本国游客。

比起两个巴扎来,我更喜欢香料巴扎附近如迷宫般的小巷。小巷里不像巴扎里那么拥挤,也更有生活气息。巷子的店铺里出售从马尔马拉海刚捕上来的新鲜的鱼、土耳其各地出产的油橄榄,还有刚磨好的咖啡粉。鱼、橄榄、咖啡都是土耳其美食的重要组成部分。

一家咖啡店的门前总是排着长队,人们购买用油纸包着的土耳其浓咖啡粉,土耳其人素有饮用咖啡的习惯。另外,来自中国的茶也是土耳其人重要的饮料,在土耳其语中茶的发音和汉语一样,不过,比起绿茶来,土耳其人更喜欢喝红茶,并且一定会加入白糖。

在伊斯坦布尔,当然少不了吃土耳其最有名的烤肉kekab。土耳其烤肉在伊斯坦布尔城里十分常见,每隔一段路就能见到旋转着的转炉烤羊肉。店主用锋利的长刀将烤熟的肉片从电转炉上熟练地切割下来,浇上些黄油或番茄汁,或是什么也不浇,一口烤肉入口,脆嫩美味。通常,烤肉还会卷上薄饼,好似三明治的吃法,非常耐饥。

在伊斯坦布尔逛的这些天,感觉土耳其与英国大不相同,文化差异巨大。伊斯坦布尔位于西方世界的最东端,东方世界的最西端。它离西方世界是那么的近,而生活在这里的人们是东方人,饮食习惯也更偏东方。

土耳其人比起英国人来热情多了,他们一方面非常乐于助人,让你能感到十足的善意,而另一方面又非常喜欢搭讪。土耳其人最想知道你是哪一国人,可能中国人独立旅行的还是比较少,他们大多先从日本开始猜,然后猜韩国,最后才会想到中国。相比之下,英国人可绝不会那么好奇和过度热情。

在伊斯坦布尔操作业余电台

在伊斯坦布尔时,我利用半天时间,去了当地的业余电台俱乐部,和土耳其当地的爱好者见面。

我乘马尔马拉地铁线从大海下面穿过博斯普鲁斯海峡，博斯普鲁斯海峡的深度很深，因此建造地铁的难度很大，马尔马拉地铁线是首条成功穿过博斯普鲁斯海峡的地铁线路。到站后，我的土耳其朋友Can已经在出站口等着我，接上我后，开车带我去6公里之外的俱乐部。车子行驶在路上，感觉看到的海峡这一边的新城和另一边的老城完全不同，新城完全就是另一个新兴城市。

到达俱乐部后，我见到了20多位伊斯坦布尔的业余无线电爱好者。俱乐部里除了有电台室，还有会议室，是当地爱好者聚会交流的地方。我和当地爱好者一起喝茶、吃酥饼、聊天，Can告诉我土耳其大概有3000多个业余无线电爱好者，其中以在伊斯坦布尔的最多。在这里我还操作了业余电台，使用呼号TA2/BA4DW，在不到一个小时的时间里通联了欧洲、亚洲、北美和南美四个大洲的100多个电台。

石柱森林

结束在伊斯坦布尔的停留后，我从伊斯坦布尔的另一个机场，位于欧洲部分的阿塔图尔克机场出发，飞到了卡帕多西亚的中心城市开塞利，然后乘坐航空公司的免费班车来到了小镇格雷梅。格雷梅是大多数来土耳其的游客都会来的地方。

到达格雷梅的时候已经是晚上9点半，在漆黑一片中我并不知镇子的景观如何。第二天早上起来的时候，才看清小镇被包围在一根根如柱子般耸立的石林之中。卡帕多西亚地区有三座火山，在数百万年前曾多次喷发，火山喷发后遗留的石灰岩体长时间地被风雨所侵蚀，形成了今天看到的圆柱、圆锥、金字塔形状。有些石柱上有人工挖的洞，当地人利用石柱做房屋，至今仍有人居住，而且有些石柱中的房屋成了吸引游客的特色旅店。

地下城

在格雷梅，我自助游览了当地红线和绿线这两条旅游线路。第一天先坐当地公交，从格雷梅到卡伊马克利（Kaymakli），参观了绿线中的地下城。

地下城是卡帕多西亚地区的先民为躲避敌人的攻击而建，这里的先民在一年中的大多数时间里都生活在地面上，而当强大的敌人来袭时，他们就躲入地下城穴居。地下城里有弯弯绕绕的狭窄小路，犹如迷宫，并设置有巨大的滚石门。除了防御功能，地下城还具备了一切必须的生活设施。

卡伊马克利地下城的入口高度很低，进入时低着头才能通过，而城中通道的高度更低，不少地方需要蹲着走过去。进入一间间房间后，才可以站直。每个房间各有功能，有卧室、厨房、牲口圈，还有用来做礼拜的小教堂。地下城中打有很深的井，还有用来储存水、油、酒的罐子。葡萄酒是基督教仪式中不可或缺的，土耳其盛产葡萄，居民们在石制水槽里挤压葡萄，用井水酿造葡萄酒。

当年生活在地下城的先民们用蜡烛照明，如今在地下城中参观时，虽然有电灯照明，但仍然觉得阴暗。倒是地下城的通风不错，不觉特别憋气，因为地下和地面之间开挖了足够多的通气孔。

参观卡伊马克利地下城时，我联想到了抗日战争时地道战使用的地道。早先的时候，基督教徒在罗马帝国被认为是异教徒而遭追杀，地下城是基督教徒用来避难的地方。据说在地下城里穴居的人们可以待上数月之久！

热气球

在格雷梅的第二天，我租了一辆摩托车，前往红线中的景点。租摩托车是游览红线最方便的方式。

先到的是阿瓦诺斯小镇，阿瓦诺斯有适宜制陶的红黏土，以制作陶器而出名。镇上有很多家庭作坊，各种古风的泥土陶器在门前被摆放出售。出阿瓦诺斯，接着去了帕夏吉和迪夫里特峡谷，3月里正是桃花盛开的时节，本就神奇的风蚀地貌在桃花的映衬下景色更为醉人。最后到格雷梅露天博物馆，此处有众多的石头教堂，这些教堂规模虽小，但有许多精美的雕刻和壁画。

格雷梅所在的卡帕多西亚地区，最佳宣传画莫过于热气球在石柱森林上空飞行的照片。不过，我在的几天，天气有点儿阴沉。热气球的飞行取决于天气条件，只要是雨天，热气球就不能飞。

那天下午，我骑摩托车路过一处荒野，只见一排停着六辆吉普车，车门上刷着不同热气球公司的标志。每辆吉普前都站着一人，仰着头观察天空上的云。原来他们正在看云识天气，以判断天气条件是否适合热气球飞行。第二天早6点，等待热气球起飞的游客们失望了，因为天气不符合起飞条件，但到了傍晚的时候，我正在山头上的"全景观赏点"，突然发现就在不远处，一个个热气球膨胀了起来，在不到半小时的时间里，格雷梅上空飞起了20多个热气球，蔚为壮观。

海港城市

我在土耳其的旅行，以顺时针方向行进了一个圆圈。这个圆圈的头尾两段乘坐飞机，中间部分则乘坐大巴。从格雷梅到安塔利亚，我坐了一趟夜车，土耳其的大巴由于座位不能放得很平，感觉舒适度不高。在我的世界旅行的经历中，最喜欢的还是南美的长途大巴，特别是阿根廷和巴西的长途大巴。

安塔利亚最美的地方是海边的老城，我从建于公元130年的哈德良城门进入老城。哈德良的名字是我在读古罗马历史时了解到的，他是古罗马历史上的五贤帝之一，博学多才。哈德良统治下的罗马帝国疆域辽阔，十多天前旅行在英国，英格兰和苏格兰之间就有一道由他下令建造的城墙，那时候的英格兰和土耳其都是罗马帝国的属地。

我在安塔利亚老城漫步，闲坐于海边的港口边，地中海的海水蔚蓝，每艘帆船进出港湾，都满载着游客。安塔利亚是一座气候舒适、环境优美的城市，每年夏天，欧洲各国的人们都会蜂拥而至安塔利亚来度夏。

在安塔利亚，我又操作了一次业余电台。傍晚的时候，安塔利亚的业余无线电爱好者 Antilla 来到老城和我见面。我们俩会合后，Antilla 带我乘上有轨电车，前往 4 公里之外的土耳其业余无线电协会的安塔利亚分会参观。我不仅在协会电台 YM4KA 上进行了操作，还前往了 Antilla 的家里做客。在 Antilla 家，我见到了他的家人：两个可爱的孩子，女孩 10 岁，男孩 5 岁，还有他的妻子 Halime。Halime 和她的丈夫一样，也是一个业余无线电爱好者！我在安塔利亚用 TA4/BA4DW 的呼号进行了操作，通联了 25 个国家的 80 多个业余电台。

古罗马遗迹

在安塔利亚周边有不少罗马时代留下的建筑遗迹，交通比较方便的是西戴（Side），有公共交通抵达。西戴是个地中海边的古城，比安塔利亚的历史更悠久。它于公元前 500 多年建城，先后被古波斯、马其顿（古希腊）、古罗马和拜占庭（东罗马）占领，在罗马时代曾是一个海军基地，非常繁华。罗马"前三头同盟"之一的庞贝曾来到这里，指挥了对地中海海盗的清剿行动，并取得胜利。小城在公元 7 世纪时开始没落，13 世纪时被废弃，一直到 19 世纪，才重新开始有人居住。

西戴至今仍保留着古罗马时代遗留下来的完整的古城遗迹，有古城墙、圆形大剧场、图书馆、集市和教堂，其中最有名的是海边的阿波罗神庙，白色大理石的柱子以深蓝的大海为背景，令人大发思古之情。

土耳其美食

傍晚的时候，我从西戴回到安塔利亚。在安塔利亚吃饭，我一如既往地避开面向游客的餐厅,而是去当地人最多的餐厅。在老城钟楼后面的巷子里就有这样一家餐厅,我点了一份"萨拉特"色拉(小黄瓜、洋葱、青椒等浇上橄榄油),一份羊肉配烤番茄和青椒,主食则是刚烤出来的大饼。

土耳其美食和中国美食、法国美食一起并列为世界三大美食,羊肉、番茄、青椒、洋葱、茄子,以及作为一天三顿主食的面食,都是土耳其菜的重要食材,其烹饪方法多样而又十分讲究。

甜食点心也是土耳其美食的重要组成部分。在土耳其的城市里,街上到处有糕点店,出售各种好吃的糕点和酥饼。这些糕点口味很甜,让人吃了还想吃,我就忍不住经常去买,还常常买一些带在身边,在路上肚子饿的时候拿出来吃上一块。

和英美人聊天

离开安塔利亚,继续坐上一辆长途巴士,前往另一个地中海边的城市费特希耶。大巴没有沿着地中海海岸线开,而是取距离较短的内陆公路。内陆公路两边的景色感觉像是开在了高原上。

费特希耶城里的山坡上有十字军要塞的遗址,我爬上这个山坡,从要塞附近俯瞰整个城市。眼前的近处是一个港湾,海面极为平静,而远处是雪山。这里和安塔利亚一样,海水的颜色是迷人的宝石蓝,雪山上有白色的积雪,而气候却很温暖。

住在费特希耶的青旅里,晚上和同住的一个美国小伙子和一个英国小伙子聊天。刚开始的话题是世界历史,重点是和英美有关的历史。英国小伙子天生的好记性,对于重大历史事件发生的年份都是脱口而出。历史之后谈旅行,美国小伙子离开美国,已经连续旅行了两年零四个月,从欧洲最西部的爱尔兰开始,一直旅行到阿尔巴尼亚,因为没有太多的积蓄,也因为没有工作签证,他在旅行途中一直做义工,以获得免费的住宿和餐食。这既是他的旅行方式,更是他的生活方式。他在土耳其待了已经有九个月，明天会去费特希耶附近的一个农场做一段时间义工。

摩托车没油了

第二天早上，我租借了一辆摩托车前往费特希耶附近的小镇卡亚，后来证明骑摩托车前往卡亚并不是一个明智的决定。首先，从费特希耶到卡亚的山路非常陡峭，其次，到了卡亚村后，村里没有加油站，由于对陡峭的上坡路的耗油估计不足，在回来的路上，我的摩托车没油了。

在困境中，我再一次得到了友善的土耳其人的帮助。当我正在路边考虑怎么办时，一辆汽车从我身边开过，然后又倒车300多米开回来，问明情况后让我上车，把我带回了费特希耶城里。我在城里的加油站里用大号的矿泉水瓶装满油后，再搭上另一辆汽车返回山里，往油箱里灌了油后才把摩托车骑了回去。

利西亚人之路

卡亚原本是一个希腊人的村落，地中海沿岸许多城镇都是希腊人曾经居住的地方。土耳其共和国成立后的初期，基于民族主义，土耳其境内的希腊人被驱赶，原来住在卡亚的希腊人集体返回希腊，于是卡亚被废弃，成了一个现代遗迹。

卡亚还是沿地中海的著名徒步线路"利西亚人之路"的起点。在古希腊时期，利西亚人的多个城邦组成联盟，城邦之间有山间小路连接，总长度将近500公里。小路时高时低，穿过山崖、树林、荒野，与蔚蓝的地中海相伴，是风景绝美的所在。

不过现如今，这条小路上人烟稀少，少有旅店和餐厅。我在费特希耶的青旅里遇到一个菲律宾裔的美国学生，他沿着"利西亚人之路"走了四天，自己带着帐篷、睡袋和垫子，睡觉在山中露营，吃饭则是在野外捡柴后自己生火煮饭。他在大三和大四之间休学一年，利用间隔年，先是在美国打工八个月，赚够了钱之后用剩下的四个月来旅行。在"利西亚人之路"上，他收获的是如何应对困难的一次人生体验。

棉花堡

棉花堡是土耳其语的意译，音译是帕姆卡莱，帕姆是棉花的意思，卡莱是城堡。帕姆卡莱在土耳其是一个响当当的名字，土耳其各地的商店和巴士公司都有用帕姆卡莱 Pamukkale 作为名字的。

棉花堡跟前有一个小湖，湖水清澈，有诸多水鸟在湖中游弋，我先从这里仰观棉花堡，眼前是一座高 160 米的雪白色山丘。

走到山丘上，只见一个个天然形成的梯田里流淌着浅蓝色晶莹的水。棉花堡是一个世界级景观，与中国的黄龙有异曲同工之妙。其形成的根源在于山丘上的 17 眼温泉，温泉水侵蚀了山上的石灰岩，形成了美丽的钙华，有些钟乳石结晶看起来就像是被冰冻住的白色瀑布。

早在古希腊时代，人们就在这座山丘上建起了温泉泳池。棉花堡的温泉水富含矿物质，36 至 38 摄氏度的水温适中，很适合用来作为温泉进行理疗。到了古罗马时代，人们干脆在这里建造了一座城市——海尔波利斯（Hierapolis），在这里留下了阿波罗神庙和拜占庭教堂的遗迹。

在棉花堡的青旅，我遇到了七个从英国来的中国留学生。他们和我交流在土耳其的旅行行程，我发现他们的路线经常走回头路，然后到了一个地方后也不知道该去哪儿玩怎么玩。除了行程安排，还有语言问题。虽然这些中国学生在英国留学，但因为基本只和中国同学在一起，不怎么和外国同学交流，英语水平并没有提高多少。留学生活几乎使他们每一个都学会了自己做饭，英国物价昂贵，如果总是去餐馆吃饭的话，那实在是花销太大了。

古罗马大剧院

我继续乘坐大巴从棉花堡前往小镇塞尔丘克,去看土耳其最伟大的罗马遗迹——以弗所。

使徒圣保罗曾发出感叹:"还有比以弗所更伟大的城市吗?"当我走到以弗所的近处,亲眼看到古城,看到古城里的 Celsus 图书馆、教堂、神庙、古罗马浴池,尤其是以弗所的大剧场,深感震撼!

以弗所大剧场曾是古代最大的室外剧场,它的建成,前后历时六十年。大剧场规模巨大,足有十层楼之高,66 排座位,可以容纳 25000 名观众。我坐在大剧场高处的座位上,目视远方,舞台背后是通向大海的阿卡迪恩大道,大道两边有两排石柱高耸排列,让人的思绪沿着大道穿越回古代。此时,有几位刚走进大剧场的游客走上舞台,即兴高唱起来,歌声回荡在大剧场上空,仿佛千年前的演出再次重演。

塞尔丘克还是基督教历史上的圣地之一,圣母玛利亚曾在十二门徒之一的圣约翰的陪伴下在此地居住,城外有圣母玛利亚居住过的小屋,城里有圣约翰大教堂的遗迹。十二门徒中撰写《新约》的圣保罗也曾两次来到塞尔丘克,并曾在以弗所大剧场里讲道。

最喜欢的小城

正是春天的时候,塞尔丘克气温舒适,阳光明媚,我在此多逗留了几天,四处闲散走走。距离塞尔丘克 8 公里有一个小镇什林杰(Sirince),宁静而美好。小镇坐落在山坡上,花儿开得漫山遍野,田舍间的牛儿和马儿怡然自得,鸡走起来也是不紧不慢的。偶尔还能看到一些不常见的景象,比如陆龟的交配。那时我正走在路上,忽然听到有"咣咣"的声音。我停下来寻找响声的来源,发现了草丛里的四只陆龟,只见雄性陆龟用龟壳猛烈地撞击着雌龟的龟壳,张开着嘴,露出红红的舌头,发出

"啾啾"的声音。鸟儿也在繁衍和哺育后代，空中有张开巨大翅膀的白鹳飞过。路边的电线杆子上，两头白鹳并立在巢中，一副恩爱的样子，小白鹳就将在电线杆子上的巢中出生。

塞尔丘克城外有很多果树，最多的是橄榄树，还有不少桃树和梨树，此时正是桃花和梨花盛开的时候，开满着粉红和嫩白的花。城里的行道树是橘子树和麻栗子树。温暖的午后，我坐在一家土耳其式比萨店门口，坐在一棵麻栗子树下的餐桌前，点上一份蘑菇和奶酪比萨、一小盘蔬菜色拉，再来一杯鲜榨红石榴汁，这一刻万事皆足，岁月静好。

这一趟土耳其之行，塞尔丘克成了我最喜欢的地方，我喜欢以弗所古城和这里的大自然。

在土耳其人家做客

这一天傍晚，我从塞尔丘克坐火车来到了土耳其的第三大城市伊兹密尔（Izmir）。土耳其的火车票比汽车票要便宜一半，并且车厢整洁，乘坐舒适。在土耳其坐火车是个不错的选择，只是土耳其的火车远没有中国那么四通八达，通火车的城市并不多。

此次在土耳其，我在三个城市和当地的业余无线电爱好者见面聊天，并操作了业余电台，伊兹密尔是最后一个。火车抵达伊兹密尔车站，我的土耳其朋友努里（Nuri）早已经在车站出站口等着我了。我们没有见过面，只是通过无线电波交流过。从车站出发，他带我去了另一个当地爱好者塞里姆（Selim，电台呼号TA3TTT）的家。塞里姆的家位于爱琴海海边的一座18楼高的公寓的顶楼，楼顶上架设着他的电台天线，位置相当不错。走进塞里姆的电台室，第一印象是这里就像一个DJ的音控室！一问之下，塞里姆还真当过DJ！我在这里使用TA3/BA4DW的呼号操作，塞里姆的电台和天线是我在土耳其使用过的最好的，在一个半小时的时间里，我通联了300多个电台，最远通到了美国西岸加利福尼亚。要知道美国西岸和土耳其之间隔着非常远的距离，而来自加利福尼亚的业余电台都给了我良好的信号报告，并告诉我在加州很难得听到土耳其的业余电台。

塞里姆又是个爱动物的人，家里竟然养了十只猫和一只狗，这些猫狗经常光顾电台室。他还喜欢户外通联，喜欢开车到山顶上，开游艇到海上，从山里和海上发出无线电波。

从塞里姆家出来，虽然夜已深，努里还是坚持请我去他家坐坐，说他的家人都很期待我的到来。努里的家中也有业余电台，从他的呼号TA3X的后缀只有一个字母就能看出，努里可是个很有资历的业余无线电爱好者。

努里的家住在离伊兹密尔机场2公里不到的地方，这天晚上我就住在了他家里，我睡在客厅里的一个沙发上，也算做了一回沙发客。第二天早上，努里的妻子准备了特别丰盛的土耳其式早餐，有黄瓜片、黑橄榄、白面包和果酱。一起吃完早餐，努里亲自把我送到了机场，我们在机场握手道别。

我从伊兹密尔飞回伊斯坦布尔，然后在阿塔图尔克机场直接转机飞回上海。在土耳其的旅行，从一开始进入土耳其到离开，我始终真切地感受着土耳其人的友好和热情。

亚洲

N
N80°
E26°　　　　　　　　　　　　　　　　E169°
0°
S10°
S

第十五章 中国东北之行

长白山

到长白山是9月初的一天,在长白山能否看到天池是要看运气的,这里一年365天中有280多天下雨,天池大多数时间都隐没在云雾之中。长白山冷得早,10月初就冰冻,一直要到5月初才开春,回暖的几个月中,最暖和的七八月份却是雨水最多的时候,所以6月和9月比较适合上山,我选择了9月。

我从上海飞到长白山机场,发现当地正下着雨,当晚住在长白山脚下的二道白河镇,晚上雨并没有停。原以为无缘得见天池,没想到第二天竟然雨过天晴,是一个难得的好天气。我从北坡登山,在万里无云的晴空下,长白山天池一览无余。

长白山其实是一座休眠火山,三百年前还曾喷发过一次,而长白山天池则是由雨水在火山口蓄积而成的一个火山湖,位于海拔2000多米的高度。从山顶以较高的角度俯瞰天池,阳光下,椭圆形的天池是宝石蓝色的,湖色深邃。天池的水从一处缺口满溢出来,形成了南坡上秀美的长白瀑布,流下的瀑布水又形成一条奔涌的溪流,穿过另一个景点地下森林。

地下森林的名字有点容易让人误解，我觉得应该叫峡谷森林才好，至少它不是在地下，而是在一个海拔逐渐降低的峡谷中。峡谷中的树木生长在富含有机养分的火山灰土壤上，最多的是杉树和松树，十分繁茂。初秋时节，花楷槭的树叶变红了，被阳光一照，美得醉人。

长白山脚下的二道白河镇是一个不小的镇子，人口有4万人。这里虽然冬天寒冷，生态却是极好的。镇上的早点很好吃，有黑米粥、豆腐脑、馅饼和包子。豆腐脑是用豆腐现磨出来的，豆香浓郁；包子有好听的名字，比如猪肉白、牛肉葱等。到了晚上，客人最多的是镇上的烧烤店，当地人称之为吃串。我选了一家在炕上吃饭的饭店，要了一个榛蘑，秋天里，长白山的菌类是最鲜嫩好吃的。

延吉市

从二道白河镇到延吉市，我乘坐了一辆每村必停的班车。坐慢车好，因为一路上的风景很美。

早上坐上车前，我买了两个大玉米棒子，当地叫苞米，是刚从地里收上来的，几十个一起在大铁锅里煮熟了，只卖1块钱一个。当地的玉米特别好吃，糯软而香甜。

田里金黄的是大豆，大豆的金黄色比玉米秆子的颜色更好看，中国东北是世界上重要的大豆产地之一。除了玉米和大豆，当然还有稻米，班车开过安图县城后，省道边出现整片的稻田，东北黑土地是优质大米的产地。

这个季节不仅是红叶的季节，也是花季，路边的野花盛开，有黄色的雏菊，紫色的、红色的、白色的格桑花和大丽菊，在一茬茬农田前更映衬出美来。

一路上经过的村镇，所有商店的招牌上都有朝鲜文。包括二道白河在内的各个村镇，居住着很多朝鲜族居民，等到了延吉市，餐馆和大街上都能听到朝鲜语。朝鲜族又是一个能歌善舞的民族，在延吉市中心，这天晚上正好有个迎中秋的群众表演，穿着朝鲜族民族服装的当地居民在广场的舞台上载歌载舞，一派欢乐喜庆的气氛。

白天的时候，我去延边大学里走了走，这是一所拥有众多科系的综合性大学。9月5日，大学还没有开学，但操场上正在举行大一新生完成21天军训后的汇报表演，穿着军装的大学生们个个英姿飒爽，动作整齐划一，看了不禁令人竖起大拇指，又仿佛回到了自己的大学时代。

延吉又是一座美食城，街上多的是餐馆，有各种美食。我一一吃过来，吃了延吉冷面、石锅拌饭、包饭和参鸡汤，就差没有吃最有名的狗肉。我是一个动物爱好者，终究不会去吃狗肉的。延吉的冷面特别好吃，面碗里有冰块，面很筋道，汤就像酸梅汤。再有就是参鸡汤，鸡和一些吉林出产的中药材一起炖煮，味道鲜美。

吉林市

从延吉市转而往西来到吉林市，吉林市可比延吉市大多了，在1954年前，吉林市还曾是吉林省的省会。

吉林市的城外有松花湖和雾凇岛，不过9月里松花湖畔的枫叶还没红，而雾凇岛上的雾凇要冬天才有。吉林市的城内有两个不错的公园，一个是山上有滑雪场的北山公园，另一个是龙潭山公园，我选择了去龙潭山公园。

龙潭山公园门口有块牌子，上书："山高林密，虫蛇出入，敬请游人按园路行走"。山上还真有蛇，我看到了一条松花蛇，细细的身子上有一圈圈的环纹，当地人说这可是一种有毒蛇。龙潭山上鸟也多，一只大山雀从树根一步步侧爬上树顶，然后从树顶上垂直往下飞，动作非常精彩。山中最可爱的野生动物是花鼠，花鼠爱打架，在林间上演花鼠大战。

乾隆曾来到龙潭山留下笔墨，并把一棵树封为神树。相传努尔哈赤当年征讨乌拉部女真时兵败，就在这棵树下藏身脱难。龙潭山以前不叫龙潭山，而是叫尼什哈山，在清朝时作为爱新觉罗氏的龙兴之地，每年由吉林将军在神树前举行祭祀典礼。又因为吉林将军驻地所在的吉林城离着满族的神山长白山距离近，吉林将军还担负着每月两次在吉林城内祭祀长白山的职责，康熙和乾隆也曾亲到过吉林城对长白山祭拜。从这一点上也可以看出有清一代，吉林市曾是东北地区非常重要的城市。

龙潭山有 300 多米高，从山顶的南天门可以俯瞰大半个吉林城。从山顶往下望，只见吉林城区楼房密布，是一个人口密集的大城市。还能看到不少工厂的烟囱，说明这又是一个工业城市。中石油在吉林就有一个很大的石化厂，是吉林市的支柱企业之一。

吉林市在满语里被称为"吉林乌拉"，意思是江边的城池。龙潭山的山下正是松花江，松花江在吉林市穿城而过，从龙潭山山顶清晰可见宽广的松花江在市里转了三个大弯。夕阳西下的时候，松花江上的日落非常美丽。

哈尔滨市

从吉林市去哈尔滨，乘坐的班车走的是 202 国道，中间经过五常市地界。五常的大米是中国地理标志产品，在上海曾吃过，如今路过产地，感觉十分亲切。

哈尔滨是一座因铁路而生的城市，它是东西向和南北向两条重要铁路的交叉点。1896 年和 1898 年，俄国从清政府手中获得了修建中东铁路和南满铁路的权利。东西走向的中东铁路的全称是中国东省铁路，连接着满洲里和绥芬河，南北走向的南满铁路通向曾被俄罗斯租借的大连和旅顺。位于两条铁路 T 字形交叉点的哈尔滨建城后发展迅猛，在一百年前的上世纪 20 年代，就已经成了一个繁华的国际化大都市，曾有 20 多万外国人居住，十多个国家设立了领事馆。

如今的哈尔滨，经历了更大的发展，是东北首屈一指的大城市。哈尔滨街道上的人流熙熙攘攘，上下班高峰时的公交车略显拥挤。在街上和公交车上，听当地人说的东北话，在语言用词上和南方的语言有很多不同。比如堵车叫憋车，公交1路叫1线，走走叫溜达，不好叫埋汰，好叫行，照片成像好用"真"这个词，哈尔滨的小店叫仓买（意思是在仓库直接购买的低价店），还有听的最多的是完事、妥了、啥、什么玩意儿等等。作为南方人，初听这些词难免要愣一下，细细品味，却觉得别有韵味。

道里区和道外区是哈尔滨的两个重要的区，"道"代表的就是铁道，我发现道里和道外的一些街道分别用数字排序，比如道里头道街、道外三道街，很是工整。

道外南头道街到四道街，与南勋街相交的区域，被称为百年老街，这里有一个中华巴洛克建筑群，最早的建筑建成于哈尔滨建城后不久。除了建筑美观，百年老街上又有很多老字号的美食名店，如张包铺（包子店，创建于1902年）和范记永（饺子馆，创建于1912年）等。我在这条街上吃了满族特色的蒸饺，蒸饺有各种馅料，觉得非常美味。

哈尔滨最著名的街道莫过于中央大街。中央大街的尽头位于松花江边，前一站吉林市也在松花江边，而松花江的源头之一则是这趟旅行的第一站长白山天池。我乘坐江上的轮渡，渡过松花江，前往江北的太阳岛。冬季时的松花江江面，会结很厚的冰，而9月中旬的哈尔滨，正是秋高气爽的季节，江上微风徐徐。上得岛来，只见太阳岛上一派绿意。趁着大好时光，岛上的东北抗日联军纪念园里，好几对新人正在湖边拍摄婚纱照。哈尔滨的秋天很短暂，等北风一吹，就不适合在室外拍婚纱了。

在哈尔滨，我去了东北最好的大学之一哈尔滨工业大学，在哈工大的业余无线电俱乐部操作了业余电台。大学时代时，我常去上海交通大学的业余电台操作，那时候北京的清华大学、南京的东南大学、成都的电子科技大学的业余电台在空中也很活跃，经常相互通联，是一段很美好的时光。如今这些大学业余电台都早已不再发声，只有哈工大的业余无线电社团（电台呼号BY2HIT）活跃至今，每年仍吸引着100多位入学的新生加入业余电台活动。前几年哈工大庆祝校庆，中国工程院院士，也是资深的业余无线电爱好者钱皋韵先生（电台呼号 BA1KY）捐赠了一部业余电台给母校，钱院士曾在哈工大就读研究生班。

呼伦贝尔市

我从哈尔滨乘坐夕发朝至的卧铺火车，来到海拉尔。海拉尔这个城市的名字，是蒙古语的音译，意思是野韭菜。这个建在草原中的城市是呼伦贝尔的首府，呼伦贝尔是一个地级市，可是面积相当于山东省和江苏省两个省的面积总和，可以想象一下它有多么的辽阔。

出海拉尔城不远，就见湛蓝的天空下，广阔的大草原无边无际，数以千万计的羊儿在草原上生活。呼伦贝尔大草原最旺的旅游季节是 7 月和 8 月这两个月，我来的时候是 9 月，已不只是绿色这一种色调，草已经开始发黄，而在第一个景点额尔古纳湿地，从景区高处的观景平台往下看，各种树叶红黄绿的色调都有，一副色彩斑斓的景象。

在呼伦贝尔的第一晚，住在根河市市区。我第一次听说根河是因为这里出现了极端气温零下 58 摄氏度，才知道中国最冷的城市不是最北的漠河，而是根河，没想到我自己亲身来到了这里。我到的这一天是 9 月 13 日，根河的最高气温尚有 25 摄氏度。旅馆老板说，两天后从西伯利亚南下的寒潮就要到来，会一下子降温 20 多摄氏度，最低气温降到零下。

第二天从根河市来到莫尔道嘎镇。莫尔道嘎镇的龙岩山（龙山公园），海拔 1000 多米，山上是白桦树和落叶松的混合林。白桦树刚开始落叶，树叶在阳光下满目金黄。呼伦贝尔的秋色迷人，几年前在北疆喀纳斯的感觉又回来了。

一路走到山顶，山顶上有一栋两层的房子，顺着墙上的铁梯可以爬到楼顶。在楼顶俯瞰四周，眼前尽是大兴安岭莽莽的原始森林，景色壮阔。

这趟在呼伦贝尔的旅行，更多的是看林区的景色，9 月正是合适的季节，杨树和白桦树的叶子正变黄，花楷槭和红湫树的叶子正变红。第三天从莫尔道嘎镇到白鹿岛。白鹿岛是河中的一个圆形岛屿，从观景平台上的铁塔俯瞰全景，岛上长满树木，各种树木的树叶呈现出多彩绚烂的秋色。

路上经过一个神鹿园，园子里有驯鹿和梅花鹿，两种虽然同是鹿科动物，习性却大不相同。梅花鹿胆小，一见人就跑，驯鹿却亲近人。园子的主人是一位鄂温克族妇女，鄂温克的意思是"住在大山林里的人们"，如今仍有小部分鄂温克人生活在大兴安岭的原始森林里。鄂温克族又被称为"使鹿部落"，驯鹿是鄂温克人生活中重要的交通工具。我在北美旅行时，曾在北极圈内的阿拉斯加冰原上见过北美的驯鹿，体型较小且数量众多，这一次在东北看到的驯鹿体型较大，是不同的亚种。

晚上的时候，一场大雨倾盆而下，伴随而来的是16摄氏度的降温。一场秋雨一场寒，呼伦贝尔地区冷起来很快的，秋季短暂，冬季漫长。

第四天离开莫尔道嘎镇，继续西行，前往临江村。早上出发的时候，气温只有2摄氏度，冷是冷了点儿，但"空山新雨后"，下过雨后的林区，空气格外清新。

莫尔道嘎河的河畔，有一处名叫老鹰嘴的峡谷，峡谷里的树上有大片大片的黄叶和红叶，黄的嫩黄，红的火红，只可惜阴天少了阳光的照耀，树叶的颜色不那么通透。

车沿着莫尔道嘎河河畔行驶，直到莫尔道嘎河汇入额尔古纳河。临江村就位于额尔古纳河的河边，额尔古纳河是这段中俄边境的界河，村子的对岸就是俄罗斯了。临江村里也居住着不少生活在中国的俄罗斯族，以及俄罗斯族和汉族通婚后的后裔。路上遇见两个中年男子，长着俄罗斯的面孔，使用纯正的普通话交谈，他们正是华俄后裔。

大概在1860年，额尔古纳河的中国一侧发现了金矿，有不少俄罗斯人越界前来采金。在其后五十年的时间里，在中国境内形成了1000户左右的俄罗斯人居民点。正好在同一时期，中国北方的村禁政策解除，大量河北和山东的农民在闯关东的大潮中进入东北，也来到了这

亚洲

里，并和俄罗斯人通婚，生育了中俄混血儿。后来金子挖得差不多了，一部分俄罗斯人回到了对岸，还有一部分俄罗斯人和华俄后裔则留在了中国境内。

从临江村经过另一个俄罗斯族村室韦村，回到额尔古纳市，然后去黑山头镇。日落时分的黑山头，草原上的河曲景观无比壮丽，早上，我租了一匹快马，策马奔腾在草原上，马儿四蹄翻滚，奔跑起来双耳生风。这是我第三次在内蒙古的草原上骑马，前两次是在内蒙中部的希拉穆仁草原和辉腾锡勒草原，都留下了深刻的印象。

黑山头镇的下一站是满洲里，满洲里又是一个大城市了，比起呼伦贝尔首府海拉尔来，满洲里更显繁华。在市里看到很多俄罗斯面孔，而且还见到挂着俄罗斯牌照的小汽车，这个城市因为边贸而繁荣。

满洲里接壤俄罗斯，几天后我将在这里出境进入俄罗斯，但在此之前，我还要去南面的阿尔山市一趟。车子从满洲里市区开出，沿着公路穿越一望无际的大草原，车子依次经过陈巴尔虎右旗和陈巴尔虎左旗，这里依旧是无垠的草原，草原的尽头和天际线相连。一路上偶尔见到几个蒙古包，每一个蒙古包之间都相距挺远，生活着放牧在那一片区域的牧民。

牧场上最多的是奶牛，吃了一季丰盛的水草后，一个个显得十分肥壮；羊群要么不见，要么一出现就是上千头羊的大群；马儿也时而见到，大多被散养着，自在地在草原上食草、踱步和奔跑。

路上看到一座藏传佛教的大寺——甘珠尔庙，老远就看见高高的白塔和黄琉璃的屋顶在大草原上格外显眼。藏传佛教传播的地域很大，再往北，在外蒙古和俄罗斯的西伯利亚也有不少藏传佛教的寺庙。

还经过浩门罕战役的旧址。发生在1939年的浩门罕战役，对战的双方是日本和苏联。这场发生在草原上的战役动用了大量坦克和火炮，最终以日本大败而告终。此战之后日本再没有贸然攻击苏联，由此苏联在西线遭受纳粹德国入侵时，避免了东西两线同时作战，并最终取得了反法西斯的胜利。

兴安盟阿尔山市

黄昏之后，进入了阿尔山国家地质森林公园，住在景区内的天池服务区。阿尔山的天空非常纯净，群星璀璨，银河清晰可见。

早上醒来得早，在离住处不远的不冻河的河边走走。阿尔山是一个火山群，不冻河的河床因为有火山岩保温，所以河水终年不冻，冬天气温降到再低也从不结冰。河水中水草茂盛，几头奶牛直接踩进河水中吃草。

阿尔山的两个天池一个叫阿尔山天池，另一个叫驼背岭天池，都和长白山天池一样，是由火山口积水形成的。宣传画中的阿尔山天池是航拍出来的，但游客实地看到的是差不多和视线相平的湖面，驼背岭天池则有稍高一些的角度可以俯瞰。不过，这两个天池在体量上和大得多的长白山天池没法比，属于比较小巧而秀美的天池。

阿尔山森林公园同时还是一个地质公园，在石林塘，有大量的火山喷发后的熔岩遗迹，主要是黑色石块，高大挺拔的松树在火山熔岩间顽强地生长着。

7点后景区观光车开始行驶，我坐上差不多最早的班车，一天游览下来，最美的景象仍然是秋天的落叶。一样的兴安落叶松，前两天在莫尔道嘎时，松针已经铺满一地，阿尔山则因为纬度低了三四度，这才刚刚开始落叶。行走在林中，松针在眼前纷纷落下，还有山杨和白桦树的黄叶也在风中飘舞，这样的景象是动人的。另一处美景则是杜鹃湖的倒影，杜鹃湖的湖面平静，湖对岸的一排秋树在湖面上构成了完美的画面。

在阿尔山市的加油站遇见一个来自上海的摩托车骑手，摩托车挂着上海沪C牌照，车后插着五星红旗。他正沿着中国边境线独自环游中国，从上海出发，一路经青岛、烟台、天津、锦州、哈尔滨、佳木斯、抚远、黑河、漠河、额尔古纳，在第十五天来到了阿尔山。接下来他还将前往新疆、西藏、云南、两广等地，全程计划用两个半月绕中国边境线环游一圈，这真是一个了不起的摩托车旅行计划！而我将继续这一段旅程，返回满洲里，从满洲里出境，前往俄罗斯。

第十六章 朝鲜之行

听到的

去朝鲜,目前还无法自由行,唯一的选择就是跟团旅游,我在延吉报了一个前往朝鲜罗先的团。

旅游团大巴从延吉出发,经珲春的圈河口岸出境,入境朝鲜的元汀。在车上,领队说了注意事项,主要是拍照的问题。在朝鲜不能随便乱拍照,车开在路上时不能拍,民众和军人不能拍。到了口岸,所有游客的手机和相机都上交领队,由领队去做登记。在朝鲜海关,护照查验盖章并没有花多少时间,等领队倒是等了良久。好长时间之后,才见领队手上举着一个 iPhone 匆匆忙忙地跑回来,问是哪一个游客的手机,让把开机密码告诉他。除了游客带入的手机和相机中的照片都要被全部检查过,朝鲜还不允许游客带入电脑和 U 盘等。我在圈河口岸出境前,把大行李都寄存在了口岸前的商店里,里面就有不能带入朝鲜的 U 盘。从朝鲜回国时,游客的相机和手机会被再次检查,检查游客在朝鲜所拍的照片。

我们这个旅游团,在国内出发时乘坐一辆大客车,到了朝鲜后分成两辆中巴车。我上的是一辆右舵车,这辆车的车身上有日语标志,看起来是日本淘汰下来的车辆。朝鲜和中国一样,车辆在道路上靠右行驶,靠左行驶的日本车开在朝鲜路上多少有点儿别扭，司机坐的位置和车门的方向都是反的。不过进入朝鲜后，一路上看到的车辆不多，仅有的几辆还是挂着吉林车牌的中国货车和小汽车。

朝方地接的旅行社一共派出了八个人，每个中巴车上配备一个司机，两个导游，还有一个专门负责摄像的。我们车上的两个朝鲜导游都姓李，朝鲜族有四大姓，分别是金李朴崔，李是朝鲜的第二大姓。男导游看起来像是女导游的师傅，很诚恳地说将竭尽所能为大家提供导游服务。女导游开场的导游词也很精彩，她把世界比作一本书，而旅行就是读书，她很愿意和游客们一起翻看朝鲜这一页。

在车上，两位导游还唱起了歌，有中文歌《社会主义好》和《中国人民志愿军军歌》，朝文歌《阿里郎》和《卖花姑娘》，引起一阵阵掌声。两位导游在唱了《中国人民志愿军军歌》后，对中国的抗美援朝表示感谢，并提到了邱少云、董存瑞、黄继光等英雄。同时也说到在抗日战争时期，有20万朝鲜军队曾在东北和中国军队一起并肩作战，表示中朝山水相连，友谊长青。听得车上的游客们频频点头。

这之后的大多数时间都由女导游解说，女导游今年22岁，名叫李真香。她身上穿着粉红色长袖衬衫，脸上略施脂粉，手上则拿着一个大屏幕的智能手机。李导的中文说得非常流利，她去年刚从罗先的海运大学毕业，学的就是中文专业。这一路上，她除了介绍朝鲜的三千里锦绣江山，更多地歌颂了朝鲜的社会主义好。

我从车窗往外看，公路两边的农田里种着各种作物，乡间的房子看起来样式统一，每家都有着高高的烟囱。李导说朝鲜的住房由国家统一建房后给人民提供，一般四口之家能分到80平方米。另外医疗免费，上学免费。朝鲜实行十二年义务教育，包括幼儿园一年、小学五年、初中三年、高中三年。除了不用交学费，国家还免费提供校服。朝鲜也有高考，按成绩分三个等级，第一等可以进中央直属重点大学，第二等可以进道里的重点大学。同时朝鲜"全民皆兵"，每一个男子成年后都有义务当五到十年兵。

说到婚嫁，李导笑着说朝鲜人把男人称作裤子，女人称作裙子，未婚男女被称为新裤子和新裙子，问一个女孩子有没有男朋友就问她有没有裤子。相对于中国的高富帅和白富美，在朝鲜条件好的未婚男女被称为名牌裤子和名牌裙子。朝鲜的女孩子很漂亮，"北女南男"，北女说的就是朝鲜的女生漂亮。朝鲜女孩找男朋友是以"是不是党员、有没有当过兵、是不是大学毕业"为衡量标准。朝鲜男女结婚前要先在女方家举行一个订婚仪式并交换彩礼，然后确定结婚日期。按习俗，男方家庭准备房子、大裙子和人参，女方家庭准备家具和厨房用具，结婚当天则一定要吃朝鲜的传统冷面。朝鲜的人口为2300万，相比南方韩国的4200万要少很多。朝鲜政府鼓励多生育，生育五个孩子以上的母亲被称为英雄妈妈。

看到的

罗先是罗津和先锋两个城市的合称，先到的是罗津。罗津给人的印象干净整洁，城市里楼房不多，仅有的几栋六七层公寓楼就是高楼了，每一家的窗台上还摆放着几盆鲜花。

在罗津吃的午饭。要说我们在朝鲜吃的每一顿饭，那可真是都很不错，每餐八菜一汤，有荤有素，而且味道很好，得到了游客们的一致好评。至少作为游客的我们，一点儿也感受不到朝鲜食物紧缺。

罗津城内汽车很少，自行车倒是有一些数量，穿着蓝色制服的女交警在路中心用手势指挥交通。市内也有公交车，不过只在傍晚的时候看到，车里乘了不少下班的人。

去罗先剧场看了朝鲜儿童的表演，在舞台上小孩子们唱歌跳舞，表演古筝、球操、圈操、跳绳和呼啦圈，每一个节目都很精彩。这么小的孩子能把节目表演得这么好，一定经过了严格而刻苦的训练。

罗津挨着海边，我们去罗津港，港口里却没有看到几艘船。导游多次提到朝鲜原油匮乏，朝鲜本国一点儿也没有原油资源，严重依赖进口。

因为原油的短缺，罗津的发电厂处于停产状态。

朝鲜海域的生态还是很好的，海水纯净。第二天去了琵琶岛，从岛上坐船出海看到了海豹。在琵琶岛的海边能看到白色的水母、海螺、海星和寄居蟹。罗津城里就能闻到海鲜的气味，现在正是捞鱿鱼的季节，很多住房前挂着鱿鱼晾晒。听李导说，海鲜都是野生的，朝鲜不允许人工养殖，又因为海水无污染，连豆腐都是用海水做的海水豆腐。

在整个行程中，朝方旅行社安排了多次购物，前前后后去了旅游商店、外文书店、海产品加工厂、海产品市场和海边沙滩上的购物点，一共五个购物点。李导说，朝鲜虽然是计划经济，什么都是国有的，但他们也有指标和年底奖金，所以希望中国游客多多购物。我们团的游客们令朝方旅行社不失所望，中国人的消费能力太强了，在每一个购物点都大量购买。游客们在罗津的所有购物，花的都是人民币，估计我们这个团的总消费额有几十万元。有些游客买起干海参来都是几千元几千元地买，还有售价不菲的高丽人参、虎骨酒、牛黄安宫丸，甚至还买了很多新鲜的螃蟹、对虾、鱼、海胆、扇贝等，当天晚上就让朝鲜的餐厅烹饪后加餐。中国人的确是渐渐富裕了，而且有"人从众"和攀比的风气，因此包括朝鲜在内的各个国家都很欢迎中国人去旅游。

中国手机在朝鲜是没有信号的，因为朝鲜只有本国的通信网络，不与任何国家的手机漫游互通。当地民众只能买到朝鲜生产的手机，只能和本国人打电话，虽然可以上网，但也只能连接朝鲜本国网络，网络聊天只限国内。

此次朝鲜旅行，虽然有各种限制，也无法和当地人接触，但总的来说，朝鲜的生态环境、当地餐食、儿童表演等都给人留下了不错的印象。

第十七章 俄罗斯之行

从满洲里出境

这一趟旅行的目的地是中国东北和内蒙，朝鲜和俄罗斯，其中的俄罗斯段将由东向西，从亚洲进入欧洲，从西伯利亚去到圣彼得堡。我从满洲里出境前往俄罗斯，满洲里对面的俄罗斯城市叫后贝加尔斯克，这里是我俄罗斯之行的起点。

俄罗斯是世界上面积最大的国家，坐火车从东面的符拉迪沃斯托克（海参崴）到首都莫斯科要开七天七夜。俄罗斯的西伯利亚大铁路非常出名，我选择了从后贝加尔斯克到伊尔库茨克的这一段，在我看来差不多是最精彩的一段。这一段行程大约三十个小时，西伯利亚大铁路铁轨两边壮丽的风景，是坐飞机所看不到的。

后贝加尔斯克虽说是一个城市，但是比起满洲里来，城市规模差了十万八千里，是很小的一个城市，晚上也显得昏暗。在旅店对面的一家餐厅里，我吃了在俄罗斯的第一餐，要了一份罗宋浓汤、五片列巴（面包）、一小盆有蔬菜丝和红肠肉丁的小菜。这家餐厅里挂着成吉思汗的像，老板看上去是蒙古族人。后贝加尔斯克也是草原上的一座城市，城市附近所看到的草原景色和呼伦贝尔大草原没有什么不同，这里的居民除了俄罗斯族，更多的是蒙古族中的布里亚特人，另外还有阿塞拜疆族等，既有长着金发的也有长着黑发的。俄罗斯人口 1.4 亿，在世界上十二个人口过亿的国家中排名第八，而这 1.4 亿人口又由 190 个不同民族组成，在俄罗斯的亚洲部分旅行，看到的更多的是黑头发。

西伯利亚大铁路

我在满洲里对面的后贝加尔斯克乘上行驶在西伯利亚大铁路上的火车，乘坐的是卧铺。为了适合俄罗斯人的体型，俄罗斯火车的卧铺比中国火车的卧铺来得宽敞，很多俄罗斯乘客一上车就换上了睡衣睡裤，把火车暂时当成了自己的家。火车卧铺车厢的内部的确十分整洁，列车员时不时地打扫一番，过道处不仅有开水供应，还提供玻璃茶杯免费使用。俄罗斯火车的车速不快，平均也就每小时 60 公里左右的时速，最快时也只开到每小时 100 公里。乘坐这样的火车，虽然乘车的时间长了点儿，却很舒服，慢慢看风景就好了。

火车开出后贝加尔斯克，一开始的几个小时里，窗外都是广阔的大草原，有时候很长的一段路上连一栋房屋也看不到。这里比呼伦贝尔处于更北的位置，草的颜色已经变得枯黄，牛羊也不多，让人生出荒寂之感来。这样的风景一直持续到日落，车窗外除了草原还是草原，不见树和人。天快要黑的时候，铁轨两边才出现了一些树木和木屋。

在火车上，晚上睡得很早，早上醒得也早。醒来时看到了朝霞，第一缕阳光打在白桦树的树梢上。车窗外的风景像极了那年秋天在北疆禾木看到的风景，连绵不断的金黄色的树，以及一个个用木栅栏围起来的院子，院子里是一栋栋木屋。俄罗斯木屋的屋顶看起来比禾木的更高，并且有着俄罗斯风格的四棱形的屋顶。

半夜里火车曾停靠赤塔，日出后在乌兰乌德停下，这两个是沿路上仅有的稍大一些的城市。火车在乌兰乌德停车半小时，我下车去火车站附近走走，活动活动。这一天是 9 月 23 日，气温 0 到 15 摄氏度，虽然是一个大晴天，我却明显感到了寒意，寒冷来自西伯利亚猛烈的风。

在乌兰乌德下了不少乘客，这些乘客大多长着蒙古人的面孔，怎么看都和中国人差不太多，只是他们说俄语。乌兰乌德是俄罗斯联邦布里亚特共和国的首府，布里亚特人就是蒙古族的一支。布里亚特人如果细分，又分为东西两支，西部的布里亚特人信仰万物有灵的萨满教，而东部的布里亚特人信仰藏传佛教。在乌兰乌德就有一个很大的藏传佛教的佛寺，这里的文化宗教和中国西藏有着很深的渊源。

火车继续西行，车轨的南面出现一条大河——色楞河，河水碧绿，河畔的树木呈现出红黄绿丰富的色彩，不时有小木屋点缀其间。这是一幅美丽的画面，若是我自驾一辆车，想来会开一段停一段，拍摄大量的照片吧。

火车开出乌兰乌德两个多小时后，贝加尔湖出现在了眼前。大湖宽广如海，深蓝的湖线与天际线相连，在晴日艳阳的照耀下，湖水的蓝是那么深邃。贝加尔湖是世界上最深的湖，最深处达1600多米，储藏着俄罗斯80%以上的淡水资源，并且水质极高。湖面上银鸥飞过，老者在湖边拿着渔竿钓鱼，贝加尔湖养育了众多鱼类，其中最有名的是贝加尔湖白鲑。

铁路一直沿着湖边延伸出去，时而湖水就近在咫尺，时而被树林隔开，铁路贴近湖岸的地方，看见浅处的湖水泛着水晶般的光，湖水是那么的清澈。火车沿湖开了近三个小时才离开贝加尔湖湖畔，不知不觉间，竟然开到了一座山上，车窗的水平线比对面的山顶还高。窗外树梢上，红红黄黄的叶子就在眼前，仿佛触手可及。在这绚烂的季节，火车穿行在了西伯利亚的森林里。再开两个小时，经过三十小时的火车旅行，我来到了这趟火车的终点伊尔库茨克，这是一座西伯利亚地带的中心城市。

语言不是问题

一进入俄罗斯，语言的问题马上来了，俄罗斯人中的绝大多数不会说英语。在南美旅行时，南美人也不说英语，我还多少会说一丁点儿西班牙语，可是俄语我是一句都不会。更麻烦的是，西班牙语好歹和英语同样都使用拉丁字母，而俄语用的是我完全看不懂的西里尔字母。

　　我走出伊尔库茨克火车站，所看到的街道上的俄文标记果然让我一片茫然，还好我事先研究过地图，按照确定的路线行进，顺利地找到了预订的青旅。这家青旅位于一栋公寓楼内，而在公寓楼的门口没有任何关于这家青旅的标志，我按门铃后上到四楼，发现倒也没有走错。后来去到的其他俄罗斯城市里的青旅也大都深藏在公寓楼里，公寓楼的底楼也一概没有青旅名称的标志。有了第一次经验，后面也就习惯了。

　　进了青旅就又进入了英语世界，能够问到各项信息。青旅前台是个英语不错的布里亚特小伙，他推荐了一家餐厅，还给了我一张地图，在图上标出了路线。我按图索骥走到餐厅前一看，餐厅的俄文名字和青旅给的英文名字很不一样，只是有点儿相像，看看附近也没有别的餐厅了，就走了进去。我还是用边上食客吃什么我也要同样的食物的方式来点菜，要了一份色拉、一碗罗宋浓汤、一份俄罗斯大汤包，味道很是不错。

　　青旅边上有个 SPAR 大超市，前一次进 SPAR 还是在非洲赞比亚的利文斯顿，看来 SPAR 真是一个国际性的超市连锁。在超市里，我买了肉肠、熏三文鱼、面包和果汁，作为明天路上的午餐。明天有五小时的车程，我将从伊尔库茨克前往贝加尔湖上最大的岛——奥尔洪岛。

　　青旅里住着几个欧洲小伙子，分别来自德国、奥地利、丹麦等。这些欧洲旅行者和我的路线相反，我从亚洲往欧洲走，他们从欧洲往亚洲走，西伯利亚的下一站是蒙古，然后是中国，其中两人还花 800 欧元预付了去朝鲜的五日团，将从中国入境朝鲜。欧美人去朝鲜花费很贵，但朝鲜这个神秘的国度对于他们来说还是很有吸引力。这些小伙子有中国签证，停留期 30 天，但还没有完全确定线路。他们想从成都去张家界，我告诉他们如何转车。一句中文也不会的他们照样敢闯中国，和我不会俄文照样行走俄罗斯一样，对于旅行者来说，并不把语言问题太当一回事。

从伊尔库茨克到奥尔洪岛

第二天早起，整理行李，将大包变成小包，我把大包留在了伊尔库茨克的青旅。羽绒服从大包里取了出来，穿在了身上。虽然到伊尔库茨克的第一天并不冷，但据天气预报，过两天就会降温，最低温度会降到零下3摄氏度。

去奥尔洪岛，我是自己乘城市公交车前往汽车站再转乘长途车。伊尔库茨克的公交车很老旧，大概开了几十年，在中国应该是早就淘汰了的车。车上没有卖票员，乘客们下车时把钱付给司机。车票不贵，12卢布，相当于人民币2元。早上正是高峰时段，司机收钱和找零的动作非常麻利，驾驶座边上的发动机盖上放着两个塑料圆盒，里面全是硬币，如果收到100卢布的纸币，司机也能够很快给出88卢布的找钱来。

我特意站在了司机边上，一句俄语都不会说的我，把青旅前台小伙帮我写在纸上的汽车站的俄文单词递给司机看，请他到站后叫我下车。顺利来到汽车站后，在车站售票处，我把写有奥尔洪岛字样的俄文纸条递进去，打算买票，没想到售票员大妈一通俄语讲过来，我一句听不懂。她看我茫然的样子，也给我写了张纸条递出来，上面写着9:00，意思是只有早上9点一趟车，现在过了9点了，今天已经没车了。这下让我吃了一惊，青旅小伙不是告诉我10点的车吗？在俄罗斯打电话不贵，我抄起我的国内漫游过来的手机，找出青旅的号码，给青旅打了过去。今天在前台值班的姑娘也搞不清情况，跟我在电话里说恐怕得明天才能去了。我挂了电话，想想该怎么办，我在奥尔洪岛预订了房间，并不想就此更改行程。这时看到三个背着大包的背包客往车站售票处走，我迎上前去，用英语问他们是不是也去奥尔洪岛，三个小伙子回答说是，他们刚从火车站过来，也想买票去奥尔洪岛。三个小伙子来自德国，其中一个会说俄文，他走到售票处窗口大妈那里一问，得到的信息和我的一样，一天仅有的早上9点的那趟已经开走了。

我们四个走向汽车站对面停着的出租车问价，出租车要价8000卢布，一个人2000卢布，显然太贵了。这时候，一瞥间，我看到一辆小巴车前挂着奥尔洪岛的牌子，我兴奋地告诉另外三个，这不正是去奥尔洪岛的车吗？原来这种小巴车根本不进车站，属于私营车。于是，我们顺利地乘到了车，车费是700卢布。其实，从伊尔库茨克到奥尔洪岛的私营车不止这一辆，再晚一些还有几辆，所以去奥尔洪岛的交通是有保障的。无数次的经验表明，在旅行中语言不通并不是问题，即便有困难也能克服。

车子开出伊尔库茨克城，一路往北开，两边先是大草原的风景，路程过半的时候，出现了西伯利亚的泰加林。车开到贝加尔湖湖边停了下来。奥尔洪岛是一个湖中岛，车子要开上渡船摆渡。冬天时，贝加尔湖的湖水会冰冻，近岸处的冰面厚度能够达到1.5米，那时西伯利亚的汽车换上更软、更有抓地力的防滑胎，就可以直接从冰上开到奥尔洪岛了。

湖中的岛屿

上岛后，在土路上继续开一个小时，抵达胡日尔镇。我住在胡日尔镇上著名的旅馆Nikita Homestead，来之前，写了一份邮件预订了一间小木屋。到了后，发现这家果然住得很满，还好事先做了预订。

奥尔洪岛也是一个布里亚特人居住的地方，湖边的树上挂着五彩经幡，傍晚的时候，沙曼岩的边上，一个穿着蒙古服装的男子在给一群游客说着什么，他时而起身，时而坐下，口中念念有词，好像在进行某种萨满仪式。萨满教相信万物有灵，风有风神，火有火神，天地万物，皆有神灵。

我沿着湖岸走了一段，然后就在湖边坐着，看西伯利亚银鸥飞来飞去。我举起相机，以贝加尔湖湖面、对面的山峦为背景，拍下了一张张银鸥翱翔的照片。日落时，湖面上空万里无云，火红的太阳从对岸的山头落下。到了晚上，头顶的星空繁星点点，璀璨至极。奥尔洪岛是一个荒凉而美丽的地方。

旅馆 Nikita 的房价中包含了早中晚三餐，第一顿晚饭就很丰盛，牛肉、鱼肉、色拉和通心粉都配好了，每人一份，这也省去了自己点菜的麻烦。在奥尔洪岛吃饭时，每顿都吃到了贝加尔湖里的白鲑鱼。这种鱼是一种冷水鱼，要是换在中国国内，冷水鱼售价不菲，据说要卖到1000元一斤，而在奥尔洪岛，冷水鱼就稀松平常了，是餐桌上的家常菜。

我在旅馆报了第二天奥尔洪岛北线的游览团。早上来接团的是一辆苏联时代的老式车，就这样的老爷车，一路上开的道路还全是土路，不少路段还有很大的坡度，和坐过山车没啥区别。另有一段路，则几乎就是在看似无路的落叶松林和白桦树林中穿过，除了刺激，还让人感觉浪漫。到了岛北部之后，更有一段沙漠化路段，在沙子上行车，车子左晃右晃，有几处要倒一下车后再往前冲，多少有点儿吓人。不过，这个团每天发车，俄罗斯老司机开惯了这种路，安全方面倒是不用担心。

车子在抵达奥尔洪岛北角之前，一路上停了五六个点，我们下车看湖边各种形状不一的岩石。抵达北角后，领略悬崖的陡峭，然后就在高处野餐。身兼司机和厨师的俄罗斯大叔点起柴火，用五条贝加尔湖白鲑鱼为我们煮了一大锅鱼汤，再配上加了奶酪的列巴、西红柿和洋葱拌的色拉，就是一顿美味的午餐了。吃完正餐后，还有热茶和巧克力甜面包，暖胃暖心，增加热能。贝加尔湖白鲑鱼是清晨刚捕到的，非常新鲜。早上在湖边见到一艘捕鱼归来的小快艇，渔夫从渔网里把白鲑鱼一条条拿出来放入塑料箱，足足装满四五箱。岸边放着一瓶伏特加酒，干完活，渔夫径自喝起伏特加来。伏特加和热茶，在冬季酷寒的西伯利亚，是常备品吧。

和我同车来到奥尔洪岛的三个德国背包客，到了岛上后没有坐车，而是租了自行车自己在岛上骑。在岛东北角的一座西伯利亚科学考察站，我再次遇到他们，此时他们已经骑了五个小时。胡日尔镇位于全长70公里的奥尔洪岛的中部，从镇上到北角40公里路程，但由于大坡度路面，又有沙地，所以骑车极耗体力，是真正的越野骑车。他们不知道应

亚　洲　309

该骑哪条路回去,我们的司机指点了他们,只是岛上的岔路很多,我担心他们会不会迷路。旅馆的晚餐在晚上9点结束,但愿他们能赶上。在奥尔洪岛,我还遇到四个法国旅行者,他们从莫斯科出发,坐火车来到伊尔库茨克,也在奥尔洪岛上骑自行车,接下来还要坐火车去北京。他们总是带着自己的自行车上火车,下火车后就骑行,包括奥尔洪岛在内,他们一路上连旅店都不住,不畏寒冷,全程露营。这些可真是体力和耐寒力超强的旅行者,对我来说,是万万做不到的,不禁感叹人和人真是不同!

贝加尔湖畔小镇

从奥尔洪岛原路返回伊尔库茨克,公路边大片广袤的西伯利亚泰加林和大草原,虽然来时看过一遍,但依然为风景所震撼。

回到伊尔库茨克,我在汽车站直接乘一辆班车,前往利斯特维扬卡。利斯特维扬卡是一个湖边小镇,依山傍湖,景色优美。镇子很小,只有沿湖的一条主街和几条伸向山里的街道。

这一天是一个艳阳天,我在贝加尔湖湖畔走走,湖滨有人喝着啤酒晒太阳,其中一个男子竟然光着膀子,在寒冷的西伯利亚,人们尤其珍惜暖阳。今天是9月25日,西伯利亚的贝加尔湖湖边竟然有夏日的感觉呢,我在湖边的小店里买了一根冰淇淋吃。

湖的另一头,山里五彩斑斓的色彩毫无疑问地表明现在是秋天,绚丽的秋色吸引着我从湖边一直往山里走。在路边,我看到GBT的路牌,GBT是大贝加尔小径的缩写,原来这里正是起点。这条小径全长20公里,从利斯特维扬卡通往贝加尔湖边的一个小村Bolshie Koty。那个小村不通公路,要么步行要么乘船,汽车是开不进去的。

我决定这一晚就住在利斯特维扬卡,刚到时看到镇上有一个旅客信息中心,里面的工作人员会英语,从那里我知晓了镇上也有一家青旅。这家青旅坐落在山间的一栋漂亮的木头房子里,一晚上600卢布,合100

元人民币。这要是换了在国内，这样的山中木屋别墅，得出高价才能住上。不过小镇上吃饭很不方便，餐厅很少，我就在商店里买了冷冻的俄罗斯的饺子，回青旅的厨房自己煮着吃。

第二天天气就变了。早上我还睡在床上时，听到雨点声，起床一看，却原来是落叶"噼里啪啦"地落在木屋斜顶的玻璃窗上，发出响声。这里满山金黄的秋景只有十天左右的时间，西伯利亚的寒风一刮，树叶很快就要落光呢。最美的季节一过，西伯利亚地区就要迎来严酷的寒冬，漫长的冬季一直要持续七个月。

中午的时候，离开青旅往湖边走，只见树叶在劲风的吹送下，狂舞着在空中打转。天空阴沉，山林不再出彩，贝加尔湖的湖水也不再是蓝色的。没有了阳光，再加上大风，体感温度一下子低了很多，路上行走的老妇人和中午放学回家的小孩子都穿上了羽绒服。只一天之差，就差了两个季节，昨天还有男子光着膀子晒日光浴，放在今天几乎不可想象。

这天我去了利斯特维扬卡博物馆，在博物馆的水池里看到了三头贝加尔湖环斑海豹。贝加尔湖环斑海豹的总数虽有 2 万多头，但在大自然中一般看不到，只有在 7 月份的时候，在奥尔洪岛南端的一个海角能够远远地望见，再有就是博物馆中这几头了。贝加尔湖环斑海豹看上去的确与众不同，它们简直一个个都是小胖子，身材不长，肚子圆滚滚，游起来的速度却是极快，像极了从水底发射的鱼雷。博物馆里有卖贝加尔湖环斑海豹的毛绒玩具，那是海豹小时候的形象，萌得非常可爱。

从利斯特维扬卡回伊尔库茨克车站的班车经过市区的中央市场，我在市场下车。这时，天空中飘起了小雪，然后雪越下越大，成了鹅毛大雪，这是今年伊尔库茨克的第一场雪。中央市场里有各种商品贩卖，我赶快买了一条围巾，戴着特别暖和。市场里还有毛皮帽子和看上去超厚的棉袄，这一切都表明西伯利亚的冬天非常寒冷，而且寒冬早早地在 9 月下旬就开始了。

气象预报显示伊尔库茨克明天继续降温，最低气温零下 5 摄氏度，最高气温零上 3 摄氏度。我在这一天离开西伯利亚，从伊尔库茨克前往圣彼得堡。圣彼得堡的纬度是60度，比起伊尔库茨克所在的50度纬度线要高10度，但是那里最低温度7摄氏度，比起西伯利亚来要暖和很多。

圣彼得堡距离伊尔库茨克4800公里，这段路也可以坐火车，但是从伊尔库茨克到莫斯科需要七十五到八十五小时，也就是三天三夜的时间，到了莫斯科后还要转车，再坐一个晚上的火车才能到圣彼得堡。所以这段路，我选择坐飞机，从伊尔库茨克飞莫斯科需六个多小时，然后转机飞圣彼得堡约一小时。

圣彼得堡

到了圣彼得堡就又从亚洲来到了欧洲，圣彼得堡完全就是一个欧洲范儿的城市。繁华的涅瓦大街，宽阔的街道和漂亮的楼房不禁让人眼睛一亮，感觉与伊尔库茨克完全不同。伊尔库茨克给我的观感，除了几座彩色的教堂吸引我的眼球外，市内绝大多数的建筑都是上世纪50至70年代工业化时代设计建造的，缺乏美感，甚至可以用破旧来形容。但圣彼得堡不同，这里的建筑是有艺术性的，圣彼得堡城市的创建者彼得大帝希望他的帝国像罗马帝国一样伟大，因此特意从法国和意大利等地请来建筑师，以完全的欧洲的艺术性建筑风格建造了这座城市。

追溯圣彼得堡的历史，三百多年前的公元1700年，彼得大帝为了夺得波罗的海的出海口，发动了针对瑞典的北方战争并获胜，得到了圣彼得堡所在的这一大片土地。三年后的1703年，圣彼得堡开始建城，并从此从沼泽地带里的一座要塞，发展到了现今人口500万的大城市。

圣彼得堡曾是俄国的首都，著名的冬宫曾是俄国的皇宫，为纪念俄国战胜拿破仑而建的亚历山大圆柱仍竖立在冬宫前的广场上。冬宫如今被改作了埃尔米塔什博物馆，它和大英博物馆、法国卢浮宫、纽约大都会博物馆并称世界四大博物馆，规模宏大，展品众多，我在冬宫里看了一整天也没有看够。原来的皇宫房间被辟成了大大小小400个展厅，我按照博物馆地图上的特别标注，将精品都看了，剩下的只能走马观花。

冬宫的展品以绘画作品为最大特色，有达芬奇、伦勃朗、莫奈、高更、塞尚、梵高和毕加索等绘画大师的名作，而全部绘画藏品足足有150多万幅，如果在每一幅画前停留一分钟，那可需要三年的时间。

我在圣彼得堡待了一星期，其中三天在市内，四天去了郊外。圣彼得堡市内就够美的了，郊外更美。我去了普希金镇、巴普洛夫斯克、彼得霍夫，这三个城镇都有沙俄时代的宫殿，普希金镇有叶卡捷琳娜宫，巴普洛夫斯克有大宫殿，彼得霍夫则是彼得夏宫的所在地。我本有打算去另一个城市维堡，结果发现普希金镇太美了，就去了两次普希金镇。我尤其喜欢普希金镇的亚历山大花园，高纬度的秋天美景在这座花园里得到了最完美的体现。花园里最好看的是枫叶，北半球的枫叶以加拿大的最出名，而圣彼得堡郊外的枫叶其实一点儿也不逊色。除了枫树的红，还有银杏、白桦、杨树的黄，各种常青树的绿，树叶五彩缤纷，秋色美不胜收。

这次旅行，从中国东北出发，一路都是美丽的秋景。我喜欢秋天，曾在金秋季节去到中国新疆的喀纳斯、中国西藏的林芝、阿根廷的巴塔哥尼亚，加上这次的俄罗斯，一幅幅大美无边的画面留存在了记忆的脑海中。

看芭蕾和歌剧

除了欣赏冬宫里的艺术品和郊外的秋景，来到圣彼得堡，一定要去一趟马林斯基剧院。马林斯基剧院曾是沙皇观看芭蕾的地方，光看看老剧院内部辉煌的装饰就很令人惊叹了，更何况马林斯基芭蕾舞剧团又是世界顶级四大芭蕾舞团之一。

老剧院不大，有着很好的音乐效果，现场乐队的位置位于舞台前的下方，我数了一下，乐队一共由70多人组成，乐器有大、中、小提琴，各种号子和笛子，竖琴、鼓、三角铃等，演奏出非常美妙的合乐。

在马林斯基剧院，我先看了一场芭蕾舞表演《仙女（La Sylphide）》。

《仙女》是芭蕾舞足尖舞的开山之作，1832年在巴黎歌剧院首演，至今一直经久不衰。《仙女》第一幕的节奏非常欢快，乡村人的服饰色彩鲜艳，最多时有30多个演员在舞台上同时以足尖舞动。第二幕则温婉动人，18个白衣仙女翩翩起舞，队形时而变化，演员的动作和音乐的配合恰到好处。男女主角的独舞是最棒的，女主角由剧团首席演员Olesya Novikova出演，表演美轮美奂。如此完美的表演没有台下的十年功是做不到的，所谓"台上越美，台下越苦"，在我住的青旅的隔壁公寓楼里就有一个芭蕾舞教室，隔着玻璃能看到小女孩们每天早晚都在那里练习。

　　看了芭蕾后意犹未尽，第二天我又去了马林斯基剧院，这次看的是歌剧《波西米亚人》。马林斯基的歌剧和芭蕾齐名，这一场也是座无虚席。《波西米亚人》是一出四幕经典歌剧，一百多年前在意大利首演，通过演员的演绎，讲述巴黎四位穷艺术家的生活和他们超脱于贫穷的对爱情的追求。舞台上的场景，如餐厅和监狱等都很逼真，而演员们的表演出神入化，所表现的下层社会人物个性鲜明。第二幕时，有50多人在舞台上同时表演，每一个演员的每一个动作都是认真而一丝不苟的，展现了那个时代人们的生活。歌剧演员的演唱用的是意大利语，我听不懂，恐怕俄罗斯观众也听不懂，但能感受到演员的咏唱充满感情，歌声时而舒缓、时而高亢，现场音乐伴奏也随着主人公感情的起伏而不断变换着旋律。在马林斯基剧院，无论是看芭蕾还是歌剧，都是再好不过的艺术享受。

小镇上的集市和广场舞

　　坐夜行的卧铺火车，从圣彼得堡到莫斯科，夕发朝至。早上6点的时候，我抵达了莫斯科，从火车站转乘地铁，地铁车厢里已经有不少人，看来莫斯科是一个一早就开始忙碌的城市。到了莫斯科，我先不入城，而是前往汽车站转乘大巴，继续前往弗拉基米尔。

　　莫斯科附近的多个城镇构成了一个环，被称为金环，教堂、要塞、城堡和田园风光是金环的特色。虽然弗拉基米尔也是金环中的一个城市，但我的目的地是苏兹达尔，所以在弗拉基米尔继续转车。

如今的苏兹达尔只是一个小镇，但在很久以前却是一个公国。小镇至今仍保留了中世纪时的面貌，有着数目众多的教堂。东正教教堂一般都是一个大洋葱圆顶，四周围着四个小洋葱圆顶，圆顶有蓝色的、黑色的、灰色的。在苏兹达尔，放眼望去，看到的是许许多多个各种颜色的洋葱头圆顶。

我在小河边的一栋木屋民宿中住下，第二天是周六，正好有周末集市。集市在苏兹达尔镇的中心广场上举办，身穿民族服装的俄罗斯妇女摆放出各种商品，最具特色的，我觉得是蜂蜜酒。除了售卖，人们还在广场中心的舞台上歌唱，歌唱者都是当地人。台下的观众被歌声所带动，也情不自禁地摇摆起身体，跳起舞来。

我被歌舞所吸引，驻足观看了许久。这一天是10月4日，苏兹达尔的天空中已经飘起了小雪花。我不像当地人那样习惯于寒冷，在低温的室外待久了，手脚冰凉，于是我干脆和俄罗斯人一起舞动起来，动起来就感觉不那么冷了。就像中国的广场舞，其实是挺好的健身运动。

逛动物园和看马戏

从苏兹达尔回到莫斯科，很少有人在莫斯科的第一天像我这样玩：我白天在莫斯科动物园里逛了一天，晚上去看了马戏。

莫斯科动物园几乎没有外国游客，基本都是俄罗斯本国人。园区虽然不大，却饲养着不少在别的动物园难得一见的动物。北极熊是我最想看的，我在莫斯科动物园看到了两头，一头在雪地上挠痒痒，举起的熊掌和被挠的身体都肥肥的，惹人喜爱；还有一头撅着肥大的屁股，头朝洞里不挪动，过了一会儿，只见它叼着一块大列巴出来，心满意足地吃了起来。北极熊也是杂食动物，面包是饲养员给它们的小点心。动物园里除了北极熊，生活于寒带和亚寒带的还有狼獾和雪豹，以及来自西伯利亚的狼。

莫斯科动物园里也有来自热带的动物，比如非洲的长颈鹿、斑马、羚羊和大象。要让这些动物生活在寒冷的莫斯科也是一件不容易的事，它们都有暖房居住。我还看到了一个大猩猩家庭和两个红毛猩猩家庭，每一个家庭都有五六头成员，这些灵长类动物原本也生活于炎热的地带。在暖房里，最活跃的是调皮的小红毛猩猩，不是在粗大的缆绳上拉拽，就是在悬挂的轮胎上晃悠，一刻不停。猩猩兄弟之间还经常打闹，它们的父母慵懒地看着它们，并不理会。

动物园里还有一个小马场，八九个俄罗斯小女孩正在练习骑马，教练在一旁不停地用俄语吆喝着。其中一个小女孩因为骑得不好挨骂了，被迫停下来两次，她骑的马还尥蹶子。眼看那小女孩差一点就要哭出来，她的教练仍然板着脸。欧洲的马术水平普遍比较高，俄罗斯也在其列，骑马大多从小的时候就开始练习。

出了动物园，我去马戏场看演出。俄罗斯的马戏世界有名，在莫斯科，每周六和周日都有演出，这一天正好是周日。整台节目中，除了狮子、熊、骆驼等动物明星的精彩表演，还有惊险的人类杂技，如高空单杠、高空秋千和空中劲斗，由此联想到体操果然是俄罗斯的运动强项。这些令人惊叹不已的表演，加上马戏场很棒的现场音乐和舞台效果，让人看得很过瘾。

莫斯科

来到莫斯科，必去的地方当然是红场，我住的青旅就在红场附近，步行五分钟就到，所以我去了不止一次，白天和晚上都去过。我原来的想象中，经常举行阅兵仪式的红场一定很大很大，但到了一看，广场居然只有400米长、150米宽，只相当于两个中学操场的大小，这大大出乎我的意料。红场上最醒目的是有着彩色洋葱头圆顶的圣瓦西里大教堂，这是莫斯科标志性的建筑之一。

我还去逛了步行街阿尔巴特大街、矗立着彼得大帝塑像的雕塑公园、莫斯科大剧院、国家百货商场等。因为距离不远，基本都是步行，不用坐地铁。但是莫斯科的地铁站又很出名，我为了去看地铁站而特意乘坐了几趟莫斯科地铁。

莫斯科的地铁站是值得看的，看点包括各个车站内不同的浮雕、壁画和马赛克镶嵌画，以及精美的大理石柱和华丽的吊顶。莫斯科地铁在建设时，不仅舍得花钱将车站建得美轮美奂，还考虑到了战争时的防空和安全，将地铁站建在很深的地方。不少站点，从地铁站进口到站台，要坐好几分钟的自动扶梯。自动扶梯上永远站满了人，仔细端详对面自动扶梯上的每一张俄罗斯人的面孔也是一件很有意思的事情。在我看来，旅行不仅在于看不一样的风景，也在于看不一样的人群。

第十八章　中国西藏之行

成都

我的西藏之行始于西藏自治区东端的昌都，进藏路线是从上海先飞成都，再从成都飞昌都。

成都是我熟悉而喜爱的城市，曾经七八次来到这里。最早几次来的时候，无法忍受这里的不见阳光，待不了几天就想逃离。"蜀犬吠日"说的就是四川的小狗打出生起就不见太阳，第一次看到太阳出现，以为是怪物而狂吠不已。再有一个可以佐证的是，北方人说方位习惯于说东南西北，而成都人习惯说前后左右。成都人和太阳比较陌生，自然也没有北方人那么强的东南西北的概念。

后来多来几次成都，也就习惯了，并且慢慢地喜欢上了这个城市。成都闲逸，悠然自得，"最具幸福感"。

成都飞昌都，只有清晨的国航的航班，为了一大早乘机方便，前一晚我住在了距离双流机场不远的常乐小区。入夜后，街上熙熙攘攘，沿街的小吃店里坐满了人，冒菜、串串香、烤肉，各种小吃的香味四处飘散。走进一家，浓浓的川味扑面而来，看到的是菜里的花椒，听到的是满耳的四川话。

此次一路西行，花椒和四川话并没有因为离开四川而消失。到达西藏后，在难以抵达的墨脱县，在中心城市拉萨市，在雪域高原的定日县，就算离开西藏地区进入尼泊尔，也常常闻到香气浓郁的花椒味，听到浓浓的四川口音。成都休闲安逸的气质只是多棱体的一面，四川人的另一面是吃苦耐劳、坚忍不拔，艰苦的环境中也能看到四川人的身影。

最高的机场

从成都飞昌都有780公里，飞越了川藏线的一半，昌都差不多正好位于成都到拉萨的中点的位置。

昌都的邦达机场是世界上所有民用机场中最高的一座，海拔4334米。我以前还飞到过其他的高原机场，比如云南迪庆的香格里拉机场和四川的攀枝花机场，但哪一个都没有昌都机场来得高。

飞机刚落地昌都机场，坐在飞机尾部的国航空姐们就已经把氧气小钢瓶拿了出来，开始吸氧。听她们说，飞机在降落昌都邦达机场时，机长和副机长也要按规定带上氧气面具。

在邦达机场里，只有往北去昌都市区的机场中巴，出租车拼车的也都只往北开，而我要往南去邦达镇。我背着我的包，在海拔4300米的地方走了一段十分钟的上坡路，走出机场，来到了公路边。初到高原，仅走了这么会儿，就让我气喘吁吁，恨不得把背包扔了。

邦达机场外的国道上，每天早上会有昌都开往林芝方向的大巴经过，我就在路边耐心地等车。

机场的对面是一个小村子，刚好有一个藏民开着车要和他妻子一起去邦达镇上办事，见到我就招呼我上车。

这位藏民很健谈，从机场到邦达镇50公里，一路上说个不停。他给我说起三十多年前去拉萨朝圣时的往事，那时候乘坐的是东风大卡车，40多个人挤在一辆卡车的后厢里，道路也不像现在那么好，七八天才到的拉萨，一路上吃饭都是停车后自己在路边生火煮饭。相比之下，如今的条件可好太多了。

川藏南线

来到邦达镇，就来到了川藏南线。从四川进西藏有川藏南线和川藏北线两条公路，南线是318国道，北线是317国道，这两条国道在昌都市区到邦达镇之间由南北向的214国道连接，邦达机场则在南北向的214国道的中段的位置。

邦达镇再小不过了，镇上仅有的几家餐馆里，满墙都是川藏南线旅行者在墙上写下的留言，连椅子背上都是。

在邦达镇等待一会儿后，从昌都到林芝的班车开了过来，这趟车也就是我原先在机场附近等的那班车。上车后，找座位坐下，同行更多的是藏民。司机在车里播放着好听的歌，每一首都打动人心，"心中那自由的世界，如此清澈高远"，唱出了我此刻的心境。

骑行者

在318国道上，有许多穿着五颜六色冲锋衣的骑行者骑行川藏南线。班车经过一处有着3838路标的地方，骑行者们在那里纷纷拍照。始于上海的318国道，0公里是上海的人民广场，到这是3838公里，而大多数的骑行者从成都启程，骑到这里也要1300公里。

途中班车停了下来，一停还停了很久，原来有四个骑行者要求搭车。司机花了不少时间把三辆自行车绑上了车顶，再把另一辆拆开，放入车后部。四人上车后，坐我附近，听他们讲从成都出发已经骑了十四天，一般一天可以骑100至150公里，而刚才在怒江七十二弯这一段，一小时才骑了5公里，并且非常疲劳。他们入藏以来几乎天天下雨，今天虽然是晴天，但有很大的风，严重的体力透支让他们决定和自行车一起搭上班车。

怒江七十二弯这一段路，上坡18公里，下坡40公里，最高处是业拉山垭口，海拔4618米，而最低处是怒江大桥，海拔2740米，中间的落差将近2000米。连续的上坡路段，下来徒步推车都要比骑车快，而连续的下坡路段其实很危险，一定要控制速度，捏住刹车，如果控制不好很容易发生险情。

所以，骑行究竟是一件很累的事，尤其是下雨和逆风的时候，但是骑行者们乐此不疲。他们有专门的骑行攻略书，书中给出了行程设计，并附有专用的地图，地图上详细标出海拔、距离和危险路段。对于骑行者们来说，骑车进西藏的意义，更在于自我挑战。

静美然乌村

我在川藏线上的第一晚，住在然乌镇。然乌镇的海拔为3900米，从0海拔一下子来到接近4000米的高海拔过夜，我是有高原反应的。在然乌镇上走几步上坡路就觉得喘，晚上睡觉也睡不好。每次长途旅行，最开始的几天都比较辛苦，这次还要先适应一下高原。

然乌镇旅店里的住宿者也大多数是骑行者，其中有两位，一位从北京出发，经河北、山西、陕西，翻秦岭进四川，到成都后骑川藏线，从北京到然乌镇骑了四十九天。还有一位从广州出发，经广西、贵州入四川，也是从成都开始骑川藏线，广州出发后第三十九天骑到这里。我觉得这两位实在是太强了！

旅店的墙壁上满是涂鸦，写满关于旅行、关于爱情、关于人生的感言。

第二天，骑行者们一早就上路了，然乌镇一下子安静下来。大多数的骑行者每天赶路，要在天黑前赶到下一个住宿地。完成川藏线骑行的意义，对于他们来说大于一切。但这样的骑行，难免要错过一些风景。我不用赶时间，一上午都可以在然乌散步。

然乌很美，在我看来，它的美不在于人人皆知的318国道边的然乌湖，而在于镇子后面的藏村。田地里的麦子黄了，正是麦子的收获季节，麦草架上堆着麦草；油菜花兀自开放着；草甸子上牛羊低头吃草。村子里十分宁静，我走走停停两个多小时，路上遇到一位藏族大妈，她主动和我打招呼，微笑着说"扎西德勒"，听着是那么的和善亲切，我也对她说"扎西德勒"，是我有生以来的第一次。

徒步者

从然乌镇去往波密县城，我在镇口等车。我在西藏旅行的交通工具主要是长途班车，但在过往班车稀少的时候，也会搭上顺风车，下车的时候给司机正常的路费。川藏线上是比较容易搭到车的，我遇到过一些旅行者，一路搭车到拉萨，说是一分钱交通费没花。我也遇到过一些藏族司机，就是不肯收车费。他们乐意做好事，收了钱反而觉得过意不去。

在等车的时候，一个小伙子走过来，他是徒步的，对我说一起走吧。川藏线路途遥远，我没有骑行和徒步的想法，摆摆手说不了。

在川藏线上徒步的有两种人，一种是徒步旅行者，还有一种是朝圣的藏民。徒步旅行者有坚持走全程的，也有走累就竖起拇指搭车的。而朝圣者是完全徒步去拉萨的藏民，他们手上绑着木板，膝盖上戴着护膝，一路磕着长头前往拉萨，有着绝对强大的精神力量。

扎墨公路

我从波密县城开始了墨脱之行。墨脱之路，使我终生难忘。一直以来，墨脱就因为不通公路而出名，被称为"全国唯一不通公路的县"。在我去的时候，实际的情况是有一条可行车、但路况很差的公路通向墨脱，这条路叫作扎墨公路。扎墨公路中的扎代表波密县城所在的扎木镇，墨代表墨脱县城。

扎墨公路上没有长途班车，但是有藏民司机开四轮越野车从事营运，只是有时除了司机外，一辆越野车可能挤五六个乘客。上车的地点在波密县城交通宾馆的门口，紧挨着扎木大桥。扎木大桥的桥头有一块石碑，上书"中国终极越野之路起始点，路程全长141公里"，落款的时间是2009年10月。彼时，嘎隆拉隧道尚未开通，从扎木到墨脱的路要经过嘎隆拉山顶，比现在的117公里要多出24公里。

扎墨公路，从路程上看只有117公里，放在任何地方的高速公路上都用不了两个小时，但最终我进墨脱用了两天，出墨脱又用了两天，加起来用了四天时间。算起来我也走过很多很多的路了，但哪一条路都没有进出墨脱那样艰辛。

这天早上9点，从波密县城扎木镇出发，一开始的一段路是较好的柏油路。从开始翻越嘎隆拉山起，路就变得艰难起来。在扎墨公路上，公路的里程都以K（公里）为标记，从波密开始数字逐渐增大，到行车极为困难的路段，每过1K都极不容易。

嘎隆拉雪山

4300米高的嘎隆拉雪山是横在波密和墨脱之间的天然屏障，路渐渐上行，随着海拔的升高，坐在车里，能明显地感到气温的下降。车窗外是雨雾缭绕的冷杉林，苍翠的冷杉叶上挂满颜色发白的苔藓，看起来有点儿仙境的感觉。

扎墨公路于1975年始建，当年的路线是翻过嘎隆拉山的多热拉山口。这个山口一年十二个月里有九个月大雪纷飞，积雪最深可达4至5米，只有每年8月至10月才能筑路和行车。第一条曾经修通又被自然灾害所毁的扎墨公路，一年中只有三个月的可行车时间。

进入21世纪，扎墨公路重新规划建设，这次设计了在嘎隆拉山的腰腹处修建一条隧道。由于嘎隆拉山处于岩石断裂带，隧道的修建难度极大，工程采用了最先进的高山隧道技术，但即便如此，修通隧道仍然相当不易。

越野车穿过3公里长的嘎隆拉隧道，过了隧道之后，行车一下子变得艰难起来。有些路段因为坑洼，车子会陷在小坑里，需要先倒车，再踩油门往前过；有些路段弯度极大，也需要倒一下车才能拐过去。

进入墨脱县境

在52K经过边防检查站，过边防站时要检查身份证和边防证。半年前去南疆的塔什库尔干之前，我在上海申办边防证时，已经早早地把墨脱一起申请上了，因此顺利通过边防站。

52K之后就进入了墨脱县境内，车窗外的风景从高山冷杉林变成了常绿阔叶林，虽然仍是云雾缭绕，路两边却已是满眼绿色。路边不时飞瀑直下，山泉纵流，此处和进入嘎隆拉隧道前完全是两种景象。墨脱的纬度是北纬29度，由于良好的水汽条件，这里形成了一个垂直的植物带，由着海拔的不同而生长着不同类型的植物，不仅种类丰富，诸多古老的物种也在此存活。随着海拔继续下降，眼前的墨脱所在的喜马拉雅南坡出现了北半球纬度最高的热带雨林。

在75K，一座铁桥被持续降雨后的大水冲垮，坍塌的桥体依旧搁在水面中，任凭汹涌的溪水冲刷。越野车通过的是新抢修的另一座铁桥。在新铁桥建成之前的一段时间里，车辆无法过河，只能在断桥的两头通车，人下车后步行过一座临时的木桥，再换对面的车。

来到80K

在中午抵达80K，实际上减去原来翻越多热拉山口的24公里，到80K其实只有56公里路。但习惯的称呼一直在被沿用，嘎隆拉隧道后面的公路仍然用的是以前的公里数。56公里路，用了三个小时，是不是觉得有点儿慢？真正慢的还在后面呢。

80K 曾是扎墨公路上重要的物资转运站，用汽车从扎木运来的大量生活物资，都曾储存在这里。从 80K 到墨脱县城还有 61 公里，最早只有马道，墨脱县城所需的生活物资，在很长的一段时间里都要通过马驮和人背的方式从 80K 搬运进去。后来，从 80K 到墨脱县城有了可通行小型农用车的机耕道，机耕道再加宽后才有了今天可通行汽车的路。但是这后面的 61 公里路段因为气候和地质的原因，仍然因为时不时发生的塌方和水毁，时断时通。

这一天，我们在 80K 吃过午饭后，当天就再没有前进 1 公里，因为前方的路断了。88K 处塌方，紧接着 96K 处又出现了塌方。墨脱地区雨量充沛，塌方是扎墨公路上常有的事，88K 就是最容易出现塌方的路段之一。由于清路所必需的挖机也在修路过程中损坏，而修复挖机的部件需要从波密运过来，路的复通，最早也要等到第二天。

不折返

在经历了一路上的惊险后，在 80K 的餐馆里，两个乘坐另一辆车的北京小伙子早就开始打退堂鼓了，现在又闻听前方塌方，于是决定折返，另找了一辆车，吃完饭就掉头返回了波密。

和我同车的高博也开始动摇了，并且鼓动我一起回波密。然而，我不，我说哪怕所有准备进墨脱的旅行者都折返了，也影响不到我。我并没有去劝说高博，他自己经过考虑后，也决定留下来等第二天路通后继续前往墨脱。

其实我乐得安心在 80K 处这个门巴族的小村落住上一晚。80K 有旅店有餐馆，生活上没有问题。路断了要等待修复并不是坏事，不然我们的藏族司机一定是一路赶路，直奔墨脱。对于我来说，能有更多的时间在这里停留，了解一下当地的民风岂不更好？

门巴族村落

我在村里闲走。村子里满地跑的是藏香猪，扑扇着耳朵，摇动着尾巴，到处找食物吃。傍晚的时候，牧童赶着牛儿出现在路上，有些牛儿的眼角边流着血，那是在山上吃草的时候被蚂蟥蜇的。墨脱的旱蚂蟥是出了名的"凶残"，不过在大路上不会有。

村里大多数门巴族人住的房子是很简陋的木棚，由木板围起四周，然后盖上一个铁皮顶。几个汉族人开的招待所也一样都是木质结构，村里唯一的水泥房子是交通宾馆，要知道运水泥进来建房子可不容易。

一个门巴族的小男孩在木屋前扔塑料饮料瓶玩，屋子门口还坐着一位和善的老妈妈晒太阳，但是他们俩都听不懂我说的汉语，需要屋中的门巴族年轻女子做翻译。

门巴族的青年们爱打桌球，台球桌就露天摆放在80K的路边，我和两个门巴族男生打了几局，虽然打的也是"黑八"，但规则有点不一样。这里的规则太宽容了，母球击到对方的球都不算犯规！另外，在墨脱打桌球不是按小时收费，而是按打的局数收费。所以，同样打一个小时，一杆连续清台的高手要多付不少钱。

路通了

墨脱的气候潮湿多雨，经常是一片云雾过来，就是一阵雨，雨止后又是一片云、一阵雨。第二天早上，天色很难得地完全放晴，现出蓝天白云。我兴奋地走到往县城方向的村口去打听消息，得知路还没有通，但是挖机的部件已经运到，前方正在抓紧抢修。更好的消息是今天有一个地区政府的工作组要去墨脱县城办公，上午已经从波密的扎木镇出发开上了扎墨公路，所以要保证他们在天黑前到达县城，公路抢修工作必须在中午完成。

路在下午1点抢通了，车子终于开出80K。从80K到县城的路比昨天的路更艰险，车子陆续通过88K和96K，见到挖机仍然在继续清理，能通车的路面很窄，开过时如履薄冰。

96K之后的路段，又遇到了三处新的滑坡塌方，还好面积都不大。藏族司机们停下车来，用手搬、用车上带着的铲子铲，把滑落在路上的泥石清理掉后继续前进。看来这样的情况对于经常行驶在扎墨公路上的司机来说早已见怪不怪，已经习惯于自己动手清理小型塌方。除了塌方路段，沿路还经过好几个涉水区，越野车从很深的水中通过。还有几个弯道几乎是360度，开的时候，要倒上两次车，才能转过去。就是在这样的路上，我们的越野车义无反顾地向前行进着，向着目的地墨脱县城行进。

抵达墨脱县城

第二天下午6点的时候，终于抵达墨脱县城。

墨脱县城很小，有人说它是中国最小的县城。我去过中国各地的很多县城，以小而论，以印象深刻而论，新疆帕米尔高原上的塔什库尔干县城和西藏喜马拉雅南麓的墨脱县城有得一比。

县城里物价较高，这个可以理解，运点东西进来多不容易啊。县城里倒是有好几家餐馆，比较多的是川菜，饭菜价格一点儿不便宜。听餐馆老板说，这几年墨脱的物价已经降了不少，东西也比以前丰富了许多。在物资仅靠人背马驮的年代，墨脱的物价还更高呢。

墨脱有一个特产是石锅，材料用的是当地的天然皂石。皂石质地很软，摸上去滑滑的。当地门巴族人用一个月的时间才能手工凿出来一个。皂石石锅耐高温，煮食物不粘锅、不变色，保温效果好，炖煮出来的食物更美味。我这一路的同伴高博，兴冲冲地拉着我去吃石锅鸡，一问价钱，竟然要480块钱一锅！

墨脱县城附近的山坡上有一垄垄绿色的梯田，那是稻田，据说墨脱是全西藏唯一产大米的地方。山坡上的村落里聚居着门巴族，房子和县城里的水泥房不同，是一排排木屋，看上去应该是统一修建的。

这天傍晚又开始"哗哗"地下雨，大雨下了整整一夜。墨脱的多雨是出了名的，年降水量极大，此地东、西、北三面都是高山，而从南面吹来的印度洋季风，带来了充沛的水汽，水汽外输只有雅鲁藏布江大峡谷一途，因此河谷里很容易聚集水汽，并形成终年缭绕的云雾和终年不断的降雨。雨季时，大雨可以一天连着一天不停歇地下，雨水无穷无尽。

决定离开

早上起来，雨还在下。我心里想，这一夜的大雨，不知道扎墨公路上又多了几处塌方。

好不容易进一趟墨脱，我当然想在墨脱多待上几天，除了县城之外，我还想去乡里和村里走走。进墨脱的时候和司机只说乘坐单程，本打算出墨脱时坐别的越野车。

但是，和我在墨脱县城同住一屋的高博决定第二天早上就离开，离开前还跑去石锅店花了700元买了一个不算太大的石锅，过几天他就要从拉萨坐青藏线火车出西藏回北京，可以把石锅一路带在身边。我的这趟旅程才刚开始，不可能带着个石锅。买完石锅，他就跑回来劝我一起出去，最大的理由是今早政府工作组也要出墨脱，跟着他们的车队走会方便一些。

一上午雨还下着，这雨一直不停地下，真不知道后面几天的路又会变成什么样子，说不定真如他恐吓我的那样，在墨脱县城困上一个星期半个月的也不是没可能。最后，我决定也在这天离开墨脱。

我还舍不得马上离开墨脱县城，拉着高博，在墨脱县城再转了转。特意去县城里的最高点——墨脱县政府门口拍上一张自己的照片，再和墨脱的梯田合影一张，就算和墨脱县城告别了。

一天只开了 20 公里

开始回程的路,可车子刚出墨脱县城,就看到有大树横在路上。墨脱的当地人正在用砍刀将树砍断,然后移开。过没多远,又被一棵倒伏的树拦住,这棵树更粗,连砍刀都砍不断,后来只能由挖机将树整体推开后才得以通过。

过了两棵倒伏的树形成的路障后,第三处路障是一个大塌方,在持续一个小时的时间里,山上的泥石和树木不断地崩落,将山崖边本就狭窄的土路完全堵塞,已经完全看不出路的样子。这真是一段旅行中绝难看到的景象。

今天不仅有昨日进墨脱的工作组要出县,墨脱县的门巴族县长也要在这一天出县城去北京参加会议,所以清障的工作绝对有保障,一路上都有挖机在前面开道。但是这个大塌方,挖机也帮不上忙,最后在想尽一切办法的指示下,从墨脱县城运来了炸弹,先炸再挖。在整整七个小时的努力后,这一段路终于打通。然而,这并不意味着前方就此一路通畅,开了没多久,前方又是一棵大树倒伏在了路中央,移开大树又用了半个小时。

到晚上 7 点多,天色已暗,在 120K 又遇到了新的塌方。中午后就没再下雨,可是一到夜晚,每天如约而至的夜雨又开始了,雨"哗哗"地倾注下来。今天无法再前行了。

一早从墨脱县城出发的车辆,在使用炸弹开山清障的七小时里,已经聚成了一个有着 25 辆车的大车队,这个大车队跟着县长的车、工作组的车一起,从 120K 折返 2 公里,当晚在 122K 处的米日村住下。

在米日村,25 辆车上的 100 多人都只能挤在两栋二层高的门巴族木房子里。村子里房子不多,但有足够的被子,只是很多人只能在木地板上打地铺睡觉。村子里没有餐厅,小店里的方便面和火腿肠也很快全部卖空。

就这样,出墨脱的路,一整天的时间,仅仅前行了 20 公里。这天晚上的雨比前一天的雨更大,米日村紧挨着雅鲁藏布江,倾盆大雨的雨声伴随

亚洲　329

着奔腾着的江水的咆哮声，累了一天的人们在门巴族的木屋中一起入眠。

珞巴族

早上醒来时，雨已停了，车队继续出发。挖机早早地已经在前面把120K处的路挖通了，整个车队顺利通过。早上还算顺利，用一个半小时行驶了7公里来到卡博拉扎村，这个村子只有四五户珞巴族人家。接着抵达了达木乡，大家在达木乡稍事休息。

从墨脱到波密，往北行驶。这一段，海拔高的地方以珞巴族居民为多，如卡博拉扎村和达木乡，而南面海拔低的一段以门巴族为多，如米日村和玛迪村，墨脱县城以南的乡、村也主要是门巴族村落。

珞巴族是最早居住在墨脱这一片峡谷森林之中的民族，他们长期过着山林打猎的生活，所以住在海拔高一些的山里。门巴族是后来的，两百年前从门隅东迁到墨脱，习惯于刀耕火种的农业生活，所以居住的地方海拔较低。珞巴族和门巴族有各自不同的语言，并且又都和藏语不同。回波密时，同车的门巴族乘客，和藏族司机之间沟通，用的是汉语普通话。

同车的门巴族乘客是一对父子，小男孩前一天下午在玩耍时摔伤了胳膊，在乡里的卫生所就诊后被医生告知情况比较严重，送到墨脱县城的医院拍了片，县城的医生看了片后建议去林芝八一镇的大医院医治。扎墨公路以及藏民司机运营的越野车，对于墨脱当地居民来说很重要，是连接外界的重要通道和方式。

进墨脱的自驾车

一路走走停停，除了清障，还要和对面过来的车队相互让道，行进速度缓慢。在出墨脱第一天的路上，我们没有看到一辆从对面开过来的车，因为那一头也有塌方堵路。第二天才迎面相遇。

对面过来的车队中有一辆眼熟的吉普车夹在一队运货的大卡车之间，

车上的两个人我们认识。这两位来自北京，自驾进墨脱，我们在 80K 的餐厅吃饭时遇到他们，并且和他们差不多同时离开 80K，可没想到他们才开到这里！他们俩在路上开得慢，被路上新发生的塌方拦住，结果和行车速度缓慢的大卡车一起落在了后面，这一耽搁就晚了不止两天的时间。他们仍在往墨脱县城前进，前面还有更艰险的路段等着他们，从墨脱返回波密也可能花更多的时间。但是他们仍然一定会继续前往墨脱县城，因为他俩曾告诉我们，他们的宏愿是开着车到达西藏所有的县城。

我记起我们车的藏族司机曾经批评过我，在 80K 路通后出发的时候，我因为打台球耽搁了一会儿时间。他对我说一定要紧跟着工作组和其他入墨脱的越野车一起开，这只能说明这条路的不确定因素实在太多了。常年在扎墨公路上跑车的藏族司机有经验，如果我们再晚出发半个小时，可能和两位自驾的北京驴友一样还在进墨脱的半路上。

雅鲁藏布大峡谷

从墨脱县城出来，一直到 108K 西漠河大桥，这一段扎墨公路基本上和雅鲁藏布江走向一致。雅鲁藏布江大部分的江段是东西走向，但是在墨脱境内的这段雅鲁藏布江却是南北走向，江水非常湍急。壮美的雅鲁藏布大峡谷长度很长，而位于墨脱县境内的这一段是隐秘而难以到达的。

车子开过 108K 之后，虽然前面还有几处塌方堵路，但并不严重，没有昨天必须用炸药才能清路的情况出现，其中两处塌方较小的路段，交通局的干部发动 25 辆车的车上人员一起用手清理泥石，在人工清理之后都得以顺利通过。

墨脱徒步者

抵达 80K，我换了一辆越野车，因为前一辆车的避震出了问题，需要修理。在后一辆车上，我遇到一个藏族向导和一位徒步者。

徒步墨脱，被称为中国徒步路线中难度最大的一条，一路上有雪崩、泥石流和蚂蟥等诸多危险。和我同车的藏族向导和徒步者，从波密县古乡的雪瓦卡村出发，翻越随拉山口，经加拉萨乡到达木乡，再从达木乡沿扎墨公路前往墨脱县城。徒步者一共是四个人，走到米日村后，其中三个人继续从米日村往墨脱县城走，而这位徒步者在得知米日村到县城有一段塌方后，决定搭车从米日村返回波密，因为他以前走过另一条从米林县派乡到墨脱县背崩乡的线路，到过墨脱县城，所以这次并不以到达墨脱县城为目标。从波密县古乡的雪瓦卡村到墨脱县的米日村，他们前后走了九天，这个季节虽然很少有雪崩发生，但在路上他们还是经历了几次泥石流和塌方的考验。

印象最深刻的公路

车队到达 80K 时已是下午 6 点，此时虽然天色已暗，但整个车队没有一辆在 80K 住宿，而是一鼓作气继续往前开，三个小时后回到了波密。出墨脱的路，一共经过了九个大的塌方路段，历时两天。

回首进出墨脱的这四天，感叹世间行路之难莫过于此。墨脱之行，一路上经过高山寒带的森林、热带雨林的山谷、峡谷里的梯田、奔腾的雅鲁藏布江，以及门巴人和珞巴人村落，但比起这些，没有比墨脱之路本身更令人印象深刻的了。扎墨公路是人类修路历史上的奇迹，墨脱持续的降雨，处于地震带上的松动的泥石，无不给这条路带来水毁、山体塌方、滑坡和泥石流的危险。这条路，降雨引起的塌方和泥石流不可避免地仍会发生，修了会塌，塌了再修，但扎墨公路依然不屈不挠地维系着波密和墨脱之间的交通，维系着喜马拉雅北麓和南麓之间的交通。

墨脱之路无疑是我所有旅程之中经过的最艰难的一条路。因为路的艰难，墨脱会一直保持着它的隐秘，它是"隐秘的莲花"。

鲁朗扎西岗村

从波密到林芝的路上，经过鲁朗镇。高原上的天气就像娃娃脸，说变就变，从波密出发的时候，一路还是阴天，一到鲁朗却迎来了艳阳天。吃午饭的时候，我一看，这地方太美了，我不走了，就在鲁朗住上两天。

鲁朗镇扎西岗村是一个高山林海环抱的小村落，鲁朗河在村前潺潺流过。村里田园农舍，袅袅炊烟，牛羊牧马，一派田园风光。村前有一大片油菜花田，9月下旬，田里的油菜花烂漫地盛开着，以墨绿的林海和白墙黑瓦的藏居为远景，拍出来的花田是一幅美丽的画面。

整个村子里最活跃的是浑身乌黑的藏香猪，不管是大猪还是小猪，跑起来可快了。有一户藏族人家的一头母猪刚生了20多只小猪，小猪们紧追着母猪，母猪在屋前躺下，一群小猪蜂拥而上，一个个争先恐后地吃奶。

比起藏香猪来，藏狗小白是个淡定哥。我在村里漫步，它一直在我身边。我摸摸它的脑袋，它一脸温顺。小白走起路来，不紧不慢，高原上的狗优哉游哉的。

傍晚的时候，一位藏族妇女给奶牛挤奶，被挤奶的奶牛看起来很舒服享受的样子。挤完奶后，妇女会从衣服口袋里掏出一块食物奖励给奶牛。一头头奶牛都乖乖地排着队等着被挤奶。

天快黑的时候，在牧场上吃了一天草的牛儿和猪儿会自个儿回家，在家门口等着主人开门。性急的猪还会用嘴拱门，主人刚开门，才露出一条门缝儿，狗儿就抢先一步第一个窜回家里，接下来才是猪和牛。

晚上住在扎西岗村的藏民家里，卧室在二楼，卧室的隔壁是藏居的"锅庄"，里面摆放着木制长沙发和电视机。"锅庄"既是客厅也是厨房，墙边的彩色木格壁橱上摆放着餐碗和热水瓶，女主人生起炉子取暖，并烧出饭菜。

主人家的藏族老妈妈用背带背着一个小女孩，走到哪儿都背着。还有一个藏族小男孩，喜欢看动画片，看多了动画片，他已经能说很好的汉语了。我和一家人聊了一会儿天后，就回卧室睡觉。晚上村子里的气温比较低，但是被子好暖和，睡了一个好觉。

加拉白垒峰

早上起来的时候，扎西岗村还笼罩在晨雾之中。一直到9点多才云开雾散。我走在村子里的路上，被刚涂的防晒霜迷住了眼睛，一抬眼间却看到了雪山。昨日我并没有看到任何雪山，原来它藏在云雾后面呢。我问村里的藏民这是什么雪山，藏民告诉我它叫加拉白垒峰，是南迦巴瓦峰的"弟弟"，他说我今天赶巧了，连他们都已经很久没见到了。

来之前，我只知南迦巴瓦，而不知加拉白垒。后来查看地图，原来林芝地区有两座7000米以上的雪山，南迦巴瓦7782米，是喜马拉雅山脉东段的最高峰，另一座就是加拉白垒，海拔7294米，属于念青唐古拉山的支脉。这两座雪山一南一北，距离鲁朗仅有20至30公里，鲁朗正是看这两座雪山的好地方。

鲁朗的村子里太宁静了，午后时分，只有轻风吹过的声音。小山坡上开满各种野花，紫色的、黄色的、蓝色的、白色的，绚烂多彩。木篱笆围成的牧场里牛马悠闲地吃草，时而发出行走时的牛铃声。不远处鲁朗的绿色林海中已经变幻出红黄的秋色来。和煦的秋阳，天高云淡，西藏的蓝天令人身心超然。

南迦巴瓦峰

离开鲁朗镇，乘坐班车前往林芝。在快到4720米的色季拉山口时，南迦巴瓦附近的云层也散开了。乘客们欢呼着请班车司机在观景台停上一会儿，下车观赏拍照。这一天，南迦巴瓦露出了它大概四分之三的身姿。

一年里大多数的时间，南迦巴瓦都被遮在云层里，看到它的概率不到30%。有时候，即使见到了，没一会儿，飘过一片云来就能把它遮掩。四个季节里，就数天高云淡的秋天里看到的机会最大，听说有摄影家在山脚下等了一个月了，也没有拍到它的一张真容。而我这一天，不仅早上看到了加拉白垒，下午竟然还看到了南迦巴瓦！

两江交汇

车子开到林芝镇的时候，我在镇上下车，换乘了一辆开往米瑞乡的中巴车。班车一路沿着尼洋河谷往前开，尼洋河流到这里，已是最下游的一段。这一段河面宽广平缓，水平如镜，河中有不少绿色的沙洲，河水、沙洲上的树和草都是郁郁葱葱的绿色，非常美好。

差不多距离米瑞乡还有一半路的地方，我来到了尼洋河与雅鲁藏布江交汇处。尼洋河的河水碧绿，雅鲁藏布江的江水浑浊，两条江河一清一浊，在交汇处能清晰地看出明显的不同，可谓泾渭分明，是一道奇特的景观。

茶馆

我在林芝的八一镇停留了五天，每天早上都去吃藏式早餐。八一镇看上去和内地的城镇并无太大的区别，而茶馆是八一镇最有藏味儿的地方。它位于汽车站的对面，一间不起眼的门面，只挂着一个布帘，茶馆里坐的几乎全是藏族同胞。我坐下来，要一壶甜茶、一碗藏面、一碗藏粑。甜茶是加了牛奶和糖的红茶，把甜茶倒一些在小碗的糌粑里，闻着青稞的清香就可以入口了。藏面只是小小的一碗，却很入味，一口气吃完。这样的早餐是八一镇最好吃的食物。茶馆里摆放着木桌木椅，简单而质朴，同样质朴的是藏族茶客，他们用略带好奇的眼光注视我，神情友好。茶馆是城市里藏民生活的重要组成部分，人们在茶馆里相聚聊天，生活恬静而平和。

中午去一家卖云南砂锅饭的餐馆吃饭，同桌坐着一个藏族美女和一个门巴族美女，都能说很好的普通话。我和她们聊了十多分钟，我的砂锅饭还没有端上来，她们打包外带的已经好了。她们起身离开，对我说你的钱已经付了，不用再付，说完就往外走。我大吃一惊，赶忙追到门口，她们俩说了一句欢迎你来西藏，然后坐上出租车就走了。这件事儿，我想我会一直记得。

林芝镇

自从到了八一镇后，似乎就走出了雨季。9月下旬，午后和煦的阳光照进屋子，暖洋洋的，很多时候我就在青旅里看书。下午3点多的时候，我走到八一广场的后面，坐上前往林芝镇的小面包公交车，去林芝镇逛一圈，一直待到日落时分再回来。去了两三次后，广场上的司机都认识我了。

美景在八一镇到林芝镇的路上，路边的白杨树已经开始落叶，纷纷扬扬地飘在空中。林芝镇是林芝县老县城的所在地，比起八一镇来可小太多了，然而小镇美丽而宁静。在镇口往鲁朗方向的那一头，有一片白杨树林，草地上落满金黄的落叶，就像一张漂亮的大地毯。另一头，走过林芝县八一爱民小学，有一条小河"哗哗"地流动着，河水清澈透亮。河两边有一整排的白杨树，风吹过，一树金黄的树叶在摇曳。林芝的秋色，看得人心都醉了。每天来这里走走，还有比这更能享受秋日的时光吗？

"老外"骑行者

在八一镇的青旅里，我遇到一个"老外"，我有点儿意外他怎么一个人进的西藏。他告诉我他是香港人，叫马修（Mathew），只是因为混血，所以长着一副老外的面孔。他从成都一路骑行，对于能骑行川藏线他很兴奋，说这是只有中国人才能做的事情。马修全副武装，身上的行李足足有20公斤，主要是防寒衣裤，以抵御川藏线上的刮风下雨。他还有一个3升大的特制水囊，背在身上，连着吸管不用停车就能喝水。从成都骑到林芝，他已经过了最困难的路段，拉萨已经不远了。

朗县

从八一镇我没有直接去拉萨，而是按既定计划前往朗县。一般游客不会走从八一到朗县的这条路线，我乘坐的班车上的乘客全是藏族。

从八一镇到朗县，前半段路程的左手边是尼洋河和林芝的田园，风光秀美；后半段路程的右手边是雅鲁藏布江，这里的雅鲁藏布江的风景与在墨脱看到的大不相同。墨脱雨量充沛，雅鲁藏布江两岸是海拔不到2000米的亚热带雨林，一派郁郁葱葱的景象。朗县附近的海拔为2900米到3200米，江两岸虽然同样高山耸立，但山体荒瘠，只有零星几棵树木，是另一种苍凉磅礴的景象。

进朗县，在大桥桥头，也有个检查站检查身份证，这里和墨脱一样也是边境县。在登记的时候，警官看我挂着相机，就问我是来旅游的吗，我回答说是啊。他递给我一个小苹果，"吃个苹果吧，朗县专门打广告用的"。西藏的朗县竟然产苹果！让我多少有点儿惊讶。

朗县县城紧贴着雅鲁藏布江，小小的县城里很少有车开过，安静得只听得到雅鲁藏布江水流的声音。朗县全县的人口才15000人，县城大街上没几个人，慵懒的大狗就趴在大街中央睡觉。县城里没几家餐馆，我两顿饭都是在同一家餐馆里吃的，餐馆老板是来自河南的夫妇俩，来到朗县好几年了。他们说这里气候不错，冬无严寒，夏无酷暑，就是多少有点儿氧分不足，县城所在的海拔是3200米。

朗县的天空纯净，日落时分，我看到了日照金山的景象。入夜之后，夜空繁星满天。

朗县—加查

从朗县到山南（泽当镇）的班车一天只有一班，30多座的客车坐了20多个人，除了我一个汉族，全是藏族。

班车开出县城内的车站，行驶的是西藏306省道，这段省道从朗县往西的路段，完全就是在山体上凿出来的，紧贴着山崖，而另一侧就是雅鲁藏布江。公路很窄，有些狭窄的路段，对面就是开过来一辆摩托车也要停下来，班车和摩托车相互让车。车子一路上下颠簸，我在西藏第二次感受到了行车如骑马。

这一段的雅鲁藏布江两岸，山峰更加贫瘠，树木更加稀少，行车在此路上，或许才真正能感受到藏地苍茫的感觉。

班车开到仲达乡，才又见农田，在田里举着锄头干农活的是穿着鲜艳藏服和牛仔裤的藏族女青年。

开了一个半小时后，快出朗县县境的时候，车子停下来了。路的前方，山石阻塞了道路。不过这里的塌方不是如墨脱那般由下雨滑坡造成，而是修路。挖机正在用机械手将山石清除，一块块山石滚下山崖落入雅鲁藏布江，激起巨大的水花。

清障用了半小时，趁这个时候，我和班车司机聊上了。司机师傅不是藏族，而是来自青海的撒拉族。12世纪时，撒拉族从土库曼斯坦迁徙到青海，现今人口12万人。司机大哥来西藏已经有二十多年了，在朗县到山南这条路上开了三年长途班车。他指给我看雅鲁藏布江对面的山，告诉我那里就是加查县地界了，而山的背后就是神湖拉姆拉措。

不算清障的时间，朗县到加查县这段路，仅仅75公里，却开了四个小时，算下来平均时速不到20公里。

加查—泽当

朗县也是藏民朝圣的地方之一,途中经过十三世达赖喇嘛出生地和巴尔曲德寺,而加查县更有名,因为神湖拉姆拉错就位于县境内。传说这个位于山中的圣湖有神奇的预测能力,历代达赖和班禅的转世神童就是在拉姆拉错湖的指引下寻找的。前往拉姆拉错的交通非常不便,要从加查县城包车乘六个小时到崔久乡,然后需要在5000米的高海拔地带徒步,因此我并没有前往。

从加查县到曲松县的路更艰难,这一段路不再沿着雅鲁藏布江边,而是翻过海拔5000多米的加查山。一路上全部是盘山公路,曲折婉转,颠簸起伏,不知道转了多少道弯才翻过山顶。翻越加查山顶的这段路,色彩却不单调,山坡上层林尽染,有着红黄相间的艳丽色彩,很快这里将进入大雪封山,并将持续五到六个月。

三个半小时后,车子终于翻过了加查山,到达另一头的曲松县。曲松县往后就路况很好了。

这一整天,从朗县到山南,240公里路,足足开了九个小时,下午5点才到泽当镇。这是一段异常险峻的公路,是我继墨脱之行后,在西藏经历的第二段很有挑战的路,尤其是翻越加查山5000米高度的那一段,可以说是非常艰辛的天路。"无知者无畏",我和每天行驶在这条路上的撒拉族司机以及诸多藏族乘客们一起走了过来。

山南泽当

泽当镇海拔3500米,对于我来说3500米以上的地区,多少还是会有一些高原反应。此行进入西藏后,第一晚住在然乌镇,海拔3900米,我有高原反应。不过很快就进入了海拔3000米左右的林芝地区,波密、八一、鲁朗、朗县等地的海拔都在2700米至3200米之间,墨脱的海拔连2000米都不到。但是来到山南后，海拔再次升高。

泽当镇作为山南地区的首府，是个挺大的城镇。进入西藏后第一次坐城市公交车，去到了昌珠寺和雍布拉康。

昌珠寺建于松赞干布时期，寺里珍藏着镶嵌有宝石和珍珠的唐卡。从昌珠寺再往南7公里是西藏的第一座王宫雍布拉康，它始建于公元前2世纪，是第一代藏王居住的宫殿，并藏有西藏第一部佛经。

在山南，更让我陶醉的是农耕景色。山南地区是西藏的粮仓，海拔虽高，却是土地肥沃。金秋十月，晴空万里，藏王的王宫雍布拉康就像是一座碉堡似的耸立在高高的山顶上，底下是一片片农田。正是秋播的时节，拖拉机拉来了一袋袋种子，上面写着雍布良种。这里的田地，秋天的时候种冬麦，春天的时候种青稞。

藏民们在地里依然使用着古老的耙犁，五六个人一群，用耙犁为土地松土。劳作的人们以老人和姑娘为多，年纪大一些的藏族妇女穿着鲜艳的藏服，而年轻姑娘大多穿着汉服和牛仔裤。牛儿、马儿、狗儿自由自在地在田里找食吃。中午农歇的时候，藏民们就在田里坐成一圈，喝酥油茶吃藏粑。

桑耶寺—阿扎乡

山南还有一个必去的点，那就是桑耶寺。虽然拉萨的大昭寺和小昭寺在建寺时间上要比桑耶寺早上几十年，但桑耶寺是藏地第一座给僧人剃度的寺庙，始建于公元763年，至今已有一千两百多年的历史。

桑耶寺中的乌策大殿象征世界中心，乌策大殿的南北两侧建有象征日月的太阳殿和月亮殿，四周建有代表四大天王的黑、绿、白、红四塔。佛寺里佛乐回荡，使人静心沉思。

从泽当到阿扎乡的班车经过桑耶寺，参观完桑耶寺后，我搭上这趟班车前往扎央宗。从桑耶寺到扎央宗的路程为35公里，但是在西藏，不能用路程来衡量乘车的时间，譬如泽当到桑耶寺为50公里，一个多小时就到，而朗县到加查县的75公里要开四个小时，波密到墨脱的140公里要开两天。这35公里路是一条沙漠中的土路，我估摸着差不多要两个小时，结果还真不差。

晚上住在阿扎乡（隶属于扎囊县），乡里仅有一两个藏面馆，吃过晚饭后早早休息。乡上的住宿点也只有一个，因为国庆节假期的缘故，前来朝圣的藏族把这里全部住满了。我住在一间六人间里，同屋的有一起坐班车来的一个青岛女孩和一个藏族男孩，以及刚大学毕业不久的一个藏族男孩和两个藏族女孩。

4000米处登山

早上5点半，在只有星光的一片漆黑中，我和同屋的五个人一起坐上车向扎央宗出发。在车上颠簸了半小时，来到了一处车子再也开不上的地方，我们下车，从这里开始徒步。我事先知道徒步需要一个半小时，可我并不知道这一段徒步是笔直向上的山路，而我又是一次"无知者无畏"。

山路上，有藏民打着手电走在前面，我们六人就在后面跟着。这不是徒步而是登山，而且是在4000米高的高海拔地区登山。我落在队伍的最后面，放任自己不停地大口喘气，寂静的山中只听得到自己喘气的声音和脚步声。太阳还没有升起，熟悉的猎户座就在半空中，佩着剑，搭着弓，英姿飒爽，仿佛在给我加油鼓劲。山间清冷，我仍然走出了许多汗。大概走了三十分钟后，路过一个修行者的山洞，有一位僧侣独自在山中修行，我们也在此稍事休息。

天色渐渐发白，星光黯淡了下去，东边的山头出现了第一抹红霞。鸟儿开始鸣叫，迎接新一天太阳的来临，山里有各种鸟儿，鸣叫声各不相同。再过一小会儿，太阳从山头露出脸来，我们继续前行。

经历了两个小时的徒步登山后，终于来到了一个山洞的洞口，这个山洞是传说中莲花生大师曾经隐居修行过的地方。

莲花生大师是藏传佛教的祖师之一，他亦神亦人，关于他的神话描述他神力无边,在雪域除魔兴教。而在历史上也确有其人,公元8世纪的时候,藏王赤松德赞从印度的乌仗那国请来一位密宗大师,日后成了藏传佛教四大教派中最古老的宁玛派的开山教主,他正是莲花生大师。

扎央宗溶洞

　　山洞口下方有一个10米多高的木梯,梯子前挤满了人,都是前来朝圣的藏民。木梯只能单向通行,要等上面的人从山洞中下来一部分后,后到的人才能登上梯子。

　　我们等待了一个多小时后,爬上梯子,进入到通往山洞的通道。通道其实就是洞中山岩间的缝隙,需要手脚并用向上爬。

　　阳光照不进来,漆黑一片中只有人们戴着的头灯发出微弱的光。通道又极为狭窄,有好多处只容一人通过,上下行的队伍相遇时需要错让,队伍因此常常停顿。黑暗中不时传出藏语的对话,我也听不懂,就静下心来慢慢等吧。一个多小时后,终于来到山洞中。山洞中的空间大了不少,站着四五十人。

　　藏民们在山洞里唱起了歌,歌声中透着极度的虔诚。进洞的人越来越多,我在洞中没有久留,一个人先挤了出去。

　　出了洞口,洞外阳光大好,空气清新。我坐在山顶,俯视鸟儿在下方的树间飞来飞去。远处峡谷中能看见村庄,那里正是阿扎乡,也就是今晨出发的地方。我自己也想不到,刚到西藏时在平地上走几步都要喘的我,竟然能够在海拔4000米以上爬了两个小时的山,还在山洞的通道中攀爬,进出了一趟。

　　我在山顶上坐了两个多小时之后,同屋的五位同伴才和出洞的大队人马一起出来。我们一起往回走,一路下坡,回头仰望山洞所在的位置,真的是高啊,再给自己一个"赞"加上惊叹号。我不知道早上是怎么爬上去的!回头望的时候,甚至几次怀疑是不是真的就是从这条路爬上去的。在确定只此一条道后,我想一定是夜色帮助了我,若是改在天亮后爬,我不知道自己还有没有勇气。

雅鲁藏布江渡船

回到阿扎乡时，时间已晚，已经没有出乡的班车了。一起下山的藏民们却一点儿也不慌忙，原来出阿扎乡另有路可走，可以经小路到雅鲁藏布江边的渡口，从渡口坐渡船过江后到国道上再乘车。

出乡时一共12个人包租了一辆乡上的厢式车，一起前往渡口。到渡口的路是更窄的土路，有两处还要开过小溪。快到渡口的时候，车子开在一片金黄的白杨林中，左拐右拐，在几乎无路的林中行驶。若不是乘坐当地藏民司机的车，我自己是不可能找到渡口的。

在江边等了一会儿，就见一艘小小的渡船"突突突"地开了过来，船上有从对岸过来的乘客和一些货物，看来摆渡仍然是雅鲁藏布江两岸的运输方式之一。

坐上渡船，晴空艳阳下，只见雅鲁藏布江两岸的林子一片金黄，远处则是白雪皑皑的雪山。我很庆幸错过了那趟班车，而有机会坐渡船过江，欣赏到如此的美景。

到了对岸后，船上的乘客，一半向南去山南，一半向北去拉萨。我不再去山南，而是在路边等来一辆从山南开往拉萨的班车。在西藏这么多天，终于要进入拉萨啦。

上车的时候，注意到路边有一块指路牌，标明这个位置往北到拉萨107公里，往南到山南泽当镇51公里，往东到渣央宗溶洞（扎央宗）38公里。指路牌上同时标明扎央宗的海拔是4400米！怪不得我早上爬山会那么喘呢，我又不禁佩服起自己来。

来到拉萨

一进拉萨就有了大城市的感觉。我在西藏的小城镇待久了，已经习惯于小地方的便利，一条街上什么都有，车站也就在附近。拉萨的长途汽车站离市中心比较远，夜色中坐着出租车进市区，看到了第一眼的布达拉宫。布达拉果然规模宏大，比起山南的寺庙不知要大多少倍。

在拉萨，我住东措（青旅）。东措就像是大学里的一个宿舍楼，有很多间房间，每一间房间都住得满满的。所有的墙壁和房门都被涂鸦涂满，到达拉萨的旅行者们，每一个人都有太多的感言。在房间里我看到了很多氧气罐子，拉萨的海拔为3650米，如果直接乘飞机过来，很多人需要吸点氧来适应。

对于骑行者来说，除了小部分人继续往前骑，拉萨是大部分人胜利的终点。东措的对面，有好多家自行车店，骑行者们骑到拉萨后，有的把车在这里拆了打包寄回，毕竟爱车舍不得，而有的则直接把车卖给了店里。

晚上吃饭时，又遇到了热情的藏族替我买单！东措对面有一家四川餐馆，早早就坐满了客人，我和一对藏族夫妇坐在同一桌，各点各的盖饭，吃饭时和他们聊天聊得挺开心，没想到他们在买单的时候，悄悄地把我的单也买了。第一次是在八一镇，这可已经是第二次了！

到拉萨的第二天早上，把身上的衣服全换下来洗了，浸泡衣服后的水比黑墨水还要黑。洗完后晒在青旅的天台上，在拉萨的炽热阳光下，不管衣服多厚，只要两三个小时就干了。

八廓街

中午的时候，从东措所在的八朗学转入八廓街的老巷子。八廓街果然就像迷宫一样，走在其中根本分辨不清东西南北，很容易迷失。向来路感不错的我，也照样迷路。

迷路就迷路吧。八廓街曲折幽深的小巷里有老宅，有街铺，有绘唐卡的艺术品店，有做藏袍的裁缝铺，街角荡漾着桑炉里飘荡出的桑烟的香气。不在这众多巷子里走出来才好呢。

在八廓街，只有摇动着转经筒的藏族老人不会迷路。八廓街其实是围绕着大昭寺而建的，"廓"这个字本来就是"转经道"的意思，大昭寺是八廓街的中心。在藏民的心中，大昭寺的地位无比尊贵，朝圣而来的藏民历经万水千山来到拉萨，就是为了在大昭寺前顶礼膜拜，然后进入到大昭寺中给长明灯添上一盏酥油。在大昭寺前，虔诚的藏民们一遍又一遍地磕着长头，全身俯卧在地上，双手向前伸直，真正地做到了五体投地。

布达拉宫广场离开大昭寺不远，站在广场上，所看到的真实的布达拉，它的宏大完全超出我的想象，它的宽度，它的高度，以及那些数不尽的窗户，让我赞叹不已。来拉萨时正好是国庆期间，进入布达拉宫的门票一票难求，但仅仅是来到布达拉的跟前，能够近距离凝视，就已经心满意足。

哲蚌寺

从拉萨市内坐公交车来到哲蚌寺。哲蚌寺哪里是一座寺庙，根本就是一座城！它曾是藏地最大的寺院，最盛时有1万多僧侣。在哲蚌寺里，我看到了一个又一个扎仓（经学院）和康村（僧团），简直数不胜数。每一个康村的札夏（建筑的名称）里面也是五脏俱全，有僧舍、厨房、小经堂，还有辩经场。辩经是僧人们平时学习佛经的一种方式，平日的辩经就在露天辩经场进行。辩经，可以是两人对问对答的对辩，也可以是一人说法接受多人质疑的立宗辩，无论哪一种形式，都对僧人更进一步精深佛学有很大的帮助。

哲蚌寺最重要的大殿叫措钦大殿，是各个扎仓的僧侣们共同上殿的地方，大殿可以容纳7000人之多。措钦大殿同时又是考场，僧人们在这里通过辩经获得佛学院的"格西"学位。

哲蚌寺在历史上的地位也非常重要。1637年，五世达赖喇嘛和来自青海的蒙古和硕特部首领固始汗就在哲蚌寺会面，藏传佛教中的格鲁派

（黄教）和蒙古和硕特部从此联手，形成了政教联盟。正是从那时起，格鲁派（黄教）势力快速崛起，超过了明代时主政的噶举派（白教）、元代时主政的萨迦派（花教）和最古老的宁玛派（红教）等其他三个藏传佛教派别，成为最大的派别。

哲蚌寺的措钦大殿的屋顶上，两头金鹿一左一右护卫着金色的法轮，在碧蓝的天空下显得金碧辉煌。哲蚌寺也是举行晒佛仪式的地方，每年雪顿节，巨大的佛像就展开在哲蚌寺内的山坡上。

纳木错

去纳木错，是在青旅门口报了一个一日游的团，大家都去的地方，报个团比自己去更方便。车行路上，只见藏北草原已是秋天的一片红色，和前几天在山南时见到的绿色的景象大不相同。

纳木错是小的时候在课本里就学到过而向往的地方，和布达拉宫一样，在画上看到的纳木错不算，只有亲临了才知道它有多美。人站在湖边，看到的纳木错的蓝是有层次的，越往远处，蓝色越深邃，比大海更蓝。纳木错又极其宽广，远处天际边，湖色和天色相连。

纳木错的这抹深蓝让我在湖边留恋许久，不愿离开。但是纳木错的海拔太高，有4700米，虽然我在西藏已有二十多天，可是在纳木错湖边走走，还是感觉缺氧。正是考虑到海拔太高，我并没有选择在湖边过夜，而是当天返回，青旅里的不少背包客则是住在湖边等看第二天的日出。我觉得我在中午最舒适的时候，近看纳木错岸边波涛阵阵激起的层层浪花，远看白雪皑皑的念青唐古拉雪山，如此美丽的画面已然让我心醉。

从纳木错回程的时候，车子经过堆龙德庆县，我请司机让我在县城下车。这次国庆期间，正好有来自全国各省的业余无线电爱好者们齐聚在堆龙德庆的一个度假村里，做业余电台的远征通信。他们开车到堆龙德庆县城接上我去到度假村，我在电台前停留了数个小时，从世界第三极的青藏高原发出无线电波，通联了100多个业余电台。

羊卓雍错（羊湖）

从堆龙德庆县回拉萨，第二天早上在拉萨的西郊客运站坐班车，前往下一个目的地江孜县。

去往江孜县的路上会经过著名的羊卓雍错（羊湖），班车将在羊湖边行驶数十公里。我在上车前特地了解了一下羊湖在公路的左手边，并要了一个左边靠窗的座位，这样就可以一路欣赏羊湖的美景。

羊卓雍错和纳木错同为藏地三大圣湖之一，但羊卓雍错和纳木错是两种完全不一样的美。比起纳木错那像大海一般的深蓝，羊卓雍错的湖水是宝石蓝，是一种温润的蓝。纳木错的湖水澎湃击打着岸边，羊卓雍错却是静若处子，不起波澜。

班车沿着羊卓雍错的湖边开了两个多小时，美丽的画卷连绵不断地展现在眼前。现在正是西藏的金秋时节，湖边的树林一片金黄，湿地则是红黄绿三色相间，还有牧场上的牛羊、远处的雪山、路边的藏村，这些都和宝石蓝色的羊卓雍错一起构成了和谐的美景。

江孜

江孜的游人不多，却是一个很有看头的县城。这里有抵抗英国侵略时的宗山古堡遗迹，有萨迦、噶举、格鲁三派共同主持管理的白居寺和清朝时藏族贵族留下的帕拉庄园。

我在江孜县城住下，第二天早晨在县城外的郊野上漫步。10月初，藏屋边的银杏树已然灿黄，藏民们在田里忙碌着秋播。田地里牛马羊成群，不时听见牛哞、马嘶、羊咩。

一个藏族牧民赶着几百多头羊正向河边走去，羊群呈一字长蛇阵排开，就像一长节火车在慢慢移动。我跟随羊群走到年楚河边，只见河边已有一大群羊挤满整个河岸，我从没有看到过那么多羊。四个藏族牧羊人在河边坐着休息，围坐着吃午餐。我走上去询问一共有多少头羊，无奈他们没一个人听得懂普通话。

江孜的天空万里无云，湛蓝湛蓝的。这里的天空太纯净了，正午时分，还能看到半个月亮挂在半空中。我就一直坐在河边，眼前的羊群、河流、金黄色的树林、山顶上的江孜宗山城堡，这不正是秋天里最美的风景？江孜的原野让我流连忘返。

日喀则—樟木

从江孜县到日喀则市并不远。日喀则是后藏地区的中心城市，著名的扎什伦布寺就坐落在日喀则市区里。我在日喀则未久留，用半天时间参观了扎什伦布寺，第二天早上就乘坐班车，前往中尼边境的樟木镇。

日喀则到樟木的路程有480公里，班车要开一天。早上，班车翻越第一个高海拔的山口（4950米），进入拉孜县，其间有很长的一段路的两旁一棵树也看不到，只偶见一些灌木和苔原。中午，在半程处的定日县白坝乡停车吃饭，白坝乡的海拔有4300米，也不见树木。早上7点出发到现在，已经过去六个小时，在乡上的餐馆里，我要了一份热乎乎的鸡蛋面，但不敢多吃。在乡上走几步，感觉还是有点儿缺氧。下午，班车经过鲁鲁检查站，需要出示身份证和边防证。这是我第三次用到边防证了，边防证上注明的塔什库尔干县、墨脱县、定日县，都抵达了。

班车通过鲁鲁检查站后，一长段路上经过好几个藏村。这一段的海拔虽然超过了4000米，但仍有村落，村中的藏民们扎着鲜艳的头巾或红头绳，腰里带着银饰，在自家院子里打着青稞。七八个藏民在村口给小树苗包草绳，愿这些小树都能够度过4000米高原上严寒的冬天，茁壮成长。

接着翻越一个海拔5000米高的山口，班车在长上坡路段足足开了一个小时。盘山公路蜿蜒曲折，不远处的雪山看起来和班车所在的位置差不多一样高，在这一段公路边，再也看不到一个村庄了。

一路长下坡后，海拔逐渐降低，路边又出现了农田。农夫赶着两头牛在田里犁地，小山羊在山坡上吃着草儿。在班车停车加水的时候，我下车拍照，路边瞥见里程碑，以上海人民广场为0公里的318国道，到这里已经是5336公里了。

这趟从日喀则市区出发的长途班车，在出发十一个小时后抵达聂拉木县城。从聂拉木县城继续下坡，进入樟木沟。在曲乡经过一路上的第三个边检站，每个人都要再次出示身份证和边防证。排在我前面的一个乘客仅出示了身份证，我有点儿好奇，瞅了一眼他的身份证，见到民族的一栏上写的是其他，问了才知，原来他是夏尔巴人，就是以在喜马拉雅山脉做向导和背夫而闻名于世的夏尔巴人！

晚上8点半终于来到了中尼口岸樟木镇，这个海拔只有1900米的中尼边境上的小镇，距离318国道的最西端友谊桥，只有9公里了。

第十九章　尼泊尔之行

加德满都初印象

从中国西藏的日喀则，经由陆路坐车，来到尼泊尔首都加德满都，抵达加德满都后的第一晚住在了市中心泰米尔。

泰米尔是个大杂烩，是当地人和游客聚集的中心，街上各个人种的面孔都有，摩肩接踵。小轿车、摩托车、三轮车和自行车，各种车挤在狭窄的道路上行驶，整个是车水马龙。到了晚上，泰米尔更热闹，夜店发出的劲爆的音乐响彻一整晚。

在西藏的时候，由于高海拔的缘故，睡眠总不是最好。加德满都位于山谷中，海拔只有1300米，泰米尔尽管喧闹，由于长时间乘车带来的疲乏，使得我第一晚睡得很香。

早上，从泰米尔前往杜巴广场的路上，只见不少尼泊尔妇女手捧铜盘走路，铜盘里盛放着大米和花瓣，在路边的神龛和神庙前恭敬地献给诸位神灵。这是她们每天早上都做的功课。在尼泊尔，多神教的印度教信仰和文化占据着主流地位。

加德满都杜巴广场上最著名的是哈努曼多卡王宫，这是尼泊尔历史最悠久的王宫。王宫的大门是一座金门，走进金门后到达纳萨尔庭院，这里是历代国王登基加冕的地方，国王的寝宫则在洛汉庭院里。

杜巴广场上矗立着一座10多米高的立柱，立柱上端坐着的是尼泊尔马拉王朝著名的国王普拉塔普的镀金铜像。

在普拉塔普国王雕像柱的对面，有一座贾格纳特寺，吸引了众多游客驻足观赏。它之所以出名，是因为柱子上的性爱木雕。在尼泊尔，并不止这一处，各地的不少寺庙上都有性爱雕刻。尼泊尔人口的80%信仰印度教，而印度教崇拜性力，认为性爱是创造生命的原动力。

出杜巴广场，往西走2公里多，过一条河，就来到了"猴庙"所在的山脚下。"猴庙"其实是一个俗称，它的正式名称叫作斯瓦扬布佛塔，是尼泊尔最古老的佛教寺庙。在尼泊尔，大约有10%的人口信奉佛教。

斯瓦扬布大佛塔十分壮观，它的塔基为一抹纯白色的半球形，塔身金光灿灿，圆锥形的宝顶上有一个华盖，阳光下闪闪发光。塔身的四面各画有一组眉毛和眼睛，象征着佛祖的慧眼。大佛塔已有两千多年的历史，每年的佛祖诞辰日，都会有各地信徒云集于此，举行盛大的佛事活动。

"猴庙"的俗称来自山上的众多猴子，在大佛塔上也能找到它们跳跃的身影。这些猴子在此繁衍生活已久，一点儿不怕人，有些甚至顽劣地抢夺游客的食物。

从大佛塔所在的山坡可以俯瞰加德满都山谷的全景，从高处看加德满都真是一个拥挤的城市，房屋的密集程度超乎想象。联想到世界上70亿人口，欧洲、美洲、非洲、亚洲的人口比例是1∶1∶1∶4，亚洲最多，独占40亿人口，是其他大洲的四倍，而在南亚地区，印度教和伊斯兰教的生育观念给人口带来持续增量。

拥挤的交通

泰米尔究竟太嘈杂了，第二天下午我就决定暂时离开加都，去到一个安静的地方。我背上背包前往车站，下午5点多的时候，泰米尔和杜巴广场之间的几条巷子简直是水泄不通，人流和各种车辆把狭窄的巷子完全堵上，我在其中穿插，背着背包几乎有点儿挪不开身。

当我终于走出巷子，大路上的交通一样令我咋舌。不仅车流滚滚，路边等公交车的人也是人潮汹涌，只要有一辆公交车开过来，人群就会"哗"一下子拥上去。

我走过一个天桥，来到了一个停着很多小巴车的地方。一问，去巴克塔普尔的车果然就在这儿坐。车边的小伙吆喝我快上，我一看已经坐满了。我可是见识了加德满都街上小巴车拥挤的样子，我决定等下一班。过不多久，又有两辆去巴克塔普尔方向的车，一辆也很快坐满，我上了第三辆，坐好后，向身边的乘客确认，证实没有坐错车。

车子在加都城区照例还是行驶缓慢，已经很满的车，卖票员一路上还开着车门，不断地吆喝拉客。车子开出城区后，才开始加快速度，车上的乘客也渐渐少了起来。

我一直以为车子的终点就是巴克塔普尔，结果并不是。还好边上的尼泊尔人提醒我，这时已经坐过了一小段距离，我赶快下车，下车后往回走了一段。

到巴克塔普尔的时候已经快晚上8点了，路上没有路灯，小城里的人们在月色中走路。我跟随人们走进了这个中世纪的古城。

小城里的好多旅店都已经住满，我在巷子的深处找到一家住下。这家的底层是木制手工艺品商店，上面是家庭旅馆，房间干净而整洁。老板娘招呼我吃晚饭，给我递上菜单，并推荐我吃尼泊尔餐"达尔巴特"（Daal Bhaat），我欣然同意。老板娘端上来的"达尔巴特"一共有五个精致可口的小菜，包括煮得很烂的蔬菜泥、尼泊尔泡菜、黑豆、一小块牛肉，主食是尼泊尔米饭和有点儿小辣的脆饼（恰巴提），看上去都是很健康的食物。

宁静的小城

第二天清晨，我走在陶马迪广场上，此刻游人稀少，古城一派安静祥和。尼亚塔波拉庙矗立在广场上，极有气势，它是尼泊尔最高的寺庙。通向寺庙的台阶两旁有五对雕塑，从下往上分别是力士、大象、狮子、半狮半鹫的怪兽和女神。顶上塔庙的门关着，只有祭师才能进入。

巴克塔普尔的杜巴广场上也有一座王宫。尼泊尔历史上的马拉王朝始于公元 1200 年，最早的首都就在巴克塔普尔，而在加德满都看到的哈努曼多卡王宫是 1482 年马拉王朝被老国王的三个儿子一分为三后，其中一个小王国的王宫，那时候加德满都还不是现代尼泊尔的首都。1482 年以后相当长的时期里，加德满都谷地里三个小王国并存，除了巴克塔普尔和加德满都，还有一个是帕坦，我也会去。

巴克塔普尔王宫的入口也是一道金门，金门上有精美的镀金铜像，正中间是马拉王室供奉的主神——四头十臂的塔莱珠女神，还有印度教三大主神之一的毗湿奴（Vishnu）、象神迦尼萨（Ganesha），以及大象、狮子和飞鸟。

在金门的边上是有着将近七百年历史的五十五窗宫，宫墙上的 55 扇木窗由檀香木制成，雕刻着精美的雕花，古朴而素雅。

和加德满都的杜巴广场一样，巴克塔普尔的杜巴广场上也坐落着众多寺庙，各座寺庙的石雕和木雕也无不精美。早上 10 点以后，从加德满都过来的游客大量涌入巴克塔普尔，我避开人群，离开杜巴广场，去城里的巷子里走走。

在巷子里，我见到一个很不起眼的世界遗产的标志。巴克塔普尔虽说是一个景点，但它更是一个尼泊尔人生活的地方，扑面而来的是浓浓的生活气息。有在作坊里打铁的，有在街上筛谷子的，有摆摊卖蔬菜瓜果的，还有在路边放个缝纫机替人缝补衣物的。小孩子们不用为谋生忙碌，有的在广场上放风筝，有的在自己搭的乒乓台上打乒乓，还有的在窗口做作业。街角一栋二层楼房的窗口，挂着女人穿的长长的纱丽，一直挂到地面。

在杜巴广场的南面，有一个陶艺品市场，各种形状的陶器摆放在地上。制陶的作坊就在市场的旁边，陶罐、陶瓶、陶盆在作坊的窑子里烧制，烧制

亚洲

完了直接晾晒。现烧现卖的陶器卖得不贵，不少游客会买上一两个。

喜马拉雅观景台

从巴克塔普尔坐班车去了一趟纳嘉科特，纳嘉科特被称为"喜马拉雅观景台"，海拔 2175 米，这个高度比起谷地里的城镇，眼前没有了遮挡。尼泊尔的雨季大致在 9 月底结束，现在 10 月中旬正是观山的最佳季节。

早上从旅馆往外走的时候，只见山谷里起了雾，水汽弥漫。我一路走，期盼着雾气能逐渐消散。前方云开处隐约露出了高高的雪山，美景就在那片云的后面，可是没过几分钟，雪山又被云遮住了。

我不灰心，继续等待。等了半个多小时后，再次云开雾散，雪山又露出了面容。在纳嘉科特，能看到喜马拉雅山脉的五座雪山，海拔都在 7000 米以上，最高的是中间的希夏邦马峰，海拔 8012 米。白雪皑皑的雪山在山谷的对面一字排开的景观极其壮观，因为云雾的变化极快，雪山就像是美人犹抱琵琶半遮面，更增添了一份神秘感。这天早上，云层一共打开了两次，每次露出雪山真面目的时间大概只有十多分钟。这天的中午以后，云越来越多，遮挡了整个雪山方向。

昌古纳拉扬神庙

在纳嘉科特，我坐上一辆回巴克塔普尔方向的班车，但中途在 Tharkot 下车，开始了在尼泊尔的第一次徒步。这是向西穿越一片山林和一个小村庄前往昌古纳拉扬神庙的路线，长度大约 7 公里，沿路景色优美。由于此处所处的海拔不高，所以尽管我背着背包，却不感觉累。

昌古纳拉扬是一座历史悠久的印度教神庙，是世界文化遗产之一，初建可以追溯到 4 世纪，于 18 世纪初重建。最大的看点是建筑的金顶，神庙的大门和门侧的窗户也是镀金的。比起一眼可见的金碧辉煌来，雕刻的精美需要花更多的时间细细品味，寺里的各个角落都能看到精美的木雕、石雕和镀金铜雕。寺里的东北角，有一座骑在金翅鸟迦楼罗（Garuda）上的毗湿奴（Vishnu）神像，这尊神像的图案被选用在了尼泊尔10卢比的纸币上。

帕坦

昌古纳拉扬的门口有直接去加德满都的公交车，我的下一站是距离加德满都不远的帕坦。帕坦是谷地里古老的城市，初建于公元3世纪末。在马拉王朝分裂后，帕坦是帕坦王国的首都。

有人说帕坦的杜巴广场是尼泊尔最好的杜巴广场。帕坦杜巴广场上坐落着帕坦王宫、国王雕像、众多寺庙，比起其他两个杜巴广场来，帕坦多了一个水池，水池前的神龛是帕坦王国国王登基加冕的地方。广场上众多寺庙中比较醒目的是两座黑天神庙，石造的八角形建筑看起来很特别。

帕坦的杜巴广场附近，散布着更多的神庙和佛塔，据说数目超过1000座，这里是印度教和佛教的融合。给我留下深刻印象的是小小的金庙（Kwa Bahal），这座金顶小庙的屋顶上和屋檐上布满镀金雕饰。若不是地图上准确地标注出了金庙的位置，从不起眼而又窄小的庙门外看，是根本想象不到里面有如此金碧辉煌的建筑的。另一座是千佛寺（Mahaboudha Temple），听了这个名字，不要以为这个寺庙有多大，其实它和金庙一样，只有一个小小的庭院。千佛的雕像是在寺内的一座佛塔上，佛塔塔壁的每一块红色陶砖上都刻有一尊佛像，一共有9000尊之多！

纽瓦丽人的小村落

下一站是布加马提。在帕坦的Langkhel车站，有不少小巴车，但我问了几个司机却都不知道哪一辆车去布加马提。这时候，有一个穿制服的年轻人主动过来询问我要去哪儿，并帮我问到了一辆去布加马提的车。

布加马提是一个纽瓦丽人的小村落，一派稻田葱郁、小河悠悠的乡村美景。村里的纽瓦丽人妇女，穿着筒裙或是裙裤，大多是丝绸的面料，走起路来婀娜轻盈。

纽瓦丽人出产工匠，他们心灵手巧，几个杜巴广场上的建筑奇迹全部出自纽瓦丽人之手。在加德满都山谷里，居住着大约100万纽瓦丽人，但纽瓦丽人并不是尼泊尔的主体民族。尼泊尔虽是一个小国，却是一个多民族的国家，全国不到3000万人口，一共有30多个民族，其中既有中国西藏面孔的山地民族，也有印度面孔的平原民族，以及两者结合的混血。这30多个民族，没有一个人数超过尼泊尔总人口的半数，所以说起来都是少数民族。

志愿者老师和孩子们

布加马提村里游客很少，却遇到了几个西方人，原来都是村里小学的老师。其中一个小伙子来自挪威，教数学和社会学，还有一个姑娘来自澳大利亚，教英语，另外四个都是丹麦人。他们通过一个志愿者派遣组织来到这个学校，不拿工资，自己还支付了2500欧元作为在村子里生活的食宿费用。我见到挪威小伙子的时候，他正在和一群尼泊尔男孩女孩踢球。我问他在尼泊尔的生活习惯吗，他说不习惯尼泊尔的饭食，但很喜欢这里的孩子们。

我在路上走着的时候，遇到两个尼泊尔男孩。大的那个能说不少英语。他问了我一个问题，说中国的National Game（国民体育运动）是什么？我愣了一下，他接着问是不是乒乓？我想想对啊，就回答说是的。要说中国人最喜欢的体育运动究竟是什么，还真不好回答呢，但中国的乒乓的确无敌。这俩孩子很纯朴，既让我给他们拍照，也用我的相机给我拍。加德满都的一些景点，孩子们会问游客讨要钱或是糖果和巧克力，村里的孩子不会。

走了一段后，我说我不再往前走了，和他们再见。我停下来拍梯田，梯田里纽瓦丽人正在劳作。两个男孩已经走到了山路拐弯处，还回过头来和我再次挥手道别。回去的路上正好一辆中巴车迎面开过，土路上尘土飞扬。车里挤满了乘客，连车顶上都坐着好几个人，也都和我挥手致意！这辆班车是要去更远的村庄吧。

纽瓦丽人的文化

我回到村里，在一家小店里买了一包尼泊尔薯片，坐在店前的长凳上休息。小店的对面有一群孩子趴在地上下飞行棋，我看着他们下棋的时候，又有两个村里的小伙子和我主动聊天，他们也是村里的纽瓦丽人，却能说很好的英语。

他们会三种语言，纽瓦丽语、尼泊尔语和英语。我问他们，听说纽瓦丽语是世界上最难学的语言之一，是不是？他们说现在只有村里的老人还能说纯粹的纽瓦丽语，他们说的纽瓦丽语已经不那么标准，而且只会说不会写。我接着问他俩，村里的梯田很漂亮，种的都是稻谷吧。他们回答说是，并给我介绍说，稻谷的播种一般在雨季中的6月里进行，三个月后收成，等收完了就在旱季里种麦子，另外还种马铃薯和豆类等。听起来这里和西藏一样，也是谷物轮作。他们说纽瓦丽人受藏文明的影响很大，纽瓦丽人还会藏族编织毯子的手艺。

布加马提村的村广场上有一座神庙，供奉着保佑加德满都的谷地之神。两个小伙子爬上梯子挂横幅，原来明天开始就是为期十天的德赛节（Dasain），这个节日我在巴克塔普尔听说了，巴克塔普尔也是纽瓦丽人的城镇。我打算今晚回到巴克塔普尔，去体验一下他们热闹的节庆。

二到巴克塔普尔

在夕阳中俯瞰了壮丽的梯田之后，我离开布加马提再次前往巴克塔普尔。这条路走过一遍后，回去时就没有什么问题了，我在帕坦和加德满都的拉特纳公园换了两次车，十分顺畅。

在第一次换车时，我把《LP尼泊尔》忘在了小巴车的座位上。有个热心的乘客从车上拿下来，一路小跑追上我，交在我的手上后，又回去坐车。感谢啊！真是热心肠的好人！

大概晚上9点的时候，我第二次进入了巴克塔普尔。虽然时间已晚，可此时，古老的音乐在夜晚的小城中回荡，人们在寺庙的外面点起了一圈酥油灯，准备迎接德赛节的到来。

在巴克塔普尔，还是住底楼是木雕店的那家旅店。安静、被子舒服、热水舒服，能睡一个好觉，简直没有比这更好的。比起加德满都和帕坦来，我更愿意住在巴克塔普尔。

早上，乐声再次响起的时候，我一翻身爬了起来，拉开窗帘看了一眼晨曦中的古城，然后没刷牙洗脸就出了门。今天是德赛节的第一天，我想看看当地人怎样过节。

巴克塔普尔的街头有很多不大的水泥平台，平时是居民们聚会聊天的地方。这一天早上，六七个老人坐在一个平台上一边演奏，一边翻着经书，我在旅店听到的乐声正是他们演奏的。他们演奏的乐器有两种，一种是类似于腰鼓的小皮鼓，另一种是小铜锣，乐声悠扬沉静，我在一边驻足良久。

街道上的早市已经开始，最多的是卖蔬菜和陶器的，也有卖坚果和水果的，譬如四个核桃为一堆，五个我叫不出名字的小果子为一小堆，每一堆都以5卢比为单位。有个尼泊尔老人拿着一个小塑料袋，这个买一堆，那个买一堆，一一收入袋中。街市上用的还是老式手杆秤，秤砣不是挂在秤杆上的，而是使用两个秤盘，一个秤盘上放货物，一个秤盘上放秤砣，就像天平那样使用。尼泊尔位于内陆，盐也是重要的商品。街市上的盐一大块一大块的，放在大秤盘上称着卖。

早上在城里并没有看到特别的庆典活动。后来打听了一下，原来人们早已在清晨的时候，敲锣打鼓地去到了城外的一个神庙，在那里举行了敬神仪式。9点多我过去的时候，神庙里的人已经不多，只有几个妇女在给酥油灯上酥油。德赛节一共要持续十天，后几天还会有更多的节日活动。

乘车

离开巴克塔普尔，往博卡拉方向进发，我觉得自己在尼泊尔坐车越来越得心应手，尽管尼泊尔的车上贴的全是看着让人摸不着头脑的尼泊尔文，一个英文字母也没有，但这完全不是问题。从巴克塔普尔开出来的车到达的是加都市中心的拉特纳公园，这个地方我已经来过三次。不过这个车站只有短途车去往加德满都山谷里的城镇，去往谷外的长途车在较远的另一个车站。在司机的指引下，我换乘一辆能到达长途汽车站的车，到了那里后找到了开往博卡拉方向的长途班车。

博卡拉是来尼泊尔必去的地方，但是从加德满都到博卡拉的路上也有一些很美的地方。我问了巴士司机，路上能不能下车，说了几个地名，得到的回答是都可以。我决定先去本迪布尔（Bandipur），本迪布尔隐藏在山中，是一个古色古香的小镇。去本迪布尔要在杜摩莱（Dumre）下，然后换车。

坐尼泊尔的班车，无论是短途车还是长途车，车门总是开着，卖票员会不停地吆喝招揽乘客，有的吹口哨，有的击打着车门，手就拉在车门上，甚至干脆半个身子探出车外，好在大多数时候车速都不快。虽然到博卡拉的一路上，除了几个主要的城镇，路上很少人中途上车，可是卖票员始终很敬业地在车门边站着，看看路上有没有能招揽的乘客。

山中小镇的夜晚

本迪布尔以前是尼泊尔到中国西藏商路上的一个交通重镇，如今已不再是，镇上很安静。这里虽然已在加德满都山谷之外，但也是一个纽瓦丽人居住的村庄。

入夜后，本迪布尔的街上连路灯都没有一个，只有民居里透出的灯光。这个小镇除了我自己,没有看到一个中国人,估计国人都直奔博卡拉了。镇上倒是有不少西方人,他们在街边点着蜡烛的餐桌上吃饭聊天。我也挑了一个桌子坐下来,要了一份尼泊尔餐达尔巴特(Daal Bhaat),我已经很习惯吃达尔巴特了。秋风温柔吹过,这时候的温度刚刚好,很惬意。晚上8点的时候,镇上的店铺和旅店差不多就全关门了,老外们也都知趣地散了,各自回旅店。

从饭店走回旅店的路上,抬头仰望头顶的星空,银河迢迢,天空中有数不清的星星,山里的夜空真美。

晚上出奇的安静,只有秋虫的鸣唱声,一种连续鸣叫,另一种的鸣叫声有固定的间隔,是大自然的旋律。

再次观山

清晨的时候,秋虫的合唱已经停了,取而代之的是山林中欢唱的鸟儿。镇上的人们起得很早,街上早早就有了动静。早餐还是去昨天吃晚餐的那家,我要了一碗加了香蕉切片的牛奶麦片粥,香甜滑软。

本迪布尔和纳嘉科特相似,海拔适中,也是一个观看喜马拉雅的好地方。从车站步行二十分钟,经过山顶上的一个印度教神庙,到达一个曾是古代练兵场的山坳里的平地,向北看去正是喜马拉雅山脉诸峰。不过,这一天仍然是一个多云的天气,刚到古代练兵场的时候,我惊讶地看到了云海。后来山谷里的云雾渐渐散去,但雪山只是若隐若现。

我没有在本迪布尔继续逗留,而是回到旅店收拾好行装,坐上小巴班车离开。从本迪布尔回杜摩莱的车,比来的时候挤得更满,当地人不仅坐上了车顶,还在车门口斜吊了三四个人,让人看着发慌。

中午在杜摩莱车站隔壁的餐馆吃尼泊尔饺子馍馍(Momo),餐馆里现做现卖,连饺子皮都是现擀的。馍馍的馅是带咖喱味的,我觉得很合口味,看来我是越来越接受尼泊尔餐食了。

来到博卡拉

在杜摩莱坐上一辆西行前往博卡拉的车,三个小时后抵达博卡拉。此时天色尚好,只是低空依旧多云,遮挡住了雪山。没有了雪山的映衬,著名的费瓦湖并没有给我很特别的第一印象,湖水也没法和西藏那些高山湖泊相比。近黄昏时,金光撒在湖面上的那一刻,费瓦湖才有了光彩。

到博卡拉的第二天,见到了鱼尾峰。在湖边遇到一个中国游客,他来博卡拉三天了,前两天每天坐车去山头上的萨郎科(Sarangkot),却都因为云雾没能看到鱼尾峰,今早在湖边倒看到了。

晴空下,我沿着费瓦湖向南走一段,这一段的湖面变得修长玲珑,这多少改变了我对费瓦湖平淡无奇的印象。湖面上,往萨郎科方向的空中有很多滑翔伞,五颜六色的很是好看,有的还在湖面上空做着空翻摇摆的动作。

我决定也尝试一把滑翔。一般滑翔都要提前一天预订,今天天气这么好,我让滑翔伞公司给我加了个塞。

高空滑翔

乘坐吉普车来到萨郎科山头后,在开始滑翔前,我等待了半个小时,因为前一辆车坐满了,得等后一辆车把我的教练载上来。我倒是一点儿不着急,乐得在山上看看风景,从高处看看别人是怎么滑翔的。

我的滑翔教练是一个很年轻的尼泊尔小伙子,叫Susil,他技巧熟练,光从起飞就看出来了。别的滑翔员等风等了良久,而他很快就带着我起飞了。我和他一前一后,跑离山坡,在双脚离地进入空中的那一刻,我还兴奋地大喊了一声。

没想到,我们会是飞得最高的一个。Susil参加过比赛,每年2月尼泊尔都会举行全国比赛,Susil在赛中取得过好名次,只用很短的时间就完成了规定路程的滑翔。滑翔伞本身没有动力，全靠双手对绳子的拉拽来控制高度和方向，因此选手要理解和利用好风。Susil 带我飞得很高，我们始终是最高的一个滑翔伞。

我们的高度差不多在 1800 到 1900 米，而滑翔的起始点萨郎科的高度是 1400 多米，大多数的滑翔伞都飞得比起始点来得低，所以我们比别的伞至少要高出六七百米。Susil 告诉我他在博卡拉最高飞到过 3000 米，但这需要依靠更强一点的风的帮助，可能下个月的风力就差不多了。

在博卡拉地面的时候，我穿着夹克衫感觉热，而在空中就刚好。在起飞点 1450 米的山头上，我没感到风迎面吹来，而在高空中，我能明显地感受到风。我和 Susil 不停地说着话，只有一念间觉得有些害怕，但很快就把恐惧都抛在了脑后。

我们的滑翔伞也是飞得最远的，一直滑到博卡拉城区的上空，然后回到费瓦湖面上。在高空滑翔，博卡拉所有的一切都在我们的滑翔伞之下：城区大片大片的房子、山坡上的稻田和平静的费瓦湖。在湖面上 Susil 给我来了一个高难度动作，在高空中做了一个空翻摇摆。我顿时间觉得天旋地转，上下颠覆，不过又很快恢复正常。

这简直太刺激了，这样的刺激一次就够，再来一次，我恐怕会受不了。Susil 说他做过几千次这样的动作，但是这样的动作毕竟有危险系数，所以只在湖面的上空进行。降落的时候，Susil 再次显示了他的熟练技巧，他很快地对准了湖边的那块草地，以刚刚好的滑翔距离和滑翔速度，准确无误地降在了草地上的一个大圆圈中。

坐吉普车回到湖滨区，在湖边走走歇歇。到了傍晚的时候，空中落下几滴雨滴来，这时候的天空反倒显得更清澈。日落时分，鱼尾峰和安娜普尔纳群峰抹上了一层粉红色。这一刻，博卡拉才显出它的妩媚来。

载歌载舞

比格那斯湖（Beganes Lake）距离博卡拉 10 公里，博卡拉汽车站有去那儿的班车。比格那斯湖畔的游客比起费瓦湖来少多了，这里很少有外国游客过来，却是尼泊尔本地人游玩的好地方。

我到的时候，有一群尼泊尔人正在湖边野餐，他们生火烧饭，用很大的锅煮出美味来。友好热情的当地人请我分享他们的食物，给我盛了一大盆咖喱鸡肉。尼泊尔人的饭菜中其实肉食很少，以蔬菜为主，因为过节的缘故他们才"大餐"一顿。吃完饭后，他们在湖边的草地上载歌载舞，用一个尼泊尔小腰鼓做现场伴奏，另外还有一个播放歌曲的音箱。一个尼泊尔妇女穿着红色的纱丽，长袖善舞，婀娜多姿。人们在湖边欢庆德赛节。

从比格那斯湖返回博卡拉的班车上，我的身旁坐了一个尼泊尔的中年人。我正拿着 LP 在看，他主动和我聊上了。他是沙提族人，沙提族人和布浑人是尼泊尔印度教中种姓地位较高的民族，在以前，沙提族多为武士，而布浑族多为祭司。他给我介绍说德赛节是尼泊尔一年里最大的节日，一共要持续十五天。现在正是第五天，后天第七、第八、第九和第十日都是重要的几天，会有诸多仪式。他说你来的时候正好，现在既是尼泊尔的旱季，又正逢最大的节日，可以好好地感受一下尼泊尔的人文文化。

离开博卡拉

再次回到博卡拉。博卡拉盛名之下，游客云集，尤其在湖滨区人很多。我不喜欢游人太多的地方，在住了三晚之后，就决定离开。离开前，我又去费瓦湖边走走。

湖面上有滑翔伞连续在上方的天空翻跟头，仔细看是单人的滑翔伞，并没有像我滑翔时那样由教练带着。单人滑翔需要执照，能够单飞的都经过了长时间的专门训练，他们可以自由自在地掌控着滑翔伞，在天空中翱翔。

在湖面上，一个老外划着一艘皮划艇来到岸边，我原以为他是一个皮划艇爱好者，其实皮划艇只是他的交通工具。小伙子叫 Alex，是一个法国人，在博卡拉已经住了一个月。因为喜欢清静的地方，所以住处选在费瓦湖的对岸，远离湖滨区的游客。只是那里交通不便，要是走陆路的话，得绕湖一大圈，花上好几个小时，而水路才是最便捷的。小伙子自己烧饭做菜，今天划船出来就是来采购食材的。听起来这倒像是一种隐居的生活方式，生活的花费很低。

下午4点，在博卡拉车站找班车，本打算去丹森（Tansen），车程四个小时。结果到丹森的车已经没有了，只有晚上9点还有一班夜车。我既不想再回博卡拉的湖滨区，也不想坐夜车。我研究了一下尼泊尔地图，在博卡拉和丹森之间，地图上没有标出任何城镇。我拿着这个地图，问路口的尼泊尔警察，这条路上还有什么大一点的城镇吗？他告诉我有一个镇子叫瓦林（Waling），我再问他还有车去那儿吗？他领我往前走了走，问了几个司机。正好一辆车开过来，去瓦林的，并且还有座。我没多想，就坐了上去，一车全是尼泊尔人，又只有我一个外国人。

瓦林（Waling）差不多位于从博卡拉到丹森一半的路程上，60公里的路开了两个小时多一些。尼泊尔的班车普遍开得不快，平均时速只有30公里左右，慢点儿也好，班车行驶的悉达多公路是一条贴着山谷的盘山公路。

我在瓦林的一家旅馆住下。晚上在旅馆吃尼泊尔餐达尔巴特，点了一份Masu，类似于咖喱鸡肉。我是这家旅馆的第一位中国客人，老板说从来没有中国游客来过这里。这家旅馆兼餐馆的生意很不错，有很多镇上的本地人来吃饭。当地的尼泊尔人都对我很热情，每个人都使劲地和我说话，尽管我大多听不懂。

丹森

第二天我起了个早，在瓦林的路边等了五分钟，就搭上了一辆途经的班车。从瓦林到丹森也是两个多小时的路程。公路一侧贴着山体，另一侧是山谷，这里的山大多陡峭，稍微坡度小一点的山坡都被充分利用，开垦成了梯田，种着绿油油的稻子。

丹森和本迪布尔有点儿相似，两个都是山脊上的小城镇，从国道所在的大路口还要转一辆车去往丹森。我上了一辆吉普车，后面的车厢就像是卡车的车斗，只不过是有顶篷的，已经挤得满满的。我坐在了前面的驾驶室里，驾驶室里居然坐了四个人，在尼泊尔超载是司空见惯的事。

司机把车开得飞快，5公里的上坡路很快就开到了，车站在城镇的最南边，通往镇子的路非常陡峭，几乎是超过70度的陡坡，背着我的背包走起来很吃力。经过几个神庙后我找到了游客信息中心。门锁着，按照门上的说明找到一个小门铃按了一下，很快从楼上下来一个老年人开门。在那里我得到了一份比《LP尼泊尔》书中的地图更详细的徒步地图，更重要的是我的背包可以寄存在这里。

我要徒步的地方是贴着镇子北面的Shreenarga山，山高1600米，沿着一条坡度很大的山道能够走到山脊的观景台，来回是一个小时的步程。这是一段铺满松针的小路，鞋子踩在上面软软的。到达观景台，还是由于低空有云的原因，北面的喜马拉雅山只露了一点点，而南面的河谷也在雾霭之中。

回到游客信息中心，遇到一个帅哥和一个美女正在和老人交谈。帅哥来自爱尔兰，美女来自俄罗斯，这两人看上去简直是一对金童玉女，尤其是那位俄罗斯美女，面容姣好，秋瞳如水，长着一个好看的鹰钩鼻。他们问我从哪里来，我回答说是中国，爱尔兰小伙子马上接口说，在尼泊尔之后他们正在考虑去中国呢。他们打算在丹森住上两晚，只可惜我没有过夜的计划，不然倒是可以好好聊聊。

我背上背包开始下坡，迎面走过来两个盛装尼泊尔少女，穿着红色的纱丽，扎着嫩黄色的裙带，额头带着一个金色头箍，耳朵上挂着硕大的金耳环，最醒目的是头颈上的金项圈。两个少女走在街上显得光彩照人。我问她们能让我拍照吗？她们犹豫了一下，露出羞涩状，但很快同意了。

我走到镇东面的阿麻纳拉扬寺，小镇最精华的部分就在这里。这座印度教古神庙是一个三重顶建筑，建筑比例看上去非常完美，远看非常漂亮。我觉得它比我前面看到的所有神庙都要来得漂亮。走到门口，居然看到有七名尼泊尔士兵在门外把守，我正疑惑间，他们示意我可以进入参观。

平原地带

从丹参出发，再次沿着风景秀丽的悉达多公路南行，班车一路下坡，意味着海拔逐渐降低。两个小时后到达布德沃尔（Batwal），在这里转乘另一辆班车向东，目的地是纳拉扬嘉（Narayanghat）。从布德沃尔到纳拉扬嘉，班车行驶在特赖平原的公路上，车速要比前两天开在盘山公路上时快了很多。

纳拉扬嘉离开奇旺国家公园所在的小镇索拉哈只有半小时路程，我决定在纳拉扬嘉住下，第二天早上前往奇旺。

尼泊尔大部分的国土为山地，而南部的特赖平原位于亚热带，和尼泊尔北部山岳地带的气候完全不同，气温明显要高很多。都10月下旬了，晚上睡觉时还觉得热，并且还有蚊子的侵扰。听说奇旺的村落里有许多蚊子，没想到城镇里也照样有。

塔鲁人收获稻谷

从纳拉扬嘉乘车进入索拉哈镇，就进入了奇旺国家公园。我在镇上租借了一辆自行车，以骑行的方式游览。尼泊尔是左行，好在索哈拉几乎没有汽车，稍骑一会儿就习惯于贴着路左边骑了。

我骑车去了塔鲁人的村落。塔鲁人是生活在特赖平原上的农耕民族，下午两三点最热的时候，村里的人们仍在劳作，或在田野里收割，或在庭院里打谷子。

塔鲁人仍然使用人工割稻、人工打谷子的方式收获稻米。这个时节，农田里到处是金黄的成熟的稻谷，人们把稻子割倒，几个人为一组，每一组负责一茬，将稻秆捆扎起来。这一茬捆扎完了，推进到下一茬。捆扎好的稻秆被搬上农用车，堆得老高。车子开到土屋前，一个小伙子站在车后的稻秆堆上，把一捆捆稻秆往院子里扔。院子里，几个男人抡圆了手臂将稻秆往一张木桌上抽打，稻秆里的米粒纷纷落在了院子里的地上。还有一些妇女直接坐在地里，用棍子抽打稻秆。打落的米粒和打空后的稻秆则另有人负责收集。

打谷子后收获的白花花的稻米堆成一堆，顶端插上一朵红花，再配上几片绿叶，塔鲁人以此表达对于收获的感激。"谁知盘中餐，粒粒皆辛苦"，每一颗米粒来得都是多么的不易。我中午在索拉哈镇上吃的炒饭中的米粒就是人们在日头下辛勤劳作得来的呢，吃的时候心怀感恩，一粒米饭也不愿意浪费。

奇旺国家公园

从镇上开始骑行，在骑了4公里之后，就来到一条小河边，这里是吉普车载着游客们到达的地方。不少游客正从河对岸走过来，其中有不少中国游客，我打听了一下，他们告诉我说在对面走了一个多小时，但并没能看到什么野生动物。

我把自行车停好，步行走过小木桥。这时候，几个村民赶着一大群水牛过河，水牛泡在河水里，甩动着牛头，一副很享受的样子。

河对面有一个大象繁育中心，里面有可爱的小象。有的小象才出生不久，还缠着母象吃奶呢。

在奇旺的大型动物，除了大象，还有孟加拉虎和犀牛。孟加拉虎一般都是昼伏夜行，白天很少出现。犀牛的数量极少，生活在较偏僻的地方，黄昏的时候，我在河边逗留了一会儿，期待对面广阔的河岸边会有犀牛前来喝水，但最终还是没能看到。

坐车顶吗

坐上出索拉哈镇的小巴，到大路上转车。返回纳拉扬嘉的过路车比较拥挤，先等到的是一辆挤得满满的车，车门口已经吊了两个乘客，卖票员见我不太愿意上车挤车厢，问我要不要坐车顶。尼泊尔人坐上车顶并不少见，不过我还是不要尝试了吧。我说我等下一班车，结果没等很久，又来一辆，这回很空，还有窗边的座位可以坐。三十分钟后回到纳拉扬嘉，从纳拉扬嘉转而向北，目标是尼泊尔的另一个古都廓尔喀。

上车前，我在车站附近的当地餐馆又吃了一份馍馍，不过这次不是饺子状，而是圆形的，有点像上海的小笼包子，但个头比小笼包大。

公路交会点

去廓尔喀在玛格林（Mugling）转车，玛格林位于尼泊尔的东西向公路和南北向公路的交会点。我在玛格林住了一晚，此处交通繁忙，经过的班车很多，小镇很嘈杂。

尼泊尔人习惯于早睡早起，大多数人晚上八九点就歇息了，而早上又都起得很早。玛格林街上的店铺早早开张，小餐馆的店主在店门口用擀面杖摊了面饼在油里炸，油炸食品是尼泊尔人爱吃的食物。不少水果摊主一早就摆放出了水果，而流动小贩的篮子装着瓶装水、沾酱的黄瓜和炒米，每开过来一辆班车停靠，就到车窗边售卖。一早就开始忙碌的还有理发师，镇上的一家理发店，早早地就坐满了等待理发的大人小孩。理发店都一早生意这么好，我猜想可能是因为过节的缘故吧。

廓尔喀

廓尔喀是廓尔喀王国的古都。廓尔喀王宫建于四百年前，如今仍气势雄浑地矗立在高山之巅。王宫的北面是悬崖峭壁，南面是崎岖的山路，易守难攻。两百五十年前，廓尔喀的国王普利特维就从这里出发，率领廓尔喀军队征服了加德满都谷地里的三个王国，并就此统一了尼泊尔，建立了沙阿王朝（廓尔喀王国）。廓尔喀还在强盛时入侵过西藏，洗劫过班禅的驻地扎什伦布寺，结果被乾隆皇帝派遣的清军所击败，并被一路追击到加德满都后宣布投降，承认清朝的宗主国地位。

进入廓尔喀城，我找了一家餐馆将我的背包寄放在那里。到达廓尔喀王宫需要走 1500 级台阶，背着大包爬山实在是太重了。就算是轻装爬山，我走走停停，也爬了一个半小时还多。

宰牲节

在廓尔喀上山的路上，很多尼泊尔人拽着山羊，或是抱着鸡。今天是德赛节的第八天，按照当地习俗，德赛节的第八天（Astami）和第九天（Navami）都是宰牲敬神的日子。被牵上山的羊和抱上山的鸡在山顶的神庙中被宰杀，用以祭拜神灵。只见在神庙里，一名主祭司翻动经文，念诵之后，边上的祭师手起刀落宰牲，另有几个人在围墙边用火绳点响了老式的廓尔喀火枪。

从廓尔喀回加德满都的路上，经过一座红色的拱门，从拱门往河边走有一个缆车车站，缆车越过河，陡升 1000 多米，开往玛纳卡玛纳。玛纳卡玛纳也有一座尼泊尔重要的神庙，这一天，缆车的车站前排起了长长的队伍，缆车车厢除了运送人，还运送活山羊。

喜马拉雅日出

回到加德满都后，按照原定计划，前往杜利克尔，并在此处住下，第二天早上起来去观景台看日出。

晚饭的时候，我想要点达尔巴特，餐馆里却没有。餐馆老板推荐我吃纽瓦丽菜，我说好，端上来一看，盘子里的主食是像麦片状的炒米，叫作 Chura，配的菜是烤水牛肉块和扁豆，都放在同一个盘子里，另外还有一碟酱萝卜。说实在的，纽瓦丽菜吃起来感觉没有达尔巴特来得好吃。

早上 4 点半的时候，我是被冻醒的。昨晚除了被褥外，还多要了一个挺厚的毛毯，却没想到还是不够暖和，寒冷让我比闹钟的时间早了一个小时就醒了。窗外还是漆黑一片，我洗漱好，穿上上个月在西藏穿的全部衣服，一件羊毛衫和一件羊绒衫、一条薄秋裤，在外衣口袋里还塞上了昨晚买的六个巧克力派，然后出门。

尼泊尔人的早起程度令我惊讶，清晨5点不到的时候就有不少人在街上行走了，几家店铺也已经打开了门面，店主在清扫店铺前的灰土。漆黑中，好几个小孩子已经在校园边的秋千上荡秋千。镇上的水泥路尚有路灯，再往前走，山坡上的土路就完全没有路灯了。对面走过来的村民打着手电，大声对我说 Shuba Bihane，早上好！

我沿着土路一直走，直到把东面的山头绕过去才停下脚步。我惊奇地发现我来到了一个小山坡，这个山坡只有南面是山体，东、北、西三个方向都很开阔，就是这里了，恐怕这里正是杜利克尔的最佳观景平台。

到达山坡是5点35分，我差不多走了四十分钟。这时候，东方已经有了红晕，十分钟后，天色渐渐发白。我想这时候太阳差不多已经升上了地平线，只是还没有露出山头。山坡上的草地还有露水，我找了一块干一点的石块坐下，凝视着东方。再过十五分钟，红红的太阳从山头露出了一小角，放出光芒来。在山头的上方有一小条云彩，太阳刚好能显出一个整圆，一道红日奔腾而出，然后继续上升，从那一小条云彩上方再次出现，然后逐渐升高，朝日的红色变成了黄色，太阳开始主宰白日世界，并给予地球以热量。

荡秋千

小山坡上也有四根竹竿扎成的秋千架，六个小孩早在未明之时就在荡秋千玩耍。孩子们一遍又一遍地荡着，不断地欢笑着。

天亮之后，不少大人也加入了荡秋千的队伍，一个个把秋千荡得老高，看得我心痒痒，不禁也尝试了一把。

我一上来就想学些当地人的样子，站在秋千上自己发力荡，可不成功，还是得坐下，由村民在背后推我。这样荡虽然很舒服，可是缺少点儿成就感。我注意观察,看明白了村民们的技巧,重新再试。

我站在秋千上,半蹲着,由村民推我第一下,后面就完全自己荡。要点是荡到高点的时候从蹲的姿势变成顺势起身站起,两手撑开两根秋千绳,荡回低处时再蹲下来,在另一个高点再站起撑开两手,这样就能自己发力。

此地海拔1500米,在青翠的山谷和瓦蓝的天空之间,我就好像在山谷中飞翔。

乡村小学教师

在山坡上荡秋千时,我和一个乡村教师聊上了天。这位老师叫Laxman Lama,所在的学校叫Himaljyoti Community School。Himal代表喜马拉雅,jyoti是光的意思,翻译到中文就是喜马拉雅之光社区学校。他告诉我山坡所在的这个村叫Bhattidanda村,社区学校里一共有137个学生,全部来自本村。学生年龄从3岁到14岁(从幼儿园托班到八年级一共11个班级),由14个老师负责教学。

我好奇地问了一下他的工资是多少,他说包括他在内的14个乡村教师,每个月的工资都是4000卢比(折合人民币280元)。一般普通尼泊尔人的工资是6000卢比,这个工资低于平均数,但他说并不在意工资低,因为觉得教师这个职业有意义,朴素的话语让我听了后不禁肃然起敬。

在和Laxman老师的交谈中,我搞明白原来秋千架是为了德赛节而临时搭建的,荡秋千只在节日中的这几天,怪不得小孩子们玩秋千只争朝夕,一大早就开始玩。荡秋千象征着沉甸甸的稻穗在风中摆动,稻浪滚滚,人们以此祈愿稻谷丰收。

小赌怡情

我在山坡上待了四个小时,9点半的时候,我开始往回走。天亮后,在路边看到几处赌局，和荡秋千一样，节日里小赌一把也是习俗之一。人们在地上铺一张画有六种图案的塑料纸，村民们押注的钱就放在某一个图案上。我留心了一下赌注，最大的好像没有超过20卢比的。庄家将六个色子在一个小塑料桶里一起摇，倒出色子后，如果押注的图案出现两个，押注的人可以双倍赢钱，出现三个可以三倍赢钱，当然概率决定了，更大的可能性是押注的图案没有出现，押注的钱被庄家收走。

打羽毛球和点蒂卡

回到镇上，看到一家人家的孩子手上拿着羽毛球拍，我好奇地问他很喜欢打羽毛球吗？没想到小伙子上楼去找来另一只拍子，邀请我和他一起打。我们就在马路中间打了起来，偶尔有摩托车经过，就停下来让路。街上挂着节日的彩带，我们的羽毛球打高了，会打到彩带。

打了一会儿后，他的父母喊他上楼去点蒂卡（Tika），小伙子让我等一会儿，等他下来后接着打。我说就打到这儿吧，祝你节日快乐，然后握手作别。

今天是德赛节的最后一天，也就是德赛节中被称为 Dashami 的第十天，这一天被称为"胜利的第十日"。德赛节起源于一个古老的神话传说，第十日是神魔开战后，天神战胜魔王的日子。这一天早上，长辈会给小辈们在额头上用红粉点上"蒂卡"，以表达祝福。

小城帕诺提

我离开杜利克尔，坐车到贝内帕，然后在路口转车向南去帕诺提。这三个小镇之间离得很近，坐小巴车都是10卢比（0.7元人民币），每处相隔三四公里的距离。

贝内帕到帕诺提之间的路上，连绵的稻田青黄相间，农家小屋点缀在田野上，是一幅美丽的乡村景色的画卷。两条小河交汇在小城帕诺提，过河的小桥是一座一走上去就会摇晃的吊桥，位于小城入口处，过了桥就是小镇的中心。帕诺提虽小，以前辉煌时也曾是一座王宫的所在地。几座神庙的古建筑就在河边，其中英德勒什瓦马哈德瓦神庙是尼泊尔最古老的寺庙之一，始建于公元 13 世纪。这个小城游客不多，却宁静而秀美，是我喜欢的。

三到巴克塔普尔

从帕诺提出来，直接坐上一辆从帕诺提到加德满都的公车，途中在巴克塔普尔下车。这是我在此次旅程中第三次来巴克塔普尔了，我还是住上次那家旅社，老板和小伙看到我都很亲切。

巴克塔普尔是所有尼泊尔城镇中我最喜欢的。以我的看法，巴克塔普尔的城市规模大小刚好，杜巴广场上建筑的布局松紧有致，从比例上来看恰到好处。尤其喜欢的是，巴克塔普尔是一个非常有生活气息的城市。

此时的巴克塔普尔城内，正在庆祝"胜利的第十日"，锣鼓声、笛声不断，人们穿着节日的盛装在街巷中游行，广场上则另有一群人端坐在地上一起唱歌。这一天傍晚，玫瑰色的晚霞特别美，那时我正在杜巴广场散步，广场上的古建筑在晚霞中显得格外瑰丽。

到了晚上六七点的时候，满城的人都拥向了城东外的一个小神庙，那里人山人海。重要的仪式在这个小神庙举行，九个不同颜色的巨大的面具被依次从神庙中请了出来，由九个盛装的男人戴着站在庙前。神庙前有一条小河，河两边站着许多人，一些人走进河水中，在欢呼声中将水泼得老高，泼向河边的人们。然后，戴着巨大面具的九人走下神庙，在人们夹道欢迎中慢慢前行，两侧的人们争相触碰面具。

再游加德满都

加德满都谷地中有七处世界遗产，去过了加德满都、帕坦、巴克塔普尔三个杜巴广场，斯瓦扬布佛塔、昌古纳拉扬神庙等五个寺庙后，再次回到加德满都的我又去了另两个：博德纳大佛塔和帕斯帕提纳神庙。

尼泊尔夹在印度和中国西藏之间，人口中80%以上信仰印度教，10%左右信仰佛教。刚来尼泊尔时去看了斯瓦扬布佛塔，今天看到的博德纳大佛塔比起斯瓦扬布佛塔来，规模更大。博德纳大佛塔不仅是尼泊尔最大的佛塔，同时也是世界之最。

博德纳大佛塔是五层结构，代表着佛教里的土、水、火、气、天等组成万物的五大元素。最下面的方形基座代表土，第二层圆顶代表水，第三层尖顶代表火，第四层华盖代表气，第五层极顶代表天。佛塔边还有一些佛教寺庙，风格上属于藏传佛教的喇嘛庙，西藏的藏传佛教在很大程度上对这里产生了影响。

从佛教的博德纳大佛塔到印度教的帕斯帕提纳神庙有一条近路，走路二十分钟就到，我从北面过河，翻过一座小山坡后抵达。

从小山坡上俯瞰帕斯帕提纳神庙，只见神庙主殿有两层金顶，庙顶以镀金的铜瓦覆盖，看上去金碧辉煌而庄严神圣。走近了看，神庙的庙门是纯银打造的，雕刻着精美的图案：位于正中的湿婆头顶着恒河，手上拿着三叉戟，左侧的神灵头顶着新月，右侧的神灵头顶着红日。帕苏帕提纳意为众生、繁衍之主，神庙旁的巴格马蒂河是尼泊尔印度教的圣河，被认为是恒河的源头之一，印度教徒们认为在这条河中沐浴可以清洗罪孽，而骨灰融入河水中可以帮助灵魂升天。

印度教在数千年中深刻地影响着南亚地区，加德满都的帕苏帕提纳神庙是印度教的圣地之一，因此非印度教徒不被允许进入神庙主殿。

漂流营地

在加德满都报了个团去参加漂流活动。漂流的营地位于离开加德满都两个小时车程的博特科西河河边，乘车抵达后，见到营地里设施齐全，有住宿的帐篷、餐厅、乒乓桌、台球桌，还有一个游泳池。

　　游泳池其实是用来做皮划艇训练的，和我同车一起来的团员中，有两个德国人是来博特科西河划皮划艇的。在激浪里划皮划艇可比不得在静水里划，刚到营地不久，就看到一艘单人皮划艇在急流中倾覆，划艇者在水下困了二十多秒后，皮划艇才翻正过来，划艇者被教练救起。学习皮划艇的第一项训练课程就是要学会一旦皮划艇在河中倾覆，如何从皮划艇中脱身。这两个德国人在游泳池中，几次故意侧身将船倾覆，然后训练自己从皮划艇的座位上脱身。

　　漂流比起皮划艇来，安全系数要高得多。我们的漂流筏上有教练，另外还有两个救生员划着两艘皮划艇在筏子附近保驾护航。漂流是一个团体项目，我们的筏子上有六个乘客，其他五名都是西方人，来自德国、波兰、苏格兰和澳大利亚。

　　10月下旬加德满都谷地的天气，秋意已浓，到了晚上明显感到寒意。由于博特科西河位于较北的位置，河水又是从喜马拉雅山脉流下的雪水，我原本担心会不会太冷，还好，午后的阳光很暖和。我在河边试过水温，并不感到冷。

4级白浪漂流

　　中午在营地吃了午饭后，穿上救生衣，戴上头盔，拿上桨，乘车向北前往漂流的起点。我们要乘坐的皮筏被绑在了车顶，到了后从车顶上放下，并打足气。

　　漂流要开始了！我们每一个人都很兴奋。教练在河边简单讲了口令和划桨动作后，我们就上了皮筏。我坐在了皮筏最前面的右方，视野开阔。我们漂的是博特科西河下游的部分，全程11公里。

　　可漂流的河流是有等级的，博特科西河上有一座水坝，以水坝为分界线，水坝上方的上游河段的水流湍急，10月份旱季里也有5级，而水坝下方的下游现在差不多4级左右。

博特科西河有很好的斜度，皮筏在河上会顺流往下漂，坐在船后的教练下令划桨后，每次划了三五下就叫停，大多数河段让筏子自行往下漂。相比之下，尼泊尔的色悌河和翠苏里河都是3级，10月份旱季里水已经很缓了，大多数河段需要自己划。

在4级的博特科西河上漂流很刺激，不断刺激肾上腺素分泌。好几处险滩白浪翻滚，激流一会儿从左面过来，一会儿从右面过来，有时候船头前就是一个高高的大浪，船头翘起。皮筏全靠坐在筏子后方的教练掌控，他用桨调整着方向，在过险滩时经常发出指令要求大家一起奋力地划。我们的教练是一个小伙子，有漂流的专业证书，并且对这条河非常熟悉。因为他，我们才享受了在激流中漂流的巨大乐趣。以至于到后来，我们越来越喜欢险滩的白浪滚滚，平静河段的绿水清波反倒有点平淡无味了。

几个欧洲小伙子还想来点儿更刺激的，教练就在一处平静的河段停下了筏子，三个欧洲小伙子爬上河中间的礁石，一人来了一个跳水。上筏的时候，全身湿透的他们直喊河水太冷。我没有和他们一起去跳，坐在船头的我，早已经被河水溅得上下都很湿了，河水毕竟是来自喜马拉雅山的雪水，我可不想在河水里浸上几分钟后再游回来。

虽然坐在筏子的最前面会被溅到更多的水，但比起坐中间和后面，视野更开阔，更能享受漂流的过程。坐在我身后的德国小伙说他明天一定也要坐在船头，目视着白浪冲滩。

漂流公司安排的漂流一般都是两天，在漂流营地的帐篷里住上一晚后第二天继续。我只报了一天，晚上就返回加德满都。上岸后把湿衣服全换下，在河边晒了会儿太阳，等车回城。在等车的时候，还在营地打了会儿桌球，我几乎取得了全胜的战绩。真是令人愉快的一天！

第二十章　中国西南三省之行

加德满都—昆明

从加德满都飞昆明，飞机沿着喜马拉雅山脉之南飞行。我在加德满都机场，凭着东航金卡的身份，特地要了一个前排左边靠窗的座位，这样就能在飞机上观赏喜马拉雅。隔着舷窗，云在低处，山在高处。一排8000米以上的高峰清晰可见，但我并不能确定哪一座山峰是珠穆朗玛，因为珠峰从不同角度看是不同的样子。

傍晚5点多到达昆明机场，回到中国，调回两个小时十五分钟的时差。

昆明太大了，从中国西藏和尼泊尔过来，昆明是这一路上最大、最现代化的城市，我反倒略有点不适应了。

当晚住在大观楼商业街附近的青旅，以前每次来昆明，都住这儿附近，所以对这里很熟悉。在街上看到好吃的米线，不禁食欲大开。没想到连着问了两家，居然都卖完了，问到第三家才有。米线也算是快餐食品了，在滚热的汤里一烫就可以盛出来了，然后放上各种小菜和调料，美味马上入口。

青旅里老外不少，晚上没事，就继续在台球桌上延续胜利，"为国争光"。不过很快就觉得累了，没打几局就早早地回房间睡觉。

昆明—兴义

　　昆明以前来过好几次，喜欢云南大学和翠湖公园，也去滇池和海埂公园。海埂公园比较清静，比起市区里的翠湖公园和大观楼公园来，游客要少许多。滇池的湖水还是那么一望无垠。

　　秋色大好，梧桐树叶子正在变黄，紫色的三角梅开得到处都是，昆明人叫它们"叶子花"。滇池湖边的树下，昆明人悠闲地打着麻将，享受着周日的休闲时光。湖边有盒饭和米线出售，我也和昆明人一起，在长椅上吃午饭。

　　在昆明没有久留就离开。我去过云南很多城市，这一次不走寻常路，从昆明出发往东，开始西南三省的旅程。在我心里已无省界的概念，这一趟随心而行，在云南、贵州、广西三省区之间往来穿梭。

　　第一个目的地是位于贵州黔西南州的兴义，距离昆明340多公里。这段路坐火车是比较好的方式，我坐绿皮火车，五个半小时的车程，慢一点儿无妨。

　　火车行驶在云贵高原上，穿过一座座山洞，一路上，车窗外的风景是云南的红土地和贵州的喀斯特。到达兴义的时候下着雨，是那种绵绵细雨，好似江南的春雨。从旅店房间的窗户往外看，对面民居屋顶的石瓦上长满绿色的青苔。所谓"天无三日晴"，在贵州，下雨是常有的事儿。

兴义城

　　早上出门吃早饭，兴义城街角的一家餐馆里坐满了人。人们吃的全都是米线，有加肉末的，有加肥肠的。我要了一碗清淡的香菇粉，白白的米线配上鸡肉、香菇和小葱，就很鲜美了。店里还有饺皮供应，贵州饺皮看上去和饺子差不多，大概皮要薄一些。贵州人能吃辣，外带的饺皮被一勺、一勺又一勺地加入辣椒酱，我看着如此加辣子，不禁觉得我碗里的米粉也辣了起来。

中午的时候，绵绵的细雨停了，不过天空上的云层很厚。在中国西藏和尼泊尔旅行时一路晴天，到了贵州后，不需要任何防晒措施了。

除了"天无三日晴"，贵州还是"地无三尺平"。雨一停，城市远处一个一个馒头似的山头就显露出来了。兴义城里的路也都是有坡度的，时而上坡时而下坡。向路人问个路，路人手一指，说上面。兴义人说路的方向，不说东南西北，而是说上面下面，理解起来倒也容易。

兴义城里很少游客。餐馆里、街上、车上，人们说着我听不太懂的贵州话，普通话问过去，回过来的大多也是当地话，有时候得连蒙带猜才能理解意思。

在兴义，我住在富兴路。附近店铺餐馆很多，有一家只做炒饭的餐馆，生意兴隆。店里卖十多种炒饭，一律12元一份，炒饭香喷喷的，不油不腻，一小碗汤又特别鲜美。店里还有泡菜，十几种不同食材做出来的泡菜分别盛放在搪瓷缸里，一字排开，看得让人食欲大开。

马岭河峡谷

马岭河峡谷的景观特色是瀑布，一条峡谷里有几百条瀑布。刚下过雨，雨后的空气特别清新，峡谷中溪流飞瀑，绿意盎然。我从小青山入口进，先到黄龙瀑布，瀑布规模不大，但见激流奔流而下，却也壮观。

再到海狮桥，这里有一个四条瀑布组成的瀑布群。每一条瀑布都轻柔细软，在山崖的岩石上撞出无数小水花。下午两三点的时候，云开雾散，半个天空显露出蓝天来，太阳也露脸了，阳光照射下的四条瀑布显得更美。

细看峡谷两侧山峦的峭壁，峭壁并不平滑，而是层层叠叠，显出各种形状。最奇的是瀑布群附近的那些钙华，看似是要跌落的一块块泥土，却都结结实实地贴在山崖上。

亚洲

我从景区的打柴窝出口离开，出来就是公路上的马岭河峡谷大桥，这时候天空全部放晴。我走上大桥，往下俯视，峡谷不宽，却够深，差不多有两三百米的深度。峡谷绵长，景区里看到的还仅仅是峡谷中瀑布群的一小部分。

万峰林和八卦田

兴义还有一处著名的喀斯特地貌景观，那就是万峰林。我在兴义休整了四天，去过三次万峰林，前两次傍晚日落时去，都是阴天，没能见到夕阳下的万峰林，也没能拍出好的照片来。第三次早上去，这次是晴天，阳光下，农田、喀斯特地形的峰林，还有白色屋墙的农居，组成了一幅美丽的画面。徐霞客曾两次来到万峰林，并写下一首诗："天下名山何其多，唯有此处峰成林。峭峰离立分宽颖，参差森列拔笋岫。"

在万峰林的中纳灰村，有一块类似于八卦图的田地。据说是天然形成的大自然的杰作，在八卦田的中心还有一个很小的地陷漏斗，农民们从中汲水灌溉田地。

八卦田里刚收完水稻，什么作物也没有。村民们正在用犁松土，并撒播种子。我走到村民边上，看他手中的种子，他告诉我是油菜种子。另外还有一群人也在田里，手上拿着卷尺，正在测量。他们来自兴义的农科所，听说市里考虑把八卦田种成景观田，因此考虑一半种油菜，一半种麦子，以此象征八卦图的黑白两色。不过，两种作物的成熟期不同，是否能够达到效果还不好说。

德峨乡赶集

贵州兴义之后的下一站，是广西隆林，两个地方其实紧挨着。我乘班车，到隆林县城后，又换乘了一辆前往德峨乡的班车。晚上住德峨乡，第二天刚好是六日一次的德峨乡的圩日。圩日，也就是各乡各村的乡亲们来赶集的日子。

早上7点左右，街上就有了动静，9点多的时候，人流达到高峰，从四面八方村寨来赶集的人们挤满了德峨。

我走到街上，见到小狗狗和小猪猡被装在小竹篓里卖。小狗四五十元一只，小猪按斤卖，大概两三百元一头。小狗小猪都是出生才两三个月的小家伙，一脸萌相。还有一群群的小鸭和小鸡，两个星期大的小鸭4元一只，三个星期大的小鸡5元一只，都是黄绒绒的颜色。在南疆的喀什，曾见过买卖牛羊马驴的牲口巴扎，看小猪小狗小鸭小鸡的集市却是第一次。

集市上的交易很活跃，很多小狗和小猪被买走。小狗直接被牵走，小猪如果是一头，就放在背篓里面背走，一次买好几个的，就用一根木棒串起竹笼扛在肩上。

一个普通话讲得很好的壮族男子和我聊天，他这次来，买了五头小猪崽回去养，打算把四五十斤的小猪养成两三百斤的中猪后再往外卖。他家的地里种着玉米和南瓜，而把养猪作为副业。猪的行情有波动，按现在的行价，小猪7到8元一斤，养大后往外卖是10元一斤。前两年猪肉一路涨价，曾涨到过14元一斤，那时候买回小猪养就有更多的钱赚。猪也有不同的品种，不同的喂法，多喂一些猪饲料当然长得快，但是按隆林县本地的喂猪方法，以玉米为主饲料，以南瓜为辅料，要一年才能长到两三百斤。这种土法养出来的猪，猪肉吃起来特别香。

语言不通

隆林的全称是隆林各族自治县，少数民族占了全县人口约80%，各族中有苗族、壮族、彝族、仡佬族等。圩日赶集主要是苗族的传统，苗族又分不同的群体，集市上最多的是偏苗，也有少数红衣苗。苗族很好辨认，尤其是苗族妇女，即使在平时也穿着传统的民族服装，在圩日赶集时更是穿着盛装。苗族妇女总喜欢背个背篓，采买来的东西都往背篓里放。钱则放在手工绣成的荷包里，荷包系在腰间。

在集市上，背篓、荷包，还有苗族妇女自己染的布料和自己做的衣裙都有在街边卖。苗族妇女的服饰中最考究的是她们的裙子，苗布裙子可比上身衣服来得贵。苗族妇女在农闲时喜欢刺绣，但是一年只能绣出一卷来，价格不菲的手工刺绣在集市上和裙子一样都是高档货。

在隆林，我和当地人交流起来有些困难，年纪稍大一点的都听不懂普通话。苗族、壮族、彝族、仡佬族都有各自的语言，即便偏苗和红衣苗的语言也不同。隆林各族之间用汉语中的桂柳话来沟通，而桂柳话也是我听不懂的方言。

老房子

德峨乡的圩市散了以后，我乘乡村班车往蛇场乡方向去了张家寨。张家寨是一个苗寨，保存着不少苗族的老房子，大多是木瓦结构的，有些屋子的屋墙还是用竹条编的。山区里的人们现在也富裕了，很多寨子里的老屋拆了后改建成水泥房，因此德峨乡乡里的水泥店前总是车水马龙，水泥生意好得很。和我聊天的那个壮族汉子告诉我，现在隆林县70%的房子都改成了水泥房，一层楼的水泥房造价8万元，两层的12万元。水泥建的新房子住着更宽敞也新派，但夏天的时候，没有木瓦结构的老式房子来得凉快。我愿意寻觅尚存的老屋，但像张家寨这样还保存着诸多老屋的寨子已然不多。

张家寨的大多数青壮年都外出打工了，寨子里以老人、妇女和小孩为多。妇女们有的在用南瓜喂猪，有的在屋前刺绣。寨子里的狗都很乖，一般并不叫唤，而胆小的鸡儿满地跑，鸭子倒还淡定一些。

卷粉

从德峨乡继续往南到西林县城，西林县是路过，只住了一晚。早起去吃早餐，西林宾馆附近的一家餐馆里人头济济，人们吃的好像都相同，我对服务员说来一份一样的。这种早点用米皮包成卷状，里面有豇豆角和肉末，很糯滑并有滋有味。我问边上的食客，得知这叫卷粉。卷粉和广东的肠粉有点儿相似，只是个头要大很多。因为好吃，后来我经常吃。

"世外桃源"坝美

从广西的西林县坐班车，去往邻县广南县，广南县隶属于云南，这是又回到了云南。去广南县，目的地是"世外桃源"坝美，长途汽车票只需买到广南县的法利村即可，法利村在去广南县城的半路上。

在法利村下车后，我沿着小河边的路步行1500米，来到了坝美的桃源洞入口。在桃源洞入口，坐上一艘小木船，木船由艄公撑竹篙前行。水溶洞中漆黑一片，偶有几处天光透进来，幽暗之中见到很多倒悬的钟乳石。船在洞中行了约莫二十分钟，忽然光线渐强，眼前豁然开朗，出现了一片山谷中的田地和一条两边种着桃树的小路。我离船登岸，进入了被称为"世外桃源"的坝美村。

这一片山谷中的田地很大，坝美河从中穿过，河边有水车，流水带动着水车转动，通过竹管灌溉田间，亦有农妇用扁担挑着水桶到河边装满水，挑到田里后，用瓢把水泼到土上。

坝美河河水清澈，有男子在河里用网兜捞鱼。另一侧的河边，妇女们在浣衣洗头，又见一群小男孩子赤裸着全身跑过小桥，跳入河中游泳。坝美河中有个湖心岛，湖心岛将河分成两侧，一侧被称为女人河，另一侧被称为男人河。村民们下河洗澡，男人和女人各在湖心岛的一边，千百年来如此。

村里的妇女穿着用土布做的壮族民族服装，有淡蓝色、深蓝色和粉色的，衣服的胸前有黑色的横条。

中午的时候，村里宰杀了一头200多斤的猪，猪肉在路边现卖，很快就被各家买去。还有村民从山上摘来一种叫鸡肠果的野果在村里卖，据说用它来泡酒，很有滋补的效果。

出坝美村的时候走另一头的汤那洞，这段路先要坐一程木船，然后换乘马车到达汤那寨，从汤那寨再坐一程木船出汤那洞。汤那洞的长度和桃源洞差不多，大概1公里长，但洞中装了很多彩灯，照射着洞中的钟乳石，显现出各种惟妙惟肖的形状来。

坝美村的居民都是壮族，据说是几百年前为了躲避战乱而来到坝美。这里曾经与世隔绝，一片群山环抱的田园和村庄只有这两个天然的水溶洞与外界相通，进出全靠小木船，与陶渊明的《桃花源记》中所描述的"世外桃源"几无二致。

侬氏土司衙门旧址

离开坝美，我很快在公路边坐上一辆农村客运车，傍晚抵达广南县城。小面包车上的乘客都是壮族，他们之间用壮语交流。广南和西林的居民以壮族居多，这里古代是句町古国，而从元代开始，曾是侬氏土司的辖地。

第二天一早，我去探访侬氏土司衙门旧址。土司衙门藏在巷子深处，我一路向人打听才找到了这栋深门重院的大宅院，原来宅院位于广南一小的校园中。我从土司衙门的大门、二门转到三门，只见这个大宅第被完好地保存着。衙门口的介绍上写着侬氏土司历六百八十四年，传了28代，曾管辖云南东南部、广西西部和越南东北部的大片土地。

在中国西南的很多地方，从元朝起设立土司，有的土司世袭数百年，一直到清朝的雍正皇帝实行"改土归流"，将西南的土司制度改为流官制度，世袭的土司才逐渐被政府任命的官员所替代。

儿童歌唱表演（朝鲜罗先）

出海观光（朝鲜罗先）

贝加尔湖畔（俄罗斯奥尔洪岛）

车窗外的风景（俄罗斯西伯利亚）

杜巴广场（尼泊尔加德满都）

古城（加德满都巴克塔普尔）

乘客坐车顶的乡村巴士（尼泊尔布加马提）

高空滑翔（尼泊尔博卡拉）

泛舟（尼泊尔比格那斯湖）

马车（尼泊尔奇特旺）

白水漂流（尼泊尔博特科西河）

皇宫寺院（老挝琅勃拉邦）

光西瀑布（老挝琅勃拉邦）

湄公河水上两日之旅（老挝北宾）

山樱花和露营（泰国清迈）

难得一见的加拉白垒峰（西藏林芝）

雅鲁藏布江渡口（西藏山南）

村居（广西隆林张家寨）

和壮族铜鼓队合影（广西东兰更乐村）

侗寨风雨桥（贵州肇兴）

杜鹃湖（内蒙古阿尔山）

香炉寺和黄河大桥（陕西佳县）

壶口瀑布（陕西宜川）

章朗古寨（云南西双版纳）

廊桥（浙江庆元）

霞浦海滨（福建霞浦）

工匠（广东潮州）

百花岭下（海南琼中）

海南最高峰（海南五指山）

村口的古树和石桥（苏州西山）

八宝镇

从广南县城继续坐班车往南，来到广南县的八宝镇。八宝镇以八宝贡米而出名，是中国最好的稻米之一，曾经是皇家的御用食物，至今也很难买到正宗的八宝贡米。

我中午来到八宝镇上，见到的镇子与一般的城镇无异。八宝镇外却是小河纵横，田园阡陌。我在镇政府门口坐上一辆农村客运车，前往7公里外的河野村。车子开的是村级公路，绕山而行。我听说河野村有河上木船漂流活动，能欣赏两岸田园风光和秀美的壮寨。可是到了后发现河上只有船，却没有游客。回想在坝美，虽然游人也少，却总有木船进出，因为坝美的木船是村民们自己进出的交通工具。

我在河野村的河边走走，河里水草丰美，一群鸭子长得肥壮。抬头一望，一行白鹭飞过。

养蜂人

再往前走，见到一个养蜂人住的帐篷，我停下脚步，和养蜂人聊天。养蜂人夫妇来自广西北海，带着一个1岁多的小孩，吃住都在帐篷里，自己打柴生火。帐篷外有上百只大蜂箱，蜜蜂在箱子周围飞舞，对面的山上开着黄色、粉色的花朵，正是蜜蜂喜欢的。我问养蜂人多久才有蜂蜜，他们告诉我要看花粉的情况，有时候几天就有，有时候几个月才有。养蜂是他们祖传的营生，上几辈都养蜂。养蜂人如同草原上的牧民，牧民们逐水草而居，而他们逐花粉而居，哪儿有花粉，就迁徙到哪里。

苗族歌舞

从八宝镇还去了12公里外的三腊村，在三腊瀑布所在的山谷中有一个碧绿的水潭。见到一群苗族在水边载歌载舞,他们也来自八宝镇,开车来此游玩。

广南县隶属于云南文山州,文山州的全称是文山壮族苗族自治州,这个州的少数民族以壮族为多,苗族其次。广南县的苗族有白苗和黑苗两支,在水潭边吹笛跳舞的苗族家庭说自己是白苗,他们的舞蹈节奏舒缓,笛声悠扬。父亲一边吹着苗笛,一边踩着舞点跳着舞,女儿很认真地跟着一起跳,看起来父女俩都很愉悦。

富宁县

三腊的水潭边还有新人在这里拍婚纱照,新娘新郎是来自富宁县的壮族,给他们化妆的姑娘和打灯光的小伙也是壮族。他们拍完婚纱照后,要回富宁县城,我正好也是要去富宁,就搭上了他们的便车。

在车里,婚纱公司的小伙儿告诉我,位于山区的富宁县人口有40万,县里的年轻人结婚前,拍婚纱照是必有的仪式。县城里三家婚纱摄影公司,生意都不错,一到春节前的几个月,每天都要忙着开车到风景秀丽的外景点给新人们拍照。

我在富宁县城住了一晚,早上又吃到了好吃的早餐,这次是砂锅米线。服务员先给我拿来两个碗,一个碗里是生的米线,另一个碗里是鸡肉、葱、白菜等配料,然后再上一个冒着腾腾热气的砂锅,锅里是漂着一点点油花的白汤,把米线和配料往砂锅里一倒,一碗香美无比的米线就可以入口了。米线细滑,清汤鲜美,吃完几个小时后仍回味无穷。

那坡县城

从云南富宁县再来到紧邻的广西那坡县。那坡县城里的人民公园有一处感驮岩,是一个新石器时期的文化遗址,也曾是土司衙门的所在地。公园内的后龙山崖壁上有一些摩崖石刻,石刻下,有人在练习吹笛和弹古琴，我观摩着石刻，听着悠扬回荡的笛声和琴声，不禁生发起思古之情。这里也是举行一年一度社祭的地方，当地人在社祭时对歌唱戏。

从那坡县城乘坐一辆开往果桃村的班车，果桃村距离县城40公里，虽然距离挺远，但在那里能看到古朴的壮寨。

车到果桃村后，徒步2公里前往马独屯。到这个屯的村级道路正在修建，路面上有砂石堆着，屯口有两个小男孩在石子堆边玩。这个偏远山区的屯子里很少看到外人，他们看到背着背包的我，脸上露出惊异的表情。接下来一下午的时间，他们就一直和我在一起。他们喜欢摆弄我的相机，学会了拉焦距、按快门。

干栏式老房子

马独屯里的房屋，绝大多数还是老式的干栏式房屋，老房子的墙外面是黄黏土，有些部位还能看到和黄黏土共同组成墙体的树枝，屋子的柱子和横梁是圆木，地板和隔墙是木板，房顶则用黑瓦盖着。土屋很大，特别宽敞。

房屋的底层被用来养牲口，牛马棚、猪栏和鸡舍都在一楼。妇女们每天背牧草回家，用铡刀把牧草切碎了，从二楼地板的开口把牧草扔下去，开口正对着下面一楼里的牛马饲料槽。

二楼是主人生活的地方，中间很大的一个空间用来生火烧饭，靠墙处放上一张小方桌，摆上一圈小椅子，全家就围在一起吃饭。二楼和屋顶之间的空间也被充分利用，堆满着玉米。相比之下卧室不大，只在角落的小隔间里放着床，床上挂着蚊帐。

黑衣壮

马独屯居住的人被称为黑衣壮，黑衣壮的名字来自他们身上穿的传统黑衣。这种民族服装，屯里年纪大的妇女平时还穿着，村里的年轻人只有在结婚和过新年的时候才穿。

我在屯里看到染色用的石缸，其中一个石缸里浸泡着绿色的根茎植物，水已经变成蓝黑。这种植物正是蓝靛，人们从山上采摘下来，把它浸泡在缸里，数日后得到一缸蓝黑水。屯里的人自己种棉花，织布，织成的白布放入石缸中搅动，白布就被染成了蓝黑色，晾干后就可以用来制作他们的传统服装了。

心灵手巧的黑衣壮在石头上的手艺也很高，染布的石缸是自制的，石缸边老屋底楼的圆石柱也是自制的，石柱上还雕刻有漂亮的纹路。主人家的老妈妈饱含深情地说，这些石柱子都是以前阿公做的。

新房子

马独屯这个曾经交通不便的偏远村寨也正发生着巨变。我在村口看到一台碎石机，碎石机把大石头破碎成小石头，村民用手推车把一车车的石料推上山坡，在屯里陡坡的地方，还设置了一台小型牵引机，用钢缆绳牵引堆满石料的推车。

山坡上最高最靠里的一户人家，老人在二楼的栏杆后照看着孩子，而年轻的夫妇正为石料忙活着，他们告诉我等过两天石料准备齐了，就要将老房子拆除，然后在原地建起砖石的新房子。言语之中并无留恋之情，而满是对新房子的期待。或许要不了几年，和其他村寨一样，在马独屯也将看不到干栏式的老房子了。

对于以后看不到传统老屋虽有遗憾，但这不也正是脱贫致富的人们对于更美好生活的向往得以实现了吗？

乡村教师的生活

我当天没有离开马独屯，而是借宿在屯里一个黄老师的家里。晚饭同他的家人和亲戚十几个人一起吃。村里的食物全是绿色食品，种菜不用化肥，用的肥料是猪粪和牛粪，豆腐是用自家地里的黄豆磨的。猪肉是土猪肉，喂的是粮食和菜叶，这种土猪不喂满一年是不杀的，吃着果然很香。吃完晚餐，两桌人围着小方桌聊天，一直聊到晚上9点半，才各自回家休息。屯里人聊天时说的是我完全听不懂的壮语，那些年长的老人只会说村里的语言，也几乎完全听不懂我说的普通话。

黄老师吃饭的堂屋里供有祖宗牌位，用汉字写着敬祖先和敬神的对联。黄老师的父亲77岁，母亲74岁。按照马独屯的习俗，家里有60岁以上的老人贴福字，70岁以上的老人贴寿字，80岁以上的老人贴康字，90岁以上的老人贴宁字，用"福寿康宁"四个字来表达对老人的尊敬和祝福。

山区里空气好，食物是绿色食品，又加上人们勤劳，这里的长寿老人很多。我入屯时遇见的何姓小朋友，他的奶奶90多岁了，依然自己上下楼梯。

黄老师在果桃村小学教书，语文数学都教。村小学一共200多个学生，分成六个班，由六位老师负责教学。黄老师的妻子在家里养牲口，养着两头牛、两头猪，还有若干只鸡，每天去背牧草，给牲口喂食牧草、玉米和红薯汤。虽然辛苦，但养牲口给家里增加了不少收入。黄老师从龙合乡的集市上买来的两头小牛，一头花费7000元，另一头12000元，养上两个月再卖出去，现在差不多可以卖到9000元和14000元了。

旧州

离开那坡县前往靖西县，这段车程不到两个小时。到了靖西县城，我先去旧州。旧州曾是靖西前身归顺州的州治所在地，后来州治搬迁了，就把原来的地方称作旧州。

旧州是中国的绣球之乡。旧州的人们用从祖先那里传承下来的手艺制作绣球，大大小小的绣球挂满了镇上的街铺。镇上的老街、壮音阁和文昌阁等建筑都值得一看，仔细看老街上老房子的房顶，还能找到绣球的石雕。镇子后面有条小溪，水面上绿水游鸭，青山倒影，喀斯特山水景色映衬着这个小镇。

鹅泉

在靖西的第二天早上,我去了鹅泉。未到鹅泉,先见到十五孔石桥。古桥典雅秀丽,15个半圆孔连着河水中的倒影成了完美的圆。中午的时候,戴着斗笠的壮族妇女、推着自行车的男子、中午放学的孩子,一一从桥上走过。

十五孔桥边是一个壮族的自然村落,村子里的男人在河上划着竹筏子,妇女在河边用传统的木条敲打着青石板上的衣服,一个老人走到田里拔起一把水萝卜,白色的根茎看上去特别水嫩。

来到鹅泉跟前,鹅泉是一个面积很大的泉眼,泉水清澈无比,水面下生长着很多青绿的水草,清晰可见。此时,天空中下起霏霏细雨,山和水在一片云雾之中,鹅泉成了一副写意山水画。

几位钓鱼者对细雨并不在意,依旧在泉水边钓鱼,桶里已有不少钓上来的鱼虾。听说鹅泉里有一种不一样的鱼,叫青竹鱼,青竹鱼只生活在鹅泉这样水质至清的环境里。

小河的岸边,有清脆的小鸟的鸣叫声,在这样诗意的环境里,不禁想起《诗经》里的句子来:"关关雎鸠,在河之洲。窈窕淑女,君子好逑。参差荇菜,左右流之。"

靖西—巴马

靖西县已在边境,再往南就是越南了,我转而向北。北面和靖西县相邻的是德保县,我原本有打算去德保县看枫叶。在靖西县汽车站,我用手机给德保县的巴头乡政府打了个电话,询问巴头乡的枫叶红了没有。得到的答复是才红了一点儿,大片的枫树林全红估计还要一个月后。于是我决定跳过德保,直接前往巴马。

从靖西只能买到去田阳县的车票，我到了田阳县后再坐从田阳县去巴马县的班车。一路上山林浓密，车窗外的空气格外清新。到了巴马县城，天空中依然下着细雨，空气中散发着好闻的树的气息。

长寿之乡

巴马县是世界级的长寿之乡，这里的人们普遍长寿。据分析，人们长寿的一个主要的原因，是与这里的地磁场有关。巴马县长寿老人以甲篆乡的坡月村和巴盘屯最多，与甲篆乡相邻的东兰县武篆乡也是长寿之乡。甲篆乡和武篆乡这两个乡，地磁值都偏高，当地的泉水被地磁场磁化，形成了"小分子团水"。据考证，"小分子团水"能通过极小的离子通道进入到人体细胞内，激发人的生命活力。另外，偏高的地磁使当地人的睡眠质量也更好。也许正是这个原因，我在巴马县城和相距不远的凤山县城，都睡了好觉。

除了可能的地磁场的原因，以及当地人的长寿基因，另外两点，水质好和空气好，也是巴马县的亮点。巴马县内有一条盘阳河，被称为长寿河，河水被认为有治病之效，当地村民至今保留着在盘阳河中裸浴的习惯。而巴马县的另一个景点，百魔洞里的"天坑"，有非常高的负氧离子含量。进入百魔洞的门票价格不便宜，很多在巴马养生的"候鸟族"买了月卡，每隔一天就去那里"吸氧"。我在坡月村短暂停留，见到这个村有很多来自各地的"养生族"，在此一住就是几个月到半年。为此，这些年来，坡月村新建起了不少房屋。

鸳鸯泉

从巴马县来到凤山县。我走在凤山县城里的九泉河边，向一个中年汉子打听鸳鸯洞和鸳鸯泉的位置。中年汉子很好心，用他的摩托车送我过去，说他也去玩。原以为才3公里的路程，走走就到，其实足有五六公里，而且全是上坡的盘山公路。中年汉子不仅专程送我过去。还将我从鸳鸯洞带回公路，直到我上了从凤山县开往东兰县的班车。

鸳鸯洞位于半山腰，需要走一段台阶路。在台阶路上我远远望到了位于鸳鸯洞下方的鸳鸯泉。鸳鸯泉的两个池塘颜色不同，池塘水清澈的那个被称为母塘，混浊的那个被称为公塘。两个在一条直线上、相距这么近的泉眼为什么泉水的颜色会如此不同，至今原因不明。两股泉水从泉眼流出20米后汇合，汇成九泉河，这条河最终又汇入"长寿河"盘阳河。虽然已是11月中旬，天气略有寒意，仍有人在鸳鸯泉中游泳。据说这两股泉水也有神奇的养生效果，凤山县的居民买月卡来此游泳。

鸳鸯洞是个溶洞，洞中有各种形状、巧夺天工的钟乳石和石笋。凤山县和乐业县一带的这一类型的溶洞和天坑是世界地质公园的一部分。

东兰县城

从凤山到东兰的公路，一路都是盘山公路，沿途的村落和田地皆为群山所环抱。东兰县城也处于山坳中，县城面积不大，山坳里能利用的土地都已经用上了。县城要再扩展已无余地，听说只有打通山洞到另一边发展。

东兰县和凤山县都是以壮族为主要居民的县，东兰县80%的人口是壮族。来这里的游客很少，像我这样背着背包、挂着相机的少不了要常常迎来当地人的注目礼，我已经很习惯了。

我同样习惯的是我的背包的负重，很多时间就一直背着它，在凤山县我背着背包上了鸳鸯洞，在东兰县我背着背包爬上了马鞍山。

马鞍山是这里大石山区诸多山峰中的一座，呈马鞍状，走石板台阶路可以依次爬上两个山头。我站在山头上，小小的东兰县城一览无余。一条小河穿城而过，河南岸的东兰小学、东兰城中（初中）、东兰高中一字排开。马鞍山上绿树青翠，好看的蝴蝶在空中飞舞，是一只南方常见的报喜斑粉蝶。

桂西北一带的县城里常能看到烤玉米的小摊，摊主在一个搪瓷面盆里放上木炭点上火，面盆上方有一个不锈钢的架子，玉米就在架子上被烤熟。除了烤玉米，东兰县城的街上还有卖卷馍和发糕的，物美价廉，口感不错。

到了晚上，县城河边的夜排档坐满了食客，人们来上一碗米线或是一碗饺子，再配上一份油面筋或是一根鸡腿，就是让人垂涎欲滴的美食了。

我在东兰住了三晚，第三天早上，听到悠扬动听的壮族山歌声，我以为有人在唱，连忙跑出去看，却原来是集市上一个小喇叭里放出来的录音。

集市上有很多早点。糯米饭有各种颜色的，黄色的、紫色的、白色的，看着就赏心悦目。糯米饼有两种馅心，甜的是麻糖馅的，咸的竟然是豆沙馅的，咬了一口才知道里面是咸豆沙。还有一种油炸米饼，里面是菜肉馅的，外形做得像一个小月饼。

听旅店老板说，集市上的蔬菜大多是从外县运过来的，东兰自产的少。东兰县城附近可耕地不多，我在同拉大桥下看到一块才半个篮球场大小的地里密集地种着五种作物，从高到矮排列分别是：甘蔗、玉米、香蕉、芋头、红薯。在集市的摊头上还卖各种药材，都出自东兰本县山区。我驻足看了一小会儿，摊主使劲给我介绍，只是我完全听不懂他说的方言。

壮族铜鼓舞

中午时，我从东兰县城坐上一辆前往大同镇方向的班车，前往坡豪。去那里是看湖的，坡豪位于红水河的中游，由于水电站的建设，红水河中游的水位升高，形成了美丽的湖泊群。

早上听到了录放的壮族山歌，下午则欣赏到了现场演奏的壮族铜鼓乐。那时我正在更乐村的河边漫步，忽闻村子里有鼓乐的声音，我循声而去。发现在一栋未完工的水泥楼房的底层，有一群村民正在排练。少数民族的民乐除非有专门的演出，一般只有在节日的时候才能看到。这天是因为一个从南宁来的旅游团第二天要来村里看演出，村民们正为此排练，刚巧被我看到。

这支村里的表演队，全称是东兰县长乐镇更乐村壮族铜鼓舞传习队，领头人叫覃海龙，60多岁。老覃从十多年前开始带这支队伍，如今该队已是广西壮族自治区的优秀文艺队。传习队的队员们自豪地说，央视的音乐频道都曾经播出过他们的节目，今年早几个月的时候文化部也曾派人下来看过。

老覃给我一一讲解了他们演奏用的乐器。铜鼓乐的主奏乐器是两只铜鼓，一公一母，公鼓发出的声音响亮，母鼓发出的声音轻柔。演奏时用鼓槌敲击铜鼓面，用竹条敲击铜鼓边。我也试着用鼓槌敲打了几下铜鼓的鼓面，发现敲打鼓面从中心到边缘的不同部位，发出的音调各不相同，而且敲打公鼓就是要比敲母鼓来得响。

除了两只铜鼓，还有一只大皮鼓、一个铜锣，以及一个被称为竹桐的乐器。竹桐看上去就是一个横放着的大竹筒，由两个人同时用四根竹条敲打。据老覃介绍，同一个竹桐上也有公母之分，仔细听能听出声音的不同。

传习队演奏出来的乐声有强烈的节奏感，队员们随着音乐节奏还跳起了舞，其中有四个人是一边击打皮鼓一边跳舞。他们扭动腰胯，踩着鼓点，绕着皮鼓转着圈跳舞。有时两根鼓槌同时击打到皮鼓的鼓面上，有时一根鼓槌从胯下穿过，与另一只手上的鼓槌相击，或是用鼓槌在空中和同伴的鼓槌相互击打。传习队一共20多人，舞者中有一位70多岁的壮族老妈妈。

传习队自编了不少舞蹈，有传统的竹竿舞和现代的扇子舞，还有再现东巴凤老区（东兰、巴马、凤山三县）革命历史的舞蹈剧。

传统织布

在更乐村，传习队的队员们还领我去看了他们村子里的传统织布器具。一间屋子里摆放着五六种有年头的木制织布器具，各有用途：绕线机把棉花抽成棉线，织布机把棉线织成棉布。直到今天，村民的不少衣服还是以村里种植的棉花为原料，用传统的自家织布设备，自己织布后做成的。

一位传习队的妇女还特意回家拿了两套壮族传统服饰穿起来让我看，一套是淡蓝色的，一套是黑色的，在衣服外面还穿上壮族刺绣肚兜，脚上则是传统的布鞋。

老覃热情地邀请我去他家住，让我留下来看他们明晚的正式演出。我说明天得一早坐船去南丹县，所以还是回东兰县城住。晚上6点的时候，我搭乘最后一班经过的班车回到东兰县城，这趟班车发自省城南宁。

船行红水河

从东兰县的同拉村到南丹县的吾隘镇，是红水河的上游段，沿岸坐落着不少村落，坐船曾是村里人出行的唯一方式。十年前，从东兰县城到天峨县城修通了公路，但是因为公路并不完全沿河，仍有一些村落，或是比村更小的屯依然不通公路或是离开公路较远，所以红水河上游的船运仍然存在。

从东兰到天峨，这一段路我特意不坐班车，而是选择坐船溯红水河而上。坐船不才能更好地看看红水河两岸的风光吗？

红水河上的小船很慢，让我想起儿时乘坐的长江上的客轮。那时候从安徽的池州乘上长江客轮，要两天两夜才能回到上海的十六铺码头，现在想来却是美好的记忆。我很庆幸红水河的这一段仍有客船，风景在路上，我坐的不是观光船，却胜过观光船。

我搬了一把小椅子，坐在铁皮船的船头，只见红水河碧波荡漾，河水清澈，河面上看不到一点儿污染和垃圾。听说在河上钓鱼很容易钓到，最大能钓到50斤到80斤的大鱼。一路航行，不时能见到一些白色或红色的浮子，船老大说浮子下面挂着的是虾笼，虾闻到虾笼里诱饵的香味，钻进去就钻不出来了。河上来往的船只并不多，更多的是来来往往的水鸟，其中有那么一群，船快接近的时候，"呼啦啦"全飞起来了，原来是一群美丽的野生鸳鸯。

红水河的上游，以前水流湍急，河床也没有现在那么宽。后来因为水电站的修建，河水变得平缓，形成了高峡出平湖的景象。

天公作美，早上在同拉村还下了一阵小雨，到了中午，天色放晴，整个天空都变蓝了，阳光下的景色愈发喜人。"船在河上行，人在画中游"，红水河两岸青山相映，绿竹成林，秋天的芦苇呈现出好看的淡红色。河两岸，隔不多久就出现一个壮寨，有三三两两的小渔船停在岸边。一个竹排上，五个小男孩在戏水，其中的两个赤裸着全身，一派纯朴自然。

从出发点的东兰县的同拉大桥开始，除了一座吊桥，一路上不见跨越红水河的桥梁，在航行了四个多小时后，才又出现一座石桥，原来南丹县的吾隘镇到了。

从地图上看，吾隘镇正好位于天峨县城和南丹县城的中间。我从吾隘镇先坐车到天峨县城，然后乘坐另一趟车，前往县城外17公里的龙潭水电站。

龙滩水电站曾经是仅次于长江三峡水电站的中国第二大水电站，但实际亲眼看到的龙滩水电站的大坝远没有我想象的那么大。龙滩水电站建成发电已有不少年头，近几年被各地新建的更大规模的水电站所超越，已不再是中国第二大了。我在龙潭大坝没有逗留多久，当晚也没有住在天峨县城，而是坐晚上7点的班车，前往南丹县城。

瑶鼓

第二天早上,从南丹县城出发去里湖瑶族乡。里湖乡在去往贵州省荔波县城的半路上,在车站可以买去里湖的车票,票价是去荔波的一半。

在里湖乡下车,我又听到了鼓点声。原来是里湖小学的两位老师指挥 20 多个小学生正在击鼓,鼓声激昂。学生们击鼓时还不时跳跃着,跳着跳着,把鼓一起推到了中间,围绕着鼓再接着边打边跳。孩子们击鼓的动作整齐划一,无论怎么跳,鼓槌总能击打到鼓,鼓声不停。

我在一边看着,不禁使劲地鼓掌。学生们休息的时候,我和老师交谈了一会儿。学生们全部是瑶族,两位老师一位瑶族、一位汉族,他们将要参加三天后的南丹县的击鼓比赛,祝愿他们能取得好成绩。

白裤瑶

里湖乡人口有 18000 人,70% 是瑶族,这里的瑶族是白裤瑶,名字得名于男子穿着的白裤。白裤瑶男子穿着的白裤,裤长并不及脚,相当于城市里的七分裤。白裤瑶女子穿百褶裙,百褶裙也以白色为主色,有深蓝色的条纹,底边有红色的刺绣。男子扎白头巾,女子扎黑头巾。由于他们独特的服饰,白裤瑶很容易识别,我在南丹车站里就见到不少白裤瑶。

两位老师建议我去怀里村看看,并帮我找了一辆摩的。从里湖乡去怀里村的路程有 4.5 公里,全是上坡路。来到怀里村,走到一个生态博物馆的里面,但里面可看的东西不多,真正原生态的东西全在对面的村里。

前几天一直阴雨,今天有和煦的阳光,很多刚洗的百褶裙就在村口晾晒着,一看就知道是白裤瑶的村落。村里全是老房子,老房子下部的地基由方石块垒起,墙壁由黄土砌成。除了住人的房屋,村里还有不少粮仓,用四根木柱子支起一个小平台,上面搭建圆形的谷仓,顶部是用茅草做成的圆锥顶。

南丹县怀里村村口的路边有一个石碑，上面刻着此地是铜鼓民族之乡。不过，这次没有像上次在东兰县更兴村时那样，听到铜鼓的演奏。

去荔波的路

从怀里村回到里湖乡又搭了一辆摩托车，可是下来时晚了十五分钟，下午1点从南丹县城经里湖乡去荔波县城的班车已经开走。前一天我从天峨县到南丹县，两县相邻，一天有十几趟班车，而南丹县和荔波县虽然同样是相邻的两个县，但分属广西和贵州，两个县之间一天只有两趟班车。

错过班车后，我尝试了一把路边搭车，但这段山路上，过往的车辆的确不多。后来我打听到，里湖乡还有一个叫仁成村的村子，距此19公里，是最靠近贵州的一个村。从南丹发往这个村的班车倒是还有一趟，下午2点半经过里湖乡时，我乘上了这趟班车。

到了仁广村后，就再没有往前去的班车了，连乡上有的摩的在仁广村里也没有。后来班车司机帮我在村里找了一辆摩托，将我载到12公里外贵州境内的王蒙村。到了王蒙村，就又有往荔波县城去的班车了。从南丹到荔波，两个相邻的县，我坐了四段车。

昆明暂且不算，我从贵州的兴义出发，穿行于广西和云南的县境，小半圈后又来到了贵州。兴义是黔西南州的州府，而荔波县隶属于黔南州。

茂兰自然保护区

荔波是名列世界自然遗产的中国南方喀斯特的一部分，最有名的景区当属小七孔。但是在荔波，我并没有去小七孔，而是选择了去茂兰。

茂兰是一个自然保护区，拥有被称为"活着的喀斯特"的原始森林。保护区的地域不小，东西向有近20公里的距离，在没车的情况下，并不容易前往。

我找到位于县城内的茂兰景区接待点，由于要五人以上，景区才能安排交通车，而11月份游人不多，当天仅有包括我在内的两人登记。再去问的时候，接待点人员建议我们之间自己电话联系后拼车前往。我给另一个做了登记的游客打了电话，我俩都同意拼车，结果在荔波车站碰巧又碰到另外五个人，也对保护区充满着好奇，于是七个人一起，包了一辆面包车前往。

我们早上7点半进入保护区，第一站是石上森林，用五十分钟爬上山顶，山顶上有一座铁制吊楼，登上吊楼，我们居高临下，周围的喀斯特山峰和森林尽在视线中。只可惜贵州是真的"天无三日晴"，才晴了两天，今天又是一个阴天，看山景没有阳光就大打折扣。

荔波自然保护区的范围内仍是有人居住的，第二站去洞塘乡的瑶寨，这里的瑶族是长衫瑶，但寨子里没见到什么人。不同于前两天在南丹县里湖乡见到的白裤瑶，长衫瑶几乎没有给我留下什么印象。

瑶寨的附近是红七军会师的旧址，再往南一些是黎明关。黎明关是连接贵州和广西的重要关隘，曾是红七军战斗过的地方。

中午在五眼桥附近的布依族寨子里饱餐了一顿农家菜，布依族村民给我们用当地的野山菌和野菜烧出一桌美味。

下午去拉那瀑布和位于保护区里最东面的青龙涧。这两处，溪涧瀑布，青苔流水，生长着各种各样的树木和植物，是今天看到的景色中最优美的两处。

我们从西面的入口进保护区，离开时从东面出来，车行40公里后经过茂兰镇回到荔波县城。我和一起拼车游览的六人告别，当天即坐班车前往独山县城。

布依族村寨

从荔波县到独山县的公路两边，有不少寨子，靠近荔波的以水族的寨子为多，靠近独山的以布依族的寨子为多。水族的寨子会在后面三都县看到更多，而布依族村寨的房子比较好认，屋檐有一圈白色，屋顶中间有花瓣形瓦片组成的标识。

我在离开独山县城较近的基长乡下车，布依族的一位班车司机推荐我去坡头村看看，我依言而行。在基长乡坐上一辆小型农村客运车，车上载满正要回村的布依族年轻人，车子开了六七公里后抵达坡头村，我沿着一条弯弯曲曲的田埂小道，走了十分钟，就来到了村口。

坡头村前有一小片竹林，还有几棵高大的沙树，竹林和沙树的背后隐藏着一个普通却又美丽的布依族小村寨。寨子里大多是老旧的乡土建筑，青黑的屋瓦，屋檐的底部一圈都涂成白色。不过，布依族村民大多并不穿民族服装。我在小面包车上和几个同路的布依族年轻人交谈，如果不是他们自己说是布依族，从外表上根本看不出来。他们穿的衣服和汉族没什么两样，说的也都是标准的普通话。

三都水族县

从独山县到三都县，一路颠簸，尘土飞扬，这样的路况快赶上两个月前在西藏金沙江边经过的朗县到加查县的那条土路了。

三都县是一个水族自治县，邻近的荔波县和榕江县也是水族较多的县。班车开过三都县大河镇时，正好是这个镇的水族赶圩日。水族赶圩也是六日一次，在各镇轮换。无论是赶圩还是平时，水族妇女大多穿着本民族服装，以一身绿或一身蓝的上衣为多，较容易分辨。

班车抵达三都县城，我在一个蓝色的大楼建筑上看到了水族的文字，看起来这些文字就像是甲骨文，我琢磨了一会儿，也没能猜出它们的意思来。

三都县城所在的镇叫三和镇，当晚我并没有在县城住下，而是继续往东行进，从三和镇坐上一辆班车，沿都柳江边的321国道，前往三都县的都江镇。

都江古镇

都江镇位于都柳江边,小镇历史悠久,早在唐太宗的时候,就在这里设置了古城。至清朝雍正年间实行"改土归流"时,都江的重要性被进一步提升,土城被改建成了砖城。因为都江处于沿江船运的交通要道,从唐代到清末民初,这里一直是熙熙攘攘的江边重镇。1927年,时任贵州省长为了将贵州有史以来第一辆汽车运入省城,从都江镇的码头将汽车装上轮船,通过水路转运进了贵阳。后来,都柳江边的沿江公路开通,都柳江上的船运渐渐消失,都江也就不再有原先的那份热闹了。

如今的都江古城,古城墙结构只留存一个北门,都江通判署衙门的遗存则还保留在都江小学里面,我特意进入到校园去看了一下,衙门前的石兽依然保有昔日的威严。

都江镇的街上不时有穿着传统民族服装的水族妇女经过,她们挑着菜篮来镇上卖菜。都江镇下属的怎雷村、甲找村、甲雄村都是水族的村寨,其中怎雷村作为样板,被开发成了一个水族文化的景点,但这些村寨都较为偏远,而且因为今天不是赶集日,没有班车在镇子和村寨之间往返。我决定离开都江镇,沿321国道继续东进,前往八蒙水寨。

八蒙水寨

从三都县都江镇有小面包车发往榕江县的兴华乡,中间经过坝街乡。面包车在坝街乡停留拉客,我在乡上走了走。街上两个水族妇女正用织布机织布,纺织机与前几天在广西见到的壮族的织布机很相像。在少数民族地区,人们仍习惯于自己织布做衣服。

八蒙水寨位于兴华乡,这里已是榕江县的地界。寨子在都柳江的对岸,水族的寨子建于水边的不少,江岸边凿有陡峭的小路,村民们沿着小路走到江边,然后坐船摆渡出行。

八蒙水寨的名字来自八蒙河，此处位于八蒙河与都柳江的交汇处。寨子不大，大概几十户人家，干栏式的老木屋高低错落地建在两河环抱的小山上。寨中竹林摇曳，千年的榕树树冠巨大，绿意盎然。水族的特色除了他们的文字，还有就是水族传统八月节的"过端"，不过得在那个节庆的时候来寨子。

这么高的寨子

比起沿江而建的水寨来，苗寨更喜欢建在高高的山上。以百鸟衣而出名的摆贝苗寨也位于榕江县兴华乡，在兴华乡老街的另一头。从八蒙水寨过兴华老街再往前行2公里多，有一个指示牌，写着此地距摆贝苗寨4公里。

我沿着水泥路往寨子的方向向上走了一小段，发现山路坡度极大，背着包根本走不动这个上坡路。事实上，从指示牌到摆贝苗寨远不止4公里，或许有走直线的步行小路，但新建成不久的盘山公路的长度超过10公里！要是走的话，单程要三个小时。幸好我在路边搭到了上山去的摩托车，不然徒步的话，我背着我的包肯定到不了摆贝苗寨。

摆贝苗寨

今天依旧是阴雨天，来到摆贝苗寨的寨口，只见山上的雾气比江边的更大，整个苗寨都笼罩在雾气之中。摆贝苗寨要比八蒙水寨大得多，山坡上高高低低排列着许许多多老房子，一间又一间紧挨着，一共有四五百户人家。

正赶上寨子里有村民摆新生儿的满月酒，一屋子里坐满来自邻家邻舍的苗民，他们热情地邀请我一起吃肉喝酒。屋子里的苗族妇女们穿着节日时穿的盛装，这一地区的几个少数民族中，苗族的服装看起来更讲究，摆贝苗寨更是以他们的"百鸟衣"而出名。"百鸟衣"全为手工绣制，呈连衣裙式，衣服的上下身绣满了花鸟鱼虫的彩色图案。

十多天前，村子里刚隆重庆祝了苗族的重要节日"九月九"，在寨口的广场上，男男女女都穿着"百鸟衣"载歌载舞。据考证，远古时期蚩尤部落中的一个支系以鸟为图腾，故此在衣服上绣有"百鸟"，难得的是"百鸟衣"传承至今。

树皮顶

在通往摆贝苗寨的山路上，看到一些树皮被马背人扛地往寨子里运，苗民们告诉我说这些树皮是用来做房子的屋顶的。在寨子里人们就地取材，至今仍有不少房子用厚树皮做房顶，听说这种树皮房顶也能保证十年不漏。

山路上还有不少苗民在加工木材。广西和贵州的山地，普遍种着被当地人称为沙树的树种，一般十五年到二十五年就能成材，最基本的用途是用来做家具。在321国道边，不少沙树木材堆积在路边待运，听说这两年沙树的木材价格翻了一倍。还见到有人在路边捡拾散落在这些木材边的果实，把果实拿回去后作为种子再种植。

"在路上"

在等顺路车下山的时候，我和一对"打被子"的夫妇聊天。"打被子"就是用织棉被的机械，把丝绵原料按照村民对尺寸和厚薄的要求打成棉被。这对夫妇，丈夫是河南平顶山市的汉族，妻子是榕江本地另一个苗寨的苗族，他们来摆贝已有半个月，为村民打了六七十条棉被。"打被子"是夫妇俩的生计，一年里要去十多个村寨。每在一个村寨做足生意后，就租一辆卡车把他们的织被机械和晚上住的帐篷运到下一个村寨。他们也是"在路上"的旅行者，家乡在河南的丈夫在和他的苗族妻子结婚之前，还去过更偏远的少数民族地区，最远到过西藏的察隅县，也去过西藏的朗县和加查县！朗县和加查县是我两个月前刚到过的地方，知道去那里的路途不易，我不禁生出一种惺惺相惜之感。

下山的时候，我又顺利地搭上了一辆摩托车，骑摩托的是一位给山上的苗族小学送猪肉的肉店老板。位于山上的摆贝苗寨交通不便，如果没有路上好心人的帮助，依靠公共交通自助旅行的我根本到不了这样偏远的村寨。

车江侗寨

榕江县和三都县相邻，同属贵州省，但分属两个自治州。进入榕江县的兴华乡后，我就离开了黔南布依族苗族自治州，进入到黔东南州地界。榕江县和我后面去到的从江县、黎平县都属于黔东南苗族侗族自治州，以前的旅行我去过黔东南州的首府凯里市和雷山县的西江千户苗寨。

我在兴华乡坐上班车，前往榕江县城。车快接近榕江县城的时候，侗寨开始多了起来，这一带是侗族聚居的地方了。

第二天从榕江县城前往车江侗寨，车江侗寨被称作天下第一侗寨，寨里建的鼓楼也是国内最大的。比起鼓楼来，印象更深刻的是寨中的那几棵古榕树，每一棵都枝叶繁茂、树干极为粗壮，巨大的树冠向四面八方伸展着，榕树独木成林，几棵连在一起，更是壮观。

车江侗寨里的侗族妇女大多穿着蓝色或黑色的长衫，有的在家门口绣花，有的在屋中织布，还有的在河边洗布料。村里晾着许多布，有未染色和已染成蓝黑色的，这些布料不仅用来做衣服自己穿，也向外出售。侗族妇女喜欢留长发，长发在头顶盘起，用一把梳子插在盘起的发髻中。一个妇女在寨蒿河中梳理刚洗过的长发，长长的头发垂下来，竟然一直垂到了膝盖处。

车江侗寨里新老房子的比例差不多一半一半。侗族的老木屋一般都很宽敞，我张望了几家，室内摆设简朴，而每一家的堂屋里都供奉着祖先的牌位。侗家一直保持着敬奉祖先的传统。

中午的时候，寨子的大广场上，大锅饭和大锅菜一字排开，五六桌村民在广场上吃午饭，像是在庆祝什么。这就是侗族的长桌饭了，侗族在节日或庆祝的时候，都会摆上长桌饭，热热闹闹地一起吃。

在榕江县北部有不少侗寨，丰登、宰荡、乐里一带被称为"七十二侗寨"，但路途较远，我只去了离县城较近的车江。

侗族大歌

离开榕江县城继续往东，前往从江县。班车开过下江镇，对岸的一个侗寨里有一座巨大的鼓楼。我看了一下路边的标志，这里是巨洞村，那么对岸就是巨洞侗寨了，巨洞侗寨的江上侗歌名声在外。从江县其他的侗寨，如小黄、银潭、占里，也都以侗族大歌出名。侗族人个个有歌唱的天赋，并且善于合唱。他们不需要指挥，不需要伴奏，就能唱出高低声部分明的"天籁之音"。到了从江县城后，见到城里不少地方张贴着"小黄千人侗歌，世界非物质遗产"的海报，海报上的侗族身穿盛装，头戴银饰，齐唱侗族大歌。从江县每年都不定期地举办大歌节，千人齐唱的嘹亮歌声回荡在都柳江岸边的侗寨。

岜沙苗寨

水寨和侗寨在河边和山坳里看到的比较多，而苗寨更多的是建在高处，从江县的岜沙苗寨坐落在海拔550米的山上，从县城坐小面包车经过很长一段上坡的山路后抵达。

岜沙被旅游圈称为"中国最后的枪手部落"，走近了看岜沙男子背着的火枪，枪管很细。在寨中游览的一个游客对火枪非常好奇，在得到同意后，拿起火枪，拉火绳对空打了一枪。这种火枪打起来感觉就像放鞭炮一样。

除了扛着枪，岜沙男子在腰间还挂着一把匕首和一把镰刀，一副古代武士的打扮。传说中岜沙男子剃成光头只留发髻，不过我看到的岜沙男子都留有头发，头顶中心确实盘有一个发髻，发髻虽不高但很显眼。

岜沙妇女们穿着的苗服，没有摆贝女子衣服上的百鸟，但用的是一种亮布，十分炫目。

一阵小雨下过后，山中云雾渐渐散开。岜莎苗寨的规模远没有摆贝苗寨那么大，但寨子中的木屋也是一间紧挨着一间，从远处看，屋顶层层叠叠。寨子里又有很多谷物架，在秋收时用来晾晒稻禾，现在是11月，所有的谷物架都是空的，而一边的粮仓里已收获了满仓的稻米。

肇兴侗寨

从江县城到黎平县城的班车，中间经过肇兴乡。班车开了两个半小时后，一座巨大的侗寨出现在我眼前，我知道肇兴到了。从山路上看，肇兴侗寨非常壮观，和前两年到过的西江苗寨有得一比。西江苗寨是千户苗寨，肇兴侗寨是千户侗寨。

来到肇兴后，雨下大了，小雨变成了中雨。我在雨中游肇兴，游兴不减。从寨子的中心，我特意沿着班车开过来的路走回去，从高处再次俯瞰肇兴后再下到寨口，沿着小河一路走遍寨中的各个角落。肇兴侗寨中有鼓楼、风雨桥和戏台各五座，按照"仁义礼智信"命名。寨子中的房子是清一色的木板屋，木屋的栏杆上挂着不少新染的侗布。其中有一种侗布有着与众不同的颜色，远看像亮棕色，走近了看，原来还是色泽较深的蓝紫色。

借住侗家

在智团鼓楼附近，我借住在一家侗家人的木房子里。三层的房子，每一层之间斜架着木梯子，走在梯子上，会发出"嘎吱嘎吱"的响声。底楼是厅堂，厅堂里生着一个火盆，侗家一家人围在火盆边，坐在小椅子上一起吃晚饭。我的鞋子在田间踩湿了，晚上就在火盆边烘鞋，顺便烤火取暖。

这家人家有两个女孩子，一个上初中二年级，一个上小学二年级。在侗乡，小孩子在家里说侗话，上学前也只听得懂侗话，进了小学后开始学说普通话。肇兴乡有千户人家，乡上有一所小学和一所初中，高中要到黎平县城去读。大一点的女孩过来给火盆添上一些火炭，我问她准备上高中吗，她说还没定呢。侗寨里的女孩子一般嫁人比较早，然而功课特别好的会继续上学。

两个女孩的父亲吃完晚饭，埋头做一种像竹弓似的物件。我问他这是不是卖给游客的工艺品，他说不是，而是用来放置在山上逮野鼠的。我问附近山林上有野生动物吗，回答说几乎没有，原来还有不少蛇，有毒的无毒的蛇都有，后来被人抓来在集市上卖，蛇越来越少，野鼠反而多了起来。近两年，国家对于生态和物种的保护严格起来，以后野鼠也不能捕捉，大自然会回归到原本的生态循环。

田园生活

晚上雨停了，第二天早上，太阳终于露了一个小脸，这是好多天来见到的久违的阳光。河边的屋前，侗族妇女们趁着难得的好天气，一个个忙着洗衣捶布。捶布用的是一个大头圆木槌，捶打着新染的布料，咚咚声此起彼伏。老汉们蹲在河边，搓着烟丝，点起旱烟，一副心满意足的神情。

村外有绿油油的菜地，生长着开着小黄花的油菜和一片片绿叶掩映着的水灵灵的红萝卜，这些蔬菜在阳光下还带着前一天的雨水。一个妇女来拔四五只萝卜，一个男子来拔五六颗油菜，他们每天吃的蔬菜都来自自家的绿色菜园。

更远一些的山路两旁有还开着白色花朵的油茶树林。关于油茶，寨子里村委会的门口贴着红纸，介绍如何使低产的油茶树产量提高。油茶树是肇兴的一种重要的经济作物，被用来压榨茶油，茶油能卖出较高的价钱。

回到街上，今天正巧有侗族新人成婚，路上点放着鞭炮。新郎新娘穿着亮棕色的侗族新服，胸前戴着红花，并肩站在信团鼓楼旁。新娘捧着果盘散发喜糖，新郎忙着给人点烟。肇兴千户侗寨的侗族虽然分成了仁义礼智信五大房族，但是寨民全部姓陆，而且迄今仍实行着寨内通婚的传统。

在西南独行的老外

这个季节，肇兴侗寨里游客不多，但我又遇见了前几天在岜沙苗寨时见过一眼的一位德国女游客，她比我晚一天到达肇兴。我在吃米粉的餐厅里遇见她，聊了几句。这位德国游客，特别喜欢中国，已经来过中国四次。这次在香港取得签证，计划在贵州和广西一带游走六个星期。签证的规定是每次停留时间最多30天，但可以多次进入，所以她打算出境一次后再次入境。她并不会中文，只能说中文的数字，却是一个人在中国自助旅行。我在这趟旅行的后三分之一段，也就是中国西藏和尼泊尔之后的云南贵州广西段的途中，极少见到背包客，而她是极少中的一个，竟然还是一个不会中文的欧洲女性！

程阳风雨桥

在二入贵州，游历了六县（黔南州和黔东南州各三县）之后，我离开肇兴乡前往三江县，再次进入广西。三江县全称三江侗族自治县，隶属广西壮族自治区。县里最有名的景点是位于程阳八寨寨口的程阳风雨桥，我从三江县城搭乘开往林溪镇的班车，中途下车。

程阳风雨桥是我这一路过来看过的侗寨中最大的一座风雨桥，它建于民国时期的1920年，用了十年时间建成。这么大的桥体，运用的仍然是侗族建造风水桥时一贯采用的榫卯工艺，一颗铁钉也不用。

说来也奇怪，中午进了广西之后，就是大晴天，和"天无三日晴"的贵州就是不同。程阳风雨桥在阳光下散发着古韵，河水中倒映出桥上的五座桥楼，中间三座桥楼是鼓楼的样式，左右两座比中间三座更宽一些，屋顶呈飞檐的形状，同一座风雨桥上的桥楼的建筑样式并不一样。

再往前走，还有一座历史更悠久的风雨桥——合龙桥。合龙桥虽然不起眼，但建成至今已有两百多年的历史。走在合龙桥上，会听到脚下木板的响动，不禁让我小心翼翼地迈步。

比起两座风雨桥来，程阳的八个侗寨的历史更为悠久，侗族居住在这里已经有六百多年的历史。程阳八寨里的房子没有肇兴那么密集，而且以新房子居多。在我看过的几个侗族大寨中，车江的特色是寨子中的古榕树，肇兴的特色是鼓楼，程阳的特色则是风雨桥。给我留下印象最好的是肇兴，肇兴侗寨古旧、密集而壮观，以及待久了后感受到的肇兴的浓浓的人间烟火气。

回到三江县城，在县城里的古宜桥头，有卖一种叫糯米香粽的食物。包在粽子里的糯米，裹着绿豆、板栗和猪肉，香喷喷的，我觉得特别好吃，前后买了两次，每次都买好几个。

在三江县的饭店里吃饭，不用在贵州那样给老板特地关照一声"不放辣椒"，这里的人们本来就不嗜辣。

红瑶

三江县的下一站是龙胜县。这一趟旅行，前面在广西的一段是百色和河池地区的县市，三江县属于柳州地区，而龙胜县则是桂林地区。

在龙胜县城的车站，我直接换乘发往龙脊梯田的车。班车抵达龙脊景区的大寨停车场，从大寨到田头寨就要步行了。在车站，有瑶族妇女招揽给游客背包，有些游客带着大旅行箱过来，瑶族妇女把大箱子用绳子扎在她们的背篓上，背在身上一步步往山上走。

我自己背着背包走，这点山路不算什么，我在这趟旅行的第一段，在西藏高海拔地区走扎央宗的山路才是真正的挑战。

龙脊景区有三个主要的寨子，海拔较低的平安寨和龙脊寨是壮寨，而海拔较高的大寨是瑶寨。大寨里居住的是红瑶，红瑶的妇女穿着好看的粉红色的衣服。寨子里的老妈妈们在屋前织布，我坐下来和她们聊天。两个老妈妈的普通话都说得很好，虽然在寨子出名之前，她们一点儿都不会普通话，但随着大量游客的到来，如今已经把普通话练得又标准又流利了。老妈妈们正在织的是红腰带，这种腰带比一般的要长一倍，因为红瑶妇女喜欢把腰带在腰间绑上两圈，觉得绑两圈比绑一圈来得更好看。

龙脊梯田

我一路登山，山路上秋色正好，红叶红了，山间有了红绿黄三种好看的色彩。林中有一群白腰文鸟，停在树梢上，并不怕人。我举起相机，给它们拍照，其中两只依偎着卿卿我我。

来到田头寨寨口，梯田的面貌逐渐显现出来。好久未住青旅，这个小寨子里竟有两家青旅，我在其中的一家住下，放下背包后，继续往上。昨天下午刚刚放晴，明天可能又将转阴，所以趁着晴日，一鼓作气，继续攀登。

在日落之前，我去了一号景点的西山韶乐和二号景点的千层天梯。在一号景点有足够的角度俯瞰大片的梯田。景点之上还有一栋宾馆，名叫全景楼。龙脊梯田范围很大，只一小部分就已经很壮观了。下午3点，阳光大好，我在山路上走出了一身汗，索性沿着农埂小道，走进梯田，让轻风吹着，坐下不走了。远眺山的对面，在和这边差不多高度的山腰上，还有一个寨子。人们不畏山高，定居在山中，用几百年的时间在山上开辟了伟大的梯田。

龙脊梯田除了壮观之外，还美在它的曲线。在二号景点千层天梯，只见眼前一层又一层的梯田就像是直欲上天的梯子，有着行云流水般的曲线。夕阳中，被这样的美所打动。

美国旅行者

11月下旬,入夜后山中气温较低,但青旅的木屋让人感觉温暖。青旅的背包客们一起拼饭,请隔壁瑶族妈妈做了一桌丰盛的菜。一桌七个人中有一个是老外,来自美国。饭后我们开始"杀人游戏",他也加入。"山姆大叔"冷静理性,用美国人的逻辑思维参与游戏,在该亮明警察身份的时候毫不犹豫,该牺牲杀手同伴保护自己时也毫不手软。只是和老外一起玩"杀人游戏",我还得帮着做翻译,多少有点儿累人。

这个美国旅行者带着一本《孤独星球》旅行指南系列中的《LP中国》,书上刊登有龙脊梯田和元阳梯田的照片,这两处梯田作为中国劳动人民创造的伟大景观,被推介给了外国旅行者,怪不得在龙脊梯田看到了不少老外。外国旅行者中大多数是独立旅行者,拿着本旅行指南就一个人自己闯。

骑行在阳朔

我从龙脊梯田下来,坐车来到桂林市汽车站,在车站直接转车来到阳朔县。

在阳朔,我骑行在"十里画廊"和遇龙河畔,在留公村附近的田园山色里留恋,乘竹筏游览漓江。

从阳朔县城往南到高田镇月亮山的8公里被称为"十里画廊",公路两边有喀斯特峰林,但给我的印象说不上太美。我骑着自行车,在工农桥转弯,沿着遇龙河边一条不宽的水泥路一直骑到兴隆寨。这段骑行,距离适中,遇龙河两岸景色秀美,我觉得更让我喜欢。

第三天,换骑一辆助动车,骑到较远的留公村,这成了我在阳朔时印象最好的一段。阳光下,一路都是以喀斯特峰林为背景的开阔的田园山色,还可以沿着小路骑到漓江边,在江滩上停下车来,驻足看江上船来船往。

留公村是一个有点年头的村落,在江边的小渡口、房屋的墙上还能看到几十年前刷着的标语。两个老人在江中洗刷白藕，粘着泥土的藕在漓江水中洗过后被整齐地排摆在岸上，显得粉嫩粉嫩的。村中的田里还有刚成熟的茄子，茄子皮透着魅人的紫色，新鲜可人。

过留公村，继续前行一段路，到木桥村。风景总在路上，路上的风景常常比经过宣传包装的景点更美。木桥村是一个不出名的小村子，但也有着美丽的田园风光。公路上几乎没有车，也很少见人，这里是鸟儿的领地，在田野上，树林里，甚至公路上都有鸟儿停留。善鸣的鹊鸲在歌唱，羽色美丽的北红尾鸲停落枝头。

漓江上坐竹筏

在阳朔的第四天，我和青旅里的三个旅行者搭伴，从阳朔县城坐车到兴坪镇。我们穿过兴坪老街，来到漓江边。此处奇峰林立，江水秀美，是漓江的景胜之所，人民币20元的背面图案就取自这里。继续往前，离开水泥路，下到江边，沿着江滩徒步几公里之后，抵达"黄布倒影"和"七仙女"两个景点。

走累了，在岸边招手截停了一个竹筏，坐上竹筏游览漓江。漓江江水碧绿，两岸有各种形状的喀斯特峰林，风光旖旎。漓江中上游这一段，沿江的自然村落不多，竹筏在中间一个有民居的地方靠泊，我们上岸吃了当地的土鸡、炸鱼和青菜，花生则作为小菜，另剥开一个柚子，坐下来聊天。

经10公里的竹筏航行，抵达杨堤。上岸后，只见一位渔夫肩上挑着一根竹竿，竹竿的两头各有一只鸬鹚，在岸边供游客拍照。这就是大名鼎鼎的漓江上的"鱼鹰"，在《美丽中国》那部纪录片里，鸬鹚在漓江中捕鱼的片段给人留下了深刻的印象。

海洋乡银杏

我从阳朔回到桂林，在汽车站对面坐16路公交车，到三里店后换乘前往高尚方向的班车，去了一趟灵川县的海洋乡。班车停在大桐木湾村的路口，然后自己往村里走大概2公里，就来到了古银杏林。

古银杏林中有一大片银杏树，都有数百年树龄，而其中一棵古树，树龄已逾千年，树干极为粗壮。林中的景色动人心魄，树上的叶子一片金黄，地上也铺了厚厚的一层，一阵秋风吹过，落叶飞舞。

银杏叶从变黄到飘落，前后仅七到十天，因此这段时间来此探访的游人络绎不绝。树下有不少拍婚纱照的新人，还有一群扛着长枪大炮的摄影爱好者请了女模特在秋色中拍照。女模特穿着红色的外套，和金黄的银杏树叶在一起，也不知道谁衬托了谁的美。

凯旋

在银杏林的美景里留恋久了，回到公路时天色已黑，误了回桂林的班车。还好误车的并非我一人，我和另外几个游客在路边找了一辆面包车，拼车回桂林。同车中有几个是桂林师范大学美术系的学生，他们推荐我去看看桂林"两江四湖"的夜景。

我在"两江四湖"的凯旋门桥上驻足，我的这趟从中国西藏到尼泊尔再到中国西南三省的旅程即将收尾，从桂林飞回上海后，也是凯旋。回青旅的路上，路过大瀑布酒店，瀑布从酒店顶部倾泻而下，《黄河颂》奏响。听着听着，旅人的心也随着乐曲激昂起来。

11月下旬的桂林，夜晚已有寒意，可是背包客聚集的青旅里面依然是暖洋洋的。我遇到一个辞职后第一次旅行的旅行者，他先走青藏线去了西藏地区，在西藏签了去尼泊尔的签证，然后在尼泊尔签了去印度的签证，再从印度去泰国，从泰国经广州来到桂林。在开始旅行前，他连出国都没有想过，更没有想过一走居然走了那么久。

第二十一章　中国西双版纳、老挝、泰国北部之行

布朗族山寨、章朗

我从上海飞到西双版纳后，去的第一个地方就是章朗。章朗是个有着一千四百年历史的古村落，布朗族世代居住于此。村子里有千年古树、千年古井、数百年历史的古寺和白塔，以及经年未变的淳朴民风。

从西双版纳中心城市景洪市坐班车出发，出市区不远就看到整片的绿色稻田。西双版纳在傣语里的意思是十二个坝子，坝子所围成的稻田里盛产古时作为贡米的优质稻米，另外还有甘蔗田、香蕉田、柚子果园。西双版纳常年气温较高且湿润，这些果物正有克服湿热之效。

我在进入章朗村的岔路口下车，这里离开章朗村还有5公里土路，我徒步走进去。1月是山樱花的花季，山谷中，粉色的山樱花盛开，看着令人心旷神怡。

章朗古村如今分成老寨、新寨和中寨三个寨子，一共有240户布朗族人家，差不多1000多人。寨子里的每一个人差不多都互相认识，见着了都会用布朗语打招呼。村里的人全部姓岩，但是岩的发音不发岩石的

Yan，而是发英语里I这个音。

　　章朗所在的山区，海拔1300米，寨子依山而建。寨民们将木屋建在树干粗壮的古树之间，和我曾在广西、贵州等地看到的民族村寨相仿，也是干栏式的。这种房子的底层用来堆柴火或是养牛，二楼用来生活起居。住在木屋里的人们每天呼吸着树木散发出的新鲜空气，吃着自家种的菜，日出而作，日落而息，是人类在大自然里最原本的生活方式。

　　村民们生活在寨子里没有太多的花销，食物自给自足，天黑之后，寨子里灯光稀稀落落，村民的木屋里，家用电器并不多，每一家一年的电费支出很少。村子里没有煤气，烧饭煮水用的都是柴火。水是山泉和雨水，虽然有自来水管，但村民不用交水费，一年只需要交10块钱的管理费。

　　晚上，我入住在一家村民家。好客的主人烧了一桌子菜，白菜、豆苗、豌豆尖、番茄炒蛋，用的全是自家种的蔬菜。还有一只半年才长1斤肉、两三年才长成的走地鸡，虽然吃起来骨头多肉少，但炖出来的鸡汤特别鲜美，汤里面什么调味料都没放。桌上还有玉米酒，也是自家酿的。

　　这两年茶叶的价格好，寨民们都富裕起来了。曾经是80元一斤的古树茶卖到800元一斤，谁都没想到普洱茶能卖到这么高的价格。富裕之后的寨民们纷纷改善住房，我住的主人家的房子新建才一年多。主人说寨子里不少人家的新屋都从木屋改成水泥房和砖房了，他家考虑木结构房子在夏天里通风更好，所以仍然是传统的木屋形式。

　　正巧明天有一家要起新屋，我住的这家也会去帮忙，寨子里自古以来就有互帮互助的传统。哪一家起新屋都是寨子里的盛事，不仅开工时大家帮忙，等新屋建成，寨民们还会一起穿上盛装庆祝，得到帮助的人家则会烧上好几桌饭菜致谢。

　　平日里，章朗的妇女们穿的是布朗族本族特色的服装，年长一些的穿黑衣黑裙，头上裹着黑缠头，年轻一些的则穿一抹色的彩布上衣和花布筒裙。寨民们的衣服都是自家做的，以前连布都是自己织，现在则从城里把布买来后再自己做。这家女主人除了节日里偶尔去一趟乡上，基本不怎么出寨子，一辈子都安静地生活在大山中的章朗村，生养了两个儿子。

亚洲　　415

大儿子在勐遮镇的镇上读初二,班上 50 多个同学来自不同的民族,有傣族、哈尼族、拉祜族和布朗族。因为学校离得远,一星期才回家一趟,刚巧昨天开始放寒假,回了家。他说他更喜欢上学,因为上学时总和小伙伴们在一起。我问他初中毕业还继续上高中吗,他说想上啊,一定会的。

他带着我在寨子里走走,路过寨子里的佛寺,告诉我说小时候曾在寺里生活过两个月,还正式出家了七天。在寺里的两个月,每天都早起学习佛经。布朗族和傣族一样,信仰小乘佛教,寨子里每一个男孩在 10 岁前都会入寺学习,学习做人的基本道理。

哈尼族山寨、南糯山

西双版纳天亮得很晚,1 月里,早上 8 点时还是黑夜,并且雾气笼罩,到了 11 点多雾气才渐渐散去。雾气散去后,阳光照耀山林。

在版纳,我还去了南糯山。南糯山是哈尼族人的聚居地,山上一共 30 多个寨子,而石头老寨是其中最大的一个。它建于 1644 年,距今已有近四百年历史,目前居住着 180 多户哈尼族人家。

我来到寨子中的一家,并投宿于此,主人家十分热情好客,晚餐颇为丰盛,有鱼有肉。鱼是用盐巴裹着烧成的,猪肉是烤的,有一些直接烤,还有一些裹在蕉叶里烤,味道都好。最好吃的还要属猪粥,用猪肉末炒了和生米一起煮成粥,只放了一点盐巴,却格外鲜美,我一下子吃了三碗。就连青菜也是美味,菜采自主人自家的菜园,只经过水煮,未放调料,吃来却格外的甘美。

这家的住宅也是一栋老式的干栏式木屋,生火用的木柴刚从山上砍来,堆在一楼。厨房和卧室都在二楼,木屋并没有烟囱,做饭时起的烟雾,因为木屋的透风性好,很快就排了出去。

主人家的收入主要来自茶叶。在茶叶的价格还没有起来的时候,村民们种的是玉米,自种自吃,而这几年玉米地全部改种了茶叶。种茶其实是一件辛苦事,山上种的茶不施肥料,需要经常给茶树松土并且除草。到了每年3月到11月的采茶季,采茶和炒茶是很费力的,但凡茶树长出了新芽就要尽快采摘。采茶时总是弯着腰,每天从早上7点多开始,有时一直要采摘到傍晚。鲜叶采摘下来后,在自家的大铁锅里炒青,然后还有晒茶和捂茶的工序。

一起吃晚饭的,除了主人家夫妇,还有帮忙砍柴的几个哈尼族小伙子。这几个小伙子,很早就开始帮着家里干活,也给邻居们帮忙。席间,他们喝自家酿的酒,每次喝酒之前,都会先说上一句哈尼族语"基巴起到",意思是酒喝起来,然后高亢地喊上两声"升升",极有气氛。喝完酒,还唱起了哈尼族山歌。

在我看来,西双版纳的傣族、哈尼族、布朗族,从外表上看并无太大的不同,最大的不同在于每一个民族自己的语言。另外,傣族和布朗族都信奉小乘佛教,男孩成年前都要去寺庙出家,而哈尼族信仰万物有灵。哈尼族一年里有三个大节日,分别是1月1日的新年、4月的茶王节和7月的秋千节。在庆祝秋千节时,人们会用四根竹竿搭起秋千,每人都要荡秋千来祈福。这让我想起在尼泊尔时,看到当地的纽瓦丽人也有同样的习俗。

下半夜下起了雨,雨点打到木屋的房顶上发出响声。房顶的木板下有一层塑料布,用来挡雨。在版纳地区,8月到11月是雨水最多的时候,每天都会不停地下雨。现在1月是旱季,却是一年中最冷的时候。入夜后,海拔1700米的石头老寨里,气温只有五六摄氏度。即使是白天,冬日里若是没有阳光,体感也很冷,木屋的伙房里一直点着柴火,用来取暖。

女主人不仅烧一手好菜,还会绣花。哈尼族的妇女们在农闲时常绣上一阵子,用各种颜色的棉线绣出彩色图案来。第二天早上,她特意穿起了一套盛装,这是一套她自己做的哈尼族民族服装,花了两年时间才做成,只在过节时穿。头上还戴上了银制头饰。

主人家有一个女孩,19岁,爱唱歌。屋子里有一套从勐海县城买回

亚 洲　　417

来的音响组合，放音乐时还会发出闪光。这两天女儿不在家，听说正在景洪城里亲戚开的一家餐厅里打工，3月采茶季开始后，就会回家帮忙，父母说她采茶最快。

如今哈尼族的年轻人都有智能手机，人人用微信，也热衷于网购。寨子里的茶叶销售，也开始利用互联网。南糯山也有千年古茶树，但产量很少，更多的是茶叶价格起来以后种下的新茶树。村民们主要依赖于茶商上门来收茶叶，自己也做一些网销。

琅南塔

我从景洪出发前往老挝，班车先经过勐腊县县城，然后在磨憨口岸出境。在另一头的老挝口岸办理老挝的落地签证，没有花多少时间，顺利入境。

班车开进老挝后，路边看到的村寨大都是茅草屋和木屋。前面在西双版纳去过的寨子，虽然从历史上说是几百年上千年的古寨，但随着寨民的富裕，已经有越来越多的新式水泥房出现，而在老挝的乡村，几乎见不到水泥房和砖房，说明这里的人们还远没有富裕到想要改善住房。

班车行驶在老挝北部的崇山峻岭之间，虽然从云南景洪到老挝琅勃拉邦只有500公里左右的路程，但我将行程分成两段，中间在琅南塔停留，琅南塔差不多位于这段路的十分之四的位置上。

琅南塔作为一个省会城市，人口才3500人，城市部分很小，步行只要十分钟就从市中心走到城外的河边了。河边有一座竹桥，竹桥不宽，只容单行，我走在竹桥上感觉略有些摇晃，当地人却能在桥上让摩托车通过，男人一概骑着摩托过，而妇女中胆小的则下来推着摩托过。竹桥虽然简易却也够用。

过了竹桥，在高耸的凤尾竹和缠满蔓藤的老树背后有一个傣族的村落，村落里的房屋简单而原始，由木头和竹子建成，房屋紧挨着树木和田地。村里的生灵皆与自然共生，狗、鸡、牛，也包括在此生息繁衍的人类。

　　我猜想村民们肯定不主动避孕，因为每家每户都有好几个小孩子。现在正是旱季，是孩子们在河里游泳嬉戏的好时光。除了戏水，孩子们还在村前的空地上玩足排球，用脚把球踢过场地中央的杆子，一个个都是很欢乐的神情。

　　傣族人爱水，竹桥下流淌的河是村民们洗涤一切东西的地方，甚至包括摩托车和小狗仔。每天下午三四点的时候，村民们拎着装有洗浴液的小塑料篮来河边洗澡，老老少少，男男女女。女人们身上围着一块布，打小时候就学会的技巧让她们绝不会在河里洗澡时走光。

　　再晚一些黄昏的时候，妇女们提着竹篮过河，到河对岸的菜园拔菜。村里"噼噼啪啪"地响起烧柴火的声音，透过袅袅的炊烟，火红的落日从山边落下，天黑后村子里就更安静了。

　　围绕着小小的琅南塔城，有20多个这样的村落，分属于十多个民族，生活在各个寨子里的人口多于市区里的人口，人们大多生活在大自然里，生活简单而质朴。

琅勃拉邦

　　从琅南塔来到琅勃拉邦，我入住的是一间当地居民的民宿。这家民宿的主人把主屋全腾出来做旅店，自己一家则住在边上的小屋子里。这是一栋令人喜欢的两层楼老木屋，主人不接受预订，只有 Walk in（走来询问）这一种方式。我在琅勃拉邦住了五个晚上，除了第一个晚上，后面四晚都住在这一家，每天都有人来问有没有空房，但总是满房。现在正是旺季，我觉得老板就算提高点儿价格，也不愁客人，可房主却一点儿不贪心。老挝人民心态平和，收入虽不高，却安稳而知足。

　　下午1点还不到的时候，我来到街头的一个米粉摊，却被告知米粉卖完了，让明天再来。这么早就收摊，米粉摊摊主大概和民宿老板的想法类似，觉得生意不一定要全做到，赚钱差不多就可以了。

当然，这并不是说当地的人们不够勤劳。早上7点不到，巷子里的菜市就在将明未明的天色中开市了，早早来做营生的人们摆出了各种食材，而来买菜的人也络绎不绝。湄公河边的渡口也从一早就显得繁忙，人们乘着木船来往于河两岸，不少人上岸时肩上还挑着货担。到了下午5点，天光还大亮的时候，摆夜市的人们就已经开始准备了，在街道上纷纷支起顶篷，铺开塑料布，摆放起货物。在琅勃拉邦，每晚都有夜市，夜市上贩卖各种手工艺品，包括漂亮的手织围巾、布筒裙和木雕制品等，这些都是当地人手工制作的。

琅勃拉邦的生活节奏缓慢，人们就忙活早晚两个时段，其余时间大都很悠闲。尤其是中午，是城里最安静的时刻。这和气候也有关系，琅勃拉邦一年里大多数的时间都较为炎热，所以当地人都有午休的习惯。

城里的慢节奏还体现在交通工具的速度上。城里很少有小轿车，最多的是突突车和摩托车，车速一般都不会超过30码。琅勃拉邦从来不堵车，而且也没有一个红绿灯，我从磨憨入境老挝起，就没有在任何一个老挝北部的城市里看到过红绿灯，听说要到了老挝首都万象才有。尽管没有红绿灯，琅勃拉邦街上行驶的车辆，到了十字路口，必然都会减速或是停下来，相互礼让通过，绝无争先恐后的景象。

在琅勃拉邦，我租了一辆摩托，入乡随俗，我把驾车的速度也降了下来，慢到只有20码，就算开到城外乡间空旷的路上，也只开30码。速度慢下来，迎面是山间轻拂的微风，心也沉静下来。以前开惯了快车，但其实开慢车比开快车舒服，人为什么总要保持一个高速度呢？

琅勃拉邦的城外有美丽的景色，最美的是光西瀑布。来到这里，感觉有一点儿九寨黄龙的神韵，既有九寨沟里瀑布的灵气和秀美，又有黄龙五彩池里水的清澈炫彩，还以热带的葱葱郁郁为映衬。

从山脚下拾级而上，一级级瀑布和水潭依次出现在眼前，而瀑布以山顶上的那个为最大，晶莹透亮的瀑布水，水花飞溅，流淌到山腰的水潭里则呈现出梦幻般的碧蓝色。来自欧美的帅哥靓女穿着泳裤和比基尼，跳入水潭，泼水嬉戏。青山绿水配上性感火辣的身材，成就了一幅别样美的画面。

我骑着摩托车，不仅去了光西瀑布，还去了琅勃拉邦周边的两个小村子。这两个村子各有特色，一个是造纸村，一个是织布村。造纸村里人们以附近山上的树皮为原料，做成纸浆，然后把白色的纸浆在长方形的木架子里铺开，镶嵌入绿树叶或黄菊花，在阳光下晒干后成了好看的纸，被用来做纸质灯罩。在织布村，老挝妇女们使用各种木制绕线机和织布机手工编织布料。除了布料，村里也做丝绸，我见到许多白色的蚕宝宝在绿色的桑叶上啃食，但还没到结茧取丝的时候。我在织布村里买了两条手工制作的围巾，一条全棉，2万基普（17元），还有一条是彩色棉布上绣着真丝图案，3万基普（25元），价廉物美。

在琅勃拉邦城里，要去看看那些古雅的寺庙。老挝是信奉小乘佛教的国家，琅勃拉邦城里有特别多的寺院。除了看寺庙建筑，还要看看早上的布施。每天清晨6点，天还未亮的时候，和尚们列成一队，年长的和尚在前，年少的在后，从各个寺庙出发在城里化缘。他们身穿橘黄色的袈裟，手捧锡钵，光着脚在城里行走。城里沿街早有布施的人群在等待和尚们的到来，其中既有老挝的信众，也有来自世界各地的游客，他们在街道上铺张席子，跪坐着，以虔诚之心布施食物，食物中有米饭、各种糕点和水果。在布施的信众旁，还有一些老挝的小孩子也跪坐着，当和尚们走过这些小孩子跟前的时候，会把化缘得来的食物又分惠一些给他们。

7点左右的时候，全城的布施活动结束。和尚们纷纷回到各自的寺庙，用扫帚清扫院子，然后开始一天的早课。到傍晚的时候，寺庙中又会响起诵经的声音。

总的来说，老挝对于中国游客来说，是东南亚国家里稍微有点儿冷门的旅行目的地，在琅勃拉邦见到的中国游客的数量和欧美日韩的游客比起来，要少得多。但另一方面，作为相邻的两个国家，中国人可以在口岸办理手续，开车来老挝。我在琅勃拉邦遇到了一辆挂黑E中国牌照的小轿车，车上的一家三口来自黑龙江大庆，他们经西安、成都、昆明来此，路上开了二十多天，花费 2 万元左右。中国人如今富裕了，这点钱花在旅行上不算什么。

在琅勃拉邦，也有一些中国人在此地谋生赚钱，城里有中国人开的超市、建材店、客栈。河边的一家客栈的掌柜是一个大学毕业才两年的中国女孩子，她在英国的利兹用一年半时间读了硕士学位，海归后在天津工作了一年多，就出来旅行。半年里花去一年积蓄的一半（6 万元），然后就来到她表哥在琅勃拉邦开的客栈，打算在此工作上一年之后，再展开去南亚和中东的旅行。还有一个在云南开客栈的女孩子，她背包旅行来到琅勃拉邦。两年前，她去到云南大理云龙县的诺邓村，那是一个不太为人所知的白族小村落，喜欢上了那里，就用每年 3 万元的价格包租下一个院子，再投资 20 万元进行了一番装修，开了一家客栈。赚到了些钱后，就把客栈关上一阵子，出来旅行。旅行对于一些人来说，是一种持续时间较长的生活方式。

湄公河上两日之旅

我从老挝的琅勃拉邦出发，前往泰国边境的会晒，选择的是湄公河上的水路，是两天的行程。船是小木船，晚上并不住在船上，而是在中途一个叫北宾（Pak Beng）的小村庄上岸，在村里住上一晚。

早上 8 点半开船，现在是 1 月，离开琅勃拉邦的时候，天照例还是阴着，气温大概只有 12 摄氏度。湄公河上的船和城里的突突车一样，也是四面透风的，早上仍有寒意。我把毛衣穿上，把新买的老挝棉围巾也戴上。到了中午，天空像前几天一样准时放晴，太阳出来后就很暖和了。湄公河的两岸是原始的雨林，风是温暖而带着绿树的清香的。

从琅勃拉邦到会晒是逆水而上，船头时不时激起一阵水花。岸边很多地方有标记水位的标志，雨季的时候，湄公河河面会出现高水位，现在是旱季，水位较低，除了少数一两个急滩，船行很平稳。逆水行舟激起的水花带来很多负离子，森林、湖泊、大江大河，正是负离子最多的地方，加上河两岸有许许多多的树，在阳光下散发着充沛的氧气，乘船在湄公河上，就好像在一个大氧吧中穿行。

小木船上的乘客，一半是背包客，一半是老挝当地人。湄公河两岸的山林中有不少寨子，寨子不通公路，船是寨民们与外界连接的重要的交通工具。一路上，船在湄公河的右岸和左岸都停过几次，当地的寨民们上船下船，船就好像城市里的公交车。然而，这些寨子的岸边并没有码头，船有时靠到一块礁石上，有时靠到停泊在岸边的另一艘船的船边，反正怎么方便怎么靠，下船的人们往往是跳上岸的。乘这趟船，让我想起两年前在广西东兰县到南丹县之间乘船在红水河上的那段旅行来，红水河两岸的有些村寨也依靠水路交通进出。

这一路，大多数路段没有手机信号，在行驶了一天到达北宾村后，信号才恢复正常。北宾是一个小村子，正好位于半路上，琅勃拉邦和会晒两个方向过来的船都会在这里停靠，乘船而来的背包客们上岸住一晚。在北宾村里，晚饭不像在琅勃拉邦那样有太多的选择，我只吃了一碗鸡肉米粉。说起来，琅勃拉邦还是一个美食之城，才离开一天，就想念起入口即化的椰子派、蒸的和炸的春卷、好吃的煮米粉，以及各种水果和榨果汁。比起去欧美旅行，老挝的饮食很符合中国人的口味。

第二天，继续湄公河上的水路旅程，两岸依旧是原生态的树林，青山掩映中不时出现村寨。光着屁股的小孩在河里洗澡嬉戏，散养的牛儿在岸边喝水吃草，水鸟不时从河面上飞过。我甚至还看到了大象，大象背上没有座椅，可农夫就骑在大象的背上，大象和牛一样为村民所驯化使用。

我很享受这样的河上旅行，两天的时光并不觉得无聊，让我再多坐上一天慢船，我也不会厌倦。

清孔

船抵达会晒，会晒和前两个老挝城市一样，也是老挝北部一个省的省会，同时又是一个和泰国交界的口岸城市。老挝和泰国之间建有数座湄公河上的友谊桥，其中会晒和清孔之间的这座是较晚建的，被称为友谊四桥。

我从友谊四桥坐公交车过湄公河，离开老挝，从泰北的小镇清孔入境泰国。清孔很小，主街与湄公河平行，长度大概只有2公里左右。我在清孔原本只打算住一晚，却因为喜欢上了这个宁静而美丽的小镇，就多住了几天，离开之后仍有不舍。这是自助旅行的好处，可以随心而定。

虽然在同一纬度带旅行，因为海拔的不同，来到清孔后，感觉气温要比老挝那边高了不少。在老挝的那些天，每天要到中午11点才雾气散尽，而到了清孔，早上7点多就出太阳，然后一整天都是晴天，午后的气温比较高。

中午在清孔的主街上吃好吃的米线，餐厅里的老板只会说泰语，没法用英语沟通。街上有一个老华侨见状，过来主动翻译，教我泰语里牛肉怎么说、猪肉怎么说。老华侨看上去很精神，如果不是他自己说今年已经82岁，是怎么也看不出来的。老先生15岁时就来到了泰国，在清孔这儿已经生活了六十七年，看来这个小镇的确是一个很养人的地方。

拜县

从清孔坐班车到清迈，是五个小时的车程，早上10点多出发，抵达清迈时是下午3点半，正是一天中最热的时候。从汽车站到古城的路上，又遭遇了堵车，第一次来清迈的印象并不那么美好（没想到几年后，还曾在清迈城里连续两年过冬），我决定逃离，于是，在第二天的一早就乘上了去往拜县的班车。

拜县给我留下了很好的第一印象，我在拜县住的地方和在清孔时住的格调相仿，有一个美丽的花园，辛勤的园丁每天修剪花草，并给花草浇水。待在拜县的一星期,天天大晴天,又加上拜县地处山区,空气极好。住在这样的地方,一整天哪儿都不用去,只在院子里待着就很享受。很多时候,我就坐在屋子前面的木躺椅上,看竹竿上爬来爬去的蚂蚁,听鸟儿歌唱。

拜县很整洁,即便每天晚上都有夜市,可第二天早上起来看,街道总是干干净净的。这里鲜花盛开,城里和山间到处都开满花儿,红的、黄的、白的、紫的、蓝的,各种好看的色彩。有花有树的山区小镇,多的是各种鸟儿:田间的牛背鹭、水边的灰鹡鸰、到处翻飞的燕子(家燕)、拥挤在同一棵树上的家八哥。

来拜县的游客不少,但大多数的时候城里是安静的。很多人就是来这里发呆的,看书,晒日光浴,或是轻轻弹起吉他。日落时分,我在城外的乡间漫步,见到一个西方女子盘坐在田间的地上,面对着即将落下山头的夕阳,她陷入了冥想之中。

在拜县,我也租借了两天摩托车。拜县县城的巷子里有好几家租摩托车的小店,价格比起主街上的连锁店AYA更便宜。因为租车,我和租车店的老板成了朋友。这位老板并非拜县本地人,而是来自曼谷,祖上是华人。虽是华人后代,但他已经不会说中文,我们用英语交流。

这位租车店老板原来做设计建筑图纸的工作,因为有个在拜县当和尚的朋友就来这里看看,结果一看租摩托车的生意这么火,他也搞了十几台摩托车,留下来做租车生意。他的店虽在小巷子里,但店里的车每天都会被全部租出。他说做这个,比起绘制建筑图纸来要轻松省力,只是泰北地区的旅游旺季只有11月初到来年2月底被称为凉季的这四个月,进入3月之后,泰北的天气会变得很热,他就回到曼谷。

在泰国骑摩托,道路路况要比在老挝时好。又可能因为道路质量优良的缘故,泰国的车速比老挝要普遍来得快,不过泰国人开车也很守规矩。尤其让人放心的是,直行的优先通行权得到了充分的保证。我仔细观察过,几乎每一辆从岔路开上主路的车,都一定会先停稳了,耐心地等主路上的车都开过了才转弯开上主路。

我骑上摩托，漫无目的，从拜县县城骑到了一个叫 Payang 的拉祜族寨子。出发的时候，天还蒙蒙亮，城外不远处有一块池塘，池塘里盛开着一簇簇红莲花。清晨水汽蒸腾，在第一抹阳光的照射下，红莲花美艳无比。快骑到 Payang 的时候，在路边见到了橡胶林，林子里每一棵树上都挂着盆子，有近似凝固的乳白色的黏稠液体从树上刀割过的划痕处流出。橡胶树要成林并不易，每一棵树长到成熟要经过七八年的培植，包括定期施肥、除草和杀虫。橡胶林边建有茅草屋，住在屋里的工人每天割胶和换盆。

路边还有很多绿油油的菜田，种着各种蔬菜，农民在田里忙活，给菜地浇水除草。农村生活是人类最原本的生活方式，城市人可真没什么了不起的，农民才是城市人的衣食父母。

我对于连绵的菜地里的一种作物有点儿好奇，到了 Payang 村，遇到拉祜族小伙 Chai，我把照相机里拍下的照片给他看，请教他。Chai 因为在拜县县城的一家酒吧里打工的缘故，除了拉祜语和泰语，还会一些英语，但他不知道这个英语单词该怎么说，就"噔噔噔"地下楼去了厨房，拿上来一个大蒜给我看，我这才恍然大悟。泰北地区是大蒜的重要产地，Chai 告诉我，大蒜每四个月能收获一次，但现在还只有绿叶。

在拜县，我去了三次 Mor Paeng 瀑布，每回都在瀑布边待上两三个小时。来瀑布的人不多，主要是欧美人，偶有中国游客前来，看一眼，觉得瀑布水太小，转头就走。老外们则不然，纷纷换上泳装，或跳入水潭中，或坐或躺在山石上晒太阳。

清迈

从拜县乘坐长途小巴车返回清迈的时候，我买到的是座位号 1A 的车票，就坐在驾驶员边上。来的时候，我坐在小巴的最后一排座位上睡着了，回去的时候坐在前面，才看明白这段 700 多个弯的山路：急弯几乎是一个紧接着一个，而且是既有弯度又有坡度，有些是几乎 180 度的回头弯还带着六七十度的坡度，怪不得在拜县县城里总是看到"吐了好多次，终于来到了拜县"的标语牌，来一趟拜县，可还真不容易呢。

回到清迈，感觉清迈还是比拜县热，毕竟一个在山上，一个在山下。回来的那天正是星期天，清迈城里的车子少了很多，古城里也很清净，这使得我对清迈的印象又好了起来，可以沉静下心来在古城里慢慢地走走看看。古城里有好多寺庙，有些很有年头了。到了下午四五点钟的时候，街道上又一下子热闹起来，每周日的夜市就在古城里面举行。夜市上摩肩接踵的游客来自世界各地，光是看人也是一件很有意思的事儿。

去清迈大学参观时，正赶上学生们的毕业式，毕业生们在清迈大学盛放着各色鲜花的花田里照相留念。上下铺的兄弟，同寝室的闺密，男女情侣，一群男生和一个校花，各种组合的合影，都是大学青春岁月最好的见证。女学生们身穿学士服，扎着麻花辫，头戴小花环，手上拉着气球或是捧着鲜花，抑或举着紫色的毕业证书，总是甜美地笑着。这些美丽女生是清迈的另一道风景。

还去了清迈国家博物馆参观，了解了七百年前兰纳王国建清迈城作为首都的历史，以及兰纳与缅甸之间的战争、古兰纳人的生活等，博物馆内陈列了不少兰纳时期的文物和艺术品。

结束这一趟从云南西双版纳到老挝和泰北的旅行之后，我还曾两次来清迈短居过一阵子。清迈是一处动静相宜的地方，每年12月到来年2月期间，清迈有各种丰富多彩的活动。

12月的清迈马拉松，每个参赛者都是快乐的跑者，有赶在七小时最后一分钟撞线的选手，有八小时仍然自己坚持跑完的选手，看了让我有许多感动，不禁使劲鼓掌。

元旦迎新年时，12月31日晚上8点开始跨年活动，在三王广场有持续数小时的精彩演出，人们在零点一起倒数迎新，美丽的花火在古城上空绽放。元旦当天，清迈府各个乡村的少数民族也都会来到清迈城，身着盛装，戴起好看的首饰、胸饰和头花，并演出各类节目，庆祝新年。

每年春节，在清迈的唐人街，人们穿上中国红的唐装、高开衩的旗袍，在街上舞龙舞狮，在舞台上唱起汉语歌，拱手贺新年。传统的庆祝方式让我在国外也感受到浓浓的年味。

2月初，清迈的鲜花节是最欢乐的。美丽的人们，好听的音乐，无论是游行的队伍，还是沿街的游客，每一个人的脸上都洋溢着欢笑。鲜花节就是欢乐节。

还有2月草莓节，去地里摘草莓，串个草莓串儿，涂上巧克力酱，坐在稻草凳上看社戏（泰国舞台剧）。

以及1月花伞节，美女帅哥们手拿花伞，骑着自行车在街上巡游。

每次活动，舞台上都有兰纳歌舞的表演，兰纳的传统音乐悠扬、轻缓、从容，让人沉醉。而每年1月的清迈音乐节，还有乡村音乐、爵士乐、摇滚乐等欧美音乐在古城里上演。

除了周六和周日的夜市，在清迈12月至来年2月最好的季节，还有各种市集。清迈人以匠人精神，手工打造、精工细作各种手工艺品，传统工艺在他们的手指间依然焕发着光辉。

清迈有着优美的自然环境。每年1月，清迈素贴山上的泰国樱花绽放，花朵小巧可人，美得温润而不张扬，悄然开在深山中。清迈又是极好的观鸟观虫之地，我曾经七次登上泰国的最高峰因他侬山（2565米），也多次去了清道山和近处的素贴山，观赏到了很多种美丽的鸟儿，以及各种蝴蝶和其他昆虫（另见拙作《鸟兽虫识别和观察笔记》一书）。

第二十二章　中国浙皖赣闽之行

浙江武义

春天的时候，4月下旬的第一天，我从上海乘长途班车来到了浙江中部山区的武义县。

武义有一块"大红岩"，这块大红岩被称为中国第一赤壁，和广东丹霞山、福建武夷山同属丹霞地貌，大自然的神力，造就了如此一幅壮美的画面。

除了大红岩，武义还有一座牛头山，我也很喜欢。走在长着青苔的山路上，山林中樱花落英缤纷，花瓣铺满石阶；春天里快速生长的毛竹，欲与古树试比高；岩缝间盘根错节的根藤，顽强而坚韧地缠绕着；不远处的树上有一只行动迅捷的松鼠，鸟儿忽然从身前飞过。眼前这些大自然的景观都是我喜欢的。

武义还有浓浓的少数民族风情。武义县柳城镇是一个畲族镇，第二天正逢农历三月初三，是畲族的重要节日。在节日的主会场江下村，畲族的美女帅哥身穿盛装，载歌载舞，一派喜庆的气氛。在村里，我观看了精彩的畲族歌舞表演。

离开柳城镇，回到武义县城后坐公交车去郭洞。郭洞可不是一个洞，而是一个村名。郭洞是个行政村，有下宅、上宅和大湾三个自然村。古民居主要集中在上宅和下宅，这两个自然村各有近千人居住，大多姓何，属于较典型的同族聚居的村落。

宋朝时，第一个何姓始祖来到此地。下宅村一户人家的73岁老伯告诉我他居住的"破房子"已有八百年的历史，这我怎么也不敢相信，但房子看上去的确很古旧。村里的巷子中，几个村民指着外墙斑驳的房屋告诉我，这些也都是几百年的老房子了。

在上宅村，我信步走进一间木屋结构的房子。房子主人是位老妈妈，也姓何。我和她打招呼，她很和善，让我在院子里坐下休息。我和老妈妈唠嗑，我们一起算了算这栋宅子的岁数。老妈妈的母亲17岁时结婚，那时屋子刚建好，22岁时生第一个孩子，也就是老妈妈的大哥。老妈妈是出生在这栋屋子里的第三个孩子，今年81岁，这样算来，这栋木房子差不多有一百年历史。老屋一切还是老样子，有着精致的木雕和墙画，内墙顶端的墙画历经风雨，至今仍未褪色。

如今的老屋里只有老妈妈和她的丈夫居住，大多数的房间都空关着，如果不是老两口还住在这里，老房子一定早已破落。房屋一定要有人住才能维持生命力。老妈妈的丈夫是同村人，也姓何，和老妈妈结婚前，在朝鲜战场上当过四年兵，经历过血与火的考验，为国家做出过重大的贡献。老妈妈有三个儿子，没有女儿，可她夸她的媳妇们比亲生女儿还亲，每周都从县城来村里看老两口。老屋的门口和木柱上贴着春联，字体娟秀，是按着老妈妈给的历书，由老妈妈的一个孙女手写的。老妈妈说这个孙女去年考进了重庆的西南政法大学，还得了大学里书法比赛的第一，言语中透着满心的欢喜和骄傲。

我坐在小竹椅上，和老妈妈这样聊着，一坐就是半个小时。下午的阳光洒进方庭，燕子飞了进来。我起身去找燕巢，见屋檐下有两个。老妈妈告诉我里面那个是新的，外面那个是去年的。燕子每年都来，春分时来，白露才走，会待上半年。它们虽然野生，却和人类如此亲近，难怪中文学名就叫家燕。老妈妈说一对家燕在半年中要下三窝蛋，每窝都会孵出四五只小燕子来。

郭洞的村落依山而建，村里生长着几棵几百年树龄的红豆杉和苦楠树。村口有石桥，石桥下溪水潺潺流过，村民在溪水中浣衣。我在郭洞留恋良久，一直到傍晚时分，才回到下宅村的村口坐公交车回武义县城。

在武义县，我还去了俞源村，这也是一个古村落。在郭洞和俞源，我都看到了许多绘画写生的大学生们，我和他们聊天，了解到他们在大学里学的专业叫产品美术设计。他们在郭洞和俞源写生一个星期，我问其中一个男生，俞源村和郭洞村，两处哪个更好？他说俞源，我问为什么，我想听听他的来自美学观点的见解，却没想到他给出的理由出乎我意外。俞源更好，仅仅是因为俞源的手机信号更好！网络的力量真的是太强大了！

从兰溪县到衢州市

离开武义县，在金华市的市区，我只是经停。班车下车后，从金华汽车南站坐公交车，在市区的兰溪门四牌楼和汽车站之间打了个来回，在市区去了婺江边的八咏公园、八咏楼、天宁寺大殿和太平天国侍王府。

金华是一个中等规模的城市，但我觉得自己有点儿越来越喜欢小城市，比如武义县城，又比如武义的柳城镇。其实，柳城镇原来是宣平县，很有历史，也有县城的规模，以至于柳城镇人至今还有宣平县情结。这有点儿像自己是上海市的卢湾区人，卢湾区和黄浦区合并之后改称黄浦区，但我仍有深深的卢湾情结。武义县城、宣平县城，这些小城镇，安静平和，走几步什么都有了。小城里燕子飞来飞去。燕子愿意待的地方，一定都是环境好的地方。

然后就决定不住在金华市区，而是直接去兰溪县，再从兰溪县城去诸葛村。武义县郭洞的村民姓何，俞源村的村民姓俞，而兰溪县诸葛村的后代姓什么就不用说了。诸葛村是复姓诸葛的最大的聚居地，诸葛丞相的后代在这里已经传了50代。村子被八个山头环抱，是为外八卦，而村内从中心发散出八条小巷，是为内八卦，所以这个村子又被叫作八卦村。

一早进村，村子是安静的，只有各种鸟儿的鸣叫声。村里有好多处水潭，陆续有妇女来洗衣，用的还是最古老的木棍敲打法，一边洗衣一边唠着家常。白墙斑驳的古屋在平静的水面上形成倒影，因为浣衣而起了波澜，古屋的倒影也有了皱褶。村子里除了有炊烟的烟火味，微风中还散发着淡淡的花香，是香枹花的香气。香枹树开花之后，会结出沉甸甸的香枹来，和柚子差不多大小。

兰溪市的下一站是龙游县，此地有一个神奇的石窟，这个石窟和龙门石窟、云冈石窟不同，只有一个巨大的石室，其建造年代、建造者和用途至今仍是待解的谜团。

看过龙游石窟后，我没有在龙游县久留，而是继续前往衢州市。衢州是一个安逸宜居的所在。我喜欢衢州古城里的府山公园，公园里的绿树有青桐、重阳木、梓树、朴树、喜树、麻栎、香樟，人们在绿树环绕的空地上打太极、练瑜伽、拉弦乐，在优美的环境中这些活动显得更雅致。

穿过府山公园，公园对面是孔氏南宗家庙和衢州博物馆。进入衢州博物馆底楼大厅，见到的是恐龙骨架的化石和墙上《论语》中孔子的箴言。博物馆里的展览，题为《衢州六千年陈列》。六千年，衢州的历史可真够悠久的！

黄山脚下

衢州位于浙江、安徽、江西、福建四省交界处，其地名就来自"四省通衢"，衢州的汽车南站又叫四省旅游集散中心。衢州离开黄山并不太远。黄山是我的最爱之一，曾三次前往，天都峰和莲花峰都登顶过了，附近的西递和宏村也去过了。这一次，到了黄山并没有去爬山，也没有去景点，而是在山脚下随意走走。

我住在岗村的小岭下，这天傍晚，循着客栈边的山间小路漫步。小路边是茶树和竹林，春天正是茶叶和竹笋收获的季节。再走一段，眼前出现一个山坳里的村落，一色的徽式白墙房，房子上有门牌，原来这里是岗村的大岭下。这两个自然村同属一个行政村，小岭下只有几十口人，大岭下人口多，有200多人。村里好几家人家正围坐在家门口剥笋，笋是今天刚从竹林里挖来的。笋有好多种类，他们剥的是毛笋，个头大，外壳多毛。要想吃到笋，其实是要费好一番功夫的。剥笋壳就是一件麻烦活，要用刀来帮忙，剥去外壳后，把里面鲜嫩的笋肉放入水中浸泡，然后切片，晒干。一下子吃不了那么多，就用炭炉烘烤，做成笋干。

天色渐黑，村民们建议我回去时走外面的公路，可我还是喜欢走山路，没有路灯不怕，不还有月色吗？

第二天清晨，在附近的茶山上看到不少茶农，他们戴着竹笠，背着竹篓，弯腰采茶。爆出嫩绿新芽的茶树要赶紧采摘，茶农们手指灵动，动作极为迅捷。一位老伯告诉我，采茶叶的活一天要弯腰劳作八九个小时，他正在采的这片茶树已经是今春第三次采了，因为隔个几天就有新芽爆出来。采茶季里，每天的收入能有四五百块，一季春茶的收入大概万把元，等春茶过了，大叶子就只能做夏茶。夏茶也采过后，就要修剪茶树，把底下一圈的老叶子全剪掉，这样茶树在来年才能更好地生长。除了摘叶和剪叶，还要施肥锄草。

新芽经炒青后就是著名的黄山毛峰茶了。老伯采下新芽后，自己家并不炒，而是把鲜叶卖给茶厂集中炒，这个和在云南西双版纳看到的各家各户自己炒普洱茶的情况不同。老伯说这两天采下的鲜叶卖50元一斤，比起前两次采的鲜叶，已经掉价不少。毛峰茶是越早春的叶子越卖得出价，按每四斤鲜叶炒出一斤茶来算，加上炒青的人工费和各环节的利润，如果是谷雨节气前采的黄山毛峰雨前茶，要卖到300到400元一斤。

晚上时下起了大雨，雨"哗哗"地下，伴随着春雷滚滚。按天气预报，明后天还是下雨。毛峰茶在下雨天不能采，因为水分会影响口感。茶叶采得越迟价格越低，老伯的收入也会因天气受到影响。

采风了黄山脚下的农事后，我还去看了此地的一种灵长类野生动物。在黄山后山的山谷中，生活着一群黄山短尾猴，一个猴王领着他的众多妃子和一群小猴，在溪水边的林间生活得快乐而自在。

安徽黄山离着江西的景德镇和婺源不远，不过我在这两个城市都只做了短暂停留。去到景德镇，只见处处写着官窑两字，这个官窑指的是明宣化以后的皇家官窑，五大名窑"哥汝官定钧"里的官窑则是在南宋年间，确切的窑址至今尚未确定。以前在上海博物馆学习过五大官窑、元代青花瓷和明清瓷器的各自的特点，时间久了，不翻翻笔记本，是说不全的了。

景德镇不是一个旅游城市，婺源才是，但我此次也只游了县城，没有去婺源那些乡村。婺源县城里有个熹园，是纪念朱熹的，高墙深园，青砖细瓦，在建筑上和前面在皖南看到的并无二致。婺源本来就是徽州六县之一，在文化上也一样属于徽州文化圈。我曾去过徽州六县中的五个，只有祁门县没去过。徽州的文化底蕴深厚，比如休宁县，一县出过19个状元，占中国历史上400多个状元的二十分之一。再看看其他几个县的县名，歙县，黟县，婺源县，这些字一般人读都读不出。歙县的歙由合羽欠合成，读 she，黟县的黟由黑多组成，读 yi，婺源的婺由矛文女组成，读 wu。徽州本地人若不读书识字，那是连自己的籍贯都写不出的。

江山市

回到衢州，前往江山，江山是个县级市，隶属于衢州地区。江山市最出名的是江郎山，它是江浙沪三省市中唯一的一个世界自然遗产。江郎山的形状很奇特，三峰并立，直插云霄，我在山脚下仰望江郎山良久，但没有去爬，其实在底下才能看清全景。

江郎山下有个顾村，我走在村中时，一个老乡正在田间翻土，准备播种高粱。这一小块地位于半山腰，因为缺乏水的灌溉，所以种的都是耐旱的作物。去年种的是棉花，今年因为棉花大跌价，就改种高粱。高粱主要用来酿酒，老乡说不打算往外卖，而是自种自酿自己喝，用劳作换取美酒。高粱长起来很快，只要两三个月就可以长到和人一样高。

江郎山山脚下的田地里，这个季节最多见的是油菜，油菜花刚谢，油菜籽正日渐饱满，到了立夏，就可以收获，听说今年用来做菜油的油菜籽的行情还不错。油菜之后就是种稻子了。顾村的村子里还有许多橘子树，正开着花，蜜蜂飞来飞去，忙着采橘子花的蜜。一派晚春的景象。

接着继续坐班车前行，在峡口镇转车到保安乡。保安乡有中国四大名关之一的仙霞关，古代时曾是浙闽边界上的军事要地，保安乡还是民国时期特务头子戴笠的家乡，他的故居里机关重重。

从保安再往前就是廿八都，廿八都是山区里的繁华古镇。此地曾是商贸重地，汇聚各地人流，如今在镇上定居的1万多居民中竟然有100多个姓氏。晚上在廿八都住下，当地有一种名小吃，叫作燕皮馄饨，吃起来果然鲜美，馄饨皮子和馅中加入了山药。另一种名小吃叫铜锣糕，是用十多种食材做成的糯米年糕，包含红枣、山药和红薯等，口味比较偏甜。

住在崇山峻岭的古镇中，早上听得雄鸡唱晓，让我想到了"鸡鸣醒三省"。廿八都位于浙江、福建、江西三省交界处。以前到过山西运城地区的芮城县，那里是陕西、山西、河南三省的交界处，也是"鸡鸣醒三省"。

深山峻岭中的廿八都，最有看头的建筑是文昌宫，飞檐翘角，木雕精美华丽，犹如深闺中一个秀美端庄的佳人。

廿八都是个镇，镇下所辖的浔里、花桥、枫溪三个村都挨在一起，其中浔里老街翻修过了，成了景区。我更愿意走走枫溪村的老街，枫溪边的老房子还一切都是老样子。问街上的老人家"老街有多少年了"，他也说不清。枫溪村村南口的水安桥是座廊桥，原本有九间亭，因为修建公路，南端拆了两间亭，如今成了不对称的七间亭廊桥，但依然古朴。

庆元县

出廿八都，在205国道边搭乘一辆从江西前往福建的班车，这辆班车经浦城县、松溪县，前往政和县。我的目的地是浙江省最西南角的庆元县，在浦城县下车后，结果在汽车站一打听，被告知没有直接从浦城县去庆元县的班车，还是得从松溪县或龙泉县转，早知道就不用在浦城下车，直接到松溪县下就好。

我在浦城车站附近，午饭吃了点儿"沙县小吃"。"沙县小吃"遍布全国，看看手边的福建省地图，沙县和浦城县离得不远，隔着两个县。

从浦城县往西三个小时就是武夷山，以前去过了。过往的旅行，我不仅去到了世界六大洲，还已经把中国国内的主流景点都去得差不多了，现在走的都是"非常规路线"。

我在福建省松溪县转车，在松溪汽车站买车票时，售票员向我确认是浙江的庆元县吧，我回答对啊。松溪县和庆元县相邻，但分属两个不同的省。上次在两个省之间穿行是在广西和贵州之间，我还清晰地记得那条路线上到过的每一个县市的名字——巴马、凤山、东兰、天峨、南丹（这五个县位于广西的西北部）、荔波、独山、三都、榕江、从江、黎平（这六个县位于贵州的南部和东南部）、三江、龙胜、桂林、灵川、阳朔（这五个县位于广西的东北部）。

庆元县是浙江最偏远的县之一，但被称为"中国生态第一县"。我来这里是看山村里的廊桥来了。从庆元县城到该县的举水乡月山村差不多有60公里，这一段路经过了几百个弯道。这里是浙江的山区，乡间的公路九转十八弯。浙江的第二高峰，海拔1856米的百山祖，就在庆元县境内，而浙江最高峰1922米高的黄茅尖则在邻县的龙泉县境内。由于山的阻隔，庆元县的交通并不方便。和临近县之间的班车车次不多，并且有些浙江省内发来的班车要借道福建。早上我看到一班从庆元到衢州的班车发出，庆元和衢州同属浙江省，但班车会经过福建省的松溪县和浦城县，也就是我昨天过来的线路。

月山村是个环境优美的山村，野生鲤鱼在流水淙淙的举溪中生活。村里有好几座廊桥，我看了来凤桥、白云桥、如龙桥、秤谷桥和位于水尾的步蟾桥。其中如龙桥建于1625年，至今已有快四百年的历史了，它就像一个老者，穿着蓑衣，安稳地端坐在那里。青山绿水间的廊桥历经风雨，是独特的风景。廊桥又讲究风水，讲究艺术美，桥上的廊屋和房子一样，也有牛腿、斗拱、雀替等中国传统建筑的结构。在广西和贵州的侗乡，我也见过不少廊桥，只不过在那里被叫作"风雨桥"。

除了月山村，还去了离庆元县城不远的大济古村。庆元县文风很盛，大济村的吴姓居民在宋代出过26个进士，所以又被称为进士村，村里的宗祠有九百多年的历史。庆元方言是唐宋时的普通话发音，流传至今，成了语言的活化石，特别是很多形容词的用法很有特色，如很轻叫屁轻、很湿叫粥润、很滑叫鳅滑等等。

在庆元县城内，还有咏归桥和濛洲桥两座廊桥，以及廊桥博物馆。庆元县不仅是廊桥之乡，还是香菇之乡，出产大量优质香菇。在廊桥博物馆的不远处，还有一个香菇博物馆，参观这两个博物馆使我增长了不少知识。

霞浦县

从庆元县到下一站寿宁县有100公里路程，班车开在一弯又一弯的山路上，翻山越岭，我从浙江又来到了福建。

寿宁也是一个廊桥之县，县城就有两座清朝乾隆年间的木拱廊桥——升平桥和仙宫桥，和前面看的庆元县的如龙桥和步蟾桥一样，都是国家重点文物保护单位。廊桥上人来人往，当地人还摆上方桌打牌，廊桥依旧发挥着它的功用。

这天天气不错，在寿宁县城吃完午饭后，我没有多停留，而是马上往南进发，前往霞浦县，看霞浦的流光霞影是一定要有好天气配合的。

下午赶到霞浦县的东壁村时，离开日落还有四十分钟，此时已有不少长枪大炮等候。东壁村是万千摄影爱好者来霞浦摄影的胜地之一，用照相机所拍下的画面，近处有渔船和竹竿，远处是海岛，这一天的日落瑰丽，不过天空没有云，不见彩霞。

日落后，从东壁村继续前行，来到三沙镇，晚上就住在这儿。在镇上约好一辆摩的，第二天一早来接我，在日出之前，去到花竹村。花竹是霞

亚洲　437

浦东线最远的一个点,来霞浦,很多人会去北岐拍日出、小皓拍日落,因为这两个点离县城比较近,而其实在东壁村拍日落、花竹村拍日出也是一个不错的选择。早上遇到霞浦本地的"摄影导游"黄导带着个小团,选择的点儿也是东碧和花竹。可惜,这一天早上,每一个扛着长枪大炮的人都有点儿失落,因为霞浦的天气从昨天的晴天又转为阴天了,谁也不可能拍出好片。黄导说霞浦春天的天气多变就像娃娃脸,昨天是最近一段时间里难得的好天气,能够拍到漂亮的日落就已经算是很运气了。

霞浦是能够拍出大片的好地方,不过拍出一张摄影大片需要有多个因素配合。比如潮汐,要拍出滩涂之美来,需赶在低潮时,黄导说每月农历的十七八最好;又比如季节,要赶在紫菜季或是海带季时来,季节还决定着太阳出现的位置,是在山头的这一边还是那一边,从不同方向给到的光是不同的。各种因素中,起决定作用的当然是天气,像今早那样,哪怕正好是农历十七,哪怕正是紫菜季,只要太阳没有如约出现,少了美妙的光线,就什么都是枉然。如果是个好天气,光线最美妙的时段当然是日落或日出前后,若再有彩霞或是火烧云就更出彩了。所以,要拍出一张摄影大片其实是很不容易的。乐观的说法是十次能出一张,悲观的说法是十次也出不了一张,但这也正是霞浦滩涂吸引摄影爱好者的魔力所在吧。

晚上住回霞浦县城,霞浦人给我的印象是平和而透着积极,各个小店的店主待客都礼貌而不卑不亢,路上随便问个路,得到的都是热心而认真的解答。霞浦的节奏按部就班,不紧不慢,似乎刚刚好。

第二天从县城出发,再去海边走走。霞浦的摄影路线有东线、南线、西南线等好几条,拍摄目标主要是滩涂、竹竿和渔排,从摄影拍片的角度,我觉得去过一条线就够了,于是这一天我选择了涵江村,去那里看看渔民们是如何劳作收获海带的。

在涵江村的海边,我看到了令人咋舌的海带森林。现在正是海带的收获季节,挂满海带的竹竿插满滩涂,密密麻麻,一眼望不到尽头。微风吹过,挂在竹竿上的海带轻柔地飘动着,整齐地踩着舞点。这天下午1点,正是低潮，退潮后的滩涂上，村民们在辛勤地整理晒干后的海带，准备装车。我走了一会儿，觉得气温 30 摄氏度的海边，还是有点儿热。回到村里，见几个村民正在墙根边的一条木板长凳上坐着聊天，我也在长凳上蹭了个屁股。村民们不停地交谈，可他们说的当地闽东话，我连百分之一都听不懂，并且，村里大多数人竟然听不懂我说的普通话，我和村民之间有语言交流障碍！后来这批村民又去海边忙活了，走过来一个老者，他能说一些普通话，坐下来给我讲述了他们如何养殖和收获海带。

海带苗由村民们各自投入近海，在海水里自然生长 110 天到 130 天，大概是三个半月到四个半月的时间。到收获的时候，人们穿着从脚到肩的塑料连靴衣，凌晨两三点就去收海带，收上来的湿海带要挂到竹竿上晾晒。如果天气好日照足的话，当天就能晒干，但一般要晒两次才干，这意味着在涨潮之前要收下来，第二天再挂，不然就白晒了。所以天气预报对于村民们收获海带的作业非常重要，当然，常年在海边的人们自己也能估摸天气。听了这一番话后，面对如此广阔的海带森林，我打心里敬佩这些傍海为生的人！涵江村有 1500 户，70% 的村民以养殖海带为生。他们劳作时，和潮水抢时间，全村的人一起出动，退潮后挂，涨潮前收，非常勤劳。

从霞浦县出发，我还去了趟福鼎市的江边村。那里有一片滩涂，竹竿和渔网围起各种形状的海水养殖圈，从高处俯拍，渔民们向大自然讨生计的养殖区成了摄影师镜头里的美景。

坐班车从福鼎回霞浦时，我遭遇了高速公路上的大堵车。这一天正好是五一节假期的第一天，由北向南方向的高速公路上，一路全是浙 C 牌照的小汽车，大量温州游客开车自驾来这里福建宁德地区的太姥山或是大嵛山岛游玩。我已经订了当天回上海的动车票，在高速公路上遭遇堵车后，我果断地在服务区下车，坐反向的车返回福鼎市区，改乘火车回霞浦。火车在避免被堵车这一点上，比长途汽车有着天然的优势。

从霞浦回上海，动车的时速保持在 200 公里左右，加上中途各站停靠的时间，五个多小时后回到了家。

亚 洲　439

第二十三章　中国陕晋川渝黔之行

榆林市

这一趟旅行的起点是陕西省的榆林市，我从上海搭乘经停西安的航班飞抵榆林。

榆林是从前的边关，万里长城经过此地，长城外是大漠和草原。骑兵和冷兵器时代的进攻和防御，对于现代人来说似乎已难想象，不禁让我想起在土耳其伊斯坦布尔的旧皇宫里看到的古代骑兵打到长城下的油画。长城之外是游牧民族的天下，而长城守护的是农耕文明。

我对于长城的记忆，是曾经登过的甘肃嘉峪关和北京的八达岭。榆林长城段的镇北台，位于离开榆林市区不太远的地方，被称为万里长城最大的烽火台，但近距离接触后，要比想象中的小。

从镇北台回到市区的榆林古城。我先到的是东城墙，在东城墙上了一个大坡后，发现自己竟然有些喘。原来榆林古城东面的地势很高，站在城门洞就可以俯瞰整个古城。古城东面这一段城墙是土墙，穿过城门洞，看着黄土墙和老槐树，我驻足良久，不禁生出几份历史沧桑感。

我再从北面的鼓楼一直走到南门，古城中的六座楼阁和南门都修缮过，古旧的总要修缮。榆林古城的历史从明初算起，大概有将近六百年，城中的步行街就叫明清街,但一溜全是面向游客的商铺。两头的鼓楼和南门才是更有人间烟火气的地方。

榆林人的脸庞,看起来和城墙一样有沧桑感,陕北风大,每个人的脸上都有两块红扑扑的。

出南门,坐4路公交车回鼓楼附近的住处。年轻的榆林女子们在车上聊天,她们称自己的丈夫叫老汉、自己的孩子叫娃娃、手上拎着的一袋白馒头叫馍。

米脂

第二站米脂县算是匆匆路过。从榆林到米脂县有90公里,普客列车(绿皮车)需一小时十分钟,硬座只要4元。比起长三角同样距离的普通列车,陕北的票价只是长三角票价的三分之一,是当地老百姓乘坐的经济而舒服的火车。

火车行驶在黄土高原上,这一片土地干旱少雨,土质含沙量大,树长得不高。来榆林之后的天气都是大晴天,天色特别的蓝,不见一丝云朵,更能让人理解这里的气候。

米脂县出过不少历史名人,从四大美女之一的貂蝉到攻陷北京城的闯王李自成,还有西夏国的创立者党项人李继迁。俗话说"米脂的婆姨",米脂因为貂蝉的缘故,以出美女而出名。我在米脂没有停留太久,遗憾没能在街上看到特别养眼的美女。看了位于米脂盘龙山的李自成的行宫,唏嘘了一番闯王的事业"其兴也勃焉,其亡也忽焉",然后就坐上长途车,从米脂县前往65公里之外的佳县。

从米脂县到佳县的班车开的是县道,车窗外见到的黄土高原是不平整的,土地有着很多皱褶,时而有沟壑和深谷出现。陕北的农民们世世代代生活在这片土地上,居住的窑洞紧贴山体,圆拱形的窑洞的门,一扇挨着一扇。路上还看到了类似于南方的梯田,陕北的土地虽然干旱,但人们仍尽可能地多利用一些土地来种粮食作物。这里种植的作物中最多的是玉米，这个季节，金黄色的玉米都堆在窑洞前的院子里，而地里留下的是一茬茬枯黄的玉米秆子。正在收获的还有枣子，枣树林里农妇们正忙碌地把树上的枣子打下来。

佳县

到了佳县县城，在县城的街上看到一筐筐待售的枣子，红红的枣子上还放着几片绿色的枣叶，以示枣子的新鲜。今年大概是枣子的大年，价格比去年降了不少，而这里是黄河滩枣的产地，产地的价格当然又比别处便宜不少。我买了枣子，还买了鲜山楂、现烤的地瓜和刚从自动炒制机里炒出来的盐炒葵花籽，这些都是当地的出产。

陕北的主食以面食为主，吃多了面食开始想念米饭。来到佳县县城后，在县城里转了一圈，一家家全是面食的餐馆，总算在佳县宾馆边上找到一家有米饭和炒菜的成都小吃，这几乎是县城里仅有的一家有米饭吃的餐馆，由此可见南北方饮食的大不同。

虽然还只是10月初，可佳县的最低温只有2摄氏度。榆林地区的气候，冬天时最低气温会降到零下20多摄氏度，夏天最热的时候气温也上不了30摄氏度。再过五天，10月15日，这里就开始供暖了，一直要持续到3月15日。

陕西和山西以黄河为界，佳县县城就贴着黄河，老城里佳县电信公司的大院就是一个俯瞰黄河的好所在。再往北，就是黄河绝壁上著名的香炉寺，从大院远远望去，只见香炉寺建在孤岩之上，背景是黄河大桥。傍晚时，太阳西斜，香炉寺处在阴影里，第二天早上再来看时，从黄河东面照过来的太阳光照耀着香炉寺，早上才是拍摄香炉寺的好时光。

佳县和对岸的山西临县之间的黄河大桥，称为佳临黄河大桥。我坐班车过了大桥后，在山西一侧的桥头下车，从黄河大桥上看过去，佳县县城就建在高高的黄河崖壁上。黄河悠悠流过，蓝天晴空下，高耸的崖壁和崖壁上的城市是一道美丽的风景。

碛口

第四站是山西的碛口古镇，从佳县对岸的克虎镇顺着沿黄公路南下70公里抵达。走沿黄公路的班车一天只有一班，每天中午12点多经过。

我在克虎镇上等车，在小吃店点了一碗猪肉土豆粉条，再来一个饼子。小吃店里来来往往的都是镇上的当地人，在店里交谈着，只是当地的方言我几乎完全听不懂。

这两天的气温很低，最低温降到了0摄氏度，中午的时候虽能升到15摄氏度，可还得晒着太阳才觉得暖和。我搬了把椅子在小吃店门口，晒着太阳等车。要知道，现在还只是10月中旬，可想陕北的冬天会多么寒冷。寒潮南下时，刮起风来肯定更冷。

黄河边的那段沿黄公路，让我想起在西藏旅行时，贴着雅鲁藏布江江边、从朗县到加查县的那段路来。沿黄公路也同样是尘土飞扬，有些路段仅容一车通过。黄河在右手边，这一段黄河，尽管宽广，却很平缓，水位也低，时而在河中有浅滩出现。到了碛口，见到一个最大的浅石滩。碛口的碛，字面上的意思就是浅水中的沙石，碛口古镇的形成也是因为以前经黄河船运的货物到此受阻，需要被搬上岸转为陆运，从而成了一个中转地。

下午抵达碛口古镇后，找了个院子住下。刚到镇子上时，感觉碛口与其他古镇并无太大的不同，四处走走后，发现还是很有特点。这里的住宅是四合院和窑洞的组合，院子里有枣树，院外就是黄河。

我从镇子最北端的百川巷沿着青石板路，一直走到古镇最高处的窑洞。这座窑洞是现今主人的爷爷在民国时所建，已有百年历史。窑洞的院子里堆着新打下的枣子，主人热情地请我吃上几颗。此地的滩枣酸酸甜甜、非常可口，比起新疆和田出产的红枣来，风味自是不同。

出窑洞，走到一座四合院，从这座地势略高的四合院往下望，又见到另一栋低一些的四合院。低处院子里，几棵枣树都结满了红枣，还没有采摘。几个女生在院子里，坐在小板凳上，正在画画写生。

碛口古镇和我在浙江游历的几个古镇——诸葛村、郭洞村、俞源村时所见到的一样，有很多来此画画写生的学生。我和几个学生聊了几句，还在他们的住处搭伙，吃上了可口的饭菜。老板很友善，只收了我很少的搭伙饭钱。请我吃枣的窑洞主人和友善的老板，让我感受到碛口古镇民风淳朴。窑洞、四合院、民风，这些都让我对碛口的印象很好。

晚饭后，沿着沿黄公路走回住处，只见繁星满天。古镇里没有太多的光，加上大晴天，这里观星的条件甚好。北斗七星就在黄河西岸的上方，勺口向上，指向挂在正北方的北极星，那是我来时的方向。

从碛口到延安

长途班车从碛口到吕梁还是走的县道，我算是看明白了黄土高原。黄土高原那是要用千沟万壑来形容的，大自然怎能在这个地方切削出如此多的沟壑？实在令人感叹。

路上出了些状况，班车司机开着开着，开到一个隧道口，3米3高度的班车竟然被2米8限高的栏杆挡住，车子开不进隧道。按理说当地的班车司机天天开这条线路，怎么可能发生这种事儿？可还就是发生了。

班车司机从隧道口开始，在一车道宽的山道上连续倒车，最后翻上一个通往王老婆山森林植物园的大坡，前方再也没有路可开。无法可想之下，司机让一车人全部下车，步行翻岭。可还是不行，因为走着走着，步行道也没了。最后只得上车再开回那个车开不过的隧道口，全体乘客下车步行穿过黑暗而悠长的隧道。司机用电话联系了另一辆班车在隧道那一头等着。这样前后折腾了一个多小时，还好我并不着急，因为仍有足够的时间能赶上火车。但是这样的事若放在别处，乘客不是要闹翻天了吗？令我惊讶的是，一车的乡亲们几无怨言。是这片千沟万壑、冬季严寒的土地造就了人们坚忍而包容的性格吗？他们真的是一群善良的人。

长途车抵达吕梁后，我转乘火车从吕梁前往延安，这段火车旅程将我从山西省又带回到了陕西省。

在革命圣地延安,我去了杨家岭,以一种十分崇敬的心情,参观了毛泽东、刘少奇、周恩来、朱德等共和国建立者们曾住过的窑洞和中共中央的大礼堂。

入夜后,延安东门和火车站广场,两处都有大叔大妈们在跳广场舞。延安的广场舞就是扭秧歌,人们举着花伞,摇着花扇,踩着鼓点,扭动腰肢。毫无疑问,这是一种快乐的健身方式。

从壶口瀑布到西安

从延安去壶口瀑布,每天早上有班车从延安经南泥湾前往,中午时候能抵达。

壶口瀑布是中国著名的景点,我在此停留了三个小时。黄河奔流至此处,突然在一处狭窄的断崖处跌落,激起层层水雾后,在切削出来的河槽中继续奔涌向前。此处激流跌宕的黄河和我在佳县到碛口段所看到的平缓的黄河景象迥异,就像根本不是同一条河一样。

大多数从延安乘车来壶口瀑布的游客都原车返回延安,而我买的是单程票,不走回头路。这一天没有从壶口瀑布去西安的班车,我很幸运地搭到了一辆从重庆来陕西旅游的自驾车,他们刚好要回西安,顺路把我带到了西安北郊的地铁站,我转乘地铁进入西安市区。

西安比起延安来要暖和得多了,而延安和榆林的气温差不多,黄土高原上的陕北地区对于我来说,感觉太寒冷了。

延安已是车水马龙,西安更是大得离谱。以前来过西安五六次了,兵马俑、华山、汉阳陵、华清池、西安古城墙、大小雁塔,该去的都去过了。这次不去别处,只去陕历博看看。国博、陕历博、上博齐名,都是中国最好的博物馆。陕历博展示的是古代中国周、秦、汉、唐四代的中华文明,拥有众多国宝级的宝贝。陕西历史博物馆门口一早就有很多人排队,排队的队伍中,不少是跟着旅游团来的,导游规定在博物馆只能逗留一小时。一个小时怎么够？我看了一天，腿酸得走不动，可仍觉意犹未尽。

从佛坪到汉中

从西安市汽车站坐班车继续往南进发，前往秦岭大山深处的佛坪县。班车开过一条条长长的隧道和几段土路抵达佛坪县城。陕历博里的陕西地势图，显示西安所处的关中平原夹在陕北和陕南之间，我这是才从黄土高原下到关中平原，又进入了秦岭山区。秦岭上，满山的树，是我喜欢的。

这么多树组成的密林，正是大熊猫的家园。人们常说四川大熊猫，其实陕西佛坪所在的秦岭深处才是全世界野生大熊猫密度最大的地方，数量超过上百只。

佛坪县的人口有3万，是陕西省人口最少的县，县城小但十分干净整洁。当地民风淳朴，每次询问点儿信息，都能得到耐心的解答。晚上吃个饭，土豆肉丝之外，再让餐厅老板加一小份手撕包菜，老板客气地说不用加钱。

和旅店的老板聊上几句，她说上世纪70年代时有上海知青来此，喜欢上这里，干脆落户定居此地。不过她很快话锋一转，说此地生态环境虽好，但并不富裕，县里几无工业。在县政府的门口有挂着"发展旅游"的横幅，西成高铁（西安到成都）途经佛坪，为这个宁静宜居的小城带来了不少游客。

在佛坪住了两晚后，前往下一站汉中。从佛坪到汉中，有两种班车，一种走高速公路，一种不走高速，我选不走高速的。班车在高山上的108国道行进，翻越秦岭。秦岭上茂密的绿树和夹杂其中的漂亮的红叶，是一道天然的绿色风景线。车行山中，一路空气清新，班车就在大氧吧中移动。

车窗两边的风景从陕北沟沟壑壑的黄土高原变成了陕南满山绿树的秦岭山脉，窑洞变成了斜顶小屋，民居外悬挂的既有陕北的一个个黄玉米，还多了一串串红辣椒。

我从西安经佛坪到汉中，坐了两趟班车，途中翻越了秦岭。秦岭是中国南北的分水岭，秦岭北面的渭河流入黄河，南面的汉江流入长江，分水岭的概念很好理解。

说说分水岭以北的黄河。前两天贴着黄河，在沿黄公路上走了一大段路，方向是由北至南，秦岭之北的黄河在陕晋边界的大峡谷里一直是南北走向，流淌到我以前曾去过的山西运城的风陵渡，拐了一个90度的大弯，才改成和长江一样的东西走向。然而，秦岭是中国的南北分界线，黄河不是，和秦岭差不多同纬度，比黄河更南一些的淮河才是。

下了大山，就又是平原地区了。从佛坪到汉中的班车，经过以朱鹮出名的洋县和人文历史悠久的城固县，抵达汉中市区。汉中如同西安一样，又是一个夹于两山之间的平原地区，当年刘邦就是在汉中称的汉王。

在汉中，我去了古汉台和饮马池附近的老街（东关正街）。古汉台就是刘邦的称王之地，汉中的"汉"字，源自汉江，刘邦在汉中称汉王，随后在和项羽的楚汉争霸中获胜，建立了汉朝。汉族又是中国的主体民族，这样推理，汉民族的名称由来和汉中说得上有渊源。

古汉台除了看建筑，还能了解古蜀道的知识，欣赏石门摩崖"石刻十三品"的书法艺术。蜀道难，难于上青天，古人开凿蜀道不易。七条蜀道，四条过秦岭，分别是子午道、傥骆道、褒斜道、陈仓道；三条过巴山，分别是荔枝道、米仓道、金牛道。我过秦岭的路线，走的是傥骆道的走向。

石门摩崖的石刻则是国宝。石刻上的字是东汉时期的汉字字体，《辞海》两字的隶书体就出自其中的一块，而曹操在石刻上写的"衮雪"两字据说是他仅存的墨宝。

昭化和阆中

出陕入川，原本计划从汉中翻越米仓山，去光雾山（四川省巴中市南江县）看红叶。但从汽车站得到的信息是山路在修，那条路暂时不通，所以没有班车开行。我改变计划，决定先去广元，从汉中直达广元的火车一天只有一班，而且是半夜的火车。我采用了一个折中的办法，先坐晚上7点多的火车，坐两站到中途的阳平关，在火车站附近的旅店住一晚后，换成第二天早上的另一个方向而来的火车，坐一站到四川广元（昭化）。因为阳平关是铁路东西线和南北线的交叉点，在这里换车，车次较多。

第二天早上从阳平关到广元（昭化）的火车，走的正是古蜀道中的金牛道走向。火车开出一个小时后，在左侧看到了明月峡栈道，栈道是金牛道的一部分。远远看去，紧贴山崖的栈道，能让人感受到当年开凿蜀道的不易。

中午前抵达昭化古城。昭化曾是诸葛亮六出祁山伐魏的指挥中心和物资储备基地，也发生过城墙根下张飞挑灯夜战马超的战斗，所以昭化的特色就是三国文化。不过，如今看到的昭化城墙建于明清时代，昭化城内也有不少明清古建筑。

昭化的下一站是阆中，从宝轮坐班车抵达。在小城阆中，颇为意外地遇到了一些外国游客。阆中，这个连很多中国人都没听说过的城市，在国际背包客中却小有名气。中国四大古城，最为人知的是云南丽江和山西平遥，而另外两个则是安徽歙县（徽州）和此处的四川阆中。以前，我已经去到过另三个了。

阆中古城里的客栈，有不少是直接开在当地居民的四合院中的，我就住在其中的一家。客栈的墙上挂着一幅山水画，画上写着阆中建县于战国时代的秦，秦惠文王后元十一年置阆中县，算起来距今已有两千三百年。阆中在四大古城中，历史悠久度排第二，仅比山西平遥的两千七百年晚四百年。

在感受古城之前，先感受了一下气温。这一趟旅行，在起点的陕西榆林，我穿上了薄羽绒还觉得冷，离开陕北到陕南后，就感觉热了，下午的气温都在20摄氏度之上。再往南，出陕入川之后，昭化和阆中城里木棉花开，虽然已是10月下旬，不少当地人还只穿一件短袖。

"书上得来终觉浅,绝知此事需躬行",小时候学地理,从课本上知道秦岭是中国的分水岭,也是中国的南北分界线。可只有自己穿越一次秦岭,才能亲身感受南北的不同,首先第一点就是气温的迥异,然后再亲眼看看分水岭两边的黄河和长江两大水系。

在陕西和山西看黄河和渭水,进入四川后,嘉陵江就不时在眼前出现。坐火车经过的广元明月峡附近就是一段嘉陵江峡谷,叫作朝天峡,而从广元的桃轮镇坐班车南下到阆中,一路上碧绿的嘉陵江不断在高速公路两侧出现,时而在左,时而在右。再往前到重庆,将会看到嘉陵江汇入长江。

早上起来,在古城里走走,浓浓的人间烟火气扑面而来。街上的地摊摆放着小白菜、橘子、水萝卜,每样都码放得整整齐齐。还有散放的红薯、蘑菇、香菇,和箩筐里的五色杂粮和蒜头。古城沿街遍布早餐店,面皮、米线、稀饭、包子,各种都有,食客最多的一家卖的是羊杂碎面,坐满当地人,连一个空座都没有。

阆中的土特产有三种,分别是牛肉、蒸馍和醋。牛肉冠上张飞的大名,一大块一大块的牛肉在街上的店铺里随处可见,第二种土特产白糖蒸馍在以前可是用来进贡京师的贡品,而飘散在城里各个角落的醋的香味则来自著名的保宁醋。保宁醋由晋商传来,但没有山西醋那么酸,而是略带甜味。保宁两字是地名,元代以后,阆中是保宁府的府治,所以阆中出产的醋就被称为保宁醋。

阆中又以风水文化出名,阆中古城为山水所环抱,在风水上是绝佳。风水讲究的就是与周围环境的和谐。

重庆

离开阆中,乘长途汽车到蓬安县做短暂停留,蓬安是汉赋名家司马相如的故里,也是看嘉陵江中游段两岸田园风景的好地方。一天后,继续乘长途汽车往南到广安市,广安是一代伟人邓小平的家乡,怀着感恩之心参观了小平故居和纪念馆后，我从广安乘火车抵达山城重庆。

重庆依山而建，是名副其实的山城，两条在地图上是邻近且平行的路，却可能有着巨大的高度差。重庆城的交通是立体的，电梯也是公共交通工具之一。我从菜园坝去曾家岩附近的中国三峡博物馆，最好的办法是乘坐两路口电梯，再换乘轻轨。这比起极有可能被堵在路上的坐汽车，所耗费的时间要少得多。

重庆的轻轨建得好高！列车贴着树梢行驶，而且还是时上时下、高低错落的，乘坐轻轨就像是在乘过山车，只不过没有过山车那么快就是了。轻轨车站也大多建在高处，刚到重庆的那天，在佛图关站下车，从车站一路走下来走到路面，走了好长一段路。像两路口电梯那样，电梯作为重庆的公共交通工具，的确有它存在的理由。

两路口是重庆轨交1号线和3号线的交叉点，早上8点半，我来到轻轨车站，只见站内人山人海，工作人员动用不锈钢栏杆分割人流维持秩序。即便如此，排队的人也要等上三四辆车，才能乘上一班。我一看，反向乘坐的人不多，干脆乘反方向的轻轨过长江，来到前一站铜元局站，再乘回来。在轻轨上两渡长江，看看风景也不错。

到了三峡博物馆，没想到正逢星期一闭馆。于是就在三峡博物馆的附近游览了重庆人民大礼堂、曾家岩周公馆、国共重庆谈判后双十协定的签署地桂园、民主党派历史纪念馆等。这些都提醒我，重庆在中国近代史上曾是一个重要的城市。

赤水

重庆的下一站是贵州的赤水市，赤水是我一到就喜欢上的城市。悠悠的赤水河穿过市区，河对岸的近处是浓密的竹林，远处是连绵的山。抵达时已近傍晚，火红的夕阳从山头落下。

抵达赤水的第二天去华平村的红石野谷。赤水以丹霞红石景观而被评为世界自然遗产地，红石野谷是其中的一小部分。乘班车在华平村下，步行进入野谷，只见竹林和桫椤相伴而生，湍急的华平河河水清澈，再走几步就听到了瀑布的水声，山谷里有大大小小的瀑布。要说瀑布的规模，世界上哪儿的瀑布都没法和我已经去看过的南美伊瓜苏大瀑布和非洲的维多利亚大瀑布相比。但贵州的不少瀑布是另一种美，比如红石野谷中的这些，犹如小家碧玉，秀美可人。

这个季节游人不多，山谷里幽静得很。爱在清澈溪流边栖息觅食的红尾水鸲不时翘动着尾巴，红蜻穿梭，凤蝶翻飞，我拉足照相机的长焦镜头，把它们一一拍下。那只凤蝶还把我的视线带到了一朵兰花上，兰花盛放着硕大的花朵，散发出阵阵沁人的幽香。真的就是空谷幽兰呢，若没有那只凤蝶的指引，我怎能找到这朵美丽的兰花？

一路登山，来到山顶，意外地看到了农田。一块地里插着绿油油的秧苗，另一块地里，一位农妇在挖红薯，挖出来一堆。我驻足和她聊上几句，她说以前吃不饱的时候尽吃红薯，现在大米都吃不完，红薯反而吃得少了，但种还是种的。我问她家的土坯房盖了有多少年了，她说有三十年喽，冬天住土坯房很冷，只是早已习惯了。

经过山顶上的好几户人家，走了好长一段路，终于来到了丹霞红石的面前。夕阳斜照下，红色的石壁越发显得醒目，从红石的顶部有淙淙细水流下，好似珠帘。

赤水有好些景点，大家都说红石野谷不是最漂亮的，论瀑布没有十丈洞（赤水大瀑布）的大，论丹霞红石没有佛光岩的壮观，论竹子和桫椤没有竹海桫椤公园的多，但我觉得在红石野谷，这些也都有了，更吸引我的是溪边的小鸟、山谷里的兰花和各种昆虫。

所以第三天我又去到红石野谷。发现那朵兰花绽放出了更多的花朵，昨天还是一两朵，今天是五六朵呢。爱在瀑布边出没的鸟儿，白顶溪鸲身负绝世轻功，在近乎垂直的陡壁上跳来跳去，一点儿不担心会被瀑布水冲下去；红尾水鸲则把肚皮贴在浅水的水面上，扭动着身躯，快乐地洗澡。一瞥眼间，水边出现了一只广斧螳，它不紧不慢地移动着，偶尔还转过三角形的绿脑袋看看我，然后躲进了阴暗的岩石下。在这里一待又是一天，山谷中充满着野趣。

泸州

四川泸州和贵州赤水紧挨着，过了赤水河就是泸州的九支镇，我从九支镇乘班车前往泸州市区。

泸州最出名的当然是泸州老窖，国窖1573的广告耳熟能详。离市中心不远的江阳路和三星街的交叉口就是老窖的所在，隔着老远就闻到了酿酒的酒香。第二天早上，我特意进到酒厂，去看看那几口明清老窖。泸州老窖和大多数白酒一样，以高粱酿造，冬入窖，春出酒，不同的是，那几口老窖能让入窖的酒产生更多的微生物（据说有700种之多），而泸州老窖的浓香就出自这些微生物。

再说说我品尝过的两种泸州的美食吧。一种是泸州白糕，我在一家老店买了吃，果然好吃，白糕松松软软的，带着甜味。另一种叫猪儿粑，多可爱的名字，就在泸州白糕店的隔壁店里有售卖，猪儿粑是用糯米裹着猪肉蒸出来的小吃，味道特别鲜美。

在泸州城里，我还看到挂着名小吃牌子的宜宾素燃面馆。想着不去宜宾了，就在泸州尝尝吧。这宜宾燃面可真是令人印象深刻，我还没吃上几口，那辣味和麻味就已经充满我的整个口腔，实在不能吃辣的我，最终也没能把一碗吃完。倒是晚上，泸州城里街上的夜排挡，又让我尝到了鲜味。我吃了一碗砂锅，里面有米线、番茄、菌菇、海带，砂锅的汤鲜极了，听说是用大骨熬了很久熬出来的。

泸州是沱江和长江的交汇点，早上的时候，我在泸州的滨江路上漫步，并登上东关。长江江面上弥漫着薄雾，太阳在雾中慢慢升起，人们在江边舞动太极剑，做着早锻炼。泸州景点不多，但有美酒和美食，足矣。我在此停留了两天后，从泸州机场飞回上海（两个半小时航程，1900公里），结束了这趟旅行。

这趟旅行，以大漠边关的陕西榆林为起点，在川南酒城泸州收尾。

我从黄河流域穿行到了长江流域，渡过了黄河、渭水、嘉陵江、长江、赤水河和沱江；看了黄土高原、壶口瀑布、秦岭山脉、丹霞红石、竹林桫椤；去到了革命圣地延安、小平故里广安、司马相如故里蓬安，以及碛口、昭化、阆中、大同（赤水）等古城古镇。虽然这一趟旅程不长，但足迹踩到了陕西、山西、四川、重庆、贵州这五个省份的11个地级市，尽管这些省份以前都去过，可不少城市还是第一次去到。

第二十四章　中国广东海南之行

潮州市和揭阳市

　　潮汕地区不是第一次来，以前去过汕头市和南澳县，在南澳岛上做过六天的业余无线电远征通信。这次再来潮汕，就只到潮州和揭阳两市，然后去客家地区的梅州、河源、惠州三市。

　　广东比上海暖和多了，11月11日，气温27摄氏度，紫红色的三角梅在街头盛放。潮汕地区现在正是旱季，也是一年里最舒爽的时光。和煦的秋日照得人暖洋洋的，我穿一件衬衫刚好，而当地人还穿着短袖T恤衫。

　　我还记得几年前去汕头时，人们排队买盒饭的情景，舌尖上还留存潮汕美食的记忆。今天中午吃饭的点儿，潮州市区西湖边的餐馆前，一样挤着很多人，店家四五个人一起忙碌着，勺子翻飞，以惊人的速度按照客人的不同要求，打好一份份盒饭。这样的盒饭美味又实惠，我大概要了四五种菜，虽然每一种菜的量都不多，却居然只要10元！

　　潮州市区南面20多公里处，有一座龙湖古寨，午后去那里看看。龙湖古寨从南宋建寨至今已有千年历史，寨子里的主街叫作直街，我沿着直街的青石板路，走2公里，从寨子的北门走到南门。

曾经看过中国各地不少古城、古镇和古村，龙湖古寨的特色在于房屋和祠堂建筑上保存着完好的彩绘。龙湖古寨一点儿也不商业化，充满着生活气息。寨子里的每一栋古旧房子里都有人居住。房屋敞开着的大门后都有一个木屏风，然而屏风并不把视线完全挡住，能见到人们洗菜做饭的场景。

古寨挨着韩江边，出了寨子，我就在韩江边的青石上坐会儿。阳光下的韩江水碧绿，看上去未被污染。江对面是绵竹林，而这一边生长着芭蕉树和榕树。江面上有燕子轻灵地飞舞，啼叫的小鸟隐身林中。

回到市区，我在潮州老城里，一路从开元寺走到广济门城楼，眺望了城门外韩江上，由东西廊桥（有楼阁）和十八艘浮船连起的，有着八百多年历史的著名的广济桥，再到学宫和驸马府。走上这一大圈，看了很多老建筑，感受更深的则是文化。在老城的街道边，我见到写喜帖的店铺，打紫铜壶的铺子，凿木雕的工匠。这些都是传统的东西，而潮州人认真地固守着。

街上还有不少卖潮州特产的店铺。潮州有三宝，分别是黄皮豉、老药桔和老香黄，这三样的食材分别是黄皮果、金桔和佛手果，药食同源。做成蜜饯后，口味酸酸甜甜，会让人吃上瘾。

潮州菜名闻天下，潮州街头多的是餐馆，既有高档的鲍翅和老鹅头，更有街头平民化的牛杂猪尾，样样都烹调得入味好吃。

第二天一上午我就待在潮州的西湖公园，这是我非常喜欢的一个地方。潮州西湖边有一座葫芦山，在山腰上有一圈步道，步道两边树木葱郁，走起来心旷神怡。山间的空地上有人练功，练的是八段锦。我驻足看了一会儿，还和其中一位老者聊上了。

他听说我来自上海，便说起他相识的潮州人在上海做房地产生意，是个大老板，平时长居上海，但每年冬天的时候必定有两个月回到潮州，也经常来西湖公园。这老板当年从单位辞职，下海经商，扎实肯干，而老婆很慧（慧是贤惠的意思吧），有着双硕士的学位，对企业管理有方。

潮州人善于经商，天生有经商头脑，出了非常多的成功商人，他们还在家乡潮汕地区捐资修建了不少学校和医院。

潮州人读书也很厉害，南宋和明清两代，潮州出了很多状元进士，因此在潮州老城里有很多状元第和进士第的老宅子。

和老者聊到潮州最著名的美食，他很自豪，说但凡有烹饪比赛，潮州的厨师总得第一名。怪不得连潮州街边的盒饭都做得那么好吃！

下午，我坐火车从潮州到揭阳。揭阳和潮州一样也有老城，老旧的房子和狭窄的骑楼，看起来数十年乃至上百年都没有过任何改变。下午4点放学的时间，妈妈们骑着机车来接放学的孩子，把揭阳老城里的小巷挤得水泄不通。揭阳街上的摩的和三轮对游客的搭讪远没有潮州那么起劲，因为比起潮州，来揭阳的游客相对较少。

揭阳老城里的几个景点，包括城隍庙、学宫、进贤门，都在离着不远的地方。揭阳的城隍庙香火很旺，很多本地人来这里跪拜、敬香、添油，非常虔诚。丁日昌纪念馆离着城隍庙稍远，在那儿看到揭阳的民俗展览。通过实地观察和看展览，感受到潮汕地区的人们非常重视传统。

梅州市

从揭阳来到梅州，就离开了潮汕地区，进入客家地区。当然这只是广东的客家地区，广东周边的福建、江西、广西都有客家聚居地。广东的梅州，则被称为客家文化之都，这一带是客家人口最多的片区。梅州市有一个中国客家博物馆，我去参观后，对于客家人的历史有了更深刻的认识。

从语言上分，汉语主要有八大分支，如今的普通话其实是以八大分支里最大的一支——北方话为基本，而八大分支里另有粤语、吴语、闽语、闽南语等，也包括客家话这一支。客家人同样也是汉族，是汉族的一支。

来到梅州，听不懂客家话很正常，这就像北京人听不懂上海话（吴语的一支），上海人听不懂广东话（粤语白话）。梅州的公交车上有普通话和客家话两次报站，对比着听，可以听出普通话和客家话的相似和不同。

客家人性喜安定，历史上客家人曾有五次由北向南的大迁徙，皆为了躲避战乱和纷争。他们迁徙后，择一地安居乐业。客家人在近现代涌现出了许多杰出的人物，比如孙中山、朱德、叶剑英等都是客家人。

客家博物馆的边上，还坐落着匾额博物馆和黄遵宪的故居"人境庐"。黄遵宪是梅州人，是晚清时有名的外交家、诗人，参与了戊戌变法。

客家博物馆这一带叫作"小溪唇"，尽管是梅州的市中心，仍保留着客家的老屋群。每一栋客家老屋前都有一个池塘，池塘里有鸭子或昂刺鱼游动。

客家人重文，修建了很多书院。在博物馆的对面，有一座状元桥，桥边三棵木棉树，著名的东山书院就在这儿，是叶剑英元帅上过学的地方。走进书院，见到有一群小孩子坐着，书院里的老师正在教他们读书院里贴着的对联，读完对联后，让学生们一起起立，请这些学生的老师们站在学生的前面，接受学生们的一鞠躬和"感谢师恩"的谢辞。这些小学生走出书院时，我注意看了一下，他们手上拿着《弟子规》，校服前挂着香港保良局某小学的牌子。原来是一个来自香港的游学团，他们来到重视传统的客家地区边游边学。

在客家博物馆看了关于客家人围屋样式的介绍后，我从东山书院坐公交车出城，到达梅县，原来的梅县现在叫梅县区。我在梅县区的侨乡村看了南华又庐和承德楼这两座围屋，两栋围屋都是五凤楼的样式。五凤楼一般在中轴线上有三进建筑，再加上左右横屋，取名"五凤"则是和吉祥的凤凰有关。我以前在福建的南靖县也看过土楼，比如后来被评为世界文化遗产的"四菜一汤"田螺坑土楼群，其实那也是客家围屋的一种。

龙川县

从潮州开始的粤东旅行都是坐火车，从梅州站继续搭上火车，来到龙川县。进入龙川县城，第一观感，县城的马路不宽，却车多人多，路两边还停满了小汽车，时常发生公交车开不过的情形。龙川不是我想象中的客家山区里小县城的模样。

龙川的气温比起潮州来，要低不少，这里是山区了。傍晚时分还下了一场中雨，街上没有人穿着短袖，穿着外套的人更多。

县城所在的镇叫老隆镇，第二天从老隆镇坐乡村公交去不远的佗城镇。佗城才是老城的模样，这里是以前的龙川县城，现在被叫作佗城古镇。镇子的确很小，老城墙的周长才1公里。西门外的苏堤早已看不出堤坝的模样，"三苏"之一的苏辙被贬时，曾做过龙川县令，当年的苏堤即由苏辙下令所建。

比苏辙更有名的龙川县令是赵佗，这是佗城名字的由来。赵佗是秦朝时的大将，河北人，被秦始皇派遣，率军平定了南越。南越归为秦朝的疆土后，赵佗做了首任龙川县令，县衙就在佗城。后来，赵佗又接任了秦朝南海郡的郡尉。秦始皇取消分封制，建立了郡县制，从县令到郡尉，赵佗是升了官。后来秦末乱世，赵佗割据称王，建立了南越国，也就是粤（广东省）的前身。龙川是赵佗的龙兴之地，佗城的古迹都与赵佗有关，有南越王庙和越王井等。

佗城里最有气势的建筑是学宫，也就是孔庙。学宫的大成殿建于清代康熙年间，在这座有两千多年历史的县城里是保存最完好的一栋古建筑。县城的城墙还能看到的部分建于明代，但在历史的沧桑中，只剩下不到半米高的一小段。

走在佗城的中山街上，闻到一股油香。在一家榨油店里，一桶桶花生被剥壳后倒入榨油机里榨油，现在正是落花生收获的季节。

再往前走，看到饭店里的师傅正手工做着美食，这种小吃，外面是黄嫩嫩的油炸豆腐皮，里面是草鱼肉和萝卜丝混合起来的鱼肉浆，名叫豆腐丸，是佗城特产的一种。

佗城特产的美食还有香信和卷春，师傅把一托盘豆腐丸往烤炉里放，将刚做熟的两托盘香信和卷春取出。我买了些刚出炉的香信尝尝。香信的名字好听，外观也好看，一小块香菇点在扁状的鱼丸上，鱼丸的原料也是草鱼。卷春则是黄色的鸭蛋蛋皮里裹着鱼肉，反正都以鱼肉为食材。

这两种美食的名字只用了短短两字，却含着香和春，由此美食也有了诗意。我拿上一个春信入口，感觉非常鲜美，口味不咸不淡刚刚好。来到广东，美食是少不了的。这两天早上吃的都是现蒸的肠粉，刚从蒸盘里取出，蘸少许酱油，配上鸡蛋和几片生菜，非常好吃！

然而，在佗城看到另一家饭店门口有收购活狗的牌子，一只被剥了皮的狗正在被清洗，看到这个就不知说什么好了。

在佗城看到很多祠堂，各个姓都有。街道上贴着红报，是镇上捐助县篮球比赛的名单，2万多元的捐款出自镇上20多个姓氏，从红报上也能看出这个小镇姓氏众多，而不是像浙江的村落那样一个村镇同一个姓。相传赵佗领秦军平定南越后，上奏秦始皇派上万名女子来和镇守此地的北方军士通婚，这些客娘和军士的后代在此繁衍至今，因此形成了佗城的百家姓。

在佗城镇，遇到几个从县城老隆镇骑行来此游玩的高中生，他们是县里最好的高中龙川一中的高二学生。这些高中生和我一起合影，还聊了一会儿，他们也喜欢旅行，想着将来去更远的地方。

中午回到县城，路过隆师中学，只见宿舍楼的阳台上挂满晾晒的校服。听说现在不仅高中生，各乡镇的初中生也都集中到县城住读了，他们离开父母身边，独立生活的能力得到了锻炼。

河源市

离开龙川县后的下一站是河源市，在龙川火车站买了一盒牛筋糕，作为点心带在路上。这糕点和牛筋没啥关系，食材是糯米、麦芽糖、陈皮和花生油，吃口香甜。

这趟火车和前天坐的从潮州到揭阳的是同一班，从汕头始发，终点是广州。这段铁路叫作广梅汕铁路，一路上，铁轨两边的风景，包括稻田、池塘、丘陵和客家的围屋。秋日的阳光下景色宜人，是一段令人愉快的火车旅行。

河源市是广东客家地区三个地级市中，地处中间的一个，龙川县也隶属于河源。比较起来，河源市区所在的源城区没有潮州、揭阳、梅州的老城氛围，是一个中规中矩的中等城市，比龙川县城要大得多。

离河源市区10公里处有一个景点叫万绿湖，是一个和浙江千岛湖一样，因水坝截流而形成的人工湖，原来的丘陵山头都成了人工湖中的绿色岛屿。万绿湖面积很大，骑车环湖都要两天。本来计划去湖边看看，后来决定放弃。

早上吃了一份蒸米线、一小碗猪红猪肉粥和两个粗粮包。早饭后在城里闲逛，路过一个菜市场。菜市场里除了各种蔬菜，水果摊也占了很大的地盘。客家地区地处广东的亚热带山区，出产大量水果，并且价格便宜。这一路上，橘子、香蕉、猕猴桃、板栗、百香果就没少吃。

过了菜市场，来到了西门湖的南端。周日的早上，当地人在石凳上聊天打牌，说着我听不懂的话。我就坐在榕树的树荫下看对面的石拱桥上车来人往。这里一点儿也不嘈杂，到早上10点，打牌的人就散了，只剩下榕树上的鸟儿叽叽喳喳。微风吹过，湖面上波光粼粼。这几天除了在龙川住的那晚下了一场阵雨，基本晴天，粤东地区的天空总是蓝蓝的，没有雾霾的问题。

惠州市

惠州是个大城市了，看看马路有多宽就知道了。惠州虽然仍是客家地区，但已接近珠三角，和深圳、东莞、广州比邻。感觉上比起东面的梅州来，客家的气氛已经没有那么浓了。在惠州的餐厅里，客家话、粤语白话和普通话都能听见。

惠州也是一个以美食出名的地方，讲究食材，讲究烹饪。第一天晚上点了一个客家酿三宝，肉糜分别塞在茄子、豆腐和苦瓜里，浇上点儿酱油。因为觉得好吃，吃到一半，又让老板每样各多加了一块。第二天中午，吃了一个冬菇滑鸡荷叶饭，荷叶包着的米饭有一股淡淡的清香。另外惠州还有各式煲仔饭和叉烧饭可以品尝，都非常好吃。

惠州最出名的景点是惠州西湖,这个西湖够大,潮州和揭阳的两个西湖都和这个没得比。感觉惠州西湖和杭州西湖在面积大小上相仿,并且,惠州西湖和杭州西湖都和苏轼有关,苏轼在惠州和杭州都做过当地领导。

在去惠州西湖之前,我先骑着自行车去了红花湖。在河源时没有骑行万绿湖,是因为万绿湖太大,惠州的红花湖就小多了,环湖的骑行绿道18公里,骑一圈也就一个小时多一点点。

在惠州,运动蔚然成风,跑步骑车的人尤其多。四周被小山环抱的红花湖就是一个受欢迎的地儿,每到周末,来此地运动的人特别多。靠近红花湖路口的地方有超过20家租自行车的店,10至20元就能租到21速的山地车,可以骑一整天。我也租了一辆山地自行车,骑行于红花湖。红花湖入口处有几个连续陡坡,进去后在5公里处和最后1公里处还有两个较大的陡坡,这些地方必须下车来推车。除此之外,大部分路段都是坡度不大的平路,转弯路段的路面还有侧弯垫高,骑起来很舒服。沿路播放着舒缓的音乐,是一个边骑车边放松身心的好地方。

惠州的城市绿化率很高。我住在惠州八中附近,从房间窗口就能望见小山上绿色的树。下午骑车去城市另一头的惠州西湖,更能感受到惠州优美的环境。清澈的蓝天衬着惠州西湖的湖色,傍晚时晚霞瑰丽,又有上百只野生的普通鸬鹚飞在空中。

今天没少和人聊天。中午在红花湖时,一个骑车的小伙在湖边的亭子里让我帮忙给他拍照,然后就聊上了。小伙19岁,在惠州市隔壁的深圳市的一个量贩式KTV里打工,做了快两年了。他初中毕业后就没再上学,进入社会后,说他自己这两年没赚到什么钱,却长了很多阅历,KTV前台的接待工作让他接触到了形形色色的人。我问他怎么没继续读高中,他说他也后悔,怎么就没把书读下去,掐断了一条路。他老家在广西桂林城里,读初中时迷上了电脑游戏,天天晚上去网吧玩到很晚,到了白天上课时就没精神,学习成绩自然好不了。因为读的初中是住读,父母也不知情,知道后开始干预,他就叛逆。他说那时候脑子里整天想的就是电脑游戏，现在反而不想玩了，觉得没有什么意思，但人生道路已然改向。

晚上在惠州八中附近的餐馆里吃饭，和餐厅老板聊天。老板很年轻，他和他老婆两个人都是河源市的客家人，一个是龙川县老隆镇的，一个是边上和平县的。我说我刚去过老隆镇，谈了谈对老隆镇的感受，并夸赞和平县的猕猴桃好吃，于是我和老板夫妇很快热络了起来。一拨客人之后空闲下来，就开始和我聊他们的生意经。夫妇俩在深圳打工时相识，在工厂打工累怕了，由老乡介绍开起了餐饮店，可以前并没有搞过餐饮，一切还得从零学起。他让前任老板带了他十多天，学了做肠粉的手艺，而小炒是在农村家里时就会，又自己摸索了一阵。最常被点的是腐竹炒肉，因为龙川县车田镇的腐竹很有名。还别说，腐竹炒肉的味道真不错。另一个招牌菜则是隆江猪脚。

干餐饮这一行其实很辛苦，夫妇俩早上4点多就起来准备早餐的生意，自己用大米做米粉米线和肠粉，还做各种营养盅汤，中午和晚上主营炒菜。因为早上起得早，每天下午2点都会关店两个小时，午睡一会儿，下午4点再开，晚上10点关店。三个月前，夫妇俩才刚接手这家餐厅，每月交店面租金3000元，还要支付早市帮工的一个伙计的工钱，因为周围餐馆不少，竞争激烈，所以生意算不上太好，早起晚收也赚不到很多钱，只是维持个生计。比起以前在工厂打工，夫妻俩感叹做哪一行都不容易，餐馆若能开得下去，他们就打算在餐饮行当里一直做下去。

在惠州的第二天又是一个晴朗的好天气，早上再去惠州红花湖骑行。去之前先去河源市夫妻俩开的餐厅吃早餐，要了一个蒸肠粉和一个茶树菇排骨盅汤。我吃早饭的时候，小夫妻也忙里偷闲吃点儿米线，不过这已经是他们今天的第二顿了。

和我同桌坐了个1岁大的小娃娃，被妈妈抱着，也爱吃肠粉。他妈妈是边上惠州八中的老师，来自江西吉安，教初中语文。八中是惠州一所市属重点中学，初中高中在一起，学生主要来自惠州城区，既有走读也有住读。餐厅老板说学生也是他们的客源之一，不过早上一般不来，都情愿在宿舍的床上多赖床几分钟。

第二次到红花湖的入口,早锻炼的人们已经在往外走,有些手上还挂了个游泳圈。红花湖是个锻炼的好地方,有人在湖里游泳完了还接着跑步,如果再加上环湖的18公里骑车,这不就是铁人三项了吗?

深圳市

11月中旬,这两天惠州白天的最高气温有29摄氏度,下午在惠州西湖边骑着车就出汗了。一个月前在西北,穿着薄羽绒,现在来南方旅行,短袖又带少了。

惠州去深圳的火车一般从惠州站(北站)出发,但离市区最近的是惠州西站。惠州西站比较奇葩,一天竟然只有一班火车,就是我坐的Z147那一趟。惠州当然有动车站,但是惠州南站离市区较远。

在惠州西站,我遇见一个小伙子,他从深圳出差来惠州,来时动车坐到惠州南站,打个车到市区用了一个多小时,打车费150多元,回去的时候也选了这班从惠州西站出发的普通列车回深圳。一个城市有好几个火车站的,非常有必要事先确定一下各个火车站的位置,以及实际需要的时间。这是旅行的智慧之一。

先下后上,在惠州西下火车的人可真不少,他们竟然还穿着棉袄!这趟车的始发站是河南郑州,终点站是深圳东站。河南的气温已经降到了10摄氏度以下,而广东的气温却有30摄氏度。河南是中国人口第一大省,一个省的人口过亿,而广东是中国经济最发达的地区之一。火车连接着这两个相互需要的省份。

从惠州西到深圳东有97公里,一站直达,用时一小时零八分钟。这趟旅行,深圳我只是路过,留了半天时间到深圳市中心的荔枝公园附近转转。这里有深圳的地标性建筑——京基100和地王大厦,京基100是深圳的第一高楼。走进荔枝公园,看到许多荔枝树,许多有年头的荔枝树。荔枝生南国,在没有飞机火车的年代,杨贵妃嘴馋的荔枝要用马匹从广东过四川，经由蜀道运到长安，真可谓路途迢迢。

从市中心去往宝安机场时，正好是下班时间，地铁里非常拥挤。深圳是一个移民城市，三十多年的时光从一个小渔村发展成了中国最大的城市之一，人口超过了 2000 万。

和我同一班火车从惠州来深圳的小伙，家乡是湖南郴州。在火车上聊天时，他告诉我他在深圳的一家公司里做品管工作，孩子今年 4 岁，和妈妈待在郴州老家。他和妻子目前两地分居，打算到了孩子上小学的年龄后，和妈妈一起来深圳，在深圳接受九年制义务教育。

他的工作一直在电子行业，在中山和东莞都做过。说起前些年广东珠三角有不少电子行业工厂关门，他认为和这些工厂位于产业链低端有关。因为更低的人工成本，不少工厂转移到了东南亚和南亚。他所在的公司则往智能化发展，在今年双十一之前生产出了第一批儿童手表。用强大的语音识别功能实现家长远程提醒和外语翻译等功能，这款儿童智能手表还能打电话，带有 GPS 定位等功能，便于孩子和家长联系。深圳的华强北很有名，创客们在这里发挥才能。当然，创业不易，他自己曾尝试一年，但未获成功，于是重新应聘进入了一家公司。

目前在深圳打工的他年薪 20 万，不过面对深圳高企的房价，暂时还没有在深圳买房安家的打算。

文昌市

从深圳飞海口的飞机误点了。前面十来天，我在广东东部地区七个城市之间坐了六趟火车，K 字头、T 字头、Z 字头的绿皮火车，全部准点运行。我挺喜欢坐火车旅行的，每天坐一个小时左右的火车，舒适度也刚刚好。

当然，从深圳到海口，坐飞机要比坐火车合适。过琼州海峡的火车不是没有，但是得绕到广东西部的湛江。珠三角的大多数城市和广东西部的湛江，我以前都去过了，所以这次的广东行只走广东东面这一块。

另外，我手上还有中国国航的1万公里里程，是去非洲时，坐埃塞俄比亚航空时积累下的，很快就要过期。深圳航空、中国国航、埃塞航空都同在星空联盟，所以刚好乘坐深圳航空的航班把里程用掉。上次用积累的里程换星空联盟的免票已是三年前了，换的是从四川成都到西藏昌都的国航机票。

误点两个多小时的飞机在晚上10点多钟才到海口美兰机场，而最后一趟从海口美兰机场去文昌的21点40分的动车已经开走。这样，我的计划被打乱了。错过了最后一班火车，那我是不是还得坐机场大巴进海口市区呢？此次海南之行，我并没有把海口列入计划。以前出差时来过海口，高楼林立的海口说不上特别吸引我。我决定就在美兰机场附近找旅馆住下。

第二天，我乘坐从美兰机场到文昌的第一班动车，动车早上9点45分出发，到文昌后不在市区住，而是前往海边。

我先来到月亮湾，这里有绵长的海滩和细白的沙子，远处是浮现在海平线上的七洲列岛。不过这里只有新建的别墅和高楼，却没有客栈和餐饮，中午想找个吃饭的地方都没有。

离开月亮湾最近的城镇是龙楼镇，在镇上住也是一个选择，至少吃饭不成问题。我曾经在海南岛做过一次业余电台海岛远征通信，那时选择的是琼海市的博鳌镇，小镇的生活还是很方便的。

不过龙楼镇不靠海，我又转乘公交车到了东郊镇，最后选择了海边的建华山村住下，那里正是文昌东郊椰林的所在地。海滩边的椰林里搭着不少尼龙吊床，白天可以躺在吊床里睡觉发呆。

今年文昌特别暖，白天的气温有30摄氏度，村民说往年11月下旬的时候要穿长袖，可今年还穿短袖。虽然还有点儿热，但只要不在太阳下晒着，躲在树荫下就很舒服。要说明的是，文昌究竟不是三亚，冬天最冷的时候，文昌的气温会降到10摄氏度。文昌也是夏天时台风可能登陆的点儿，前一年的两个大台风把村里的一些老房子屋顶上的瓦全刮走了。

文昌的椰林湾很安静，有些游客来椰林湾转一圈就走，嘟囔一句就这么点儿椰林啊，不值得来看。其实他们不知道这里椰树确实多，文昌拥有海南岛一半以上的椰树，而文昌的椰树又主要集中在东郊镇。我得到村民的指点，上到一个八楼的楼顶平台，登高举目四望，四面八方百万株椰树的壮观景象就尽在眼中了。这幅美景图中除了椰林、海湾、沙滩和渔港，还有远处海拔300多米高的铜鼓岭、连接文昌市区的清澜大桥和对岸清澜湾的高楼。

在村子里遇到几个从东北、从四川和重庆来文昌过冬的人，他们刚来没几天，说是才安顿好，准备在这里待上三四个月。村里有卖菜的地方，可以自己做饭。

还遇到几个意大利人，他们是来村里学习中国气功的，在这里待两个星期。意大利人的英语不怎么行，而我只会说意大利语的谢谢和再见。交谈中，我好不容易才从他们说的英语"自我治疗"猜想到了气功，再一打听，村里果然有气功班。

说起欧洲的语言，尤其是南部的几个欧洲国家，意大利语、法语、西班牙语、葡萄牙语都差不太多，同属拉丁语系。英语的很多单词也来源于拉丁语。比如英语的 important（重要的），在意大利语里是 importante，拼法几乎一样，只发音有区别。欧洲地域太小了，所以一个欧洲人会欧洲几国语言也没什么特别了不起，其实就是汉语里潮汕话、客家话、白话、海南话的区别。真要让一个欧洲人把中文或日文说完美了才牛逼呢。题外话，只是有感而发而已。

琼中县

以前来过海南四次，都没有走过海南的中线，这次只走中线，穿过海南中部地区。我先从文昌市坐班车经定安县和屯昌县前往琼中县。

琼中县的县城所在地，叫营根镇，位于百花岭的脚下。早上在县城吃过蒸肠粉，再买了炒米粉和几个包子带在身边，按原定计划上百花岭待上一天。百花岭离开县城7公里，不通公交，我从县城叫了一辆摩的上山。

百花岭上的百花瀑布是海南落差最大的瀑布，但要说壮观却说不上，即便如此，有山有水的百花岭还是让我很喜欢。山上藤蔓丛生，有高耸挺拔的凤凰木和重阳木，各种蝴蝶飞舞，瀑布的银链被风一吹，灵动地飘舞着。这里游人不多，只有小鸟婉转的啼叫声，是一处静谧之地。

琼中地处五指山和黎母山之间的海南中部山区，5月到10月之间是雨季，现在雨季虽然已过，可下午的时候，山上还是下了一场骤雨。我没有带伞，刚下的时候，躲在树下就行，可是雨越下越大，我找了一片宽大的滴水观音的叶子，这样才能避免被淋雨。在坦桑尼亚的桑给巴尔岛时，我就在芭蕉树下避过雨，不过芭蕉叶虽然长但比较窄，相比之下滴水观音的叶子又大又圆，比雨伞的伞面小不了多少。滴水观音在野生状态下能长到一人那么高，躲在叶子下刚好。热带的雨来得快去得也快，猛下一阵后，也就停了。

下山的时候，我搭了一辆顺风车回到城中。吃晚饭时找餐厅，照例还是找一家当地人坐得最多的。县城小，无需互联网上信息的帮助，我自己找到了教育路上的香满园餐厅，这里每晚都坐满了人。昨晚我已经来过，吃的是白切鸭，今天点文昌鸡。海南四大名菜之首的文昌鸡，在做法上多少有点像上海的白斩鸡，鸡肉鲜嫩，而用来蘸食的酱露调配得特别好吃。

晚饭吃到一半，突然停电了。不过店家似乎早有准备，打开了应急照明灯，还给每桌都点上了蜡烛，成了烛光晚餐。原来是整个县城停电，街上好几家商铺竟然搬出了发电机，看来停电经常发生。这种情形，好似时光倒转，在上海可是好久没有遭遇停电了。

五指山市

从琼中县坐班车到五指山市的毛阳镇，毛阳镇有一个黎族的牙胡梯田。奈何去的那天下雨，梯田上水汽弥漫，没有阳光的梯田少了神采，我匆匆看了一会儿就坐摩的下山了。

继续坐班车到五指山市市区,然后在汽车站转乘班车去水满乡。水满乡的海拔有600米,位于海南岛最高峰、海拔1868米的五指山主峰的山脚下。

这个乡的人口有4000多,一共13个村子,12个黎族村和一个苗族村。唯一的一个苗族村就在乡政府附近,到水满乡的第二天晚上,我目睹了一场热闹的海南苗族婚礼。

傍晚的时候,新郎的队伍来到村口,先放鞭炮。放完鞭炮,刚要进村,就被村里的女人们拦住,用一根长长的绿竹竿推回很远。新郎的同伴们开始发喜烟喜糖打点这些妇女,总算往前推进一些,但这离开新娘的家还远着呢。意想不到的是,新郎在进村的途中,竟然被七八个妇女劫持并藏了起来,新郎的同伴们根本使不上劲。原来这就是习俗,得要交了钱,新娘家才能把新郎找回来。整个仪式热热闹闹地搞了一个小时,进村途中,新郎队伍里的男性还和新娘村里的女性对唱了山歌。

按照苗族传统,如果新郎也是苗族的话,不仅在新娘的村里,在新郎的村里也要搞一次这样的婚礼,抢新郎改成抢新娘。不过,这天结婚的新娘是苗族,而新郎是海口的汉族。两位新人是在海口打工时认识的。苗族新娘今年24岁,结婚不算早,而水满乡的苗村里还有更大龄的未婚女子,随着时代的变化,新时代的苗族女性已不像从前那样早早地出嫁了。

我在水满乡还认识了一对黎族和汉族通婚的夫妇,丈夫是河南的汉族,妻子是五指山市通什镇的黎族,两人一起在水满乡上做茶叶生意,生活幸福美满。孩子八个月大,跟随母亲的民族成分。

水满乡以前就叫五指山乡,通什镇改名叫五指山市后,这里改名水满乡。水满乡是距离五指山最近的村落,所以这个地方的土特产全部来自五指山上。其中就有野生茶,加工后分绿茶和红茶两种,价格不便宜,一斤卖到300多元。还有一种生长在山坡上的山兰米,由于山兰米的产量有限,每市斤的价格要卖到20至30元,是一般稻米价格的二三十倍。

五指山里还出产一些山地药材，最出名的当属野生灵芝，灵芝根据颜色和大小的不同，价格相差很大。野生灵芝由村民们进山寻觅采集而得，生长在石头上的灵芝王十年也找不见一株，价格奇高。另外当地还有牛大力和忧遁茶，据说都各有奇效。

我常去吃饭的乡上的餐厅同时兼做快递的收发，这天就有开着土特产店的苗族女子来寄灵芝和牛大力给湖北和广东的买家，她除了在村里开有实体店还在微信的朋友圈里卖。她的店里常备着一本新华字典，尽管她的汉语口语流利，但在微信上用汉语文字和客户沟通，偶尔还需要新华字典的帮忙。

这个快递点，每收发一个件赚1元钱，物流则是由公交车带进乡里。网购早已使年轻村民的购物习惯发生了改变，以前去市里逛商店，现在则习惯于在手机上搜货。

除了快递，这家小餐厅还代售彩票。在海南，一路过来，人们对于彩票的热情让我感受挺深的。几乎每一个村镇都有彩票点，很多人手上拿着一张用来研究彩票的号码纸，玩彩票似乎已是海南人生活的一部分。

在水满的村落，吃槟榔也是生活的一部分。槟榔树在这里种植较多，村民拿一根前端绑着弯刀的竹竿把槟榔果从树上采割下来吃，在村里的小店也有售卖，每颗售价1元。槟榔这东西，没尝过的第一次吃会醉，而吃习惯了会上瘾，尤其是黎族的男子，因为爱吃槟榔，一个个嘴唇都红红的，像涂了口红。

村里的大人们玩彩票、嚼槟榔，还在乡上唱卡拉OK；小孩子们放学后喜欢爬树玩，女孩和男孩一样野。水满乡本来有一所中学，现在并到了五指山市市区。每个星期五，城里的学生们集体往乡村返，而到了周日下午，又"哗"地一起进城。我在班车上看到这些学生，心想这些爱爬树的乡村孩子进城上学后就不再爬树了吧？

因为喜欢，所以我在水满乡逗留了近一星期。在乡上混得脸熟后，经常有人让我搭上他们的汽车或摩托车，四处看看。在水满乡，我去了水满上村、下村、新民新村等几个黎族自然村。我在新民新村遇到了这个行政村的村支书，和他聊天。水满村下辖六个黎族自然村，人口982人，占了水满乡4000多人口的近四分之一。村民们并不富裕，但在国家的大力支持下，今年已经实现了脱贫。

在新民新村遇见两个四五岁大的黎族小女孩，还没到上小学的年纪，光着脚在村里撒欢跑，喜欢爬树吊竹竿。她们见我在拍兰花，就带着我在村里四处找花。小孩子的眼睛特别尖，很小的花也能让她们扒开草丛找到。小孩子似乎真的和大人们住在不同的世界。

村里有座小桥，桥下是奔流的小溪。我喜欢在小溪边待着，溪边黄色的野花烂漫地盛放着，小溪两岸有槟榔、香蕉、木瓜、菠萝蜜、绵竹，和各种生长在山里的植物。

因为如此中意五指山下的水满乡，后来我还曾再次来到这里，短居了两个月。两个月中，不仅用身边带着的业余电台，以B7/BA4DW的电台呼号和世界各地的爱好者进行了数千次的联络，还和村民们一起弯着腰给山兰米插秧，一起采摘大叶茶，真正地体验了一把做一个村民的山野生活。

三亚市

这趟旅行的最后一站是三亚，以前来过几次，这次短暂停留。三亚和五指山水满乡的气候大不相同，在山里的水满乡穿长袖，到了三亚就只能穿短袖。我住在距离大东海步行只要五分钟的地方。12月初，白天的沙滩仍然是炎热的，太阳光的紫外线很强，很容易被晒伤。早晨和傍晚，才是我觉得最舒服的海滩时光。这两个时点，光线柔和，海风轻吹，感觉惬意。清晨比起傍晚，沙滩上的人更少。人少的时候，才是令人喜欢的三亚，不过大多数的时候，海滩上究竟有些拥挤。

三亚的冬天艳阳高照，几乎不下雨，北面的五指山挡住了寒潮，最低气温总保持在20摄氏度以上。三亚的街上和公交车上听到最多的是东北口音，而东北三省中尤以黑龙江省来得最多。很多哈尔滨人每年到了

11月中旬就南下来到三亚,在三亚租房待上四五个月才回,他们成了三亚的一个候鸟族群体。

　　三亚还有很多俄罗斯人的身影,有的在沙滩上晒日光浴,有的和东北汉子们组队打沙滩排球。一起打球时,俄罗斯队员会说上一句"我的我的",东北队员则会说"好啦少"。听说这些俄罗斯人也长住在三亚,三亚无疑是一个众多"候鸟族"过冬的好地方。

第二十五章 中国杭州和苏州之行

杭州七日

一

来了十多次杭州，却总是留恋，总是会来。杭州的西半城是山里的城市，满目的绿色，芬芳的空气，更有美丽的西湖。这么美的城市，怪不得南宋的那些皇帝们偏安称臣，也要窝在这一方水土。也怪不得，在没有飞机火车的年代，康熙和乾隆不远千里，分别五次和六次从北京远来杭州。

去了那么多远方，当暂时不想远行的时候，近处还有杭州这样的好去处，春秋季常来。我尤其喜欢杭州的秋天，过了盛夏，秋高气爽的时候，我又来到杭州。

二

短途旅行，我还是喜欢坐 K 字头普通火车，绿皮车上不相识的旅客能面对面聊天。对于不赶时间的我来说，绿皮车比动车高铁让我觉得更有人情味。从上海去杭州的火车上,边上坐着一个小男孩,耳根贴着防晕车的耳贴,上蹿下跳坐不定,我就和他聊天。

小孩在小学里上四年级,第一次坐火车,说是回去办身份证。我说你这么小就办身份证了呀,他说因为要注册业余运动员,去参加青少年击剑比赛。哦,我说你肯定很聪明,反应特别快。这时候,坐在他对面的妈妈不打盹了,评价她的孩子反应快,但缺少耐心,佩剑、重剑、花剑,击剑三项里他更适合佩剑,因为佩剑更讲求灵活。我问男孩,击剑会受伤吗?他说不会,因为要戴头部护罩,还要穿几层护身甲,但是夏天的时候穿着就特别热。

母子俩要坐五个小时火车,坐到浙江江山市下车,然后再转长途车去福建浦城县。福建浦城是他们的家乡,但小男孩出生五个月就来到了上海,父母在上海做五金生意。尽管每年春节都回浦城过,男孩对家乡却没有什么印象,他妈妈说浦城地处山区,但以前县城里有个化工厂,空气中总有异味,好在两年前拆迁了。爷爷奶奶仍住在浦城县的乡下,屋前小溪流过,绿树成荫。我说江山和浦城都是我旅行时到过的地方,山区的自然环境很好。

男孩的父母在上海市静安区租借了20多平方米的小房间,月租金5000元,厨房公用,不过他们忙得很少有时间自己做饭,一般总在外面餐馆里吃或者叫外卖。他们不考虑在上海买房,自己在浦城的房子现在空关着,打算将来还要住回去。

小男孩来到上海十年了,对于自己是哪里人,并无概念。他妈妈说,按现行的规定,男孩凭父母在上海交的社保,可以在上海接受九年制义务教育,读完初中后,升高中前回户籍所在地参加中考,高考也是在家乡参加福建省的高考。由于上海使用的教材和高考的科目与别省不同,很多来沪的孩子,六七年级就从原来在上海就读的学校转学,回家乡继续上学,以求尽可能早地适应当地的教材和中高考的要求。

三

　　杭州的云栖是一处幽静秀美的所在，路两边有竹林和上年头的枫香、楠树、朴树和苦槠等古树，有几棵枫香的树龄超过了一千年！

　　在云栖遇到一位杭州老伯，他说的杭州话我基本能听懂，我们边走边聊。老伯今年72岁，言道生命在于运动，在家不动就老是没精神，所以他每天都拿着免费坐车的敬老卡在杭州城里到处转。他还喜欢骑车，平时吃过晚饭后，就从浙大玉泉校区附近的家出发，骑车去西湖边的孤山。这天傍晚，我也骑了辆自行车到孤山。孤山紧邻白堤，黄昏时分，许多燕子在堤岸边的湖面上翻飞，小小的身子轻灵地在我眼前掠过，捕食着水面上方的昆虫。日落后，白堤上很多人跑步，有些人一个人跑，有些人结队一起跑，喜欢跑步的人很多。

　　骑行在杭州城内也很流行。这天晚上9点多，我在杭州少年儿童公园前的林子边闲走，聆听秋虫发出的大合唱，只见从满桂陇方向过来不少骑行者，他们骑着车一路下坡，自行车的尾灯闪着红光。

　　第二天，我坐公交车到九溪公交站，然后骑上一辆自行车，骑进九溪。九溪是我喜欢的地方，绿树茶园，小溪淙淙，每次来杭州一定会来。

　　这次来杭州，还骑车去了江洋畈生态公园和杭帮菜博物馆。江洋畈是一个由雨水蓄积而成的湿地，湿地里有各种植物、鸟儿、昆虫和两栖类动物，木栈道边的科普知识牌，语言生动而有趣，能学到不少知识。杭帮菜博物馆则讲述了令人流口水的杭帮菜从远古到近代发展的历史和名人故事，也是长知识的好去处。

　　第三天，坐公交车到萧山的湘湖，然后骑车环湖。湘湖是西湖的姊妹湖，面积很大，景色虽不如西湖，但更安静。湘湖是一个有历史文化底蕴的地方，这里是贺知章等文人的故里，民国时期著名的湘湖师范就曾坐落在这里。

四

骑行了几天后,就在西湖边走走,先来到杭州花圃,大园子里各色月季花正盛开着,还有好看的各色水莲。我听到松鼠撒欢的叫声,若不是看到它摇动的长尾巴,还以为是鸟叫。忽然叫声停了,顺着树枝留下一滴滴水来,原来小松鼠撒了泡尿,撒完了叫声又继续。不远处的树上,还有另一只松鼠的叫声,正是求偶季吧。

杭州花圃的对面就是曲院风荷,我一路走到曲院风荷里的涵碧楼,树荫下坐满了杭州本地人在吃盒饭。虽是盒饭,却也精致。更难得的是此地优美的环境,我也买了一份,坐下吃了起来。

几米外的西湖满是荷叶,荷花还只剩几朵,却是采莲的季节。杭州街上货郎挑着的货担里,最多的就是绿莲蓬了,一个个饱含莲子,另外还有无花果和野柿子。

吃完盒饭,就坐着歇息。虽是正午,阳光透过杉树树叶洒下来,和煦而不炙热,小风从湖面上吹来,轻柔可人。盒饭在12点前就卖完了,晚来的人们只能出园子再吃。吃完饭的杭州人也不走,喝着龙井茶,或打牌或聊天,在这里消磨一整天的时光。

从曲院风荷沿着西湖边往南走是郭庄,这里曾经是丝绸富商的一栋湖边别墅。郭庄的对面,卧龙桥的边上则是茅家埠的入口,走进去不远,一群摄影爱好者用三脚架支着相机和长焦镜头,守候翠鸟,等待拍摄的机会。作为观鸟爱好者的我,这个场景再熟悉不过了。我没有久留,而是一路从下茅家埠走到梅灵北路边的上茅家埠,上茅家埠的木栈道几乎无人行走,十分清幽。

从茅家埠乘公交车,往满觉陇,中间在杨梅岭下车。阳光洒在杨梅岭村山坡的茶园上,映衬着村子里白漆刷墙的房屋。"翁龙满杨",西湖龙井出产于翁家山村、龙井村、满觉陇村和杨梅岭村,杨梅岭是其中的一处,也被称为"杭州最美村庄"。

从杨梅岭往满觉陇方向，沿路在山里行走，这一路空气极好，不时见各种野花和飞鸟。日落后，略觉有些凉意了，秋意渐浓，不觉在杭州已经待了六天。

五

我住在杭州动物园附近的四眼井，这一带青旅极多，晚上偶尔也去聊聊天。青旅里住着不少长住的青年，六人间宿舍长住一个月付900元，相当于一天30元。其中有一个住客来自西安，原来在西安做程序员，收入不菲。但程序员是一个很累的活儿，因为身体的缘故，做了三年就不做了。想着自己在西安开个学堂教英语，起先有六个学生，后来渐渐没有学生了，有一整年没有收入。父母说你总待在家里也不是个事儿，出去走走吧，于是他来到了杭州，在满觉陇村里找到两个学生愿意跟他学英语。他要的课时费不高，一小时50元，每天上一个小时，一星期五次。这样算上住宿和饭钱，他的月收入还是负的，要家里贴补才行。

有个湖南小伙儿，高中没毕业。他说他是读书读不好，找不到合适的工作，但家里有点儿钱，就来杭州考察了一家汽车内装饰的改装店，打算自己也模仿着开一个。开店的地方不选大城市，而是想着去贵州的小城市。

还有个来自云南玉溪的小伙子，今年20岁，曾在苏州的电子厂打工，来到这家青旅后做前台，老板包吃包住，第一个月的工资2000元。小伙子很有耐心，前台的工作除了登记入住和退房结账，还要接电话和回答住客的各种问题。晚班的话，晚上12点才下班。我问他打算干多久，他说也没想好，或许先干个一年，自己还不知道今后想要干什么。

旅行不仅是看风景，更是了解社会，了解人们不同生活的好途径。大家都挺不容易的，要尊重每一个认真生活的人。

苏州七日

一

在苏州的七天里，在太湖上的西山岛待得时间最长。早上从西山的金庭镇坐公交车，去甪里村走走。进村就闻到桂花的香味。正是农历八月，桂花刚刚绽放；橘子树结满了青绿的果实，有些刚变橘红色；同样将熟未熟的是柿子和石榴；麻栗子正是收获的季节，剥开外壳，里面的栗肉被装入竹篮；丝瓜盛放着黄色的花朵，挂在藤上，有些长得特别硕大。

村里一派田园景象，走几步就能见到鸡鸭，鸡被绿丝细网围在小院子里，而鸭子散养在方塘和河道里，见了人躲得远远的。

在河道边遇到一位在洗鱼的农妇，和她攀谈起来。她家的房子刚翻新装修，准备开农家乐。她说儿子媳妇借贷了100多万元，让她多少有些担心，甪里村在西山岛的最西面，而西山的不少村落里都有农家乐。

农妇正在洗的鱼是今早刚捕捞上来的太湖小白鱼，她从渔民那里买来15元一斤，说是到了市场上，就要卖20元一斤，再卖到你们上海就更贵了。鱼洗了后，用剪子将鱼肚剪开，取出鱼肠。她教我说在市场买小白鱼，要看鱼肚上的血丝，发红就是新鲜的，发白则尽量不买。这样的窍门简单易懂。

二

第二天我去了东村古村，这个古村有一千年以上的历史。去东村经过明月湾村，明月湾村作为旅游景点被修缮过，而东村显得更本色一些。东村里很多老房子太老了，虽然宅子前有文物保护的牌子，比如萃秀堂，但看上去颇为残旧。老宅子如果一直不修缮，终会倒塌，修旧如旧大概是最好的办法。同样老的是人，西山的各个古村落里，看到的村民多是老人，几乎见不到年轻人，年轻人都去城里赚钱了。孩子们或是跟在父母身边，或是在镇上的小学或中学里上课，要到晚上才回村。西山岛虽有在籍人口5万，但平日里特别安静，只有到了周末和节日，才会因为从苏州城来的游客而热闹起来。

我从东村的东上村走到西上村，西上村的村后山上有好多果树：枇杷树、橘子树、柿子树、银杏树。枇杷已经过了季节，柿子则沉甸甸地挂满枝头，沉重得像是要把树枝都压断了。橘子虽然还青，但表皮摸上去粗糙得已经可以吃了，甜得很。

银杏正是收获的季节，树上结着橘黄色的果子，风吹过，果子落满一地。银杏树没有果实，这些果子其实是银杏的种子，又叫白果。喜欢动植物的我，知道银杏很特别，在生物学上，门纲目科属种，各个分类单元它都是独一个，没有任何亲属物种。银杏属于裸子植物，而不是有果实的被子植物。

银杏的白果藏在橘黄色的杏子肉似的外皮（种皮）里面，但是种皮有毒性，不可食用，里面的种子，也就是"白果"经过长时间的放置和加热，可以食用。村民们让外皮自然腐烂，一堆堆的橘黄色的"果子"就散放在路边，飘散着"果肉"腐烂的气息。

西山的田里种有不少毛豆，有些仍绿，而有些已经"壳老豆黄"。绿毛豆和黄豆本就是同一种作物，"毛豆是年轻的黄豆，黄豆是年老的毛豆"，在村子里实地看看，就更容易明白。

东村里一户人家的老伯正坐着剥板栗，老伯见我很好奇，就给了我一把小板凳，让我坐下。我问老伯，我在后山转了一圈，怎么没看到结着果子的板栗树呢？老伯说板栗树还在更高的山坡上，采摘完了后，要走很长的一段路，才能把一大筐沉甸甸的板栗背下山。板栗的外壳有刺，我试着用手把一个已经露在外面的板栗取出来，一不小心就被刺扎到了。老伯教我要像他那样，用穿着胶底鞋的脚踩着板栗外壳，拿剪刀取才不会被扎。一般一个壳里有三到四个板栗，要一个个地取出。

老伯告诉我西山岛村民的主要收入来源于瓜果和茶叶。西山岛原来

478

有三个公社——他现在还习惯叫公社,分别是金庭、石公和堂里。除了在石公和堂里有一小部分稻米田,其余的村子基本都是靠山吃山,山上种着大量的果树和茶树。当然,四面环水的西山岛,少不了鱼蟹。在明月湾村附近的太湖边,我见到小木船上的渔民把刚捕捞上来、仍活蹦乱跳的鱼运到停在公路边的车上,车上的水产老板付了钱后,还不忘叮嘱渔民捕到好鱼要记得打电话给他。傍晚我回到镇上的农贸市场里逛,见到很大一条鲇鱼竟然只要几块钱!当然太湖里品种好的鱼,比如白鱼,价钱就要高很多。比鱼更值钱的是蟹,小个头的太湖蟹在石公山附近的农家乐里卖50元一斤。老伯觉得西山的太湖蟹一点儿也不比阳澄湖的蟹来得差,他还略带嘲弄地说,西山的太湖蟹就只是比阳澄湖蟹少带了一个戒指。

不过,老伯也感叹到如今太湖的水质比不得几十年前,太湖周边有不少企业,排污的治理和水质的恢复需要一个过程。

和老伯攀谈,他用他的苏州话,我用我的上海话,能基本沟通。但他要是一大段一大段地说,我就有点儿跟不上了。苏州话特别软,所谓吴侬软语,就是讲的苏州方言。我在西山岛上来来回回坐公交车,听到乡里乡亲总会在公交车里交谈,特别有生活气息。听久了,我也学着村民们把镇上叫作"街上"(发音 gai shang)。

东村里也有两处收费参观的老宅子,其中一座是以"金屋藏娇"出名的敬修堂。金屋藏娇的传说,说的是两百多年前乾隆皇帝整天穿着龙袍端着架子腻味了,下江南时穿上便服闲逛,结果和一个殷姓女子"一见钟情",殷姓女子还给他生了一个女儿。乾隆皇帝让西山岛的一个徐姓儒商和殷姓女子假拜天地,就把女子藏在了敬修堂。敬修堂是个六进的大宅子,坐正北朝正南,落地长窗上有12条龙的木雕,据说象征着乾隆(龙)一年十二个月都想念殷姓女子。那时西山岛还不通桥,乾隆六下江南,每次都从苏州的木渎镇坐船来西山的东村。

三

出西山岛到同里，晚上住的是同里的国际青旅，这个季节游客少，多人间就是单人包间。青旅的大堂里播放着舒缓的民谣，我和背包客聊天，听听他们的旅行故事。

一个男子来自美国新墨西哥州，我说我对新墨西哥州印象不错，地广人稀，有几个不错的国家公园，也喜欢新墨西哥州隔壁的亚利桑那州，那里有很多壮美的风景。这两个州都是我自驾美国66号公路时经过的州，于是我们打开了话匣子。

他这一趟是四个月的旅行。第一站居然是乌兹别克斯坦，忘了问他是怎么从美国飞到那个中亚国家的，他从乌兹别克斯坦接着去了哈萨克斯坦、吉尔吉斯斯坦、蒙古，从蒙古坐火车到北京，然后游览了西安、重庆、凤凰、张家界、南京，苏州的下一站是上海。他听说我来自上海，就让我给说说怎么游玩上海。

我们在聊天中，做了旅行方面的中美比较。首先是交通，他说在中国旅行，交通特别方便，哪儿都有长途汽车和火车连接，而在美国必须自己有车，不然很难旅行。这是从一个美国人嘴巴里说出来的话，我也很认同，我去了四次美国，每次都必须租车开，可是我已经不那么喜欢自己开车，而是更愿意坐公共汽车。我说中国的公共交通发达，那是因为中国人多，长途汽车和公交公司不怕没客人。他说他真的惊讶于中国的人多，以前他从来没有听说过重庆，因为去长江三峡，才了解到重庆，他说那里到处是人，一了解，居然有1300万人口，听了吓一跳。我说那是啊，你的家乡新墨西哥州，一个州才多少人？他说200万人，才是重庆的六分之一。我说重庆那还算少的，等你从苏州去了上海就更有体会了，上海的人口是重庆的一倍！

他问我中国国庆节期间是不是特别人多，我说是的。他打算在上海待四天，我说你如果能有更多的时间，我强烈推荐你去杭州待上一星期，那里是中国最美的地方之一。

在同里青旅，我还遇到一个在福州读大二的女大学生。她从福州出发，到杭州、苏州，接下来还打算去南京和北京。让我意外的是她的家乡竟然是云南香格里拉，她生于中甸县长于中甸县（香格里拉县改名前叫中甸县），上高中时才去的省会昆明，大学又考到福建。我告诉她，我曾在香格里拉县城外的青旅老谢车马店住过几天，记得木屋子外就是草原，藏香猪满地跑，马和羊自由自在，从房间的窗口就看得见雪山。我特别喜欢那里，是非常美好的记忆。我说羡慕她，这辈子不会有高反，她纠正说在外面待久了，回家走走楼梯，偶尔也会喘。她的80多岁的爷爷也出生在香格里拉县，一辈子生活在高原上，但是年纪大了，现在也不待在海拔3000米的县城了，而是搬到了县里金沙江第一湾附近的山谷地带，那里海拔较低，氧分更充足一些。

所有这些背包客都是冲着同里古镇的名声而来。早上我走在古镇里的时候，见到镇上的宣传语是"千年古镇，世界同里"，镇上的确有很多老外来游览，我甚至见到两个老外骑着自行车进镇。

古镇依然保持着水乡浓浓的生活气息，河道边，每隔十多步就有洗衣洗菜的地方，每一处都有人忙活着。这个季节，是鸡头米的收获季，妇女们在小河里洗净了再剥开。鸡头米的学名叫芡实，是水乡特有的东西，营养丰富、药食同源。

镇上的老人们在河边的树下，从热水瓶里倒出热水泡茶，优哉游哉地坐着聊天。时光静缓。

后记 ｜ 旅行回顾

在书的末尾，做一个简单的旅行回顾。

我的六大洲旅行，行走的路线有点儿不走寻常路。南美洲和非洲之行，我都是按由东往西的方向，穿越了这两个大陆。南美大陆，我从巴西的大西洋海岸边，抵达秘鲁的太平洋海岸边；非洲大陆，我从坦桑尼亚的印度洋海岸边，抵达纳米比亚的大西洋海岸边。

北美大陆的旅行，我画了一个圈。东西方向，我从美国西部的太平洋海岸边（加利福尼亚），向东抵达了美国东部的大西洋海岸边（佛罗里达），并从美国中部的芝加哥沿着著名的 66 号公路，开车向西穿越八个州，回到加利福尼亚；南北方向，我从最北的阿拉斯加的北冰洋海岸，抵达北美南部的加勒比海海岸（墨西哥），并乘坐邮轮去了加勒比海中的两个岛国（牙买加和开曼群岛）。

大洋洲，我由西向东去了澳大利亚、新西兰和库克群岛，乘坐飞机往返于这三个国家。欧洲，尽管国家众多，但面积只相当于一个澳大利亚。我以前已经去过比利时、荷兰、卢森堡、法国、德国等一些西欧国家，这次的六大洲旅行计划中，我只选择了英国，然后直接乘飞机由西向东飞越欧洲大陆，来到横跨亚欧大陆的土耳其。在另外一次反向的由东向西的亚欧旅行中，我从俄罗斯亚洲部分寒冷的西伯利亚出发，去到了俄罗斯的欧洲部分圣彼得堡、莫斯科以及莫斯科周边一些小城。

亚洲的旅行，我把国内的西藏、云南、贵州和广西，同尼泊尔串作了一条线路；把东北的吉林、黑龙江和内蒙古东北部，同朝鲜和俄罗斯串作了一条线路；把云南的西双版纳，同老挝和泰国串作了一条线路。

中国国内的旅行，则不以省为界限，几次都是将相邻的几个省串在一起旅行，去的市县也不是热门的旅行点。在间隔年旅行之前，我已经去过很多中国的著名景点了，后面的旅行，我更想看一些别样的景致和人文。当旅行差不多告一段落后，把工作时的旅行和出差都算上，我去到了全部34个省份的300多个市县。

旅行方式上，所有这些旅行，除了在美国是开车自驾，其他的都以乘坐公共交通和住青年旅舍的方式完成，是比较经济实惠的旅行。这样做，既环保又省力，也因为比较省钱而可以去到更多的一些地方，在每一处多停留一些时间。

关于在国外旅行时的语言问题，我自己本来就喜欢外语，并在数家世界500强企业的销售和市场工作中得到了历练，英语和日语都可以流利地进行会话。去英国、美国、南非、澳大利亚、新西兰等英语国家当然毫无问题，而去过的欧洲国家如比利时、卢森堡、荷兰和德国等，非洲国家如坦桑尼亚、肯尼亚、赞比亚、纳米比亚等，当地的很多人也都能说英语。

在拉美国家如墨西哥、巴西、阿根廷和秘鲁，还有俄罗斯，英语在这些国家一点儿都使不上劲，而我只能说一丁点儿西班牙语，俄语和葡萄牙语（巴西）则完全不会。但这也没有关系，我照样在这些国家旅行了很久，没有遇到太大的问题。说好外语能让旅行更容易，并能和当地人更多地交谈。但另一方面，外语并不是旅行的障碍。

回顾自己的旅行，写简单的小结就是上面这些。经历了世界六大洲以及中国国内各地的旅行，回头再思考一下旅行的意义，我觉得旅行除了可以拥有一份美好的心绪，感受"诗和远方"的情怀，更可以因为"行万里路"，而使自己成长，如同在《序》的开头时写的那样。

旅行使人漫步世间，见众城众生。世界各地的城市和乡村都有各自的美好，也都有各自的问题。去到巴西的里约，那里拥有无与伦比的海滩和城市中的热带雨林，但富人区和贫民窟之间巨大的贫富差距却又是那么的显而易见。去到一些非洲城市，城市和郊野的生态环境优美，但人民谋生不易而且城市治安不那么安全（我去之前可谓是"无知者无畏"，到了那里才有切身的感受）。去到尼泊尔的乡村，人们在炽热的阳光下收割稻谷，既感受自给自足的纯朴的快乐和乡村集体主义的美好，也能体会当地农民的辛苦和不易。

旅行好比读书，让人了解更多的世界人文，得到对于这个世界以及这个世界上人民的更深的理解。世界上的人类族群和文化是如此的不同，《诗经》里说"如切如磋""如琢如磨"，在旅行中与当地人、与旅行者交谈，感知迥然不同的文化，会使人懂得互相了解和互相尊重是何等的重要。同时旅行也是一个学习方方面面知识的过程，能够使人更好地理解事物。

不用说，游山玩水也是学习者的兴趣所在，旅行使人领略山川之美，领略鸟木花草之美。行万里路，去到远方，会看到地球上不一样的自然风景：雨林、高山、草原、沙漠、湖泊、海洋，乃至不一样的星空。在不同的大自然环境中，参加各种有趣的活动，比如登山、徒步、骑行、骑马，比如寻找和观赏野生动物，又比如冲浪、浮潜、漂流、划皮划艇等水上活动，以及滑沙、滑雪、高空滑翔等极限运动。什么样的活动都可以尝试一下，从而收获各种体验。这些活动在使人快乐的同时，也能使人保持与大自然的接触，让人发自内心地热爱大自然，从而关注生态环境的保护。这些都是旅行的收获。

旅行途中，我拍摄了成千上万张照片，并保存了所有机票、火车票和汽车票，四本贴满签证和盖满各国出入境章的自己的护照，以及所有可以用来纪念的票据，这些都是从学生时代开始旅行时就养成的习惯。

这本书选取了一些自己在旅行时拍摄的照片，限于书的篇幅，图片的数量不如以前的书那么多，主要以文字为主，用文字忠实地记录了每一趟旅行的经历、见闻和所感，并仍以我最喜欢的纸质书的形式出版。

在书的末尾,我要再次向旅行过程中所有帮助过我的人致谢,也要向读者和出版方致谢,正因为大家,我的旅行才得以完成,这本书才得以呈现在大家的眼前。

图书在版编目（CIP）数据

到达过的远方：世界六大洲和中国各地旅行记 / 周育建著.
-- 上海：上海文艺出版社，2022
ISBN 978-7-5321-8406-4
Ⅰ.①到… Ⅱ.①周… Ⅲ.①游记－作品集－中国－当代 Ⅳ.①I267.4
中国版本图书馆CIP数据核字(2022)第141369号

发 行 人：毕　胜
责任编辑：陈　蔡
装帧设计：钟　颖

书　　名：到达过的远方：世界六大洲和中国各地旅行记
作　　者：周育建
出　　版：上海世纪出版集团　上海文艺出版社
地　　址：上海市闵行区号景路159弄A座2楼　201101
发　　行：上海文艺出版社发行中心
　　　　　上海市闵行区号景路159弄A座2楼206室　201101　www.ewen.co
印　　刷：启东市人民印刷有限公司
开　　本：787×1092　1/16
印　　张：31.5
插　　页：20
字　　数：437,000
印　　次：2022年10月第1版　2022年10月第1次印刷
Ｉ Ｓ Ｂ Ｎ：978-7-5321-8406-4/I·6634
定　　价：128.00元
告 读 者：如发现本书有质量问题请与印刷厂质量科联系　T:0513-83349365